Sur l'auteur

Né dans le Michigan en 1937, Jim Harrison est aujourd'hui considéré comme le chantre de la littérature américaine. Scénariste, critique gastronomique et littéraire, journaliste sportif et automobile, il est l'auteur d'une œuvre considérable, dans laquelle on compte de grands succès comme *Légendes d'automne*, *Dalva*, *Un bon jour pour mourir*. Il a publié une autobiographie, *En marge*, et de nombreux romans et recueils de nouvelles, dont *De Marquette à Veracruz*, *L'été où il faillit mourir* et *Le Vieux Saltimbanque*. Jim Harrison est décédé le 26 mars 2016 à l'âge de 78 ans.

Du même auteur
aux Éditions 10/18

LÉGENDES D'AUTOMNE, n° 1682
SORCIER, n° 1987
UN BON JOUR POUR MOURIR, n° 1988
DALVA, n° 2168
NORD-MICHIGAN, n° 2205
LA FEMME AUX LUCIOLES, n° 2249
WOLF, n° 2325
JULIP, n° 2779
LA ROUTE DU RETOUR, n° 3153
EN ROUTE VERS L'OUEST, n° 3327
EN MARGE, n° 3698
DE MARQUETTE À VERACRUZ, n° 3865
AVENTURES D'UN GOURMAND VAGABOND, n° 4031
RETOUR EN TERRE, n° 4149

JIM HARRISON

WOLF
RETOUR EN TERRE

Traduit de l'anglais (États-Unis)
par Marie-Hélène Dumas
et Brice Matthieussent

10/18

Ouvrages précédemment parus
dans la collection « Domaine Étranger »
créée par Jean-Claude Zylberstein

ISBN 978-2-264-07486-7
Dépôt légal : novembre 2021

WOLF

Mémoires fictifs

Préface de François Busnel

PRÉFACE DE FRANÇOIS BUSNEL

On ne dira jamais assez ce que la littérature doit aux accidents de chasse. S'il n'avait pas chuté d'une falaise alors qu'il traquait la grouse dans le Michigan, Jim Harrison n'aurait jamais écrit *Wolf*. Ni les quelques chefs-d'œuvre qui ont suivi.

Voici l'histoire. En 1970, Jim Harrison est, de son propre aveu, un poète dolent qui boit trop et lutte contre la dépression. Il a publié deux recueils, *Plain Song* et *Locations*, mais ces derniers ne lui ont pas apporté la renommée à laquelle il aspirait. Il a plaqué l'université de Stony Brook où il s'ennuyait ferme à enseigner l'anglais aux rejetons de la bonne société de la côte Est. Il se demande s'il ne ferait pas mieux d'oublier la poésie et de devenir compositeur de musique classique. À la recherche d'un équilibre précaire entre des extrêmes effrayants, il découvre que la pêche et la chasse sont d'efficaces alternatives aux substances plus ou moins licites dont il fait l'expérience. Il s'offre alors une année sabbatique, subventionnée par une bourse providentielle accordée par la Fondation Guggenheim. Lorsqu'il ressasse avec trop de constance les aphorismes de Keats et de Lorca sur le sens de la vie, il prend ses fusils et sa chienne, Missy, puis taille la route du Michigan au Montana où son ami le romancier Thomas McGuane, rencontré dix ans plus tôt sur les bancs de la fac d'East Lansing, l'emmène taquiner divers volatiles et refaire le monde. À l'époque, McGuane n'a publié qu'un seul roman mais il est déjà célèbre dans tout le pays. *Le Club de chasse*, critique au vitriol d'une classe de nantis, a provoqué l'enthousiasme délirant du petit monde de l'édition américaine et est en cours d'adaptation à Hollywood. McGuane et Harrison s'écrivent. Une amitié profonde et sincère lie les deux hommes. Ils partagent notamment un même goût pour le silence, les embardées bachiques, la pêche et la chasse. Mais ce matin d'octobre 1970, c'est près de chez lui, sur les berges de la rivière Manistee, alors qu'il piste les oiseaux avec sa chienne, que Jim Harrison chute d'une falaise d'argile. Il sent aussitôt la douleur dans le bas du dos, met une heure à ramper jusqu'à sa voiture, passe deux jours allongé par terre dans son salon jusqu'à ce que sa femme, Linda, en ait assez et le traîne de force à l'hôpital le plus proche. La sanction tombe alors comme un couperet : il a la colonne vertébrale en miettes, il doit rester allongé pendant plusieurs mois. L'immobilité, c'est un truc dont Jim n'a jamais vraiment compris l'intérêt. C'est plus fort que lui, il faut qu'il marche, danse, bouge, crapahute, enfile ses bottes et fiche le camp. Cloué sur son lit, il rumine. « McGuane m'a passé un coup de téléphone et m'a dit en substance : "Puisque tu es au repos forcé, profites-en donc pour faire le point sur ta vie de bâton de chaise. Écris un roman au lieu de te lamenter sur ton sort en écrivant des poèmes." J'ai sorti la vieille Remington que mon père m'avait offerte quand j'avais seize ans et j'ai commencé *Wolf*. Je l'ai écrit en deux mois, allongé sur mon lit, en tapant d'un seul doigt. »

Wolf ? « C'est l'histoire d'un jeune homme qui a fait pas mal de bêtises dans sa vie et s'enfonce dans les bois avec l'idée de s'y enraciner pour de bon et, surtout, de rencontrer un loup », résumait sobrement Jim quand on l'interrogeait, des années plus tard, sur cet étrange premier roman. Tout est déjà en place. Tout ce qui fera de Jim Harrison le braconnier de l'Amérique des grands espaces : la célébration de la nature, le récit des méfaits d'une nation sans mémoire, la lente dégradation du monde sauvage sous les coups de boutoir de la cupidité, des personnages meurtris par la solitude ou pris dans les filets du mariage et de l'infidélité qui ripaillent dur et boivent sévère…

Le narrateur, Swanson, est donc un jeune homme en rupture de ban. Un marginal. Las de traîner en permanence sur la route, revenu des chimères du monde civilisé, il cherche la solitude des grandes forêts dans les monts Huron – le retour en terre, déjà – et raconte sa vie dans un monologue à la fois fragile et énergique. Les souvenirs côtoient les fantasmes, les anecdotes télescopent les confidences, et le tout forme le récit volontairement chaotique d'une existence improvisée. « Certains souvenirs ont la qualité d'une transe d'albâtre – vous flottez en ces lieux du cerveau où ils résident, temples ou pavillons blancs au milieu d'un bosquet », écrit Harrison. Ici la mémoire s'attarde sur les cuites et les chagrins, les corps des femmes ou les paroles d'une grand-mère. Quant au loup, c'est le totem récurrent de l'œuvre harrisonienne, le symbole de la frontière qui sépare l'homme de la civilisation : « Le loup est l'animal que nous aimerions tous devenir parce qu'il personnifie la liberté, et l'animal dont nous avons tous peur parce qu'il incarne la cruauté », m'a confié un jour Jim. Liberté et cruauté, les deux pôles autour desquels il construira son œuvre littéraire, de *Légendes d'automne* à *Retour en terre* en passant par les aventures de Chien Brun ou du détective Sunderson.

À la recherche du loup de la péninsule Nord, Swanson fait l'expérience de la « terrifiante beauté » de la nature.

Ne croyez surtout pas que se balader en forêt avec un personnage de Jim Harrison présente quoi que ce soit de romantique. Loin d'idéaliser une nature dont il sait pourtant décrire les charmes comme personne, Jim Harrison fait surgir la violence et les peurs tapies au fond des bois. « La nature ne guérit pas, elle distrait, et parce que nous sommes des animaux, nous aussi, tout ce silence est une petite harmonie. » *Wolf* propose une cure de sauvagerie plus qu'une tranche d'exotisme.

Wolf porte un étrange sous-titre. « Mémoires fictifs ». Jim s'est beaucoup amusé de toutes les tentatives de ses fans et biographes pour trier le vrai du faux. Bien sûr, on trouve dans ces « Mémoires fictifs » d'innombrables détails empruntés aux aventures bruyantes du jeune beatnik qui, à seize ans, décida de partir à New York pour y devenir Rimbaud puis fit du stop jusqu'à San Francisco où il vécut en clochard. Ce même garçon au teint mat et aux traits lapons qui perdit un œil à l'âge de sept ans en jouant avec une petite fille sur un terrain vague, dont le père et la sœur furent tués quelques années plus tard par un chauffard alors qu'ils partaient chasser, qui traversa de fortes zones dépressionnaires et testa à peu près toutes les drogues disponibles dans les *sixties*. Pour le reste, il faut prendre au sérieux cette affirmation du narrateur, dès le début du roman : « Bien utile, ce don que j'ai de mentir pour le plaisir. »

Un dernier mot. Il convient d'avertir celles et ceux qui ne connaissent de *Wolf* que le film de Mike Nichols (1994), avec Jack Nicholson et Michelle Pfeiffer. Le livre que vous tenez en main n'a fort heureusement rien à voir avec cette grand-guignolesque apologie de la force américaine. Il n'y a dans *Wolf* (le roman) pas l'ombre d'un loup-garou, aucun vieux loup solitaire de l'édition menacé par une horde de jeunes loups aux crocs acérés et pas la moindre trace de ces métaphores à la lourdeur toute hollywoodienne. Jim détestait ce film dont il écrivit pourtant, à la demande de son ami Nicholson, la première mouture du scénario. Sans loup-garou, évidemment : dans la version initiale, Nicholson est mordu par un loup sur les quais de New York et tâche de guérir à la manière des Inuits, c'est-à-dire en entrant dans le corps de l'animal et non en se transformant en parodie de justicier gothique. Le film devait être le prolongement de cette adresse lancée au sujet des loups par l'alter ego de Jim dans ce magnifique premier roman : « J'avais l'impression que si je réussissais à en voir un, ma chance tournerait. Peut-être le suivrais-je à la trace jusqu'à ce qu'il s'arrête et me salue, puis nous nous embrasserions et je deviendrais loup. »

L'entrée de Jim Harrison en littérature se fait donc par le biais d'une chute. Est-ce un hasard si toute son œuvre est traversée par ces accidents du quotidien qui font basculer une vie et la quête d'un hédonisme rédempteur capable de colmater les brèches de l'existence ?

À Tom McGuane
et
In Memoriam, MISSY 1966-1971

« Au réveil, avec le souvenir d'un paradis entr'aperçu dans des rêves qui pendent autour de soi comme les cheveux d'un noyé... »

Julio Cortázar, *Marelle*.

NOTE DE L'AUTEUR

Lorsque la chienne aboie ou grogne dans la nuit, je me demande de quelle présence elle nous avertit, chat errant, putois, assassin ou fantôme. Il m'est passé par la tête l'autre matin que si les gens ne parlent pas de la mort, c'est parce que, même pour les plus simples d'entre eux, elle ne présente pas grand intérêt. Cela change bien sûr totalement quand elle s'approche d'un individu en particulier, mais, jusque-là, la mort a pour nous la vraisemblance, la réalité de notre voyage sur la lune pour un zèbre. Il y a forcément des raisons pour lesquelles je semble mettre dans le même panier enterrements, mariages et histoires d'amour : accidents humains, simples données à partir desquelles une fragile structure peut être soustraite ou additionnée. Et le fait d'avoir pris le risque d'être pompeux, et d'en être blâmé, montre qu'une nouvelle averse de soufre et de charpie devrait s'abattre sur nous pour laminer encore la condition humaine dans son abri habituel de saleté. Un paragraphe hermétique est toujours toxique.

Mais, pour en revenir à l'histoire, je ne parlerai pas de la mort. Ceci est un journal traitant principalement des années 1956-1960, écrit de l'avantageux point de vue du présent – de faux Mémoires, donc, pas même chronologiques, et dont l'auteur est à lui-même une antiquité de trente-trois ans, moment critique où toujours les âmes littéraires se retournent et regardent en arrière. Les poisons ont déjà presque tous été auto-injectés, certains auto-infligés ; comment peser les tissus cicatriciels mentaux ? Je suis certain qu'on finira par inventer un système le permettant, mais nous devons à ce stade de l'histoire nous contenter de notre prose, et, quel que soit le nombre de leurs fans, la nature, l'amour et le bourbon se sont révélés incapables de guérir le cancer. Je m'appelle Swanson, un nom ni très vrai ni très honorable. Ce n'est pas notre vrai nom, puisqu'il fut donné à mon grand-père, un Suédois, sur Ellis Island : les services de l'immigration avaient décidé que trop d'immigrants nordiques portaient des noms identiques ou similaires et qu'il serait plus simple qu'ils s'en inventent ou en choisissent d'autres parmi ceux de leurs ancêtres. Chaque nouvel arrivant se vit offrir trois courtoises minutes pour y réfléchir. Voilà comment je devins Swanson, bien que guère fils ni petit-fils de cygne ; et comme j'ai pour prénoms Carol, à éviter parce que trop féminin, et Severin, trop espiègle et étranger, je tiens à rester Swanson, pour moi-même et tous ceux qui ont envie de m'appeler d'une manière ou d'une autre. Et ce nom n'a rien d'honorable puisque personne, dans la courte histoire plutôt bien connue de notre famille, n'a jamais rien fait qui vaille la peine d'être pris en considération – les naissances avaient lieu à la maison, les mariages étaient célébrés à la hâte et discrètement, souvent pour légitimer un enfant à naître. L'un de mes grands-pères était un pauvre fermier qui lutta pendant plus d'un demi-siècle pour arracher leurs fruits à vingt-cinq hectares de terre aride. Il y mourut sans avoir réussi à économiser de quoi acheter un tracteur et laissa à ses héritiers une propriété hypothéquée. L'autre était un ancien bûcheron, fauteur de troubles, devenu cultivateur, rustre et soûlard. Ma tante, qui fait dans la fripe, prétend qu'un de nos lointains parents est sorti de Yale au début du XIX*e siècle, mais personne ne la croit. Mon père fut le premier, des deux côtés de la famille, à faire des études universitaires. Il travailla comme agronome pour le gouvernement pendant la Grande Dépression et mourut dans un violent accident sans avoir été heureux, je pense pouvoir le dire honnêtement. Pour ceux qui croient aux étoiles, je suis né sous le signe du Sagittaire, en cet hiver particulièrement rude de l'an 1937 ; j'ai eu une enfance agréable, totalement banale, et dont je ne parlerai pratiquement plus.*

Enfin, voici l'histoire, la fiction, le roman. « Ma structure a été faussée par une sombre souffrance qui m'a obligé à raconter mon histoire », a dit quelqu'un il y a longtemps. Je n'ai jamais vu de loup – les animaux des zoos ne comptent pas, ils n'ont pas plus d'intérêt qu'une carpe morte, tristes, furtifs, funèbres. Peut-être ne verrai-je jamais de loup. Et je n'en fais un problème pour personne d'autre que moi.

1

LES MONTS HURON

On pouvait partir vers l'ouest de Reed City, petit chef-lieu de comté installé dans une vallée infertile, avec son petit tribunal de briques jaunes, son canon bouché planté sur sa pelouse à côté d'une stèle de marbre portant les noms des morts des deux guerres mondiales gravés en lettres d'or et ceux des survivants gravés sans fioritures avec la netteté douteuse des inscriptions tombales, *À ceux qui ont servi*, continuer vers l'ouest sur quatre-vingts kilomètres de landes parsemées de hameaux comptant souvent moins de trente habitants et d'épiceries-postes à essence isolées, flanquées d'une minable caravane ou d'un sous-sol de maison attendant des temps plus prospères pour se voir nantie d'un rez-de-chaussée et peut-être d'un étage, les boutiques elles-mêmes n'ayant en stock que quelques vieilles marchandises, saucisson, mortadelle, saucisses polonaises, boîtes de conserve poussiéreuses, plaquettes de leurres pour la pêche, bombes aérosol antimoustiques, appâts vivants et glacière devant la porte – mais une glacière qui ne contenait que quelques bouteilles de sodas –, une route étroite à travers des bois de conifères où se côtoient le cèdre et le sapin, çà et là un chêne rabougri, le bouleau et l'éphémère peuplier qui vit généralement moins de vingt ans et jonche le sol de troncs et branches pourrissants, avancer toujours vers l'ouest à travers les mystères pelviens de marécages divisés par un fouillis de petites rivières et ruisseaux entremêlés, des marécages que rendent invivables en été et au printemps moustiques et mouches noires, des eaux saumâtres, des mares de limon vert, de petites buttes couvertes de fougères, des tourbières de sphaigne qui s'enfoncent dangereusement sous les pieds, bordées d'impénétrables bosquets d'épinette rouge : en bref, une terre sans histoire, d'aucun intérêt, au climat toujours infect, systématiquement déboisée depuis cent ans au point qu'il ne reste des grands pins blancs d'autrefois que quelques souches calcinées, presque pétrifiées, d'un mètre vingt de diamètre, seules preuves de l'existence de ces arbres qui atteignaient presque soixante mètres de haut et boisaient toute la moitié nord de l'État ainsi que la Haute Péninsule, insolemment rasés jusqu'au dernier par les barons du bois après la guerre de Sécession, réduits en fortunes qui profitèrent aux villes du Sud, Saginaw, Lansig, Detroit, et de l'Est, Boston et New York ; et des maisons pauvres, même les grandes fermes des terres relativement fertiles, délabrées, construites n'importe comment, sans le soin apporté à celles du Massachusetts ou du Vermont ; il fallait continuer toujours vers l'ouest jusqu'au lac Michigan, puis tourner vers le nord le long de la côte, jusqu'au détroit de Mackinac, passer son pont gigantesque, et avancer encore plus à l'ouest, sur près de cinq cents kilomètres à travers une Haute Péninsule à peine peuplée, et de nouveau tourner en direction du nord jusqu'aux monts Huron, ces relativement vastes montagnes où l'on ne rencontre plus âme qui vive.

Je me glissai hors du sac de couchage et plongeai une tasse dans le petit seau de fer, mais l'eau avait tiédi et était couverte d'une pellicule où les cendres se mêlaient aux moustiques morts. J'enfilai mon pantalon et mes bottes, marchai jusqu'à la rivière. La rosée avait trempé herbes et fougères, je sentais leurs feuilles amollies sous mes pieds. La terre était vert pâle, dans une demi-heure le soleil se lèverait et monterait à l'est, puis dépasserait la cime des arbres. Je m'agenouillai au bord de la rivière et bus son eau douloureusement froide contre mes dents. Je refermai les rabats de la tente, pris mes jumelles, que j'allais bientôt perdre, une mauvaise carabine 30.30 long rifle à la visée faussée, que je tenais de mon père, et une boussole dont je savais qu'elle ne me servirait à rien, car le sous-sol de cette région étant plein de gisements de fer, je ne pourrais me fier à ses indications. Mais je décidai de mettre le cap sur une butte qui s'élevait à un peu plus d'un kilomètre, puis de continuer dans la direction que je croyais être celle de la voiture, droit au sud-sud-est, et je partis. Deux heures plus tard, j'étais perdu au mystérieux fin fond de la forêt.

Celui qui se perd connaît toujours quelques instants de panique absolue où il se croit fichu. Le cœur palpitant, on tourne en rond presque sur place, tout ce que l'on savait ou croyait savoir sur les bois est oublié, et on n'est même plus certain d'en avoir jamais su quoi que ce soit. La boussole indique une direction impossible, on ne découvre de la cime de l'arbre où l'on a eu tant de mal à monter que d'autres cimes, ou, si l'on suit une rivière, c'est en sachant qu'on parcourra au moins trois fois plus de route qu'il n'est nécessaire car la rivière serpente et sinue, tourne en épingles à cheveux autour de plates-formes alluvionnaires couvertes de dense végétation, s'élargit en marécages où le pied s'enfonce dangereusement et où des nuages de moustiques vous accompagnent, volant comme par hasard juste à la hauteur de votre visage. Il y a donc tout d'abord cette peur mêlée d'incompréhension ; puis, quand les palpitations affolées se calment et que le souffle se fait plus régulier, il est en fait assez facile de faire demi-tour pour parcourir en sens inverse le chemin qu'on a tracé dans les fourrés. Seuls meurent perdus dans les bois, et ils ne sont pas nombreux, ceux qui ont attendu trop longtemps pour revenir sur leurs pas.

Je m'allongeai sur un tronc d'arbre tombé en travers de la rivière quand l'eau avait creusé la rive autour de ses racines, somnolai un moment au soleil, et, en me réveillant, mis la carabine en joue et visai en position couchée une feuille, puis un large affleurement de rochers en aval de la rivière.

J'avais eu l'intention de remonter à contre-courant et d'installer mon campement sur des terres plus hautes pour y avoir plus d'air et moins d'insectes, mais je ne retrouvai la tente qu'au milieu de la soirée. À dix heures, quand je dînai de haricots et d'oignons bouillis, il ne faisait pas encore nuit. J'inondai mon assiette de sauce au piment rouge et m'appuyai contre un arbre en me disant que j'aurais bien bu un grand verre de whisky tiède ou une série de petits doubles suivis de bière. Je repensai alors au Kettle of Fish, le bar de Macdougal Street où j'avais commencé à boire sérieusement. Tout le monde y semblait deux fois plus vieux que moi (j'avais dix-huit ans), et quatre demis suffisaient à me faire tourner la tête. Quatre-vingts cents. Mais une habitude n'a d'intérêt que pour ceux qui l'ont, par exemple ces hommes gras et gros qui parlent pendant des heures sans s'ennuyer des régimes qu'ils suivent, des kilos qu'ils s'imaginent perdre. Je bus de l'eau pour apaiser le feu qui me brûlait la gorge et regardai ma montre à la lumière des flammes. Elle s'était de nouveau arrêtée. En l'enlevant je remarquai la bande de peau blanche qu'elle avait laissée à mon poignet, comme une part de moi-même étrangère au reste de mon corps et ça m'a rappelé cet ami qui avait une croix mexicaine tatouée à cet endroit. Je jetai au feu cette superoccase à sept dollars et imaginai qu'au contact de la chaleur les aiguilles reviendraient en arrière ou tourneraient au ralenti, à l'inverse de ces montages cinématographiques où les pages d'un calendrier défilent et les trains traversent le pays d'un coin à l'autre de l'écran, de triomphe en triomphe, avec le nom d'une star de plus en plus grand sur les affiches et les panneaux des théâtres. Je me passai du produit antimoustiques sur les mains, le visage et le cou, et me glissai dans le sac de couchage.

Nous avions suivi une route gravelée bordée de chaque côté par des peupliers de Lombardie qui commençaient à mourir et dont les plus hautes branches perdaient toutes leurs feuilles. Mon père tripotait le bouton de la radio. Puis il avait dit : Il n'y a pas de match aujourd'hui, c'est lundi. Il avait tourné dans un chemin plein de trous et d'ornières qui menait à une ferme cachée derrière un bosquet d'ormes et d'érables. À notre arrivée, deux chiens avaient bondi de la véranda, comme prêts à mettre la voiture en pièces pour nous dévorer. Mon père était descendu et m'avait dit Viens, mais je n'avais pas bougé. Je ne voulais pas salir mes chaussures neuves que je m'acharnais à faire briller contre mes jambes de pantalon depuis que nous étions sortis de la ville. Il s'était éloigné et les chiens l'avaient laissé tranquille. Ils étaient probablement de la même portée, des bâtards de colley et de berger. J'avais eu une chienne qui leur ressemblait quelques années plus tôt. Elle s'appelait Penny. Mais elle avait mordu le facteur et nous avions dû la donner à un fermier qui, je l'avais appris plus tard, l'avait abattue parce qu'elle tuait ses poules. J'avais entendu des rires et m'étais retourné pour regarder de l'autre côté de la cour ombragée trois filles qui jouaient à la balançoire. Une corde pendait d'une branche basse d'un orme, à laquelle on avait accroché un pneu. Elles y montaient tour à tour et l'aînée soulevait la plus petite pour l'installer debout une jambe de chaque côté du pneu. La petite avait perdu trois doigts, elle tenait un brin de lilas entre le pouce et l'index qui lui restaient et, de l'autre main, s'accrochait à la corde. Les lilas poussaient le long d'un fossé à l'autre bout de la maison. On était en mai, ils fleurissaient en grosses grappes blanches et violettes, leur lourd parfum se mêlant à celui de la menthe sauvage du fossé. La ferme avait des murs doublés de panneaux imitant la brique brune, ce qui était alors presque une marque de fabrique des maisons de pauvres, et un perron en ciment où grimpaient de hauts buissons de chèvrefeuille. L'aînée, qui semblait avoir une douzaine d'années, était montée sur la balançoire et s'était élancée, de plus en plus haut, tandis que la petite se tenait les oreilles comme si quelque chose allait exploser. Elle chevauchait la balançoire les jambes écartées, et sa robe volait autour d'elle, de plus en plus haut à chaque nouvel élan. J'avais regardé encore une fois mes chaussures neuves, tourné le bouton de la radio. Quand j'avais relevé les yeux, j'avais vu ses jambes et ses hanches, son slip, tout ce que sa jupe ne cachait plus. Je m'étais senti tout flou, au bord du fou rire, avec une terrible envie d'aller les rejoindre et de leur parler. Mais, à ce moment-là, mon père était ressorti de la grange. Il avait serré la main de l'homme qui l'accompagnait et nous étions repartis.

Il n'était pas plus tard que minuit quand je me réveillai et le feu – parce que je n'avais à brûler que du pin, un bois qui chauffe beaucoup moins que le hêtre ou l'érable – s'était éteint. Je crus entendre quelque chose et pris la carabine posée le long de mon sac de couchage. Je me levai, rallumai un feu et décidai de faire du café et de veiller toute la nuit plutôt que me laisser attaquer par des bêtes sans nom qui, j'en étais sûr, n'existaient que dans les fantasmes créés par mon cerveau en manque d'alcool. « Voici le verre qui apaisera toutes mes souffrances », chantait Webb Pierce. Avant quatre heures le ciel s'éclaircirait. J'ai toujours prêté une attention démesurée à l'heure. Cela fait partie des problèmes que m'ont posés mes quelques passages dans le monde du travail : cette prévisibilité incontournable qui exaspère tous les employés, une pléthore d'horloges et, juchée sur mon cou trop maigre, ma tête qui suit leurs cercles parfaits, qui tourne, encore et encore. Je me rappelle avoir travaillé dans un bureau à Boston et, au cours de la seconde semaine, avoir un jour levé les yeux vers l'horloge alors qu'il était deux heures et demie et non quatre heures et demie comme je l'espérais. Je m'étais mis à pleurer, de vraies larmes, salées (certainement dues aussi aux cinq doubles scotchs de mon déjeuner). Un enfant de vingt-sept ans désespéré par la lenteur du temps, avec des larmes qui coulaient sur ses joues rondes et tombaient sur son col déboutonné parce que cette chemise, sortie du tiroir de la commode de son père mort, était trop petite pour lui.

La rivière grondait et bouillonnait autour des rochers près desquels je remplis la cafetière, son bruit couvrant les mouvements du griffon prêt à bondir pour m'égorger. Les éléphants roses du delirium tremens, c'est de la blague. Je pensais au sauternes et à la Californie. Il m'avait fallu presque un mois pour rentrer en stop et, de toute façon, j'y étais allé sans raison, ou simplement, comme l'a dit Tom Joad, parce qu'il « se passe toujours quelque chose là-bas dans l'Ouest ». Sûr, Tom. À San Francisco, dans un immeuble abandonné appelé les Jardins Suspendus par ceux qui y dormaient, nous avions partagé en quatre une centaine de boutons de peyotl, petits cactus qui, une fois pelés, ont la consistance gélatineuse de piments verts pourris. J'avais mâché consciencieusement mon overdose, vingt feuilles l'une après l'autre, comme une nourriture miraculeuse, puis vomi plusieurs fois par la fenêtre, des heures durant. Lorsque mon cerveau s'était éclairci, mon barda avait disparu. Et j'avais marché pendant ce qui m'avait paru des mois jusqu'à

Hosmer Street, pour prendre le car qui emmenait les journaliers aux champs de haricots de San José. Un étrange poison, le peyotl, que je ne recommanderais à personne, tout au moins pas en telle quantité. Les mots ne peuvent exprimer cette expérience, je n'ai jamais lu de récit qui en donne ne serait-ce qu'une vague idée. Des années plus tard, un coin de ma petite tête en ressent encore les effets.

Je bus plusieurs tasses de café en regardant le ciel sans lune, la nuit nuageuse derrière le feu. Puisque de toute façon il faut mourir, autant que ce soit entre les mâchoires d'un grizzly, mais ils sont à quinze cents kilomètres à l'ouest d'ici. Dans la transe du peyotl, les filles que nous avions bêtement convoquées pour danser nues étaient dépiautées, rouges comme des betteraves, avec une tache noire d'encre, luisante, dure comme du basalt. La vieille plaisanterie de la femme qui étrangle un rat entre ses jambes. D'un bout à l'autre de ce pays, on trouve dans les bars con craquette chagatte minette motte moule cramouille, etc. Cette femme de trente-huit ans à Detroit, avec ses cheveux violemment crêpés, son bourrelet de graisse nourri de bière autour de la taille, sa bouche rouge comme une blessure de guerre, qui te fait de l'œil dans le miroir au-dessus des bouteilles, et toi qui lui renvoies un clin d'œil aveugle, lui offres un verre, schnaps on the rocks, lui donnes du feu et regardes ses doigts dont les griffes te font penser à celles d'un léopard. Elle porte à la cheville un bracelet en argent où est gravé un nom, Bob. Elle fait la moue, babille à propos de films et de ce qui est arrivé à Randolph Scott, dit qu'elle est cosmotologue. Elle connaît le cosmos. Un cosmétique à elle, un luxe. Coiffure et bavardage pour femmes. Alors tu vas aux toilettes, tu te regardes dans la glace et tu te dis que si tu étais un vrai Américain, peut-être un marine, un para, ou un routier, tu la baiserais. Mais ce n'est pas le cas, aussi te balances-tu au-dessus de l'urinoir, la bite qui se rétrécit comme prête à disparaître à l'intérieur de ton corps à l'inverse du désir, te cherchant des excuses. Elle a probablement la chtouille ! Ou elle n'a pas pris de douche depuis une semaine, c'est une vieille peau, si toutes les bites qu'elle s'est enfilées lui ressortaient par la peau du dos, elle ressemblerait à un porc-épic, oh et puis zut, elle est tout simplement trop grosse. Mais ça ne te rassure pas, et en plus, lorsque tu ressors des gogues et traverses la salle pour t'enfuir, elle suit tous tes mouvements dans le miroir derrière les bouteilles. Tu pousses la porte dc la rue et tu te retrouves dehors, pas très viril, mais sain et sauf, tu te dis que ça aurait été comme de baiser un aspirateur, tu rêves de la fraîcheur d'un monastère en pleine campagne avec les oiseaux qui chantent doucement derrière les fenêtres et la Mère supérieure qui s'agenouille devant toi après les vêpres. Non, il n'y a pas de nonnes dans les monastères. Mais tu peux rêver au moins d'une lycéenne après un match de foot interclasse, sincère en amour, qui a un coffre en cèdre où commence à s'entasser son trousseau, des taies d'oreiller en mousseline blanche pliées tout au fond, portant en lettres de soie mauves les mots *Lui* et *Elle*. Et tandis qu'elle fait l'amour sans passion, elle parle de la curieuse expérience du dernier cours de chimie, qui puait tellement. Nue de la taille aux socquettes.

J'allai voir les lignes que j'avais posées, une façon d'attraper des poissons sans pêcher. On met un appât au petit hameçon et on accroche la ligne à un tronc d'arbre, ou à une branche basse. J'avais fait chou blanc avec la première, mais pris avec la seconde une truite de rivière, la plus bête des truites, d'environ trente centimètres. Je la vidai et jetai ses entrailles dans le ruisseau pour qu'elles n'attirent pas les ratons laveurs, capables de flairer les tripes de poisson à des kilomètres. Je la fis cuire en papillote avec de l'oignon, la mangeai avec du pain et du sel. Pour dessert, je plongeai mon doigt dans un petit pot de miel et le léchai. Le ciel commençait à peine à s'éclaircir et d'invisibles oiseaux chantaient, plus, comme nous le savons maintenant, pour écarter les autres de leur territoire que pour annoncer le jour.

Je dormis quelques heures, après le lever du soleil ; étranges, ces peurs de la nuit et la façon dont le courage me revient vers midi. J'avais bercé mon cerveau ramolli par l'alcool en fredonnant *The Old Rugged Cross*, qui est à la musique religieuse ce que les tranchées sont à la guerre moderne. Une femme l'avait chanté pour l'enterrement. Une plainte claire, frémissante, accompagnée par le souffle humide du vent qui passait entre les planches de la grange. C'était ma grand-mère qui avait tenu à cet anachronisme, et il s'agissait de son fils aîné. J'avais chanté beaucoup de cantiques un été à New York City dans une chambre de Grove Street qui donnait sur une bouche d'aération de vingt centimètres sur vingt dont le fond était jonché de journaux, de bouteilles et de vieilles serpillières. Grouillante de rats dans la journée. Je ne pouvais supporter la ville ; elle me semblait uniformément maléfique et j'aurais voulu être ailleurs, mais je ne pouvais rentrer chez moi, j'avais annoncé que je partais pour toujours. Je chantais ces vieux chants baptistes appris à l'âge de quinze ans, lorsque je m'étais converti. *Il y a une fontaine de sang* (celui qui coule des veines d'Emmanuel), *Sain et sauf* (entre Ses Mains), ou le plus beau, *Merveilleuse est la grâce sans pareille de Jésus*. Je n'avais simplement rien à faire à Sodome, mais refusais à dix-neuf ans de l'accepter. Sally me soulagea de mes souffrances, grâce à Grâce je rentrai un jour au pays. Impossible d'accorder de la valeur à des mots tels que destin et temps. Je faisais des listes, celles des choses que je désirais ou qui me manquaient, parce que j'étais incapable de faire des phrases ; toujours à moitié soûl dans la chaleur étouffante, comme si les mots ne sortaient que pressés au creux du poing :

soleil insecte poussière terre lilas feuille cheveux spirée érable cuisse dents œil herbe arbre poisson pin pinson basse bois dock rivage sable nénuphar mer roseau perche eau algue nuages chevaux verge d'eau hirondelles rond rocher roncier souche cerf faucon colline ravin chalet pompe nuit sommeil jus whisky cartes planches pierre plate oiseau aube crépuscule foin bateau huard porte fille grange paille blé canari pont vautour asphalte fougère vache abeilles libellule violettes barbe ferme étable fenêtre vent pluie vague araignée serpent fourmi rivière bière sueur chêne hêtre bouleau ruisseau marécage bourgeon lapin tortue ver bœuf étoile lait poisson-lune guitare-basse oreille tente coq boue blé noir poivre gravier cul criquets sauterelle orme barbelés tomates Bible concombre melon épinard bacon jambon patate chair mort barrière loriot maïs rouge-gorge pomme fumier batteuse cornichons cave brosse cornouiller pain fromage vin cuvette mousse porche ravin truite canne à pêche épagneul meule corde rênes nez poireau oignon pieds

Une fois cette liste terminée, j'avais eu l'impression de suffoquer. Je l'avais trimbalée sur moi pendant des jours. Je partais de la 42e Rue Ouest et marchais le long des quais sous la voie express, toujours aussi près de l'eau que possible, autour de la pointe de l'île et de Battery Park, puis vers le nord jusqu'à la 42e Rue Est, pratiquement sans rien remarquer ni me souvenir de quoi que ce fût. Je ne pouvais rentrer chez moi la tête basse après avoir vendu le costume qu'on m'avait acheté pour la remise des diplômes de fin d'études, et mis au clou la montre que j'avais aussi reçue à cette occasion. Le discours de circonstance était intitulé « Éveille-toi, jeunesse ». Après avoir joué les garçons de salle, j'avais lavé des pare-brise de voiture dans une station-service puis été employé dans une librairie à un dollar vingt de l'heure. Ayant vu des années auparavant *Meurtre sur la Dixième Avenue*, je marchais toujours d'un pas furtif sur la Dixième Avenue.

À midi, l'air était tiède et calme, pourtant, loin tout là-haut, de grands strato-cumulus noirs roulaient au-dessus du lac Supérieur, en provenance du Canada. Il allait y avoir un gros orage et je ne m'y étais pas préparé ; je courus sur les cinq ou six kilomètres qui me séparaient de la tente, tandis que les premières gouttes tombaient sur les feuilles et qu'un vent gris et froid se levait. Je ramassai tout le petit bois que je pus et le jetai sous la tente, puis me mis à creuser autour avec une hache, arrachant les racines et vidant la terre à mains nues car je n'avais pas de pelle. Avant d'avoir fini, j'étais trempé jusqu'à la moelle des os. Je me glissai à l'intérieur et me déshabillai en frissonnant tandis que l'orage grondait, une trombe qui pliait les arbres et brisait les branches, formait des ruisseaux à travers les bois. Je m'endormis épuisé, m'éveillai vers le soir et vis entre les pans de la tente une mare là où avait brûlé mon feu. Il pleuvait encore, bien que doucement maintenant, et il faisait très froid. J'eus soudain envie d'être dans un hôtel à New York ou Boston, d'avoir chaud après avoir dormi à l'heure du déjeuner et d'enlever l'enveloppe de cellophane d'un verre dans une salle de bains jaune pour y verser du whisky, y ajouter environ un doigt d'eau javellisée et organiser ensuite ma soirée.

Quand Marcia était partie en Californie, je l'avais suivie une semaine plus tard, mais l'avais ratée à Sacramento d'où elle s'en était allée vers le sud jusqu'à Santa Fe, Nouveau-Mexique. J'étais fauché en arrivant à Sacramento et avais de toute manière perdu tout intérêt pour elle ; voir un nouveau pays ou une nouvelle ville a toujours effacé en moi le passé immédiat. Je n'avais pas de photo d'elle et lorsque j'essayais de la visualiser, les traits de son visage se déformaient légèrement, aussi devais-je recommencer, comme j'aurais habillé un mannequin nu, mais alors un œil tombait par terre ou bien la bouche s'élargissait ou encore une oreille disparaissait. Quand je tentais de l'imaginer avec un autre, je ne ressentais rien. Elle m'avait dit plusieurs fois vouloir faire un jour l'amour avec un Indien, n'en ayant, bien entendu, jamais rencontré ; un Cheyenne, un brave, avec tous les honneurs de la guerre, qui l'anéantirait. Puis il prendrait son scalp et elle ressemblerait à une de ces Françaises qu'on rasait à la Libération parce qu'elles avaient collaboré avec les Allemands, image en noir et blanc dans *Life Magazine*. Rien, je ne ressentais rien. Peut-être aurait-ce été différent si nous étions restés ensemble, mais je ne voulais pas me marier ; je voulais faire des économies pour aller en Suède voir si j'avais encore de lointains parents qui me ressemblaient et, après m'être aperçu que non, je partirais sur une petite île de l'archipel de Stockholm où j'apprendrais le métier de pêcheur et passerais le restant de mes jours à attraper des morues. La mer Baltique serait toujours froide et ses plages jonchées de pierres noires. Quelque dix ans plus tard, j'enverrais un mot chez moi, écrit en mauvais suédois, que ma famille ferait traduire à l'université de la région. J'y annoncerais que j'avais décidé de suivre les traces de mon grand-père et que j'avais déjà fait une ribambelle d'enfants idiots aux cheveux filasse avec une grosse femme qui ne mangeait que du beurre et des harengs frits.

La dernière soirée que j'avais passée avec Marcia était mélancolique et douce. Nous étions restés assis sous le porche de sa maison jusqu'à ce qu'il fasse sombre ; puis nous avions traversé la pelouse et marché le long de l'allée jusqu'à ma vieille Plymouth. Il faisait encore très bon, une de ces sèches soirées d'août où la nuit rafraîchit seulement l'air. Nous avions roulé en silence sur la quinzaine de kilomètres qui nous séparaient du chalet et il s'en était fallu de quelques centimètres que je renverse la moto de Victor en me garant. J'avais compris qu'il était allé à pied à la taverne qui se trouvait un peu plus loin sur la route. Marcia était descendue sans me laisser le temps de lui ouvrir la portière. Tout était éteint, mais j'avais trouvé sans difficulté l'interrupteur à côté de la porte. Le ménage avait été fait, bien qu'à la va-vite. Les murs étaient doublés de frisette bon marché, du bois de pin plein de nœuds, jusqu'à mi-hauteur, puis peints en jaune vif à même un plâtre irrégulier. Pas de rideaux aux fenêtres. Le linoléum, d'un rouge violent, était usé jusqu'à la corde devant l'évier. J'avais rempli un verre de bière pour Marcia et buvais le reste à la bouteille, car c'était le seul verre propre. Marcia semblait plutôt à l'aise, malgré la laideur de la pièce. Elle en avait fait le tour d'un pas gracieux, regardant les photos des femmes de Victor et buvant sa bière à petites gorgées. Je lui avais demandé si elle en voulait encore et elle avait répondu qu'elle n'y tenait pas vraiment. Ensuite elle était allée dans la salle d'eau et avait dit qu'il y avait des insectes dans le lavabo. Je l'avais rejointe et nous étions restés là à regarder la blancheur froide du lavabo, les papillons de nuit et les moustiques autour du trou d'évacuation. Nous avions relevé les yeux au même instant – le miroir nous renvoyait notre regard avec une clarté terrifiante –, son visage, moins bronzé dans la lumière crue, ses arcades sourcilières moites, ses longs cheveux attachés en chignon. Debout derrière elle, j'avais une expression si manifestement absurde qu'elle avait ri. J'avais alors eu l'impression que pour la première fois depuis des semaines j'étais enfin conscient que jusque-là sa beauté n'avait été qu'une idée. Elle avait enlevé sa blouse puis laissé tomber sa jupe sur le sol. Je me sentais léger, aérien, comme si j'avais assisté à cette scène de loin, ou en rêve. Elle s'était retournée vers moi, avait blotti son visage contre mon cou. Je l'avais embrassée rapidement et avais regardé dans la glace. Tout en bas du miroir, les rondeurs de son derrière écrasées par le poids de nos deux corps, son dos, lisse mais étonnamment musclé, et mes mains plus sombres sur sa peau blanche. Puis j'avais vu mon visage appuyé contre son épaule et tiré la langue.

Beaucoup plus tard, après l'avoir raccompagnée et être revenu au chalet, je m'étais dit que jamais je n'avais eu un aussi grand plaisir sans me poser de question, que tout ce qui était arrivé s'était passé dans une brume sensuelle dont nous n'étions sortis que pour boire un verre d'eau ou fumer une cigarette. Je gardais même du trajet jusque chez elle une impression vague, hypnotique. Il est étrange de connaître une fille que l'on peut aimer sans mot, avec qui le langage n'est qu'une interférence. Il en est toujours allé ainsi avec Marcia. Nous parlions, riions et nous promenions beaucoup, mais lorsque nous commencions à nous caresser, il s'agissait d'un rite absolument muet. La première fois que nous avions fait l'amour, il y avait eu du sang, pourtant elle n'avait apparemment pas pensé que sa virginité était quelque chose qui valait la peine d'être évoqué.

Avec le petit bois de la tente, j'allumai un faible feu crépitant, à peine de quoi faire bouillir l'eau du café. Mon haleine faisait un nuage de vapeur qu'exhalait l'orifice de la tente dans cet air presque glacé du mois de juin. À New York, les gens nantis devaient avoir cette allure boiteuse de ceux qui prendront bientôt des vacances, quinze jours, un mois, ou tout l'été dans le cas de certaines épouses. Barbara partirait en Géorgie avec l'enfant, peut-être le laisserait-elle là-bas pour aller en Europe. Elle avait semblé totalement dépravée quand je l'avais vue pour la première fois, étrangement soumise, mais avec une décadence agressive qui trahissait une volonté délibérée, comme certaines filles qui ont un curieux penchant littéraire et organisent leur existence sur la base des romans qu'elles ont lus. J'avais fait sa connaissance au Romero's, un bar du Village que fréquentaient aussi bien les Noirs et les Blancs et où elle était venue avec un grand nègre dégingandé qu'elle avait rencontré à son cours de peinture. Moins d'une heure plus tard, hystériquement soûle, elle parlait trop fort et son ami s'était enfui, gêné.

— Tu as du sang mexicain ? m'avait-elle demandé.

— Non, avais-je répondu, presque paralysé par la timidité.

— On dirait bien, pourtant. Tu es sûr ?

— Peut-être un peu, avais-je menti.

Je voulais lui faire plaisir. Elle ressemblait à un mannequin, de loin la plus belle de toutes les créatures que j'avais jamais rencontrées.

Nous avions bavardé bêtement pendant quelques minutes puis je lui avais commandé un autre verre que le barman avait refusé de lui servir. Elle était partie brusquement et je l'avais suivie avec la certitude que j'allais trébucher avant d'arriver à la porte. Le barman avait souri. Je me sentais vieux et dans le coup, mais encore maladroit. Nous avions longé quelques pâtés de maisons – elle silencieusement vacillante – jusqu'à une cafétéria où nous avions pris un café et où la serveuse m'avait demandé d'emmener Barbara dehors avant qu'elle ne vomît. Arrivée dans ma chambre, elle s'était déshabillée très vite, avait enfilé un de mes tee-shirts en guise de pyjama et s'était jetée dans le lit. Elle était endormie avant que j'aie le temps de voir à quoi ressemblait son corps ou de dire quelque chose. Je m'étais glissé nu à côté d'elle et avais touché son ventre, mais elle ronflait déjà. Je me sentais bizarrement engourdi, pris de vertige, comme environ un an plus tôt lorsque j'avais enfilé ma tenue de football avant un match en sachant que j'allais passer les quelques heures suivantes à me faire démolir la gueule. J'étais resté allongé là un moment, touchant ses jambes, sa poitrine et son sexe, où j'avais laissé ma main, en me disant que c'était en fait la première fois que je passais toute une nuit avec une fille et que profiter de son ivresse était indigne d'un homme. Son estomac gargouillait sous mes doigts et j'espérai qu'elle n'allait pas vomir car on ne devait me changer les draps que quatre jours plus tard. Puis je m'étais relevé, j'avais allumé la lumière et l'avais regardée, d'abord de loin, puis de très près, à moins de dix centimètres pour être exact. J'avais l'impression que mon cœur allait exploser et m'étais remis au lit, sur elle cette fois, puis j'avais essayé de la pénétrer, mais j'avais éjaculé avant d'y arriver.

Je m'étais réveillé à l'aube, très déprimé et coupable, et je l'avais regardée, assis sur une chaise à côté de la fenêtre. Sa respiration était profonde et régulière dans l'ombre, le drap repoussé assez loin pour découvrir une hanche lisse, des fesses blanches et un dos encore bronzé. Je me levais tôt par habitude, mais en ville, avec le raffut du camion-poubelle dans la rue vide, la lumière sale, le soleil jamais vraiment brillant même en été, l'air qui sentait une odeur grasse de produit chimique, je n'y prenais aucun plaisir. Elle avait bougé légèrement puis s'était retournée sur le ventre, le drap enroulé autour d'elle, plus bas, serré autour de ses cuisses. Une image de magazine porno. Pas d'excitation, mais une torpeur inattendue. Elle semblait irradier une chaleur terrible et dormir avec elle avait été étouffant – son étrange odeur sucrée, son parfum qui passait, la chambre qui se rétrécissait dans une insomnie amère avec les premières lueurs du jour. J'avais somnolé sur la chaise pendant une heure ou deux, m'étais éveillé quand la rue était redevenue bruyante. Elle dormait toujours, bien que totalement couverte maintenant. J'étais sorti dans le couloir pour me doucher et à mon retour, l'avais trouvée debout devant la plaque électrique en train de préparer le café.

— Ces nègres voulaient me soûler, avait-elle dit en souriant.

— Ce n'est pas ce dont je me souviens.

Elle avait refroidi son café avec de l'eau, l'avait bu très vite, puis s'était entourée du drap.

— Je prendrais bien une douche.

Je lui avais dit où c'était, et que l'eau chaude, quand il y en avait, était bouillante. Une fille nue, ou presque, enfin montrant ce qu'il y avait de plus important à montrer, buvant du café dans ma chambre. J'avais presque envie de rentrer chez moi pour raconter ça à un copain. Je m'étais mis dans le lit qui était encore tiède et sentait la bière.

Allongé en pantalon, je respirais à fond, histoire de calmer ma nervosité. Elle était revenue à son tour, au bout de ce qui m'avait paru durer une heure, et s'était plantée à côté du lit, debout, brossant ses cheveux à petits coups secs, les yeux baissés vers moi. J'avais tendu la main, l'avais effleurée. Elle s'était tournée, avait laissé tomber le peigne, s'était mise au lit à côté de moi et avait défait ma braguette. J'avais vite enlevé mon pantalon puis nous nous étions embrassés et je l'avais pénétrée tout de suite, bien qu'elle ne fût pas tout à fait prête.

En début de soirée, nous avions marché jusqu'au coin de Macdougal Street où elle espérait trouver un taxi. Nous avions regardé derrière la haute grille d'un petit square des enfants qui jouaient au basket. Elle m'avait donné son adresse et son numéro de téléphone. Je me sentais différent et me demandais si ça se voyait. Nous avions alternativement baisé, dormi et fumé toute la journée, avec une courte interruption pour aller acheter de quoi manger chez le traiteur. Elle avait pris ma bite dans sa bouche, ce qui ne m'était arrivé qu'une seule fois auparavant, avec une putain des Grands Rapides, et je l'avais léchée, un truc nouveau pour moi, mais que j'avais lu dans un livre avec les copains, à la maison. Nous étions persuadés que tous les autres avaient déjà sucé une femme, et quand un pauvre diable avait avoué que non, nous avions ri d'un air entendu, quelque part dans les champs ou peut-être dans la remise. Maintenant, j'avais le sexe douloureux, à vif. J'en avais presque plus fait en cette longue journée au lit que dans le reste de ma vie. Toutes mes curiosités étaient pour l'instant satisfaites et je sentais encore l'odeur de Barbara sur mes mains et mes lèvres. Sur mon nez. J'étais entré au Kettle of Fish où j'avais commandé un demi d'une voix forte, alors que d'habitude je bafouillais avec un accent de plouc paumé que les New-Yorkais avaient du mal à comprendre.

Je me servis du reste du petit bois pour sécher une bûchette dont j'alimentai le feu. Puis je préparai des pommes de terre aux oignons que je mangeai dans la poêle. Il faisait à peine clair, mais les premiers rayons de soleil apparaissaient dans le brouillard qui s'élevait à travers les buissons et les branches. Comme dans la Forêt-Noire en 1267 lorsque les paysans se levaient tôt et enfilaient leurs bottes dans l'aube humide. J'essuyai la carabine avec ma chemise, des gouttes d'eau perlaient sur son canon d'acier glacé, et je remontai le ruisseau pour reprendre ma promenade là où, la veille, la pluie l'avait interrompue. D'après la carte d'état-major, c'était la partie la plus profonde de la forêt, un coin qu'aucune piste ne traversait, et la rivière auprès de laquelle je campais coulait du plus proche de deux petits lacs selon un parcours sinueux, s'élargissant progressivement vers le nord, où elle se jetait dans le lac Supérieur.

À environ un kilomètre de la tente, je tombai sur un

monticule de crotte d'ours toute fraîche. Il avait dû manger des framboises sauvages. Il me fallut quelques secondes pour me remettre de mon émotion, mais je savais que les baribals n'attaquent pratiquement jamais personne. Je repris tranquillement ma route à travers les fougères humides qui m'avaient trempé jusqu'à la taille puis je le vis, à quelques centaines de mètres devant moi, sur un tertre au bord d'un marigot. L'ours se retourna soudain vers moi. Il avait flairé mon odeur. Puis, si vite que j'eus à peine le temps de le voir faire, il se baissa et s'enfuit à travers le marigot.

Tous étaient semblables. Convaincus de ce fait, ils faisaient graviter leurs particularités autour d'une tête unique, les parties du corps étant elles aussi interchangeables. Jeunes, après une matinée passée à l'école biblique, ils regardaient dans le dictionnaire au mot « péché », le souffle court. Jézabel, Marie Madeleine, Ruth couchée à mes pieds, les filles de Loth, les concubines de Salomon. Ils avaient semé la terreur au pays des Gérasiens, quand le fou, qui avait brisé ses chaînes encore et encore, fut guéri et que ses démons entrèrent dans des pourceaux, un troupeau de trois mille porcs qui se jetèrent à l'eau et se noyèrent. Écume et vagues de pourceaux noyés. Je multipliais les cochons dans l'enclos à côté du silo à maïs. Il y en avait huit et il était difficile d'en imaginer des milliers, tous possédés des démons de mauvaises femmes. Quand vous aurez changé et que vous vous serez lavé de tout mal, les quelques femmes du pays que vous avez indignement traitées le sauront et se jetteront dans la mer Rouge ou dans l'enclos à cochons. On pourra les repérer sur une carte des États-Unis et du Canada. Puisses-tu être froid ou bouillant à Laodicée. Petite culotte baissée sur les cuisses derrière un poulailler. À douze ans elle a dit regarde mon cul. Devant mes yeux et personne à qui m'en confesser. La femme maintenant morte qui jouait du piano pour la prière du mercredi soir est au ciel et voit ce que tu te fais la nuit et ce que tu fais aux autres où que ce soit, chez toi, au travail ou quand vous jouez dehors. Rien ne peut être caché aux morts et les morts ne peuvent nous aider, bien qu'ils pleurent certainement pour nous. On entendait les poules caqueter, les herbes sèches blessaient nos pieds nus. Tu n'as pas de poils, moi si. J'en aurai après mon prochain anniversaire, on me l'a dit. Nos oncles partis faire la guerre à Guadalcanal vont peut-être mourir. J'ai touché son machin. À la fête des Nazaréens, le prêcheur a dit sous la tente que la petite fille du jeune couple était tombée dans l'enclos à cochons et avait été dévorée en châtiment de leurs péchés. Lui s'est tourné vers l'alcool et les femmes. Elle, vers l'alcool et les hommes. Puis ils ont entendu un cantique à la radio, des tas de gens avaient prié pour eux, surtout leurs mères, alors ils ont pleuré devant la radio et demandé pardon. Bientôt ils ont eu un autre enfant. Les voies de Dieu sont nombreuses pour accomplir ses prodiges. J'irai en Afrique, je deviendrai missionnaire et sauverai les païens, ces Noirs sauvages, malgré les lions et les serpents venimeux. Son cul est nu, les poules caquettent en cercle, elles pensent que nous allons leur donner à manger. Le missionnaire jouait de l'accordéon, chantait un cantique en langue africaine et passait des diapositives du continent noir. Image d'un lépreux avec une mâchoire gigantesque et une oreille en moins, qu'on avait conduit au Christ à la mission. On obligeait les filles à se marier à dix ans, à peine en classe de septième. J'ai trouvé dans le bureau de mon cousin un livre de Flash Gordon où on le voit, dans son vaisseau spatial, avec son machin qui passe à travers une femme et va se planter dans la bouche d'un autre homme. Qui rentre dans l'un et ressort dans l'autre. Et Joe Palooka, avec ses gants de boxe, son short baissé autour des genoux, devant des célébrités assises de l'autre côté du ring. Un de mes amis avait donné cinq dollars de ses étrennes à la bonne noire pour qu'elle soulève sa robe jusqu'en haut. À quoi elle ressemblait, je n'en sais rien, elle avait une culotte sous sa robe. Cinq dollars. Nuit d'été où nous ramions sur le lac devant sa fenêtre, alors qu'elle avait enlevé tous ses vêtements. Je ne suis pas certain qu'elles soient toutes comme ça, si leurs poils ne sont pas de la même couleur, elles sont sûrement bâties différemment. Mais quand je suis sorti des eaux dans mon pantalon de drap blanc, tout était nouveau et le Saint-Esprit des fonts baptismaux est descendu dans ma poitrine qui allait exploser. Peut-être avais-je retenu trop longtemps ma respiration. Ça a duré, l'esprit est resté là, environ une semaine, bien que mon père ait dit en plaisantant ce n'est pas la peine de prendre un bain. Ou suis-je un païen ? L'évangéliste Billy Sunday a sauvé mon père pour quarante-huit heures, mais le troisième jour il s'est soûlé. Ils appellent ça rechuter.

À midi, une brise de sud-ouest se leva et il se mit à faire chaud et humide. Assis contre une souche, je regardais le petit lac ondoyer. Arrivé au bord de l'eau, fatigué et dégoûté, je tirai sur une tortue que je vis au loin sur un tronc d'arbre. La sueur coulait dans mes yeux, j'avais traversé le marécage au milieu d'un nuage de mouches noires et de moustiques, et arrivais à peine à garder ouvert mon œil enflé par les piqûres. Sous l'impact de la balle, la tortue explosa littéralement. Une cruauté inutile qui me serra la gorge comme la cruauté inutile des hommes de ma famille me serrait la gorge lorsque j'étais enfant. Dans l'ombre de la nuit, les chiens sautent autour de l'arbre d'où les regarde un raton laveur pris dans la lumière de la lampe torche. Il est abattu et mis en pièces par les chiens. Manger un raton laveur de temps en temps leur ouvre l'appétit.

J'avais tiré un jour à cinq reprises dans un essaim d'abeilles qui pendait serré à un arbre, énorme grappe de petits raisins tremblotants avec au milieu une reine que tous nourrissent et protègent. Elles se resserraient sous les coups, celles qui étaient mortes tombant au sol. La médiocrité de ma famille : passer les quatorze premières années de sa vie au XIXe siècle, puis se faire balayer dans le XXe siècle ; et au point d'impact devenir baptiste, étudier pour finir prêcheur. Beaucoup d'appelés, peu d'élus, dit-on. Deux ans dans une église, l'âme douloureuse à cette idée. La femme noire chantait : « Je vais dire à Dieu comment tu m'as traitée. » Épître aux Philippiens ou aux Éphésiens. Paul nous a instruits. Purifie mes pensées, ô Christ. Mieux vaut brûler que périr, pensions-nous en tenant nos fusils déchargés sur nos genoux, désespérés de devenir purs. Nous ne sommes pas descendus du singe pour agir comme des dieux, le monde est né il y a six mille ans, l'archevêque Usher l'a prouvé, et seul Satan nous pousse à penser autrement. Notre pays s'est fourvoyé : lorsque le barrage Hoover a été construit, huit ou neuf hommes ont été tués et enfouis dans le ciment à cause de notre désir de richesse. Seigneur, ne laisse pas ces images m'induire à la tentation. Cerveaux qui pourrissent parce qu'ils se mentent. La géométrie d'Euclide et un entier millénaire de cruauté. La honte de ma famille : alors que seul mon père a été à l'université, il y a appris l'agriculture et avait une grammaire lamentable. Quoi d'étonnant à cela après toutes ces années passées à traire des vaches, couper des arbres ou manger du hareng. Toute une lignée d'entre eux qui quittent l'école à seize ans par conviction religieuse, refusant d'en apprendre plus que ce qu'exige la loi ; mennonites ignorants et inoffensifs, ils restaient entre eux et refusaient d'en appeler à la loi les uns contre les autres. Ils inventèrent la rotation des cultures, leurs femmes étaient vêtues de noir et portaient des calottes noires. C'est tout ce qu'on peut dire d'eux.

Il faisait bon et, grâce à la brise, mouches et moustiques avaient disparu. Je me déshabillai et entrai dans le lac, posant précautionneusement les pieds sur son fond mou. Quand j'eus de l'eau jusqu'à la poitrine, je commençai à nager vers le tronc d'arbre dans l'eau claire et glacée. Il restait des bouts de chair de tortue, et, en abritant mes yeux du soleil, je vis ensuite un morceau de sa carapace, tout au fond. Recolle les morceaux. Mon cœur était dans l'œuf qui est tombé par terre. J'ai fait la planche et vu un nuage immobile. Où la tortue serait-elle morte, autrement ? Profondément enfoncée dans la boue, en hiver. Comme les ours, qui meurent de vieillesse dans leur sommeil. Il y a des milliers de corps disparus en Amérique, au bord des voies ferrées et dans les chambres de location, dans les caniveaux, dans les bois.

De retour au campement, je somnolai dans le soleil de la fin d'après-midi. Je voulais un lieu. J'avais perdu toute personnalité à force de voyager ; en quinze cents kilomètres, même moins, on pouvait devenir quelqu'un car autour de soi le décor changeait sans qu'on y soit pour rien. Reste là. La fièvre montait dans les rues de Laredo, Texas, et on n'y accueillait plus les étrangers. Ils vous auraient tiré dessus s'ils avaient pu le faire en toute impunité, c'est certain. Mais peut-être était-ce vrai de n'importe quel autre État. Un samedi soir à Boston, dans Scollay Square, un marin sur le trottoir, entouré d'un cercle de curieux, le manche d'un tournevis planté dans la joue. Ils ont démoli Scollay Square, depuis. Dans les 40e Rues Ouest, près de la Neuvième Avenue, un policier matraquait un Portoricain qui portait un feutre. Le chapeau était tombé devant la Maison du Steak, menu à un dollar dix-neuf. Un autre policier debout à côté de la voiture de patrouille regardait le Portoricain qui rampait à quatre pattes et perdait tout son sang. Alors ils l'avaient emmené dans la voiture. L'attroupement s'était dispersé et j'avais vu le chapeau, devant le restaurant. Qu'était devenu ce chapeau, ensuite ? Un de mes amis sur qui on avait tiré disait que c'était comme si on vous tabassait, mais pas trop fort. J'avais trouvé un jour un coin tranquille dans l'Utah, une ferme où j'avais travaillé pendant une semaine. Je mangeais avec la famille. Que je sois allé à l'université leur en mettait plein la vue. J'avais aussi dit que ma femme était morte et ils étaient très gentils avec moi. Bien utile, ce don que j'ai de mentir pour le plaisir.

Nuit liquide et tiède. Je jetai une poignée de fougères vertes dans le feu pour écarter les moustiques et la fumée monta en spirale au-dessus des flammes et de la tente, jusqu'au toit de branches par-dessus moi. Point de lune. En Espagne, où je n'avais jamais été, je dormais sous un citronnier avec une vipère nichée au chaud contre mes cuisses. Ça sentait comme ce melon cantaloup que j'avais écrasé avec un tracteur, son jus et ses graines dégoulinaient sur le sol. J'enlevai tous mes vêtements et marchai autour du feu en bottes, les yeux fixés au-delà du cercle d'ombre. Aboiement aigu dans le lointain. Un coyote. Peut-être assez proche, car le flux régulier de la rivière couvre les bruits. Je frissonnai et me rapprochai du feu, debout dans le panache de fumée jusqu'à ce que mes yeux pleurent. S'il y avait du feu au centre de la Terre, pourquoi est-ce que le sol n'était pas chaud ? Je n'ai jamais eu la bosse des sciences, ni peut-être la bosse de quoi que ce soit, je ne m'intéresse qu'à ce qui s'incruste tout seul dans mon cerveau. Ou à ce qui présente quelque bizarrerie. Je passai mes mains sur mon corps comme un médecin qui chercherait ce qui ne va pas. Dans le monde de l'avenir, les muscles seront une anormalité. On n'y fera rien qui développe les biscottos, aucun labeur inintelligent mais quelque chose d'un autre genre. Le travail. Aider mon père et mon grand-père à rentrer le foin. Le jeter à la fourche dans la carriole, jusqu'à ce qu'il s'empile en un tas énorme et instable, puis les chevaux tirent la carriole vers la grange où on en fait une meule. Si jeune que la fourche semblait trop lourde pour être soulevée. Après le dîner, je suivais mon grand-père dans l'étable et le regardais traire les vaches. Quatre trayons. Le lait ne coulait jamais entre mes doigts, malgré mes essais répétés en cachette. Mon grand-père dirigeait le trayon vers moi et le faisait gicler dans ma bouche, ou dans celle d'un chat qui attendait toujours là. Descendre du foin, l'étaler dans la longue mangeoire devant les piliers, en descendre d'autre pour les chevaux. Je détestais passer derrière les chevaux mais celui qui bottait était au repos. On racontait les accidents, les morts, les estropiés, d'un seul coup de sabot, projetés à travers la cloison de la grange. Le taureau conduit à la longe, par l'anneau passé dans son museau, n'était pas dangereux. Le travail anesthésiait l'esprit, laissait l'esprit ailleurs, chercher un lieu plus doux pour oublier la fatigue. Il avait fallu terrasser à la main autour des fondations parce qu'un bulldozer aurait pu ébranler le mur, une semaine à manier la pelle. La fosse du puits s'enfonçait continuellement jusqu'à ce que nous ayons creusé un trou de trois mètres sur trois. Pas de charpente pour l'étayer. Poser trois cents mètres de tuyaux d'irrigation dans la chaleur violente, un dollar de l'heure et pas d'heures supplémentaires, ou vider un camion d'engrais dans la remise de tôle ondulée, avec un masque à gaz sur le visage, parce que les sacs se déchirent quelquefois. Et le plus dur, manier des parpaings de ciment de trente centimètres, pesant plusieurs kilos, pour une maison qui aura une façade doublée de panneaux imitant la brique, peut-être un millier de parpaings dans ces murs. Décharger trente-cinq tonnes à la main en une journée. Trop fatigué pour baiser, aller à la pêche ou au cinéma, les mains engourdies, à vif. Il faut bien que quelqu'un le fasse. Plus jamais moi. Près de Stockton, le champ de haricots s'étendait à perte de vue. Nous ramassions les haricots en rangées, pour deux cents la livre. Je me faisais sept dollars en douze heures tandis que la Mexicaine que j'avais rencontrée à Salinas arrivait à une moyenne de quatorze dollars par jour. Et puis j'avais trouvé une place dans une conserverie de San José où je conduisais un chariot élévateur.

Dans le sac de couchage, l'odeur de la fumée sur mon corps était suffocante. Endormi à la périphérie et éveillé à l'intérieur, je repensais à la route de Toledo à Detroit puis Lansing, avant d'atteindre enfin le pays que j'aimais, au nord du mont Peasant et de Clare, où je tournais à gauche vers Evart et Reed City et parcourais encore quelque cent vingt kilomètres. Je passais sans la prendre la route qui menait au chalet. Celle où une sorcière, une vraie, vivait dans une cabane dans les bois, se nourrissant de baies et d'opossum bouilli ou de toute autre viande d'animal écrasé par une voiture. Trois cent cinquante millions d'animaux tués sur les routes chaque année. J'en avais compté quatre-vingts une nuit d'été sur un tronçon à l'ouest de Clare. Ils n'arrivaient pas à se mettre dans la tête que le monde ne leur appartenait pas. Sur la terre entière, peut-être plus d'un milliard d'entre eux disparaissaient ainsi chaque année. J'avais failli écraser un renard dans le Massachusetts, des années plus tôt. J'avais fait une embardée mais l'avais quand même touché, et, quand je m'étais arrêté, je l'avais vu tourner en rond, vacillant au bord de la route. Je l'avais frappé à la tête avec mon cric parce qu'il avait le dos brisé et une jambe qui pendait de côté. Le renard avait grogné puis gémi en essayant de fuir. Je ne pouvais le laisser mettre des jours à mourir. C'était en février ou mars, à la saison des amours, quand ils courent partout, moins vigilants qu'à l'ordinaire.

Reed City, où j'avais passé les meilleures années de ma vie, m'a paru une ville maussade, petite et laide, aussi l'ai-je traversée rapidement. Rien de plus ennuyeux que le récit de sa jeunesse. Le monde vu de haut, dans un souvenir inquiet que l'on déverse des années plus tard, que l'on confesse, que l'on étreint et que l'on distord, dégoûté du présent. Comme il est vain de le revivre encore et encore, de n'en savourer que le meilleur, en oubliant les innombrables blessures qui semblent plus profondes et que l'on masque énergiquement. Le psychologue que j'avais vu avait voulu me persuader que je vivais comme un enfant. Que c'était pour ça que je n'avais pas besoin de mon enfance pour apaiser ou guérir ma douleur. J'étais encore un enfant, avec, peut-être, peu de chances de devenir quoi que ce soit d'autre. Parfait. Abandonnant toujours tout, écoles, emplois, pêche, chasse, balades, comme un enfant se lasse des bonbons ou des jeux nouveaux. À l'occasion, je grimpais même aux arbres quand j'étais certain que personne ne pouvait me voir. Le goût de la nouveauté, ils appellent ça. Une victime du changement. Une nouvelle rue à descendre dans une nouvelle ville vers un nouveau bar un nouveau fleuve avec un nouveau pont d'où regarder le paysage et un nouvel auteur à lire tard la nuit dans une nouvelle chambre. À Waltham, sur les bords du Charles, ça avait été Dostoïevski pendant des semaines d'affilée après mon boulot de garçon de salle dans un restaurant italien. Boston était devenu Saint-Pétersbourg avec soixante centimètres de neige tombés en une nuit. Après avoir économisé cent dollars, j'avais déménagé dans St. Botolph Street et quitté le restaurant. La chambre était si mal chauffée que pendant un mois je portai le vieux manteau de mon père jour et nuit, même au lit. Lorsque le chauffage se mettait à marcher, par intermittence, j'enlevais le manteau et l'accrochais à la fenêtre pour l'aérer. À propos de fenêtre, c'était par là que pissait le poivrot d'à côté pour ne pas avoir à descendre jusqu'aux toilettes. J'avais raconté ce que j'avais en tête sur deux feuilles de papier d'huissier jaune et étais retourné au printemps à New York d'où j'espérais partir pour la Suède quand j'aurais mis assez d'argent de côté. Après cinq mois de chômage et de vin de Tokay, j'avais quitté New York pour le Michigan où j'étais arrivé à gratter soixante-dix dollars en quatre mois et d'où j'avais pris ensuite la route vers la Californie. Tout vagabond rêve de montagnes d'or cachées dans les forêts péruviennes, du trésor de Lafite qui gît dans un récif de corail au large de l'île de la Tortue, d'un portefeuille bien rembourré qui traîne dans un caniveau, de la star qu'il deviendra du jour au lendemain parce que quelqu'un à Hollywood aura trouvé son visage intéressant ou de la femme immensément riche dont il deviendra l'amant. Elle était belle mais aucun homme avant lui n'avait su satisfaire ses goûts capricieux. Alors, il découvrit le monde grâce à sa bite – Biarritz, Marrakech, Saipan, Hong Kong. À travers les lourds rideaux, il regardait l'avenue des Cochons, épuisé mais heureux. Derrière lui, sur un lit Louis-XIV, elle tenait le canard mort contre sa poitrine. Puis elle le plumait avec ses dents comme le ferait un faucon, à petits coups secs. Il ne supportait de telles perversions que pour les mille dollars qu'elle lui donnait par semaine et les quelques petits plaisirs qu'elle lui offrait en retour. À l'automne, quand ils iraient chasser en Somalie, il la vendrait à des Bédouins après lui avoir pris ses bijoux et le plus d'argent possible. De retour dans ma chambre, je me sentais ivre de fantasmes. Je voulais trouver un vrai portefeuille sali par la boue d'un vrai caniveau. Imbibé de sauternes, j'avais l'impression que ma vie allait bientôt changer. Tu traverseras un océan ou toute autre étendue d'eau et tu trouveras l'amour auprès d'une femme qui parlera une langue étrangère, m'avait prédit une fille après avoir fait mon horoscope. Ou, P.-D.G. d'une multinationale, j'instituerais des pratiques sociales plus justes. Les veuves de ceux de mes employés tués accidentellement en tombant dans les hauts fourneaux de mes aciéries rougiraient de ma générosité, souvent penchées au-dessus de mon bureau présidentiel pour un petit coup de queue. Tous ces fantasmes détruits par le détail qui cloche. Jeune lycéen, j'avais participé à un concours organisé par l'U.A.W. (Syndicat des travailleurs de l'automobile, de l'aérospatiale et de l'agriculture) sur l'histoire du travail : « Eugene Debs était assis muet dans sa cellule de prison. Vers quoi se dirige le syndicalisme ? » se demandait-il. Mon frère avait gagné le prix de la Légion américaine pour le « meilleur essai traitant du patriotisme », qu'il avait lu debout sur une estrade à une assemblée de l'école, encadré de deux hommes en uniforme et de deux drapeaux. Je pensais avoir peut-être moi aussi hérité de ce talent d'écrivain et avais attendu anxieusement la lettre m'annonçant mon voyage à Washington (le premier prix) puis l'ascension inévitable qui ferait de moi un égal de Walter Reuther, et son successeur à la tête du syndicat. « Heureux de vous avoir parmi nous », dirait Reuther. Ou quelque chose comme ça, les yeux embués d'émotion. Personne ne pourrait voir les cicatrices laissées par les coups de feu que des jaunes avaient tirés sur moi par la fenêtre de la cuisine. Les jaunes ne reculaient devant rien, pas même le meurtre. Les familles Ford, Dodge, Mott et autres vivaient dans une splendeur porcine sur les salaires impayés tandis que le leader tombait ensanglanté sur le linoléum de sa cuisine. Des années plus tard, à New York, lors d'un meeting socialiste, des gens simples, souvent bruns et de petite taille, lisaient *L'Humanité* en riant. Je ne comprenais pas le français et l'affiche disait que c'était une fête. Boissons à l'orange et beignets. Je n'avais plus jamais assisté à un meeting, mais j'avais signé des pétitions tous les jours dans Washington Square. J'avais entendu les bruits qui couraient à propos d'Eisenhower et Mme Chiang et on disait que les indemnités versées pour l'assèchement des puits de pétrole finançaient au Texas des armées privées qui prendraient un jour le pouvoir sur tout le pays. Que les Rosenberg avaient été victimes d'un coup monté et que les gens sérieux, en particulier les jeunes gens, devaient rejoindre Fidel Castro dans la province d'Oriente. Je croyais tout ça et avais même assisté à une réunion secrète des sympathisants de Castro dans Spanish Harlem, bien qu'ils complotassent en espagnol et que je ne connusse de cette langue que quelques mots : *vaya con Dios*, *gracias* et *mi adobe hacienda*. Après ces cinq mois à New York, je pesais quinze kilos de moins et j'en avais perdu encore cinq en quatre mois de Californie. En théorie, j'aurais dû ne plus rien peser quelques années plus tard.

Les crues du printemps avaient laissé leurs cicatrices sur le bord du ruisseau, bois flottant éparpillé, amas de petits arbres déracinés, troncs décolorés par l'eau. La fin de l'hiver devait être étrange dans ce coin, on y avait enregistré jusqu'à presque sept mètres de neige et des températures descendant quelquefois jusqu'à moins quarante. Les cerfs se retireraient au plus profond des cédrières marécageuses, broutant les jeunes pousses trop rares et, si le blizzard se mettait à souffler au printemps, ils mourraient de faim par milliers. Même le lynx manquerait de lièvres ; il y avait quelques années, on avait estimé à cinquante mille le nombre des cerfs acculés à la mort quand le blizzard s'était mis à souffler en mars, alors qu'ils étaient au plus faible. Au printemps, les ruisseaux deviendraient torrents, bondissants et turbulents, alimentés par la pluie, la fonte des neiges et des glaces. J'aurais voulu voir ça, mais la région était impénétrable en hiver, à moins d'y venir en motoneige, une machine qui m'horrifiait et me semblait accélérer la ruine de tous les lieux normalement inaccessibles. Il n'y avait plus de terres vierges, seulement quelques avant-postes moins visités que d'autres. On creusait l'Arctique pour y puiser du pétrole, de grandes mares d'huile suintaient à travers les glaciers. Le continent américain ressemblerait à l'Europe avant que ma vie ne prenne fin, et j'en étais désespéré. La simple odeur du profit nous ferait détruire toute beauté, il n'était plus question de sentiments. Il en avait été ainsi depuis le jour où nous avions débarqué sur cette terre, et rien ne nous arrêterait désormais. Même nos instincts les plus élémentaires étaient pervertis ; pour préserver notre environnement, nous faisions des parcs nationaux qui étaient en fait des « zoos de nature » traversés de superautoroutes, et dans l'avenir de vastes étendues seraient entourées de barrières empêchant que les animaux soient pourchassés ou qu'ils meurent de faim. Il était presque réconfortant de penser à tous ces gens que les grizzlys, avec leur sens de la propriété, entraîneraient avec eux dans leur disparition. J'avais lu le récit d'une femme qui racontait fièrement comment elle avait tué un ours endormi. Une petite touffe de fourrure s'était arrachée, tandis que la balle d'un Magnum 375 transperçait l'animal en une fraction de seconde. Curieuse, la façon dont ils savent, quand on les prend en chasse, alors que même le renard se retourne pour regarder ses poursuivants. On épuisait le renard à la course avec des motoneiges, puis on le battait à mort. L'élan de l'Ontario sur lequel on tirait presque à bout portant, se débattant dans la neige, lui aussi épuisé à la course par des machines. Les éléphants savaient qu'on leur tirait dessus, comme les femmes indiennes le savaient à Cripple Creek, et les baleines connaissaient bien maintenant la précision fatale du harpon moderne. Les loups avaient été décimés parce que, poussés par la faim, ils tuaient le gibier. Il n'en restait peut-être plus qu'une cinquantaine sur la Haute Péninsule, que l'on voyait rarement car ils avaient l'intelligence de reconnaître leurs ennemis. Les chiens sauvages des marécages étaient retournés sur leur ancien territoire, il ne leur avait fallu qu'une génération pour comprendre qu'on les abattait parce qu'ils tuaient les cerfs. Mais il y avait quelques rares endroits comme celui-ci qui, parce que pas assez rentables, étaient au moins temporairement préservés car après la fin de la ruée vers l'or, cinquante ans plus tôt, les rivières avaient retrouvé leur cours normal, et, partout où passaient les bûcherons, les cerfs pouvaient ensuite se nourrir des nouvelles pousses de peupliers.

À quoi servait un flanc de montagne envahi de chalets et de skieurs, les plus insensés des crétins prétentieux que j'ai jamais rencontrés ? C'était leur « bon droit » d'être là, eux comme les exploitations forestières, les mines et intérêts pétroliers, mais je n'étais pas obligé de les aimer pour autant. Il y avait une certaine ironie dans le fait que cette terre serait dévastée avant que les Noirs n'aient le loisir d'en profiter, une autre forme de subtil génocide.

Je me sentais la tête faible et froide de cette guerre contre tous ; et ceux qui étaient de mon avis me paraissaient encore plus déplaisants que les destructeurs. Si profond qu'on s'enfonçait dans la forêt ou dans les montagnes, la trace blanche d'un jet apparaissait à un moment ou à un autre comme une blessure à travers le ciel. Mais je n'étais pas doué pour la réforme et ne pouvais arrêter de faire couler du whisky dans ma gorge tant que toute bouteille n'était pas à des kilomètres de moi, absolument inaccessible.

Les bois étaient frais et délicieux de nouveau, la lumière du soleil tombait sur le sol, tachetée par les fines feuilles de bouleaux qui ondoyaient doucement sous la brise légère.

Je m'assoupis, somnolai. Un jour, sur l'herbe, j'avais vu la lune et un nuage sous elle, entre les cuisses de Marcia, mon oreille contre sa jambe. Mai, le cerisier au-dessus de nous avait perdu presque toutes ses fleurs, et leurs pétales comme un doux coussin sur la terre. Les pigeons de Marcia roucoulaient dans leur cage derrière le garage, leurs voix roulaient dans l'air. Sucé le suc, mon visage humide dans sa tiédeur. Une voiture passe sur la route, ses phares balayent la nuit au-dessus de nos corps. Des taches vertes sur mes genoux et nous quittons le champ de blé où nous nous étions cachés quand il faisait encore jour. Le sol était humide et je servais de couverture. Elle s'était assise là et l'on aurait pu croire qu'il y avait une fille assise dans le champ de blé. Là, sur moi. Rassasié de baise pour la baise, splendide, dans la voiture, sur des canapés, dans une douche, derrière la porte fermée des toilettes dans des fêtes, dans le bosquet de lilas et sous le cerisier. C'est si loin, et ça me fait mal dans la tête. Et au printemps, en proie à la mélancolie pendant des semaines, légèrement fou avec mes poches gonflées de fleurs coupées. Nous ne parlions pas beaucoup et j'aurais voulu en avoir plus de souvenirs maintenant. Cet unique printemps de brouillard et de sommeil avec elle, comme si nous avions vécu sous un tiède courant d'eau. Elle attendait par terre tandis qu'assis sur la fourche d'un arbre je buvais le vin, la bouteille entière en deux ou trois gorgées. Pour que ça marche vite et bien. Même alors.

Réveil de sieste au milieu de la soirée quand la lumière du jour s'est presque éteinte. Une nouvelle lune et le bois était assez sec pour brûler. Je mangeai trois truites à peine plus grosses que des éperlans et mes derniers morceaux de pain. Il ne me restait plus que deux boîtes de viande, ensuite il me faudrait marcher jusqu'à la voiture pour aller y chercher du ravitaillement. Et encore faudrait-il la retrouver. À moins que je ne tue quelque chose de comestible. Je pouvais aussi jeûner ou partir vers le Huron, au nord, pour y attraper une plus grosse truite. Seulement, là aussi, il fallait trouver le fleuve ; ça paraissait simple sur une carte, mais parcourir six ou sept kilomètres à travers les bois, sans aucun repère, était une autre histoire. Je plongeai trois doigts dans le pot de miel, remarquai combien ma main était sale. Des imbéciles buvaient l'eau des ruisseaux qui traversaient les cédrières et tombaient gravement malades, isolés au fond des bois. Il fallait faire bouillir toute eau ne provenant pas d'un ruisseau suffisamment grand, animé d'un fort courant et éloigné de toute civilisation. J'avais trouvé sur l'Escabana une source fraîche qui jaillissait des rochers. Un jour, j'ai pris de l'eau à cinquante mètres en aval d'une carcasse de cerf qui pourrissait à moitié immergée et puait. J'admirais le savoir de mon père et de mon frère dans les bois, ou de ce qu'avait été mon père avant l'accident. Saleté, fumée et désordre en tous lieux. Malbrough ne revient pas. Bousillé. Picotement de la sueur et de la crème antimoustiques sur mes égratignures. Je savourais presque le fait d'être sale comme un porc, que je voyais comme un trait central de mon caractère. Où étaient les jarrets de porc, la choucroute et la bière brune ? Les tripes, la cervelle et le foie de veau ? Lydie, Lydie ma douce, apporte-moi ta glande. Nuit tombée avec de longs cheveux. De toute façon, impossible de trouver du savon pour mes mains. On peut se servir de cendres, ou de sable fin. Sur les taches vertes que faisait l'herbe sur nos habits, nous écrasions des tomates, et les taches disparaissaient.

2

BOSTON

Ma propre opinion de Boston ne m'intéresse pas énormément. J'y ai vécu à deux reprises, et chaque fois misérablement. À dix-neuf ans, j'ai habité sur les bords du Charles, à Waltham, imaginant que c'était aussi Boston. Je réchauffais des boîtes de Campbell Soup dans le lavabo de ma chambre et ne les ouvrais que lorsque je pensais que l'eau chaude en avait fait fondre la substance gélatineuse. J'ai même essayé celle avec les lettres de l'alphabet, mais la boîte était incomplète, il manquait les lettres qui m'auraient permis de manger mon nom et me retrouver en Laponie où j'aurais pu consulter le grand chaman. Et je m'interrogeais à propos d'un célèbre suicide qui avait eu lieu trois décennies plus tôt. De quel pont Quenton Compson avait-il sauté ?

Je m'installai ensuite dans Boston Street, un quartier aujourd'hui dévasté, et me sentis beaucoup mieux. Là serait mon vrai foyer d'angoisse – le plus froid de janvier, une bossue pour propriétaire, un voisin de chambre avec un bec-de-lièvre, marin de la marine marchande au chômage qui me disait que « boire ne paie pas ». Mais il y avait une telle chaleur dans le tokay, le sauternes ou l'oiseau de feu, comme ils l'appelaient, du sherry dont on avait accru la teneur en alcool, le plus fort qui se pouvait, de la chaleur, donc, à bon marché. Je travaillais comme garçon de salle dans un restaurant italien et mangeais les restes que je débarrassais, si affamé qu'un jour, dans ma voracité, je me retrouvai avec un filtre de mégot en travers de la gorge. Caché dans une aile de poulet. En comptant ce que je volais sur les pourboires des serveurs, je gagnais bien. Le type qui supervisait mon coin de salle était un homosexuel arabe nanti d'un visa douteux. Quand il commença à me soupçonner, je le menaçai de lui casser la gueule ou de passer un coup de fil anonyme à certaines autorités haut placées qui le renverraient dans le pays pourri dont il venait. Mais la fête a été finie lorsque la femme qui le remplaçait pendant son jour de congé, une ménagère italienne dont les cheveux descendaient jusqu'aux chevilles, me prit sur le fait. Le gérant m'appela dans son bureau, dont les murs étaient recouverts de photos dédicacées de vedettes du show-business, des petites vedettes (Jerry Vale, Dorothy Collins, Snooky Lanson, Gisele MacKenzie, Julius LaRosa), qui faisaient de temps en temps les émissions de minuit à la télé. Il remplit un chèque de douze dollars, ce qu'il me devait, et me dit avant de me virer que j'étais brûlé comme garçon de salle dans la région. Il connaissait une foule de gens. Comme tout le monde à Boston, jusqu'au portier de nuit le plus miteux qui parie cinquante cents par semaine à la loterie. La foule qui s'entasse dans le métro en direction de la banlieue, oui, voilà ce qu'ils connaissent.

J'avais déjà économisé deux cents dollars, de quoi démarrer à New York, mais je les claquai en trois jours pour une jeune danseuse du ventre arménienne étroitement surveillée par ses deux frères, des types énormes, couverts de poils. Je l'ai eue pour trente dollars à l'arrière d'un taxi, mais il a d'abord fallu que je devienne un habitué de la boîte. Elle voulait être certaine que je n'étais pas un tordu, que mon amour pour elle et la musique levantine sur laquelle elle ondulait ne cachaient pas quelque dangereux fétichisme. Je comprenais les précautions qu'elle prenait. Boston est le genre de ville dont beaucoup d'habitants étranglent les chats errants. On peut aussi imaginer sans mal les Bostoniens se flageller, baiser des choux, rêver toutes les nuits qu'ils enculent Marie Madeleine ou une pauvre nonne qu'ils ont repérée dans la rue. Dans le parc, un matin, je vis un prêtre brouter goulûment des jonquilles, à quatre pattes dans l'herbe, puis vomir un flot de pétales jaunes dans le bassin des cygnes. Un flic qui passait a dit : « Bonjour, mon père », comme si c'était un comportement normal. Je retrouvai la même impression beaucoup plus tard, en me promenant dans Dublin ; je frissonnais alors à l'idée que, si ces sombres énergies étaient un jour libérées, ce serait dans une explosion aussi violente que celle d'une pomme de terre qu'on a mise au four sans en piquer la peau.

Après trois jours dans les bois, je commençais à penser que j'aurais assez à manger. N'ayant aucune confiance en mon sens de l'orientation, je me disais qu'il allait être vraiment compliqué de retrouver la voiture. Mon ventre se creuse, mais de toute façon je pèse quinze kilos de trop – la graisse s'était mise à m'envahir traîtreusement à Boston où je vidais toutes ces caisses de bière. Délicieux. Si seulement je pouvais en avoir une au frais dans le ruisseau, comme dans les pubs de la télé. Je voulais tenir le coup au moins sept jours, pour l'amour de la numérologie. Peut-être allais-je tuer un cerf et le manger tout entier, panse et yeux compris. Faire de ses sabots de la soupe de sabots.

J'étais chez elle, inconfortablement allongé sur son radiateur, le dos entaillé par les crêtes de fonte. C'était douloureux, mais chaud. Tellement plus chaud que ma chambre de St. Botolph Street. Et je rêvais du Yucatan, de Merida, de

Cozumel, infestés de vipères et de tarentules, certes, mais baignant dans une chaleur humide. Je me suspendrais dans un hamac pour me protéger des serpents et construirais des pièges à rats métalliques comme ils le font sur les bateaux pour écarter scorpions et tarentules. Les tarentules peuvent-elles grimper sur du métal lisse ? Ont-elles les pieds collants ? Un jour, alors que je faisais un 69 avec une fille magnifique dans un hamac, nous nous étions laissé emporter, et le hamac s'était retourné. Une chute de plus d'un mètre de haut. Elle avait atterri sur moi, les conventions étaient donc respectées, mais je m'étais tordu l'épaule, et ça fait mal. Trouvant tout ça très drôle, elle voulait continuer. Malheureusement mes lèvres meurtries, mon nez écrasé et mon épaule tordue m'avaient asexué : grand mât, petit mât, plus de mât. Une tempête et on démâte. J'avais pris un bain chaud et m'étais blotti sous une couverture chauffante. Elle avait fait cuire des saucisses mais je n'arrivais pas à mâcher, alors j'avais bu deux bouteilles de vin à la paille et l'avais laissée me réconforter, sa tête allant et venant, que je caressais, partagé entre le plaisir, la méfiance et la douleur.

Au coin de Newbury Street, de nouveau, et jusqu'en haut des escaliers où elle attendait. Timide et rose comme une mine de quartz. Pas d'aquosité ici. Spathes de maïs. Tamales.

— Ne fais pas ça, avait-elle dit.

— Quoi ?

— Ça.

— Pourquoi ?

— Parce que.

Vraiment trop chaud pour la baise. Chambre blême et sans air. Nous restons allongés, suant comme apparemment les animaux ne le font pas. Ou seulement par la bouche, m'a-t-on dit : langue rose des chiens qui courent. Je souffrais comme peut-être le métal tordu sous la chaleur.

— Elle est encore dure, avait-elle dit.

— C'est une erreur.

Ses fesses étaient molles, mais, d'une certaine manière, excitantes. Il lui aurait fallu plus d'exercice, moins de pâtes et moins de crème dans son café.

— Ton cul ressemble à de la gelée. On te l'a déjà dit ?

— Va te faire foutre. J'en ai vu des dizaines plus grosses que la tienne.

— Sans aucun doute. Tu en as tellement vu. À l'armée, ils ont dit que j'étais dans la bonne moyenne.

Des serveuses qui sentaient le ragoût de mouton. Je m'étais habillé très vite et j'avais dévalé l'escalier. J'étais entré dans le premier bistrot, j'avais bu deux verres de bière et un troisième allongé de bourbon comme ils le font à Detroit. Une bombe à retardement. Pour l'hygiène. Dans la cuvette des toilettes, j'avais regardé le bâton de déodorant devenu mégot de cigarette. Quand j'étais jeune, il y avait des avions japonais à descendre. Un trait d'esprit sur un mur à hauteur des yeux : « L'université de Boston mange de la merde. » Aucun doute là-dessus, des jésuites qui s'en régalent. Les cuisiniers sont servis ensuite. Du corsé, qu'ils disent, donne-moi tout l'amour que t'as.

Et encore : elle se redresse, appuyée sur son coude. Les yeux étroits, le regard qui s'habitue à la faible lumière de la chambre.

— Pourquoi est-ce qu'elle n'est pas encore dure ? demande-t-elle.

— Ça te décevrait. Tu viens, tu te déshabilles et tu me demandes pourquoi elle n'est pas encore dure. Je ne suis qu'un bourreur de vieilles peaux.

— Tu ne pourrais pas être un peu plus gentil ?

Trente-troisième reprise. Elle fait de la politique au niveau de la circonscription, assez sereinement parce qu'elle sort de Smith et a une garde-robe raisonnable. Féministe convaincue, divorcée d'un « mec bidon » de la pub, elle croit que nous ne faisons pas l'amour mais que nous nous rencontrons physiquement. Elle voit un analyste et dit que son analyste est contre notre relation. Je lui dis souvent qu'elle ne vient que pour récupérer les quatre cents tickets que je lui dois.

— Qu'est-ce que tu as fait hier soir ? demande-t-elle en me tapotant l'épaule.

— Je me suis tapé une superbe étudiante qui pleurait dans le parc. Elle était vierge et elle avait peur que ça fasse mal.

— Je ne sais pas pourquoi je reste avec toi. Je connais des tas de types qui aimeraient être à ta place.

C'était quelquefois encore pire, et moi qui voulais du romantisme. Ainsi le jour où j'avais ouvert la porte pour la trouver à quatre pattes, avec le regard lascif d'un officier sudiste, tout en cheveux blond ficelle, un peu de moustache, la peau flasque, une couche de sueur dans laquelle on aurait pu écrire son nom.

— Pourquoi n'es-tu pas venu quand tu as téléphoné ? J'ai attendu.

— Je vois.

Je l'avais contournée. Elle m'avait préparé cette surprise au moins une heure plus tôt et peut-être repris la pose en m'entendant monter l'escalier.

— Tu peux me préparer à manger, d'abord ?

— Ça va pas, non ? avait-elle dit en s'étranglant.

Elle s'était maladroitement relevée. Vues à distance, ses doudounes avaient des contours aussi nets et précis que des ronds de fumée réussis.

Je m'étais fait des œufs au plat que j'avais mangés en silence pendant qu'elle regardait par la fenêtre le parking couvert de neige, trois étages plus bas.

Je rêvai encore de whisky, et, quand je me réveillai, il faisait froid et la pluie tombait. Je m'enfonçai dans mon sac de couchage en me réchauffant de mon haleine humide. J'ai si froid, et c'est l'été ; mieux vaudrait aller relever mes lignes, courir en rond, creuser un trou à la hache près de la grosse souche pour y allumer du feu. Je m'habillai gauchement sous la tente, puis courus à petites foulées jusqu'au ruisseau ; la première ligne était vide, l'appât avait disparu, mais j'avais une truite de presque trente centimètres de long sur l'autre. Mon petit déjeuner. La pluie s'était calmée et le vent avait changé de direction, une brise tiède venait maintenant du sud-ouest.

Une diversion, ou peut-être une digression : aimer ouvertement et de très près l'être aimé. Tout cerveau imbibé de rhum peut compter un tel souvenir. Peu importe que l'aimée soit une tante avec ce que cela signifie de pensées incestueuses, la fille de l'épicier derrière le comptoir ou, dans mon cas, une supporter de l'équipe de football du lycée. Ou encore une jeune fille dans un chalet, l'été au bord d'un lac, près de West Boylston, Massachusetts. Elle avait quinze ans et moi dix-sept. Plus tard, même pas tellement plus tard dans la vie, ce sens si intense de l'existence vous manque horriblement. Son absence est terrible, quand on se réduit à une paire de glandes reliées à un petit cerveau bestial. Aimer comme si nous étions des créatures fictives, géométriques, pures, diamants à contempler à travers de multiples facettes limpides et ouvertes, mais pourtant humaines ; la gorge se serre, les glandes lacrymales débordent, le monde est tangible et frais de nouveau et nous y retournons encore et encore, recapturant obstinément un rêve merveilleux mais inepte.

J'avais été réveillé peu après l'aube par quelqu'un qui tapait au carreau, et je l'avais vue à travers la vitre de l'entrée – je dormais sur une banquette de la véranda – me faire signe de me lever. Je regrettais ma promesse. Je montais mal à cheval et j'étais sûr que j'aurais l'air idiot, peut-être même allais-je tomber et éclabousser de ma cervelle un rocher ou un arbre. C'était délicieux de rester couché dans la véranda à l'aube avec le bavardage des oiseaux qui montait depuis le lac, et les gouttes d'eau qui tombaient, légères, des feuilles immobiles. Je me souvenais vaguement du bref orage de la nuit : les éclairs illuminaient les frondaisons de l'érable secouées par le vent, le grand arbre semblait tout blanc, fantomatique. Elle avait encore tapé et je m'étais levé, m'étais habillé lentement car mes vêtements étaient froids et humides. Le ciel matinal était couvert de nuages sombres, à travers les perles de pluie je voyais le brouillard rouler au-dessus du lac.

Elle avait impatiemment attendu que je boive un café instantané fait avec de l'eau qui n'avait même pas bouilli. J'avais dû lui expliquer à voix basse qu'il était inconcevable de quitter la maison sans café. Puis un instant de silence entre nous pour écouter son père ronfler, quelqu'un se retourner dans un lit qui grinçait, et tout était redevenu calme. Elle portait un large pull-over, comme ceux que les paysannes irlandaises tricotent pour gagner leur purée de pommes de terre quotidienne, et une culotte de cheval beige clair. Debout devant la cuisinière, alors qu'elle raclait le fond de la boîte de café, elle avait fait tomber la cuillère, et, à la vue de son corps plié en deux, de ses fesses moulées sous la culotte de cheval avec la ligne du slip incrustée dans la chair, j'étais sorti de ma torpeur. Elle n'avait que quinze ans.

J'avais refermé la porte doucement, l'avais suivie dans l'allée jusqu'à la route. J'avais senti quelques légères gouttes de pluie, mais elles tombaient des arbres ou du brouillard qui glissait lentement au-dessus des marais vers l'intérieur des bois. L'humidité me pénétrait jusqu'aux os, et je frissonnais.

Elle s'était penchée pour ramasser une pierre, de nouveau ses fesses moulées sous la toile du pantalon. Et si on jouait au docteur ?

— Tiens, jette-la sur les oiseaux, avait-elle dit en me tendant la pierre.

Je l'avais lancée vers un merle qui s'était posé sur une boîte aux lettres à une vingtaine de mètres.

— Pourquoi n'as-tu pas dansé avec moi hier soir ? lui avais-je demandé en regardant la pierre s'enfoncer dans un buisson.

— Parce que tu étais soûl et dégoûtant et que j'ai un petit ami.

— Salope !

Elle s'était retournée, choquée.

— Pourquoi cette injure ?

Elle m'avait entraîné par un raccourci qui passait à travers un champ dont l'herbe mouillée nous avait trempés jusqu'aux genoux. Je commençais à me sentir la tête légère, un peu fou, j'avais la gueule de bois, mais envie de rire.

Je m'étais arrêté pour allumer une cigarette et elle s'était de nouveau retournée, les yeux baissés sur ses bottes trempées.

— Si nous ne nous dépêchons pas, tu auras un mauvais cheval.

— Tous les chevaux sont mauvais.

Dieu me protège de ces grands animaux et des souffrances qu'ils nous procurent. Je sentais déjà l'inévitable douleur remonter en vagues ma colonne vertébrale, tandis que ma tête se balancerait ou que mon cou se dévisserait comme celui d'un serpent si le cheval sautait par-dessus la moindre brindille. Se balader à cheval n'était pas totalement désagréable, à condition d'avoir une selle à haut pommeau, ce qui ne serait pas le cas. Ici, on montait « à l'anglaise ». Je pensais à ces gens sur leur île, qui n'avaient pas pu gagner la guerre tout seuls. Selles basses. Mauvaise alimentation et dents pourries, pensais-je sans en avoir jamais rencontré. Chez moi, on était plus raisonnable, on montait comme les cow-boys, on n'avait pas de prétentions mais quelque chose à quoi se raccrocher quand le cheval vous envoyait valdinguer en l'air.

À notre retour, dans l'après-midi, j'avais mis mon maillot et j'étais allé sur la jetée. Ma cuite de la veille me descendait maintenant sur l'estomac, ou plutôt mon estomac en partageait les conséquences avec ma tête, l'un et l'autre nauséeux et vaguement bruyants. J'avais eu beau tirer sur les rênes, ce foutu cheval avait galopé derrière l'autre. En fait, la première fois que j'avais tiré sur les rênes, il avait fait un tel écart que je m'étais dit que je retournerais peut-être à l'église et ne boirais plus jamais de bière ni ne fumerais si Dieu me laissait mettre pied à terre et rentrer me coucher chez moi sain et sauf. Ma mère m'appellerait pour le petit déjeuner et je réciterais des grâces silencieuses au-dessus du bacon, le cerveau pur comme la lune.

Elle était assise au bout de la jetée, j'étais passé à côté d'elle sans un mot, les jambes flageolantes et douloureuses, et je m'étais laissé glisser dans l'eau sur le dos. Comme elle ne disait rien, j'avais nagé vers le radeau en regardant le fond sablonneux disparaître sous moi tandis que l'eau devenait de plus en plus sombre. Je m'étais accroché au radeau, les pieds pendant sous moi dans l'eau profonde et froide, alors qu'à la surface elle était tiède et brillante autour de ma poitrine. J'imaginais une eau parfaitement froide qui deviendrait glace tout au fond, contrairement à ce que produit la nature illogique. Voyant qu'elle ne me regardait pas, j'étais revenu tranquillement vers le bord, nageant en partie sur le dos, les yeux droits vers le soleil. Au collège, il y avait un albinos qui pouvait regarder le soleil plus longtemps qu'aucun d'entre nous. C'était la seule chose qui lui valait un peu de respect de notre part et il nous cassait les pieds avec ça : « Viens voir comment je peux regarder le soleil, je suis sûr que toi tu n'y arrives pas. » Il avait disparu en cinquième. Certains disaient qu'il était parti dans une école pour retardés de Laper, d'autres au collège des aveugles de Lansig.

À mon retour, elle était toujours assise, les coudes appuyés sur les genoux, son livre presque contre sa poitrine. Debout dans l'eau, je m'étais penché légèrement et, sans réfléchir, j'avais posé ma tête contre sa jambe. Au contact de l'eau qui coulait de mes cheveux le long de ses cuisses, elle avait frémi, puis elle avait soudain serré les genoux.

— J'ai attrapé un serpent de mer.

J'avais mal aux oreilles, mais, en voyant le petit monticule de son pubis sous le maillot où ses cuisses se rejoignaient, j'avais oublié ma douleur. À cet instant, je ne la désirais même pas. L'antipathie ressentie pendant la balade à cheval et la soirée de la veille était encore trop présente. J'avais du mal à comprendre son comportement distant, son mépris apparent, la façon dont elle imitait mon accent du Middle West. Et il y avait eu la fête, avec cette odeur de plancher ciré, moi, ivre de bière, maladroit, regardant les autres danser si gracieusement, puis la décision de faire trois cents kilomètres en voiture pour aller à New York ; j'avais dessoûlé en entendant vomir sur la banquette arrière. Une sensation de froid dans la voiture, et il s'était mis à pleuvoir.

Une goutte d'eau était tombée sur son pubis. Elle m'avait lâché, je m'étais hissé sur la jetée et m'étais fait sécher au soleil, m'abritant les yeux du bras.

— Tu couches avec ce type ?

— Et où ça ?

— Je veux dire, est-ce que tu fais l'amour avec lui ?

— Ça ne te regarde pas.

Je regardais son dos, ses fesses doucement posées sur les planches. Elle était assez grande. Elle avait une taille de guêpe, mais en dehors de ça semblait corpulente pour son âge.

— Je me demandais, simple curiosité.

— Nous allons attendre que j'aie seize ans.

Elle s'était tournée, avait posé le livre sur mes jambes et enlevé ses lunettes de soleil.

— Tu as eu beaucoup de filles ?

— Pas mal, avais-je menti.

— Tu les respectes ?

— Bien sûr. C'est bien pour ça qu'elles sont faites, non ?

Elle s'était retournée vers le lac, avait repris le livre sur mes cuisses. J'avais frissonné et senti ma bite devenir dure, ça n'avait rien à voir avec le fait que j'aime ou non cette fille. Elle avait regardé mon maillot, posé sa main en plein dessus.

— Les hommes sont drôles.

Là-dessus elle avait ramassé ses affaires et était remontée vers le chalet.

Après le dîner, assis dans le salon avec ses parents, sa sœur, son frère et mon copain, nous avions écouté le *Requiem* de Berlioz. Ça me rasait, et j'étais crevé. J'avais annoncé que j'allais prendre l'air parce que j'avais mal à la tête et j'étais descendu au lac, troublé par ce que je ressentais pour elle. Elle paraissait trop jeune, pas encore finie ; elle avait le charme de l'enfance, et, à dix-sept ans, je rêvais de femmes charnues, aux seins lourds, qui étaient censées gémir et crier dans le plaisir. La terre semblait calme, comme en attente, cette nuit-là. C'était l'été, on avait annoncé la création de la bombe H et je me souviens de la fascination que je ressentais à l'idée que s'en faisait mon jeune cerveau encore tout imprégné du Nouveau Testament. La terre brûlerait comme une balle de coton trempée dans le kérosène, l'univers se fendrait en deux et Jésus apparaîtrait pour son Second Avènement, auréolé d'une lumière aussi brillante que le soleil. Notre soleil deviendrait un disque calciné et la froide lune rouge refléterait le feu de l'univers. Sur la jetée, pourtant, je me sentais étranger à ce désastre. Je vivrais, avec tous mes espoirs, toutes mes ambitions. Mes perceptions étaient celles d'un enfant, mes oreilles n'entendaient que le coassement des grenouilles, et je sentais encore l'odeur des maillots qui séchaient. Au large, quelqu'un pêchait à la cuillère sous la pleine lune. Je n'entendais pas de voix, seulement le grincement des rames dans les dames. Ils étaient plusieurs, je les avais vus l'espace d'un instant, dans un cercle de lumière tremblotante, quand l'un d'eux avait craqué une allumette.

J'avais entendu des pas derrière moi mais je ne m'étais pas retourné. Je pensais que ce n'était que mon copain et n'avais pas envie d'encourager la conversation. Mais ensuite il y avait eu une main douce sur mon cou et elle m'avait demandé une cigarette, ce qui m'avait surpris. Dans la petite ville d'où je venais, les filles de quinze ans ne fumaient pas. Elle avait fumé sa cigarette sans rien dire, puis m'avait raconté qu'ils venaient de parler de moi au chalet. Ils trouvaient que j'étais un vrai rustre. Je ne me lavais pas le matin, je mordais ma fourchette en mangeant, disais « ouais », « bof », etc. Et je n'aidais pas. Je lui avais expliqué qu'en tant que futur grand poète je devais laisser les civilités aux civils. Elle m'avait répondu que je ne ressemblais pas à un poète – ma peau était couleur chocolat parce que je travaillais sur un chantier de construction et mes cheveux aussi emmêlés que de l'herbe sèche. Son ton montrait que pour elle, mon destin était tracé – j'étais un plouc, un péquenot, comme ceux dont nous nous moquions au lycée parce qu'il restait du fumier sur leurs bottes.

— Et vous, vous n'êtes qu'un ramassis de sales bourgeois barjos.

— Pourquoi être grossier ? Je ne fais que répéter ce qu'ils ont dit.

— Et toi, qu'est-ce que tu penses ?

— Je ne sais pas.

J'étais furieux furieux. De ce genre de colère qui précède une bagarre, quand on y voit littéralement rouge. J'avais ressenti la même chose pendant un match de foot, quand un demi-arrière était passé devant moi sur une ouverture. Ensuite, chaque fois qu'il avait le ballon ou qu'il cherchait à l'arrêter, je me précipitais sur lui de derrière la ligne arrière, poussé par la rage que provoquait en moi l'idée qu'il m'avait bien eu. Et aussi dans le Colorado, quand un autre garçon de salle, qui, je l'appris ensuite, boxait à la N.C.A.A. (Association sportive universitaire nationale), m'avait envoyé une volée de coups avant que j'aie le temps de lever le poing. Ensuite je l'avais agrippé par les cheveux et traîné contre un mur rugueux qui lui avait arraché la peau du visage.

— Je pars demain matin.

— Pourquoi ?

J'avais posé la main sur son épaule, l'avais attirée vers moi et embrassée. Elle était toute raide, les lèvres fermées. Puis nous nous étions encore embrassés, et, quand nous nous étions allongés sur la jetée, elle avait ouvert la bouche. Enlacés, serrés l'un contre l'autre, jusqu'à ce que mes lèvres me fassent mal, mais elle ne m'avait pas laissé lui enlever sa culotte. J'avais frotté mon sexe contre son ventre, ses jambes passées autour de moi, et joui. Elle s'était écartée, je lui avais donné mon mouchoir et j'avais allumé une cigarette pour elle, puis une autre pour moi.

— Je t'aime, lui avais-je dit.

— Ce n'est pas vrai.

Fin de notre idylle. Je ne pouvais continuer à vivre sans

amour. Seules les quelques amours que j'avais eues avaient maintenu mon équilibre. J'étais parti avec mon copain à l'aube, le lendemain. Au dernier moment, j'avais glissé un mot sous la porte de sa chambre pour lui dire encore que je l'aimais. La porte s'était ouverte brusquement, elle s'était jetée dans mes bras, en chemise de nuit d'été bleu pâle. Ma main avait glissé sous le tissu, le long de son dos nu, jusqu'à ses cuisses, puis par-devant, sur son sexe et ses seins, sans que nous cessions de nous embrasser. Puis j'avais poussé la porte de la véranda sans regarder derrière moi et j'étais monté en voiture. Mon copain avait roulé à cent trente sans lever le pied jusqu'à New York, où nous avions pris une chambre dans un hôtel minable avant d'aller traîner dans le Village jusqu'à ce qu'il nous reste juste assez d'argent pour rentrer chez nous. Le premier soir, le garçon d'ascenseur nous avait dit qu'il allait nous amener une pute. Quand elle avait tapé à la porte, nous avions un peu paniqué, mais ensuite, nous nous étions détendus en vidant presque toute une bouteille de brandy. « Cinq dollars la pipe, dix pour tirer un coup. » Nous étions, mon copain et moi, allés en discuter dans la salle de bains pendant qu'elle finissait le brandy. Vingt dollars auraient fait un trou trop important dans notre budget, nous devions donc nous contenter d'une pipe chacun. Nous avions tiré au sort qui passerait le premier et j'avais gagné. J'étais retourné dans la chambre, j'avais enlevé tous mes vêtements sauf mes chaussettes et lui avais tendu son billet. Elle me trouvait bronzé et m'avait raconté qu'elle allait souvent s'offrir du bon temps à Jones Beach. Allongé sur le dos, j'imaginais que c'était la fille du chalet, ses lèvres qui glissaient et de bas en haut et de haut en bas, ce qui ne fit qu'accélérer la fin. En me rhabillant, je me sentais un peu triste, mélancolique. Pendant que mon copain prenait son plaisir à son tour, j'étais allé prendre l'air.

J'avais marché jusqu'à Washington Square où une foule

importante s'était rassemblée pour un concert de musique de chambre. J'avais écouté un morceau de Telemann, puis un autre de Monteverdi, de plus en plus triste. Après mon retour dans le Michigan, nous nous étions écrit pendant environ un an, puis, quand j'étais parti pour New York, à dix-neuf ans, elle était venue me voir mais ne m'avait pas trouvé, car ne pouvant jamais payer mes arriérés de loyer, je déménageais tout le temps. Lorsqu'une longue lettre d'elle m'avait finalement été remise, j'avais pleuré. Elle disait qu'elle avait fait sa valise et voulait passer avec moi à peu près une semaine avant de partir en pension, qu'elle s'était arrangée avec une amie pour que ses parents n'en sachent rien. Sur du papier à lettres mauve imprimé de petites fleurs dans le coin supérieur et parfumé à la lavande. Je l'avais lue des dizaines de fois, jusqu'à ce qu'elle soit toute tachée de bière, de café et de sueur, et toute froissée de rester pliée dans mon portefeuille. Je la lisais dans des bars, près de fontaines, dans Central Park, dans des musées, sur l'herbe au bord de l'Hudson près de Washington Bridge, et le plus souvent dans ma chambre, encore et encore. Il y avait quelque chose de terriblement définitif dans cette lettre, quelque chose de manqué à jamais. Elle allait recommencer à voir son ancien ami, et je n'aurais été pour elle qu'un intérimaire, un Gitan avec qui elle aurait passé une nuit. Ça m'était égal. À dix-neuf ans, un corps est tellement entier. Qu'y a-t-il d'autre alors ? Le don du corps et des nuits d'amour sans but. Je lui avais envoyé mon Rimbaud comme cadeau d'adieu, éditions Gallimard, reliure de cuir, papier bible, avec un mot sur la page de garde : « Si jamais tu changeais d'avis… » Fin absolue de notre idylle.

Six ans plus tard, j'appris qu'elle était mariée. Et trois ans après j'étais passé en voiture devant chez elle à Worcester, Massachusetts. J'étais allé acheter des cigarettes à l'épicerie du coin en espérant la rencontrer par hasard, même si elle devait pousser devant elle un landau avec des quadruplés. J'étais stupéfié de me sentir trembler intérieurement à l'idée de me retrouver après tant d'années si près d'elle, à peut-être moins de cent mètres d'elle. Mais elle ne s'était pas montrée, et j'avais repris la route.

Ma tente à trois sous commençait à prendre l'eau là où je l'avais éraflée. C'est le problème de la toile. Je pensais à la tente de nylon au prix exorbitant que je m'achèterais un jour, en une seule pièce avec plancher, deux kilos et demi au lieu de ces dix kilos de toile qui moisissait. Mais le temps s'était réchauffé et la brise s'était faite douce et légère. Par l'entrebâillure, je vis à une trentaine de mètres une biche qui s'approchait du ruisseau pour y boire dans le crépuscule. Animal diurne. Pourquoi n'y avait-il pas de faune au bord de l'eau en cette fin d'après-midi ? Elle était dodue, son pelage d'été d'un brun roux soutenu. Lorsqu'elle flaira mon odeur, elle bondit sans bruit dans le sous-bois. Le dessous de sa queue faisait une tache blanche qui dansait contre le vert des buissons. Quand la pluie s'arrêta enfin, je me levai, fis cuire des haricots avec des oignons hachés auxquels j'ajoutai le contenu d'une boîte de corned-beef argentin à l'aspect malsain. Il allait probablement falloir m'abattre comme une bête atteinte de la fièvre aphteuse. M'enterrer avec un bulldozer que Dieu conduirait, les yeux cachés derrière des lunettes de soleil mordorées comme dans *Le plus sauvage d'entre tous*. Animal à abattre.

Le matin, le soleil brillait et il faisait chaud, aussi décidai-je de chercher la voiture, d'y prendre le reste de mes provisions et de résister à la tentation de parcourir quatre-vingts kilomètres – cent soixante aller-retour – pour quatre ou cinq bouteilles de whisky, et même plus. Avec l'alcool, je serais devenu pleurnichard et maladroit, capable de me couper un orteil avec la hache, de rouler dans un marécage empoisonné ou d'avoir une crampe en plein milieu du lac et de me noyer. Je voulais retourner au lac ; de l'autre côté, au loin, je croyais avoir vu ce qui devait être un nid de balbuzard, s'élevant au-dessus des roseaux sur une souche de pin. Il ne restait plus beaucoup de balbuzards, et je tenais à en voir un de près.

J'étais retourné à Boston après une carrière universitaire ratée et deux ans de chômage. Sans emploi entre deux emplois, si vous voyez ce que je veux dire. Deux ans à chercher quelque chose de mieux en partant de zéro. De nos jours, l'instruction est le passeport pour l'avenir. Je ne méprise pas ces clichés qui expriment nos rêves et espoirs les plus chers. J'ai compris depuis longtemps que si ces clichés, dont on a fait les paroles de milliers de chansons, constituaient mon seul et unique vocabulaire, je serais déjà riche et célèbre, célèbre et riche. On ne m'empêcherait plus d'entrer au Ritz à cause de mes dents de lapin, de mon œil crevé, de mon visage et de mes revers de veste pleins de beurre, on m'y souhaiterait la bienvenue à coups de cymbales et de caisse claire sur un air joué à la clarinette par Benny Goodman. Le beurre n'en était évidemment pas, il ne s'agissait même pas de margarine. Plutôt de quelque chose que je portais comme un badge. Vivant sur les pages d'une bande dessinée blanc sur blanc, il me fallait me faire reconnaître d'une manière ou d'une autre. Alors le beurre, pourquoi pas ? Ou une douteuse approximation du beurre, à ce qu'on dit, obtenue en faisant des cunnilingus devant la tombe du Soldat inconnu. Les filles de Radcliffe étaient très narcissiques et pas vraiment propres. D'où mon autre célèbre badge. Un seau galvanisé plein d'eau chaude avec détergent, éponge et tampons Jex. Difficile à transporter, mais bien utile. Je suis sûr que vous comprenez. Cela se passait avant l'ère des douches au kir ou au champagne, avant les jours de bonheur paisible où les souris se transformaient en canons pompons ultraviolets. Aussi étais-je une femme de ménage sans permis de travail, loin de son pays, à genoux sans prie-Dieu, une éponge dans une main, dans l'autre un poing rageur écarlate tenant la pomme de discorde.

Bon, lors de ce second séjour, donc, tandis que j'essayais de prendre un nouveau départ, de me retrouver, de garder la tête au-dessus de l'eau, je lisais tous les matins dans une cafétéria de Hayes-Bickford les offres d'emplois du *Globe*. Une telle situation est trop banale pour qu'on la trouve amusante. Guichetier de banque stagiaire, 333 $ par mois. Dans un article du *Boston Globe*, on disait que la situation des chômeurs de la région était « pitoyable mais pas épouvantable ». J'avais noté au dos d'un formulaire de demande d'emploi d'aller, la prochaine fois que je passerais devant la bibliothèque, vérifier dans le dictionnaire la différence qui existait entre ces deux termes. J'avais toujours sur moi au moins une dizaine de ces formulaires. Au bout d'un moment, ils étaient en pièces et, avant de les jeter, je devais passer des heures à recopier les notes que j'y avais prises. J'admets avoir pris plus de temps à noter sur ces formulaires ce qui me passait par la tête qu'à les remplir. J'arrivais à écrire mon nom en belles majuscules sur la première ligne, mais butais sur les adresses, domicile familial et domicile temporaire, et quand j'en arrivais au numéro de sécurité sociale, j'avais perdu toute énergie. Tout cela avant d'avoir atteint le paragraphe traitant de mon expérience professionnelle, sans parler de mon épouse, du nom de jeune fille de ma belle-mère, ou de mes références. J'attendais un moment situé quelque part dans l'avenir, où, dans un élan d'enthousiasme inexplicable, je remplirais ces formulaires par dizaines, trouverais du boulot et grimperais tout en haut de l'échelle. On m'avait convoqué un jour à douze étages au-dessus de la terre ferme pour un entretien concernant une carrière pleine de créativité dans la publicité par correspondance. J'avais attendu une heure, faisant semblant de m'intéresser aux magazines professionnels posés sur la table devant moi et me léchant de temps à autre subrepticement l'intérieur de la main pour aplatir mes épis. Je n'avais pas besoin de prendre tant de précautions, la réceptionniste semblait avoir totalement oublié ma présence. Remarquant que le revers de ma veste faisait une bosse disgracieuse provoquée par tous ces formulaires dont ma poche était bourrée, j'avais cherché en vain une corbeille à papiers. On avait dû la cacher derrière le bureau ou l'incorporer à l'un des meubles de façon qu'elle reste invisible. Il y avait une fenêtre à côté de moi. Je m'étais levé et m'étais dirigé vers elle comme pour aller regarder ce qui se passait douze étages plus bas, puis j'avais sorti la liasse de formulaires de ma poche et les avais laissés glisser tous ensemble vers leur mort au fil des rues. Ils étaient restés groupés sur quelques étages, puis, pris dans un coup de vent, s'étaient éparpillés en flottant doucement dans l'air, aussi doucement que des avions en papier. Une démonstration aéronautique à laquelle il ne manquait qu'une fusée spatiale. Plusieurs personnes, dont un policier, les avaient regardés, et je m'étais immédiatement écarté de la fenêtre.

— Je vous ai vu, avait dit la réceptionniste.

J'envisageai de me tirer une balle dans la tête dès que je n'aurais plus rien à manger, mais reconnus immédiatement que je me racontais des histoires. Je serais encore là en l'an 2000, ne serait-ce que pour dire à mes petits-enfants que j'avais déjà raison en 1970. Le pays serait alors totalement dénaturé, on n'y trouverait plus la chaleur de la moindre porcherie, l'humanité d'un licou passé autour du cou d'une vache. Les granges deviendraient des sanctuaires, on lécherait leurs lisses planches grises en priant. Je donnerais mon corps à la science, et dépenserais l'argent, cent dollars je crois, en bâtons de dynamite. Je ne pourrais pourtant pas racheter le meurtre de cet ours grizzly tué dans son sommeil ni les massacres de Cripple ou Sand Creek. J'en avais rêvé une fois, et, dans mon rêve, les femmes sioux étaient blanches comme la neige et dansaient autour d'un feu aux flammes noires et vertes. En châtiment de ses crimes, ce pays deviendrait l'Allemagne, le Mississippi notre Ruhr, l'Ohio notre Rhin. Mon père, pour qui préserver la nature était si important, me l'avait dit vingt ans plus tôt, mais il avait fait de la nature son métier. Heureusement qu'il était mort en 1963, avant que l'étendue des dégâts ne se fasse évidente, avant que ne défile le char de carnaval des politiciens pétant et bêlant leurs slogans stupides. Le boum du mur du son écrase le crâne d'un bébé vison. Nous le savons. Est-ce que ça ne suffit pas ? Si je me tirais une balle dans la tête, il me faudrait brûler ou enterrer vêtements et équipement, et creuser un trou profond, une fosse dans laquelle je tomberais, et où, nu comme un ver, je pourrais aussi jeter la carabine en m'écroulant. La chair est un assez bon engrais, et un aliment correct pour les prédateurs. Une famille de coyotes pourrait vivre sur mon cadavre pendant quelques jours. Puis l'herbe et les fougères pousseraient entre les os de mon squelette jusqu'à ce que les porcs-épics les aient rongés pour y trouver leur ration de sel, comme ils rongent les bois des cerfs. Mais je faisais encore de la littérature. J'aimais les restaurants français, c'était une raison suffisante pour rester en vie – mousse de brochet, noisettes de veau, escargots d'Alsace, soupe de poisson. Ou ma propre cuisine mexicaine, crêpes de maïs farcies de poulet, de sauce piquante et de crème aigre pour adoucir la brûlure des piments rouges. Le vin. Le whisky couleur d'ambre coulant à flots. Ou encore le vieux remède que j'utilisais contre les rhumes à New York, Boston, San Francisco et même dans mon pays : un litre de jus de pamplemousse frais, puis deux litres d'eau tiède pour mieux nettoyer le tube digestif. Après deux heures de repos dans une pièce sombre, faire griller un chateaubriand d'un kilo, un kilo et demi, à peine bleu, puis le manger avec les doigts et sans sel. Ensuite, l'estomac distendu, prendre un bain extrêmement chaud sans allumer la lumière de la salle de bains et en buvant à petites gorgées lentes le meilleur bourbon que vous puissiez vous offrir, au moins une bouteille. Cela peut prendre jusqu'à quatre heures, selon la capacité de chacun. Enfin, dormir vingt-quatre heures. Vous vous réveillez alors dans un monde nouveau et votre rhume a disparu. Certains individus congénitalement faibles ont la gueule de bois, mais ce n'est pas ma faute, je ne suis pas médecin. Allez voir le vôtre. On peut évidemment suivre l'ensemble de ce processus sans être enrhumé et en retirer autant de plaisir. J'ajoute quelquefois un havane à l'intermède du bain, mais les havanes sont chers maintenant, et difficiles à trouver. Ce remède soigne aussi la mélancolie et fait de vous un baiseur forcené pendant des semaines, ce qui n'est pas le cas des huîtres. Un jour où j'étais plein aux as, j'avais mangé quatre douzaines d'huîtres dans une Union Oyster House de Boston avant d'aller à l'Edward's Western Bar où je n'avais rien pu boire parce que je savais que quelques-unes de ces huîtres étaient encore vivantes, même si ce n'était que vaguement vivantes, et glissaient en rond contre les parois de mon estomac à chacun de mes mouvements. J'avais tristement fini la soirée dans un cinéma porno tandis qu'à côté de moi des Bostoniens se branlaient sous leur journal. Criss criss, faisait le papier journal dans le noir de la salle. Il m'était déjà arrivé de manger de mauvais fruits de mer et de les vomir, en faisant des sauts périlleux gymnastiquement exacts dans les rues de Gloucester tandis qu'une foule moyennement importante se rassemblait autour de moi. J'avais aussi tenu la main d'un ami à l'hôpital où il était mort des complications d'une hépatite. Il murmurait inlassablement : « Passe le mot à tous les artistes, même ceux du Vieux Continent et d'Amérique du Sud : pas de fruits de mer ni d'aiguilles sales. Prenez vos speeds par voie orale. Pas d'huîtres douteuses, et pas de palourdes pendant les mois sans r. » J'avais senti ses doigts se desserrer dans ma main. Nos larmes coulaient avec la régularité d'un métronome, mais alors les siennes s'étaient arrêtées. J'avais pleuré jusqu'à ce qu'il devienne comme de la pierre à l'intérieur de son corps, son foie jaune et lisse, tête d'encéphalique suintant le poison même après la mort. J'avais tiré le drap sur son visage et sonné l'infirmière. La protubérance que faisait son foie sous la toile blanche donnait l'impression qu'on avait posé un ballon de foot sur son estomac. Ça tombait bien, il avait adoré jouer au football dans Central Park. L'infirmière était entrée.

— Le poète est décédé.

— Quoi ?

— Ce type est mort.

Elle avait soulevé le drap, regardé son visage.

— C'est vrai. Vous êtes son médecin ?

— En fait, oui. Mais je ne pratique que sur des cas très particuliers.

Elle avait pris deux pièces de vingt dollars et les avait placées sur les yeux aveugles de mon ami, puis elle était ressortie. J'avais immédiatement empoché les pièces et essayé de faire tenir baissées les paupières du mort, mais elles se relevaient comme mues par un ressort, telle une capote anglaise roulée à l'envers. J'y avais finalement laissé un nickel et une patte de lapin, talisman que je gardais dans ma poche depuis des années. La patte de lapin semblait un peu étrange ; en fait, elle avait dû plutôt appartenir à un lièvre, et, si je l'avais laissée pendre, elle aurait chatouillé le bout du nez du poète. Puis j'avais remis le drap.

Au revoir, très cher ami, tu cultives le champ le plus lointain maintenant. Dis bonjour à Villon et à Yeats. Tu aurais voulu que je garde ces pièces de vingt dollars, j'en suis sûr. Ces foutus hôpitaux de richards qui jettent le fric par les fenêtres !

Quand j'avais refermé la porte derrière moi, un oui muet avait semblé emplir la pièce.

Il y a des années, j'avais un ami plus âgé que moi, mais beaucoup plus bêtement professoral, qui m'avait dit après son septième bloody mary :

— Il n'y a qu'une chose à faire, dire les choses comme elles sont.

— Mais les choses ne sont jamais comme elles sont, avais-je répondu avec un sourire oriental très précis.

La boussole n'était ni dans mon paquetage ni dans ma poche. Je finis par la trouver enfouie dans les fougères que j'avais étendues par terre sous le sac de couchage pour absorber l'humidité. Son cadran était plein de buée, comme souvent ceux des montres bon marché. C'était une boussole allemande de prix qu'on m'avait offerte pour Noël. Pas très subtil, le sabotage. Les Boches perdent la main, me suis-je dit en regardant fixement le brouillard pris sous le verre, tandis que l'aiguille rouge tremblotait. Je réussis malgré tout à lire la direction qu'elle indiquait, mais je n'en crus rien. Je savais d'ailleurs depuis quatre jours que je n'en croirais rien. Je mis un paquet de raisins secs dans ma poche, allai à la rivière remplir ma gourde, qui datait de la Seconde Guerre mondiale et partis en direction de la voiture, dont j'estimais la position au sud-sud-ouest, à environ dix kilomètres. Une fois sur la route, il allait me falloir choisir entre tourner à droite ou à gauche. Et peut-être que cela n'avait aucune importance car la voiture aurait disparu, volée par un bûcheron finnois qui aurait brisé une vitre et bricolé les fils du démarreur. De drôles de gens que ces Finnois de la Haute Péninsule. Ils se nourrissaient exclusivement de petits pâtés en croûte farcis à la viande, aux rutabagas et aux pommes de terre, buvaient énormément et quand ils s'énervaient, se battaient à coups de hache et de carabine. Ils avaient l'esprit si peu inventif que même la recette de leurs pâtés venait de Cornouaille, où ils avaient travaillé pendant le boom de l'étain du siècle dernier. Importés sur ce continent pour faire les sales boulots, ils étaient restés dans la région à cause de la neige, du froid, et de la courte durée des étés. Cela leur rappelait une autre planète inhabitable, le pays dont ils venaient. J'en avais rencontré un dans un bar, un type qui avait gagné le pari d'abattre un petit cèdre en le rongeant et avait des photos pour le prouver. Il avait perdu presque toutes ses dents pour une caisse de bière. J'avais aussi dansé avec une Finnoise qui m'avait montré son sein gauche arraché par un coup de carabine dans un accident de chasse au cerf. La cicatrice était la réplique exacte, l'image même du cratère d'un des volcans éteints du Lassen Park. Je lui avais demandé si elle ne voulait pas être envoyée au Smithsonian Institute pour y faire vérifier que tout risque d'éruption était bien définitivement écarté.

Qu'adviendrait-il de moi s'il n'y avait pas de forêts au fin fond desquelles se retirer – que ferai-je quand il n'y aura plus de terres loin de tout, solitaires ? Non que j'y sois compétent, ni que je m'y sente véritablement à l'aise. Ce n'est après tout qu'un monde étranger qui survit, bien que tronqué, dans de nombreuses régions, mais un monde dont le langage a été oublié. Quelqu'un m'a suggéré qu'il y avait peut-être quelque chose de génétique dans l'attirance que je ressens pour ce monde des forêts. Un de mes grands-pères était bûcheron, l'autre agriculteur, ergo la tête me tourne dès le septième étage d'un immeuble new-yorkais. Je ne peux me faire à l'idée de ces couches de gens au-dessus et au-dessous de moi. Je souffre le martyre en avion ; c'est vrai que je ne suis pas le seul, loin de là. Mais j'ai des excuses. J'ai eu un accident d'avion sur l'aéroport de Meggs Field, Chicago, à l'âge de douze ans. Pris dans une bourrasque de vent de travers provenant du lac Michigan, l'avion s'est retourné et a atterri à l'envers, perdant au passage ses ailes sur la piste, pour ne s'arrêter qu'à quelques mètres du bord du lac. Un camion de pompiers nous a recouverts de mousse ignifugeante. Pendu par ma ceinture, en chaussettes car mes chaussures avaient été arrachées par le choc, je sentais mon cerveau tournoyer en Technicolor. Pour avoir survécu, nous avons eu droit à notre photo dans le *Chicago Tribune*.

Il n'y a aucun romantisme dans les bois, malgré ce que prétendent les imbéciles. Le romantisme est dans le progrès, le changement, la disparition d'une face de la terre au profit d'une autre. Nos Indiens étaient, et sont encore, de grands antiromantiques. Quiconque le conteste devrait être largué en parachute ou amené en hydravion dans le territoire du Nord-Ouest, histoire de voir s'il y trouve sa dose de romantisme. Je ne parle pas du nord-ouest de l'Angleterre, de cette région des lacs chère à Wordsworth, qui est magnifique, ravissante, charmante, délicieuse, tout à fait civilisée. À la Pentecôte une centaine de milliers d'Anglais se baladent sur ces collines, s'y bousculent, se pissent sur les bottes des uns les autres. Si j'étais un milliardaire arrogant et sans cœur, je m'amuserais peut-être à « implanter » une centaine de grizzlys entre Windermere et Penrith. Mais il ne nous en reste déjà plus beaucoup, tout au moins pas assez pour en abandonner à un pays qui se régale de viande de cheval et engraisse ses chiens de sucreries au risque de les voir mourir d'infarctus.

J'étais particulièrement désespéré et seul, une certaine semaine d'avril où Boston nageait sous un mètre de pluie tombée en deux jours, aussi décidai-je de téléphoner à un type que je connaissais dans le Vermont, un professeur qui enseignait dans l'une de ces petites universités de Nouvelle-Angleterre qui produisent une race d'adultes particuliers en cultivant un certain style de discipline très fermée. Le but n'est pas, comme chez les marines, de faire de vous « un homme », mais un gentleman doté de caractéristiques qui le différencient du commun des mortels. Plus tard, une fois leurs diplômes en poche, ces jeunes gens se reconnaissent les uns les autres sans s'être jamais rencontrés. Ils sont devenus des « hommes de Tulipberg ». Ils détournent les yeux et rougissent, puis se tapent sur l'épaule dans une étreinte complice, hurlent des mots secrets et se donnent des coups de langue sur les oreilles. Ceux de Harvard, Yale, Princeton ou Dartmouth sont plus discrets. Leur supériorité est entendue, et ils sont « anciens élèves » jusqu'à leur mort, même s'ils s'en cachent et jouent les gauchistes ou les pauvres. Un jeune étudiant de Dartmouth rencontré dans l'avion de San Francisco m'a dit que « Rocky », pour le commun des mortels Rockefeller, était « un des leurs ». C'est cette merveilleuse forme d'ignoble camaraderie, héritée des Teutons, qui laisse ces tarés se niquer mentalement les uns les autres au ministère de la Défense tandis que loin quelque part le monde meurt. Tout cela ne m'empêcha pas de prendre le car pour aller voir Stuart et sa femme. Au téléphone, il m'annonça d'un ton fier qu'il était déjà assistant et chargé de cours. J'en suis heureux pour toi et ta famille, répondis-je, moi, pour l'instant je vis à Boston où j'essaye de démêler les nœuds psychologiques qui m'étouffent. Je savais que cela me vaudrait une invitation, Stuart est le genre de types qui adorent parler avec les autres et les aider à se remettre sur pied afin qu'ils puissent affronter la saison du malheur.

Je payai mon billet avec mes derniers dollars en disant au guichetier qu'il devait certainement exister une longue route tortueuse jusqu'au pays de mes rêves.

Dans le car, je dormis tout au long du chemin, oublieux du paysage héraldique, historié. Nous nous arrêtions dans tous les petits villages pour prendre des auto-stoppeurs que le chauffeur entassait avec les bagages, et de temps en temps un passager payant. Les rues des villages étaient bordées de boutiques d'antiquaires, et les gens, tout au moins ceux que j'arrivais à distinguer à travers les vitres teintées du car, me rappelaient les habitants de la Géorgie ou du Kentucky. Quand on baise entre cousins pendant trois cents ans, quelque chose va de travers ; cela vaut aussi pour certains coins du comté de Lancaster en Pennsylvanie, où des couples ont donné naissance à une demi-douzaine de nains albinos. Quand nous arrivâmes enfin à Tulipberg, je demandai au chauffeur comment aller jusqu'à l'université. Il tendit la main vers la gauche en disant : « Ça dépend comment vous voulez y aller. » Ces gros malins ont lu dans des magazines des articles les concernant, et ils se plaisent à affecter la dignité taciturne qu'ils imaginent avoir été celle de leurs ancêtres les pèlerins. Je le remerciai en prenant l'accent traînant des Texans et dis quelque chose du genre : « Vous autres Yankees, sûr que vous êtes des pisse-sans-rire. » Puis j'ajoutai que chez moi, dans le Sud, même un chicano aurait l'intelligence de démolir le portrait de celui qui lui répondrait de façon aussi stupide et impolie. Ses yeux noisette papillotèrent comme ceux d'un vison qui sent la pointe d'un couteau s'enfoncer dans sa chair.

Après avoir vérifié l'adresse dans mon portefeuille, j'ai monté la longue côte qui menait à l'université. Il était difficile de croire que cette fac existait ; couverts de lierre épais, les bâtiments ne formaient plus qu'un énorme tertre vert pour celui qui les regardait de loin les yeux plissés. Je demandai mon chemin à un étudiant qui m'appela monsieur. Un garçon plein d'avenir.

Je sonnai à leur porte et Mona m'ouvrit : « Comme tu es maigre, me dit-elle en me bécotant le nez. Il donne un cours mais rentrera déjeuner, ajouta-t-elle. En attendant tu peux te reposer de ton voyage sur le divan du bureau. » Je m'allongeai et essayai d'imaginer comment ce serait de baiser Mona pendant que Papa Ours enseignait la littérature anglaise. Quel ennui. Mon frétillard n'a même pas frétillé. Une mauvaise idée. Je renonçai au repos et m'approchai du bureau, me délectant à l'idée de fouiller dans les affaires de Stuart, et l'oreille aux aguets. Mona risquait de venir voir comment j'allais. Peut-être penserait-elle à utiliser mon pauvre corps pour une matinale roulade dans la fange.

Stuart n'avait pas changé. Le bureau était jonché de talons de chèques, de factures de dentiste, de prospectus hauts en couleur pour un club du livre des plus sérieux, et, enfoui par-dessous tout ça, je trouvai dans une chemise de carton rouge ce qui ressemblait à une pièce de théâtre, mais se révéla un scénario de film écrit par le professeur assistant en personne. Il se voyait déjà connu des médias, je l'aurais parié. Sans en avoir parlé à qui que ce fût parmi ses collègues, car il avait obtenu ses heures de cours grâce à un manuscrit inachevé sur l'enfance du romancier et critique William Dean Howells. J'entamai la lecture du scénario en essayant de m'y intéresser. Il y aurait un gros plan sur des enfants piétinant dans la neige derrière un panneau d'affichage, puis un jeune homme enfermé dans une cuisine qui réclamerait sa mère en gémissant plaintivement. Je n'arrivais pas à concentrer mon attention sur le déroulement de l'histoire, ne me souvenant que de certains passages comme on se rappelle un collage rapidement entrevu. Derrière la fenêtre, un forsythia bourdonnait d'abeilles. Le rideau se gonflait sous la tiède brise du printemps. De l'autre côté de la porte, j'entendais la météo marine à la radio. « Le tonnerre roule sur le lac Winnipesaukee », comme l'a dit un jour un poète de Harvard. Je continuai de lire jusqu'à ce qu'un coup de feu « retentisse » et dus revenir plusieurs pages en arrière afin de découvrir qui était dans la pièce avec le personnage principal. Personne. Suicide. Rideau, ou plutôt « pan » dans les narines du mort, qui ne frémiront plus jamais de colère. Je remis les feuillets dans la chemise cartonnée, un paquet de chagrin à la mode et de surréalisme académiques et pris un magazine pour hommes dans le meuble de rangement. Trois pages de photos d'une répugnante blonde à la poitrine extrêmement lourde. Nichons gargantuesques. L'expression « je ne suis que la fille d'à côté » dont était empreint son visage laissait entendre que la maison d'à côté était une foire aux monstres ou un bordel. L'interview qui accompagnait les photos disait qu'elle aimait la musique, aussi bien le classique que le jazz Dixieland, les pizzas, Khalil Gibran, les cheeseburgers avec beaucoup de cornichons, et les intellectuels qui s'habillaient en Europe et conduisaient des M.G. Étonnants contrastes. Une soirée avec elle commencée avec Cozy Cole et une pizza cheeseburger, et poursuivie dans une minuscule M.G. à patouiller et musarder entre ses immenses mamelles. Mais, à propos de contrastes, n'avais-je pas vu la semaine précédente, à Cambridge, une fille en bottes de mécano et paréo bricoler par un chaud après-midi sa moto, une Triumph 650 cc ?

La radio passait une version modernisée de *Greensleeves*, puis le téléphone sonna et Mona baissa le son. Il semblait étrange qu'une telle chanson résiste ainsi au temps, cheminant à travers le XXe siècle avec tout le poids de sa mélancolie toujours intacte. Les murs du bureau étouffaient la mélodie, mais avec l'odeur du forsythia, des roses et des arbres fruitiers qui fleurissaient dans le parc, je voyais une

Angleterre moyenâgeuse, le vert primaire de ses forêts, et une femme aux atours légèrement souillés par la fumée de la guerre et la poussière des carrosses, mais toujours ravissante. Vision absurde sur cette côte surpeuplée, sans une acre de terre libre entre Boston et Washington. J'essayais de me préserver de telles pensées, de leur poids d'inutilité absolue et préférais essayer de faire revivre la drôlerie de ces images vues à la télévision quand le nouveau pont s'était effondré. Il s'était tordu et cabré comme un serpent à sonnette dont on vient de couper la tête, puis effondré dans le fleuve. Une petite erreur du génie civil. Problème des temps modernes. Arcs-boutants écroulés, câbles fouettant l'air.

Elle vint à la porte du bureau, me dit que Stuart en avait encore pour une heure. Les inscriptions commençaient la semaine suivante, et on avait besoin de ses conseils. Laisse-toi lécher le cul et ensuite ils t'enculent. Je sentais à travers la porte sa vie de mère, petits pots, pipis, bouillies, talc et couches-culottes. Alors que dresser un chien prend tellement moins de temps. Elle avait posé pour un grand magasin du Milwaukee avant d'épouser Stuart. Chaque fois qu'elle le pouvait elle ramenait adroitement dans la conversation sa « carrière de mannequin », encore et encore, comme si cela avait pu lui faire un peu oublier l'horreur qu'elle ressentait devant ses deux enfants et sa minable maison de location. Elle était encore attirante, comme peut l'être un ancien mannequin, mais la pouffiasse qu'elle deviendrait se devinait déjà à la graisse dont elle s'enrobait.

Le dîner du soir mit fin au week-end. Quand Stuart était rentré, avec des heures de retard, et que sa fille avait interrompu ma sieste en enfonçant son doigt sale dans mon œil, nous avions commencé à boire l'apéritif. Au moins six dry martinis chacun, et Mona se servait des doubles. Elle jacassait à propos de ses ancêtres, des aristocrates estoniens qui s'étaient enfuis, comme les aristos s'enfuient toujours, à la veille de la Grande Guerre. Je ricanai et elle se vexa. Mais comment ne pas rire de ces images rabâchées, de ces réfugiés de haute noblesse traversant les Carpates par la Transylvanie, passant devant les ruines du château du baron von Frankenstein les poches bourrées de bijoux, d'œufs de porcelaine et de godemichés en albâtre polis par l'usure. Elle se mit en colère et me demanda qui étaient mes ancêtres. Je répondis que je n'en avais aucun qui eût ne serait-ce que posé les yeux sur quelque chose qui ressemblât à une cryptoduchesse. Mes aïeux étaient des voleurs de cochons et des mangeurs de hareng qui travaillaient le moins possible et brûlaient de la bouse de vache dans leurs fours ventrus parce que couper du bois représentait une tâche trop épuisante. Et quand ils étaient trop soûls pour lever leurs verres, ils s'asseyaient dans leurs tonneaux de vin ou d'alcool de pomme de terre, absorbant le liquide par osmose avec leur trou du cul.

Ça ne l'amusa pas. Pendant ce temps, Stuart continuait à parler de ses étudiants et de son livre sur Howells. Il y faisait des révélations à propos de l'enfance de ce fabuleux auteur. Ce livre allait « ébranler dans ses fondations » l'idée qu'on se faisait de Howells dans ce pays comme à l'étranger.

— Mais qu'est-ce qu'on en a à foutre ?

Stuart pâlit, but une longue rasade.

— Il faut que quelqu'un rétablisse la vérité.

Alors porcinette bondit à la rescousse de porcinet. Comment un minable pouvait-il remettre en question un homme plein d'ambitions ? Et dans sa propre maison, en plus. Je m'excusai. Ces dernières années avaient été pour moi lourdes de problèmes intérieurs, d'angoisses qui me faisaient oublier la grandeur de nos traditions d'intellectuels. Là-dessus, nous passâmes à table pour manger un curry fadasse et un gâteau au chocolat recouvert de caramel au beurre saupoudré de noix de coco râpée éventée. Elle regarda mon assiette.

— Tu n'as pas faim ?

— Oh si, mais ce curry me pèse sur l'estomac et de toute façon je n'ai jamais aimé les desserts.

Ensuite Stuart sortit la bouteille de brandy. La conversation porta d'abord sur les fantômes. Puis sur l'astrologie. Elle croyait aux étoiles, pas lui. Au fur et à mesure que baissait le niveau de la bouteille de brandy, ils vidaient leurs verres cul sec, la discussion s'envenimait.

— Tu n'es qu'une conne, dit Stuart.

— Retire ça ! hurla-t-elle en bondissant de sa chaise pour lui envoyer une beigne.

Il attrapa une couche humide qui traînait à côté de lui, et l'en frappa au visage, envoyant au passage ses lunettes valdinguer. Puis ils se tabassèrent, leurs bras tournoyant en l'air comme des moulins à vent, jusqu'à ce qu'elle l'agrippe par les cheveux et le traîne vers le canapé. Quand la bouche de Stuart s'ouvrit sur un cri silencieux, elle le lâcha, alors ils se mirent à pleurer et s'enlacèrent. J'allai me coucher sur le divan du bureau, bercé par le bruit de l'amour qu'ils faisaient à même le sol de la salle à manger.

Arrivé sur une butte, dans un bosquet de bouleaux, je regardai de nouveau la boussole : je pensais avoir parcouru un peu plus de la moitié du chemin qui me séparait de la voiture. Je ne m'étais pas arrêté une seule fois pour me reposer car un nuage de mouches à cerfs me suivait et j'avais oublié de mettre de la crème antimoustiques avant de partir. Ce genre d'erreur peut se révéler très douloureux – une mouche à cerfs ressemble à une grosse mouche commune, mais elle suce le sang de ceux qu'elle pique. D'après ce que j'ai compris, seule la femelle possède un dard et le mâle vole autour d'elle, se nourrissant du suc des feuilles, dans l'espoir silencieux d'une collision aérienne avec la femelle. Mais après avoir fait joujou avec lui, elle le mange, ou plus exactement pompe le peu de sang qu'il a en enfonçant son dard dans la molle paroi de son bas-ventre. En fait, je viens d'inventer cette dernière information, histoire d'actualiser le vieux mythe hollywoodien du « baiser de la mort ». Celui qu'embrasse Lana ou Faith Domergue n'a aucune chance de survie.

La boussole m'indiquait une position d'environ trente degrés dans la mauvaise direction. Aucune importance, marcher dans cette mauvaise direction était plus facile. Je remis en route mon corps fatigué dans la chaleur désagréable de cette journée. Le sac à dos vide battait contre mes omoplates. La route que je m'étais tracée descendait vers un marécage. Il y en avait des centaines dans ce coin. C'étaient autrefois des lacs, qui s'étaient comblés petit à petit, envahis par les herbes, tandis que cèdres et épinettes rouges poussaient dans leur sol spongieux. Je voulais trouver une rivière et remonter son cours en amont de l'Huron où était garée ma voiture le long d'un chemin de terre sous un gigantesque pin blanc.

Je m'étais dit à Boston que tous mes malheurs étaient d'ordre imaginaire et géographique, que partir à New York suffirait à tout changer. J'y rencontrerais un mannequin de *Vogue* (un peu plus en chair qu'elles ne l'étaient habituellement) qui m'emmènerait dans son agréable mais modeste trois-pièces de la 77e Rue Est où elle me garderait en sécurité pour toujours. Grâce à ses massages quotidiens au beurre de noix de coco et à l'excrément de bourdon, je resterais jeune et séduisant, et son régime de steaks, germes de blé et autres légumineuses m'assurerait santé et virilité sans faille. Elle mesurerait peut-être quelques centimètres de plus que mon mètre cinquante-deux, et quand elle rentrerait, après une dure journée de travail, j'entendrais sa clé tourner dans la serrure et bondirais pour l'embrasser comme un bon petit chien à sa mémère. Après un en-cas de brocolis pochés arrosés d'huile vierge du terroir, ses grands yeux s'assombriraient, fixés sur mon pantalon à pattes d'éléphant, se demandant si j'étais prêt à lui administrer sa dose de bidoche. De temps à autre, je me ferais désirer, et elle aurait à me poursuivre dans tout l'appartement, ses longues jambes se soulevant gracieusement dans l'air tandis que ses grands pieds effleureraient à peine la moquette.

Trop quelconque pour être un homme entretenu. La dernière fois que j'avais été à New York, j'avais cassé du plâtre pour une société de démolition qui ne payait même pas le tarif syndical.

J'avais traversé le pont de Charles Street en mangeant du pop-corn. Bois l'eau de ce fleuve et les convulsions de la mort t'emporteront en moins d'une heure. Le pop-corn avait un goût éventé. Il ne faut jamais en acheter le matin, on vous refile toujours les restes de la veille. Abandonné toute la nuit, il absorbe l'humidité de Boston et devient caoutchouteux. J'allais à l'Oxford Grill pour y manger un hamburger arrosé de cinq bières et chercher à découvrir dans les petites annonces du *New York Times* l'avenir qui m'attendait à Manhattan. J'avais remonté l'avenue, passant devant le M.I.T. où de très importantes machines à tuer secrètes sont inventées chaque jour par des scientifiques peu scrupuleux mais très honnêtes. Ils font le trajet chaque jour de Lexington et Concord, Weston et Lincoln, où ils vivent dans une précision toute coloniale. On nous a souvent raconté ce que leurs femmes cachent derrière les apparences. Et je ne parle pas de l'Association de parents d'élèves, bien que cela en fasse partie. Une larme versée pour le garçon d'épicerie. Melon et crème glacée au milieu de la matinée, et des heures au téléphone pour bavarder avec les âmes sœurs. Derrière l'usine de bonbons Necco, je m'étais engagé dans ces dangereuses rues où de jeunes voyous italiens tabassaient les étudiants. Souvent à juste titre, si vous voulez mon avis. Comment le chômeur aux cheveux lourds de graisse n'en voudrait-il pas à ces dandys qui se promènent dans les bas-quartiers avec leurs soyeux cheveux longs, leurs montres à cinq cents dollars, leurs pantalons à cinquante dollars et leurs vestes de sport à cent dollars, appelant les stations de métro des « kiosques ». Heureusement pour moi, je portais une tenue anonyme. Jeans qui puaient et tee-shirt noir avec mon paquet de cigarettes roulé dans une manche, cheveux coupés à ras. L'image même du garçon de salle au chômage que j'étais.

Au Grill, j'avais échangé quelques plaisanteries avec un serveur qui haïssait ces « satanés » étudiants et venait tous les jours de Somerville où il vivait avec sa mère. Turfiste acharné, il me donnait toujours des tuyaux que je ne lui demandais pas. De l'autre côté du fleuve, dans le bar de mon quartier, il y avait cinq cabines téléphoniques pour les parieurs. Costumes croisés et Cutty Sark-ginger ale. Ou scotch and cream. Je suppose que c'est ce qu'on appelle la mobilité sociale, mais maintenant les bourgeois boivent du bourbon bon marché arrosé d'eau du robinet avec un zeste d'herbe sauvage. Les pauvres se font toujours avoir, même quand ils deviennent riches. Je bus deux bières et commandai un cabillaud au beurre persillé avec de la purée, bien qu'ils l'arrosent toujours de jus de viande, même quand elle accompagnait un poisson. Deux filles étaient entrées et s'étaient assises dans le box derrière moi. Je m'étais retourné pour les regarder : l'une, douloureusement maigre, et qui le resterait jusqu'à ce que son léger cercueil soit mis en terre, l'autre me souriant de toutes ses grandes dents de castor si semblables aux miennes. Une montre en or autour du cou, que Papa lui avait offerte parce qu'elle avait été sage. Pourrait-elle cacher ses dents au moment opportun ? Je lui avais rendu son sourire, mon pauvre cœur affamé l'approuvait – j'aurais pu vivre quinze jours sur ce que valaient ses hautes bottes de cuir. Le serveur avait alors posé une assiette fumante devant moi et j'en avais recouvert le contenu de ketchup, vieille habitude familiale, au demeurant très nutritive. Après avoir tout avalé en moins de temps qu'il n'en faut pour le dire, tandis que dans mon estomac le poisson et la purée se mélangeaient au caramel du pop-corn, je m'étais de nouveau retourné pour sourire à la fille castor, mais elle regardait de l'autre côté et enfilait déjà son manteau. Son verre de crème de menthe frappée était vide. La préparation de cette boisson avait valu à mon ami le serveur une crise de colère froide. Je lui avais dit d'y mettre de la noix vomique. Comme ça, la prochaine fois, elle commanderait quelque chose de civilisé. Elles étaient sorties. Nous rencontrerons-nous de nouveau, si possible au bord de l'eau ? Un de mes amis était entré et avait commandé un sandwich et de la limonade. Défoncé notoire, il planait déjà et n'avait pas besoin d'alcool. Il m'avait appelé chéri et invité à une fête pour le soir même. Je lui avais promis d'y aller puis, trahissant ainsi immédiatement ma promesse, j'avais sorti mon unique billet de cinq dollars de mon portefeuille pour boire trois doubles bourbons d'affilée. Après avoir descendu Boylston et traversé Memorial Drive, je m'étais endormi lourdement sur l'herbe sale à côté du hangar à canots.

Je m'étais réveillé à temps pour arriver chez mon frère à l'heure du dîner, coquelets à l'alcool de pêche. Délicieux. Il est bibliothécaire et a réprimé ses bas instincts pour faire un bon mariage, lire, bien manger et travailler dur. J'ai pour lui une admiration sans bornes et n'oublierai jamais qu'il a été routier chez les scouts alors que je m'étais fait renvoyer des louveteaux pour mauvaise humeur permanente. Il avait eu la bonté de m'héberger à diverses occasions, me permettant de garder la tête hors de l'eau et de chercher du boulot, m'avait souvent prêté un costume pour me rendre à des entretiens imaginaires et rendu d'autres services que je ne méritais pas. J'ai fait tant de mal autour de moi pendant trois ans, avec mes inévitables dépressions nerveuses de février. Un mois à la fin duquel je n'arrive jamais sans friser le séjour chez les fous ; un phénomène cyclique, saisonnier, j'en suis certain. Puis les glaces fondent et de nouveau je peux vivre. Mais entre-temps, quel gâchis : une femme et une mère qui pleurent, et mon cœur brisé de les voir pleurer. Puis on me conduit à la gare routière, on me munit d'un aller simple, de quelques sous et de sages conseils familiaux. Il paraît que je devrais faire quelque chose de ma vie. Mais mon frère aimait m'entendre raconter les histoires du monde de la drogue et de la luxure que cache sa ville d'adoption. Un exemple : on m'a offert un jour d'assister à l'accouplement de deux lesbiennes pour la modique somme de cinq dollars. Le bar fermait et le rabatteur grec avait déjà trouvé cinq clients, des marins. J'étais curieux, mais je n'avais pas cet argent. Ça ne m'avait pas empêché de dire à mon frère que j'y avais été et que j'avais regardé ces deux filles maigres s'enlacer sur un canapé tandis que les marins les encourageaient, ce qu'ils firent sans aucun doute. Et il adorait l'histoire du foyer pour richissimes étudiantes de Radcliffe, un lieu tenu secret, que gardaient cinq dobermans et une matrone qui portait des cuissardes de cuir verni.

Au bord du marécage, dans les joncs, il y avait une compagnie de carouges à épaulettes ; pointes vermillon sous leurs ailes contre la verdure quand ils volaient d'un roseau à l'autre. Moi aussi j'aurais voulu être beau, avoir une crinière de fourrure le long de mon dos, des plumules orange sous les oreilles, de longues molaires pointues, une crête de coq couleur d'aigue-marine au milieu de ma tête et le corps recouvert de plumes terre de Sienne brûlée. Être la célèbre et terrifiante beauté du pays. Ça leur apprendrait.

Après avoir à demi contourné le marécage, je m'arrêtai pour lire sur la boussole que je me dirigeais carrément à gauche de la bonne direction. Je pris sur la droite, faisant cap sur un arbre mort que je voyais environ quinze cents mètres plus loin, puis m'assis, mangeai des raisins secs, de la viande séchée et bus au goulot de ma gourde. L'eau était tiède, elle avait un goût métallique. Cette gourde avait sans aucun doute été abandonnée ouverte sous le soleil de Guadalcanal ou de Bataan, et peut-être un bébé vipère s'y était-il glissé pour y dormir. Un bébé vipère, ou une famille d'araignées. De ces araignées qui se repaissent des insectes qui grouillent sur le dos des cobras. D'après mes calculs, je marchais depuis deux heures. Il m'en faudrait en tout au moins quatre pour rejoindre la voiture. Le soleil semblait à son zénith et me brûlait le crâne. En même temps, des mouches bourdonnantes s'y posaient, le temps que je les chasse. De minuscules insectes de la région, appelés à juste titre « qu'on-voit-pas », me tourmentaient eux aussi, laissant sur ma peau de petits boutons rouges. Je m'étais gratté partout, la nuit précédente, et avais compté cent trente-trois cicatrices, petites et grandes, mais toutes suppurantes et irritées. Je m'étais dit alors que mère nature aurait dû me construire un trottoir menant à la voiture et déposer une paire de rollers pas trop chers que j'aurais trouvés à côté du sac de couchage à mon réveil, avec une belle fille pour me les lacer bien serrés. Je lui aurais demandé de m'accorder la prochaine danse et nous aurions valsé la *Valse des patineurs* jusqu'à la voiture où, bien qu'épuisé et trempé de sueur, je l'aurais impitoyablement baisée sur la banquette arrière. La jambe passée par-dessus le dossier avant, les roulettes de ses patins auraient continué de rouler et la musique de tonner, comme si elle avait eu une cassette stéréo dans le cul.

Je me relevai le corps douloureux. Ô mon Dieu, combien de temps ? Autour de l'arbre mort, comme une vague qui serpentait dans le lointain, la verdure s'assombrissait. Peut-être approchais-je du ruisseau que je cherchais. La carte était fausse, et je projetais de m'arrêter au centre cartographique où j'étais allé la chercher : un ramassis d'erreurs, une vraie merde, dirais-je en la froissant en boule et en la lançant à la tête du responsable du centre. Il ne réagirait pas, terrifié par les vingt kilos d'acier chromé du lance-flammes qu'il verrait sur mon dos. Je voulais qu'il s'excuse poliment : « Nous sommes désolés, monsieur » puis qu'il me promette que tous les efforts seraient mis en jeu pour rectifier ces erreurs, quoi que cela dût coûter. Je vais vous envoyer un hélicoptère franco de bord pour que vous puissiez survoler votre territoire, bande de feignants. Allez traîner vos bottes dans la boue, mon garçon, vos mains sont trop blanches, ce sont des mains de bureaucrate. Puis j'arracherais les épaulettes de sa veste d'uniforme, je l'embrasserais dans le cou et me glisserais dans l'ombre, laissant derrière moi un officier complètement transformé.

J'atteignis enfin mon arbre, au pied duquel, comme je l'avais soupçonné, bouillonnait un ruisseau. Je le suivis, me frayant un passage au milieu des buissons, cherchant sur le sable des traces de loup. On pensait qu'il en restait environ une douzaine dans la région, et je voulais à tout prix en voir un. J'avais rencontré à Ishpeming un chasseur qui avait un jour entendu hurler des loups qui se répondaient d'une colline à l'autre. Mais cela se passait sur la plaine du Chien Jaune, à quelque chose comme trente kilomètres à l'est de là où j'étais. Il n'y a plus que trois ou quatre cents loups dans tout le pays. On les entend rarement, quant à les voir, c'était pratiquement impossible, à moins de circonstances artificielles, en survolant par exemple l'île Royale en hiver. J'avais l'impression que si je réussissais à en apercevoir un, ma chance tournerait. Peut-être le suivrais-je à la trace jusqu'à ce qu'il s'arrête et me salue, puis nous nous embrasserions et je deviendrais loup.

Il devait être vers les cinq heures quand j'arrivai à la route et vis ma voiture innocemment garée sous son arbre. Dix heures pour parcourir dix kilomètres. Un labyrinthe tracé par mon ignorance à travers les bois. Il me faudrait dormir dans la voiture, je ne pouvais prendre le risque d'essayer de retourner à la tente avant la nuit.

J'étais arrivé à la fête très tard car je m'étais encore assoupi après le dîner. Ma belle-sœur manque toujours d'appétit, aussi avais-je eu droit à deux coquelets, et, bien qu'ils ne fussent pas tout à fait assez cuits à mon goût, je les avais dévorés tout entiers, croquant même leurs petits os couronnés de cartilage rose. Sans oublier leur « nez de Pape », ainsi que nous appelions chez nous le croupion. J'étais parti à pied, marchant dans une douce somnolence, le cerveau juste assez embrumé pour ne pas sentir vraiment le poids de mes pieds. Deux litres de rosé bon marché. Pour les autres, un verre rempli à moitié, comme le veulent les bonnes manières, pour moi plein à ras bord, vingt-cinq centilitres chaque fois que je me servais. Et je me servais souvent. Comme le rosé s'accorde bien avec le printemps, avais-je plaisanté en faisant passer sur ma troisième serviette en papier la sauce et le gras qui amidonnaient ma moustache. Tout en écrasant sous mes pas des boutons d'érables arrachés par le vent, je sentais encore le goût de l'alcool de pêche et j'en étais tellement heureux que j'en aurais embrassé une bouche d'incendie, s'il n'y avait pas eu de chiens sur cette terre. Une moustache vous permet de sentir au réveil vos péchés de la veille. Dans un coin sombre près de la ligne Cambridge-Somerville, j'avais pissé sur une bouche d'incendie. De quoi interloquer les chiens du quartier. Ils allaient aboyer et gémir là pendant des semaines, se demandant dans leur langage canin proche du morse : « Où est cette nouvelle créature ? »

De toute évidence, la fête avait battu son plein bien avant mon arrivée. Les convives étaient maintenant mollement assis ou écroulés à même le sol, totalement défoncés. Ça me rappela un truc que j'avais vu quelque part, une histoire « d'horloge de frangipane ». Un étudiant de première année désireux de bien faire m'avait dit : « Je m'appelle Bob, et toi ? » Swanson, prince d'Allston. Enchanté. Un péteux en mocassins à la mode avec pièce d'un demi-dollar passée dans la fente. L'air était lourd de vapeurs d'herbe. J'avais trouvé mon ami assis dans une chambre, les yeux mornes, chassieux, comme maquillés de morve, avec dans la main droite un énorme pétard que j'avais pris et allumé immédiatement. J'avais tiré trois longues bouffées et toussé. Une fille assise dans la commode m'avait dit : « Il y a aussi du hasch. » Tant mieux, avais-je pensé, ça me permettra de me mettre au diapason. Elle avait le visage un peu trop rond pour me plaire et parlait du coin de la bouche, un tic que les bourgeois de la côte Est partagent avec les gangsters et les macs.

— La nuit est magnifique, lui avais-je dit.

— Vraiment ? avait-elle répondu d'un air qu'elle voulait malin.

— Elle le serait pour toi aussi, si tu mettais à la fenêtre tes grosses joues.

J'étais allé prospecter dans le living. Rien. Les filles étaient toutes cradingues, laides, ou déjà prises. De retour dans la chambre, j'avais changé de ton et échangé quelques plaisanteries avec face de lune. Elle avait de toute évidence oublié que nous nous étions rencontrés quelques minutes plus tôt.

— Vous avez l'air de vous éclater ! lui avais-je dit en criant par-dessus le bruit assourdissant des Beatles qui chantaient *Michelle*. Je parie que tu t'appelles Michelle.

— J'aimerais bien.

Elle avait regardé son pied qui battait la mesure, très loin d'elle.

Je lui avais proposé d'aller prendre l'air et elle m'avait suivi nonchalamment dans l'escalier de derrière, jusqu'à la porte. Pas le moindre brin d'herbe, de ce côté-là. Une impasse où s'alignaient soixante-dix-sept poubelles. Je commençais à sentir l'effet du hasch. Au boulot. Je lui roulai une pelle en cherchant des yeux un coin plus confortable, mais il n'y en avait pas. Ses seins étaient nus dans la lumière des réverbères avant que nous n'ayons atteint le bout de la rue. Je me retournai et relevai sa jupe. Pas de culotte, rien que sa touffe. Je mis la main à ma braguette pour voir si Popaul était là. Dans ma défonce, le bruit de la fermeture à glissière résonna comme une mitraillette. Popaul était là, mais plus loin que d'habitude. Je me penchai en avant et la pénétrai, la travaillai lentement, infatigablement. Elle fit : « Ouaou » une ou deux fois et chantonna doucement. En jouissant, je trébuchai et tombai en arrière, assis sur le derrière mais sans que cela me fasse mal. Elle se retourna, tira sur sa jupe en me regardant d'un air absent, puis remonta vers l'appartement. Je me relevai lentement et faillis m'étaler en trébuchant dans mon pantalon qui m'enserrait les chevilles comme une lanière. Le bord dentelé d'une capsule de bouteille s'était enfoncé dans une de mes fesses. Je remis mon futal, pris de vertige, sortis de l'impasse et tournai vers Harvard Square.

Il faisait chaud dans la voiture, et ça sentait le renfermé. J'avais le choix entre garder les vitres remontées et mourir asphyxié ou les baisser et me laisser dévorer vivant par les moustiques. Les insectes sont des créatures du Seigneur, eux aussi, mais pas tout à fait autant que nous, quiconque a un peu de bon sens est bien obligé de l'admettre. J'ouvris une boîte de petites saucisses de Vienne qui trempaient dans une sauce tiède et saumâtre. Des mouches bourdonnaient de l'autre côté de la portière, puis une guêpe malveillante arriva, son dard dardé sous sa queue. Je marchai jusqu'à la rivière, plus large à cet endroit car nourrie au printemps par les ruisseaux des hautes terres. Il y avait une petite cascade et une profonde mare dans laquelle l'eau tombait en grondant doucement. Une berceuse sur laquelle il ferait bon s'endormir. Pas de bruits nocturnes, pas d'ours ni de Léviathan pour glisser ses pattes par la vitre de la voiture. Je rinçai un morceau de gaze avec lequel j'avais essuyé le pare-brise et dont j'avais l'intention de m'entourer la tête pour me protéger des moustiques. Puis j'enlevai tous mes vêtements, plongeai dans le courant et nageai sous les remous de la cascade. J'ouvris les yeux dans l'eau glacée, blanche de bulles, et laissai sa force m'emporter sur une trentaine de mètres. Engourdi, je flotterais jusqu'à la mer. Jusqu'au lac Supérieur, d'abord. Mais de vieilles souches d'arbres morts, des troncs flottants me rattraperaient, ou mon crâne irait heurter un gros caillou glissant et les lumières s'éteindraient. Un nageur spécialiste de la planche meurt lors d'un raid vers la mer. On n'a rien retrouvé de son corps. Personne pour me regarder, à l'exception d'un poisson-lune en colère. Je sortis de l'eau et marchai à contre-courant sur un lit d'aiguilles de pin, glacé jusqu'à la moelle des os. Un instant immobile, nu sur le chemin au soleil, j'allumai une cigarette. Dans quatre heures il ferait nuit noire, le soir tombe ici à dix heures. Je me coucherais tôt et repartirais à l'aube vers le campement.

Recroquevillé sur la banquette arrière, dans le crépuscule,

j'essaye de respirer à travers la gaze moisie. Odeur de charpie et de produit à nettoyer les vitres, poussière de craie et riz à l'espagnole dans tous les lycées du pays. « Siss boum bah siss boum bah ! » criaient-elles pendant les matches de basket-ball. Boston de nouveau, un jour où j'étais remonté jusqu'à la nationale 9 puis avais tourné à droite sur Chestnut Hill Road et regardé une superbe fille bronzée, membre du Longwood Cricket Club, renvoyer une balle de tennis contre un lointain mur de béton, les cheveux tirés en arrière pour qu'ils ne lui tombent pas dans les yeux pendant le match avec Bryce Porcinet, un jeune rentier dépravé mais beau. Un cri d'injustice se lève dans tout le pays, en particulier de l'endroit où je me tiens en train de mater de derrière la grille ses longues jambes brunes et lisses, leur ligne qui se courbe vers son cul. Blouse sans manches dégageant ses bras gracieux. Assez grande, la taille haute et un visage étonnant. Comme celui de Lauren Hutton, le mannequin de *Vogue*. Dans les drugstores, je lisais furtivement *Seventeen*, le magazine des jeunes filles dans le coup. Elle me jeta un coup d'œil et fronça les sourcils. Club privé avec liste d'attente de 66 333 noms. J'ai exactement douze cents en poche, de quoi t'offrir un Coca citron. Je m'accrochai à la grille, prisonnier de guerre, de pauvreté et, évidemment de faim, elle se retourna encore, les yeux froids, à moins de dix mètres de moi, puis s'éloigna vers les bâtiments du club sans un regard en arrière. Perdu dans mes pensées, je sombrai mollement sur la banquette arrière, le nez pointé vers le dossier. Un moustique qui s'était glissé sous la gaze cherchait mon globe oculaire. De toute évidence, elle ne veut pas de mon Coca citron muettement proposé. Reviens Bonnie. Reviens tout de suite. Je ne regarderai pas, je lèverai les yeux vers le ciel sans oiseaux. Est probablement en deuxième année à Sarah Lawrence et s'intéresse à la crise urbaine. Baise avec un professeur de sciences politiques de cinquante-cinq ans, M. Cucul Frites, un type affublé d'un bouc gris qui lui a versé une fiole de cantharidine dans son café. Je la rencontrerai un jour par hasard à New York, dans un avenir lointain et je me détournerai. Ou peut-être la giflerai-je du bout des doigts. Elle me demandera pardon et dira j'aimerais tant avoir bu ce Coca citron avec vous, maintenant que je sais que vous êtes célèbre. Justement. Après une semaine de discipline et de caresses stratégiques interminables, je la livrerai à une équipe de footballeurs africains prétentieux. Ou peut-être aux Harlem Globe Trotters. Elle a eu sa chance et ne l'a pas saisie. J'étais reparti dans Chestnut Hill, où les jardiniers qui louchaient vers moi d'un air soupçonneux avaient lâché à mes trousses des mastiffs qui m'avaient repoussé vers mon quartier minable. Chère gonzesse, si tu lis ces lignes, tu t'y reconnaîtras. Souviens-toi de moi et de mon visage pressé contre la grille jusqu'à en être quadrillé de lignes rouges. Tu te souviens ? Je te souhaite colostomie, hémorroïdes, pyurie, mari zézayant et couard. Puisses-tu pourrir entre Dover et Dedham. Puisses-tu tomber de ton cheval. N'essaye pas de m'approcher. Mon numéro n'est pas dans l'annuaire, je n'ai pas le téléphone et il est trop tard, beaucoup trop tard.

Impossible de dormir dans la voiture. Je me rassis, allumai une cigarette, soufflant la fumée sur les moustiques les plus proches, puis sortis et remontai la route, assez loin pour ne plus entendre le grondement régulier de la cascade. Nuit de pleine lune, quand fleurit la mort aux loups. Je crus voir, ou vis-je réellement, nul ne le saura jamais, la silhouette d'un grand chien qui traversait la route dans le lointain. Un coyote ou un loup. Mais mon odeur aurait éloigné les loups. Un coyote, donc, ou une hallucination. Le loup qui compterait comme tel devait être vu clairement, en plein jour.

À l'aube, après une heure de sommeil agité, je mis mes provisions dans le sac et remplis la gourde à la rivière. Les traces que j'avais laissées sur le chemin étaient couvertes par celles d'un petit ours. Il avait flairé la nourriture. Je fermai les portières à clé et repartis vers le campement où j'arrivai avant midi, en moins de la moitié du temps qu'il m'avait fallu pour trouver la voiture. Les épaules douloureuses, blessées par les bretelles de mon sac à dos bon marché, le corps assassiné par cette cauchemardesque nuit sans sommeil.

Boston. La veille du jour où je devais partir, j'avais pris une cuite terrible au Jake Wirth's et mangé une demi-douzaine de saucisses de Francfort puis un sandwich de pain noir au bleu et oignons des Bermudes. Avec ça, les douze doubles bourbons et les quelques litres de bière que j'avais bus, mes économies se trouvaient largement entamées. Mais ça m'avait certainement profité du point de vue nutritionnel. J'avais dormi par terre dans ma chambre, où j'étais arrivé par la grâce d'un pouvoir étrange ; peut-être était-ce… mais non, impossible. À un moment, avant l'aube, je m'étais réveillé en sursaut, avec l'impression qu'il y avait quelqu'un d'autre dans la pièce. La porte était ouverte, j'avais senti que quelque chose d'horrible était en train de m'arriver ou allait m'arriver ce jour-là. Je m'étais levé, j'avais claqué la porte et essayé de me rendormir. N'y arrivant pas, j'étais resté assis nu devant la fenêtre ouverte face aux toits des immeubles de l'autre côté de la rue. J'allais peut-être mourir, le car traverserait la ligne médiane, se renverserait et ferait des tonneaux. Mais j'avais vite oublié ma mort prochaine. J'avais déjà eu des centaines de prémonitions de ce genre et aucune, heureusement, n'avait été fondée.

De nouveau une brise de mer. C'était une forte brise, régulière et fraîche qui, dans l'ombre de la chambre étouffante et humide, m'avait inondé d'air pur. J'avais entendu un corbeau et l'avais vu contre le ciel qui s'enorgueillissait, à l'est, d'une fine ligne rouge pâle. Puis les autres oiseaux avaient entonné leur chant, mais le croassement du corbeau avait été le premier. Je me souvenais qu'un corbeau en annonçait toujours d'autres, pourtant là, point de troupe derrière lui. Il voyageait solo.

Je m'étais levé et dirigé vers la cuisinière, enjambant la valise que j'avais héritée de mon père. Elle était en imitation cuir avec des tas de fissures sous lesquelles apparaissait le carton. Le linoléum se fissure et révèle le trou noir dans lequel naissent et séjournent les corbeaux. Je voulais du café. Quand j'avais allumé le gaz, mon ventre, mes parties génitales et mes cuisses avaient viré au bleu. De quelle couleur sont les morts ? Un corbeau bleu, maintenant, avec le prix d'un billet pour New York. Un billet d'autocar, oui. Pas de tribu autour de moi ni de compagnons corbeaux. Effrayé, j'avais allumé la lumière et regardé mes bras, les veines épaisses, bleues, noueuses. Sang prêt à faire un caillot sans prévenir. Un bloc bleu qui remonte en flottant jusqu'à l'épaule, puis en plein mille dans le cœur. Au bord de la nausée, j'avais bu mon café instantané et enfilé mes habits. Le soleil était maintenant un rectangle orange de lumière sur le mur d'en face. De la rue montait le fracas des bouteilles de lait. J'étais reparti loin en arrière, dans ma jeunesse, caché derrière roseaux et nénuphars, ne laissant à l'air libre que mon scalp, mes yeux et mon nez. Mon amie, la fille du chalet d'à côté, entre dans l'eau d'un pied hésitant. Elle a douze ans, et pratiquement pas le moindre poil, elle est ronde, rose, très jolie, avec de longues nattes noires. Nous nous saluons sous l'eau et quand nous remontons à la surface pour respirer, accrochés l'un à l'autre, il y a des corbeaux au-dessus des marais, de l'autre côté du lac.

Un froid anormal, hors saison, flottait dans l'air, une pluie qui tournait presque à la neige tombait sans discontinuer. Boston étendue là, morue morte mouillée, les yeux couverts de mouches. La valise était lourde et encombrante, je la portais sur mon épaule, puis devant moi, comme un bouclier contre le vent humide. Pleine de vêtements sales et de trop de livres. J'avais envie de l'abandonner dans le caniveau et de repartir de zéro. Je pris le trolley pour Park Street et me sentis soulagé quand il plongea sous terre à Kenmore Square, fuyant la laideur du monde d'en haut. Je descendis à Coply, sans raison, et jetai un coup d'œil vers le Storyville, qui avait fermé. Une boîte où tous les grands du jazz avaient offert aux sybarites leurs cœurs fous et drogués, des séances tellement fabuleuses que les cœurs auraient dû éclater, inondant le sol de sang. Je traversai à contre-courant des voitures, qui klaxonnaient, mais il m'était complètement indifférent qu'elles me renversent ou non, allez savoir pourquoi. Des poursuites judiciaires géantes libèrent définitivement un homme de ses problèmes financiers, titrait le *Globe*. Une limousine de l'aéroport, qui déboîtait devant le Plaza, me rata de peu. J'étais rentré une fois au Plaza, et y avais proposé de l'épouser à une fille avec qui j'étais assis à un bar surplombé d'un dais qui tournait comme un manège. Ayant évidemment déjà trop bu, j'avais demandé au barman d'arrêter cette saloperie qui me donnait le tournis. On nous avait alors invités à partir, et elle avait pleuré. Pas parce qu'on s'était fait virer à coups de pied au cul, mais parce que ma demande en mariage manquait de sérieux. Je repris la valise sur mon épaule et regardai la bibliothèque municipale où j'avais passé tant de temps à lire des magazines et écrire mon histoire de pluie et de chagrin. Tous ces tordus dans les bibliothèques. Et c'est pareil à New York ou Frisco. Ils chient par terre dans les chiottes, balbutient des phrases incohérentes, s'en prennent à n'importe qui. Une fois, j'ai vu un jeune type sortir sa queue, debout dans le couloir et hurler : « Regardez ! » Puis il referme son imper et essaye de sortir en courant, mais trébuche dans la porte tournante. Une femme crie, les autres se contentent de hausser les épaules. Plutôt attristant. Ce type avait besoin d'aide. D'un cadenas sur sa fermeture à glissière pour débutant.

Je descendis Park Street jusqu'à la gare routière où je m'assis sur un banc en attendant le car qui faisait la navette avec New York toutes les heures. Pas de snobs ici, ils crachent sur les voyages en car, les vomissent. Mais des pensionnaires d'une institution ou une autre, fraîchement relâchés, qui sillonnent le pays de gare routière en gare routière, fanas de cette puanteur, des murmures perpétuels, de l'odeur des échappements de diesel et du libre-échange de virus terminaux aux comptoirs des cafétérias, fontaines et toilettes. J'étais assis à côté d'un soldat noir avec qui je parlai des Bruins et des Patriots. Le sport constitue un sujet de conversation inoffensif dans les salles d'attente. Et tous ces pédés qui traînent, les yeux fixés sur la protubérance d'un entrejambe à la recherche d'un ami. Crac, polichinelle jaillit de sa boîte.

Je bus une tasse de café lamentable, acide, puis embarquai enfin. À Newton, une jolie fille monta, mais aucun moyen de me rapprocher d'elle. Je fixai sa nuque jusqu'à la frontière du Connecticut puis m'endormis. Plus loin, lorsque le car s'arrêta pour le déjeuner, près de Harford, je la regardai de plus près et constatai qu'une couche de fond de teint uniforme recouvrait sa peau boutonneuse. Il semblait certains jours que toute beauté avait déserté la surface de la terre. Lèvre supérieure relevée sur ses dents, dont l'une s'avance, peut-être vestige d'un croc ou d'une dent de vampire, une prédisposition à laquelle ne changerait rien le texte de sociologie qu'elle lisait en relevant la tête au milieu de chaque phrase. Les pauvres sont fauchés, disent-ils. La haute joue au tennis et pratique de plus en plus de ruineux sports nautiques. Elle voyage en avion, pendant que les pauvres prennent le car. Enfin nous descendons la Neuvième Avenue jusqu'au bâtiment beigeasse de la gare routière centrale. New York. J'avais l'intention de n'y rester que quelques jours ; de voir des gens, et, avec beaucoup de chance, de me faire rembourser l'argent que j'avais prêté à un vieil ami. Ensuite j'irais dans le Michigan, je trouverais un moyen de me renflouer et peut-être repartirais-je vers San Francisco pour y recommencer ma vie.

3

L'OUEST

En regardant attentivement une carte de l'Ouest américain (j'entends par Ouest toute terre se trouvant de l'autre côté de Kansas City), vous y découvrirez une nette ressemblance avec la topographie de la Sibérie ou de l'Oural. Mais la télévision, bien entendu, a prouvé la fausseté de cette notion. Ces fines lignes bleues, noires et rouges qui indiquent sur les cartes rivières, routes et frontières, ne racontent pas toute l'histoire. Je ne parle pas d'événements grandioses comme l'achat de la Louisiane à la France ou l'expédition Lewis et Clark, des interminables caravanes de chariots, de l'épopée des Donner qui finirent en Donner Kebab dans la Sierra Nevada, ni même du *Petit bordel dans la prairie*. Encore moins de la catastrophique *Route 66*, et quand je dis catastrophique, ce n'est pas à la route que je pense, mais à l'émission. Et je ne traiterai pas ici de vicieuses statistiques : l'Ouest, résultat d'une marche génocide, ni même de la thèse Turner selon laquelle l'Ouest s'enroule sur lui-même comme une boule de paillettes collées par le sang des chicanos et des Indiens. C'est le boulot des historiens. Les universités en regorgent et tous ces éminents professeurs se battent pour savoir qui va parler de quoi ; ils sont prêts à tous les coups bas, avalent toutes les couleuvres pour être celui qui fera cours sur le Territoire 503 de la Louisiane. Mais laissons-les à leurs combats de roupie de sansonnet. L'un d'eux nous racontera peut-être un jour la vérité dans une étude monumentale en dix volumes, *Le Voyage des pionniers : lame de fond de merde de cochons sur les lèvres humides du Pacifique*. Notez que les titres des livres et articles académiques sont tous ponctués de deux points. Ce fait peut être considéré comme une clé de ce qu'ils enseignent à nos enfants. L'inflation bouffe nos économies. Les deux points sont comme les deux trous qui marquent l'entrejambe de la femme, signe à la fois du plein et du vide. Nous devons nous attendre à une implosion plutôt qu'une explosion. Peut-être que dans le ventre du Montana, au sein d'une vaste caverne, l'absence de bisons prépare une non-charge. Et Crazy Horse, qui digère toujours le cœur de Custer, veille sur eux.

Difficile d'être amer lorsque le chaud soleil du soir passe à travers les branches des bouleaux, mouchetant de jaune la tente et le sol. Je vais tuer une biche pour me nourrir de viande fraîche. Mais je ne pourrai jamais la manger tout entière, et une grande partie en pourrira. Mieux vaut donc me nourrir de racines et laisser les cervidés aux sportifs. Ce qui me rappelle la chouette histoire d'un type qui se posait comme défenseur des espèces en péril, un homme riche qui avait pour hobby l'élevage des bisons et leur abattage sélectif dès qu'ils devenaient trop nombreux. Steaks de bison à vendre, une viande pas franchement mauvaise, un peu comme celle du vieil élan, meilleure en ragoût que grillée. Mais revenons-en à l'histoire. Un tireur à l'arc acheta à cet homme un animal « sur pied » pour s'en faire un trophée de chasse. Après que plus de trente flèches, tirées d'assez près, se furent plantées dans son cuir, le bison, qui ressemblait maintenant à un porc-épic géant aux épis clairsemés, refusait toujours de mourir. On appela la cavalerie à la rescousse et un cavalier armé d'un calibre 38 fit feu sur la bête effondrée, déjà à genoux. Le bison roula sur le sol, écrasant dans son agonie plusieurs des précieuses flèches. Fin de l'anecdote. Solution proposée ? Imaginez-en une. En tout cas, les grands espaces ont dû à cet instant se rétrécir, et un astronaute qui aurait survolé le coin aurait perçu, d'une hauteur de huit cents kilomètres, quelque chose qui ressemblait à un frémissement, un frisson. Ceci n'est que pur romantisme, évidemment. Le cavalier cavala chez lui après le boulot et raconta à bobonne son exploit. Le propriétaire secoua la tête en disant « Bravo ». Le tireur à l'arc expliqua à ses amis que les bisons étaient des animaux sacrément résistants, des bêtes dangereuses, olé ! et difficiles à abattre.

En arrivant à Laramie, j'avais acheté une chemise et un chapeau de cow-boy. Mes bottes étaient raides, elles venaient de Fort Morgan, Colorado, où m'avait laissé le car. Terminus. Avec le peu d'argent qu'il me restait, je pensais pouvoir faire en stop le reste du trajet, quelque chose comme à peine deux mille kilomètres jusqu'à la Californie. C'était mon second voyage dans l'Ouest. Aguerri, le bonhomme. La première fois, j'avais pris le car jusqu'à la frontière du Michigan et il m'avait fallu une journée entière pour atteindre Terre Haute. J'avais dû traverser à pied Indianapolis. J'avais du mal à m'y retrouver avec toutes ces routes, et, alors que je parvenais enfin à m'y reconnaître, un jeune couple m'avait proposé de me conduire à Terre Haute. Là, j'avais attendu environ trois heures. Cette fois, c'était un mécanicien de Pittsburgh qui se rendait à L.A. Ils ne disent jamais Los Angeles, toujours L.A. Je voulais aller à San Francisco, c'était tout au moins ce que j'avais décidé la veille, mais cette longue balade en voiture me tentait. À Joplin, nous avions fait connaissance et il m'avait avoué que « la tire n'était pas nette », qu'il était bigame et allait se faire oublier à L.A. ou peut-être même au Mexique, histoire d'attendre que les choses se calment. Il avait partagé avec moi sa provision de petites pilules blanches, je n'avais pas fermé l'œil de l'Indiana à la Californie et il n'avait perdu le contrôle de la voiture qu'une seule fois, un détour sans gravité dans les buissons de prosopis, le temps de pousser un cri et nous étions de nouveau sur la route.

Je mis toutes mes provisions fraîches dans un sac à oignons que je fermai avec une corde et accrochai à une branche d'arbre. À mon retour, j'avais trouvé des traces de raton laveur tout autour du campement et je ne voulais pas que ce qu'il me restait à manger disparaisse pendant que je retournais au lac. J'ai pensé à ma femme pendant quelques instants. Une fille chouette qui, bizarrement, ne voulait pas être l'épouse d'un poivrot. Mais qui n'était pas jalouse des tentes. Quatre jours et demi sans boire une goutte d'alcool, certainement mon record depuis des années. Tant qu'il n'y avait personne avec moi, ce n'était pas si terrible. Je mis des lignes, des hameçons et des plombs dans la sacoche que je portais à ma ceinture. Je n'avais pas besoin de gourde.

Le trajet jusqu'au lac me parut familier, facile. Je retrouvai sur le banc de sable les traces que j'y avais laissées lorsque j'avais tiré sur la tortue. Je n'avais pas non plus emporté la carabine. Elle était inutilement lourde et m'aurait de toute façon fait plus d'usage dans une ville comme Oakland. M'abritant les yeux de la main, je scrutai la rive opposée, là où je croyais avoir repéré le nid de balbuzard. Le nid était bel et bien là, mais j'hésitai sur le chemin à prendre pour atteindre l'autre côté du lac. Si j'avais été plus malin, j'aurais emporté les jumelles et étudié les deux rives afin d'en avoir le cœur net, mais j'étais parti trop vite. Le fou fuyant. Je choisis de passer par la gauche et marchai le long de la rive, l'œil attentif aux serpents d'eau. Je supporte pratiquement tous les serpents à l'exception des serpents d'eau et des crotales, bien que je ne sois pas fana, non plus, des couleuvres bleues, trop agiles à mon goût. J'en ai souvent vu, alors que je pêchais la truite, perchées sur un cèdre à trois mètres au-dessus de moi, grosses, épaisses et bleues. Quand j'arrivai là où le marécage se confondait avec le lac, je m'arrêtai pour enlever mes bottes. J'attachai ensemble les lacets, me les accrochai autour du cou et avançai prudemment. Bien que l'eau froide eût engourdi mes pieds, je sentis que le fond était sûr. Plus loin, près d'un bouquet de sapins qui poussaient dans l'eau, je m'enfonçai jusqu'à la taille au milieu des nénuphars à grosses fleurs blanches et petites fleurs jaunes. De l'autre côté, une rivière se jetait dans le lac, et on perdait pied tout de suite. C'était probablement un bon coin pour la pêche, mais je voulais atteindre le nid avant midi. Je me hissai sur la rive et m'assis sur le tronc d'un mélèze mort pour remettre mes bottes. Il faisait chaud, je transpirais, la sueur faisait dégouliner la crème antimoustiques sur mon front et les yeux me piquaient horriblement.

J'avais passé la nuit à Laramie dans un hôtel plein de puces près du dépôt de chemin de fer. Odeur de bouse de vache et tintamarre de diesels en train de manœuvrer toute la nuit. Apparemment, l'hôtel faisait aussi office de bordel pas cher. L'employé de la réception, plus très jeune et tuberculeux, comme ils le sont toujours dans ce genre de bouge, m'avait regardé d'un air inquisiteur. Il y avait eu des rires et des cris de beuverie jusqu'au matin. Je voulais retourner à Cheyenne le lendemain pour assister à un grand rodéo dont j'avais entendu parler le soir dans un bar. Avant de me coucher, j'avais glissé mon portefeuille dans mon caleçon puis je m'étais relevé et avais coincé une chaise contre la porte. J'avais fumé une cigarette, puis je m'étais encore relevé pour regarder par la fenêtre les locomotives qui manœuvraient sur les rails, leur phare, œil de cyclope qui s'agitait dans la nuit, et les wagons qui se cognaient les uns contre les autres. J'aimais les noms des locomotives : « Route des aigles », « Route de la neige d'Artémis », et « Lackwanna ». J'avais sorti ma demi-bouteille de whisky et bu à grandes goulées. Il n'en restait que la moitié et je n'avais pas de bière pour faire durer le plaisir. Après l'avoir vidée, j'avais dormi paisiblement, bercé par tous ces bruits. Seuls les meuglements des bestiaux enfermés dans les wagons me dérangeaient. En route pour les abattoirs de Chicago et Saint Louis.

Cheyenne est un champ de bouses, admettons-le. Denver aussi, d'ailleurs. Villes balancées sur cette terre d'une certaine hauteur et qui s'étalent comme de la bouse de vache dans l'herbe. Flop, flop, flop. Sans ordre, acéphales. Une huile répandue sur des eaux calmes ; abords de la ville avec motels, parkings, drive-in d'où l'on emporte ses hamburgers, stations d'essence aux néons de trente mètres de haut, pour être certain qu'on les voie de l'autoroute, et des milliers de petites entreprises aux activités indéfinissables abritées dans des bâtiments de brique ou de béton en rez-de-chaussée où l'on poursuit de sombres desseins. Vente de biens immobiliers et vente de vent. Installations sanitaires. Aux Mille Lampes. Chez Brad, Steak'n'Egg Stop. Mais nous savons tout ça et il n'y a pas moyen de recommencer à zéro.

Vers cinq heures du matin, j'étais allé me poster à l'échangeur de la nationale 90 après avoir pris un copieux déjeuner au café des Aiguilleurs en compagnie des employés des chemins de fer qui chevauchaient leurs tabourets en combinaisons à raies bleues et blanches et casquettes de mécaniciens. Crêpes épaisses surmontées d'une tranche de jambon et de trois œufs. Choc d'insuline et somnolence, à peine réveillé de mon sommeil d'engoulevent. Je n'étais resté que quelques instants le pouce en l'air avant qu'une Oldsmobile dernier modèle ne s'arrête dans une folle queue de poisson. Je l'avais rejointe au trot et étais monté sans regarder à l'intérieur. Trois jeunes types, deux devant un derrière. L'air était lourd de vapeurs d'alcool et la radio hurlait *The Last Word in Lonesome Is Me*. Lancée à plus de cent cinquante, la voiture vibrait, et je compris qu'aucun de ses occupants n'avait dormi de la nuit. Le type qui conduisait avait le bord de son Stetson baissé sur ses lunettes de soleil et se dirigeait plein pot vers le soleil matinal, une boule rouge toute ronde au bout de la route. Johnny Cash chantait maintenant *I Walk the Line*. Personne ne m'avait encore adressé la parole.

— Vous allez à Cheyenne ? avais-je tenté d'une voix tremblotante.

— Ouais, avait répondu celui qui conduisait.

Le cow-boy assis à l'arrière avec moi s'était réveillé, un filet de bave au coin de la bouche qu'il avait essuyé avec la manche de sa chemise. Il y avait du vomi sur sa vitre. Il s'était mis à chanter, ou plutôt à psalmodier : « La dernière fois que je l'ai vue, et je ne l'ai pas vue depuis, elle branlait un nègre à travers des fils de fer barbelés en chantant kiyipi-yipi-yipi-hé ! », etc. Encore et encore, jusqu'à ce que le chauffeur se retourne et lui dise de la fermer. Alors il s'était rendormi. Il portait des bottes de cuir bleu très travaillé en haut desquelles était gravé l'aigle américain. Des bottes à un mois de salaire.

Moins d'une heure plus tard, nous étions à Cheyenne. Au premier feu rouge, j'avais sauté de la voiture en soulevant mon paquetage pour tout au revoir. Seigneur, j'aurais pu y laisser ma peau. Comme les comiques regardent les films comiques pour apprendre le métier, les Yankees regardent les films yankees pour apprendre à ressembler à ce à quoi ils veulent ressembler. Après avoir vu *L'Équipée sauvage* avec Lee Marvin et Marlon Brando, je traversai sans le vouloir un champ de maïs en moto. Ça m'a suffi. Arrêtez cette machine, je vous en supplie. Je m'en suis tenu ensuite au blouson rouge et à la moue désabusée de James Dean, avec une Ford 49 à pot droit et silencieux hollywoodien qui montait à cent à la seconde.

Je suivis la rivière jusqu'à ce qu'elle se rétrécisse pour passer dans un petit étang de castors où affleurait juste au-dessus de l'eau une hutte de brindilles. Quelle activité ces animaux déployaient, petits arbres coupés, branches arrachées. Taille symétrique, comme si quelqu'un avait façonné une hache miniature extrêmement tranchante. En revenant du nid, je me mettrais à l'affût près de la mare dans l'espoir de surprendre les castors au travail. J'en avais déjà vu nager, mais ne les avais surpris en train de couper des arbres que de loin avec des jumelles. Inquiétante, la vitesse à laquelle ils font tomber un arbre. Chez mon grand-oncle Nelse, nous avions un jour mangé de la queue de castor frite. Un mets très fin, disait Nelse, mais il vivait en ermite et aurait mangé à peu près n'importe quoi. Buvait aussi n'importe quoi. Un ignoble vin de framboise fait maison. C'est peut-être héréditaire, ce goût pour les rince-gosier campagnards.

En traversant la rivière à gué, je glissai et mouillai une de mes bottes. Je m'écartai alors du bord de l'eau pour arriver vers le nid à couvert par le bois. Je levai les yeux. Si les balbuzards planaient là-haut, ils me repéreraient dans un rayon de quinze cents mètres. J'avais lu quelque part que si nos yeux étaient proportionnellement aussi grands que ceux d'un faucon ils auraient la taille d'une boule de bowling. Et trois trous si doux. Je souffrais tout d'un coup du mal du minou. Un mal qui surgit sans prévenir dans la mémoire en Technicolor de tout un chacun, au milieu des bois, dans la taïga, l'Arctique, frappant sans distinction pilotes de chasse, sénateurs et peut-être même présidents. Les homosexuels souffrent sans aucun doute du mal du braquemart. Les arbres autour de moi ne m'étaient d'aucun soulagement. Une fille du lycée me branlant dans un drive-in, avec dans la voiture deux packs de bières achetés sous une fausse identité. J'avais espéré qu'on le ferait pour de bon, mais elle avait ses règles. Elle portait une bague trop grande pour elle et qu'elle avait entourée de sparadrap pour l'ajuster à sa taille. Ce sparadrap me fait mal, chérie. Changement de main et mouvement plus maladroit. Elle tète sa canette de bière et regarde le film. Sa main accélère au rythme de mes gémissements. Oh ouiii. « On en a foutu partout. » Elle s'essuya avec mon mouchoir sans quitter l'écran des yeux. Un deuxième essai, plus tard, mais pas transformé. Une scène qui devait se reproduire à travers tout le pays, jouée partout par les mêmes lycéennes en robe d'été bleu ciel. Plus maintenant, peut-être. Depuis la pilule, elles baisent toutes comme des visons femelles : on appelle ça l'évolution des comportements sexuels. Et on les blâme, comme si la baise dévaluait la baise. Attendez de pouvoir prendre votre pied dans *votre* maison, ou *votre* voiture dans *votre* allée de la rue des Chênes, des Érables ou des Ormes d'une banlieue bourgeoise.

Perdu dans ma rêveuse vénération du cul glorieux, j'en oubliais d'avancer. Je devrais m'asseoir, maintenant, attendre et écouter, maintenant que me voici à quelques centaines de mètres du nid. C'était presque toujours par hasard que j'avais eu l'occasion d'observer des animaux sauvages. Le hasard et la fatigue. Épuisé par la marche, je m'asseyais, somnolais ou rêvais éveillé pour reprendre mon souffle, et souvent, une heure plus tard, un cerf, seul ou précédé de sa troupe, apparaissait. J'avais pu ainsi regarder un renard jouer avec une souris, la lancer en l'air, la reprendre dans ses griffes. Et un lynx s'approcher de l'eau pendant ma pause du déjeuner, un jour où je pêchais la truite. Quatre sandwiches et autant de gorgées de brandy par une fraîche journée, puis je m'étais réveillé pour apercevoir ce gros chat laper l'eau doucement à cent mètres de moi. J'avais allumé une cigarette et regardé attentivement mes mains. Elles étaient encore noires de résine de pin mêlée à de la poussière et sentaient le gin, seule forme d'alcool que je méprise. Tout ça parce que j'en avais vidé une bouteille et m'étais lavé les mains avec du savon à la résine de pin après avoir vomi plutôt violemment sur l'image que la glace me renvoyait de moi. Quand je commande une vodka au citron vert ou une vodka-martini et qu'on me sert du gin à la place, je souffre momentanément de nausée. Reprenez ça, s'il vous plaît, et servez-moi vite ce que je vous ai demandé, très vite.

Si le balbuzard est là, je m'inclinerai devant Dieu et ferai part de ma trouvaille aux autorités. Peu de leurs œufs résistent. Le D.D.T. a agi sur leur cycle de reproduction, et les coquilles sont trop fines pour supporter le poids du parent qui les couve. Il aurait fallu y penser avant de mettre le D.D.T. en vente. Bientôt, peut-être, des enfants humains au squelette trop fin tomberont raides morts sous l'impact d'une boule de guimauve crachée par un de leurs copains ou d'une balle de tennis perdue. De préférence des enfants d'actionnaires en Bourse, mais on n'a pas toujours le choix. J'éteignis soigneusement ma cigarette dans l'humide humus, sous les feuilles. Je crus reconnaître le cri d'un geai bleu, mais c'était un geai canadien, je ne tardai pas à m'en rendre compte. Ils servent de sirène d'alarme dans les bois. Quelques écureuils roux folâtraient autour de moi, ayant de toute évidence décidé que j'étais inoffensif. Je ne m'étais jamais senti aussi inoffensif de ma vie. Pour une fois, je n'étais pas en train de me tuer consciencieusement à coups d'alcool. Si seulement j'avais eu du hasch, histoire d'arrêter le temps de l'attente. Ou deux petits boutons de peyotl pour me souvenir des yeux veinés du balbuzard, ou le transformer en ptérodactyle. Même un peu d'herbe m'aurait suffi. J'aurais flotté au-dessus des brindilles, feuilles et broussailles qui bruissaient sous moi et fait un guet totalement silencieux et parfait, tout au moins dans mon imagination. Mais merde aux drogues et à l'alcool. Ce cerveau élargira seul son champ de conscience et voit suffisamment de fantômes comme ça. Depuis des années maintenant, la terre me paraît hantée. Des bêtes étrangères à toutes classifications zoologiques sévissent en d'indéfinissables configurations. On les appelle gouvernements. Blessures inguérissables faites sur toute la surface de la terre et que recouvre le tissu cicatriciel de notre présence vivante. Le problème de fond : je ne veux pas vivre dans ce monde, mais je veux vivre.

J'étais bourré avant la fin de la matinée. J'avais fait le tour de Cheyenne et tourné écœuré mon pouce d'auto-stoppeur vers le sol. Vu dans un bar les trois cow-boys avec qui j'étais arrivé, mais ils avaient les yeux très vitreux et ne me reconnurent pas. Le chanteur chantait toujours sa ravissante petite chanson. Au Silver Boot, je soutins une longue conversation avec un rancher rougeaud de Greeley, Colorado, puis allai faire un tour avec lui au terrain de rodéo. Un type complètement démoli, qui haïssait le gouvernement, la religion, la guerre, sa femme et même son bétail. Pourtant il aimait les chevaux et parlait interminablement de sa jument Coup de soleil. Quand je lui demandai pourquoi elle s'appelait comme ça, il répondit : « C'est une longue histoire. » Mystère. Devant le terrain de rodéo, nous nous sommes éloignés l'un de l'autre parce que nous commencions à ne plus éprouver que de l'ennui à parler ensemble. Je me dirigeai vers les toboggans et regardai le bétail qu'on déchargeait. Ils avaient garé un semi-remorque l'arrière contre le paddock et en faisaient descendre des taureaux Brahma, antiques créatures dotées d'une grosse bosse entre les épaules. Pour un gentil million de dollars, oui, j'en chevaucherais bien un. Les yeux rouges, écumant de colère. Dans un autre enclos, un cow-boy dont la chemise en jean partait en lambeaux sélectionnait des chevaux sauvages. Ils galopaient sous son regard en bottant, les oreilles baissées. Son bras droit armé d'un fouet se repliait de temps à autre avec une force nerveuse. Un bras qui semblait capable d'étrangler un lion ou un gorille. Les cow-boys n'ont pas besoin de faire de la musculation pour développer leurs biceps. Ils travaillent dur, c'est tout. Cher voyageur qui traverses le Montana, le Wyoming ou le Colorado, et vois ces immenses meules de foin, arrête-toi un instant et comprends que le foin ne s'est pas entassé là tout seul. Un bon nombre de ces chevaux avaient sur leurs flancs de larges blessures ouvertes, marque des éperons qui s'étaient enfoncés trop profondément dans leur cuir, des entailles larges comme la main, crevasses à vif couvertes de mouches. Pour leur apprendre à garder les pieds au sol. J'ai toujours préféré les petits rodéos locaux où les bêtes sont plus fraîches. Je repartis vers l'autoroute, décidé à atteindre Salt Lake City avant le lendemain matin.

Point de balbuzard. Pourtant le nid semblait récent, utilisé peu de temps auparavant. De derrière mon écran de feuilles, à quelque cinquante mètres dans le bois, je crus distinguer sur son bord des plumes et le bout d'une queue de poisson. Rapace piscivore. J'en avais vu un un jour, qui planait au-dessus d'une mare, replier soudain ses ailes et foncer en chute libre, puis freiner au dernier moment, les serres tendues. Une gerbe d'eau et un brocheton de trente centimètres de long avaient couronné ses efforts.

Ma position accroupie était inconfortable. J'arrachai un gros paquet de fougères et rampai caché derrière leurs feuilles. Pas de serpents, s'il vous plaît. Un moustique entra dans mon oreille, je l'écrasai du doigt. D'après ce que j'ai compris, le cérumen sert à empêcher les insectes de pénétrer à l'intérieur. Je donnai environ une heure au balbuzard pour se montrer, ensuite je retournerais à l'embouchure de la rivière et essayerais d'attraper une ou deux truites. J'ai toujours aimé les rapaces, même le faucon ordinaire à queue rouge, bien que mon oiseau préféré soit encore le plongeon. C'est sa voix que j'aime, son long gémissement qui s'enroule, circulaire. Quelque chose entre le rire et la folie. Il y avait eu, quand j'étais jeune, tant de soirées au bord du lac où je les avais entendus, et, à l'aube, quand je me levais pour aller pêcher, j'arrivais souvent à les voir. De loin, car ils se tenaient toujours à distance. Nous avions un petit chalet que mon père et mes oncles avaient construit, sans électricité ni eau courante, et le puits était si profond qu'il fallait au moins deux cents coups de pompe pour faire monter l'eau. Un travail terrible. Mon frère et moi, chacun notre tour, ce qui nous valait de fréquentes bagarres, coups et roulades dans la poussière. Nous passions une bonne partie de notre temps à tuer. Grenouilles, escargots et tortues. Nous n'avions pas droit aux carabines, et il fallait tout faire à la main. Nous attrapions des serpents d'eau sur la rive, les assommions contre un arbre ou en fouettions l'air pour leur briser le cou. Nous mangions des quantités prodigieuses de cuisses de grenouilles. À l'âge de six ans, ma petite sœur était reconnue comme la championne de la pêche à la grenouille, avec un record de plus de cent en une journée. Elle passait des heures à les nettoyer et les dépiauter, puis ma mère les faisait frire et ma sœur et ses amies dévoraient le tout. C'était toujours difficile pour moi de repenser à elle ; elle était morte à dix-neuf ans, avec mon père, dans un accident de voiture. Les deux actes de décès attribuaient la mort à une « macération du cerveau ». Ils étaient en route vers le nord où ils allaient chasser le cerf, une chasse qu'ils pratiquaient en se fiant presque totalement au hasard, et plus parce qu'ils aimaient marcher que tuer. C'est rare pour un père et une fille de chasser ensemble. Dans le bureau du notaire, j'ai vu par erreur les photos de l'accident qu'avait prises la police, la voiture renversée, le moteur enfoncé jusqu'au coffre par le choc. Impossible de dire qui conduisait. Je l'ai entrevue, un coup d'œil d'une fraction de seconde. Elle avait la tête en bas, l'irrégulière ligne noire d'un filet de sang barrait son front. Une autre voiture leur était rentrée dedans de plein fouet à cent vingt. Comme tout le monde était mort, personne ne saurait jamais vraiment ce qui s'était passé. Fou de rage, j'avais voulu partir là-bas pour tirer une balle dans la tête de ce chauffard, et peu m'importait qu'il fût déjà mort. Lorsque la police nous avait rendu le portefeuille de mon père et, allez savoir pourquoi, ses fausses dents cassées, j'étais allé jeter en cachette ces morceaux de porcelaine blanche dans le marécage où nous avions planté, des années plus tôt, des rosiers multiflores pour que le gibier s'y abrite. Pendant un an, ensuite, j'avais dormi les mains si serrées contre ma poitrine que je me réveillais le matin les épaules et les bras tout douloureux.

Je regardais toujours le nid, mais mes yeux n'y voyaient pas. Je pensais à ma sœur. J'espérais qu'elle avait fait l'amour avant d'être tuée. J'ai toujours pensé qu'on aurait dû appeler les hommes de cinquante ans en premier sous les drapeaux, puis ceux de la tranche d'âge immédiatement inférieure et ainsi de suite. Laisser aux jeunes la chance de pouvoir vivre un peu, de goûter les choses, avant d'aller se faire descendre au fin fond de la jungle. Et on devrait aussi systématiquement recruter au moins vingt-cinq pour cent du Congrès. Leur faire tirer à la courte paille les missions en premières lignes. N'importe quel type de cinquante ans capable de faire un parcours de golf de dix-huit trous peut certainement utiliser son index atrophié pour appuyer sur une détente et ses jambes flageolantes pour avancer au milieu des rizières. Je devrais écrire aux autorités pour le leur expliquer. Personne ne serait exempté, pas même les présidents des chambres de commerce de nos charmantes petites villes. Je parie qu'ils se sentiraient alors considérablement moins américains. S'ils ont tellement envie d'agiter des drapeaux, qu'ils le fassent là où ça compte, sous le nez de l'ennemi. Cris et gémissements : mais je suis agent de change, pharmacien, dentiste, mes mains sortent à peine de la bouche d'un patient. Justement. Donnez aux jeunes le temps de manger, baiser, boire, aimer, voyager et avoir des enfants. Si ces ventres bedonnants ne sont pas efficaces, nous leur enverrons en renfort d'autres ventres bedonnants. Je parle évidemment du point de vue confortable d'un réformé, ayant eu un œil pratiquement arraché de son orbite par un cul de vase brisé, derrière un hôpital, quand j'avais cinq ans. L'œuvre d'une petite fille. Depuis, mon iris gauche tend vers le bord externe de la paupière supérieure, faisant à mon insu un clin d'œil permanent. Presque aveugle, il ne bouge que dans la lumière la plus violente et ne voit clairement que la pleine lune. Quand une fille me demandait comment c'était arrivé, je prétendais souvent avoir pris un coup de bouteille brisée au cours d'une bagarre qui s'était déroulée dans le quartier Est de Saint Louis. J'étais alors correctement materné. Seins qui pointent, s'amollissent, repointent sous les caresses, et histoires tristes, solitaires. Les étudiantes se font souvent avoir avec le coup du sang indien. Mon teint mat et mes traits lapons petit patapon m'ont beaucoup servi. Comment ne me croiraient-elles pas ? Je varie les tribus d'origine, allant des Cheyennes aux Cherokees en passant par les Apaches. Mais en ce qui concerne l'auto-stop, c'est plutôt un handicap. Les minorités sont toujours de sales minorités. On m'a posé la question mille fois : sang indien, ou mexicain ? Les deux et ni l'un ni l'autre. Quel plaisir en Angleterre d'expliquer à un joueur de cricket baraqué que mes ancêtres les Vikings s'étaient follement amusés à terrifier les marins nains des îles Britanniques. Je me suis demandé pourquoi il prenait cet air vexé et je lui ai rappelé que la Grande-Bretagne avait conquis les si puissantes Indes et leurs millions d'habitants à moitié morts de faim, pathétiques et pacifistes, et que ce n'était pas un mince exploit. Vlan ! D'ailleurs qui a donné au monde le pudding aux rognons ? Et les fish and chips dans du papier journal ? Et le cricket ? Je m'étais fait un ami. Il y a toujours un petit malin d'Anglais pour venir nous expliquer que nous sommes minables, et en plus horriblement vulgaires. Je suis d'accord. Mais eux ont révélé il y a longtemps leurs instincts nazis : lors de la famine de la pomme de terre en Irlande.

Deux heures d'attente à l'échangeur. Toutes les voitures allaient dans l'autre sens, vers le rodéo. J'avais traversé la route pour aller boire un Coca dans une station Shell où je demandai une carte de la région. Le caissier me fit payer dix cents pour la carte. Il ne savait pas que, quelques années plus tard, je laisserais une ardoise de deux cent quatre-vingt-trois dollars sur une carte de crédit Shell et leur échapperais totalement jusqu'à ce que ma mère paie bêtement un de leurs représentants qui se présenta à sa porte un matin de bonne heure, armé d'un soi-disant document juridique. Hum hum. J'ai toujours rêvé d'avoir une de ces cartes de crédit vraiment bonnardes qui couvrent n'importe quelle dépense, youpi, ça c'est la vie ! Mais on ne m'en a jamais accordé. Un pick-up conduit par un vieil homme s'arrêta enfin.

— Tu vas où ? me demanda-t-il.

— En Californie.

— Ça fait loin.

En fait, il ne dit pas « loin », mais « un long morceau »,

comme seul quelqu'un dénué de toute instruction peut encore parler. Les gens instruits restent entre eux et parlent la langue des initiés dont personne d'autre ne possède les arcanes. Un sourcil relevé peut apporter d'infinies nuances. C'est pour ça que j'ai toujours préféré fumer de l'herbe tout seul, je ne supporte pas les mines affectées des tenants du culte, leurs gloussements, leurs regards entendus, leurs « ouahouou » et transferts d'énergie par onomatopées. Nous planons là-haut, tout là-haut, et sommes tous des gens bien. Non, pas spécialement.

Le vieil homme poussa son pick-up à cent vingt. Le Wyoming est plein de chauffeurs fous furieux. J'avais lu dans le journal l'histoire de ce type qui avait foncé dans un troupeau d'antilopes au moment où elles traversaient la route et en avait tué seize. Dans ces cas-là, la viande est généralement immangeable parce que réduite en charpie. La radio donnait les prix du bétail. Premier choix à trente-deux dollars le quintal, réclame et bas morceaux à vingt-quatre dollars. La bourse du fermier. Le foin était à vingt-deux dollars la tonne.

— Vous allez où ? lui demandai-je.

— Creston, cinquante bornes après Rawlins.

Probablement une petite ville. Pas d'embouteillages, mais des voitures fonçant partout à toute blinde. Il m'y déposa deux heures plus tard, en plein milieu de l'après-midi, sans que nous ayons pratiquement échangé un mot de plus. Il m'avait expliqué qu'il était devenu partiellement sourd pendant la Première Guerre mondiale. J'avais un jour porté des livres dans un hôpital pour vétérans américains et j'avais eu droit à une rapide visite guidée au milieu des épaves. Anciens soldats enfermés là pour dix, vingt, trente ans, et quelquefois seulement atteints de peur incurable. Un de mes amis n'avait pas duré plus de quelques secondes en Corée. Il disait qu'à la première balle tirée dans sa direction il avait plongé sous un camion et s'était mis à hurler, pissant et chiant dans son froc de terreur. Après s'être assurés qu'il ne jouait pas la comédie, ils avaient fini par le démobiliser pour raisons médicales. Deux heures après la fin de l'escarmouche, un sous-lieutenant avait essayé de le persuader de sortir de sous le camion. Il m'avait raconté qu'il réclamait en sanglotant sa maman, son papa et les bons vieux U.S.A. Il avait dit au psy qu'il avait peur du noir, des chiens, des serpents, des appareils électriques et des femmes, et à part les femmes, c'était vrai. Le psy lui avait alors demandé s'il se masturbait, à quoi il avait répondu : « Souvent et sans résultat. » Puis il avait ajouté que depuis sa plus tendre enfance il rêvait d'épouser un footballeur professionnel, et le psy lui avait dit qu'il n'était qu'un lâche menteur mais ils l'avaient quand même démobilisé et il était rentré en un seul morceau. Il était maintenant agent d'assurances et parlait des expériences de guerre qu'il s'était inventées. Quand nous nous rencontrions par hasard, il détournait les yeux, mais, mû par la courtoisie de tout bon agent d'assurances, me proposait quand même d'aller boire un café avec lui. Non, s'il vous plaît.

J'entrai dans une cafétéria de Creston et mangeai un sandwich au rôti de porc chaud arrosé de sauce. Au-dessus de la caisse, un panneau disait : « En cas d'attaque atomique, prière de payer l'addition avant de prendre ses jambes à son cou. » Très drôle. Je mis un disque, la musique du film *Picnic*, et réfléchis à la vie tragique des voyageurs. En voyant le film, j'étais tombé amoureux de Susan Strasberg. Peut-être un jour quelque part ressemblerai-je à William Holden, alors une belle fille m'emmènera au bord de la rivière pour m'y offrir de partager ses victuailles.

Je n'étais de retour sur l'autoroute que depuis quelques instants quand une voiture immatriculée à New York s'arrêta à ma hauteur. Deux étudiants qui parlaient de la fac. Ils allaient voir un ami à Salt Lake City puis continueraient vers la Californie.

— Cow-boy ? me demanda celui qui conduisait.

— Ouais, répondis-je en baissant mon chapeau sur mes yeux.

Et je m'endormis.

Le rapace était dans son nid. Je me maudis d'avoir raté son arrivée. Il regarda autour de lui, sa tête tournait sur son cou à courts mouvements saccadés, puis il sembla s'assoupir, comme je venais de le faire pendant qu'il descendait. Il y a quelque chose de plus qu'un peu minable dans mon amour de la nature ; presque chaque fois que je pars en randonnée, j'embarque d'encombrantes bouteilles de bourbon, tellement lourdes, mais tellement indispensables. Toujours obligé de me rationner pour ne pas me trouver à court et ne pas devoir quitter les bois plus tôt que prévu. Il ne faudrait pas boire du tout, à la chasse. Pourtant, je tète souvent en cachette une petite fiasque en aluminium. Assis à l'affût de canards, nous avions un jour avec un ami vidé une bouteille de scotch. À notre réveil, il faisait nuit. Il nous avait fallu aller retrouver la voiture dans le noir, un trajet pénible, plein d'embûches. Nous grelottions de froid, heurtions de plein fouet des arbres invisibles. Dans la taverne où nous nous étions arrêtés pour un rince-cochon, nous avions discuté de notre non-chasse. Les canards étaient-ils arrivés pendant que nous dormions d'un sommeil comateux ? Peut-être. Nous avions joué au billard pendant des heures, puis nous nous étions serré la main en nous promettant de ne pas boire lors de notre prochaine chasse aux canards. On aurait pu se blesser, tu sais. D'aussi près, un calibre seize avec des magnums numéro quatre couperait un homme en deux. Et si, s'agitant dans son sommeil, l'un de nous avait fait sauter un cran de sûreté, appuyé par erreur sur la détente ? Bang.

Ou Bang bang bang, en cas de semi-automatique. Chasseur massacré dans accident de chasse.

J'observai l'oiseau pendant une demi-heure, puis il dut me sentir bouger. Il s'envola, un mètre cinquante d'envergure, ailes battant l'air, survolant l'intrus en cercles de plus en plus larges, de plus en plus hauts. Presque aussi grand que ces aigles qui volent souvent la proie du balbuzard, meilleur chasseur. Vu de près, un aigle royal est absolument terrifiant. Il y a au Texas un club de fermiers pilotes qui, de leurs avions, descendent des milliers d'aigles royaux en vol. Pour protéger leurs moutons. Ils ont remarqué, comme c'est bizarre, que ces grands oiseaux n'apparaissent plus aussi nombreux à la saison de la migration. J'aimerais être le Robin des bois des aigles et débarrasser le ciel de leurs saloperies de Cessnas.

Salt Lake City à l'aube, quand les amants ronflent dans leurs oreillers et attendent que sonne le réveil. Les mormons ont conquis cette vallée il y a des milliers de lunes, et y ont prospéré grâce aux coquines inconstances des Mordmonnœuds et au dur labeur des labours de la terre indienne que les Indiens n'avaient jamais cultivée. Puis une grande crise bouleversa la vallée terrifiée par un nuage de sauterelles qui obscurcit le ciel en plein jour. Alors ils prièrent l'ange Crétinus et bien sûr des mouettes foncèrent en formation d'attaque, un million de Messerschmitt oiseaux gobeurs. La vallée fut sauvée et les mormons jurèrent de renoncer au café, au thé, aux cigarettes et à l'alcool. Ce n'est peut-être pas exactement comme ça que ça s'est passé, mais c'est à l'essence même de l'histoire que je veux m'attacher, aux grandes artères plutôt qu'aux insignifiantes cellules individuelles. À la vérité, ou d'après ce que nous savons maintenant de la vérité, chaque oiseau goba exactement cent sauterelles puis repartit. De nombreuses grâces furent rendues le lendemain matin devant des bols de café fumant, un café qui de toute façon coûtait trop cher, car il venait de Saint Louis et les frais de transport atteignaient à eux seuls environ trois dollars la livre. Pour remercier le ciel de l'arrivée des mouettes, les mormons renoncèrent à tout vice ou stimulant coûteux, un sacrifice qui semble absurde, puisque les mouettes ne fument ni ne boivent. Puis ils élevèrent au milieu de la ville un grand tabernacle et décidèrent que nul n'y pénétrerait, que les élus. Vous pouvez entrer dans le bâtiment adjacent, y visiter un musée plein de vieux objets ayant appartenu aux pionniers ou y écouter un chœur chanter *L'Hymne de la bataille*, mais n'essayez jamais de vous introduire dans le temple. Il est gardé par des mouettes géantes dressées comme des faucons de chasse, équivalence blanche des corbeaux éternels de la Tour de Londres. Des bruits courent selon lesquels les nègres ne pourraient pas devenir prêtres parce qu'ils sont les enfants du Porc, et pas du jarret de porc aux lentilles. Non, le Porc de l'Ancien Testament, celui que le peuple élu ne mangeait pas, bien que certains de ses membres l'aient apprécié en secret et s'en soient régalés la nuit. Ils furent découverts et, plutôt que de renoncer à leurs recettes préférées, partirent de Judée vers le sud jusqu'en Afrique où des années de soleil équatorial assombrirent leur peau. Voilà pourquoi ils ne peuvent être prêtres maintenant. Curieusement, les mormons sont de nos jours de grands mangeurs de porc, mais les temps changent. Il est difficile de dire du mal de gens aussi sains, j'en ai eu quelques-uns pour amis et j'ai vu leurs yeux cligner douloureusement lorsque je buvais du café, que ce soit noir ou au lait, sucré ou non. Si quiconque, même répondant à un nom aussi banal que Smith[1], Jones ou Brown, retrouve de nouvelles Tables de la Loi, il nous faudra y mettre le holà

1. Fondateur de l'Église des mormons.

avant que la machine ne s'emballe. Le problème du déca est nul et non avenu.

J'avais bu rapidement un café puis demandé à la serveuse où se trouvait l'embranchement de la route 40-80 qui me mènerait à Reno après la longue et sinistre traversée du Nevada. Elle m'avait dit que, bien qu'ayant vécu là toute sa vie, elle n'avait jamais réussi à reconnaître les routes les unes des autres, à l'exception de celles de Provo et Heber, mais ce n'était pas ma direction. Son cerveau de serveuse baignait dans le caca de mouette et le beurre de sauterelle.

— Jolie ville que la vôtre, lui avais-je lancé.

— Nous en sommes fiers, avait-elle répondu.

Elle souriait sans découvrir ses dents, qu'elle avait vaguement vertes. Manque de calcium ?

Je marchai au hasard jusqu'au moment où je rencontrai un policier poli à qui je demandai mon chemin. Il me regarda comme si j'avais caché des mitraillettes et des serpents venimeux dans mon barda, mais m'indiqua ma route avec une courtoisie peu commune dans les villes de l'Ouest. Des gens sains que ceux-ci, pensai-je une fois de plus. Ni vol, ni inceste, ni drogue, ni pornographie, des cuisines propres comme des sous neufs, de fraîches jeunes filles sachant préparer elles-mêmes la sauce du rôti. Il me fallut au moins deux heures pour arriver à l'échangeur, mais cette promenade devant d'humides pelouses vert émeraude et de confortables bungalows se révéla très agréable, malgré une échauffourée avec un chien plus matinal que les autres. Le cran d'arrêt caché au creux de la main, je reculai devant la bête qui grognait, aboyait. Un bâtard de lévrier et de terrier à l'allure étrange. S'il sautait, je serais obligé d'enfoncer ma lame d'un coup sec dans sa gorge velue. En fait, il aurait chopé mon bras avant que j'aie le temps de sortir ma lame. Ils sont rapides, ces salauds. Et si je me mettais à marcher le couteau tendu à bout de bras, les manmans de la rue, déjà debout pour préparer le petit déjeuner familial, appelleraient la police, or mon cran d'arrêt napolitain à manche en os est tenu comme suspect par la loi.

J'entrai dans un routier près de l'autoroute, pris un café et regardai les chauffeurs d'un air suppliant. Je savais pourtant qu'ils ne pouvaient me prendre à cause des assurances. Tous les pare-brise des poids lourds portaient la mention « pas de passagers ». Je m'assis à côté d'un type genre beatnik plus très jeune qui me jeta un coup d'œil de derrière ses lunettes noires à rabats.

— Tu m'emmènes ?

— Tu as de quoi payer l'essence ?

— Bien sûr.

Voilà comment j'avais traversé le Nevada dans un Dodge délabré conduit par un musicien au chomâge. Je n'avais commencé à me sentir à l'aise qu'après avoir passé le Grand lac Salé et Wendover et qu'on était entré dans le Nevada, qui arrive en deuxième position juste après le Texas sur la liste des États les plus hostiles de ce pays. Quand nous nous étions arrêtés à Elko pour casser une petite croûte, nous avions déjà parlé de jazz pendant quatre heures et étions totalement défoncés à quelque chose qu'il appelait Yucatan Gold. Plus que vingt-quatre heures de route. Demain nous traverserons le Bay Bridge de San Francisco. À condition que la voiture tienne le coup sous les quarante degrés à l'ombre du Nevada.

J'abandonnai ma planque dans les fougères vers ce que j'estimai être le milieu de l'après-midi, sous un soleil encore chaud et voilé, tandis qu'une légère brise écartait les moustiques. Le lac se ridait et l'eau poussée par le vent se brisait en petites vagues sur l'autre rive. Je me sentais joyeux, sans aucune raison précise – en dépit de tout ce qui existait sur cette terre. La forêt dans laquelle je me trouvais aurait aussi bien pu être une lointaine province chinoise quatre mille ans plus tôt. Pas la moindre trace d'avion à réaction pour souiller le ciel, les oiseaux muets dans leur silence de l'après-midi et un vautour solitaire, si haut qu'à peine visible. Peut-être vais-je me mettre à parler tout seul en chinois et à regarder si le F.B.I. n'a pas infiltré les marais. J'envisageai de contourner le lac pour découvrir un nouveau territoire, mais préférai aller pêcher à l'embouchure de la rivière ou dans l'étang des castors. Je voulais attraper de quoi me gaver à l'heure du dîner. Alors le sommeil viendrait facilement, sans fantasmes de whisky.

L'eau, plutôt turbulente près de l'embouchure de la rivière, avait perdu sa transparence limpide du matin. Ceux qui écrivent dans les magazines américains de « nature » font toujours allusion à de l'eau « claire comme du gin ». Pour moi, remplacez, s'il vous plaît, le gin par la vodka. Mais de toute façon, la grande majorité de ces écrivassiers sont des cerveaux boiteux qui ne connaissent véritablement de la proie dont ils parlent rien d'autre que la façon de l'attraper ou de la tuer. Je remontai lentement vers l'étang des castors, attentif à éviter tout bruit. J'entendis le « flap » avertisseur avant de voir quoi que ce soit. Papa castor veillait et les voilà maintenant réfugiés dans leur hutte en se demandant qui vient les déranger dans leur intimité. Ce son ressemble à celui d'une rame quand elle frappe l'eau de côté. Rame doucement, disait mon père, ou tu vas effrayer les perches. Un éclair de chaleur m'effraya, j'oubliai son avertissement. Il poussa son juron préféré, qu'il ne prononçait qu'en compagnie exclusivement masculine : « Nom de Dieu de putain de pneu à plat. » Je le repris plus tard à mon compte, provoquant des regards ahuris. J'ai commencé à jurer à cinq ans et ni la désapprobation maternelle ni les menaces d'applications de savon sur la bouche n'ont réussi à m'en décourager. Une fille s'était étonnée : « Mon papa ne dit jamais ça. » Je ne suis pas ton père, autrement je ne me serais pas violemment cogné le genou contre la portière d'une Buick Dynaflow. « Le sexe peut être si ennuyeux », avait-elle murmuré une autre fois dans le salon de thé russe. Peut-être, dans un asile de vieillards, ou avec un carcinome du côlon. Je creusai près d'une souche à la recherche d'une larve, d'un ver ou d'un mille-pattes. Je n'aime pas beaucoup toucher les mille-pattes ou les chenilles, mais ce sont de bons appâts pour petit hameçon. Tromper pour manger. Je piégerai le poisson et mangerai sa chair. Attendre dans le marais jusqu'à ce qu'une perdrix sorte en courant, lui faire sauter la tête d'un coup de carabine, l'enfiler sur une baguette de saule après l'avoir plumée, puis la faire rôtir. Nous finissions toujours par la manger à moitié crue, tant nous étions impatients. Déchirions la peau noircie comme nous imaginions que les sauvages le faisaient autrefois, à l'endroit même où nous étions assis. Cette drôle de sensation quand on trouve une tête de flèche dans un champ labouré, un fossé ou une ravine où le sol est érodé. Jeune, vous considérez les bois tout entiers comme votre « terrain de chasse », et, devant une tête de flèche, preuve que d'autres chasseurs vous ont précédé, vous restez frappé de stupeur. C'est maintenant presque une malédiction que d'avoir lu enfant Seton, Curwood, Jack London, tout Zane Grey, Kenneth Roberts, Walter Edmonds. Et je ne suis même pas « écolo ». Mon père consacra sa vie à la terre et ne retira de ses efforts que peu de joies. Ma lamentable sensibilité radicale s'oriente vers la dynamite et les explosifs en général. Mais je n'ai aucune envie de faire du mal à des êtres humains, à vrai dire cette idée me répugne. Les explosifs peuvent avoir des conséquences trop dramatiques. Je veux dire par là que si je pouvais faire sauter quelque usine de produits chimiques, sans que personne se retrouve ni blessé ni au chômage, je le ferais peut-être. Pas de cadeaux devant l'arbre de Noël, un salaud a fait sauter l'usine de papa et nous n'avons plus d'argent. Dîner de haricots au saindoux des surplus militaires. Teint brouillé. Ou, en chemin vers ces usines, je m'arrêterais dans un bar et boirais quelques doubles en écoutant Buck Owens chanter *Le temps des larmes est revenu, tu vas me quitter*, avec une boule dans la gorge. Je ne peux toujours pas écouter *Petrouchka* de Stravinski, le disque préféré de ma sœur. Avant mon premier départ pour New York, nous allumions une bougie rouge et l'écoutions ensemble. Et nous lisions Walt Whitman et Hart Crane. J'avais dix-huit ans, elle treize. Quand on a lu tous ces romans de Zane Grey et d'autres auteurs cités plus haut, il est tout bonnement impossible d'accepter le temps présent. Où est le champ extérieur ? Vous ne pouvez manifester ni pour protéger votre ancien terrain, ni pour apporter la paix sur la terre. Je n'ai jamais ressenti de solidarité, sauf en faisant l'amour, ou face à un arbre ou un animal, ou absolument seul sur une rivière, dans un marais ou dans les bois. Je ne présente pas cela comme une vertu, mais comme un fait élémentaire. Un magazine libéral a un jour utilisé le mot « parasite » pour décrire cet état d'esprit. J'ai cru aimer Kropotkine, pendant un moment. Mes ancêtres, dans la mesure où ils savaient lire et écrire, étaient populistes. Il n'y a rien de romantique dans le fait d'être seul.

San Francisco. Voici la ville où je vais faire fortune, me disais-je plein d'espoir. Regarde les gens qui se bousculent à midi sur le trottoir de Geary Street. Habillés de laine, comme nous l'apprend le guide touristique, et très élégants. Probablement pas mon quartier. En me déposant, le musicien m'avait dit qu'on lui avait promis un engagement au Blackhawk. Passe me voir, avait-il ajouté. Mais l'endroit ne semblait pas à la portée de ma bourse. Ma seule cravate servait de corde pour attacher mon barda que j'avais déposé dans un placard de consigne à la gare routière. Si tu perds la clé, tu en es pour les dix-sept dollars que valent tes affaires. Il y a des jolies filles partout, j'espère que je vais m'en trouver une. Je remonte Polk, passe Sacramento, remonte Grant, avec son péril jaune, jusqu'à Green, près de la plage. En traversant Colombus je me fais presque renverser par un taxi. Je tape à une porte, là où devrait habiter un de mes vieux amis et où je pourrais m'allonger. Un homme avec des cheveux de fille répond à mes questions d'un air soupçonneux. Mon ami est parti pour Vancouver il y a un mois. Que faire, maintenant ? Une seule solution, acheter le journal et chercher une chambre.

J'avais marché jusqu'à n'avoir plus qu'une envie, me débarrasser de mes bottes. Je sentais le liquide qui coulait de mes ampoules dans mes chaussettes. Ces bottes sont faites pour monter à cheval et rien d'autre. Non loin de l'Opéra, j'avais enfin trouvé une chambre, sous un pont d'autoroute dans Gough Street. Ce n'était pas cher, même en tenant compte du vacarme que faisaient camions et voitures au-dessus de nos têtes. J'avais été reprendre mon barda à la consigne et payé deux semaines d'avance, ce qui me laissait sept dollars pour vivre jusqu'à la fin des temps. Je bus à longues goulées au goulot d'une bouteille de sauternes, mon somnifère, et me mis au lit. Quand je me réveillai, vers minuit, mon portefeuille avait disparu de la commode et la porte était légèrement entrouverte. Quel imbécile. Il suffisait d'une petite règle en plastique pour pousser le pêne. Soixante-six cents de menue monnaie, et plus aucun papier qui me permette de dire qui je suis.

J'attrapai des tas de petites truites dans l'étang des castors, et regrettai de ne pas avoir ma canne à lancer. Où sont les parents de ces enfants poissons ? Je les empaquetai dans de l'herbe et des fougères et repris le chemin du campement. Si j'étais un corbeau, j'y arriverais en une minute ou deux.

Il y avait des traces de pattes autour de la tente, mais tout était intact. J'avais pendu mes provisions de façon qu'un animal ne puisse ni les atteindre directement ni comprendre ma ruse. Seul un singe aurait peut-être pigé le coup de la corde. Ça serait sympa d'importer des singes blancs du Japon, ils deviendraient fous furieux, ici. Je plongeai mon visage dans le ruisseau et bus, puis me lavai. Je fis frire les poissons jusqu'à ce que leur peau brunisse et les mangeai avec du sel, du miel et du pain. Je décidai ensuite de vérifier la carabine, essuyai l'humidité du canon avec mon foulard et appuyai rapidement sur la détente pour voir sauter les cartouches vides. Mange le plomb de la mort, coco, dis-je en visant le feu qui couvait sous ses cendres. Contrôlons les armes et arrêtons de tirer sur des héros. Ne laissons armés que policiers et soldats, comme ça ils pourront tirer à loisir sur qui ils voudront. La cavalerie tirant avec des Springfield sur des Indiens armés de haches, d'arcs et de flèches. J'avais essayé un jour un Sharps, modèle de chasse. Parfait pour les rhinocéros, avec sa cartouche lourde comme un bouton de porte. Je ne vais tuer ni président ni autre politicien, s'il vous plaît, est-ce que je peux garder mes fusils ? Mais il faut interdire tous les pistolets. Saloperies d'engins. À Detroit, tout le monde en porte depuis les émeutes. Si seulement ils pouvaient se faire sauter les doigts de pieds ! De toute façon, à moins d'avoir un sacré entraînement, un pistolet ne sert à rien. Il y a maintenant dix ans que je n'ai pas tiré sur un mammifère. J'ai envisagé la chasse à l'arc, mais c'est finalement aussi injuste. Un expert peut tuer n'importe quoi, même un éléphant – en tirant dans le foie avec une flèche lestée. Il y a tant de cerfs, maintenant que tous leurs prédateurs ont été tués, qu'il faut désormais leur faire la chasse. Quand on pend un cerf pour l'écorcher, il a quelque chose d'un peu trop humain à mon goût ; dans cette position, ses pieds antérieurs ressemblent à des bras atrophiés dont on aurait arraché la peau, découvrant muscles striés, tendons, ligaments et un peu de graisse jaune. Le cœur est gros et chaud. Quand vous plongez la main dans l'entaille que vous avez faite sur son ventre et coupez l'œsophage, vous tirez vers le bas et les tripes sortent en paquet. Ensuite, vous découpez soigneusement le pourtour de l'anus, en évitant la vessie et le côlon, et votre cerf est alors prêt pour la boucherie. Les tripes disparaissent toujours dans la nuit. Un renard, peut-être deux, s'en sont régalés. Le foie est délicieux, s'il s'agit d'une bête assez jeune, mais c'est encore l'échine grillée que je préfère. J'ai déjà mangé du cœur frit, mais sa ressemblance avec mon cœur d'humain me gâche une partie du plaisir. Il y aurait, je crois, plus de végétariens, si chacun devait abattre la viande qu'il consomme. Anglais et Français mangent du cheval, mais, quand on parle avec eux, cela s'explique de soi-même assez subtilement. Un de mes amis du Montana a perdu un cheval qu'il avait entravé près d'une rivière ; pendant la nuit, le cheval a trébuché, il est tombé sur la rive et s'est brisé le cou sur les rochers. C'était une bête magnifique, et mon ami en a été déprimé pendant des semaines. Quand il est revenu le lendemain, le cheval avait disparu. Un grizzly l'avait traîné sur plusieurs centaines de mètres en amont à travers les buissons et l'avait entièrement dévoré, ne laissant que la panse. Quelle force, et quel appétit ! Il y avait aussi des traces de pattes laissées par deux oursons, mais un ourson de deux ans pèse plus de cent kilos. Ça a peut-être l'air bêtement sentimental, pourtant j'aimerais mieux tirer sur un humain que sur un grizzly ou un loup. Un choix qui ne se poserait de toute façon pour moi qu'en cas d'attaque, et malgré les mensonges répandus à leur sujet, les loups n'attaquent jamais les hommes. On sait que les grizzlys le font de temps à autre, et les hommes constamment. Je ne parle pas des guerres, mais de la vie de la rue, de tous les jours. Le directeur montre les dents et mord son associé à la gorge. Vous avez du sang sur votre cravate Dior, monsieur Bob, dit la secrétaire. Bagarre. Hold-up. Bataille de gangs. Birmingham. Detroit. Chicago. Coups de poing dans les bars. Épouse découragée gifle mari. Mari écrase son poing sur le nez de sa femme. Augmentation du nombre des enfants battus.

Assis dans mon lit, je me sentais vraiment stupide, désespéré, affolé : j'aurais voulu être à la maison dans le Michigan, là-haut dans ma chambre, la couverture militaire de laine kaki remontée jusqu'au menton. Mais mon père m'avait fait une réflexion plutôt sarcastique, quoique pleine d'humour, quand j'étais parti : « Tu peux rester jusqu'à ce que les merdaillons t'emportent par le trou de la serrure ! » Humour campagnard, couleur locale. Cette ville est probablement pleine de voleurs. Des « monte-en-l'air », comme on les appelait avant. Je pouvais m'estimer heureux de ne pas avoir pris comme Marlowe un coup de lame dans l'œil pendant mon innocent sommeil. J'espère que mon voleur boira ces sept dollars, puis qu'il tombera sous un tram et que son corps sera découpé en trois. Une vieille femme de ma ville natale s'était suicidée en s'allongeant le cou sur des rails de chemin de fer. Sa tête avait rebondi comme un ballon de basket-ball jusqu'au point d'aiguillage, à une centaine de mètres du reste de son corps. Un incident dont on avait beaucoup parlé. Le mot d'adieu qu'elle avait laissé derrière elle était écrit tout en consonnes, et après s'être demandé si elle avait utilisé un code, le coroner avait décidé qu'elle était tout simplement folle. Ce matin-là, quand j'avais vu pour la première fois le pont du Golden Gate, j'avais pensé à toutes ces malheureuses créatures qui avaient enjambé son garde-fou. De cette hauteur, l'eau est dure comme du ciment, et, si vous sautez trop près d'un pilier, il s'agit carrément de ciment. (Fauché, des idées de suicide dans la tête, perdu loin de chez moi, je finis le sauternes.) Le problème, c'est que ça ferait mal. Au foot, pendant l'entraînement, je m'étais cassé l'arête du nez. Fracture multiple, os saillants, sang giclant comme un geyser. J'avais porté un étrange plâtre en forme de T pendant le reste de la saison. Il faudrait faire face à ce problème la tête la première.

J'étais sorti de la pension et m'étais dirigé vers Market Street où j'avais l'intention de claquer mon pactole de soixante-six cents en crêpes, la façon la plus économique de remplir un estomac vide. Amidon. Manioc et tortillas, haricots rouges, patates, pâtes qui gonflent l'estomac pour pratiquement pas un rond. Je veux un jambon fumé entier comme celui que Grand-père pendait dans sa cave. Et ces grosses tranches de bacon, pommes de terre et chou dans l'autre cave, plus fraîche, plus profonde. Couper la tête du poulet et le regarder courir en rond silencieusement puis, comme un boomerang, revenir s'abattre à mes pieds, et le manger frit quelques heures plus tard. J'étais passé devant l'Opéra et la place ornée de magnifiques parterres de fleurs. Je n'arriverai jamais ici au fond d'une limousine avec Wanda la débutante pour entendre le complexe *Lo Pigo* de Lambasta. Remplissez une demande d'emploi. Je chanterai la tyrolienne, monsieur, juste pour être nourri. J'avais commandé mes crêpes dans une cafétéria, et salivé en les regardant cuire sur une plaque douteuse. Triple dose de sirop d'érable pour l'énergie et tasse de café clair allongé de chicorée. Ils devaient filtrer et refiltrer le marc. Dans un coin, des chicanos rigolaient. Des journaliers prêts à aller au boulot. Après avoir fini mon ignoble repas, je m'étais approché d'eux. Quand je leur avais demandé où je pouvais trouver du travail, ils s'étaient tus. Ils me regardaient fixement, sans rien dire. Mais juste au moment où j'allais me retourner pour m'éloigner, l'un d'eux m'avait souri et dit que les camions de ramassage partaient tous les jours de Hosmer Street, en face de l'église, à quatre heures du matin. Il y avait là un bureau d'embauche, merci l'État de Californie. J'étais allé repérer l'endroit trois heures à l'avance, puis j'avais descendu Market Street, histoire de tuer le temps.

J'ai toujours aimé l'atmosphère qui règne dans les grandes villes après minuit, Times Square, Rush Street, Pershing Square et, là, Market Street. Ces infirmes qui ne sortent que quand le soleil se couche. Croiseurs en croisière. Prostituées cherchant clients – je ne fais l'objet que de brefs coups d'œil, il ne leur en faut pas plus pour évaluer mon peu d'intérêt. Sortie des cinémas et les bons citoyens se précipitent vers leurs voitures pour quitter le plus vite possible ce quartier. Et ils n'ont pas tort. Emmène-moi chez toi, je tondrai ta pelouse demain matin. Salut, cow-boy, gazouille un pédé à mon intention, et je regrette de n'avoir pas laissé ce foutu chapeau dans ma chambre, mais je risque d'en avoir besoin dans la journée. Je voulais épouser la grande aventure, c'est raté. Être dans la Sierra, au sommet d'une montagne, pour embrasser l'aurore sur les lèvres. Air frais et pas d'accordéoniste aveugle jouant *Dance, ballerina, dance*. Je devrais lui dire que c'est un morceau réservé à Vaughn Monroe, tout au moins en ce qui me concerne.

De retour devant le bureau d'embauche, avec encore une heure d'avance. Des gens commencent à arriver. Des ivrognes, pour la plupart. Et des femmes et des hommes noirs, avec leur déjeuner dans une gamelle. Qu'est-ce que je vais manger ? Une de mes mains ? Le camion des journaliers est là, un semi-remorque bâché. Puis un car délabré se gare à côté de lui. Nous sommes au moins cinquante, maintenant, qui murmurons dans le demi-jour. L'église catholique d'en face est en stuc rose et les premières lueurs de l'aube éclairent son beffroi où des dizaines de pigeons roucoulent et caquettent. Le contremaître, un Noir superbaraqué, me dit de monter dans le camion, après s'être assuré que je ne suis pas bourré. Il a déjà refusé trois poivrots qui se tiennent à l'écart en jurant. Il fait si sombre, à l'intérieur, que je ne distingue que des bouts rougeoyants de cigarettes. Le camion démarre, s'éloigne. Je regarde les rues s'enfuir en me demandant où je vais, ce que je vais aller cueillir et dans quel champ. Je pose la question au type qui est assis à côté de moi, et il répond dans un jargon du ghetto que je comprends à peine qu'on ne sait jamais, mais qu'on est toujours de retour à Frisco dans la soirée.

Au milieu de la nuit, après avoir entendu ce que je pris pour des bruits de pas dans les buissons, je me levai et allumai un feu. Du bois sec, facilement arraché à une vieille souche de sapin, qui brûlait vite, avec un sourd grondement. Combien de temps y avait-il qu'on avait coupé cet arbre ? Mon esprit sombrait dans une petite boule noire. Sans projets, comment voyagerai-je jamais en première ? Je veux retourner un jour à San Francisco et descendre au Palace, au Fairmont, au Mary Hopkins ou au San Francis. Merde aux entreponts de troisième classe et au mépris général. Avais été arrêté pour vagabondage à Fraser dans le Colorado, parce qu'il me manquait deux dollars pour avoir la somme qui fait de quelqu'un un citoyen ordinaire. Et interpellé dans une petite ville près de Topeka par un adjoint du shérif dont la vieille guimbarde portait la mention « adjoint du shérif » peinte à la main sur la portière. Il s'ennuyait et avait envie de parler à quelqu'un. Puis vint la question que posent toujours les pédés qui veulent vous draguer : « Tu as une petite amie ? » Oui, bien sûr et un énorme braquemart, mais t'auras même pas droit à y mettre la patte. En uniforme ou non, ils sont uniformément gentils quand ils vous draguent. Un autre, à Walthman, avec son saint Christophe sur le tableau de bord. Une statuette à laquelle il aurait fallu bander les yeux, pour qu'elle ne soit pas obligée de regarder les pipes que l'autre se faisait faire. Un peu de respect pour les saints ! Et les propositions de cet ancien combattant qui devait parler dans un haut-parleur à batterie maintenu contre sa gorge. Un bruit de magnétophone mal réglé, sa question obscène comme un quarante-cinq tours passé en trente-trois. Ça aurait été plus intéressant si la machine avait accéléré sa voix en un charabia fébrile et aigu de chipmunk. Mon cerveau se rétrécissait perceptiblement. Tout en regardant le feu dans la nuit et en me demandant si j'étais destiné à faire partie de ces fragiles individus qui se réduisent sous l'effet de la douleur à quelques grains de poussière et sont balayés dans les asiles de fous, je me sentis pris d'une espèce de nausée tourbillonnante. Je ne suis pas un Heathcliff, il n'y a autour de moi ni vastes landes, ni chiens de chasse. Où est « celle » qui me sauvera, qui me sortira de cette énigme qui ne fait que mener à une autre ? J'ai perdu ma foi en ce que je croyais être « comprendre les choses », en ces diverses langues qui, sous mon crâne, parlaient quotidiennement d'alternatives, résistance, divisions, instructions, directions. Toutes les sensuosités intérieures du langage et du style. Et je vis la vie d'un animal et transmute mes enfances, enfances au pluriel parce que je répète toujours, ne conquiers jamais, vie en forme de cercle plutôt que serpentin ou spirale. Je me suis dit : « Va dans les bois, là-bas », mais trouverai-je à mon retour une langue commune ? En avons-nous besoin ? Une telle langue a-t-elle jamais existé en ce monde ? Je le crois. Avant une mise à mort par pendaison ou guillotine, les acclamations suivaient le même arc sonore, venaient d'une seule immense gorge. Seuls les rois ont besoin de porte-parole. Quelque part dans l'ombre un loup dit à un autre ses instincts limités. J'imagine qu'il sait qu'il reste peu de ses semblables. Sur l'île Royale, ils contrôlent seuls leur population. Je parlerai à Villon ou à Marlowe, ce soir quand le feu s'éteindra. Je n'ai fait que flotter.

Les jours suivants on m'avait emmené à Stockton, Modesto, San José, dans ces champs de haricots qui s'étendent à l'infini. Je cueillais très lentement, épuisé par la chaleur, me grattant sans arrêt à cause de la poussière des haricots et des pesticides. Pour chaque panier de quinze kilos, on nous remettait soixante cents, ou on nous poinçonnait un ticket. Le contremaître préférait le système du ticket, qui lui permettait de garder les journaliers avec lui. Le premier jour, je n'avais rapporté que quatre dollars vingt. Puis j'avais fini par oublier l'ennui et la fatigue et étais arrivé par la suite à une moyenne quotidienne de sept dollars. Les chicanos se faisaient souvent quinze dollars par jour, parce qu'ils avaient de l'expérience, mais était-ce vraiment un avantage ? Le contremaître me houspillait perpétuellement, je lui répondais par un sourire idiot. Plus tard, quand j'étais devenu chef d'équipe dans le Michigan, j'avais agi comme lui, je tournais autour de ceux qui lambinaient, les insultais. La cueillette des pommes est la seule forme civilisée de ce genre de boulot, elle a lieu à l'automne, lorsqu'il fait plus frais et n'exige pas qu'on soit courbé en deux toute la journée. Le concombre vient en bas de la liste de mes préférences.

Le quatrième jour, je n'étais pas rentré avec le camion. J'avais fait à pied les quelque dix kilomètres qui nous séparaient de San José et, arrivé aux abords de la ville, j'avais acheté trois pamplemousses que j'avais mangés en marchant. Il y avait dans le fossé un bruissement perpétuel qui s'arrêtait quand je m'arrêtais. Des petits lézards à qui j'avais lancé des pierres. Aucune voiture ne s'était arrêtée pour me prendre, mais des jeunes, qui semblaient bien se marrer, avaient jeté en passant un pétard qui avait manqué ma tête de peu. Je les avais regardés s'éloigner en me disant que je les retrouverais à San José et qu'alors je pourrais foutre une trempe à quelqu'un. Les pamplemousses étaient délicieux, le jus dégoulinait sur ma chemise, ma meilleure chemise blanche, que j'avais laissée toute la journée accrochée à un poteau pendant que je ramassais les haricots. Il y avait un bal ce soir-là et je voulais me faire beau. Je me sentais riche avec mon billet de vingt dollars dans ma chaussette droite et quelques petites coupures dans ma poche. Un camion diesel était passé si près de moi que j'avais vacillé sous le coup de vent. Le salaud avait peut-être fait exprès. Je m'étais alors senti très proche de tous les gens de ce pays qui avaient la peau couleur chocolat. Travaille dur et joue le jeu. Honte à celui qui n'économise rien sur son maigre salaire et ne vit pas comme monsieur Tout-le-Monde en Amérique profonde. Je pensais à un de mes oncles qui vivait au fond des bois et préférait la compagnie de ses chiens bourrés de tiques à celle des gens. Sa ravissante femme, ma tante, était morte d'un cancer et leur fils aîné dans un accident de voiture. Le coup du lapin, aucune blessure apparente, rien qu'une fracture interne. Le jour de l'enterrement, je l'avais regardé de près et j'avais décidé qu'il n'était pas mort. En revanche, quand ma tante poussa son dernier soupir, personne ne pouvait avoir le moindre doute : elle était passée de cinquante-neuf à trente kilos et s'était éteinte chez elle sur un divan, au milieu de ses autres enfants qui jouaient à la pinocle. Ils avaient eu le temps de l'embrasser et de lui dire adieu.

J'avais trouvé une chambre vraiment pas chère, mais non sans m'être fait d'abord jeter sans raison de deux autres hôtels. J'avais pris un bain et m'étais regardé dans la glace. Peau couleur café et chemise tachée de jus de pamplemousse. Puis j'avais marché jusqu'à un jardin où je m'étais assis sur un banc à l'ombre d'un palmier pour lire *Life*. Une famille de chicanos avec qui je ramassais les haricots m'avait salué en passant, et ça m'avait fait plaisir : je connaissais des gens dans l'Ouest, ma Terre promise. La lecture de *Life* me donnait la sensation que j'étais en train de rater pas mal de bonnes occases ; c'était un numéro spécial sur les starlettes de l'année, et il y en avait une vraiment très belle. Depuis, elle avait disparu. Où vont toutes les starlettes qui disparaissent ? À Las Vegas et Manhattan, où elles prennent cinq cents dollars la nuit aux amateurs de gymnastique perverse avec appareillage électrique et décor de velours mauve. Quand je serai président-directeur général, je rencontrerai une ex-starlette, elle aura vingt-sept ans, et je lui ferai une proposition vraiment ignoble, quelque chose qui lui fera sortir les yeux de la tête, comme ceux de Satchmo. Il faudrait qu'il y ait une histoire de vache poussée du haut d'un gratte-ciel. Un monsieur à cheveux gris, en pantalon de toile tout éclaboussé de sperme, s'assit à côté de moi. Fous le camp ou j'appelle la brigade des mœurs, lui dis-je. Et tous ces films qui m'ont rendu amoureux fou de stars, par ordre chronologique, Ingrid Bergman, Deborah Kerr (dans *Quo vadis*, quand elle se fait presque encorner par le taureau), Ava Gardner, Lee Remick, Carol Lynley, et, des années plus tard, Lauren Hutton qui est mannequin et comparativement inconnue. Si seulement elles savaient comme on est bien en ma compagnie. Uta Hagen, Shelley Winters et Jeanne Moreau me font peur. Quant à Catherine Deneuve, elle est trop agressivement dépravée dans un certain film de Buñuel.

Je m'étais réveillé le lendemain vers midi avec une incroyable gueule de bois. Le bal avait été un échec relatif ; la fille que j'avais repérée dans les champs et soigneusement entretenue de polis bavardages avait un petit ami. La musique mexicaine était trop triste et j'avais passé presque toute la soirée et dépensé presque tout mon argent au bar. Je buvais de la tequila, passais de la musique country au juke-box et parlais avec un journalier philippin assez bourré qui prétendait que les chicanos en avaient après lui. J'étais ensuite allé manger un énorme plat combiné dans un restaurant mexicain, après quoi j'avais eu du mal à retrouver mon hôtel. Quand j'avais appuyé sur l'interrupteur, dix mille cafards exactement avaient plongé à couvert. Une chance que je n'aie pas peur des insectes, même pas des araignées. Avant de m'endormir, j'avais entendu le bruit sec qu'ils faisaient en tombant du plafond sur le lit. J'avais crié « Chut », mais ça ne leur avait fait aucun effet. Dans le car qui m'avait ramené en ville, je m'étais glissé habilement à côté d'une fille qui avait refusé de me parler. Oui, ma petite, je suis psychopathe, violeur et maniaque du doigt dans le cul. De retour dans ma chambre de Gough Street, j'avais longuement regardé passer taxis, camions et messagers du Seigneur en motos à guidon haut. Mon barda était toujours dans le placard, j'avais encore une semaine de loyer d'avance et de nouveau sept dollars à claquer dans les plaisirs de la ville. Le lendemain matin de bonne heure, j'achetai un plan et partis me promener.

Il y a un constant besoin à réordonner les souvenirs, à écarter tout événement qui tombe entre la joie et le dégoût absolu. Certains choisissent même de laisser de côté le dégoût. Je repense pourtant souvent à des gestes de gentillesse ordinaire. Une serveuse qui me laissa dormir sur la table dans l'arrière-salle d'un restaurant près de Heber, Utah. Un trajet à l'arrière d'un pick-up avec les enfants d'un fermier, et ce dernier qui me passait sa bouteille tout en conduisant plein pot à travers les monts Uinta et Wasatch. Ou un vieil ami du lycée qui m'envoya cinquante dollars parce que « si tu choisis l'art, tu auras peut-être des moments difficiles ». Il venait de voir un film qui racontait la vie de Vincent Van Gogh. Ou encore cette femme que j'avais rencontrée près de Sather Gate à Berkeley alors que j'errais dans le coin avec l'espoir qu'on me laisserait entrer dans la bibliothèque. Personne ne me posa de question. Elle était bibliothécaire adjointe et passa des heures à faire pour moi des recherches sur les poètes provençaux. Non qu'ils m'aient jamais intéressé, mais je m'étais dit que ça ferait bien. Un jour où nous nous promenions dans le jardin à l'heure du déjeuner, je l'invitai à dîner. Nous nous étions assis sur l'herbe et, au bout d'un moment, elle avait dit non, que, de toute façon, je ne pouvais probablement pas me permettre d'inviter qui que ce soit à dîner. Je lui répondis que j'arrivais à économiser sur le loyer car je vivais dans un immeuble abandonné de Green Street avec huit ou neuf autres paumés pour la plupart assez jeunes et presque continuellement défoncés. Elle faisait un peu bobonne, mais n'en était pas moins charmante. Après le travail, elle m'emmena chez elle. Je restai au moins une heure sous la douche, puis mis un pyjama de son mari, pendant qu'elle lavait mes vêtements. Ils étaient séparés, en train de divorcer. Elle avait environ trente-cinq ans, et était un peu trop grassouillette à mon goût mais fut, à mon grand étonnement, la meilleure amante que j'avais jamais eue. Très directe, ne faisant aucune de ces difficultés dont sont coutumières les jeunes filles. Quand je la quittai, une semaine plus tard, je n'eus pas particulièrement la sensation d'une perte, parce que au fond elle ne m'avait jamais vraiment attiré. Je me montrai très adulte, l'embrassai gentiment et montai dans le bus qui me ramena de l'autre côté de la baie. J'avais grossi d'au moins trois kilos et je sentais bon le savon. Assez.

Un truc curieux, à propos des femmes plus âgées, je veux dire de plus de trente-cinq ans. C'est agréable de se sentir apprécié et de ne pas être obligé de supplier pendant des heures le nez devant la tabatière. Il n'y a là aucune condescendance, ce n'est qu'une simple constatation que j'ai pu faire à l'âge de vingt et un ans. Fini les interminables séances de pelotage et les retours où l'on peut à peine marcher tellement on a mal aux roustons. Les valseuses désespérément enflées. Cela arrive probablement moins souvent de nos jours, avec la culture vison qui marche à fond. Je me souviens être resté deux heures à lire *Lolita* dans une librairie, puis être ressorti dans la rue les yeux fixes, un vrai satyre. Ce qu'est le pouvoir de la littérature… Que dit Earwicker dans *Finnegan*, déjà ? Ah oui : « J'ai appris toutes les règles du plus vieux des jeux de ma vieille Norvégienne Ada. » Nous savons tous combien sont délicieux les jeunes corps fermes, bruns ou roses immaculés, crêpes Suzette ou pêches Melba. Mais ils nous entraînent dans des carrières de don Juan où trop de temps se perd, et il y a quelque chose de douteux à toujours vouloir fourrer l'infourré. Bob disait : « J'étais le premier, j'étais le premier j'étais le premier », comme s'il avait découvert un nouveau pays ou un vaccin. Instinct d'archéologue. Besoin de se glisser plutôt que de plonger carrément. Et comment voulez-vous être moins qu'acceptable, si vous êtes un des premiers à monter la génisse ? Je me souvins être remonté en car de Barstow un soir de l'année précédente. Il était plus de minuit, nous traversions sans la voir la verte vallée de San Joaquim et j'étais assis à côté d'une fille qui venait droit de Vegas, une semi-pro en robe de satin blanc et hauts talons de plastique transparent. Ses longues jambes brunes. Nous avions bavardé pendant une heure et quand nous avions commencé à nous peloter, elle avait dit : « Je ne sais pas pourquoi je fais ça. » Je m'étais brûlé les doigts avec ma cigarette qui se consumait pendant que nous nous embrassions à bouche que veux-tu. Je ne pouvais quand même pas laisser tomber mon mégot sur sa robe. Difficile d'opérer dans un car, et même impossible d'arriver à autre chose que ses expertes caresses. Autour de nous, dans le noir, des retraités grincheux. Trois de mes doigts dans son humidité qui soignait ma brûlure, un remède révolutionnaire : à l'aube, elle était cicatrisée.

Quand j'étais rentré aux Jardins Suspendus, on m'avait volé mon barda. J'étais alors descendu faire la manche au croisement de Broadway et Colombus avec un ami d'Albuquerque et nous avions ramassé de quoi nous acheter de l'herbe, à manger et un gallon de vin. Nous avions volé du vin la semaine précédente mais cela nous avait valu une course effrénée à travers Chinatown et mon pote avait perdu une de ses sandales. Nous avions caché le reste de nos provisions et étions partis faire un petit pique-nique dans les buissons de Coit Tower avec un paquet de gâteaux roulés, l'herbe et le vin. Épouvantablement bourrés et défoncés, nous regardions un énorme navire de la Matson Line sortir du port. Un jour tout ça sera à toi, Mary Lou. Tout ça. En voyant deux policiers s'avancer vers nous à travers les buissons, Walter avait avalé la fin du joint. Qu'est-ce que vous faites là, les gars ? On admire notre belle ville, monsieur l'agent. Sûr que la vue est magnifique, ici. Il vaut toujours mieux se montrer avenant avec les flics, en général, ça leur coupe la chique. Même ceux qui ont été des marines se souviennent encore des parties de rigolade sous la tente au bon vieux temps des scouts. Walter les manœuvrait merveilleusement. Alors qu'ils se baladaient à la recherche d'éventuels contrevenants à la loi, précisément ce que nous étions, il leur avait proposé de réciter un de ses poèmes intitulé « Les hommes en bleu ». Ils nous avaient dit de lever le camp, car nous risquions de nous faire attaquer. Mon Dieu que cette ville est dangereuse ! m'étais-je exclamé.

Nous étions descendus jusqu'à la boulangerie de la Coexistence où un journaliste anglais nous avait offert une bière et une salade de macaronis pour savoir toute la vérité sur cette fameuse Renaissance de San Francisco dont on parlait tant depuis quelque temps. Walter avait répondu que c'était à Kansas City que la vraie Renaissance se passait et conseillé à notre bienfaiteur de se rendre là-bas pendant qu'il était encore temps. Ce genre de phénomène disparaissait souvent très vite. À propos de disparition, craignant celle de notre bienfaiteur, j'avais vite commandé une autre portion de macaronis. Un homme assis à la table d'à côté, vêtu d'un costume, se cachait derrière son journal. Nous avions expliqué au journaliste que c'était un agent de la brigade des stups et qu'un citoyen anglais dont l'attaché-case contenait un kilo de dope pouvait se faire expulser vite fait bien fait. Une fois dehors, nous étions restés plusieurs heures au coin de la rue, juste devant la devanture de la Bagel Shop, à bavarder avec des gens dont nous ne connaissions souvent même pas les noms. Là-dessus était arrivé Billy le mac, qui nous payait souvent à manger pour ne pas être seul à table. Il vivait maritalement avec une femme qui faisait des passes à cinquante dollars dans les conventions et me donnait de temps en temps un billet de vingt, en me rappelant que c'était de l'argent durement gagné. Il avait aussi deux étudiantes qu'il avait « mises au vert » dans des bordels secrets de Chinatown où on les garderait, disait-il, pendant au moins deux ans. Alors, il pourrait compter sur elles, car il serait le seul Blanc qu'elles auraient jamais vu. Il prétendait se faire cinq cents dollars par jour, ce que je croyais sans mal, car il en dépensait cent en héroïne et était toujours magnifiquement habillé. J'avais dîné un soir avec sa femme et lui et nous avions bavardé presque toute la nuit en nous enfilant des amphés. Billy maintenait que, tant que sa femme se faisait bourrer pour l'argent, il n'y avait pas de problème, mais que si jamais elle allait au pieu avec un autre sans le faire payer ça deviendrait de l'adultère, et il serait obligé de la punir. Ce raisonnement confondait mon esprit protestant. De vrais dépravés, ces gens avec qui je suis assis dans cette pièce et à qui je parle. Elle avait ri et raconté des histoires à propos des « michetons », m'expliquant que, la plupart du temps, ces ventripotents politicards n'arrivaient même pas à bander mais ce qu'ils voulaient surtout, c'était que leurs amis les prennent pour des baiseurs insatiables. Du travail facile, et ils la suppliaient de ne rien dire. À qui j'irais dire quoi que ce soit ? me demanda-t-elle. J'étais parti avant de me mettre en colère à propos des deux jeunes prisonnières. Billy disait qu'elles s'étaient habituées et attendaient avec impatience ses visites hebdomadaires, mais si elles s'évadaient, il les tailladerait – un coup de rasoir ou de couteau le long du nez puis en travers des lèvres. Une blessure difficile à arranger correctement ; le traitement habituel des putes récalcitrantes. J'étais écœuré comme je ne pensais encore jamais l'avoir été. Ces pauvres filles livrées aux Chinois. Haleine de mange-tout. À la suite de cette soirée, j'avais évité Billy.

Appuyés contre une voiture, nous parlions de la Mission Saint-Antoine où un repas gratuit était distribué tous les jours à midi. Certains clodos y apportaient des pots de confiture vides pour ramener la nourriture que leurs estomacs pourris ne pouvaient ingurgiter. J'y avais mangé plusieurs fois avec Walter et quelques autres mécontents de North Beach, et chaque fois j'avais eu beaucoup de plaisir à parler aux moines. On avait aussi droit à des vitamines et souvent à de la glace pour dessert. Mais après quelques mois, la vie de la rue commençait à me lasser. À Fillmore, pendant une fête qui avait duré trois jours, j'avais assisté à une partouze assez ignoble. La fille était trop jeune et complètement raide, bien que ravissante. Bongos, gin et tout le tralala. J'avais regardé dans la chambre, vu ses cheveux blonds étalés humides sur l'oreiller, ses yeux fermés, ses paupières serrées de douleur. Il en restait cinq ou six qui n'avaient pas encore été servis. J'étais parti vers trois heures du matin et j'avais pris le car des journaliers afin de gagner de l'argent propre et pouvoir de nouveau louer une chambre. Peut-être allais-je retourner à Berkeley et me remettre avec la bibliothécaire. Ou économiser de quoi retourner dans le Michigan.

J'avais travaillé pendant quatre longues journées avec un groupe d'ouvriers migrateurs qui habitaient Oakland, de l'autre côté de la baie, et n'étaient pas en Californie depuis assez longtemps pour avoir droit aux allocations. Ils me rappelaient ces visages entrevus en traversant en car Atlanta, tard un soir, des visages d'une pâleur extrême, encadrés de longs favoris, avec ces bouches si minces. Le plus vieux de tous les Américains. Debout devant un caboulot, fumant, des musiciens avec, en guise de cravate, un lacet noué sous le col faisaient la pause. Mais j'aime la musique et si on pliait le pays en deux par le milieu, horizontalement, on s'apercevrait que les gens des campagnes du Nord reflètent leurs homologues du Sud. Pauvres. Souvent salauds avec les étrangers. Méprisant la loi. Tenant le coup les uns grâce à l'alcool, les autres grâce à cette religion fondamentaliste « d'autrefois ». Pourtant, il y en avait certains que j'aimais bien, une vague forme d'identification lorsque nous parlions de chasse et de pêche à l'heure du déjeuner. Ils admettaient sans mal haïr Oakland, mais malheureusement il n'y avait pas de boulot chez eux, et ils avaient été obligés de venir dans l'Ouest. Ce vieux chariot qui avance sur les pistes. Ils sont comme les Joads venus il y a trente ans et qui depuis se sont habitués au chrome et au néon, oubliant leurs champs de coton abandonnés. L'ignorance ne fait que s'accroître graduellement, elle s'épaissit comme les sédiments qui s'entassent à l'embouchure d'une rivière. Les pauvres sont instinctivement soupçonneux mais les riches aussi, et la classe moyenne l'est encore plus qu'eux tous.

Cette nuit-là, assis devant mon feu, j'entendis hurler loin vers l'ouest, peut-être à plusieurs kilomètres. Un loup, sûr et certain. Je n'étais jusque-là parti en randonnée qu'en direction du lac, à l'est, ou de ma voiture, au sud-ouest. Le lendemain, je me dirigerais vers les collines au nord et à l'ouest du campement. Ils prétendent que les Indiens extrayaient du cuivre dans cette région il y a quatre ou cinq mille ans, avant que Jésus n'entre à dos d'âne dans Jérusalem pour sa dernière confrontation politique. Tout radicalisme en moi trouve son origine dans la lecture de la Bible. Devenir adulte dans le ras-le-bol eisenhowerien a attisé ce feu. Ce sombre hiatus dans les énergies qui se créent chez ceux dont la vie n'a été qu'une succession d'injustices. Il y eut cette période soi-disant éclairée et de calme relatif où les puissants de la nation jouaient au golf et ramassaient des milliards. Le Congrès se mettait collectivement les doigts dans le nez, grognait des grotesqueries et se vautrait paresseusement dans la boue. La nation a continué à chier dans sa boîte de sciure et ne s'en est aperçue que récemment. Et cela longtemps après que toute avidité apparente eut été bannie et simplement appelée « faire des affaires ». Les affaires des affaires sont les affaires. Vendre du vent. Difficile de comprendre comment une nation qui est née d'un vol et s'est développée grâce au meurtre peut ainsi perdurer. Mais la malédiction au sens de l'Ancien Testament n'existe pas : la malédiction est contemporaine et méritée chaque jour. Derrière le masque des apparences, se cache un crâne en plastique. Automne cheyenne. Et dans les cales des navires des millions d'esclaves dont les esprits pourrissent jusqu'à accepter la servitude. Partant d'une base aussi douteuse, comment concevoir une nation en paix ? Il y a une semaine, j'ai vu dans le journal une photo du président et du vice-président en train de faire du sport. Les tétons pendouillant légèrement sous leur chemise de golf, ils ressemblaient à des coiffeurs en pique-nique du dimanche. Et derrière eux un caddy superchargé pour accompagner ces éminences de trou en trou. Le monde entier en guerre, l'océan couvert de pétrole et les baleines presque toutes mortes. Ses prophètes gémissent et jouent ron-ron-petit-patapon. Martin Luther King mort après avoir vu la face de Dieu, émerveillé par sa Gloire. L'apocalyptisme désespéré des jeunes nourris de hard-rock et d'amphétamines. J'ai à peine plus de trente ans, pourtant c'est du XIXe siècle que je viens, d'un monde coiffé d'un couvercle. Je me sens destiné à ne rien faire à propos de rien. Peut-être ressusciterai-je quelques animaux dont je volerai les peaux sur des manteaux accrochés au vestiaire ou oubliés par terre. Je les entasserai en un énorme monticule, jusqu'à ce qu'il y en ait assez pour des funérailles dignes de ce nom. Les arroserai de kérosène. Y mettrai le feu avec une flèche enflammée, bien entendu, et m'assiérai avec mes chiens pour regarder la conflagration et, si j'ai assez bu avant, j'enlèverai tous mes vêtements et je danserai autour de ce feu monstrueux, chantant et hurlant avec mes chiens jusqu'à ce que toutes ces bêtes reviennent à la vie ou que je voie leurs âmes et leurs fantômes s'élever en flottant dans les tourbillons de fumée. Alors je me roulerai dans les cendres, la pluie commencera à tomber et ne s'arrêtera plus jamais.

Je regardai ma carte froissée et organisai ma randonnée du lendemain, choisissant dans quelle direction je marcherais et jusqu'où, repérant des points d'eau et des endroits où pêcher. Un jour, je ferai tout le tour du lac Supérieur. Ou je marcherai droit vers le pôle, ou jusqu'au fond d'une grotte dont je refuserai de sortir jusqu'à ce que ses parois reflètent une terre vivable ou la lueur orange fluo de l'explosion finale.

Je jetai une autre bûche sur le feu qui faiblissait et descendis au ruisseau me préparer pour la nuit. J'y bus longuement et, tout en me lavant avec le petit bout de savon qu'il me restait, me moquai intérieurement de mon propre romantisme et me demandai si mon cerveau serait jamais capable de dépasser un jour ces formes détournées de narcissisme que je pratiquais quotidiennement. Ressentais-je profondément autre chose qu'un simple instinct de survie ? Oui. L'envie de manger, de boire, de baiser, et de me retrouver dans une forêt inhabitée. En y recevant la visite hebdomadaire d'une belle jeune fille qui arriverait vers moi vêtue de gaze, flottant sur un radeau de joncs liés de cheveux humains. Elle ressemblerait étrangement à l'image que je me fais d'Ophélie et nous ferions l'amour jusqu'à ce que, bien sûr, le sang se mette à couler de nos yeux et des pores de notre peau. Divers animaux s'assiéraient en rond autour de nous et nous regarderaient : ratons laveurs, opossums, coyotes, renards, cerfs, loups, et des tas de sortes de serpents et d'insectes. Après avoir fait l'amour, nous nous baignerions dans l'eau du ruisseau, alors que poindraient les premières lueurs de l'aube, et elle s'allongerait sur son radeau puis disparaîtrait de mon champ de vision, emportée au gré des flots. Alors je remplirais un énorme bol d'or de lait auquel toutes les créatures citées plus haut viendraient boire dans une parfaite harmonie. Si une inepte vipère ou souris y tombait, un renard l'en sortirait doucement. Je dormirais ensuite trois jours et trois nuits et roulerais le rocher vers le haut de la colline jusqu'à ce qu'elle revienne.

J'étais arrivé à économiser quarante dollars en une semaine, au prix d'un travail inouï et étais retourné à Frisco en stop pour ramasser mes affaires et dire au revoir deux jours durant à des présences inanimées. Devant le Golden Gate, je m'étais dit c'est ici que tout finit. En marchant au milieu de ces folles faunes et flores étrangères, j'entendais le Pacifique, là-bas. Dans une rue au bord de la plage, une bande de « SKULLS » m'avait dépassé. « Têtes de mort », leur nom inscrit sur leurs blousons de cuir sans manches et bandeaux sous lesquels les cheveux flottaient au vent, une Gestapo junior de seconde division. J'étais revenu au cœur des tropiques en suivant une musique qui résonnait dans le lointain et étais arrivé à un kiosque à musique éclairé par la lumière du soleil, où se donnait un concert de Strauss. J'avais fait quelques pas de valse et des petits vieux assis sur un banc m'avaient adressé en souriant un signe de la main. Je m'étais incliné devant la vieille dame qui s'était levée et nous avions tourné à lents pas glissants autour du banc où son mari applaudissait. Je haïssais en fait cette musique, mais elle me semblait appropriée à cette journée. Plus loin, je m'étais assis sur l'herbe et j'avais regardé les jambes d'une jolie fille. Petite culotte blanche à quatre-vingt-dix-neuf cents imprimée de sucettes. Ô chérie, si seulement. Cuisses légèrement disjointes et yeux fermés sous le charme extatique de la musique. Je devrais ramper jusque-là en aboyant et monter sur elle. Au musée DeYoung j'avais longuement regardé la statue de Médicis. Le pouvoir, voilà ce que je voulais. Homme de pouvoir, je serais rentré chez moi en avion, pas en auto-stop. Il y avait pourtant une petite chance pour que je n'eusse pas été prince pendant la Renaissance, mais pauvre diable vivant dans une cabane en bois enfumée au bord de la Baltique. Arrivé au bout du parc, j'avais contemplé le Pacifique en le saluant avec un soupir. De l'autre côté, là-bas en Orient, les Orientaux vivaient en Orientaux. De grosses déferlantes se brisaient sur le rivage. Deux filles couraient le long de la plage, loin au-dessous de moi. Le continent s'étend tout en entier derrière moi, pensai-je, puis je me retournai et partis.

Arrivé à Green Street, je n'avais trouvé aucun de mes compagnons interlopes à qui dire au revoir. Les Jardins Suspendus étaient vides – quelqu'un avait dû se faire arrêter et tout le monde avait fui. J'avais descendu Grant Street jusqu'à Geary Street puis refait le même chemin à travers le jardin, saluant au passage l'Opéra d'un geste cavalier.

Merde à l'Opéra. Qui intéresse-t-il, d'ailleurs ? *La Bohème*, mon cul. Garnie de pâté à la dinde à mastiquer pendant des heures. Puis j'avais acheté une valise métallique en me disant qu'on me prendrait plus facilement avec ça qu'avec un sac à dos qui puait.

Un homme d'affaires m'avait emmené jusqu'à Sacramento. À cause de la valise, il croyait que j'étais dans l'aviation, peut-être en permission. Quand je l'avais détrompé, il m'avait accusé de publicité mensongère. Il avait été sous les drapeaux pendant la Seconde Guerre mondiale et disait qu'il s'arrêtait toujours quand il voyait un de nos jeunes braves faire de l'auto-stop. Je lui avais alors raconté que mon père avait été tué pendant les combats de Bataan, et son attitude avait changé. Il m'avait tapoté le bras en disant que la route de la Birmanie avait coûté beaucoup de vies. Grâce à un mensonge gratuit, j'étais devenu un type bien. Les Japs, eux, étaient vraiment une sale bande d'ignobles Jaunes. Et il avait continué sur ce ton. Moi pendant ce temps je somnolais. Arrivé à Sacramento, je commençai à avoir mal au cœur, probablement un léger empoisonnement alimentaire. Il était tard et je traversai discrètement la pelouse du State Capitol pour aller vomir dans les buissons. Quand ce fut fini, je me roulai en boule sur l'herbe et dormis en me réveillant souvent, me demandant chaque fois si je n'allais pas me faire virer de là par un flic.

En ressortant des buissons, tôt le lendemain, je me dis que c'était vraiment l'endroit rêvé pour vomir, et malgré quelques légères crampes d'estomac, je réussis à sourire. Tous les bâtiments publics devraient être changés en vomitorium, leurs activités pourraient alors reprendre dans un endroit qui n'aurait aucun poids en lui-même. Par exemple un vaste champ où, pour voter, les législateurs ramperaient à quatre pattes, nus, et crieraient oui ou non. Une nouvelle façon de voir les choses. L'humilité indispensable à ceux qui se soucient du bien de millions d'impuissants citoyens. Si vous êtes déjà allé à Washington, vous comprendrez peut-être ce que je veux dire : comment quoi que ce soit de pas tout à fait pompeux, vain et futile pourrait-il sortir de ce géant amas de marbre et de monuments ? Les bâtiments se donnent à eux-mêmes une importance dangereuse. Je propose que tout y soit rasé à l'exception du Lincoln Monument et de la promenade et de l'étang qui lui font face. Et qu'un habile sculpteur allonge Martin Luther King sur les genoux de Lincoln à la manière de *La Pietà*. Mais avec un gros trou dans la tête. Nous sommes mortels, ô Seigneur. Les doigts sur la détente me démangent et appuient, me démangent et appuient.

Aux premières lueurs du jour je bus trois tasses de thé dans un café ouvert toute la nuit et je lus le journal du dimanche en entier, lecture qui ne me laissa aucun souvenir, si ce n'est celui d'un mannequin en bikini qui disait avec une moue parfaite : « VIENS AUX BERMUDES ». Quand tu veux, chérie. Ô île dans le soleil, choubidoubidou-a. Je traversai la Sierra avec un chauffeur de taxi de Frisco qui prenait deux jours de vacances et allait à Reno ruiner le Harold's Club grâce à une nouvelle martingale. Comme je lui promis de ne le dire à personne, il m'expliqua la douteuse mathématique du chemin de fer en engloutissant cent cinquante bornes de beau paysage. Il me montra du doigt la passe où les membres de la bande à Donner avaient fini par mourir en se mangeant les uns les autres. Littéralement. Reprends donc une tranche du foie de maman, Brad. On pouvait se promener ici tranquillement autrefois, mais maintenant les gens s'y piétinent les uns les autres et se disputent les emplacements pour camper. Dans le parc national des montagnes Rocheuses, alors que j'étais monté vers « les hauteurs solitaires » pour dormir près d'un glacier, j'avais soudain entendu les accords de *You Are My Sunshine*. Une charmante famille avec tourne-disque marchant sur piles. Originaires de Scarsdale, voyez-vous ça. J'avais seize ans alors, et vraiment pas froid aux yeux. Je leur avais dit que s'ils n'éteignaient pas leur sale petite machine je la mettrais en pièces. Quand j'étais sorti des bois, on m'avait arrêté au poste de garde et demandé de remplir un questionnaire concernant la qualité des services et agréments offerts par le parc. J'avais répondu en hurlant : « Allez vous faire foutre », et campeurs et gardes m'avaient regardé comme on regarde un chien enragé, avec l'espoir de ne plus le revoir. L'hôtel où je travaillais m'avait récemment viré puis repris après qu'eut avorté ma tentative de syndicalisation de la main-d'œuvre en salle. Nous nous étions tous mis à faire trois pauses durant le service et le directeur de l'hôtel m'avait offert trois cents dollars pour mettre fin à ce débrayage. C'était ça ou un rapide voyage forcé à Denver en compagnie d'un flic. J'avais interrompu le débrayage mais refusé l'argent, alors qu'à l'époque cette somme représentait pour moi une fortune. Un geste grand et généreux, je baignais dans la fierté. Non, ils ne corrompront pas Reuther junior, bon Dieu. J'espérais que, du paradis ouvrier, Steffens et Herbert Croly me regardaient. Bien entendu je n'étais qu'un dégonflé, j'aurais dû accepter le voyage à Denver. Mais le flic aurait pu me faire mal. Et j'avais rendu la monnaie de sa pièce à la direction : j'organisais des chapardages, je débranchais la glacière et servais des œufs crus quand c'était moi qui montais les plateaux dans les chambres. Je n'eus honte qu'une fois, quand j'avais trahi ainsi une vieille dame qui m'avait bien traité dans le passé. Je lui avais servi deux œufs absolument crus et étais redescendu en courant dans la cuisine afin de répondre à ses réclamations. Il semblait que son mari, que j'avais entendu se doucher, n'aimait pas les œufs crus. Pouvais-je en apporter deux autres, merci. Oui, bien entendu, avais-je répondu en déguisant ma voix avant de sortir du frigidaire deux œufs durs et de les faire monter par un autre serveur. J'allais les réduire au désespoir, mais des journées de quinze heures ne correspondaient pas non plus à l'idée que je me faisais des conditions de travail correctes. J'avais battu mes records de courage en laissant délibérément tomber un plateau chargé d'argenterie pendant cette heure délicieuse où le silence régnait dans la salle à manger tandis que le soleil couchant illuminait Longs Peak. Bruit horrifiant, têtes de clients se retournant en sursaut. Un truc à se faire le coup du lapin. Je ramassai l'argenterie lentement, tandis que le maître d'hôtel et le chef serveur juraient à mi-voix.

Dans la tente, jambes croisées, regardant la carte à la lumière de plus en plus faible de ma torche. Je prévoyais de parcourir un cercle d'une dizaine de miles en partant vers l'ouest pour obliquer au nord, puis à l'est et au sud, pour retrouver le campement. Une chouette promenade, à condition que je parte à l'aube et ne me perde pas. J'éteignis la torche et m'allongeai sur le sac de couchage. J'avais l'impression de peser moins lourd que d'habitude, mais c'était peut-être simplement parce que je n'étais pas imbibé de bibine. Je passai ma main sur ma poitrine et mon estomac, effleurant la couche de graisse qui s'y était lentement accumulée avec les années. Avec le recul que je pouvais avoir alors – on était en 1970 –, il me semblait que je n'avais pas fait un pas en avant depuis 1958, que je m'étais seulement enrobé de couches protectrices. J'avais publié trois recueils de poèmes, si minces qu'ils prenaient environ deux centimètres à eux trois sur une étagère de bibliothèque. Fait les unes à la suite des autres des dépressions nerveuses pas très intéressantes. Lu peut-être quelques milliers de livres sans en avoir retiré la moindre sagesse. Je ne me baladais plus avec un livre sous le bras, bouée de sauvetage, banque de sang ambulante, purgatif pour gros chagrin. À avaler aux premiers symptômes. À prendre quand on se sent perdu et, s'il pleut, bergère viendra dans ta chaumière avec ses blancs moutons. Entendu parler d'un type dont les trajets dans le métro traçaient des mandalas. Je doutais du passé au point qu'il ne m'intéressait plus. Et l'avenir me paraissait encore plus douteux. Non que je fusse particulièrement outré ou triste des perspectives qu'il nous offrait. J'avais un jour projeté de faire à pied le tour des États-Unis, mais prévu aussi un voyage dans le Transsibérien, l'Orient-Express, et je voulais également retracer le chemin de Rimbaud en Afrique. L'enfer est pavé de bonnes intentions. J'avais à nouveau douze ans, je taillais des flèches dans ma chambre quand en bas, quelqu'un dit que Ike allait nous sortir de Corée. Où était et pourquoi y avait-il ce truc appelé la Corée ? De l'autre côté de la plate étendue bleue de l'océan sur la carte, de l'autre côté de la fosse des Mariannes. Arrêt à Hawaii pour nombrils nus. Je savais que je mourais jour après jour. Un peu plus à chacune des vingt-quatre heures qui s'écoulaient quotidiennement. Si j'allais à Jérusalem voir la terre que Jésus a foulée ? Je me dis alors que j'étais toujours un chrétien orthodoxe qui croyait au Second Avènement. Lion de la tribu de Juda. Je lisais encore avec effroi le dernier livre de la Bible, l'Apocalypse. J'avais perdu mon envie de converser avec Gandhi ou Ramakrisna. Seuls Shakespeare ou Apollinaire feraient l'affaire, et les informations échangées resteraient insignifiantes, lâchées avec un élastique. Ils s'intéresseraient à la télé en couleurs et aux surgelés, puisque tous les grands artistes semblent friands de détails. Si je trouve des traces de loup demain, que j'en repère simplement un ou que je trouve sa tanière introuvable, cela ne changera pas grand-chose au fait que la première fille que j'ai aimée m'a trahi. Mes véritables souffrances concernaient les morts et la perspective d'un avenir désastreux. Mon goût de la vie dans les bois s'expliquait facilement. Les arbres ne posent aucun problème et même s'il ne reste aucune terre véritablement sauvage, je choisirai une centaine d'acres où je pourrai me cacher et que je défendrai en poussant des hurlements mis au point grâce à des cours de chant. Je roulerai mes cigarettes et me ferai ermite. On parachutera au-dessus de mes avant-postes des starlettes à ensemencer – les pauvres filles erreront perdues pendant quelques heures sans comprendre ce qui leur arrive, et je les suivrai comme Rima l'homme-oiseau, les attraperai par les hanches. Sexe qui pénètre. S'accoupler non pas une fois, mais des milliers de fois. Et finalement une fois suffit, si vous êtes capable de vous donner tout entier à elle, si vous êtes capable de vous donner tout entier à quoi que ce soit. Un besoin atavique qui ne semble pas pouvoir s'effacer pendant plus d'un jour de suite, sauf quand on est malade, puis le joli ver frétille de nouveau sans but précis. Je m'assis pour écouter un nouveau bruit, presque un aboiement, mais guttural. Probablement un ours monté sur un arbre à miel et que les abeilles avaient piqué sur le museau et la bouche. J'avais coupé un arbre à miel, un hiver, alors que les abeilles étaient engourdies, presque endormies. Elles étaient tombées sur le sol, à une température proche de zéro, et avaient gelé immédiatement. J'avais taillé le bois à la hache pour dégager leur provision de miel, tout ce qui leur restait pour se nourrir, puis enlevé un de mes gants et m'étais servi. Pas terrible, presque rance, avec un goût de farine de blé noir. J'avais remis mes doigts gluants dans le gant et m'étais éloigné sur mes raquettes. Vous repérez un arbre à miel pendant l'été et revenez quand il fait suffisamment froid pour ne pas vous faire piquer. Rabelais disait que le con d'une femme est un pot de miel, mais sans abeilles évidemment. Ce tambourinement essoufflé dans votre poitrine, la première fois que vous y pénétrez. Penser à la sexualité, tant qu'elle n'est pas encore totalement atrophiée par le progrès. Ceux qui dans le passé étaient occupés à construire une civilisation nous regarderont peut-être avec un drôle d'air. Comment faire des briques sans paille, dirent-ils en Égypte à Pharaon avant de partir pour leur longue marche vers le nord. Je passai la main contre le canon de la carabine et pensai à son impitoyable mécanique.

L'anthropologue britannique Leakey sauta un jour sur un cerf et le poignarda avec un couteau de pierre pour montrer qu'on pouvait le faire. Le dernier sport consistera à lancer des pierres aux étoiles, un truc très astucieux quand il y aura cinquante milliards d'habitants sur cette planète et qu'en retombant les pierres tueront de façon anonyme et non sélective. Je me retournai, incapable de m'endormir et je tendis la main vers une bouteille imaginaire. Jésus veut de moi comme rayon de soleil. Même la terre est féminine. Des millions de gens l'ont embrassée tous les jours jusqu'à ce qu'il vienne à l'esprit de Raskolnikov qu'il s'agissait d'un acte de pénitence. La vraie herbe pousse encore. Cette fille que tu as connue en 1956 a tenu un an à l'héroïne jusqu'au jour où on l'a trouvée dans l'East River, la tête presque séparée du corps. Pas de condamnations. Infortuné accident qui risque d'arriver à tous ceux qui se prostituent pour leur dope, quelle qu'elle soit, comme mon cerveau se rétrécissait quand je passais d'un bureau aux murs pastel à un autre bureau aux murs pastel d'une ville ou d'une autre. J'aurais aimé qu'en reliant ces différents points sur une carte on obtienne au moins un mot, mais je suis certain qu'il n'en serait rien. Il y a quelqu'un dehors, une souris ou un écureuil. Je vous ai dit, mon Dieu, que je ne voulais pas de pleine lune, ou alors voilée par les nuages. J'ai lu que dans les Brooks Range, ces montagnes d'Alaska maintenant dégoulinantes de pétrole et couvertes de tonneaux et de tours de forage, une femme avait entendu les loups répondre à ses hurlements. Lumière argentée passant par le devant de la tente. Je m'accroupis et charge la carabine, puis me glisse dehors. Pas un nuage, pas la moindre brise. La mort-aux-loups qui fleurit dans les Carpates. Je vise la lune, ôte le cran de sûreté de la carabine pointée vers la région tachetée de gris qui se dessine à la surface de notre satellite. Si j'appuie, toute la nuit je verrai cette flamme bleue, toute la nuit j'entendrai cette détonation. Lentement, je desserrai mes doigts, remis le cran de sûreté et ajoutai une bûche sur le feu. Vêtu seulement de mon short, j'ai froid maintenant. Peut-on se suicider avec une arme aussi longue ? Je relevai le canon jusqu'à ce que son bout glacé touche mon front, et j'eus encore plus froid. Je pensai à Hemingway, sortant, dans cette impensable souffrance physique et mentale, le fusil du placard ce matin-là. Et intérieurement je souris. Comme j'étais loin de m'enlever la vie, dans ces bois nimbés de lumière. La bûche commençait à prendre, une flamme jaillit du lit de braise. Je me recroquevillai près du feu, puis me levai pour enlever mon short et me recroquevillai de nouveau, aussi près de la flamme que je pouvais le supporter. Je baissai les yeux et regardai étonné – ce truc que tu mets dans les filles, comme ça, en passant. Et c'est si bon. Et si je hurlais ? Il y a peu de chances, mais je peux toujours espérer qu'un loup me répondra, seulement je suis sûr et certain que mes propres hurlements m'effraieront. Je me souviens d'une bagarre avec un copain. C'était après l'entraînement de foot, on s'était disputés. J'avais fini par l'immobiliser en l'étranglant, et tenu ma prise jusqu'à ce que son visage change de couleur. Alors j'avais eu peur, et ma colère s'était apaisée d'un seul coup. Quand nous nous étions relevés, il m'avait regardé d'un air bizarre, et nous ne nous étions pratiquement jamais plus parlé. Quelque chose bougea au milieu des buissons et des arbres près du ruisseau et je regrettai de ne pas avoir apporté mon sifflet à prédateurs. C'est un petit objet de bois, qui, si on souffle dedans comme il faut, imite le gémissement d'un lapin en train de mourir. Un horrible bruit étranglé, un peu comme un pleur d'enfant très aigu. Un porc-épic mortellement blessé fait à peu près le même bruit quand il tombe de son arbre. Ils sont beaucoup trop nombreux, et ce parce que leur prédateur, la fouine, a été exterminé pour sa merveilleuse fourrure. C'est difficile d'en approcher un. J'ai souvent enlevé des piquants de porc-épic de la bouche de nos chiens. Il faut couper le bout pour faire entrer de l'air dans le tuyau puis le bouger et tirer par à-coups. Enfin le piquant barbelé sort, accompagné d'un caillot de sang. Une opération très douloureuse pour le chien, mais ils ont l'air de savoir qu'elle est nécessaire. Je veux tirer des fausses conclusions de tout et ce ne sont pas des faits scientifiques évidents qui feront changer mon faible esprit et son continuel ronronnant monologue contre lui-même. Je sortis du cercle de lumière que le feu projetait et marchai lentement vers le ruisseau pour découvrir qui faisait ce bruit. Rien. La bête avait dû partir quand je m'étais levé. Si je vivais ici suffisamment longtemps, beaucoup de ces animaux finiraient par s'habituer à mon inoffensive présence. Tant de grenouilles tout au long du ruisseau, et les ratons laveurs les mangent. Et se nettoient tout le temps comme le fait le faucon pour éviter les puces. Je retournai à la tente et me glissai dans le sac de couchage, qui ne m'avait pas coûté cher et me rendait bien service, mais était totalement inefficace quand le temps se rafraîchissait. Dormi dans les Absarokas sur le sol, le sac entortillé comme les bandelettes d'une momie, avec la peur qu'un grizzly ne m'arrache le visage pendant la nuit, comme c'était arrivé à ces deux filles au parc des Glaciers. Dormi sur des tables de pique-nique à Hastings, Nebraska, et près de Brainerd, Minnesota. Mieux, avec cette fille qui n'arrivait plus à dormir et qui s'était glissée dans ma chambre le matin alors que j'étais l'invité de ses parents. Elle avait quatorze ans et je ne l'avais pas pénétrée, mais j'aurais aussi bien fait quand elle m'a apporté du jus d'orange et du café. Moi, le drap entortillé autour de mes pieds, un oreiller sur la tête. C'était la fille d'un type que j'avais connu quand je lisais mes poèmes dans le Wisconsin à un ramassis d'idiots, de défoncés à l'acide et aux speeds et d'étudiants hébétés. Elle regarde mon phare en gloussant. Quel âge as-tu ? On joue, on se pelote. Elle le serre trop. Et si tes parents. Je ne leur raconte jamais rien, de toute façon, ils sont débiles. Sa robe si courte que je remonte encore pour enterrer mon visage puis lui enlève sa petite culotte. Elle rit parce que ça chatouille. Bien sûr, que ça chatouille et toi tu as trop de dents et moi je n'arrive à rien attraper. Je vais suffoquer maintenant qu'elle ne dit plus rien et qu'elle se tortille comme toutes ses grandes sœurs du monde entier, et, quand j'ai fini, elle est à quatre pattes, et se tortille encore. Ensuite je me lave et reviens dans la chambre, elle est allongée sur le dos, la jupe toujours relevée, elle regarde les photos dans mon portefeuille, la culotte autour d'une cheville, me sourit. « C'était chouette. J'adore les caresses. » Peut-être que je n'étais pas le premier, je ne le lui ai pas demandé. On disait pour une de dix-sept, tu en prends vingt, cela voulait dire que violer une mineure n'était pas très bien vu, mais comment prouver le viol de nos jours ? Elle le met là un instant et le frotte d'avant en arrière très fort avec ses jambes, tandis que nous mêlons nos bouches et j'entre presque dans le lieu infernal pour conclure. Moi, effrayé, mais elle pas du tout, disant simplement : « Ton café est froid maintenant, je vais aller t'en chercher d'autre. » Évidemment, je t'aime, ai-je pensé, et je reviendrai quand tu auras moins l'âge d'être ma fille, ou la moitié du mien. Et une toison plus fournie. Tu seras souillée, c'est moi qui t'aurai souillée. Jean Cauvin, dit Calvin, de retour dans ma tête, et depuis j'ai sué de culpabilité une bonne dizaine de fois. Je me promène avec une petite photo d'elle, boucles Empire qui encadrent son visage et cheveux châtain clair. Douce, bronzée, forte, elle jouait au tennis toute la journée, mais ses fesses étaient si blanches. Je devrais me confesser à ses parents, l'emmener en Virginie où à cet âge ce n'est pas si rare, et la baiser jusqu'à saturation, jusqu'à ce que mon cerveau ne soit plus qu'une bouffée de chèvrefeuille, son parfum. La forêt prend ses couleurs de l'aube, ce n'est plus la peine de dormir si je veux parcourir mon grand cercle.

Reno, Fallon, Austin, Ely. Merde, je me suis trompé de route, j'en ai maintenant pour une semaine à rejoindre Salt Lake City. Je comprends pourquoi c'est dans cet état qu'ils font leurs essais atomiques – s'ils ne le faisaient pas, je m'en chargerais, et pas dans les coins perdus, mais dans les villes. Reno, le relais des divorcés. J'étais arrivé à midi avec trois dollars en poche et, à une heure, il ne me restait plus que cinquante cents rendus en petite monnaie par les machines à sous, un sandwich au rosbif aluminium arrosé de Tabasco pour faire un sandwich au rosbif aluminium et Tabasco, et un thé glacé dans un verre en plastique taché de rouge à lèvres. Qui était-elle, celle qui portait ce rouge à lèvres, qui l'embrasse maintenant, et où exactement ? Dehors, dans une voiture de patrouille avec air climatisé garée sur l'asphalte brûlant, en plein virage, un flic me regarde. Je me colle derrière une famille de touristes qui admire dans les vitrines les chapeaux de cow-boy, mocassins brodés de perles et amulettes en turquoise. Par la porte d'un club, je vois une femme qui joue sur deux machines à la fois avec une pile de dollars en argent. Elle vient probablement de Dayton, Ohio, pour divorcer parce que quinze ans de mariage n'ont ni assuré son bonheur ni ouvert ses horizons. Quand je me retourne, je m'aperçois que la voiture de patrouille est de l'autre côté de la rue, et je suis maintenant sûr que ce flic me surveille. Son petit visage et ses énormes lunettes de soleil me rappellent un agrandissement photographique d'une tête de mouche. Bzz-bzz, bourdonnent les bourres. Il y a une marchande ambulante un peu plus loin, au coin d'un terrain vague. Odeur de barbe à papa, de pop-corn et de hot dogs. Je demande un verre d'eau à la fille en uniforme blanc et elle répond, Coca, ginger ale, orange, Pepsi, Seven-Up, soda à la cerise.

— Je prendrai un verre d'eau.

— Y a pas d'eau, dit-elle en regardant à dix centimètres au-dessus de ma tête.

— Un Coca sans glace.

Je le bois en trois gorgées et lui tends le verre. Sans un mot, elle montre du doigt une poubelle à ma gauche.

— De l'eau, lui dis-je.

Elle remplit le gobelet d'eau glacée.

— Nous ne gagnons rien sur l'eau.

— Merci.

Je commence à m'éloigner et j'entends : « Eh toi, là-bas ! » Le flic, évidemment. Pendant qu'il fouille mon portefeuille, je reste assis au frais dans la voiture de patrouille. Je lui raconte comment je me suis fait tirer mon fric et mes papiers en arrivant à Frisco. La radio grésille. Il lance mon nom dans le micro et nous attendons environ un quart d'heure que je sois lavé de tout soupçon.

— Bon je t'accompagne un bout de chemin, il dit.

— C'est vraiment gentil de votre part.

— Fais pas le malin.

Quand nous passons devant elle, je salue d'un signe de tête la marchande ambulante. Elle agite la main en souriant.

— On va où ? dis-je au flic.

Pas de réponse. Il conduit de la main gauche et garde la droite sur son holster. Toujours le premier à dégainer, probablement. Matt Dillon et Robert Mitchum dans un sac de soixante kilos de haricots secs. Si j'avais le goût du martyre, ce serait un délice de sortir tranquillement un Beretta de ma poche et de lui envoyer six pruneaux dans le bide, là où son badge de flic ne risque pas de faire ricocher les balles. Il est probablement méthodiste et bedeau à l'église, fait partie de tous les clubs, Aigles, Élans, Lions, a une maison avec une femme et des aiglons qui adorent son ostentatoire bravoure. À la sortie de la ville, il me dit de descendre et de marcher, l'auto-stop étant interdit par la loi. Je reste là, pendant qu'il fait demi-tour, soulevant un nuage de poussière et de gravier, arrachant sur plusieurs mètres la gomme de ses pneus. Ô un bazooka. Ou une grenade que j'aurais dégoupillée en descendant et, au moment où il passerait la seconde, voir et entendre la voiture se désintégrer en une explosion orange. Je me remets à marcher. Quarante cents en poche, quarante degrés, la bouche déjà aussi sèche que la chaussée. À trois mille kilomètres de chez moi.

Vraiment pas malin de ma part d'avoir pris la 50 au lieu de la 40-95 vers Winnemuca et Elco en arrivant à l'embranchement. Des jeunes m'avaient emmené jusqu'à Fallon où j'étais allé leur acheter de la bière. Je n'avais pas plus vingt et un ans qu'eux, mais moi je les paraissais. Deux caisses, et ils m'avaient refilé un dollar pour ma peine. J'avais fait le tour de Fallon et, de l'autre côté, j'avais trouvé une voiture qui m'avait conduit jusqu'à l'entrée d'une base aérienne secrète devant laquelle se tenaient deux gardes en casques blancs scintillants debout dans la chaleur écrasante. J'étais allé me poster quelques mètres plus loin et avais commencé à attendre. Autour de moi, le désert semblait immense, hostile, une nature en guerre totale avec elle-même, et la route, une fine raie de civilité à travers cette étendue infinie de sable et de roche brûlée. On m'avait dit qu'il y avait la vie et tous ses mystères dans le désert, mais les mystères de cette vie-là ne sont pas pour moi, j'ai besoin de verdure. J'étais resté là douze heures jusqu'à ce que ma lèvre inférieure se craquelle et que la tête me tourne, de faim, de soif et de chaleur, car même une fois le soir venu l'air ne se rafraîchissait pas. Douze heures pendant lesquelles n'étaient passées que trois ou quatre voitures. Douze heures à respirer dans la fournaise. Ma parole, il y a dans ce coin des trous qui descendent jusqu'au centre de la terre. Quand j'avais traversé la route pour retourner à Fallon, je ne sentais presque plus mes dents ni ma langue ni mes mains qui se balançaient le long de mon corps. Au bout de quelques kilomètres, j'avais entendu une voiture arriver derrière moi, mais je doutai de mes sens – les quelques voitures que j'avais vues ce jour-là m'avaient semblé flotter sur un coussin d'air, une vague de chaleur. Pourtant ils s'étaient arrêtés. Un homme et sa femme, qui, quand j'étais monté, s'était écriée : « Oh ! mon Dieu ! » L'homme m'avait tendu une canette de bière tiède que j'avais vidée en quelques gorgées, puis une autre. « Ça suffit, m'avait-elle dit, il vous faut de l'eau maintenant, regardez-vous. » Je m'étais approché du rétroviseur, mes lèvres étaient noires et fendues en trois endroits, j'avais les yeux tout injectés de sang. Littéralement grillé. Ils m'avaient laissé devant un café qui faisait aussi club de jeu. J'étais entré, j'avais commandé un café et bu de l'eau jusqu'à ce que mon ventre soit gonflé comme une outre. Il n'y avait personne. Pendant que la serveuse remplissait la machine de café frais, un homme s'était approché de moi. Il voulait savoir si j'étais resté coincé sur la route, je lui avais dit oui. Puis il m'avait expliqué que la route du Nord était meilleure et je lui avais répondu que je l'avais compris trop tard. Je lui avais demandé ensuite à quelle heure ouvrait le bureau des télégrammes le lendemain matin et j'avais téléphoné en P.C.V. à un vieil ami du Michigan. Inutile d'appeler mon père, il avait généralement encore moins d'argent que moi. J'avais expliqué à mon pote que j'étais bloqué à Fallon,

Nevada, et, pour ajouter un peu de piment à mon histoire, que les flics, le flingue pointé vers moi, m'avaient ordonné de quitter la ville juste après l'aube. Or il ne me restait que trente cents. Il s'était marré, m'avait demandé s'il y avait des bordels à Fallon, et je lui avais dit oui, mais pas d'argent, pas d'amour. Il avait promis de m'envoyer immédiatement deux cents tickets, j'avais répondu cent cinquante, ça ira. Puis j'étais retourné au comptoir où j'avais encore bu de l'eau et discuté avec la serveuse et le patron. Quand elle avait posé un hamburger devant moi, je leur avais expliqué que je n'avais pas de quoi le payer. Le patron avait levé la main d'un geste négligent, il m'avait entendu au téléphone, et, comme le car ne partait pas avant dix heures le lendemain matin, j'aurais le temps de lui donner ce que je lui devrais après avoir reçu mon mandat. Trois Indiens paiutes étaient entrés, ils avaient acheté du vin et étaient ressortis. Ils étaient presque en haillons, mais l'un d'eux portait un Stetson. Après les avoir servis, le patron m'avait raconté comment, à son retour de la guerre, alors qu'il rentrait chez lui en stop, deux flics l'avaient arrêté à côté de Topeka. Ils lui avaient flanqué une telle dérouillée que le médecin de l'hôpital avait dû lui rafistoler les mâchoires avec du fil de fer. Tout ça, alors qu'il avait pris part au débarquement en Normandie et été un des premiers à entrer dans Paris. Il disait qu'il avait toujours eu envie de retourner à Paris où il avait bu comme un trou et baisé tant de Françaises reconnaissantes qu'il avait perdu cinq kilos. Puis il m'avait expliqué qu'il avait aussi projeté de prendre son fusil de chasse, un Weatherby 270, de retourner à Topeka et de choper les deux flics en plein milieu de la cible de sa lunette. Il les aurait tués d'une balle dans la tête. Seulement voilà, il ne s'était jamais décidé. J'avais quitté son café après qu'il m'eut conseillé d'aller dormir dans le parc. Si les flics se pointaient, je n'avais qu'à dire que je venais de la part de

Bob. Il reste encore quelques braves gens sur cette terre, un lien entre les voyageurs de toutes les époques. Marrant comme ce sont souvent des gens plutôt musclés et couverts de tatouages qui vous prennent en stop. Ils n'ont pas peur. Je me souviens comment, avec quelques amis, nous avions terrifié des étudiants dans un bar. C'était l'été et je chiquais pour arrêter de fumer. Les étudiants venaient s'encanailler dans notre quartier et nous avaient battus au billard. Mon copain s'était placé derrière celui qui la ramenait le plus, je l'avais poussé en arrière et lui avais craché une giclée de tabac à la gueule tandis que mon pote lui enfonçait la pointe de ses bottes dans les côtes. Ils avaient pris la fuite et nous avions eu honte. Mauvais perdants et, bien qu'à mi-temps, étudiants nous aussi, mais nous haïssions l'être. Après quelques autres verres, mon copain avait dit qu'il n'avait pas voulu lui donner un coup de pied, mais juste lui arracher son badge de fraternité.

J'avais regardé les gens sortir du cinéma à la fin de la deuxième séance, en particulier une fille aux longs cheveux blonds qui portait un Levi's incroyablement serré. Emmène-moi chez toi. Les néons de l'affiche s'étaient éteints et un pick-up avait dévalé la rue en vrombissant, manquant de peu quelques amateurs de cinéma. J'avais marché jusqu'au parc. Il y faisait bon, une petite brise soufflait entre les bosquets de peupliers. J'entends des grillons et des voitures qui accélèrent en s'éloignant de la ville qui luit dans un brouillard orange. Une nuit sans lune. Il y a un réverbère à l'entrée du parc et le sol est jonché de boîtes de bière. Je m'allonge sur une table de pique-nique, mais suis réveillé dans mon premier sommeil par des chiens qui grognent. Je sors mon couteau. Le plus grand, à mon avis bâtard de colley et de berger, s'approche en grondant. Viens, mon gros, viens, lui dis-je d'une voix douce, et il se met à se tortiller en agitant la queue. Il y en a maintenant quatre autour de la table qui se disputent mes caresses. À ce moment-là, une voiture entre dans le parc et les chiens s'éloignent au galop. Musique country à la radio, deux couples qui boivent, et moi, en plein dans la lumière de leurs phares. Un type m'appelle : « Eh, p'tit, qu'est-ce tu fais là ? » Je dors. Ils rient et me disent de filer, parce qu'ils préfèrent s'amuser entre eux. Je me lève et sors du parc en marchant le plus loin possible de leur voiture. S'il vous plaît, ne me cherchez pas de crosses. Je suis si fatigué que, si quelqu'un levait la main sur moi, je lui enfoncerais ma lame dans le bide jusqu'à la garde. Je longe quelques pâtés de maisons, jusqu'à une école et traverse la pelouse en direction des buissons qui l'entourent. Je rampe sous les branchages, m'installe en regardant les mêmes chiens que tout à l'heure qui courent maintenant au milieu de la rue. Mes amis. Hébétement des journées de classe. La fille du cinéma en Levi's serré à côté de moi, ici ou sous des lilas dans une contrée plus verdoyante. Fous le camp d'ici et dors tout au long du chemin sur la banquette arrière du car, bercé par le bruit de son moteur diesel. J'ai l'impression de sentir l'odeur de la craie et du désinfectant pour chiottes. Toutes les écoles dégagent la même odeur, vous ne trouvez pas ? J'espère qu'il n'y a pas en ville de serpents à sonnette comme celui que j'ai vu sur la route, écrasé et couvert de mouches. Gros, avec une tête large. Je coupe les cascabelles puantes, les mets dans ma poche. Parfum de concombre pourri. Ne pas les faire sonner maintenant ou ses frères et sœurs du désert risquent d'entendre et de venir me rendre visite. Comme ce serait étrange de se réveiller sous une couverture de crotales. Ou avec pour oreiller un gros tas de ces serpents à sonnette en hibernation, emmêlés les uns aux autres comme ils s'emmêlent pour hiberner dans les trous de chiens de prairie. Ça ferait peur aux gens, si je les apportais pour le petit déjeuner. Si peu dormi depuis quatre jours que mes glandes surrénales sont grosses comme une tête de bébé. La fille en Levi's me rejoint, mais impossible de lui enlever son jean et ça se passe entre ses seins, comme avec la bibliothécaire de Berkeley le matin et je pouvais regarder chaque giclée involontairement indifférente. Je veux des œufs au plat ou un steak. Je me retourne, face à la rue, m'endors avec mon œil aveugle ouvert à la lumière du réverbère au coin de la rue.

Je mangeai une boîte de bœuf argentin et jetai de la poussière sur les braises. Smokey the Bear vous surveille. La gourde pleine et juste un paquet de raisins secs et de cacahuètes dans ma poche, avec ma ligne. J'essayais encore bêtement de suivre les indications de la boussole. Peut-être n'arriverais-je jamais à refermer mon cercle et passerais-je la nuit perdu à deux cents mètres de la tente. À midi, j'étais perdu au milieu d'un marécage impénétrable, les habits couverts de vase, quand j'entendis une voiture passer sur une route que je ne voyais pas alors qu'elle n'était qu'à quelques mètres de moi. Et quelle importance, si je ne retrouvais pas la tente ? C'était l'été, je pouvais trouver de quoi manger dans les bois et me construire un abri en branches de cèdre ou de bouleau. Non, je n'étais pas perdu. Être vraiment perdu signifie qu'il existe un lieu lointain que l'on n'arrive pas à retrouver, un lieu accueillant, avec une porte ouverte sur un rideau de coton pour tenir les mouches à l'écart, une cuisine jaune où une femme s'active devant la cuisinière. Mère, sœur, épouse ou maîtresse, on ne le sait que quand elle se retourne. Ou quelque dame brune que vous ne connaissez pas et qui vous entraînera vers une autre vie, encore plus mauvaise. Quand je mis le cap vers les collines que l'on devinait à peine, à l'ouest, j'eus le pressentiment que je ne rejoindrais pas la tente ce soir-là. J'eus un moment de colère contre les loups – je savais qu'ils étaient là, et conscients de ma présence, mais avaient appris génération après génération à ne jamais se montrer à ceux qui marchent sur leurs pattes de derrière. Puis j'ai senti la paix revenir en moi à la pensée de ce loup de l'Arctique qui pesait cent quatre-vingt-dix livres, exactement comme moi. Comme il serait agréable de l'avoir pour compagnon de route. Il marcherait à mon côté, son dos plus haut que ma taille, sa tête et ses dents frottant et caressant mon épaule. On peut vaguement les domestiquer, mais selon leurs propres termes et, de toute façon, on devrait les laisser chez eux. Évidemment, on n'a su combien il pesait qu'après l'avoir tué. La chaleur qui me monte à la tête, maintenant une fine ligne rouge de colère encercle ma vision des bois devant moi. Je pourrais faire pire de ma vie qu'aller en Alaska tirer sur les avions d'où ils tuent les loups. Je crois avoir trouvé là une juste cause, une guerre sainte à laquelle je pourrais m'adapter – je suppose que cela aurait moins de sens que de participer aux autres horreurs, mais c'est une chose que je pourrais faire correctement.

4

NEW YORK CITY

Minuit maintenant. Je n'écarterai mes blessures de la lumière que pour toi, Lucia. Sous la pluie, à moitié endormi. Puis de la colline, dans les premières lueurs laiteuses, je voyais les voitures s'éloigner. Tous les marins étaient partis et il n'y avait que deux cabines de péage ouvertes de chaque côté de l'autoroute. Un fin brouillard me transperçait de ses milliers d'aiguilles, il avait plu sporadiquement toute la nuit, avec au loin des coups de tonnerre et des éclairs qui atténuaient la lumière des flammes des aciéries, des phares des camions, des rampes électriques du péage, et redonnaient de la couleur à l'herbe et aux feuilles de l'orme sous lequel j'étais couché en chien de fusil, tout mouillé. Il y avait trop d'auto-stoppeurs, la veille au soir, et pour la plupart des marins, aussi étais-je reparti à pied sur la bretelle de Pittsburgh, et, un ou deux kilomètres plus loin, je m'étais acheté un hamburger et une pinte de whisky. Puis j'étais remonté sur les collines où je m'étais assis sous les premières gouttes de pluie en espérant que cette nuit de mai resterait tiède, et j'avais bu mon whisky à petites gorgées en me disant que, pour un dollar de plus, j'aurais pu m'en offrir un qui aurait moins brûlé et serait descendu plus facilement le long de ma gorge. À l'avenir tout liquide ambré serait soyeux et servi pour moi dans une carafe en cristal par Annabel Lee. Une fois le whisky fini, je m'étais endormi puis je m'étais réveillé en pensant que les marins étaient peut-être partis, mais il en restait encore cinq, et je m'étais rendormi bercé par le chant des grillons, le sifflement des lampes à arc sous la pluie, le chant d'un engoulevent solitaire quelque part dans les collines derrière moi et le bruit de ces énormes moteurs diesels embrayant au moins une douzaine de fois avant d'atteindre leur vitesse de croisière.

Elle m'avait demandé de venir dans une lettre d'un seul paragraphe écrit sur du papier vieux rose qui sentait la capucine ou l'ellébore. Je suppose que le fabricant devait plutôt viser la violette. J'avais pensé à elle pendant plusieurs jours puis balancé mes livres de classe par-dessus un pont – j'étudiais alors l'histoire de l'art et travaillais à mi-temps comme charpentier. J'avais choisi l'histoire de l'art pour rester assis dans la grande salle noire à regarder des diapos de tableaux et de monuments que je verrais un jour en vrai. Deux ans plus tôt, j'avais économisé mille dollars pour aller en France, mais je m'en étais servi pour payer une délicate opération de l'œil. Il m'avait fallu trois ans pour mettre cette somme de côté, et un charmant chirurgien se l'était, lui, mise dans la poche en trois heures pour quelques coups de bistouri incroyablement peu efficaces. Pas mal, de gagner trois cent trente-trois dollars de l'heure pour tout savoir sur le globe oculaire. Il me trouvait injustement hostile : après tout, il ne m'avait jamais promis que ça marcherait. J'étais parti un vendredi après avoir ramassé ma paye, qui était mince parce que la pluie nous avait empêchés de travailler pendant plusieurs jours. J'avais essayé d'emprunter de quoi me payer le car ou le train, mais mes quelques amis étaient fauchés et le banquier m'avait demandé ce que j'avais à lui offrir comme garantie. En sortant de son bureau, j'avais repensé aux projets de hold-up que nous avions faits avec un ami certains soirs de folie. Un jour, je reviendrais ramasser la monnaie. Vous vous souvenez de moi ? Vous m'avez refusé un prêt. Pan-pan-pan-pan-pan-pan, salaud de capitaliste. Peut-être n'aurais-je tiré qu'à ses pieds. Je ne voulais faire mal à personne. Et puis jusque-là le voyage avait été agréable, je n'avais jamais longtemps attendu de voiture. La campagne verdoyante de l'Ohio m'avait plu, avec ses meules de foin qui exhalaient leur odeur de luzerne. Une odeur verte, chaude. Même Pittsburgh semblait accueillante, pour une fois, car une forte brise emportait au loin ses saletés. Mais maintenant j'étais bloqué, parce que les gens embarquaient toujours les soldats et les marins d'abord. L'Amérique d'abord, ou DÉMISSION DU JUGE WARREN, comme le disaient les affiches à l'entrée de Kalamazoo – Kalamazoo signifie en indien « éternuer » et « salaud ».

Enfin les combattants avaient débarrassé le plancher. J'étais descendu de la colline, j'avais sauté par-dessus la rambarde, chose qui m'est désormais impossible, comme il m'est impossible de tordre les manettes des parcmètres ou de faire cent pompes de suite sur un seul bras. Mon Dieu, ces corps qui se calcifient puis pourrissent. Quelques instants plus tard, j'étais pris par un ingénieur chimiste qui m'avait interrogé très méthodiquement. Où était ma valise ? Volée. Bonne réponse. Qu'est-ce que je faisais dans la vie ? Je travaillais pour une société de démolition qui rasait les vieux immeubles. C'était dur ? Oui, une masse de six kilos finit par peser lourd au bout des bras. Et ça payait bien ? Oui, quatre dollars de l'heure. Les syndicats vont trop loin, avait-il dit, vraiment trop loin. Et vous, combien gagnez-vous ? Ça ne vous regarde pas. Ah bon. Et en quoi les syndicats vont-ils trop loin ? avais-je demandé. S'il y avait la radio dans la voiture, avait-il dit alors, nous pourrions écouter de la musique ou suivre un match, mais c'est une voiture de société. Vous devriez vous syndiquer et exiger des radios, avais-je lancé. Petit malin. Puis il avait commencé à me raconter sa vie, comme si c'était obligatoire. Il avait grimpé les échelons de la direction dans une usine de savon de Cincinnati, était père de trois enfants et filait tout son pognon aux impôts sur le revenu et la propriété. Il m'avait aussi raconté une convention à laquelle il avait assisté à San Francisco, une superfête, vraiment super, avec des putes magnifiques, le gratin du métier, très chères. Vous ne vous en faites pas, vous les riches, lui avais-je dit, vous voyagez et vous vous envoyez en l'air. Super. Mais nous on travaille dur et de temps en temps il faut relâcher la vapeur, et quand on s'en tient aux faits, le savon, c'est important. Surtout commode pour se laver, pensai-je intérieurement. Il avait soupiré et m'avait demandé si j'avais beaucoup de petites amies. Je lui avais dit, une seule et nous voulons rester vierges jusqu'à notre mariage. Je n'avais pas envie de le laisser m'entraîner dans une inutile conversation sur la baise. Je m'étais mis à somnoler, réchauffé par les rayons du soleil qui séchaient mes vêtements à travers la vitre. Je pensais à elle et des images étranges me venaient à l'esprit. Elle ressemblait à un oiseau et devenait un oiseau, qui secouait nerveusement la tête, allongeait son cou en avant tout en parlant. Sa petite culotte semblait alourdie des plumes qu'elle cachait et sa poitrine était gonflée en un seul sein couvert de doux duvet. Puis le roi de la savonnette a parlé du temps et de sport et ensuite nous avons eu une longue discussion sur l'inégalité dans la condition agricole. Je pensais encore à elle, et me demandais qui je verrais en premier et si je demanderais à Barbara si l'enfant était de moi, à moins que je décide de ne pas aller la voir du tout. Les filles du Mississippi et de la Louisiane plongent sans réfléchir dans la promiscuité sexuelle lorsqu'elles arrivent à New York. Probablement par besoin de chaleur humaine, car elles ont laissé derrière elles la sécurité d'un foyer, de bonnes écoles, et l'argent, c'est tout ce qui leur reste dans la métropole, l'argent, leur charme naturel et leur manque d'ambition. Il me dépose à Harrisburg, bien que je sache qu'il continue plus loin. Encore un de ces branleurs d'hommes d'affaires, et moi qui aimerais être aussi sûr de moi. Il avait voulu savoir si je prenais de la « dope ». Évidemment, des tonnes de dope. Moi qui suis chimiste, dit-il, je peux vous dire que c'est un vrai fléau. Joli mot que fléau, je réponds, mais je croyais que vous vous occupiez de savon, pas des stups. Je suis à la direction, avait-il dit, je travaille dans le centre, l'usine est en banlieue. À Harrisburg, je n'avais attendu qu'une demi-heure avant d'être pris par un jeune type qui avait un aigle tatoué sur l'avant-bras et coinçait son paquet de Lucky dans la manche de son tee-shirt. Sa radio marchait à fond, trop fort pour qu'on puisse échanger plus de quelques mots. Il ne parlait que toutes les heures, pendant les informations. Il sortait de la marine et me raconta que toutes les femmes de Norfolk, Virginie, avaient la chtouille, mais qu'en allant à Richmond, pour une perm d'un week-end, on pouvait s'envoyer une chouette fille de la campagne. Je n'avais jamais été à Richmond, pourtant, plus il parlait, plus j'avais l'impression que je connaissais. J'abondai dans son sens et rajoutai même quelques détails croustillants à son récit. Plus tard ce soir-là, en arrivant à Staten Island, j'avais rêvé d'aller un jour à Richmond et d'y rencontrer ces fraîches filles de la campagne si différentes des gonorrhéiques trumeaux de Norfolk.

J'avais traversé Staten Island en bus et marché jusqu'au port après avoir bu quelques verres. Le barman m'avait demandé si c'était en Floride que j'avais bronzé comme ça et je lui avais dit, non, j'ai travaillé dehors, et y a toujours plus de soleil dehors que dedans. Il avait opiné du bonnet d'un air entendu. J'avais attendu le ferry à peu près une heure dans une salle d'attente sinistre, gardant un œil sur un groupe de nègres terriblement soûls mais qui riaient tout le temps, et deux jeunes types livides et maussades qui fixaient les gens les uns après les autres avec leurs petits yeux enfoncés comme des olives dans leurs visages en pâte à pizza. Une fois à bord, j'étais monté immédiatement sur le pont, d'abord à l'arrière, d'où j'avais regardé s'éloigner l'île à peine éclairée, puis à l'avant, d'où j'avais regardé Manhattan se rapprocher lentement. L'eau noire, si noire, en dessous de nous. Je n'ai qu'une confiance limitée dans la capacité à flotter des bateaux. Capitaine, quel âge a ce bateau que j'ai pris tant de fois avec telle ou telle de mes amies ? La première fois, c'était une fille avec qui je vivais et je lui avais raconté que j'avais vu un vrai écrivain ce jour-là à l'heure du déjeuner : Aldous Huxley, debout au coin de la Cinquième Avenue et de la 57e Rue, grand, hagard, les yeux dans le vague, tenant une jeune fille par la main. Elle était très jolie, cette jeune fille, et je les avais suivis jusqu'à la 53e qu'ils avaient prise pour aller au musée d'Art moderne, dont je n'avais pas de quoi payer l'entrée. J'aurais voulu entendre leur conversation, pour voir s'il disait des choses aussi intelligentes que dans *Jaune de chrome* et *Contrepoint* et tous ces autres livres où les jeunes gens de mon âge avaient une âme qu'il qualifiait d'« imperceptible membrane ». Lors de ma dernière année de lycée, je m'étais fabriqué un personnage calqué sur ces jeunes gens, en ajoutant à ce modèle une large dose de Stephen Dedalus en guise de *bouquet garni*. Je serais devenu un petit merdeux prétentieux, si je ne m'étais ensuite plongé corps et âme dans Whitman, Faulkner, Dostoïevski, Rimbaud puis Henry Miller qui fut une transfusion continue, une nourriture contre la mélancolie. À dix-huit ou dix-neuf ans, c'est plus une certaine force que le plaisir que l'on recherche dans la lecture. Sur une ficelle tendue en travers de ma minuscule chambre, j'avais accroché deux portraits, l'un de Rimbaud, l'autre un dessin jauni de Dostoïevski, avec son grand front bombé qui semblait contenir tous les maux et les joies jamais connus par l'homme, jubilation et malédiction simultanées. Mais les réalités de la vie l'emportent toujours, et pour un garçon de salle ou un journalier qui sarcle les patates ou ramasse le foin, le labeur pèse plus lourd que les grandes idées. Pour un p'tit gars fauché des Midlands, le premier sandwich chaud au pastrami chez un traiteur est une incroyable merveille. Pourquoi n'avons-nous pas ça chez nous ? Les lions devant la bibliothèque semblaient magnifiques, tout comme l'idée que je pouvais me balader à mon gré parmi ces rayons de livres, où je vis un jour un manuscrit de Keats. La cité des mille et une merveilles, pensais-je. Et la splendeur de mon premier joint d'herbe, dans un coin sombre du Five Spot où Pepper Adams jouait avec Elvin Jones qui faisait ses solos de batterie d'une demi-heure, grognant et transpirant continuellement dans son costume bleu qui finissait par virer au noir. À dix-huit ans, j'étais mal préparé à absorber quoi que ce fût, et j'errais dans une hébétude rêveuse au milieu de la ville.

Maintenant, deux ans plus tard, sur le ferry qui se rapprochait de Battery Park, la ville paraissait plate, petite, une décalcomanie sur l'horizon, suppurante de saleté et de mal glacé. Pas de promesse d'avenir en elle.

J'entrerais et sortirais avec promptitude après deux courtes visites. Ou je serais heureux de la voir rasée par une vague géante due à une comète qui serait tombée dans l'Atlantique à quelques kilomètres au large et aurait bouché le port de cadavres de calmars. L'eau au-dessous de nous me semblait glauque et puante. Je vais prendre le métro vers le centre et marcher jusqu'à l'aube. Curieusement, je ne me suis jamais senti en danger dans New York. Peut-être était-ce dû à mon innocence, quand je m'étais promené les premières fois dans Harlem, Spanish Harlem et le Lower East Side, et évidemment mes vêtements minables, anonymes, faisaient de moi une proie inintéressante. Je m'étais même senti tout à fait tranquille, assis sur un banc dans ce que j'appris par la suite être Needle Park. Je bavardais, à l'aise, avec les putes et les junkies, curieux de savoir comment ils vivaient, ce qu'ils pensaient. Un de mes amis m'avait dit que je n'avais jamais été importuné parce que mon œil torve me donnait un air menaçant et hostile. Combien de fois me suis-je adressé à des gens dans la rue uniquement pour les voir sursauter et regarder derrière eux si je ne parlais pas à quelqu'un d'autre. Quoi qu'il en soit, je me sentais en sécurité. Et je n'avais jamais hésité à aller où je voulais. En trois séjours à New York, je n'avais été mêlé que deux fois à des incidents qu'on pouvait qualifier de violents. La première fois, nous allions à une fête à Far Rockaway et une fois, dans Brooklyn, des petits cons qui lacéraient au couteau les sièges du métro avaient forcé l'ouverture de la porte pour ramasser de la neige sur le quai. Nous étions cinq, trois filles de Barnard et un de mes amis qui fabriquaient des sandales dans le Village. Sa petite amie avait dit à un de ces minables de ne pas lui lancer de neige, ce qu'il avait immédiatement fait, juste au moment où nous arrivions à la station. Nous les avions virés du wagon et pourchassés sur le quai où mon copain en avait attrapé un par les cheveux tandis que je coinçais l'autre au bout du quai en criant : Va te faire électrocuter, connard ! Il avait traversé les voies en courant et grimpé la grille de l'autre côté. Quand j'étais revenu, le conducteur retenait la rame et l'autre crapule sanglotait comme un bébé, assis par terre. Mon ami m'attendait là, avec dans la main une mèche de cheveux. Il m'avait raconté qu'il lui avait filé quelques baffes, mais sans plus. La fille avec qui j'étais m'avait dit de ne plus jamais faire ça si je ne voulais pas me prendre un coup de couteau dans le ventre. Mais j'avais vu en quelques mois trop d'actes de violence se dérouler dans le métro sans que ni le conducteur ni aucun autre employé intervienne. Le second de ces incidents fut d'autant plus désagréable qu'entièrement ma faute. J'étais avec des gens dans un bar fréquenté par des peintres. Quand j'étais allé aux toilettes, un homme bien habillé, en train de se peigner debout contre l'urinoir m'avait dit : « Vous aimez vraiment ce bar, vous autres pédés. » Je l'avais frappé de toutes mes forces, en plein sur l'oreille, puis encore une ou deux fois au visage et enfin au creux du plexus, alors qu'il s'écroulait déjà. Ses lunettes étaient tombées, je les avais piétinées. Assis là, il m'avait regardé d'un air idiot puis avait tendu la main en disant que j'étais vraiment une tante, alors je lui avais enfoncé la tête dans la cuvette des chiottes qui n'était pas vide. Puis j'étais retourné à ma table. Mais il était sorti à son tour et allé se plaindre au barman qui était venu me dire : Vous n'auriez pas dû faire ça à un de nos bons clients. Un des peintres était intervenu, avait expliqué que ce type « prenait son pied » en se faisant foutre des raclées dans les chiottes. J'étais terriblement gêné, mais ils s'étaient remis à parler de De Kooning comme si de rien n'était. J'ai toujours détesté toute forme de violence, à tel point qu'assister à une bagarre me laisse souvent vaguement tremblant et nauséeux.

Après avoir marché quelques heures plus ou moins vers l'ouest, je compris qu'il allait faire très chaud. Les monts Huron sont à peu près à la même latitude que la ville de Québec mais, quand le vent qui souffle du lac Supérieur s'arrête, l'été devient presque insupportablement lourd. L'année précédente, quand j'avais campé dans les landes de Yellow Dog, j'avais passé le plus clair de mon temps à faire trempette dans l'eau fraîche de la rivière. La chaleur était si intense et la forêt si sèche, si grillée, qu'une seule allumette aurait suffi à déclencher un terrible incendie, un

Dresde des bêtes sauvages, le feu bondissant en avant par vagues orange à trois cents kilomètres à l'heure, la vitesse d'une avalanche. Comparaison dont quelqu'un devrait tirer des tas de fausses conclusions. Ne jamais oublier que l'ontogénie récapitule la phylogénie. Et vice versa. Courge, dans son grand veuvage, crée quotidiennement des mondes mathématiquement similaires. Un sillon labouré ressemble à un vagin ouvert et ainsi de suite. Un pétard est un faux braquemart et un braquemart un faux pétard, inutile si les Japonais envahissent la Californie. Je n'ai appris que la semaine dernière que nous vivions des temps apocalyptiques. Peut-être « les derniers jours ». Oui, bien sûr que je me fabrique une amulette contre le mauvais sort, un collier avec un pendentif en crottin de cheval recouvert de chocolat. Le problème à résoudre est plus celui de notre lente suffocation par ersatz que d'une apocalypse. Trop de rats dans le tonneau à grain et beaucoup d'entre eux s'enfièvrent et meurent d'angoisse, la mort de l'esprit vient d'abord, celle du corps est plus lente. Je gravis poussivement une colline, passant à travers un bois chablis de peupliers et de trembles, et m'assis au sommet sur un rocher couvert de mousse. De la verdure à l'infini, je suis encerclé par la forêt, aucun signe d'une présence humaine, pourtant ils étaient là il n'y a pas longtemps pour couper les arbres dont la pulpe nourrit les usines à papier. Ou pour abattre les cèdres et les débiter en planches avec lesquelles seront construits les baraquements des ouvriers de l'automobile de Detroit, à bien mille kilomètres d'ici. Au bout d'un moment, j'avais retrouvé mon souffle et je redescendis en direction du nord vers un petit lac que j'avais repéré à environ cinq kilomètres. J'y piquerais une tête et repartirais vers l'est. Je remarquai que j'avais oublié de fumer depuis plusieurs heures et jetai un coup d'œil aux taches de nicotine sur mes doigts, pensant à la façon dont mes poumons retrécis pompaient l'air pour en retirer l'oxygène que réclamait mon cœur. Une crise de folie et je piétine un demi-paquet de cigarettes, l'écrase dans les feuilles mortes. Laid, ce paquet, très laid. Je m'agenouille et creuse un trou dans le sol en sachant que je vais regretter ce geste avant d'être arrivé au lac. Je me sens de nouveau complètement vidé de mes forces et je me mets à courir à travers les bois aussi vite que je peux. Ma colère nourrie par la pensée de cette fille qui essayait de deviner mon signe. Au cul, les horoscopes. Je me souviens pourtant d'avoir rêvé que je courais à travers un marécage comme un centaure, puis que je plongeais dans une rivière pour y laver la boue de mes flancs. Et aussi d'avoir pris mon arc sur mon épaule et tiré une flèche vers un arbre, sans raison. Mais l'insupportable, c'est la connerie des prévisions quotidiennes, l'astrologie triomphante. Les alchimistes avaient suffisamment de bon sens pour se cacher, de même que les véritables tenants du culte de Satan restent anonymes et réalisent leurs exploits en privé. Je lui avais dit que j'étais un espion, révélant ainsi que je n'en étais pas un malgré mon Luger et mon Burberry. La magie noire et l'astrologie exigent un long apprentissage et de sérieuses études. Puis le novice découvre qu'il n'y a ni secrets ni véritables mystères, mais un Secret, pas de livres saints mais un savoir non écrit enfoui au centre de la terre. La face cachée de la lune est simplement cachée dans l'ombre glaciale, et Jupiter et Saturne sont des particules de cerveau lancées dans l'espace avant que le temps n'existe. Je perdis le contrôle de mes pieds, glissai le long de la pente sur les fougères et heurtai de plein fouet le tronc d'un mélèze. Assommé, je restai allongé le souffle court, trempé de sueur, proie rêvée sur laquelle foncèrent immédiatement mouches et moustiques. Es-tu Poissons ? demande-t-elle. Non, dis-je en la giflant avec un hareng gras que je tiens négligemment par la queue. Je peux te lécher le minou, Balance ? T'enfiler par-derrière, Scorpion ? Enfoncer Popaul dans ta gorge profonde, Taureau ? Je me retournai, cherchant automatiquement mes cigarettes là où elles n'étaient plus. Peut-être pourrais-je remonter en haut de la colline et retrouver leur tombe. En sauver au moins une. Ça m'apprendra. Le soleil pointait à peine au-dessus des fougères, entre les troncs droits, fins. Marie-Jeanne et Sniff la souris descendent dans le trou d'une souche. Miniaturisation par poudre magique. Personne ne met jamais la main dans le trou sombre d'une souche. Le naturaliste imbécile qui tenterait de le faire mériterait d'être mordu. Je pensai au chasseur de pumas que j'avais rencontré près de Duchesne, Utah. Longs cheveux gras qui tombaient sur ses épaules, chemise de daim tachée. Tandis que nous roulions dans son antique Plymouth, il se plaignait de ce qu'aucune mormone ne voulait baiser avec lui parce que ces gens-là restent entre eux. Quand le puma ne payait pas assez, il attrapait deux ou trois grands sacs de serpents à sonnette qu'il vendait à la recherche médicale. Cinq dollars pièce. La voiture avait refusé d'arriver jusqu'en haut d'une pente, mais un routier nous avait poussés avec son camion. Il m'avait aussi raconté qu'il habitait avec son frère qui travaillait dans un ranch près de Roosevelt, mais qu'il préférait dormir à la belle étoile. Il partait à cheval vers le nord, dans le Wyoming, parcourait jusqu'à cent kilomètres sans rencontrer âme qui vive. Ou plus encore vers le sud, le long de la Green River jusqu'au plateau des Tavaputs. Il m'avait donné l'adresse d'une fille de Vernal, qui pourrait peut-être se montrer « gentille » avec moi. Mais j'avais été pris ensuite par un prêtre catholique qui, à Vernal, m'avait fait attendre dans sa voiture pendant qu'il allait manger. Il avait assez confiance en moi pour me laisser dans sa voiture, dont il avait soigneusement mis les clés dans sa poche, mais ne m'aurait pas payé à bouffer. Il avait la voix nasillarde d'un canard de dessin animé et son sermon avait fini par résonner à mes oreilles comme une longue tirade de Donald. Ensuite, pourtant, nous avions fait ami-ami, il m'avait même offert à dîner et je lui avais raconté les mensonges que les baptistes répandaient à propos des catholiques – une histoire de tunnel entre le couvent et le monastère, tunnel dont le sol était jonché de squelettes de bébés. Il avait pris ça très au sérieux et m'avait dit que nous devions prier pour eux. Allongé dans les fougères, j'étais heureux qu'il n'y eût pas de serpents venimeux si loin au Nord. Je n'aurais pu alors me rouler par terre dans les feuilles aussi impunément. Quand ma sueur commença à sécher, je me levai, mangeai quelques raisins secs et bus une gorgée d'eau. Que n'aurais-je pas donné pour une cigarette. Énervé par une mèche de cheveux qui me tombait sur les yeux, je sortis mon couteau et la coupai à ras, puis attachai mon mouchoir rouge en bandeau autour du front. Joli Baba veut son tabac. Et une taverne et une bouteille de château-margaux et un cheval pour retourner au campement tout ramasser et repartir jusqu'à l'endroit où est garée sa voiture et où il abandonnera le cheval pour rouler droit sur New York jusqu'à l'Algonquin ou le Plaza d'où il enverra un larbin à la Boutique Bill Blass de chez Bonwit lui acheter de quoi se vêtir dignement de l'outrageuse gloutonnerie alimentaire et sexuelle de la haute. Épuisant. Épuisants, ces endroits chics et les salles à manger édouardiennes où, si l'on arrive pour prendre son petit déjeuner sans cravate, un serveur se précipite sur vous pour vous en nouer une autour du cou avant que vous ayez eu le temps de péter ou de siffler. Les riches n'oublient jamais leur cravate et, jusqu'à dix-neuf ans, c'est toujours mon père qui m'a fait mes nœuds de cravate, tout simplement parce que je n'arrivais pas à piger le truc. Je marchais maintenant sur un terrain en contrebas, plus mou. Le lac ne devait plus être loin. J'essayai de contourner le marécage mais finis par m'y enfoncer, désespérant de trouver un chemin sec. Je repérai une butte et grimpai sur un bouleau d'où je vis l'eau, droit devant et pas très loin. Le bouleau avait un tronc trop épais pour plier sous mon poids et me déposer doucement près du sol, sport dangereux car, si l'arbre est trop gros, vous vous retrouvez suspendu par les mains bien trop haut au-dessus du sol et vous n'avez plus qu'à sauter. Ce serait malin de me casser une jambe ici et d'avoir à ramper pendant des jours et des jours pour rejoindre la voiture. Jim Bridger, le héros de mon enfance, ne se serait jamais laissé surprendre dans une telle situation, mais il ne serait pas non plus entré au Plaza sans cravate, sauf peut-être pour y mettre le feu ou y casser la figure à quelqu'un. Il reste encore quelques hommes de sa trempe. Près de Timmins, Ontario, un de mes amis avait vu un métis transporter deux cents kilos de viande d'élan sur son dos. J'atteignis le lac et repérai près du rivage, sur ma gauche, un banc de sable où je pourrais laisser mes vêtements quand j'irais nager.

J'étais entré dans un bar près de Battery Park où j'avais mangé mon sandwich au pastrami et bu cinq doubles bourbons, histoire de me refaire une santé. Cette nuit passée sous la pluie m'avait glacé le sang. Il n'y avait là que quelques vieux indéfinissables qui radotaient tout seuls – New York a la plus grande concentration mondiale de radoteurs au mètre carré. Une Bulova pour avoir travaillé jusqu'à soixante-cinq ans pour la Ville et le radotage commence. Chemises mouchetées de postillons. Le barman regardait avec une attention soutenue le show télévisé de Jack Paar où une célébrité dénonçait la frime de Hollywood. Miam, miam, mignonne et maligne. Je veux aller là-bas un jour, prendre une chambre, me balader et défier Esther Williams à une course de natation : cinq mille mètres dans le Pacifique avec pour enjeu le destin du monde. Mille films m'ont empoisonné l'esprit. James Dean, ô James Dean, où es-tu maintenant ? À trois mètres sous terre en Indiana. Je ne suis pas comme Robert Mitchum dans *Thunder Road*. Nous n'avons jamais eu la télé avant que je sois sur le point de quitter la maison, à dix-huit ans. Je n'aime d'ailleurs toujours pas la télé, son écran est si petit et on ne sait jamais, on pourrait s'apercevoir en allant dans les studios qu'en réalité tous ceux qu'on y voit sont effectivement minuscules. J'avais demandé un verre d'eau et avalé trois amphètes. C'était parti mon kiki. De nouveau dans la rue, marchant vers le métro et ça commençait à accélérer.

J'étais descendu à Sheridan Square et j'avais pris Grove Street pour jeter un coup d'œil à l'immeuble où j'avais vécu l'année précédente. Des larmes de bêtise avaient envahi mes paupières. Comme pendant l'hymne national avant un match de foot. J'avais regardé la maison et avais fait demi-tour pour aller prendre un café au Rikers. À côté de moi, une grande folle demandait du sucre en battant des faux cils. Chochotte, va. Je m'étais senti pris d'un élan de sympathie. Qu'est-ce que ça peut nous faire, avec qui ils baisent et pourquoi ? Pourquoi légiférer l'amour ? Je sais de source sûre qu'il y a plus de travestis et reines du rond flamboyant au Congrès qu'à Laredo, Texas, ou Springfield, Massachusetts ou même Malibu Beach. Un rapport confidentiel classé sous le titre « Chine » dans les archives de l'Institut national des arts et des lettres analyse quelle organisation pourrait vernir un vase Ming avec des bulles. Bien sûr, pris un par un, les membres du Congrès sont du type alpha, mais, en période d'élection, chacun file un petit coup de main à son voisin. Je vidai ma tasse. Trois amphétamines étaient deux amphétamines de trop. Et si j'avance à la vitesse de la lumière, c'est mon problème. Je me dirigeai vers Sullivan Street où elle habitait, dans cette crasse qu'elle adorait et méritait. Si elle n'est pas là, je lécherai mon nom sur sa porte, et, à moins qu'elle ne rentre avant que ma salive ait séché, elle ne saura jamais que je suis venu. Dans la 4e Rue Ouest, avec toutes ces fringues pour exprimer ton vrai moi. Fanas d'opéra mangeant des manicotti, se mettant à chanter la bouche pleine de sauce tomate. Musique qui sort de trous sanguinolents. Si j'étais appelé sous les drapeaux, j'emporterais du ketchup et je ferais le mort jusqu'à ce qu'ils me relâchent. Une fille, devant une boîte aux lettres sur la Sixièmc Avenue, conduite là par son élégant lévrier afghan. Si belle avec ses longues jambes, ses hanches et ses fesses hautes. Sois à moi, s'il te plaît. Quelqu'un pourrait-il nous présenter immédiatement ? Elle s'éloigne, ses globes frottant l'un contre l'autre là où mon nez ou mon nœud aimeraient se fourrer. Si seulement je pouvais renverser la vapeur et revenir sur terre. Je veux rentrer chez moi et clouer des planches et porter ma gamelle vide jusqu'à la voiture et entendre maman me dire comment ça s'est passé aujourd'hui. Mal, très mal. Je me suis tapé deux fois sur le pouce, et très fort. Le premier jour où j'avais travaillé sur un chantier d'irrigation, je m'étais arraché trois ongles. Un cri à travers le champ aride que l'eau a éclaboussé en dispersant mon sang. Enfin Washington Square et sa rue. Des gens qui jouaient aux échecs dans le noir et, au rayon viande, une dizaine d'étalons. Os à ronger pour quelques dollars. J'achetai un sac de pistaches et m'assis sur un banc pour regrouper ce qui restait de mes pensées. Quand je serai riche, je louerai les services d'un Prix Pulitzer qui aura pour seule tâche de casser mes pistaches. Le reste du temps devra être passé à caqueter au poulailler. Mais attention, défense de toucher aux œufs.

Dans l'escalier. L'heure H est arrivée et pas un mot intelligent ne se forme au fond de ma gorge. Peut-être devrais-je faire dans le genre zen : « Je suis ici parce que je suis ici parce que je suis ici. » Puis le maître sortira en courant d'un placard à balais et me fera tomber à terre dans un bruit qui n'est autre que celui d'une claque sèche. Toc-toc. Ça sent la soupe au chou, comme d'habitude. Toc-toc. Et le poisson et le soi-disant Monsieur Propre. Une grosse fille aux yeux bouffis ouvre la porte.

— Vous m'avez réveillée.

— Dommage. Laurie est là ?

— De la part de qui ?

— Swanson.

— Elle finit à trois heures et demie.

Elle commence à refermer la porte.

— Une minute.

Je me force un passage dans l'étroite entrée puis dans le living genre artiste. Il y a un canapé contre le mur du fond, je m'y laisse tomber et m'y allonge.

La grosse fille hausse les épaules sous sa robe de chambre et part dans une autre pièce. J'essaye de fermer les yeux mais ils piquent. Il y a des livres, des magazines et des disques éparpillés par terre et des programmes de théâtre punaisés aux murs. Et une toile de Moses Soyer représentant une fille dont les cuisses partent de travers là où elles se glissent sous sa robe rouge. Imprimé par Larry Rivers. Une copie d'un Chaim Gross sur un guéridon. Laurie travaille au comptoir chez un gros traiteur de l'East Side qui nourrit la riche foule du Temple Emanu-El. Je l'ai rencontrée la première fois que je suis venu dans l'Est, quand je voulais aller travailler à Washington, j'avais même une lettre de recommandation signée de la main d'un important homme d'affaires. Mais j'avais pris un mauvais aiguillage à Philadelphie, mis en gage la montre Wittnauer que j'avais reçue pour mon baccalauréat et étais allé à New York. La pièce s'assombrit, mes nerfs meurent un peu, mon corps s'amollit sur les coussins. La grosse met un disque dans la chambre d'à côté – léger, doux, latino, et je vois des Mexicains et je suis de retour à San José, couvert de palmes. Puis debout sur l'asphalte brûlant du parking de la gare routière. Palmiers aux troncs nus, plis de peau d'éléphant et plumets d'ananas. Je mange du ragoût de tripes, *menudo*. J'adore le ragoût de tripes accompagné de bouillie de maïs et de poivrons rouges.

Laurie me réveille. Je sais que je n'ai dormi que peu de temps, mais je sens mon cou douloureux de la mauvaise position dans laquelle je suis resté. Elle est un poil plus mince et ses taches de rousseur ne semblent plus se voir autant. Elle sent la langue de bœuf et le pastrami.

— Qu'est-ce que tu fais là ?

Elle parle doucement, sa voix a toujours été celle d'une enfant, une voix de lait de toilette de bébé.

— Je me reposais.

Je la prends par le bras pour la faire asseoir sur le divan à côté de moi.

— Tu t'es marié ? me demande-t-elle.

— Je viens d'arriver en stop. Ça m'a pris quatre jours.

— Attends-moi, je vais me changer.

Elle s'avance vers une penderie toute de guingois, en sort un jean et un sweater. J'ai de nouveau sommeil, mais son uniforme glisse à terre. Elle le ramasse. Ô mon Dieu.

— Viens ici.

Elle se retourne, sourit et marche vers moi en culotte et soutien-gorge. Son ventre si délicieux. Elle s'allonge à côté de moi et nous nous embrassons, nous ne pouvons arrêter de nous embrasser jusqu'à ce qu'il me faille défaire ma ceinture, baisser mon pantalon et sa culotte, enlever son soutien-gorge et arracher ma chemise. Alors mes mains sur ses seins nus. Puis elle s'assied, remue ses hanches en me mettant en elle, me sourit de nouveau puis s'allonge et nous nous embrassons jusqu'à la fin. Je suis submergé d'amour pour elle. Parce que je l'aimais, je ne me suis jamais senti distant après avoir fait l'amour avec elle. Nous parlons inutilement de ce qui faisait que ça n'avait pas marché entre nous. C'est-à-dire moi. Je haïssais New York et un jour je l'avais giflée. Et j'avais rencontré ses parents qui me haïssaient et refusèrent de me parler – je n'étais pas juif, vous comprenez. Je l'embrasse dans le cou et elle se glisse le long de mon ventre, et me refait bander avec sa bouche. J'enlève mes bottes et mon futal, la pénètre une seconde fois en me balançant doucement d'avant en arrière, ses jambes autour de moi, sa bouche contre la mienne. Puis je m'endors.

Assis sur le banc de sable, je fumai une cigarette imaginaire. Il devait faire vingt-cinq degrés, je me levai, me déshabillai, et fis une petite danse en tournant en rond sur le sable. Boum boum boum boum boum, je suis un Indien de trente-deux ans, et mère nature elle-même voit mon fou furieux cul nu et s'en fout. Une brise juste suffisante pour tenir les insectes à l'écart. J'entre dans l'eau froide, frissonne sans le vouloir. Comme quand on pisse dehors lorsqu'il fait vraiment froid. Non seulement un Indien, mais un Cheyenne, parce que les Cheyennes ont eu pour vivre le plus beau des pays pendant des milliers d'années, à savoir le Montana quand il ne s'appelait pas encore le Montana. Je pousse un long cri cheyenne, plonge et nage sous l'eau les yeux ouverts vers le fond trouble. Je ressors, regarde le rivage. Pas mal. À douze ans nous avions fait un jour à l'insu de nos parents deux fois le tour du lac à la nage, ce qui nous avait pris neuf heures. Il lui avait dit : « Nage sur le dos. » Pas bien, pourtant, de mettre le pétard dans la bouche de la grenouille. Où a disparu la grenouille ? À droite, à gauche et en petits morceaux.

Je nageais paresseusement au milieu du lac et regardais vers le fond noir en souhaitant que s'y cache un monstre marin contre lequel je pourrais me battre. Quand je revins vers le rivage, une crampe me paralysa la jambe gauche, je continuai en la laissant traîner toute molle derrière moi. Je m'allongeai sur le sable, la tête sur mes vêtements et massai le muscle jusqu'à ce que la crampe disparaisse. Popaul va prendre un coup de soleil. Allongé sur le dos, je m'arc-boute vers le ciel. Où est ma squaw que je la tripatouille un peu. Pocahontas, princesse indienne au char resplendissant. Nouveau débat à la mode : qui s'est fait le plus avoir, les Noirs que nous avons amenés dans ce pays comme esclaves ou les Indiens que nous avons totalement dépossédés ? Sand Creek. Harper's Ferry. Ce qui revient à demander qui dans une guerre a été le plus « mortellement » tué. Dites à ceux qui passent dans le coin que je suis couché là, les mâchoires de mon squelette grandes ouvertes, criant une malédiction éternelle, des mots de vérité sans sentimentalité. Pourquoi ne peuvent-ils apprendre à devenir de gentils garçons et de gentilles filles ? Couvertures délibérément infectées de microbes varioliques, rapines, expéditions, massacres, avidité et cent millions de peaux envoyées à l'Est. Après m'avoir déposé, les Paiutes avaient tourné à gauche sur une route gravelée qui traversait cinquante kilomètres de désert jusqu'aux baraquements métalliques que l'État leur avait gracieusement offerts. Des piaules qui gardaient la chaleur en été et le froid en hiver. Nous nous étions passé une bouteille en riant d'une chanson que chantait à la radio une chanteuse de cabaret. Voiture crasseuse, chaude odeur de gaz d'échappement et cheveux aile-de-corbeau. Avec une poignée de sable, j'écrivis mon prénom sur mon ventre. Un avion passant à basse altitude le voit, le lit et sonne l'alarme. Le ténébreux prince orphelin erre de nouveau parmi nous. Cachez femmes et enfants. Formez un détachement. À considérer comme armé et extrêmement dangereux, au même titre que Cleaver. Je roulai dans le sable, roulai encore sur moi-même comme une bûche jusqu'à l'eau et en bus un peu. Délicieuse. Un lac alimenté par une source. J'aimerais tant que mon père soit là, qu'il apporte ses cannes à lancer pour voir s'il y a des truites. Il sortirait du bois dans ces vêtements de chasse qu'il portait quand il partit ce matin de novembre. Et ma sœur derrière lui cueillerait des fleurs et ramasserait des champignons pour manger avec les truites. Sept ans déjà. Je ne disais à personne qu'ils étaient encore vivants. Qu'ils marchaient sur l'eau et les cimes des arbres à longues enjambées. Ni que Dolly Parton, ma chanteuse préférée depuis que Patsy Cline était morte avec Cowboy Copas dans le fameux accident d'avion, chante : « Papa vient me chercher. Ce n'est pas ma tête qui s'est brisée, c'est mon cœur. » En fait, elle avait craqué après une histoire d'amour et vivait depuis dans un asile psychiatrique. Meaulnes ne retrouvera jamais la fille de la grande maison et quand Heathcliff déterre Cathy, c'est de la pure nécromancie. J'ai toujours des frissons à la pensée de cette scène, ainsi que de celle où le dogue mord sa ravissante jambe. Je barbotai jusqu'à un bouquet de roseaux et regardai sous l'eau leurs tiges et leurs racines.

Cette fois, je me réveille en tremblant. Tous ces poisons dans mon corps. Laurie entre et me tend une tasse de café. Puis elle se dirige vers le bureau et, très appliquée, roule un joint dans lequel elle met des petits morceaux de hasch, ce qui est d'une certaine façon du gâchis, mais un gâchis bien agréable. Elle l'allume et me le tend.

— C'est pour toi. J'en ai fumé un pendant que tu dormais.

J'aspire à fond et tousse, tout en gardant la fumée aussi longtemps que possible, exhale et aspire encore. Il ne reste qu'un bout de mégot et je mâche le résidu de résine amère. Et c'est de nouveau parti, mais agréablement cette fois. Je me lève, vais dans les chiottes, lave ces mains et ce visage distants qui ne m'appartiennent pas, regarde ces yeux rouges dans la glace. Et ma poitrine – avec ces tétons en yeux de babouin et ce nombril qui traverse tout mon corps comme un tunnel. Quand je reviens, je trouve la grosse fille en train de discuter avec un jeune homme à qui on devrait immédiatement arracher sa barbe jaune coupée en collier. Cureton sorti tout droit de Chaucer. Ils me regardent, je suis nu et disparais. Je jette un coup d'œil à ma bite aussi épuisée qui si elle s'était récemment soûlée à mort. Laurie commence à parler de l'année dernière et je n'entends pas grand-chose de ce qu'elle raconte. Je bois du café dans le verre en plastique sale, le regarde descendre dans le tuyau jusqu'à mon estomac où il fait un petit lac noir.

— Qu'est-ce que tu as fait ?

— Quoi ?

— Qu'est-ce que tu as fait pendant tous ces mois ?

— Rien. Comme d'habitude.

— Oh.

Puis elle s'est mise à me raconter une aventure qu'elle avait eue avec un peintre et comment il lui avait fallu plusieurs semaines pour s'habituer à faire l'amour avec un autre homme. Et aussi qu'un type lui avait sauté dessus dans le métro mais qu'elle avait réussi à le repousser pendant qu'il commençait à baisser son pantalon. Elle avait failli en faire une dépression, et maintenant, pour décourager d'éventuels assaillants, elle se baladait avec une longue épingle à chapeau. Tu te souviens, dans l'appartement de Grove Street, quand on transportait le matelas sur le toit et qu'on se roulait un pétard qu'on fumait en écoutant les bruits de la rue ? Et comment on se retrouvait couverts de suie si on restait trop longtemps là-haut ? Je me rappelais le toit rugueux sous mes pieds nus. Je sentais encore le frisson, comme quand on marche sur une planche tiédie par le soleil ou qu'un ongle grince sur le tableau noir. Assise à côté de moi, elle pleurait, reniflait et disait d'une voix étranglée que cette fois il fallait que je reste, que ce serait bien mieux qu'avant.

— Tu as quelque chose à manger ?

Stupéfiée par l'incongruité de ma question en un tel

moment, elle secoua la tête. Je lui dis que j'allais chercher de quoi nous nourrir chez un Chinois, puis je m'habillai à toute vitesse et enfilai mes bottes sans remettre mes chaussettes. Il ne restait plus que trois boutons à ma chemise. Qu'étaient devenus les autres ?

— Tu reviens ?

— Évidemment, que tu es bête.

Elle me suivit jusqu'à la porte, m'embrassa. Je partis sans me retourner et, une fois dehors, je sus que je ne reviendrais pas. Je cherchai une station de métro pour aller vers Uptown. À un coin de rue, trois jeunes délinquants appuyés contre une boîte aux lettres se donnaient des coups de coude en me regardant. Bien qu'encore assez défoncé, je sentis mon corps se raidir. Je refermai ma main sur mon couteau, au fond de ma poche. Au moment où je passai, l'un d'eux cracha par terre, ratant mes bottes de peu. Je continuai mon chemin l'oreille aux aguets, mais n'entendis aucun bruit de pas derrière moi. Ça aurait été marrant de leur filer un grand coup de lame à tous les trois en même temps. Le problème, c'était que moi aussi, je risquais de me faire taillader. Rien qu'à cette idée, je sentais la douleur brûlante que ferait leur lame en s'enfonçant dans mon flanc.

Je remonte au-delà de la 70e Rue Est, là où tout est tranquille et agréable. La première porte est ouverte, pas la seconde. Je regarde la liste de noms. Numéro 24. J'appuie sur le bouton. Une ville de murs.

— Oui ? dit la voix dans le parlophone.

— C'est moi.

Bourdonnement et déclic. Sol et murs de marbre sans odeur précise. Deux tricycles dans un coin pour la promenade quotidienne. J'appuie sur un autre bouton et entends le bruit de l'ascenseur qui descend et des câbles qui grincent les uns contre les autres. L'aube approche maintenant et il n'y a pas beaucoup d'oiseaux qui chantent. Je monte dans la cage aux parois pastel avec un miroir dans un coin pour s'assurer qu'aucun violeur n'est accroupi dans le recoin, la lippe baveuse. Va-t'en, méchant homme. Personne ici ne veut de ton frétillant flageolet. L'ascenseur s'arrête. Debout à la porte de son appartement, elle fume une cigarette. Bien. Nous nous embrassons, mais mes yeux restent ouverts et je vois qu'elle tend le bras pour écarter la fumée. Puis nous nous séparons et entrons. Elle me regarde attentivement.

— Tu es défoncé et tu pues.

— C'est joli, chez toi. Ton virement mensuel a augmenté ?

— Oui. Ils ne veulent pas que je rentre là-bas avec le bébé.

— Je peux le voir ?

Je la suis dans une petite chambre accolée à la sienne en me disant qu'elle doit payer au moins trois cents dollars de loyer et peut-être plus. Son père versait soixante-six dollars pour sa maison. Il y a un berceau dans le coin et d'autres affaires de bébé. Ça sent cette odeur douceâtre que tous les bébés semblent créer autour d'eux. Je l'entends respirer mais ne le vois pas bien. Je n'arrive qu'à deviner la courbe d'une petite tête.

— Il est de moi ?

Elle allume une autre cigarette et nous retournons sans bruit dans le living. Elle a une robe de chambre à magnifiques dessins jaunes, la moquette est épaisse et très douce et je me sens en apesanteur. Nous nous asseyons, nous regardons.

— En fait, je ne sais pas. Mes parents pensent que oui.

— Combien sommes-nous sur la liste ?

— Ça ne te regarde pas.

Elle rougit et lève les yeux au ciel. Le temps s'arrête.

— Je boirais bien quelque chose.

Elle me verse un bourbon avec de l'eau plate et pas de

glace, comme je le buvais avant. Elle me parle des difficultés qu'elle a à trouver quelqu'un pour garder l'enfant, faire le ménage et la cuisine. Elle a une chambre d'ami, mais personne ne veut venir y vivre. Je l'écoute, attentif et soucieux, et bois mon bourbon en quelques gorgées. Un peu plus de poison et mon corps se déchire en tranches de bœuf séché. Elle regarde toujours le plafond, dit combien elle aime le bébé, raconte la dernière visite de ses parents. Elle va peut-être aller vivre à San Francisco et essayer d'y trouver quelque chose à faire. La robe de chambre s'entrouvre sur ses genoux. Malgré la séance avec Laurie, je sens le désir qui remonte. Je m'approche d'elle, me penche et l'embrasse dans le cou. Sels de bain et parfum.

— Tu devrais dormir.

Elle se lève, m'entraîne vers la chambre d'ami. Tandis que je me déshabille, elle me dit : « Prends une douche, je n'ai pas envie que l'air de cette pièce soit définitivement vicié. » Je manque de m'endormir sous le flot d'eau brûlante. Quand je reviens dans la chambre, elle me regarde m'essuyer puis me mettre au lit où je m'endors instantanément.

En sortant de l'eau, je compris à la longueur des ombres projetées par le soleil que j'étais très en retard sur mon programme. Je n'avais parcouru que la moitié du cercle. Même en faisant le reste au pas de course, j'avais peu de chances de rejoindre mon campement avant la nuit. Je mangeai quelques raisins secs en me disant que ce problème n'avait en fait aucune importance. La nature à l'état sauvage aurait raison de moi en quelques semaines si je commettais de telles erreurs. Seules pouvaient y jouer en ma faveur ma nonchalance et ma relativement bonne santé, mais je n'avais pas la circonspection qui fait le véritable homme des bois. S'il y a un endroit au monde où Dieu n'aime pas les imbéciles et les poivrots, c'est bien ici. Et il se fiche qu'ils finissent en nourriture et fertilisants pour la faune. J'entrevis un animal noir à l'autre bout du lac. Un inoffensif baribal qui n'avait pas flairé ma présence avant d'arriver au bord de l'eau. Je n'avais tout simplement pas l'intelligence fonctionnelle de l'explorateur ou du voyageur, et n'avais rencontré que très peu de gens capables de ne pas perdre la boule une fois lâchés en pleine nature. Il faut un certain nombre de connaissances pour savoir s'y nourrir, s'y abriter, y guetter le gibier, et une grande partie de ces connaissances ne s'obtient que si l'on est assez malin, presque instinctivement ouvert à ce qui nous environne. Dans le Montana, j'avais failli tomber d'une falaise parce que j'étais en train de rêver à l'étrange forme aplatie du cul d'une certaine prostituée. Trop musclée, comme une danseuse. La prochaine fois, j'en choisirai une autre, me disais-je au moment où mon pied avança dans le vide. Quelles racines manger ? De quoi vivra mon corps une fois qu'aura fondu ce pneu de dix kilos de graisse qui enrobe mon ventre ? Je m'imaginais rampant affamé et grondant de rage pour attaquer un vieil opossum malade qui aurait finalement le dessus. Mes mains et mon visage pleins de méchantes morsures. Je lançai alors ma ligne avec l'espoir de ne pas avoir fait fuir les poissons à l'autre bout du lac en nageant tout à l'heure. Puis je retournai dans le marécage où je ramassai autant de bois que possible pour ce que je savais devoir être une longue et inconfortable nuit.

Barbara m'avait réveillé avec un jus de tomate, du café et deux aspirines, dont elle avait à juste titre l'impression qu'elles me seraient utiles. L'après-midi tirait à sa fin et une pointe rouillée s'enfonçait dans chacune de mes tempes.

— Apporte-moi un verre.

— Non, mange d'abord quelque chose.

— Non, de l'eau.

Elle m'apporta un verre d'eau glacée, s'assit au bord du lit. La tête sous l'oreiller, je me mis à gémir. J'avais besoin de drogues.

— Arrête, la femme de ménage est encore là.

Une vieille négresse passa la tête dans l'entrebâillement de la porte en disant que le bébé dormait et qu'elle s'en allait. J'avais le ventre plein de bile et sentais encore au fond de ma gorge un goût amer où le hasch se mélangeait au bourbon. Je me levai, me brossai les dents et remarquai que ma peau avait pris une teinte jaunâtre. De retour dans le lit, je souhaitai que ce fût le mien et regardai de dessous l'oreiller pour savoir où j'étais. Ô Seigneur, jamais plus je ne mettrai dans ma bouche autre chose que de l'eau et de la nourriture. Il fait noir et j'ai mal. Quand je fronce les yeux, je vois des étoiles, des points rouges et des petits filaments qui flottent librement dans une humeur vitreuse. Les yeux aveugles voient plus de choses intéressantes quand ils sont fermés, paupières serrées. Ils peuvent alors aussi se retourner et projeter d'autres images sur l'arrière du crâne. J'entendis la porte s'ouvrir et sentis l'oreiller se soulever. Barbara me tendait un porto flip.

— Je vais te prendre un billet d'avion.

— Va te faire foutre.

— Je ne veux pas que tu restes ici. Je ne le supporte pas.

— Je n'en ai pas l'intention. Ça gênerait tes hommes de se sentir observés.

— Tais-toi.

— Tu te répètes.

Elle semblait au bord des larmes, alors je me retournai et lui demandai de me frotter le dos. Elle alla chercher une bouteille de lotion dans la salle de bains et me massa lentement, longuement, des épaules au creux des reins. Avant, nous nous massions souvent, en prétendant que ça n'avait rien de sexuel, jusqu'à ce que le moment arrive où ne ne pouvions plus attendre.

— Tu peux t'asseoir sur ma tête, si tu veux.

— Non.

— Pourquoi ?

— Je ne sais pas. Je n'ai pas envie.

— S'il te plaît, fais-le.

— Pourquoi ?

— Parce que tu aimes qu'on te lèche.

— Ta bouche est pourrie.

— Alors taille-moi une pipe.

— Tu ne pourrais pas être un peu gentil ?

— Si, si tu me tailles une pipe.

Elle se leva, alla à la fenêtre et tira les volets. Heure de sortie des bureaux, bruits de circulation trop dense. Ils rentraient dans leurs banlieues minables après une longue journée pleine d'ennui et de frustrations. Bob, léchez ces enveloppes et rechargez la cartouche d'encre de la photocopieuse. Oui, m'sieu. Elle s'agenouilla à côté du lit et tira sur le drap. Mes orteils vont se recroqueviller dès que je sentirai la moiteur chaude de sa bouche, ses coups de langue, ses dents. Plus loin, s'il te plaît, et comme j'aime ce bruit tiède. Un doigt là où il faut et caresses saccadées du pouce. Viens sur le lit, s'il te plaît, que je m'occupe de toi. Un non étouffé. La vieille plaisanterie : « Dis Patrice Lumumba ou Robert Ruark. » Pas un mot. Je regarde alors comme je peux dans l'ombre qui règne maintenant mais n'arrive pas à me retenir très longtemps. Voir me fait exploser. Elle va dans la salle de bains, j'entends l'eau qui coule. Ma gueule de bois s'est considérablement arrangée et j'enfonce mon visage dans l'oreiller. Noir parfait, si doux. Barbara revient, allume et sourit. Je sens cette douleur que j'ai si souvent ressentie l'année dernière. Elle est si jolie, si séduisante avec son visage grave, alors que son cerveau n'est qu'un fouillis lamentable, inerte. L'argent qu'elle verse chaque semaine à son analyste suffirait à faire vivre quelqu'un agréablement. Et ce n'était pas seulement parce que ma question l'avait heurtée qu'elle ne voulait pas me dire à qui elle donnait son corps, mais parce qu'elle savait que cela irritait quelque chose en moi de vaguement calviniste. Elle disait qu'elle arrêterait si je l'épousais, mais que de toute façon il ne s'agissait pour la plupart que de vieux amis d'Atlanta. Et elle ne pouvait pas leur refuser ça, ils étaient si gentils, elle les connaissait depuis si longtemps. Elle s'approcha du lit et me demanda ce que je voulais pour dîner. J'étais incapable de penser à ça, à mon départ ou à quoi que ce soit d'autre. Quand je l'attrapai par le poignet et l'attirai vers moi, elle résista.

— Non.

— Pourquoi ?

Je l'allongeai de force sur le lit, en me disant que je voulais seulement voir son corps une dernière fois, mais je savais que c'était un mensonge. Je ne voulais que me venger d'avoir été cocu, de ces heures épuisantes que j'avais passées consumé par la jalousie.

— S'il te plaît, déshabille-toi.

Elle se leva, enleva très vite sa jupe et son pull, fit un pas vers la lampe. Son slip était bleu pâle.

— Non, n'éteins pas.

Elle s'immobilisa, les mains sur les hanches, se retourna et revint vers le lit, la tête basse. Je savais qu'elle allait se mettre à pleurer. Je me levai, lui enlevai son soutien-gorge très tranquillement, m'agenouillai et fis descendre son slip le long de ses jambes. Elle était terriblement raide, et, comme elle refusait de soulever ses pieds, il fallut que je déchire son slip pour le lui enlever. Les mains sur ses hanches, je l'embrassai. Son sexe avait le goût délicieux des sels de bain à la violette dont elle usait toujours. Puis je l'embrassai et la suçai dans toutes les positions possibles et imaginables pendant je ne sais pas combien de temps. Elle avait fini par se détendre, mais ne disait toujours rien. Elle me faisait penser à une danseuse que j'avais vue dans les *Contes d'Hoffmann*. Je la mis à quatre pattes, la léchai puis la pénétrai avec force en regardant ma queue, ses fesses si douces, mes mains contre leur blancheur et son dos ravissant. Je me retirai alors pour l'enculer, ce qui lui répugnait, je le savais. Elle pleurait et je me mis à débander. Je m'assis sur mes talons, elle s'écroula sur le côté. Nos regards se croisèrent longuement, elle me tendit les bras.

Allongé, j'écoutais les bruits de la salle de bains où elle était retournée, et je me sentais envahi par une mélancolie tellement absolue que je n'arrivais plus à avaler ma salive. Elle traversa la pièce dans sa robe de chambre jaune sans un regard pour moi. Je me levai, m'habillai et allumai une cigarette en regardant la rue par la fenêtre. Il y avait au coin un restaurant français devant lequel des gens se faisaient déposer ; un sale endroit où je m'assiérais dans les toilettes tandis que la nourriture tomberait par la chasse d'eau. Nous y avions mangé avec ses parents qui s'étaient montrés gentils avec moi, et sans condescendance. Cela m'avait surpris, étant donné que son père était courtier et n'avait apparemment même plus besoin de travailler. Ils savaient probablement qu'elle avait couché avec des Noirs et je leur paraissais peut-être un net progrès. Ils avaient l'air triste, mais elle était leur seul enfant et je me disais à l'époque que peu importent l'argent et la situation sociale que vous offrez à vos enfants, ils ne vous apporteront que du chagrin, encore et toujours. Mes parents à moi étaient pauvres et je me débrouillais très bien pour les rendre malheureux. Son père m'avait demandé ce que je voulais faire de ma vie. Ou de ma mort, m'étais-je dit intérieurement, probablement parce que nous en étions à notre quatrième bouteille de vin et que nous avions descendu avant le dîner pas mal de dry martinis, histoire de calmer l'anxiété que faisait naître en nous cette réunion. J'avais annoncé que j'envisageais une carrière aux Nations unies. J'avais dit ça comme ça, les mots s'étaient formés sur mes lèvres sans que j'y réfléchisse et ils m'avaient tous les trois regardé d'un drôle d'air. Tandis que je mangeais ma mousse au chocolat avec une fourchette que je mordais incontrôlablement à chaque bouchée, son père avait dit que je pourrais faire aux Nations unies un métier intéressant, quoique peu rémunérateur. J'avais envie de leur raconter que leur fille m'avait acheté la veste de sport que je portais le matin même chez Tripler. Je l'avais attendue dehors. Mais je n'avais même pas le cran de leur dire mon intention d'écrire une parabole épique sur le déclin de l'Occident, en fait de ce putain de monde tout entier. Sa mère était indiciblement élégante et ne laissait rien paraître de la quantité d'alcool qu'elle avait ingurgitée. Nous nous étions séparés courtoisement dans la rue après que Barbara eut organisé une journée de courses avec sa mère le lendemain puis ils étaient rentrés au Pierre tandis que nous étions remontés à l'appartement où je l'avais prise en levrette devant la glace de l'entrée. Alors comme ça, les Nations unies, avait-elle dit avant de me demander de faire un discours pour lui montrer de quoi je serais capable. J'avais fait comme si j'étais un géant et ma bite un micro, et péroré sur le fait que le monde avait besoin avant tout de toilettes non ségrégationnistes. Peu importait que les gens aient à manger ou non, cela viendrait après, tout naturellement.

Je la suivis dans la cuisine où nous mangeâmes des œufs brouillés au bacon en bavardant de choses et d'autres. Je retournai ensuite dans le salon pour prendre ma veste et l'embrassai sur le pas de la porte. Elle me demanda d'accepter soixante dollars pour rentrer en avion. Je jetai un coup d'œil aux billets qu'elle tenait dans la main et l'embrassai encore en sentant une fois de plus cette déchirure qu'elle provoquait en moi. J'avais envie de lui dire que je l'aimais mais c'était sous-entendu et inutile. Elle m'accompagna jusqu'à l'ascenseur dont les portes se refermèrent sur sa robe de chambre jaune, ma dernière image d'elle.

Je réussis à ramasser suffisamment de bois pour alimenter le feu toute la nuit et regrettai de ne pas avoir emporté mon sweat-shirt. En guise de petit bois, j'arrachai d'un pin mort branches et brindilles. Il me restait au moins deux heures de jour, mais je voulais être tout à fait prêt. La lune montait déjà au-dessus des arbres à l'autre bout du lac et je voyais à travers elle comme à travers un disque de papier-calque. Ma ligne frémit et je tirai mais je n'avais rien pris. Je remis un appât et la relançai. De toute évidence, il y avait quelque chose, et pas du menu fretin, espérais-je. Je surveillais la ligne attentivement, atterré à l'idée de rester toute la nuit l'estomac vide. J'avais entendu dire que les racines de nénuphars étaient bonnes à manger, mais il commençait à faire frais et je n'avais pas envie de me remettre à l'eau. J'allais passer la nuit à regarder la lune s'enfoncer dans l'eau en souhaitant être ailleurs, même sur la lune, posé à sa surface dans un engin spatial pendant qu'elle descendait dans le lac. Noyé sur la lune où l'eau n'existe pas. Je posai d'abord du petit bois, puis quelques branches et enfin des souches pourries mais sèches. Quand le feu se mit à ronfler j'y poussai un énorme morceau de bois flottant qui, je le savais, brûlerait jusqu'au matin. Je rêvai de côte de cerf, puis pensai à une selle de cerf que j'avais mangée chez Lüchow. Malheureusement, les musiciens qui envahissaient la salle comme des mouches avaient failli gâcher ce merveilleux repas. J'avais souhaité que l'énorme arbre de Noël leur tombe dessus. La ligne frémit de nouveau. J'avais pris une petite truite de rivière. Il m'en aurait fallu au moins dix pour faire un repas décent, ce qui ne m'empêcha pas d'embrocher mon poisson et de le mettre à griller immédiatement. Très primitif. J'aurais dû emporter du papier d'aluminium, cela m'aurait permis de déguster une chair cuite doucement dans sa vapeur, et pas desséchée par un feu trop vif. Et si j'avais eu du sel, j'aurais mangé ce poisson cru ; je l'avais déjà fait plusieurs fois, en l'arrosant aussi de quelques gouttes de vinaigre, comme je l'avais appris dans un restaurant japonais. Après tout, les harengs qu'on nous servait à la maison le samedi et le dimanche étaient crus dans leur saumure. Mon père se faisait des sandwiches avec leurs œufs et de l'oignon haché, et mon grand-père mangeait souvent des harengs frits au petit déjeuner. C'est incroyable qu'il ait vécu jusqu'à quatre-vingt-huit ans en ayant ingurgité tant de porc frit et de bacon salé mais pas fumé. Sans parler de ses joues toujours pleines de tabac et de sa ration quotidienne de whisky bon marché. Un de nos voisins était devenu aveugle soi-disant à cause d'un mauvais mélange fait maison, mais en fait il avait ramené de la Seconde Guerre mondiale une plaque métallique dans la tête. Personne ne le plaignait, nous le soupçonnions d'empoisonner les chiens, de montrer son zizi aux enfants et de baiser ses veaux. Je n'ai jamais été attiré par les animaux, mais j'ai lu que ce n'était pas inhabituel. Ma foi… Une bonne truie. Les cochons sont terriblement hystériques et, même quand il est déjà mort, le verrat frissonne convulsivement en agitant dans tous les sens ses grosses pattes roses. J'aurais bien mangé un morceau de jambon fumé, mâché la viande sans la faire cuire en grondant vers les ténèbres au-delà du feu. Rien que pour moi. *Ma* viande. J'ai toujours aimé le porc et regrette qu'on appelle quelquefois les flics des lardus. J'aimerais mieux moutons, zèbres ou rouges-gorges. Quand apparaissait le premier rouge-gorge, nous savions qu'une tempête de neige allait se déchaîner dans les vingt-quatre heures. Je mangeai mon petit poisson alors qu'il n'était pas tout à fait cuit. Formez une caravane pour aller chercher du sel, s'il vous plaît. Puis je m'écartai du feu, m'allongeai sur le lit de fougères que je m'étais fait pour me protéger de l'humidité du sol. Je veux mon sac de couchage et ma carabine, j'ai peur du noir et la lune est encore presque pleine. Peut-être que le mannequin de *Vogue* va sortir du marécage et me demander d'un ton dégagé le nom de cet étrange endroit. Elle croira que je suis un sauvage basané sorti tout droit d'un incroyable roman et nous jouerons à la nymphe des bois. Je m'assoupis brièvement puis un bruit derrière moi dans les buissons me réveilla. Avant de reprendre pleinement conscience, j'ouvris mon couteau et tendis le bras en avant. Rien, pas le moindre bruit. Il me faudrait un garde du corps. J'ai mal partout, je suis couvert de piqûres d'insectes, j'ai besoin de lotion apaisante, de cigarettes et d'une lampe de chevet. Je me levai, m'étirai et allai voir la ligne. La lune avait parcouru cinq ou six mètres et était de nouveau sous l'eau. Cette fois j'avais pris une belle truite que je fis cuire et dévorai en grande hâte. Une assiette de pâtes avec de l'huile d'olive, de l'ail et du parmesan râpé, s'il vous plaît. Et non de la chair de poisson tiède qui sent la fumée. Je soulevai le gros morceau de bois flottant et glissai une autre bûche en dessous pour laisser passer de l'air. Puis je dansai en rond autour du feu en hurlant aussi fort que je pus. Je hurlai encore et encore, afin d'avertir les bêtes sauvages de ma présence. Un truc que je n'aurais pas pu faire à New York, car les zèbres m'auraient emmené droit à Bellevue. J'étais allé y voir Cindy Black (quelqu'un dont il vaut mieux ici taire l'identité) quand elle s'était overdosée aux tranquillisants. Apparemment elle n'avait plus envie de vivre, ce que je comprenais très bien. Elle était brillante, mais très popote et essayait perpétuellement de changer de mode de vie afin de garder un homme pour de bon. Je lui avais dit que, quand elle sortirait, je lui ferais l'amour pendant sept jours et sept nuits mais que ce serait un voyage qui ne se répéterait pas. Je suis très sélectif, c'est une Béatrice ou une Juliette qu'il me faut. Avec aussi une Anouk Aimée. Je me recouchai en chien de fusil sur mes fougères, amoureux de la chaleur du feu.

J'avais habité pendant quelques semaines une petite chambre sur Valentine Avenue, dans le Bronx. J'avais dix-huit ans et j'étais venu à New York pour y vivre loin des vulgarités du Middle West. Il ne m'avait fallu que quelques jours pour comprendre que le Bronx n'était pas exactement un grand centre cosmopolite. Si j'avais tenu le coup pendant ces quelques semaines, c'est uniquement parce que je n'étais qu'à quelques blocs de la maison où Edgar Allan Poe avait vécu avec son épouse de treize ans. De toute façon, je n'avais pas un sou et j'étais forcé d'attendre, pour aller ailleurs, qu'arrive un chèque que me devait une société de construction du Michigan. J'avais donc attendu. On était en juillet, il faisait affreusement chaud et j'avais pris la ligne D pour Manhattan plusieurs fois, mais ne sachant rien faire, je ne trouvais personne pour m'embaucher. La chambre mesurait environ deux mètres et demi sur trois et était garnie d'une chaise, d'une commode et d'un lit inconfortable. La fenêtre donnait sur une ruelle et une rangée d'immeubles exactement semblables au mien. Il ne me restait qu'un dollar par jour pour manger et, quand j'avais acheté le quart de Rheingold que je descendais à toute vitesse pour me faire tourner la tête, je n'avais plus que de quoi m'offrir un sandwich. Je maigrissais à vue d'œil, bien que passant la plupart de mon temps au lit ou à me promener dans le jardin botanique. J'avais des fantasmes de sexe et de pouvoir, j'étais le roi du pays, du continent puis du monde entier.

Ou simplement un financier, comme celui que j'avais vu passer en limousine dans Wall Street, le téléphone à la main, sans aucun doute en train de donner ses instructions pour la journée avant de retourner dans son duplex baiser une superbe fille terriblement plus jeune que lui. J'avais vendu à Philadelphie le costume et la montre que j'avais eus pour la remise des diplômes de fin d'études. J'avais eu autrefois une correspondante bien-pensante qui vivait à Davenport, en Tasmanie. Nous avions échangé nos photos et elle était jolie. J'aurais aimé qu'elle soit avec moi, à Valentine Avenue, mais nous avions perdu contact depuis des années et la Tasmanie était encore plus loin que la Mongolie où de vieux hommes chassaient les loups avec des aigles royaux pour faucons. Je passais beaucoup de temps les lumières éteintes, à essayer de mater une femme nue dans l'immeuble d'en face mais tous les volets étaient fermés et pratiquement aucune des femmes que j'avais rencontrées dans la rue ne me donnait envie de la voir nue. Je m'inventais des tas de vies qui se dérouleraient en Argentine, à Florence ou, mieux encore, à Thessalonique, ville dont je ne savais rien mais dont le nom me fascinait. J'aurais élevé des chèvres ou des moutons, fait pousser des genévriers ou passé dix heures par jour à lancer des filets et à les remonter alourdis des fruits de la mer. Les poissons ne laissent aucune place au doute ou à l'erreur et celui qui passe ses journées à pêcher assure sa santé mentale. Et parce que je ressentais alors la douleur intense que donne le mal du pays, je me disais que j'aurais peut-être même pu vivre dans le nord du Michigan : j'aurais des chiens, des chats et des enfants, et une grande ferme délabrée. Une cour pleine de lauriers, de lilas, de cognassiers et de fleurs, mais, derrière la maison, la terre serait grattée à nu par les poules. J'aurais aussi aimé une grange avec un gros tas de fumier fumant et des vaches et, près du tas de fumier, l'herbe serait plus épaisse et d'un vert plus foncé.

Le bois de certaines planches de la grange aurait pourri et la peinture rouge s'écaillerait en petits éclats écarlates dès qu'on l'effleurerait. Il y aurait un petit verger dont je taillerais les arbres en février, une vigne que je taillerais à la fin de l'automne ne laissant sur chacun de ses pieds noueux que sept rameaux pour qu'ils prospèrent. Dans le verger il y aurait de la corbeille d'or, des ombellifères et de la bruyère à l'odeur de thym. À côté du silo à grain, j'aurais une petite porcherie parce que j'aime regarder les cochons manger, la façon dont leurs puissantes mâchoires décortiquent les glands de leur coque puis les écrasent et mastiquent dans des craquements mouillés. Ils se plantent dans la boue et, quand leur groin en est recouvert, ils soufflent de toutes leurs forces par les narines pour les déboucher. Ma femme pèserait soixante-dix avenants kilos et rirait tout le temps. Je serais paresseux et rirais bêtement jour et nuit, ramasserais juste assez de foin pour nourrir les chevaux, planterais quelques acres d'avoine et quelques acres de maïs pour les cochons, un petit potager dont ma femme s'occuperait – maïs doux, haricots verts, pois, tomates, radis, pommes de terre, concombres, laitues, choux et quelques navets. Je passerais le plus clair de mon temps à me promener à pied, humant le parfum des lilas, observant les hirondelles tourbillonner, dériver et flotter autour de la grange, ou je partirais à cheval faire le tour d'un lac, laissant la bête enfoncer ses pieds dans la boue fraîche de la rive. Je regarderais les oiscaux faire leurs nids et, lorsque je marcherais à travers bois sur les fougères et l'épais tapis de feuilles mortes, le cri d'un geai bleu me suivrait, et je m'enfoncerais jusqu'aux genoux dans les marécages, et je regarderais les serpents d'eau glisser et se tortiller par-dessus la peau verte des algues. En fait, nous n'aurions qu'une seule vache, pour le lait, et chaque automne nous tuerions le cochon dont la viande serait pour la plupart fumée au bois de noyer par un voisin. Et quinze gallons de vin de pommes : dans un tonneau de bois, ajouter au jus des pommes vingt-cinq livres de sucre et cinq de raisins secs. Attendre trois mois et boire en grandes quantités. Un beau rêve, mais si vieux maintenant. Qui parle de douceur n'est que rondeurs et ombres, tandis que je suffoque en pleine géométrie. Doux raisins mûrs, odeur sucrée de pin sous la pile de bois, doux ventre jaune de la couleuvre, flanc d'un cheval couvert de sueur et corseté de muscles, mousse verte frémissant dans le courant d'une rivière et bourdonnement de dix millions d'abeilles dans les lilas et dans les champs de sarrasin en fleur de l'autre côté de la barrière. Pourtant je sais que cette vie-là je la quitterai toujours et où vais-je chaque fois que je pars, encore et encore, pour un autre de ces petits voyages brutalement stupides ?

Je discutais tous les jours avec mon proprio et il me rappelait que j'avais « le privilège de la cuisine », mais je n'avais ni de quoi manger ni de quoi me préparer à manger et, de toute façon, n'aurais pas su le faire. Il était italien mais n'avait pratiquement que des juifs pour locataires. Il m'avait dit de me méfier de ma voisine qui, bien qu'âgée de quinze ans seulement, lui avait montré ses seins alors qu'il repeignait sa chambre. Avec un petit rire bête, il m'avait demandé de ne le répéter à personne. Avec qui aurais-je partagé ce secret ? Je lui avais raconté que j'avais trouvé sous ma porte un mot d'un autre locataire qui me reprochait de m'être servi de sa poêle et m'avertissait que, si je recommençais, je risquais de le regretter. J'avais ramassé une poignée de cafards morts que j'avais mis dans sa poêle. Les toilettes communes étaient toujours libres et je soupçonnais la plupart des locataires, tout au moins ceux que je voyais, d'être trop âgés pour les utiliser. J'avais l'impression qu'ils avaient cessé de fonctionner en tant qu'organismes biologiques complexes, qu'ils étaient de vieilles poupées. S'ils trébuchaient et tombaient sur le trottoir, ils se casseraient en morceaux, révélant leur rembourrage d'ouate ou de poussière de son. J'étais très affaibli moi aussi. Le zéro absolu où le corps risque de se cristalliser et se briser. Flocons d'intestins et échardes glacées de gorge. Je croyais ne pas pouvoir descendre plus bas et avais constamment en tête une image pélagienne de moi, me disant que bientôt je remonterais des abysses à une telle vitesse que j'éventrerais baleines, requins ou toute autre créature qui se trouverait sur mon passage et risquerait de bloquer mon inévitable ascension.

Au cours de la troisième semaine, ma chance avait commencé à tourner. Une femme qui habitait au bout du couloir m'avait demandé de garder sa fille certains soirs et d'aller la promener au parc le matin, ce qui lui permettrait à elle de dormir. Elle était blonde, plutôt souillon, et fumait cigarette sur cigarette. Elle m'appelait « mon petit », ce qui me vexait vaguement, mais ces heures de baby-sitting me permirent de mieux manger et d'aller me promener dans Manhattan pendant ces longs après-midi d'été. La petite fille avait trois ans, elle s'appelait Sharon et était une enfant très facile. Il m'avait fallu plusieurs jours pour comprendre que sa mère ne faisait pas l'hôtesse d'accueil dans un restaurant, mais des passes. Un soir, elle était rentrée très tard et très soûle et m'avait proposé un coup pour dix dollars. J'avais essayé de lui expliquer que je n'avais pas dix dollars, mais elle me répétait : « Qu'est-ce qui va pas, chez toi, t'es pédé ou quoi ? » jusqu'à ce que je retourne dans ma chambre. Je m'étais mis au lit déprimé de m'être fait traiter de pédé mais regrettant de ne pas avoir de quoi retourner chez elle pour la bourrer. Je l'avais vue nue plusieurs fois avant de partir au parc avec Sharon. Elle sortait de la salle de bains et se mettait au lit tandis que je faisais manger ses céréales à l'enfant et l'habillais. Avant que nous soyons sortis, c'est-à-dire moins d'un quart d'heure plus tard, Clara ronflait. Un matin particulièrement chaud, j'avais étudié à une distance d'environ un mètre son derrière rose déjà ridé, pendant que Sharon prenait son petit déjeuner. Ses fesses faisaient trop de plis. Combien d'hommes s'étaient déjà plantés là et pour combien de dollars ? J'avais porté Sharon sur mon dos jusqu'au jardin en pensant à ces plis. Nous avions trouvé un coin ombragé et désert, ce qui était si facile en semaine qu'on en aurait presque oublié qu'on était à New York. Il commençait à faire chaud et, après avoir vu les fesses de Clara, j'étais déjà plus chaud qu'un chaud lapin, comme disait mon père. Pendant que je somnolais sur la couverture, Sharon cueillait des pissenlits ; elle en avait ramassé jusqu'à ce que la couverture en soit couverte et qu'elle ait les mains toutes jaunes. Frotte-toi le nez maintenant, et dis-moi si ça a le goût de beurre. En bas de la colline, sur un trottoir, une fille tirait un petit garçon dans une poussette rouge. Elle était passée sur l'herbe et essayait de monter mais ses chaussures de tennis la faisaient glisser en arrière. Comme Sharon était à côté d'eux, j'étais allé la chercher. La fille était jolie et déjà épuisée, jamais elle n'arriverait en haut. J'avais attrapé la poignée de la poussette et m'étais mis à tirer, presque en courant, vers le coin d'ombre où était restée la couverture couverte de pissenlits. Non, non, répétait la fille pendant que je courais. Je m'étais arrêté et m'étais retourné pour aider le petit garçon à descendre de sa poussette et ce n'était qu'alors que j'avais vu ses jambes atrophiées qui pendaient inertes de ses hanches. Il m'avait souri en haussant les épaules d'un air fataliste. Gêné, je m'étais tourné vers la fille pour m'excuser, mais elle m'avait aussi souri et nous nous étions assis pour bavarder et partager le Coca que j'avais apporté. Sharon remplissait la poussette des pissenlits qu'elle avait cueillis quelques minutes plus tôt et à chaque poignée de fleurs qu'elle jetait, le petit garçon lui disait merci.

Brouillard froid. J'étais réveillé, glacé, mouillé. Le feu, presque éteint, sifflait et couvait sous les cendres de la grosse bûche, depuis longtemps dévorée par les flammes. J'entendis un huard, un cri qui me parvint de l'autre bout du lac, étouffé par le brouillard. Recroquevillé sur moi-même, tremblant de tout mon corps, j'acceptai néanmoins le cri du huard comme un bon augure pour la journée. Une fois debout, j'aperçus trois cerfs au bord de l'eau à moins de cent mètres de moi. Ils me regardèrent un instant puis disparurent sans bruit dans les buissons. Je jetai quelques brindilles et rameaux sur ce qu'il restait du feu, puis me mis à sautiller tout autour pour me réchauffer. Plus haut les genoux, plus haut, criait l'entraîneur. Quand le sang eut tiédi dans mes veines, j'allai relever ma ligne. Rien. Pas de petit déjeuner pour le pauvre voyageur. Merde. L'Indien a besoin de se nourrir pour parcourir les quinze kilomètres, si ce n'est plus, qui le séparent de sa tente. La faim me faisait tourner la tête, je sentais une légère douleur juste au-dessus des yeux. Si seulement j'avais eu une cigarette. De retour au campement j'en fumerais dix d'affilée, jusqu'à ce que je m'écroule étouffé par la toux. Empoisonnement au tabac. Échangerais beaucoup de dollars, chaussures et chemise contre tabac. J'enlevai ma chemise et l'agitai au-dessus du feu pour la faire sécher, assez près des flammes pour presque roussir mon pantalon. Puis je jetai du sable sur le feu, m'assurai qu'il était bien éteint et me mis en route pour ma longue marche affamée. En arrivant je ferais chauffer des haricots auxquels je mélangerais une boîte de viande et un oignon haché et j'ingurgiterais le tout en deux minutes. Une fois au bord du marécage par lequel j'étais arrivé la veille, je regardai ma boussole. Pendant les premiers kilomètres, je courus au pas de gymnastique, le bas de mon pantalon mouillé par la rosée me battait les mollets et mes poumons se gonflaient d'air. J'avais bêtement oublié de remplir ma gourde en quittant le lac et mourais déjà de soif. Je demandai au ciel un ruisseau et un cerveau définitivement guéri.

La chance avait tourné, le chèque était arrivé, ainsi qu'un étrange colis envoyé par un ami de La Nouvelle-Orléans. Je n'y avais trouvé qu'un paquet de cigarettes Cajun, mais qui faisait de moi l'heureux propriétaire de vingt gros joints bien tassés. Assis dans ma chambre, j'en avais fumé un tranquillement en regardant le chèque : presque cent dollars. De quoi déménager. J'étais descendu en ville immédiatement, le cerveau extraordinairement oxygéné – mon premier trajet sur la ligne D complètement défoncé. J'avais trouvé la chambre de Grove Street sans aucune difficulté, après en avoir visité une plus grande sur Macdougal Street qui était trop chère mais où, bizarrement, j'allais me retrouver avec Barbara six mois plus tard. J'avais payé un mois d'avance, pour ne pas me laisser le temps de claquer mon argent, puis j'étais retourné à Valentine Avenue pour prendre mes affaires. Heure de pointe, serré comme une sardine contre un type très maigre, face à moi, qui regardait fixement au-dessus de mon épaule. Quelle horreur que de faire ce voyage tous les jours, comment ces gens peuvent-ils accepter une telle punition ? Je m'étais arrêté dans un restaurant de Grand Concourse et avais fait un repas énorme, le premier depuis des semaines. Un étrange bifteck juif dans le flanchet, de l'orge perlé à l'ail et au jus de viande, et des fraises à la crème aigre. Ces salauds savaient cuisiner. Chez moi, dans le Michigan, on avait le choix entre cheeseburger et poulet frit dans de la pâte rance. De retour dans ma chambre, j'avais emballé à la hâte tous mes biens, les entassant en vrac dans mon grand carton que j'avais ensuite entouré de fil à sécher le linge. L'espace d'un instant, je m'étais senti terriblement triste au souvenir de mon grand-père debout avec moi sur le quai de la gare routière et m'embrassant sur le front pour me dire au revoir. Une fois tout fini, je m'étais offert un autre joint. Je l'avais fumé jusqu'à ce qu'il n'en reste qu'un minuscule mégot que j'avais avalé avec un verre d'eau. Malgré le terrible tambourinement des tempes le lendemain, j'en reviens toujours au whisky. C'est plus fort que moi. Un moment de repos, je rêvais de ma nouvelle chambre et de l'Europe. Allongé sur le lit, l'idée des mille dollars partis en fumée dans mon opération me déchirait. Avec cet argent, j'aurais pris le bateau. Trop défoncé maintenant pour faire autre chose que de rester couché dans cette chaleur étouffante. Être le premier de ma famille à traverser les grandes eaux depuis que Grand-père est arrivé de Göteborg en 1892. En arrivant dans la cale du bateau fantôme, il traverse la cuisine où de grands Noirs maigres, coiffés de toques rouges, font bouillir des tripes pour les passagers de cinquième classe. La moitié des tripes tombe en glissant sur le sol cimenté couvert de sang et de pelures d'oignons. Le sol d'un bateau n'est généralement pas cimenté ? Le steward s'arrête juste assez longtemps pour effleurer de sa liasse de papiers le cou du plus beau des cuisiniers. Ils échangent un regard intense et le cuisinier dit : « De often dat gar bis bis », avec un fort accent, le visage luisant de la vapeur qui monte des tripes. Je me demande ce qu'il a dit. Mais le steward est déjà loin devant, éclairant de sa lampe torche le couloir. Il me fait entrer dans une cabine très sombre et demande : « Ça vous va ? » Je trouve une couchette et écoute le moteur ronfler et gronder au-dessus de moi, le régulier bang-bang-clac, bang-bang-clac-clac des pistons dans la nuit, ou le jour, comment savoir ? Puis vient le matin, une faible lueur sous la porte, l'eau glissant le long du hublot fermé. Sous la ligne de flottaison. La cabine mesure un mètre sur deux et l'interrupteur est par terre, sous la couchette. Une autre couchette près de la mienne, avec une vieille femme endormie, ou peut-être morte, sous un drap gaiement imprimé de fleurs bleues. Je quitte ma couchette et ouvre le hublot dans l'espoir de voir au moins un poisson, mais l'eau s'engouffre trop vite. Alors je serre dans mes doigts la coque humide et froide du navire qui se tord au creux de ma main comme une boîte de bière.

Je m'étais levé et avais regardé une dernière fois par la fenêtre. Il devait être près de minuit. J'avais laissé un mot avec ma nouvelle adresse et la clé de la chambre sur le lit, pour le propriétaire, porté ma boîte en carton jusqu'au bout du couloir et frappé à la porte de Clara. Elle avait répondu tout de suite et j'avais vu le « gentleman » sur le lit derrière elle. Je lui avais dit au revoir, mais elle faisait la gueule, furieuse de perdre son baby-sitter. Après m'être assuré que la clé de ma nouvelle chambre était bien dans ma poche, j'étais allé prendre le métro à Grand Concourse.

J'arrivai au campement tard dans l'après-midi, trempé jusqu'à la moelle des os – dès le milieu de la matinée, une petite pluie fine mais incessante s'était mise à tomber. Mes pieds étaient dans un état épouvantable. Le frottement du cuir humide de mes bottes avait fait apparaître de grosses ampoules sur mes talons. J'enfilai des vêtements sales mais secs et mangeai les haricots à même la boîte, sans prendre le temps de les faire chauffer. Je n'avais plus de petit bois sec dans la tente. Il faut que je m'en aille d'ici. Je fumai trois cigarettes à la file et me sentis un peu mieux malgré la faim qui me faisait toujours tourner la tête car je n'avais pas encore transformé les haricots en énergie. Bruit des gouttes sur les feuilles des arbres et le toit de la tente. J'ouvris une boîte de viande et la vidai en quelques secondes, après l'avoir saupoudrée d'une véritable croûte de sel. En allant chercher de l'eau à la rivière, je remarquai des traces de cerf, ils étaient venus fouiner en mon absence. C'était probablement une biche. Le mâle envoie la femelle devant lui en éclaireur, ou plutôt en leurre, pour s'assurer que la voie est libre d'embûches. Malin. J'aurais pourtant préféré être un lion, sommeillant sous le chaud soleil kenyan en attendant qu'une de mes compagnes me rapporte une gazelle bien juteuse ; je n'aurais pour toute fonction que de grogner afin d'écarter les intrus, baiser et manger. Peut-être aider de temps en temps en sautant sur un lourd buffle du Cap ou en chargeant du fin fond des fourrés un chasseur équipé Abercrombie & Fitch et à qui j'arracherais la tête d'un négligent coup de patte. C'était Barbara qui m'avait fait connaître Abercrombie & Fitch, une boutique dans laquelle j'étais retourné une dizaine de fois en dix ans, mais sans jamais assez d'argent pour m'acheter autre chose que quelques mouches à truite. Employés condescendants, certains en tout cas. À celui du rayon camping, j'avais dit : « Écoute, trouduc, je me balade dans les bois depuis que j'ai cinq ans et je n'ai pas besoin de trousse de secours contre les morsures de serpent dans le Michigan. » Ça l'avait inquiété. En six jours, je n'avais pas vu la moindre trace de loup, seulement peut-être quelques ombres imaginaires traversant la route près de l'Huron. J'aurais dû rester là-bas toute la nuit et chercher des traces le lendemain matin ou remonter la route en voiture pour les regarder dans la lumière des phares, mais je n'y avais pas pensé. Ils avaient certainement le droit de ne pas me laisser les regarder. Mon odeur a mauvaise réputation, c'est celle de ceux qui tirent sur tout ce qui bouge. Une fois de plus je vérifiai dans Olaus Murie, le seul livre que j'avais emporté avec moi, à quoi ressemblaient des traces de loup.

Comme il commençait à faire sombre, j'essayai d'allumer un feu, qui prit, malgré l'humidité. Une légère brise tiède soufflait du Sud, mais pas assez fort pour écarter les moustiques. Je ramassai des fougères pour les enfumer. Assis auprès du feu, je me disais que je n'avais en fait connu que très peu de femmes dans ma vie. En restant au coin de Lexington Avenue et de la 57e Rue, on peut voir en une journée défiler une centaine de femmes que l'on aurait envie de connaître. Mais il se pourrait qu'elles soient pour la plupart d'insipides et tristes geignardes au cerveau plein de trous d'aération. Quel intérêt alors de les rencontrer ? Certains de mes amis avaient une réputation de tombeurs, mais une forme d'ennui très précise semblait toujours accompagner leurs exploits. Peut-être étais-je monogame de nature, quoiqu'il me semblât assez effrayant de ne devoir appartenir qu'à une seule femme. Il ne me plaisait pas d'en avoir plusieurs à la fois, quel que soit le laps de temps pendant lequel cela pouvait durer. J'étais soit bouleversé par l'une d'elles, tremblant à sa seule pensée comme une levrette apeurée, soit presque totalement désintéressé par leur espèce. Je ne sais combien d'interminables lettres d'amour j'ai écrites, mais je pourrais énoncer la liste de celles à qui je les ai envoyées, et leur nombre est inférieur à dix. Quand je pense aux regards en coin, ricanements, coups de coude et rires gras qu'on échange dans les bars, salons de coiffure, vestiaires, clubs et dortoirs, je suis atterré d'y avoir si souvent pris part. Tout cela fait partie du refus de devenir adulte, en admettant qu'il y ait dans le fait d'être adulte quelque chose qui puisse nous donner envie de le devenir. Je n'ai jamais rien lu de très éclairant sur ce sujet. Essais un deux trois. Distances. Jouir ensemble, mais l'un toujours sur Saturne et l'autre sur Jupiter. Bramement de l'élan mâle. Nous pouvions l'entendre à des kilomètres à la ronde dans le bassin Tom Miner. Qui veut se mesurer à moi qui n'ai pas de harem ? J'aurais dû être un de ces Indiens qui ont combiné magie, sorcellerie et bouffonnerie en faisant tout à l'envers.

J'allumai le seul cigare que j'avais apporté. Attention accoutumance. J'avais fumé à une époque vingt panatellas Dutch Master par jour. Je palpai mes muscles, il y en avait étonnamment plus que six jours plus tôt, je devais avoir perdu cinq kilos de lard à chercher une bête sauvage qui paraît-il existait. Même pas de fumées sur lesquelles me pencher. Mélancolie. Le derrière rond de Laurie, dents blanches, sénilité précoce après s'être fait prendre par la folie de New York. J'étais devenu maboul pendant des périodes entières de ma vie, ne parlant de moi qu'à la troisième personne, changeant de signature tous les jours. Où sont-ils maintenant tous les trois et cela a-t-il une importance ? Pense à ce bosquet de saules près du ruisseau et aux tiges tubulaires de ce que nous appelions l'herbe serpent. Son odeur de violette humide et, dans la lumière de la chambre d'à côté qui passe entre ses cuisses, je vois le divan et un livre sur un oreiller. Je ne suis jamais assez cool, cheval entravé qui rue et se cabre. Cette fille du lycée m'a réduit en cendres mais elle s'est fait mettre un polichinelle dans le tiroir par un pompier et est probablement heureuse maintenant. Peut-être l'appelle-t-on Madame la Capitaine. Le flot bouillonnant qui coule de la gorge du cochon quand Walter l'entaille. Et encore : la gorge mouillée du veau mort-né dans un box de la grange, la mère beuglant horriblement. Vingt-cinq ans plus tard j'entends encore son beuglement. Le lendemain matin, pendant qu'il mangeait ses harengs, j'avais dit à Grand-père que j'étais désolé qu'il ait perdu son veau et j'étais allé porter le seau d'eaux grasses aux cochons. La nature ne guérit pas, elle distrait, et parce que nous sommes des animaux, nous aussi, tout ce silence est une petite harmonie. Si je restais ici je deviendrais fou et rétrécirais en un rameau noueux. Je pensais autrefois qu'il n'y avait que deux voies à prendre, sauveur ou poète. C'est-à-dire, au niveau le plus trivial, voter ou ne pas s'en donner la peine. Peu m'importent les problèmes des gens, seule compte l'occasionnelle luminescence que nous nous offrons les uns aux autres. Cinquante mille dollars de bibine réconfortent. Oui, bien sûr, mais une bien petite chose pour laquelle vendre sa vie ne vaut pas la peine. Existe-t-il différentes options, et, si oui, serais-je capable de les voir ? Quand je prêche, je donne de mauvais conseils parce que donner des conseils m'ennuie. Je ne peux pas être une banque de sang ambulante. Je me laisse transfuser par l'hiver, deux mètres de neige et la traversée de relativement vastes étendues en hiver comme en été. Sauf amour, je boirais ma vie seul, en larges doses – fleuves, forêts, poissons, grouses, montagnes. Chiens.

Je crus entendre quelque chose et sentis la montée simultanée d'adrénaline. Ma main se tendit vers la carabine. Rien au-delà de la pâle lueur du feu. Il y a cent ans ou plus, j'aurais pu être de ceux qui détruisirent la vie des Indiens en ouvrant la voie sans le savoir aux vagues successives de pionniers. J'ai aussi toujours voulu être cow-boy, mais ceux que je connais ne font que briser les chevaux, relier des canaux d'irrigation, entasser du foin, boire et se battre. Dans une boucherie, je vois une demi-carcasse de bœuf premier choix sur un bloc de bois d'érable. Ramper vers elle et la déchiqueter à bonnes dents avec une caisse de vin et une boîte de sel, voir quelle quantité je pourrais en manger. Puis fumer un havane à trois dollars, purgé des problèmes humains ; ne plus avoir que des problèmes de bœuf, et ceux-ci brièvement résolus avec le goût de la viande, du vin, du sel et de la fine feuille de tabac dans ma bouche. Et l'odeur de la boîte en cèdre d'où provient le cigare. Puis une ravissante femme de ménage arrive son balai à la main et me voit là et je pousse à terre ce qu'il reste de la carcasse et elle s'avance et suce tout le poison que j'ai encore en moi. J'avais dit un jour à une fille : « Ça remonte dans la tête et ça donne des migraines, alors sois gentille, coopère. » Quand c'est fini je repousse la femme de ménage sur la carcasse. Pas vraiment du premier choix, l'employée de ménage. Il m'était arrivé de cueillir des cerises pendant toute une journée en pensant à Laurie dont quinze cents kilomètres me séparaient alors. Après-midi brûlant, mains et bras collants de jus rouge foncé, vêtements humides de sueur irritante. J'avais grimpé sur le réservoir d'eau d'arrosage et m'étais laissé glisser jusqu'au fond de l'eau en regardant le large cercle de lumière au-dessus de moi et en souhaitant être un poisson.

Je l'avais rencontrée dans Bryant Park, derrière la bibliothèque où j'étais venu manger un sandwich à l'heure du déjeuner. D'abord trois doubles scotchs au White Rose sur la Sixième, puis un sandwich dans le parc. Je lisais le livre d'Henry Miller sur Rimbaud et elle était avec un groupe de jeunes, de toute évidence de ceux que la presse locale aimait à qualifier de « beatniks ». Elle était venue vers moi et m'avait dit en me regardant droit dans les yeux : « Je l'ai lu. »

Stupéfait, je ne savais que répondre. Elle était très jolie, or, normalement, il faut toujours aller vers les jolies filles, elles ne viennent jamais à vous.

— Nous allons faire un tour dans le parc. Tu veux venir ?

— Je dois retourner travailler…

J'avais laissé ma phrase en suspens et l'avais regardée attentivement pour voir si elle se foutait de moi. Les autres s'étaient approchés et avaient commencé à parler de Miller et Céline, puis de Kerouac dont le livre *Sur la route* était sorti cette année-là. Ils semblaient très amicaux et très exaltés, mais pas bêcheurs.

— Attendez-moi, je vais dire à mon patron que je suis malade.

J'avais traversé la 42e Rue en courant et expliqué au chef du personnel de Marboro, où je travaillais comme magasinier que je venais de vomir tripes et boyaux dans le parc et qu'il valait mieux que je rentre chez moi. Il m'avait laissé partir avec un geste négligent de la main, « OK ». J'avais rejoint les autres dans le parc et remonté avec eux la Cinquième Avenue.

À la suite de cette rencontre, nous ne nous étions plus quittés. J'avais arrêté de voir la fille du Nebraska qui habitait Perry Street et ne faisait de toute façon que m'utiliser – son fiancé travaillait à l'extrémité de Long Island et, tous les vendredis après-midi, nous buvions ensemble un verre à Penn Station d'où elle partait le rejoindre pour le week-end. Et j'avais déjà rencontré Barbara mais n'avais passé que vingt-quatre heures avec elle et ne me doutais pas qu'elle réapparaîtrait. J'avais quitté ma chambre de Grove Street pour celle de Macdougal Street, un peu plus grande, mais où il m'avait fallu bloquer un trou de souris avec la grille du four.

Nous nous entendions grâce à un sens commun du désespoir, une insatisfaction générale. Elle était beaucoup plus intelligente que moi et plus cultivée, dans tous les domaines. Nous faisions d'interminables promenades partout où nous pouvions le faire sans dépenser trop d'argent, en particulier au Metropolitan Museum of Art. C'était la première fille juive que je rencontrais. Si elle n'était pas terriblement portée sur le sexe, je montrais une certaine obstination dans mes doutes névrotiques. Plusieurs homosexuels m'avaient fait des propositions et je craignais qu'il n'y eût dans mon attitude quelque chose leur permettant de voir le pédé potentiel qui existait en moi. J'étais donc obligé de me prouver à moi-même que je n'étais pas une tante en m'envoyant toutes les filles du Village que je pouvais sauter. J'allais lui demander sa main, quand, par un après-midi d'octobre, Barbara entra dans le magasin et me reprit en main.

Dès l'aube, je pliai bagage. Le temps avait changé au milieu de la nuit, le vent soufflait en fortes rafales et il faisait froid. Février et novembre ont toujours été mes mauvais mois dans le Michigan, à cause du vent. Le vent m'assourdit, me déprime et je ne peux généralement rien faire d'autre que boire et regarder par la fenêtre en attendant des jours plus cléments. Si demander de l'aide n'était pas à mes yeux un geste méprisable, j'aurais depuis longtemps demandé à un psychiatre si les changements de saisons affectent beaucoup de gens. Je savais qu'un nombre disproportionné de gens mouraient entre trois et cinq heures du matin. Stig Dagerman, dont l'œuvre m'était très familière, s'était suicidé en hiver, bien qu'Harriet Anderson fût alors son amante. J'étais aussi trop imprégné de Strindberg et il y avait de nombreux suicides dans l'histoire de ma famille, soit par le chemin détourné de l'alcool, soit par celui plus direct du canon de la carabine pointé contre la tempe. Bang, son cerveau l'entendait encore, ses synapses sonnaient tout en éclaboussant le mur. Je voudrais pouvoir lui demander ce qu'il fait maintenant. Absolument rien. Je parie pour le rien à sept contre un, encore et encore. Gardons les paris ouverts. Je mis toutes mes affaires en piles, roulai le sac de couchage et la tente – une saloperie bien trop lourde, une tente de surplus – en me demandant si des soldats y avaient passé leur dernière nuit avant de partir à l'aube dans l'intention d'occire des nazis ou des Japs. Ô Tôjô. Quelle peur je ressentais autrefois à ce nom ! L'apocalyptique samouraï. Je piétinai les boîtes de conserve, puis creusai un trou avec ma hachette et mes mains nues, ce qui me coûta beaucoup d'efforts et plusieurs ongles. Je frappai le sol avec une violence meurtrière, jusqu'à ce que le trou fût assez profond pour y enterrer tous mes détritus sous trente centimètres de terre. À l'époque du lycée, quand je me sentais mal, j'allais au fond du jardin de mon père creuser un trou à ordures assez grand pour m'enterrer. Creuser des trous apaise, comme ramper. Une bonne recette, filez un renard : rampez sur une centaine de mètres à travers la bruyère, le sumac et la vesce, et, quand vous vous relèverez, vos pensées se seront apaisées. Si seulement je pouvais larguer cette foutue tente. Mon paquetage pesait en tout trente kilos, poids qui aurait été réduit de moitié sans la tente. Et ce foutu vent qui souffle à trente nœuds du sud-ouest – regarde les cimes de ces arbres qui se plient sous les rafales et écoute-le gronder. Même avec deux paires de chaussettes sèches, mes ampoules me faisaient toujours mal. Au milieu de la matinée j'étais prêt, et rien ne trahissait qu'un homme avait campé là, ce qui était exactement mon but. Pas de cicatrices. Mon cerveau, lui, est strié de tissu cicatriciel couleur de la marne qu'on drague au fond des lacs. Je balayai le sol avec une poignée de branchages.

Mon paquetage avait une structure en aluminium adaptée à la forme du dos, mais, au bout de cinq kilomètres, je respirais difficilement, bruyamment et douloureusement. Je m'assis contre un bouleau et fumai une cigarette, puis dus me battre comme une tortue renversée sur le dos pour me relever. J'avais l'impression que mes pieds étaient trempés et mes ampoules devaient être suffisamment à vif pour commencer à saigner. Je me dirigeai plus directement vers l'ouest, espérant trouver la route plus vite, ensuite je n'aurais qu'à la suivre jusqu'à la voiture. Je me disais aussi que j'avais une vague chance d'y voir des traces d'animaux qui l'auraient traversée. Mon Dieu, je vous en prie, envoyez-moi un hélicoptère et je partirai catéchiser les païens n'importe où où vous le déciderez. Acceptez ce modeste présent, vous ne le regretterez pas. Seul le silence me répond, et le vent qui gémit. Je regardai les sombres cumulus galoper à travers le ciel : « Et ne laissez pas la pluie commencer à tomber avant que j'arrive à la voiture, c'est un ordre, débrouillez-vous et je vous salue bien. » Je sais que je blasphème, comment ne le saurais-je pas après tout ce temps passé à étudier la Bible – j'avais l'intention à quinze ans de devenir prêcheur de l'Église baptiste. J'arrivai à la route plus vite que je ne m'y attendais et regardai ce que m'indiquait la boussole. Ce n'était peut-être pas la bonne route. Mais elle allait nord-sud, et, au pire, me conduirait à celle que je cherchais. Quelques centaines de mètres plus loin, je trouvai un de ces bulldozers que les bûcherons utilisent pour avancer dans la forêt. Un diesel LeTourneau. Peut-être pourrais-je le faire démarrer. Je me débarrassai de mon paquetage et grimpai sur le siège. Broummmm broummm, criai-je en me débattant avec la manette des gaz, les deux poignées de direction et la commande hydraulique. Je me rappelai alors que les bulldozers de cette taille avaient toujours un petit moteur annexe permettant de faire démarrer leur énorme diesel. Je descendis et trouvai le Briggs-Stratton, mais son réservoir était vide. Furieux, j'y jetai une poignée de sable et allai même en mettre dans le réservoir du diesel. Je l'imaginais s'étouffant et s'immobilisant après quelques centaines de mètres. Ha ha ha. Ne coupez pas mes arbres, même s'ils ne sont que d'inutiles peupliers. J'eus envie de jeter une allumette dans le réservoir du diesel mais m'arrêtai, je ne voulais pas provoquer un incendie de forêt. Confortablement assis sur le bull, je fumai une cigarette en faisant des bruits de moteur, puis redescendis, détachai ma tente du paquetage et la jetai sur le siège. Un cadeau pour les bûcherons, de quoi garder leur siège au sec. L'allègement de mon paquetage me mit de bonne humeur et malgré mon mal aux pieds j'allongeai le pas. Tout en marchant, je chantais. D'abord l'hymne national, dont je dus réinventer les dernières paroles car je les avais oubliées. Puis *It's Crying Time Again* de Buck Owens, *Blue Ridge Mountain Boy* de Dolly Parton et finalement « L'hymne à la joie » de Schiller tiré de la *Neuvième symphonie* de Beethoven. Je chantonnai ensuite des airs de Schütz et de Buxtehude. Au moment où j'allais entamer le dernier couplet de *The Old Rugged Cross*, après un rapide détour par *White Rabbit* du Jefferson Airplane, je vis la voiture. J'étais un géant. Je me déshabillai, courus au bord du ruisseau et sautai sous la cascade. L'eau me parut plus froide que trois jours plus tôt. Je me frottai les mains et le corps de sable mouillé puis allai m'asseoir sur le chaud capot de la voiture où, parcouru de frissons, je laissai le vent me sécher. Où est ma danseuse, ma partenaire, maintenant que je me sens envahi de désir – dans la chaleur de la voiture, sur la banquette arrière, pour une séance de jambes en l'air avec variations, délicieuses fioritures que Dieu a mises dans notre tête pour notre plus grande joie. Mes actions de petit actionnaire du plaisir devraient monter de trente-trois points au tableau d'affichage de la Bourse, me dis-je. Pour avoir enchanté la nature en la laissant de nouveau à elle-même. Prends cette eau qui se déverse comme un euphorisant. Je suis premier danseur du « Je ne suis pas sûr et peut-être ne le serai-je jamais ». La lumière fuse d'elle-même avec une seule allumette. Romance. Pensées exsangues car trop de sang a coulé. Juste quelques barrages, ponts, signes, machines.

Quand je quittai New York après un premier séjour de neuf mois, je n'avais que deux personnes à qui dire au revoir, tribut à ma grotesque hostilité et à la carapace de glace qui recouvre presque tout le monde là-bas. Arctique, voilà le mot. Et parler est le seul mouvement possible, et dans le métro s'entassent des oies. Je les avais regardées patiner au Rockefeller Center et je les avais regardées dans le sordide et terrifiant zoo d'enfants de Central Park. Portraits d'enfants avec cerveau sous verre. Cité de grinçantes plaques d'égouts. Nous avions porté à l'intérieur du magasin un vieil homme qu'un taxi venait de renverser. Le chauffeur avait évidemment dit que ce « couillon » avait traversé au vert, ce à quoi j'avais rétorqué qu'il n'y avait pas de feu à cet endroit. Pendant ce temps, du sang et du vomi se déversaient de la bouche de l'homme et coulaient autour d'un présentoir de livres. Puis du sang était aussi sorti de ses oreilles et de son nez. Mort dans une librairie et, derrière la vitrine, la foule qui regarde. J'avais ouvert sa veste et vu que sa chemise était trempée ; il avait dû se retourner et prendre une tonne et demie en pleine poitrine. Quand l'ambulance de police secours était arrivée, il n'y avait pas de témoins pour raconter ce qui s'était passé, et, de toute façon, quelle importance ? J'étais allé dans un bar près de la 42e Rue et de la Huitième Avenue pour m'endormir la tête.

Nous avions rompu. Barbara était partie à East Hampton avec un jeune type, genre futur grand financier, qui venait du Mississippi. Quinze jours plus tard, elle m'avait appelé à la librairie en me demandant si elle pouvait revenir et je lui avais dit non très gentiment, en ajoutant que je l'appellerais si jamais je revenais dans cette ville. J'avais téléphoné trois fois à Laurie avant qu'elle ne consente à me dire au revoir. Nous avions pris un café dans un White Tower près de Hudson Street puis nous étions allés au White Horse où elle avait bu un Coca et moi une demi-douzaine de margaritas. Le dîner avait coûté très cher, elle n'arrêtait pas de pleurnicher et touchait à peine ce qu'on lui avait servi. Mes bagages étaient faits et j'étais en train de dépenser l'argent du car. Je vais être obligé de rentrer en stop et cette idiote ne mange même pas. En fait, je pris le train jusqu'à Philadelphie puis remontai Broad Street jusqu'au Roosevelt Boulevard où j'attendis deux heures qu'une voiture m'emmène jusqu'à l'autoroute. En la quittant, je lui avais dit que je reviendrais dans quelques mois et qu'alors je l'épouserais. J'aime les histoires qui finissent bien, surtout quand je bois.

5

LE RETOUR

Certains souvenirs ont la qualité d'une transe d'albâtre – vous flottez en ces lieux du cerveau où ils résident, temples ou pavillons blancs au milieu d'un bosquet. Après avoir fait démarrer la voiture, encore frissonnant de mon bain dans la cascade, je sentis toute panique me quitter et compris que j'avais eu sans m'en rendre compte très peur que le moteur refuse de se mettre en marche. La menace que cela représentait, une marche de soixante-quinze kilomètres, était trop terrifiante pour même y penser. Je roulai doucement et m'arrêtai là où l'ombre avait traversé la route trois nuits plus tôt ; pas la moindre trace, mais, avec le vent qui avait soufflé, puis la pluie qui était tombée, cela ne prouvait rien. Je me souvenais ainsi de Barbara qui faisait des cauchemars et restait ensuite debout toute la nuit, pensant que, si elle dormait dans la journée, les cauchemars ne reviendraient pas. Un jour, sa voix m'avait réveillé et j'avais cru un instant que nous avions de la visite, mais, quand j'avais ouvert les yeux, le jour se levait à peine et elle était assise sur une chaise devant la fenêtre, le store vénitien projetant de fines raies de lumière rose sur son corps : une raie dans ses cheveux, une autre sur son cou, sur sa poitrine, son ventre et ses genoux.

Je lui avais dit de venir se coucher et elle s'était endormie immédiatement. En regardant son visage contre l'oreiller, je m'étais senti plein de compassion pour toutes les créatures qui ont peur du noir ou de ce qu'il peut y avoir dans le noir. Dans un autre de ces souvenirs, allongé sur l'herbe des Cloisters, la tête sur la cuisse de Laurie, j'écoutais un chant grégorien en regardant un bourgeon d'érable tomber d'un arbre au-dessus de nous. Il tombait avec une infinie douceur, se dirigeait vers ma tête et la rata de quelques dizaines de centimètres, mais, dans un quart de seconde de silence au milieu de la musique, je l'entendis atterrir sur l'herbe, exactement comme j'avais entendu un jour dans un bois une hirondelle se poser sur une branche. Dans un troisième de ces temples de ma mémoire, se trouvait une forme de peur que je ne pouvais supporter, le mélange de deux images mentales, pourtant distantes de plusieurs années mais qui s'étaient mariées dans ma tête. Dans la première, j'étais en train de me laver le visage dans une rigole d'irrigation, quand je vis soudain tout près de moi un serpent à sonnette et me relevai d'un bond, comme propulsé par une énorme explosion. Ce souvenir allait toujours de pair avec celui du jour où, à quatorze ans, je m'étais perdu au cours d'une chasse au cerf. Il faisait sombre et froid, les arbres se dressaient devant moi comme de noires colonnes et, quand je tirai les trois coups rapides convenus, une flamme bleue sortit de mon canon et m'aveugla, puis le bruit m'assourdit. Alors, avant que l'écho se taise, j'entendis la carabine de mon père me répondre et je me dirigeai rapidement vers la source de ce son, avant que les échos ne me trompent.

Tandis que je sortais des bois, je me sentis envahi par un calme nouveau et étrange, dont je doutais qu'il durât : après avoir changé si souvent de vie, j'avais finalement décidé qu'il n'y aurait jamais rien à changer – je pouvais bouger dans tous les sens à la surface, comme dans un jeu de mah-jong, mais ces mouvements se déroulaient sur une fine pellicule empêchant quoi que ce soit de remuer en dessous. Je vivais en somme dans un certain fatalisme sarcastique, tout au moins en ce qui concernait les problèmes géométriques – le travail, l'alcool, le mariage et leurs concomitants naturels : le chômage, la soûlographie et l'infidélité. Peut-être tous les vrais enfants du protestantisme sont-ils victimes de l'adage « Aide-toi et le ciel t'aidera », de la notion d'une loi de la vie semée de marches à gravir, de sentiers à parcourir, de signes à suivre, d'échelons. Saint Paul au milieu des sauvages roches rouges essayant de ne pas penser aux femmes. Exactement comme je pensais maintenant au whisky. Une fois sur la route nationale, je m'arrêterais à une station d'essence et réserverais une chambre dans un hôtel d'Ishpeming et, en arrivant là-bas, je prendrais une douche puis descendrais au bar et boirais jusqu'au coma, ce que je mérite bien. Rester conscient est simplement un effort que je ne peux produire de façon continue – une maladie qui me fait tourner la tête, m'enfièvre, me rend malheureux. Peut-être David but-il énormément sous sa tente, la nuit qui précéda le combat.

Il y avait sur la route des fondrières qui n'y étaient pas sept jours plus tôt. J'arrivai trop vite sur les deux premières et touchai. Je descendis de voiture pour vérifier l'étendue des dégâts, mais le réservoir était simplement éraflé. Soulagement. Je repartis plus lentement jusqu'en haut d'une colline où la route passait au-dessus d'un barrage de castor, entre un marécage et un étang. L'étang avait débordé et creusé une ornière si profonde qu'il allait me falloir y travailler au moins une heure avant de pouvoir passer. Je maudis les bûcherons de ne pas entretenir cette route que je ne voulais pas qu'ils utilisent, puis descendis jusqu'en bas de la pente pieds nus – je voulais faire sécher mes talons sanguinolents – et regardai la gorge miniature et l'eau si claire qui s'écoulait vers le marécage. J'entendis un splash dans l'étang et vis un rond se former à sa surface, puis un autre, plus loin. Des truites. Et pas de canne. Je me sentais assez furieux pour leur tirer dessus à la carabine. Cette foutue claustrophobie de dernière minute qui me fait toujours tout laisser derrière moi en espérant découvrir autre chose. Au diable tous les gourous de la terre, tous les conseils, toutes les conclusions définitives. J'enfilai mes bottes au prix d'une douleur considérable et commençai à réunir tous les bouts de bois que je trouvais, nettoyant les branches de leurs rameaux à la hachette. J'étais dans une telle colère que ma vision me semblait encadrée de rouge, et je dus enlever ma chemise trempée de sueur. Il me fallut environ une heure pour combler le trou. Je fis emballer le moteur comme si j'avais été sur une piste de sable, et faillis perdre le contrôle de la voiture en écrasant les branchages entassés dans le trou. Tandis que je continuais ma route, un horrible cliquetis se fit entendre, probablement un moyeu de roue, ou le joint de cardan. J'avais toujours haï les voitures. Avec un ami, nous avions des années plus tôt mis en pièces une Plymouth 47 à cent à l'heure. Soûls. Nous étions alors charpentiers et avions, à coups de marteau, fait voler en éclats vitres et pare-brise. Une fois chez lui, nous avions tiré au pistolet dans les pneus. Je regardai le compteur, il devait me rester encore cinquante kilomètres à parcourir jusqu'à la route nationale et on n'était qu'au milieu de l'après-midi. J'atteindrais Ishpeming à temps pour m'acheter une chemise et un pantalon propres. L'hôtel recevait surtout des ingénieurs des mines et des gens qui étaient en affaires avec Cleveland Cliffs. Il n'y avait plus de minerai de bonne qualité, mais quelqu'un avait découvert la Taconite et la ville prospérait de nouveau. C'est fou comme Ishpeming et Houghton peuvent ressembler à des villes minières anglaises : les gens y ont ce même air dévasté, ces mêmes yeux pâles de ceux qui passent le tiers de leur vie sous terre. Une des raisons de toutes ces grèves qui s'y déroulent est que les mineurs en arrivent parfois à un stade où il ne leur est plus possible de vivre comme des taupes. Calumet-Hecla avait fermé une mine après une grève de deux ans. La mine s'était remplie d'eau, et des milliers de gens devinrent des morts vivants.

En ralentissant de nouveau pour traverser une ornière, j'aperçus des traces sur le sable roux. Je sortis le Murie de mon sac et y lus qu'elles appartenaient à un coyote. J'étais encore en colère et me rendis compte en arrivant sur la route nationale que je n'étais en proie à aucune de mes peurs habituelles. Que le noir, les voitures, l'électricité, le feu, la police, Chicago, Agnew, les universités, la douleur, la mort et l'esprit marine aillent se faire foutre. La terre elle-même est une tomate pourrissante, mort par implosion, lente décomposition de l'intérieur. J'allumai la radio et entendis la fin d'un hit de Creedence Clear-water Revival. Quelle lourdeur. Qui peut danser avec les bottes de son grand-père ? Ou est-ce là encore l'imbécillité cow-boy qui nous conduit là où nous en sommes ? Je m'arrêtai à une station-service pour prendre de l'essence et téléphoner à l'hôtel. « Le plein, et vérifiez l'huile », tels furent les premiers mots que j'adressai à un autre être humain après une semaine de solitude.

— Pourquoi est-ce qu'on ne se marierait pas ?

— Parce que tu es une pute.

— J'arrêterai.

— Tu ne peux pas.

— Je trouverai du boulot ou de l'argent et nous irons au Mexique.

— Je ne veux pas aller au Mexique et de toute façon nous n'avons pas de voiture.

Je ne voulais rien d'autre qu'une Triumph 500 cc. Or je n'avais que trois dollars et elles en coûtaient huit cents.

Je m'étais retourné dans le lit, avais regardé ses yeux qui, comme chaque fois que nous discutions ainsi, n'étaient plus que deux identiques mares de larmes noisette. Rares, les yeux noisette.

— Je ne veux pas travailler, jamais.

— Je ne crois pas que tu m'aimes.

— T'as raison.

Je m'étais levé, avais bu une tasse de café tiédasse. C'était le bordel absolu, les restes d'une fête et, sur notre peau, l'odeur du tabac froid. J'étais sorti dans l'air ozoné et avais marché jusqu'à la Cinquième Avenue. Des bonnes entraient dans les immeubles pour une nouvelle journée de travail. J'avais regardé de l'autre côté de la rue le Metropolitan et la troisième marche du perron où je m'étais si souvent assis avec Laurie, puis le parc, au-delà. Pas un centimètre carré sans un mégot de cigarette. Nous avions fait l'amour contre l'aiguille de Cléopâtre, et contre des bancs et des barrières, et sur l'herbe, derrière des rochers, contre des arbres. Une fois, nous avions failli buter sur des pédés en train de se branler les uns les autres à l'autre bout de Central Park West. Oh pardon. J'étais descendu jusqu'à l'East Side Terminal et avais pris un bus pour La Guardia. Quarante-huit heures pour comprendre que j'étais encore une fois là où il ne fallait pas, au moment où il ne fallait pas, pour les raisons qu'il ne fallait pas. J'étais assommé d'ennui et j'avais dormi pratiquement tout le temps jusqu'à Detroit, la plus dévastée de nos villes. Un autre avion m'avait emmené à Lansig en compagnie de législateurs qui semblaient s'ennuyer encore plus que moi. C'était le mois de mars, celui où tout le monde s'ennuie et veut sortir de son trou froid et boueux et changer de peau. Mon dernier voyage d'exploration. Au téléphone, la mère de Laurie n'avait pas voulu me donner son adresse : « Tu crois que tu ne lui as pas fait assez de mal comme ça ? », m'avait-elle demandé avec son accent nasillard du

Bronx. Non, bien sûr que non. Je reviendrai général cinq étoiles du Women's Army Corps et alors tu regretteras, madame Ménopause. Mères protégeant leur fille de vingt ans avec des tests quotidiens au papier de tournesol pour voir ce qu'elles ont fricoté. J'étais monté dans ma voiture, rentré chez moi prendre mes affaires sans un mot et avais continué vers le nord. Puis j'avais fait demi-tour vers le sud, il y avait trop de neige. Et j'avais dormi pendant trois mois avant de me remettre en mouvement.

Debout devant la glace en pied de la salle de bains, avec un nouveau pantalon de toile et une chemise hawaiienne à manches courtes qui était soldée au prix exceptionnel de trois dollars. Dans la glace, je vis le même moi, un peu plus bronzé, plus tanné et avec peut-être cinq kilos de moins ; un menton mou sans caractère, un œil gauche qui partait tout seul pour ses aventures aveugles. Une transplantation de la cornée coûtait au moins cinq mille dollars. Je voulais être à San Francisco, un collier autour du cou, en train de baiser une starlette tandis que la pipe à hasch finirait de brûler dans le cendrier. Dingue de drogues douces. Il faut sélectionner les modes de défonce, Brad. Choisir ton poison. Dans la salle à manger de l'hôtel, on me donna une table en coin, de celles qu'on réserve généralement aux types douteux ou aux pêcheurs peu élégants. En fait, exactement la même que deux ans auparavant. Je levai le doigt et une serveuse vint vers moi.

— Corégone grillé et T-bone bleu.

— Les deux ?

— Oui.

— En même temps ?

— Et un triple bourbon à l'eau sans glace.

— Un hors-d'œuvre ?

— Non.

Je bus le bourbon en trois longues gorgées. Oh, cette chaleur incroyable, si bénéfique. Vive le whisky. Quelques instants plus tard, j'eus ce que mes amis junkies appelaient un « rush ». Léger vertige, vide dans la boîte crânienne. Pieds engourdis. Je mangeai d'abord le poisson, l'avalant à grosses bouchées goulues, puis je m'attardai sur le T-bone, pour une fois vraiment bleu, et presque froid au milieu. Je le pris à pleines mains et finis par ronger l'os, au grand dégoût de M. et Mme Amérique Profonde de la table d'à côté. Je parierais qu'ils fêtent l'anniversaire de m'man ou de leur mariage, ou quelque chose dans le genre. Sortons-la de son étouffante cuisine pour une soirée, qu'elle mette sa robe et son chapeau des grands jours. Je me levai et laissai échapper un rot incontrôlable et retentissant qui résonna derrière moi jusqu'au fin fond de la salle. Tous les regards se tournèrent vers moi et je fis un petit salut gêné. Désolé, les amis. Et maintenant je vais me balader dans les rues, acheter tous les journaux en vente dans cette petite ville industrielle et faire la tournée des bars.

Life, *Time*, *Newsweek*, *Sports Illustrated*, *Playboy*, *Cavalier*, *Adam*. Je laissai de côté *Outdoor Life*, *Sports Afield* et *Fortune*. J'aurais bien aimé trouver des magazines pornos, j'avais oublié à quoi ça ressemblait. Trois bars si tristes et sordides qu'il était difficile d'y finir un verre, et l'accent chantant des Finnois flottant dans l'air. Je retournai au bar de l'hôtel, plus gai avec ses murs décorés de photos de pêche à la truite et d'engins utilisés dans les mines, et le jeune barman m'y accueillit d'un aimable : « Salut, le sportif. »

— Double Beam à l'eau sans glace.

— Beaucoup de prises ?

— Du menu fretin, c'est tout.

Il m'entraîna dans une conversation très sérieuse sur les rivières de la Haute Péninsule, et quelques autres clients se joignirent à nous. Tous ces noms si beaux, qui roulent sous la langue : Black, Firesteel, Salmon, Huron, Yellow Dog, Sturgeon, Baltimore, Ontonagon, Two Hearted, Escanaba, Big Cedar, Fox, Whitefish, Driggs, Manisitique, Tahquamenon. Je racontai juste ce qu'il fallait de mensonges, et ils me servirent des histoires de pêche tout aussi douteuses. Très amical, je payai des tournées jusqu'à ce que je sente mon cerveau suffisamment engourdi pour dormir. Dans la chambre, j'étalai les journaux sur le lit et bus une dernière gorgée à la bouteille que j'avais achetée pour la route du lendemain. Je feuilletai les magazines, photos, sports, infos, nichons et mauvais humour. Bus une autre gorgée. Je ne voulais pas être là. Où est ma tente moisie ? Sur le siège du bulldozer. Et où est ma tête et pourquoi est-ce que je ne meurs pas maintenant ? Fantasmes de Colombie-Britannique où je partirais pour trois mois avec un Colt Magnum 44 pour me protéger des agressifs grizzlys. Oh, prendre le bateau jusqu'à Bella Coola et partir vers l'Est, sans guide, avec mes cannes à pêche et de la nourriture séchée. Vivre en ermite. Deux kilos de tabac Bugler, du papier à rouler Zig-Zag, mais ni herbe ni whisky. Rencontrer fille indienne et niquiniquer. Zizi mort. Ou retourner avec épouse et oublier dix ans de vie, les effacer, comme on dit, nous avons tous nos mauvaises périodes. Je veux retourner vingt ans en arrière et traire les vaches le soir avant dîner, lancer le fourrage à toute volée avant de passer les licols. De l'avoine avec le foin pour les chevaux. La luzerne est trop épaisse pour passer à travers champs maintenant. Depuis combien de temps ne suis-je pas rentré chez moi où plus personne ne vit de toute façon ?

Un petit déjeuner de gueule de bois classique, arrosé de trop de verres d'eau glacée. Je demandai des œufs au jambon avec des pommes de terre et un double bloody mary.

— Le bar est fermé.

— Appelez-moi le directeur.

— Il n'est pas là.
— Le sous-directeur, alors.

J'eus droit au réceptionniste qui descendit préparer mon verre. Je lui donnai un dollar de pourboire et me renfonçai dans ma chaise. À l'autre bout de la salle à manger, deux hommes lisaient chacun de son côté le *Wall Street Journal*, si loin de New York. À mon arrivée, ils me jetèrent un coup d'œil de toute évidence dégoûté et je pointai mon majeur droit vers le ciel à leur intention, mais ils se replongèrent dans leur journal sans avoir le temps de le voir.

J'arrivai au Mackinaw Bridge en un temps record, après avoir conduit ma vieille guimbarde à cent vingt et vidé ma bouteille en une heure. Je planais agréablement maintenant. Bonjour forêt et eau, bonjour pont. Je le traversai les yeux aux aguets – j'ai terriblement peur des ponts, surtout du Verrazano Narrows et du Mackinaw. Trop longs. Je ne sais pas pourquoi, mais le Bay Bridge et le Golden Gate semblent plus costauds. Je pourrais peut-être aller vivre à Frisco et y prendre de la dope, mais j'ai besoin de saisons et le cycle pluie et brouillard, brouillard et pluie me déprime. J'arrivai à Grayling à l'heure du dîner et fis un détour pour éviter la maison où j'étais né, mais fus dégoûté par la façon dont les commerçants avaient essayé de transformer la ville en « village alpin », ornant le devant de leurs boutiques de faux toits de chalets suisses. Cette sainte merde dans ma ville natale, et moi qui ne ressens rien et continue ma route vers le Sud après avoir acheté une autre bouteille.

Mon père avait choisi pour moi un endroit près d'un trou noir à un coude de la rivière et m'avait dit de ne pas en bouger. Il faisait à peine jour et j'étais resté là jusque tard dans l'après-midi, quand il était revenu avec son panier de pêche plein à ras bord. J'avais attrapé une demi-douzaine de truites et quelques rémoras qu'il avait jetés sur la rive pour les étourneaux. Nous étions revenus au chalet du lac par la route de Luther, Bristol, Tustin et Leroy, et avions mangé les poissons au dîner. Deux parents et cinq enfants dans un petit chalet au toit couvert d'amiante. Après avoir dormi quelques heures, j'avais dû me relever pour l'ouverture de la pêche à la perche qui commençait à minuit. Je ramais autour du lac et il lançait inlassablement son appât favori, un vairon coupé en morceaux. Il avait attrapé cinq perches, moi une. Nous les avions mangées au petit déjeuner, accompagnées d'œufs et de pommes de terre. Je dormais avec mon frère sous les poutres nues du grenier où montaient la chaleur, l'odeur de la fumée du feu de bois et les moustiques. Souvent la pluie battait furieusement les lattes du toit à quelques dizaines de centimètres au-dessus de ma tête, et, quand elle s'arrêtait, les rafales de vent y projetaient encore l'eau accumulée sur les branches des arbres. À l'époque, je ne pensais jamais à ces gens auxquels j'étais lié, ni à mon frère couché là, ni au reste de la famille à l'étage d'en dessous. Encore moins aux incessantes et bavardes réunions qui regroupaient parents proches et éloignés de mon père ou de ma mère, et même pas à la grande fête annuelle des mennonites auxquels nous étions rattachés du côté paternel. Reliés à des centaines de gens, avec une vieille photo de Lincoln et, à l'arrière-plan, un ancêtre qui sourit à travers une barbe savamment taillée. Après la mort de mon père, je n'eus plus jamais le moindre rapport avec tous ces gens, excepté à l'occasion d'un ou deux enterrements. Je ne pouvais supporter que sa mère, ma grand-mère, ait accroché au mur un agrandissement d'une photo de lui en l'entourant de vieilles photos de classe, de bouquets de fleurs séchées et d'articles de journaux. Une sorte de reliquaire qu'elle contempla jusqu'à ce qu'elle meure à son tour. Je crois que les familles fondées sur les liens du sang sont en voie de disparition – une lente disparition, je ne le nie pas, mais une disparition quand même.

Cadillac, après Mancelona et Kalkaska, puis Leroy et Ashton où je tournai à gauche sur une route gravelée pour un rapide détour au bord du lac. Mais au bout de quelques kilomètres, je m'arrêtai. Il y avait plus de dix ans que je n'étais pas venu ici, et je décidai que c'était très bien comme ça. Autrefois, trois hérons bleus se tenaient toujours dans un certain sapin géant de l'autre côté du lac. Il y avait aussi deux huards qu'on pouvait reconnaître facilement, un mâle et une femelle, et quelques grandes tortues alligators qui nous étaient devenues si familières que nous aurions pu leur donner un nom à chacune. Et pendant les premières années de l'après-guerre, une famille de lynx dans les bois, avec une musique à eux, si particulière, un feulement aigu et déchirant. Peut-être cela voulait-il dire « je t'aime » en langage lynx. En faisant demi-tour, je faillis m'embourber sur le bas-côté. La seconde bouteille commençait à faire son effet, un effet merveilleux. Mais je retrouvai mon bon sens l'espace d'un instant, et la jetai par la fenêtre encore à moitié pleine. Le soir tombait, j'avais sommeil. Je me garai sur un chemin de ferme et me recroquevillai sur la banquette arrière dans mon sac de couchage. Si je ne veux rien être, cela ne regarde que moi. Un absolument rien auquel j'ajouterai peut-être quelque chose plus tard, mais pour l'instant rien. J'ai envie de jarret de porc bouilli avec du pain, du beurre et de la moutarde chaude. Essai : peut-être ai-je eu assez à boire, comme s'il existait un nombre limité de verres à ingurgiter, comparable au nombre officiel mais mythique des orgasmes chinois. Avec mon père, nous avions surélevé le toit de la maison, construit un garage et une chambre supplémentaire avec véranda et patio. Cela nous avait pris un mois. Et un jour, debout sur notre nouveau toit, j'avais décidé d'aller à New York. Plus tard, nous nous sommes assis ensemble à la table jaune de la cuisine jaune.

— Pourquoi veux-tu aller à New York ?
— Je n'ai pas envie de rester ici.
— Tu y es déjà allé une fois.
— Je veux essayer encore.
— Où vas-tu travailler ?
— Je ne sais pas. J'ai quatre-vingt-dix dollars.

Puis j'étais monté, et j'avais mis mes affaires dans la boîte en carton. Quelques vêtements qui m'allaient mal. La machine à écrire qu'il m'avait achetée pour vingt dollars deux ans plus tôt. Et cinq ou six livres – ma bible, Rimbaud, *Les Possédés* de Dostoïevski, le Faulkner de poche, *Mort à Venise* de Thomas Mann et *Ulysse*. Ceux-là, exactement. J'allai chercher de la corde à linge à la cave et en entourai le carton. Mon père était assis à la table de la cuisine.

— Prends ma valise.
— Je ne peux pas y mettre la machine à écrire. Et en plus, tu t'en sers.
— J'aimerais pouvoir te donner un peu d'argent.
— Je n'en ai pas besoin.

Je m'étais assis avec lui et avais bu une canette de bière. Nous avions parlé de ce que nous avions construit pendant ses vacances, puis il était allé prendre une bouteille de whisky dans le placard à balais, et nous en avions bu chacun quelques petits verres. Puis il m'avait donné deux de ses cravates qu'il avait nouées pour moi. Je les avais glissées sous le couvercle du carton.

Le lendemain matin, ma mère, mes frères et sœurs avaient pleuré parce que je partais, sauf bien sûr mon frère aîné qui était dans la marine en poste dans la baie de Guantánamo. Puis mon père m'avait accompagné à la gare routière.

— Tu seras toujours le bienvenu à la maison.

Je me réveillai au milieu de la nuit sur la banquette arrière, la bouche très sèche et assez dégoûté de moi-même. Je démarrai, allumai la radio pour savoir l'heure. Onze heures seulement. Les Everly Brothers chantaient *Love Is Strange*. Oui, l'amour est étrange, encore faut-il arriver à le vivre. Je rentrai par Reed City où je bus un café dans un café où vingt-cinq ans plus tôt j'avais mangé des céréales alors qu'il faisait encore nuit avant d'aller à la pêche à la truite. Tous les garçons de ma classe m'enviaient de traîner derrière mon père comme un toutou quand il pêchait la truite. Buckhorn Creek et seulement quelques petites prises. Je passai rapidement devant la vieille maison et la clairière violette près de la rangée de saules immenses. Rien n'est hanté et le sentiment est un couvercle dont je n'ai pas besoin pour supporter le présent. Linoléum repeint et une remise. Petit hôpital derrière lequel, au milieu de jeunes arbres replantés et près d'un tas de cendres, une bouteille cassée m'avait déchiré l'œil. Cela ne semblait pas me faire mal, mais, quand j'étais arrivé à la maison, il y avait eu des cris. Quand j'avais été « sauvé » à l'Église baptiste, j'étais resté sauvé pendant deux ans et avais lu la Bible une douzaine de fois, étais allé deux fois le dimanche à l'église, ainsi que le mercredi pour la réunion de prière où les gens apportaient des témoignages de la grâce sans pareil de Jésus dans leur vie quotidienne. J'avais pris la parole en m'appuyant sur le passage de l'épître aux Éphésiens où Paul leur conseille de se revêtir de toutes les armes de Dieu. La religion stimule le sexe – quand il est interdit, un rapide coup d'œil vers ce qui se dessine sous une robe suffit à vous faire bander. Puisses-tu être froid ou bouillant ! Ainsi, parce que tu es tiède, je te vomirai de ma bouche. Tiédeur. Enfants déshérités. Ô combien vrai. Traînant à travers tout le pays, les pèlerins de l'époque, ceux qui ne veulent pas assurer leur retraite. Il suffit de dire non, a dit quelqu'un, et tout ce foutu bordel passe à côté de vous. Ne pas se laisser attraper dans son sillage. Dans un bar de nuit à Lansig, le Nègre m'a dit : « Ne passe pas cette ligne », en dessinant un trait invisible avec son pied. Et je ne l'ai pas passée, mais nous nous sommes soûlés et nous avons oublié, puis mangé ce qu'on appelle là-bas du gros buffle, c'est-à-dire de la carpe. Mais je ne suis pas aussi sûr de moi que les jeunes. Pré-spoutnik. Et je n'arrive pas à rester marié. Il y a une femme là-bas dans l'ombre qui s'efface, je le sais mais je doute. Après avoir lu Isaïe et Jérémie, il n'a de toute façon jamais été question de coopérer. J'ai entendu dire qu'il y avait actuellement des fanas du Christ, je suis définitivement contre, alors passez votre chemin. Un vrai chrétien déchu au souffle de premier clairon. Horrifié par Caïn et la mère d'Ismaël. Comment Abraham pouvait-il accepter de tuer son fils ? J'étais ensuite allé dans le Colorado et j'avais perdu ma religion quand elle avait enlevé son jean dans une tour de surveillance des incendies abandonnée. Au moins dix secondes de plaisir, puis encore et encore. Nouvelles découvertes.

À Paris, Michigan, ville d'environ deux cents habitants, je me garai dans le parking d'une taverne. La soif fondait de nouveau sur moi.

En passant près des viviers, je ralentis. Bien qu'il fît nuit, j'aurais dû les forcer à m'ouvrir sous la menace de ma carabine et aller voir les deux esturgeons et toutes les grosses truites brunes et de rivière dont ils se servent pour la reproduction. Qui a dit que le prédateur veille sa proie ? Pas nous, car ce n'était pas vrai. J'avais abandonné l'histoire de l'art parce que j'étais dégoûté d'apprendre qu'à leur époque les temples n'étaient pas blancs, mais peints de couleurs criardes. Diane en paillettes rouges, accompagnée de lévriers bleus. Des années plus tard, au contraire, j'avais aimé les imaginer ainsi. Dans une ruelle à New York, la seule fois où j'avais sniffé de la cocaïne, j'étais entré par la porte métallique d'une issue de secours dans une pièce à l'autre bout de laquelle se tenait un homme avec dans les bras un bébé qu'il avait lâché en me voyant. Le bébé était jaune et probablement faux, car sa tête creuse s'était cassée quand il était tombé sur le sol. Lorsque j'avais relevé les yeux, l'homme était parti. J'avais alors de nouveau regardé par terre, le bébé avait disparu. J'étais sûr de n'avoir rien vu, mais quand je m'étais retourné, il n'y avait plus de porte, puis la pièce elle-même s'était évanouie. J'avais serré le poing mais je n'avais plus de main, et mes dents ne voulaient plus non plus claquer les unes contre les autres. Je n'existais plus. Une saloperie, la cocaïne, et ce nouveau genre en Amérique du « je veux tout essayer au moins une fois ». Le type qui vivait derrière chez nous était devenu sourd après avoir été gazé en 1918, mais il avait le plus grand carré de framboisiers de la ville. De l'autre côté de sa maison, dans une prairie, il y avait une installation de forage et une machine à vapeur dans laquelle on pouvait grimper puis s'appuyer contre les trous de la chaudière. Tiré un jour une flèche en l'air. En retombant, elle s'était plantée dans la tête de ma sœur, tête qui devait être réduite en bouillie quinze ans plus tard. Mon oncle s'était fait attraper aux viviers alors qu'il essayait de prendre une truite en plein jour avec une ligne qu'il avait passée dans sa jambe de pantalon. Mais la bête était trop grosse, bondissait sauvagement et trempait ses revers tandis qu'il courait devant le gardien en la traînant sur ses talons. Éternel braconnier. Tendait des pièges aux cerfs. Il était entré dans une épicerie avec un camion d'essence. Et mon père avait renversé un camion de bière à l'intersection principale de la ville, puis passé toute une journée à nettoyer. Il m'avait aussi raconté qu'un jour où il s'était soûlé il avait rampé sous un autre camion de bière et s'était endormi. Pendant son sommeil, le chauffeur avait décidé de repartir. Les roues n'étaient passées qu'à quelques centimètres de sa tête. Comme dit la chanson : « Tout le monde veut aller au

Ciel, mais personne ne veut mourir. » Oh ! À l'exception d'une table d'hommes qui jouaient aux cartes à l'autre bout du bar, la taverne était vide. Je pris un double bourbon et demandai un paquet de cigarettes au barman que je connaissais d'il y avait longtemps. Peut-être un cousin au troisième degré. Après avoir bavardé un moment, il me proposa de jouer au billard et gagna deux parties sur trois. La « queue » de la maison connaissait la moindre imperfection du feutre, quelles bandes étaient mortes et où une boule irait rouler du fait de la légère pente de la table. Je partis à l'heure de la fermeture avec la sensation de ne pas avoir touché une goutte d'alcool. Comme je ne semblais pas pouvoir faire passer le whisky au-delà de ma pomme d'Adam, j'avais bu plusieurs ginger ales.

Deux ans après avoir vu Barbara pour la dernière fois, j'avais reçu un mot : « Juste pour te dire que je suis mariée et que nous avons un fils. » Un mari appelé Paul, et toujours le même appartement. Puis j'avais appris par un ami que Laurie s'était mariée. Ainsi que ma copine de Worcester. Et ma petite amie du lycée, avec son cœur en sucre et ses cris d'encouragement quand on jouait au foot. Pas en dessous de la ceinture, monsieur. Il y a quelque chose dans cette institution qui fait que parler de ses problèmes paraît toujours une descente ridicule du sublime au terre à terre. Le processus d'accouplement et ses peines, toujours les mêmes. Une fumée qui aveugle. Et tout le cinéma du « nous nous nous », comme s'il s'agissait de la fin d'une évolution organique. Maison avec pelouse pleine de trèfles et cônes mauves d'une glycine. J'ai assisté à plusieurs divorces, on a toujours l'impression d'être en face d'un maître de chenil ou d'un vétérinaire en train d'examiner le vomi ou la merde du chien pour voir ce qui l'a rendu malade. Un ver de onze mètres de long aux yeux bleu nuit, évidemment. Tous ces gens qui se rencontrent et restent ensemble pour des raisons jamais avouées. Les gens de la norme P.N.B. Je suis seul et, au-delà des simplifications habituelles de l'amour, la monogamie signifie généralement retraite et lâcheté. Retraite et lâcheté nécessaires. Besoin de sécurité. Sirènes et des lotus éparpillés. Un mécanisme en spirale qui n'a pris place, nous dit-on, qu'au cours du dernier millième de la vie humaine sur terre. Il faudrait dater au carbone 14 le mariage, la pluie, le mal du pays, le foyer. Mieux vaut tourner trois fois autour de la tente et commencer dans le noir sans lampadaires pour éclairer rues, usines et bungalows. Un chevalier espagnol. Curieux qu'on ne puisse rien dire à la plupart des gens sans qu'ils croient qu'on énonce ce que l'on considère comme une loi. C'est ainsi que, alors que je venais de prononcer une phrase de sept mots concernant la Déclaration des droits de l'homme, un type se retourna vers moi sur son tabouret de bar et me dit : « Les cocos à la Abbie Hoffman dans ton genre feraient mieux d'aller en Russie. » Je lui demandai de façon obscène s'il voulait que je lui donne un coup de pied dans son gros et gras visage. Je parle de ma forme de liberté particulière, inoffensive. Je ne tiens pas à ce que quiconque adopte ma façon de vivre, de penser. Si j'avais ce genre d'instinct, je me présenterais aux élections. Mes intérêts sont anachroniques. Par ordre de préférence : pêche, forêts, alcool, nourriture, art. Kropotkine est bien, mais Netchaiev programme trop. Je ne crois pas être fait pour faire partie de quoi que ce soit ni pour lever la main et poser une question.

Je roulai en marche arrière sur le chemin jusqu'après la maison. Personne n'y avait vécu depuis 1938, mais elle était toujours là avec sa cour pleine de mauvaises herbes, de morceaux de verre provenant des fenêtres brisées et de bouts de gouttière cassée. Un voisin était censé cultiver les terres, pourtant elles étaient presque toutes envahies par la fougère, le phalaris et le sumac. J'éteignis mes phares et restai là dans le noir à écouter les cliquetis du moteur en train de refroidir et le chant des grillons. Il y avait dans l'air quelque chose d'humide et doux, trèfle sauvage et roseaux du marécage de l'autre côté de la route. Quelqu'un avait rentré du foin. Mon père était né dans cette maison. J'aurais voulu que ce que cela impliquait sombre en moi mais il ne se passa rien ; plus avant dans le temps, son arrière-grand-père s'était fixé ici après la guerre de Sécession, mais cela ne signifiait rien pour moi, je ne savais même pas comment il s'appelait. Je ne connaissais pas mieux mes ancêtres maternels ; peut-être aurais-je pu apprendre quelque chose d'eux en allant à Urnshaldsvik, sur la côte nord de la Suède. Mais ce n'est pas le genre de voyage qui me tente. Un type aux cheveux filasse, fuyant la conscription, arrive dans le coin trente ans après qu'un autre type aux cheveux filasse a marché jusque-là épuisé par la guerre. Ils vivent à une cinquantaine de kilomètres l'un de l'autre, sans se connaître et, des années plus tard, je suis conçu dans une accidentelle conjonction. Un fils de bûcheron épouse une fille de fermier qu'il a rencontrée au bal, dans une auberge au bord de la Muskegon River. Tout cela me laisse froid. Ce qui m'intéresserait, ce serait de lire leur journal de voyage, de suivre sur une carte l'itinéraire du clipper, de voir une photo d'un homme en train de marcher. Où s'arrêtait-il chaque jour tandis qu'il traversait le Kentucky et l'Ohio ? Que buvait-il, que mangeait-il, quelles étaient ses pensées ? Et l'autre, eut-il à subir des tempêtes dans l'Atlantique nord, et quelles furent ses plus grandes peurs ? Un grand-père et un arrière-grand-père. Il n'y avait rien eu à attendre d'eux, rien de spécial n'avait jamais été accompli. Nous avions hérité d'eux d'être paresseux, pas bêtes et pauvres. Pas mal, non ? Une forme de liberté, comme à la mort du père, cette impression qu'il n'y a plus personne pour vous juger alors qu'il ne vous a jamais jugé. Son implicite « fais ce que tu veux ». Générosité, arrogance et force. Dans cette maison de fermiers, l'enfant mongolien était assis le front appuyé contre la fonte fraîche du four ventru. Nous avions tiré de l'eau froide et parlé, assis autour de la table que recouvrait une toile cirée. Un ruban adhésif où venaient se coller les mouches pendait au plafond. L'enfant avait rampé vers nous, posé sa tête orientale sur les genoux de son père et il m'avait regardé fixement. La maison sentait la bouse de vache, le lait et le kérosène, il y avait une écrémeuse dans la cuisine. Comme celle que je faisais marcher chez mon grand-père, avant de porter aux veaux et aux cochons les seaux de lait écrémé.

À peine un quart de lune. Je pense à ces années écoulées entre 1957 et 1960 et les trouve insupportablement agitées, mais celles qui ont suivi me semblent étrangement vides, il en est même certaines dont on ne peut isoler le moindre incident. Ces années où les livres constituaient de véritables événements dans lesquels s'immerger pendant des semaines ; ils se glissaient dans votre respiration et vous adoptiez leur style de dialogue et leurs pensées. Ferrotypie du prince Mychkine. Le rire, ce long rire hystérique quand le directeur des pompes funèbres avait déclaré que tous les efforts « cosmétiques » avaient échoué et que les deux cercueils devaient être fermés. Pourquoi pas ? Une carcasse est une carcasse, connard. Rêve de voyage dans le temps et l'espace, me retrouver à Anvers en 1643. Comme notre prêcheur avait dit que le Golgotha était en réalité la décharge des poubelles de Jérusalem, je ne suis jamais passé depuis devant une décharge sans penser à ce sermon, même lorsqu'il devint un souvenir ancien et hermétique. Avortements spontanés, os verdâtres des agneaux, entrailles de chèvres et peut-être des lépreux qui errent dans les environs, annoncés par le tintement de leurs clochettes, et le monticule, le petit tas de terre avec les croix. Qui peut vraiment imaginer les croix ? Telle est, depuis, la base de notre histoire. Quelqu'un a dit la science de ce qui n'est arrivé qu'une fois. Vous n'étiez venus jusqu'ici dans la cale d'un navire qu'une seule fois et vous n'étiez mort dans la cale du navire qu'une seule fois. Le matelot était soûl et vous avait donné par erreur de l'eau salée. La squaw avait tranché la gorge de son enfant puis la sienne pour échapper à l'indignité de la capture. Deux fois en rêve, les morts étaient devenus oiseaux, l'un une tourterelle triste, l'autre une corneille, tous deux dotés de visages humains, et qui s'étaient envolés quand j'avais tenté de leur parler.

Je démarrai et rallumai la radio. Trois heures. Il commencerait à faire jour dans une demi-heure ; j'éclairai un instant la maison de mes phares. La porte d'entrée était ouverte et, si j'avais eu du cran, j'aurais traversé ce trou noir, mais le plancher n'était peut-être plus très solide et je risquais de passer à travers et de me retrouver dans la cave dont le sol poussiéreux s'ouvrirait alors sur un deuxième sous-sol... Une lampe à kérosène sur la table avec sa mèche qui flambe, lumineuse. J'avais quinze ans et ils m'avaient pris tout mon argent au poker et au tripoli. Mon père et deux de ses frères. Ils s'étaient disputés à propos de qui était « entré dans » une fille le premier vingt ans plus tôt. Bière A & P bon marché et whisky. Ils avaient l'habitude de jouer et m'avaient pris mon argent après que j'avais bu trop de bière. Une simple rasade de whisky m'avait achevé et j'étais allé vomir dans la neige, ce qu'ils avaient trouvé très drôle. J'étais monté au grenier et avais essayé le lendemain d'échapper à la chasse en disant que j'étais malade. Ils avaient encore ri : « Lève-toi, *ce* n'est que la gueule de bois. » Dieu, qu'il fait froid. Et j'avais été le seul à ne pas rapporter de cerf. J'en avais raté trois en pleine course.

Un engoulevent maintenant. Je les ai toujours trouvés fantomatiques. Mais seule la neige hante ce coin. En hiver, quand il fait moins de zéro, elle se soulève et glisse, courant blanc bleuté à travers la cour, et s'engouffre dans la porte ouverte et les carreaux cassés. De vieux journaux dans une des chambres d'en haut révéleront que rien n'a changé, si ce n'est le monde entier, et à la vitesse de la lumière. J'étais dans l'autre maison le lendemain du jour où la grange s'était renversée, et déjà mon grand-père récupérait du bois pour construire un garage. Il chevauchait la poutre centrale et nous lui criions tous : « S'il te plaît, descends du toit », parce qu'il était âgé de quatre-vingt-cinq ans et atteint de sénilité. Il avait refusé et nous avions été obligés de le laisser là pour aller déjeuner. Pendant qu'il arrachait les planches du toit, nous mangions la gorge serrée. Une de mes tantes suivait par la fenêtre chacun de ses mouvements et nous en faisait le compte rendu la bouche pleine. Il avait ensuite construit à l'arrière de la maison un garage complètement de traviole, follement de guingois, et dans lequel il pleuvait à seaux. Puis il avait un jour voulu s'y garer trop vite et y avait embouti tout le côté de la voiture. Il était mort deux ans plus tard, après avoir fait au milieu de la nuit vingt kilomètres à pied vêtu de sa chemise d'hôpital. Nous l'avions enterré dans un petit cimetière de campagne à côté de sa fille Charlotte qui avait succombé à une grippe pendant la Première Guerre mondiale. Bien d'autres tombes s'étaient depuis ajoutées aux leurs. Je pensais bêtement que, quand tous ceux que je connaissais seraient morts, je n'aurais plus l'occasion de pleurer. Pendant la Dépression, des réunions du parti communiste se déroulaient dans les locaux de l'école, de l'autre côté de la route.

Une légère lueur apparaissait à l'est, je descendis de voiture et m'étirai en regrettant d'avoir jeté la bouteille de whisky. Comme j'avais regretté les cigarettes que j'avais enterrées l'autre jour. Je voudrais muer, me débarrasser de cette vieille peau et la remplacer par une autre toute neuve en quelques heures. Épuisé de volatilité. J'aimerais quelque chose de plus définitif, mais doute de trouver autre chose de ce genre que la mort. J'étais allé du chalet jusqu'à une ferme pour chercher un sac de courses que la femme du fermier avait faites pour nous à Ashton et j'avais pris pour rentrer un raccourci à travers bois. Il faisait chaud, en arrivant dans une de mes clairières préférées, j'avais cueilli une gousse de laiteron et m'étais assis pour l'ouvrir. Lait glauque et gluant, léger duvet à l'intérieur et nid de graines marron foncé. Puis la brise avait tourné, apportant vers moi une horrible puanteur et je m'étais dirigé vers un monticule de fourrure : un cerf dont les yeux avaient déjà disparu, ses orbites étaient pleines d'insectes, son museau ridé par l'âge et son ventre grand ouvert, probablement par un renard, et à l'intérieur une incroyablement large colonne de vers était en train de dévorer sa chair. Me rappelant qu'il y avait dans le sac de courses de l'essence à briquet pour mon père, je m'étais agenouillé, j'avais arraché l'herbe sèche tout autour du cerf, puis avais sorti le bidon d'entre les hamburgers et le lait, vidé son contenu sur les vers et les mouches qui les engendraient, jeté une allumette enflammée sur cette horreur et reculé d'un bond. Une ignoble odeur de brûlé avait plané dans l'air pendant quelques instants, mais, quand j'étais revenu près du cadavre, les survivants se frayaient déjà un chemin à travers la couche de morts qui les ensevelissaient. Plus tard, j'avais dit à ma mère que la femme du fermier avait dû oublier l'essence à briquet. C'est étrange de se rappeler quelque chose pour la première fois. Je n'avais pas une haine particulière envers les vers, j'étais simplement curieux de voir comment ils brûleraient.

J'allumai une cigarette et fus pris d'une toux qui me laissa la gorge sèche et douloureuse. L'air devenait plus lumineux, une lumière trouble, crémeuse. Un chat traversa la route derrière moi. Une nappe de brouillard qui s'était levée sur le marécage flotta le long du chemin, autour de ma taille, puis de l'autre côté de la voiture et contourna la maison à travers les hautes herbes, tandis qu'un mince filet blanc passait par la porte à l'intérieur. J'allumai une autre cigarette et me demandai ce que je faisais là debout devant une maison vide, à l'aube, comme si j'avais attendu que mon père surgisse sur le pas de la porte, vêtu de la culotte de cheval qu'il portait à l'université, et m'invite à prendre un café avec lui. Il ne reconnaît pas en moi son fils, car il n'est pas encore marié et a dix ans de moins que moi maintenant. Son père est déjà debout, en train de se préparer pour sa tournée de facteur, travail qu'il a pris quand le bois ne s'était plus vendu. Il dit à mon père d'enlever cette foutue culotte de cheval et d'aller s'occuper du champ de maïs. Je suis mon père jusqu'à la grange où il passe une demi-heure à harnarcher les chevaux. Puis il s'appuie contre la barrière et me dit qu'il serait content de reprendre ses cours à la fac car le travail de la ferme est vraiment trop ennuyeux. J'acquiesce – c'est un dur travail, et qui ne rapporte plus grand-chose. Puis il attelle le binot, il s'éloigne avec les chevaux et je dis : « Content de t'avoir vu », en me dirigeant vers ma voiture.

Quelqu'un passa sur la route et klaxonna. J'agitai la main. Un autre lève-tôt. Je remontai en voiture et repartis vers Reed City.

Si j'étais retourné à New York au printemps 1960, c'était parce que je n'avais nulle part où aller – j'étais devenu pratiquement fou furieux trois ans de suite en février et m'attendais à ce que ça recommence. J'avais trouvé chez moi deux filles à aimer, et, quand je pensais à elles, j'avais l'impression que chacune d'entre elles constituait une force opposée et égale à la présence de l'autre sur terre. Un parfait équilibre. Et la duplicité s'était immiscée comme un poison sirupeux dans mon cerveau, aussi avais-je choisi de les quitter toutes deux. En sortant de Penn Station, j'avais descendu la 11ᵉ Rue Est et j'avais passé la nuit chez un vieil ami, un brillant homosexuel qui enseignait le dessin à l'école d'architecture Cooper Union. Nous avions eu de nombreuses discussions et disputes à propos de ses goûts sexuels – il était terriblement beau et je pensais qu'à sa place je n'aurais voulu avoir que les femmes les plus belles. Même sur le plan strictement physique, les hommes offraient moins de possibilités, un orifice en moins. Mais il prétendait avoir su qu'il était homosexuel à treize ans et qu'il avait commencé à avoir des « aventures » à cet âge tendre où les autres garçons, pour la plupart, en sont encore à se branler devant Miss Avril.

Quand j'étais arrivé, il se préparait à aller dîner avec un de ses amants et une jeune Française qui vivait avec eux. Ils avaient tiré un matelas du placard, m'avaient fait un lit dans la cuisine et étaient partis sans m'inviter à les accompagner. Il y avait de l'orgie dans l'air. Un verre de vermouth à la main, j'avais commencé à fouiner. Rien d'autre que du vermouth et du gin dans le placard. En regardant les livres, j'avais trouvé une enveloppe en papier manille qui contenait des photos Polaroid d'hommes nus. Il devait y en avoir une centaine, et le décor était sans aucun doute celui de l'appartement où je me trouvais. Immédiatement j'enviai cette sexualité goulue. Une série uniforme de sourires bêtes, certains en érection, d'autres au repos. Mon Dieu. Si je m'y mettais maintenant et y consacrais tout mon temps, il me faudrait malgré tout des années pour accumuler autant de conquêtes. J'avais vidé la bouteille de vermouth et étais allé dans la salle de bains me regarder dans la glace. Je ne suis pas beau – peut-être qu'avec quelques milliers de dollars de chirurgie plastique… non, non, non. Puis je m'étais replongé dans la contemplation des photos en m'interrogeant sur tous les mythes de la bite qui existent encore aujourd'hui. Aucun d'entre eux n'en avait une spécialement grosse au garde-à-vous. J'avais regardé par la fenêtre en me sentant modérément soûl et propriétaire d'une bite qui était, côté taille, plutôt dans la bonne moyenne. Savoir s'en servir, et non en avoir une grosse, voilà l'important. Depuis des années et des années, maintenant, à travers le monde entier, des gens le faisaient les uns avec les autres, glande dans glande. Au fond des grottes et dans des chalets suisses tout en haut des montagnes. Un quart d'heure avant de mourir d'un infarctus, M. Businessman Cochon bourrait encore en ahanant. Offre mon amour à une parfaite rose.

J'avais surmonté mon aversion pour le gin en le mélangeant à du punch aux fruits et du bitter. Après avoir torché à son tour la demi-bouteille de gin, je m'étais préparé à rejoindre mon humble couche sur le sol de la cuisine. Un dernier regard aux photos et j'avais éclaté d'un fou rire incontrôlable. Il doit y avoir autre chose à faire sur terre qu'agiter vos minables outils sous le nez d'autres filles ou garçons. Je pensais à toutes ces occasions où, profondément amoureux, j'avais contemplé une fille, enflammé de désir lubrique, le cerveau complètement brouillé. Si bel amour sous caoutchouc. Lâché la purée en grognant ouga-ouga et peut-être en pensant à une star de cinéma. Était-ce vraiment bon ? De l'amidon à l'eau pour tes pensées.

Je les avais entendus rentrer quelques heures plus tard mais j'avais fait semblant de dormir. Ils avaient parlé de s'en envoyer un petit dernier, et j'avais épié l'amant chiquement vêtu qui mettait un disque. *Le Mandarin merveilleux* de Bartók. Puis mon ami dit : « Cette salope a tout vidé. » J'avais serré très fort mes paupières en sentant la pointe d'une chaussure juste à côté de moi. Malheureux voyageur violé après avoir bu un coup. Et eu pour seul dîner le fromage et le céleri qui restaient dans le réfrigérateur. Un céleri entier, j'avais faim. Ils avaient bavardé pendant le disque entier, face A et B, et j'avais attendu, afin d'entendre le mal qu'ils allaient dire de moi. Alors je bondirais et je leur dirais d'aller se faire foutre. Mais ils n'avaient parlé que de ces gens chez qui ils étaient allés dîner. Quel rôle joue la Française dans leurs sombres desseins, est-ce que je peux regarder, s'il vous plaît ? Garçon de ferme molesté par partie à trois dont un morceau de choix. Impossible de savoir ce que ces sales sauvages mijotent derrière mon dos – peut-être va-t-elle regarder les photos et s'en prendre à mon corps endormi. Aucune chance. Je m'étais rendormi avant que le mandarin rentre chez lui.

Murmures, bruit du café qui passe et de dents qu'on brosse. J'avais ouvert les yeux et contemplé au-dessus de moi le cul nu de la Française, alors penchée au-dessus de l'évier. Mais juste à ce moment mon ami était entré dans la cuisine et dit à la fille qu'un cochon plein de gin était en train de mater son cul. Elle était ressortie d'un pas léger, je m'étais levé en bâillant et avais demandé à mon ami pourquoi il se sentait obligé de gâcher mes petits plaisirs. Il s'était contenté de rire. Pendant que nous prenions le café, je lui avais promis de remplacer la bouteille de gin. Il se demandait combien de temps je resterais, et je lui avais dit que je rentrais chez moi l'après-midi. À quoi il avait répondu que je ne deviendrais jamais un artiste si je vivais dans la grossièreté du Middle West. Nous avions pris tous ensemble un petit déjeuner délicieux – l'amant était allé acheter des croissants frais à la boulangerie. J'avais déclaré à la fille qu'elle avait un cul magnifique, mais ils avaient tous les trois haussé les épaules en levant les yeux au ciel. Une conspiration contre moi. Sûr que j'rentre pas dans leur combine, comme disaient les fermiers. J'avais alors dit que, curieusement, son cul ressemblait à ceux des Américaines et qu'on ne pouvait deviner en le voyant qu'elle avait grandi grâce aux escargots et au plan Marshall. Cette déclaration avait provoqué un « Ô Seigneur » et un « Chut » de la part de son ami. La fille était gênée et j'avais eu l'impression que je venais de perdre pour toujours ma place dans le monde des arts.

Je m'arrêtai de nouveau devant le vivier, mais cette fois descendis de voiture et allai faire le tour des bassins murés de ciment pour regarder les énormes truites glisser à fleur d'eau, se faufilant sans effort à légers coups de queue. Quelqu'un me cria : « Hé là ! » Je me retournai – un homme en costume vert me dit d'un ton péremptoire qu'il était six heures et que le vivier n'ouvrait qu'à huit heures. Je me présentai et son visage s'éclaira. Il me raconta qu'il avait été au lycée avec mon père puis m'emmena dans les locaux du vivier pour me montrer les réservoirs de vairons, presque tous arc-en-ciel. D'agréables poissons à pêcher, mais leur intelligence n'arrive pas à la cheville de celle de la truite de rivière. Dans la pièce d'à côté, une cafetière pleine attendait sur une plaque chauffante, à côté d'une table roulante où était posée une gamelle. Il m'invita à m'asseoir puis me parla de l'accident, du choc que tout le monde avait ressenti à cette nouvelle. Saloperies de voitures. Le monde n'était pas fait pour qu'on y vive. Saloperies de guerres et salauds de politiciens. Oui. Qu'est-ce que tu fais ? Pas grand-chose. Oh. Bon, il faut que je retourne à mon poste, tu sais ce que c'est…

Je partis en direction du sud vers les Grands Rapides puis pris à l'est vers l'autre ferme. Une impulsion. Je pouvais bien aller dire bonjour à ma grand-mère qui vivait maintenant toute seule, malgré ses quatre-vingt-trois ans. Une vieille route goudronnée pleine de nids-de-poule, quelques fermes d'apparence misérable à chaque croisement. Je passai en face d'un chemin qui partait dans les bois où mon grand-oncle avait vécu en ermite pendant cinquante ans. Il buvait beaucoup. Mangeait la viande des animaux qui venaient de se faire écraser sur la route ou qu'il attrapait dans ses pièges, cultivait un grand potager et faisait ses propres conserves. Il était toujours très gai lors des réunions de famille et aimait se faire charrier à propos du mariage et des responsabilités auxquelles il avait échappé de peu en 1922. Il mangeait et buvait jusqu'à sombrer dans une somnolence rigolarde, tant qu'il y avait de la nourriture sur la table, puis accusait les autres de tricher pendant les parties de belote qui suivaient immanquablement le repas. Nelse, Olaf, Gustav, Victor, John, tous arrivés ici en 1910 pour échapper à la conscription. Les temps avaient changé. Ils ne chiquaient plus et l'esprit populiste disparaissait petit à petit. Cette folle gaieté de la vie. Plus de fête pour danser la polka trois jours d'affilée autour de bassines de harengs et de tonneaux de bière. Je tournai dans l'allée, le cœur soudain déchiré par le mal du pays. Une petite ferme délabrée au toit couvert de bardeaux bruns, et les crânes des vaches sont-ils toujours là-bas au bord de la mare ? J'espérais qu'elle était debout, elle s'était levée à l'aube toute sa vie. La grange avait disparu, mais le silo, l'enclos à cochons et le poulailler étaient encore là, bien que presque en ruine. Elle me regardait arriver par la fenêtre de la cuisine. Quand j'entrai, elle me prépara un petit déjeuner et nous parlâmes lentement des vivants et des morts. Ses antiques yeux bleu délavé et son accent scandinave. La maison n'avait pas changé, si ce n'était qu'en 1956 mon père y avait installé l'eau courante et qu'il n'y avait plus de four à bois dans la cuisine. Ils avaient refusé la télé qu'on voulait leur offrir. Il était trop tard pour introduire dans leur vie une telle nouveauté. Dans la famille, certains les avaient trouvés ingrats. Je montai et regardai les livres de Seton et James Oliver Curwood puis les romans de Zane Grey qui occupaient à eux seuls une étagère entière. J'ouvris une bible suédoise en regrettant de ne pas parler cette langue. Jésus dans la langue d'Odin. Du grenier, je contemplai le silo, puis vis à mes pieds le lourd crachoir de cuivre dont se servait mon grand-père et, dans un coin, deux malles qui avaient transporté tous leurs biens jusqu'en Amérique, soixante-dix ans plus tôt. Jamais eu plus de mille dollars par an. Je redescendis et traversai la cour jusqu'au silo. Dans le coin, sur une pile de vieux épis de maïs décortiqués, était posé le harnais des deux chevaux de trait de mon grand-père, qui n'avait jamais réussi à réunir de quoi acheter un tracteur. Je traînai le harnais derrière moi jusqu'à la voiture, peut-être arriverais-je à le ramener à une vie inutile avec du savon de selle. Je dis au revoir à ma grand-mère. Nous ne nous embrassions jamais. Peut-être m'avait-elle embrassé quand j'étais enfant.

RETOUR EN TERRE

Pour Peter Lewis

PREMIÈRE PARTIE

DONALD

1995

Allongé, je parle à Cynthia car c'est à peu près tout ce que mon infirmité me permet de faire. Nous habitons son ancienne maison à Marquette afin de rester à proximité des médecins. Son frère David vit d'habitude ici, mais il s'absente souvent pour jeter un coup d'œil à diverses parties du monde, surtout au Mexique. Cynthia et moi nous sommes enfuis au cours de notre adolescence, avant de nous marier, et la voilà revenue à son point de départ. Clarence, mon père, a travaillé comme jardinier pour la famille de ma femme durant une trentaine d'années. Mon lit se trouve dans le bureau de son père, car je n'arrive plus à monter l'escalier. Un des murs du bureau est couvert de livres, une échelle mobile permet d'atteindre les étagères supérieures. Cynthia affirme que son frère vit à l'intérieur de ces livres et qu'il n'en est jamais vraiment sorti. J'ai quarante-cinq ans et il semble que je doive quitter cette terre de bonne heure, mais ce sont des choses qui arrivent.

Je ne maîtrise pas assez bien la langue anglaise pour décrire mes pensées, mes souvenirs ou toutes mes émotions liées à la maladie, si bien que je m'adresse à Cynthia [J'interviens le moins possible. Cynthia.], car elle désire que nos deux enfants apprennent quelque chose sur l'histoire de la famille de leur père.

Il y a eu trois générations de Clarence, mais à ma naissance mon père s'est dit que ce prénom ne leur avait pas vraiment porté chance et on m'a donc appelé Donald, en souvenir d'un de ses jeunes amis mort accidentellement au fond de la mine, près d'Ishpeming. Le premier Clarence, ainsi prénommé à cause d'un prêtre jésuite missionnaire auprès des Indiens du Minnesota, attendit la cinquantaine pour devenir père, car ce monde lui inspirait peu de certitudes. Il avait essayé de s'installer dans l'est du pays en 1871 parce que sa mère lui avait parlé des immenses forêts de la Péninsule Nord. Une partie de la famille de cette femme avait quitté cette péninsule pour s'en aller vers l'ouest et le Minnesota, car les Blancs affluaient dans la péninsule de Keweenaw où l'on avait trouvé du cuivre. Elle appartenait à la tribu des Chippewas (Anishinabe), mais elle coucha avec un immigrant qui venait de rejoindre la région de Pipestone dans le sud-ouest du Minnesota. Cet homme arrivait d'Islande et un groupe de ses concitoyens était venu jusque-là pour cultiver cette excellente terre. À l'époque on menait la vie dure aux Indiens, car les Sioux avaient massacré un groupe de paysans près de New Ulm et les colons se méfiaient de tous les Indiens jusqu'au dernier. La mère du premier Clarence mourut ainsi lorsque son fils avait douze ans et il ne connut jamais son père. Comme il était très costaud pour son âge, il s'enfuit et travailla pendant un an au service d'un paysan près de Morris, qui l'obligea à dormir dans la cave à patates située sous la cabane de la pompe. C'était un bon ouvrier, le paysan et sa femme ne voulaient pas qu'il parte. Ils l'enfermèrent dans la cave durant toute une semaine d'hiver, sous prétexte qu'il avait volé une tarte. Qui dira la colère d'un jeune homme confiné dans une cave à patates pendant une semaine entière ? Peu à peu, il réussit à s'affranchir et c'est à pied qu'il rejoignit Taunton, près de Minnesota, où il découvrit son père, dont il avait mémorisé le nom, un paysan nommé Lagerquist. C'était un samedi matin, le jour où les paysans se rendent en ville, mais l'homme était avec sa femme et leurs deux enfants, si bien que le jeune Clarence ne sut pas quoi faire. On raconte que l'homme vint le trouver et dit :

« Que veux-tu, fils ? »

Clarence fut ravi d'être reconnu par son père. Il lui répondit :

« J'aimerais un cheval pour aller dans le Michigan, si tu peux m'en donner un. »

L'homme lui en trouva un, mais c'était un cheval de trait, donc lent. Voilà comment le premier Clarence partit pour le Michigan. Difficile d'imaginer aujourd'hui un garçon de treize ans faire une chose pareille.

Ainsi, je suis allongé sur le canapé, j'ai quarante-cinq ans et je souffre de la maladie de Lou Gehrig. [Depuis maintenant presque un an, Donald souffre d'une sclérose latérale amyotrophique. Sa maladie est particulièrement agressive et, selon toute vraisemblance, il figurera parmi les cinquante pour cent de malades qui décèdent en moins de trois ans. Cynthia.] Je n'ai jamais su grand-chose sur Lou Gehrig, même si mon père, Clarence, parlait souvent de lui. Gehrig jouait au base-ball, un sport que je n'ai jamais eu le temps de pratiquer, car les entraîneurs de Marquette avaient à tout prix besoin de moi pour l'athlétisme ; en effet, je gagnais régulièrement les épreuves du cent et du deux cents mètres, ainsi que le lancer de poids, même si j'aimais surtout le football où je jouais trois-quarts ou bien pilier en défense.

Nos deux enfants vivent en Californie : Herald fait son doctorat à l'Institut Caltech, Clare apprend le métier de costumière pour le cinéma. Tous les dimanches, nous leur parlons au téléphone pendant environ une heure.

On peut se demander comment une fille de la Péninsule Nord a bien pu atterrir dans l'industrie du cinéma, mais de nos jours il ne faut plus s'étonner de rien. Clare s'est initiée à ce métier grâce à son cousin germain, Kenneth, qui, détestant son prénom, se fait appeler « K ». C'est le fils de Polly et un cinglé complet, mais je l'aime bien. Il y a des années, K partait souvent de Marquette à vélo pour rendre visite à quelqu'un à Sault Ste. Marie, une ville distante de plus de trois cents kilomètres. Herald, lui, ressemble davantage à son oncle David. Les mathématiques suffisent à Herald, bien qu'il s'intéresse aussi à la botanique. C'est un jeune homme massif et musclé, qui trouve les gens déroutants. Herald et Clare partagent un appartement à Los Angeles, chacun veille sur l'autre comme un frère et une sœur doivent le faire. Je dis que Herald ressemble à David, car lorsque j'ai lu le compte rendu de David sur les agissements de sa famille dans la Péninsule Nord depuis un siècle, j'ai été perplexe. Son texte a été publié dans le journal de Sault Ste. Marie parmi d'autres articles, et j'ai été fier d'avoir un parent aussi savant, mais il n'y avait pas de gens réels dans son récit. J'aime les histoires qui présentent des gens crédibles. David proposait un récit détaillé des ignominies commises par ses ancêtres dans l'industrie du bois et dans l'exploitation minière, mais nulle part on ne trouvait l'histoire des propriétaires de ces entreprises ni celle des ouvriers. Ce n'est pas une critique, simplement je préfère les histoires.

J'ai bien sûr un pied dans les deux mondes. Selon mon père, je suis plus qu'à demi chippewa. En fait ma tribu devrait me verser une pension à cause de ma maladie, mais Cynthia a de l'argent et nous croyons que les subventions de la tribu doivent aller aux gens qui en ont vraiment besoin.

Revenons au premier Clarence. Je me rappelle la première fois où mon père m'a raconté cette histoire ; j'étais un gamin et je m'inquiétais de ces conditions de vie très dures. Voilà un garçon de treize ans seulement, qu'on tient enfermé dans une cave à patates, qui après son évasion voit son vrai père durant juste une demi-heure, après quoi il part vers le nord-est et son avenir sur un énorme cheval de trait. La suite nous dit qu'il avait à peine sept dollars en poche et une lettre déclarant qu'il était bien le propriétaire de ce cheval, car il ressemblait vraiment à un Indien et les gens risquaient de lui prendre sa monture en prétendant qu'il l'avait volée. Quand j'ai fait part de mon inquiétude à mon père, il m'a répondu :

« La vie est vraiment dure pour certains. »

Avant d'ajouter que ce voyage à cheval avait sûrement été agréable pour son grand-père, en comparaison de la perte de sa mère et de la semaine qu'il venait de passer enfermé dans la cave à patates. Après tout, ce n'était peut-être pas si mal de chevaucher vers l'est sur ce cheval de trait. Moi par exemple, je suis vraiment malade depuis quelque temps, mais j'ai réussi à vivre avec ma maladie, sauf les fois où elle devenait incontrôlable. Au lycée, quand je faisais de l'athlétisme ou que je jouais au football, je souffrais parfois de crampes. Avec cette maladie, il arrive qu'on devienne une crampe, que tout le corps soit saisi d'une gigantesque crampe, si bien que même l'esprit semble tétanisé. Tout simplement, on est entièrement une crampe. Moyennant quoi K m'accompagne quand je me sens assez bien pour faire une promenade. Je suis trop corpulent pour pouvoir être porté par qui que ce soit, mais K peut aller chercher de l'aide.

Lorsque j'étais un gosse de huit ou neuf ans et que j'ai écouté pour la première fois et avec beaucoup d'attention l'histoire du premier Clarence, j'ai été bouleversé d'entendre mon père raconter qu'il menait son cheval à travers des champs si vastes qu'on n'en voyait pas le bout dans l'immensité de la prairie. Le plus souvent dans la Péninsule Nord l'épaisseur de la forêt vous interdit de voir très loin, et voilà pourquoi il est si agréable de marcher parmi les collines situées au bord du lac Supérieur, où le regard s'étend à perte de vue. Quand j'ai fini par interroger mon père sur ces fameux champs immenses, il m'a dit qu'ils ressemblaient un peu au lac Supérieur, dont on ne peut voir l'autre rive située au Canada. Il y a des années, lorsque Cynthia et moi avons emmené les enfants camper dans l'Ouest, tout cela est devenu très clair. En 1871, expliqua Cynthia, lorsque Clarence commença son voyage, il n'y avait pas beaucoup d'arbres dans l'ouest du Minnesota et l'est des deux Dakota, hormis les peupliers qui poussaient au bord des rivières et des fleuves. À cette époque, les arbres plantés par les colons n'avaient pas encore vraiment grandi.

En définitive, le premier Clarence mit trente-cinq ans à atteindre la région de Marquette, en 1906. Sa première tentative de voyage vers l'est l'effraya, car à la fin de septembre et au début d'octobre 1871, chaque matin le soleil se levait tout rouge et le monde était plein de fumée. Il y avait eu une sécheresse terrible dans le nord du Middle West et il y avait des incendies partout, favorisés par les cimes des arbres et les branches abandonnées au sol par les bûcherons. Ce fut l'année du grand incendie de Peshtigo, dans le nord-est du Wisconsin, où plus de mille personnes trouvèrent la mort. Des voyageurs racontèrent à Clarence que l'eau des fleuves était en ébullition, que très haut dans le ciel des oiseaux s'enflammaient, que partout le vent soufflait comme un ouragan, beaucoup plus violent que les pires tempêtes de novembre sur le lac Supérieur.

Il rebroussa donc chemin près de Bad River et ne vit jamais les immenses forêts intactes dont lui avait parlé sa mère. Il connut la malchance, puis la chance. Il campait au bord de la Red River, au nord de Grand Forks, quand deux hors-la-loi tentèrent de lui voler son cheval. Il les jeta dans le fleuve et l'un d'eux s'y noya. Il déplaça ensuite son campement vers le nord et un jour un riche paysan de la région le vit passer sur son cheval, en fait une jument alezane répondant au nom de Sally. Le paysan voulut acheter le cheval et Clarence expliqua que cette bête était tout ce qu'il possédait de son père et qu'il y tenait. Le paysan embaucha alors Clarence pour s'occuper de ses douze équipages de chevaux de trait et pour travailler à la ferme. Clarence put s'installer dans un petit chalet en rondins, lequel lui parut princier après tous ces mois de camping, d'autant qu'on était en novembre et qu'il commençait à faire bien froid dans ces terres du Nord. La ferme était si vaste qu'il y avait un cuisinier qui préparait les repas pour les nombreux employés agricoles, et Clarence se mit à manger correctement. Les lapins, les rats musqués et les castors pris au collet sont certes savoureux, mais tout le monde a parfois envie de manger du bœuf, du chou et des pommes de terre.

Les chevaux furent ce qui permit à Clarence de revoir son père. Car le paysan, impressionné par Sally, écrivit au père de Clarence pour lui demander s'il pourrait avoir d'autres chevaux de la race de Sally. Son père arriva alors en train à Grand Forks avec deux beaux équipages, que le paysan acheta. Clarence se rendit à Grand Forks avec le paysan, ils mangèrent un steak tous les trois et ce fut très agréable d'être remercié par son père.

Cynthia me dit que sur leur île lointaine les Islandais n'inculquent guère de préjugés à leurs enfants. J'ai toujours désiré me rendre sur cette île, mais j'ai un problème : je refuse de monter dans un avion. Je n'ai jamais volé, et il y a peu de chances pour que je le fasse maintenant. J'ai toujours aimé l'hiver, la glace et la neige. Je suis monté deux fois dans un hélicoptère, il y a un an, quand K m'a emmené dans l'ouest du Canada pour admirer un glacier. Lorsque le diagnostic de ma maladie a été formulé, Cynthia m'a dit que, si je désirais faire un voyage, c'était le moment ou jamais. J'avais toujours eu envie de voir un glacier et K a organisé tout le voyage avec son ordinateur. K m'a assuré qu'un hélicoptère ressemblait davantage à un gros colibri qu'à un avion. Je compte reparler de ce voyage, car il m'a guéri de l'envie de tuer un homme.

Il est difficile de comprendre ses peurs. Par exemple, je n'ai pas peur de la mort. Pour autant que je le sache, tous les êtres vivants meurent, mais quand j'étais gamin et qu'on a emmené ma mère à l'asile de Newberry, j'ai dû habiter avec la cousine de mon père dans la forêt, près d'Au Train. J'ai pleuré pendant un mois à cause de ma mère. [Elle a été diagnostiquée schizophrène, ainsi que je l'ai appris dans son dossier médical. Cynthia.] Je pleurais aussi parce que la cousine de mon père me flanquait la trouille. Comme je n'arrêtais pas de pleurer, on m'a fait quitter ma classe de CM1 pour me renvoyer à la maison. Le directeur de l'école a essayé de m'en dissuader avec une blague : j'avais une tête de plus que tous les autres garçons de ma classe, mais je chialais comme un bébé. Ce directeur, originaire d'Ann Arbor, était un chic type ; il m'a emmené me promener jusqu'à Presque Isle, ce qui ne m'a pas empêché de pleurer tout du long. Bref, j'ai passé environ deux mois chez la cousine de mon père en ce début d'été, alors que je voulais être chez moi à Marquette, pour jouer au football avec mes copains. Le statut d'athlète fait qu'à dix ans on cst déjà dans la ligne de mire des entraîneurs. Et comme le hasard a voulu que je sois musclé et rapide, ils ne me lâchaient pas d'une semelle.

La cousine de mon père s'appelait Flower, c'était son nom pour les Blancs, mais elle était cent pour cent indienne et respectueuse de ses traditions. Officiellement, mon père et moi n'étions absolument pas indiens, nous faisions simplement partie des dizaines de milliers de sang-mêlé de la Péninsule Nord. Nous avions bien sûr beaucoup de parents, surtout du côté de ma mère, qui ressemblaient davantage à de vrais Indiens, mais nous nous considérions comme des citadins, d'autant que Marquette était la plus grosse ville de la Péninsule Nord, comptant vingt mille habitants au milieu des années cinquante. Tous nos parents étaient autant de mélanges de Finnois, de Cornouaillais, d'Italiens et de Chippewas. De nombreux membres de ces nationalités trouvaient du travail comme mineurs ou bûcherons. Prenez mon grand-oncle Bertie par exemple. Il travaillait sur les minéraliers qui partaient de Duluth et il restait parfois absent durant plusieurs années. Tant Bertie que son épouse étaient à demi chippewas et ils eurent trois enfants, mais trois autres arrivèrent ensuite, engendrés par un mineur finnois durant les longues absences de Bertie. Alors qu'il naviguait dans la marine marchande avec Los Angeles comme port d'attache, il resta absent pendant sept années et il envoya une carte postale où il écrivait : « Je suis au Chili. Dis bonjour de ma part aux enfants. » Ainsi, sur les six cousins de mon père dans la famille de Bertie, trois ressemblent à des Chippewas et trois ressemblent davantage à des Finnois.

Je ne connaissais donc pas grand-chose au mode de vie des Indiens quand je suis parti vivre avec Flower pour ces deux mois, mais que peut bien connaître un gosse de dix ans ? Beaucoup de choses, me répond Cynthia, même si ces enfants n'ont pas une assez bonne maîtrise du langage pour exprimer ce qu'ils savent. Comme moi, par exemple. Bref, Flower m'a secoué les méninges comme elle agitait l'une de ses innombrables crécelles accrochées aux poutres de sa cabane en toile goudronnée. Pour gagner sa vie, elle faisait le ménage et la lessive dans des chalets et des cottages, elle vendait ses tartes aux baies sauvages, elle récoltait des herbes dont certaines ressemblaient à du ginseng sauvage, et elle s'en tirait très bien. En hiver elle posait des pièges, avec beaucoup d'habileté selon mon père. Elle refusait l'argent de l'État, du comté ou du gouvernement fédéral, car elle ne voulait signer aucun papier. Son grand-père avait perdu beaucoup de terres en signant des baux d'exploitation forestière à des entrepreneurs blancs. Son grand-père ne savait pas lire, ces escrocs lui présentèrent sans le dire des contrats de vente et aux environs de Trenary ils le firent chasser hors de ses propres terres. Ce genre de chose arrivait souvent à l'époque, à cause de ces filous et de leur cupidité.

J'ai donc accompagné Flower dans les bois pendant qu'elle cherchait des herbes ou qu'elle cueillait des baies pour ses tartes ou qu'elle faisait le ménage dans un cottage ; je restais alors assis dans la voiture, même si deux fois j'ai été invité à venir nager avec les enfants des propriétaires du cottage. Le plus souvent je me baignais avec Flower dans la rivière Au Train ou dans le lac Supérieur quand il faisait assez chaud. Flower conduisait une vieille Plymouth 47 très lente et toute brinquebalante, et voici comment ma peur est née : un jour, au début du mois de juin, nous sommes partis en voiture vers Grand Marais pour voir l'une de ses amies et pêcher quelques brochets. Nous étions dans une barque sur le lac Au Sable et l'amie âgée de Flower a soudain montré les énormes dunes qui, au nord, bordaient le lac Supérieur, en déclarant qu'une tribu maléfique habitait autrefois parmi ces dunes. Les membres de cette tribu se transformaient en bêtes capables de voler pendant la nuit et de dévorer les paisibles Indiens qui vivaient près du port de Grand Marais, même si à cette époque il n'y avait pas de village. Avant d'entendre cette histoire, j'étais très content car j'avais attrapé deux beaux brochets, ce qui plaisait beaucoup à Flower, car le brochet grillé était son plat préféré. Mais dès que j'ai entendu cette histoire, j'ai imaginé les Indiens maléfiques transformés en ours dotés d'ailes immenses, descendant en vol plané et au clair de lune jusqu'au port pour dévorer les petits Indiens comme moi. Et sur-le-champ j'en ai presque pissé dans mon froc.

Au cours de nos deux mois de cohabitation, Flower m'a raconté des dizaines de vieilles histoires, dont la plupart m'ont effrayé, surtout celles du Windigo, mais l'histoire de Iona, la femme qui volait à travers la nuit, m'a calmé. Cynthia vient de me dire que j'avais déjà peur, car il avait fallu hospitaliser ma mère pour le restant de sa vie. En tout cas, c'est ce que m'a appris mon père. Je crois qu'à dix ans je le devinais déjà, car nous la cherchions sans arrêt dans notre ancienne maison construite à la lisière de la ville, une maison que la municipalité devait ensuite détruire pour aménager une route. Avant le développement urbain, ç'avait été une ferme, et en hiver il y faisait aussi froid que dans une grange. Nous vivions seulement dans la cuisine au cours des épisodes les plus froids de l'hiver. C'étaient les moments de l'année où mon père était le plus inquiet, car ma mère s'installait souvent dans la partie la plus glacée de la maison ou, pire encore, elle sortait pour rejoindre le marécage glacé situé par-derrière. Sa cousine de Negaunee venait s'occuper d'elle, mais cette cousine aimait beaucoup trop notre téléphone, car elle n'en avait pas à Negaunee. La goutte d'eau qui fit déborder le vase se produisit en mars, quand le thermomètre chuta brusquement et que ma mère perdit la dernière phalange de deux orteils après s'être aventurée nu-pieds dans le marécage. Durant cette période difficile, notre plus grande aide vint d'un Mexicain que j'appelais oncle Jesse, qui travaillait lui aussi pour le patron de mon père, M. Burkett, c'est-à-dire le père de Cynthia. M. Burkett n'avait pas toujours ses deux rames dans l'eau, comme on dit, ce qui signifie que ce n'était pas un homme très stable. Certains médicaments que ma mère devait prendre rognaient sérieusement l'argent du mois, mais Jesse était là pour nous aider. Il passait parfois nous voir avec l'une de ses nombreuses amies et un pack de bières ; mon père faisait alors griller du poisson ou du gibier, que Jesse adorait manger. Jesse me taquinait parce qu'à dix ans j'étais déjà aussi gros que lui et à chacune de ses visites il me donnait quatre pièces de vingt-cinq cents car il possédait par ailleurs un lavomatic.

La ville a donc pris notre maison et, lorsque papa en a trouvé une autre et y a fini quelques travaux, je venais de passer deux mois chez sa cousine Flower. C'est étrange à dire, mais quand je suis retourné à Marquette la cabane de Flower a commencé par me manquer, et puis les souvenirs se sont dissipés, sauf le soir et la nuit quand ses histoires me revenaient en mémoire avec toute la vivacité saisissante du Technicolor, surtout celle des bêtes volantes où je voyais régulièrement des ours aux ailes gigantesques. En pareil cas, je quittais parfois ma chambre pour dormir sur la véranda de devant, où il y avait toujours les bruits de la rue toute proche de notre bungalow, lequel se trouvait aussi assez près de l'école. Les ours volants s'enfuyaient à tire-d'aile au simple passage d'une voiture, après quoi je pouvais me remémorer certains détails plaisants de ma vie avec Flower, par exemple la recherche d'un cerf plusieurs mois avant la saison de la chasse au chevreuil. Car Flower guidait un type très riche, de Grand Rapids, qui chaque mois de novembre arrivait seul. Papa disait que chaque année cet homme aimait rapporter chez lui un énorme cerf, même si c'était Flower qui s'occupait de le débusquer. Papa ajoutait alors qu'à son avis ces deux-là « étaient en amour ». Et quand un poivrot a frappé Flower alors qu'elle se promenait sur une petite route, ce chasseur a payé le médecin et les frais d'hôpital à Munising.

J'ai l'impression de parler à tort et à travers, mais Cynthia me dit que non. Je devrais retourner au début de mon histoire, mais je suis encore d'humeur bizarre après m'être réveillé à l'aube par cette chaude matinée qui embaume le lilas en fleur. À mon réveil j'ai eu le sentiment de ne plus rien comprendre et mon cœur me faisait mal. J'ai baissé les yeux, ôté le drap et constaté que mes muscles ont presque entièrement disparu. Cynthia dit que non, mais je sais bien à quoi m'en tenir. Même un crayon ou un verre d'eau a désormais son poids. Pendant vingt-cinq ans j'ai gagné ma vie correctement en posant des parpaings, en maniant le ciment et parfois en construisant des maisons. Aujourd'hui je souffre d'un excès de salive et je n'ai pas envie de manger. Sur Sugar Island je portais la barque jusqu'à la rivière pour les enfants et elle pesait cent cinquante kilos. Je tendais le bras à l'horizontale et ma petite fille se balançait dessus comme une guenon. Je pouvais tenir à bout de bras une pierre d'angle de quarante-cinq kilos, alors que maintenant je parviens à peine à tendre le bras. Ce genre de chose arrive, mais c'est parfois difficile à supporter. Ainsi, ce matin, mon sens de la réalité a volé en éclats et je n'étais plus sûr de rien.

Juste avant de tomber malade, j'ai enfin réussi à jeûner pendant trois jours, chose que j'avais tenté en vain de faire quatre fois de suite. Il suffit d'aller dans l'Ontario jusqu'à un certain versant de montagne et d'y passer trois jours sans nourriture, sans abri et sans eau. Je ne vais pas vous parler de ma religion, car c'est une chose trop privée. Peut-être un peu. Il y a un autre flanc de colline donnant sur le lac Supérieur, où je compte être enterré. On ne peut pas penser à une seule chose vivante qui ne va pas mourir. J'avais espéré découvrir au cours de ces trois jours comment me débarrasser de mes peurs et comment vieillir sans sombrer dans le ridicule. Je l'ai découvert sans tarder ! Et je suis en chemin. [Donald rit. Il faut du courage pour rire avant de pleurer, face à la mort. Cynthia.] Bref, alors que j'étais là-bas depuis environ un jour et demi, la réalité s'est effondrée, un phénomène que je vous expliquerai plus tard sans en tirer la moindre conclusion d'ordre religieux.

Ma dernière longue marche solitaire a eu lieu quelques mois seulement après que je suis tombé malade, l'an dernier. Mes médecins m'ont déclaré que j'étais malade depuis un moment déjà mais que je ne voulais pas m'en apercevoir. Cynthia a eu la puce à l'oreille, car selon une vieille blague de notre mariage, le soir où j'ai vraiment envie de faire l'amour, je monte l'escalier quatre à quatre alors qu'elle lit au lit. Cynthia a toujours préféré la lecture à la télévision, tandis que j'aime bien regarder les sports à la télé. Et soudain, un soir, je n'ai pas pu monter l'escalier quatre à quatre. Voilà. Elle a attendu longtemps avant de m'interroger et j'avais une peur bleue d'en parler, jusqu'au jour où nous avons fini par aller voir les médecins.

Bon, pendant ma dernière longue balade K m'a emmené en voiture jusqu'à Grand Marais pour que nous pêchions les premiers brochets, tout comme je l'avais fait trente-cinq ans plus tôt avec Flower. La pêche a été si bonne que K a fait un saut en ville pour en rapporter de la glace afin que nous puissions conserver tous ces poissons. Quand j'ai annoncé à K que j'allais faire un tour à pied dans les dunes, il s'est demandé si c'était vraiment une bonne idée, car Cynthia lui avait bien recommandé de ne pas me perdre de vue un seul instant. Je lui ai répondu que je me sentais bien, ce qui n'était pas tout à fait vrai. Le soleil était très chaud et je savais qu'en montant dans les dunes j'échapperais aux taons. Je ne suis plus aussi rapide qu'autrefois pour les chasser. En fait, ce que j'espérais trouver, c'était ce splendide bosquet frais de bouleaux que mon beau-frère David m'avait montré des années plus tôt. Mes gamins ont surnommé leur oncle David « le huard ». Quand il a appris ce surnom secret, il s'est contenté de rire. David a passé tellement d'années ici, dans ce chalet, qu'il connaît quelques beaux endroits qui semblent posséder une aura particulière. Flower aussi connaissait de tels endroits. En réalité, tous deux ne sont pas sans se ressembler. Quand on a passé tant d'années en forêt, celle-ci devient une part consubstantielle de votre corps et de votre âme.

J'ai donc gravi ces dunes à moitié à quatre pattes, car déjà je n'étais plus très musclé, mais j'ai atteint et dépassé une crête, avant de descendre dans une cuvette sablonneuse large d'un bon kilomètre et demi. Au milieu de cette cuvette se dressait le fameux bosquet de bouleaux et de peupliers. Je me suis dit que ce lieu n'avait pas changé depuis l'époque du premier Clarence. Peut-être que je suis lui, ai-je alors bizarrement pensé. Avec un mouchoir j'ai essuyé la sueur qui me tombait dans les yeux en me sentant très chanceux, car il n'y avait pas de taons dans ces dunes. Loin au nord-ouest j'ai vu un ours isolé qui sur un versant de colline herbeux mangeait des pois de mer et des fraises sauvages. Je n'étais pas inquiet, car il avait beau être tout proche du bosquet de bouleaux, il n'y avait pas d'ourson dans les parages. C'est la femelle qui est dangereuse quand elle est avec ses oursons. J'ai mis environ une demi-heure à atteindre le bosquet, car mes muscles se contractaient parfois de manière imprévisible et il m'est arrivé de ramper parce que c'était plus facile, et aussi plus rapide. J'ai pénétré dans le bosquet et je me suis hissé sur cette énorme branche basse de bouleau, où David m'avait montré comment on pouvait s'allonger et se laisser doucement bercer par la moindre brise en provenance du lac Supérieur. Voilà ce que je désirais. C'est une sorte de miracle, mais il n'y avait pas de vent jusqu'à ce que je m'allonge sur cette grosse branche et que mon corps s'apaise. Quelques minutes plus tard il n'y avait plus ni intérieur ni extérieur dans le monde, si vous voyez ce que je veux dire. Mon corps malade a disparu purement et simplement, du moins pour un moment, puis il s'est endormi.

Il y avait en ce lieu un esprit qui a accordé la paix à mon corps. Peut-être seulement parce que le vent s'est alors levé et l'énorme branche m'a bercé comme ma mère l'avait fait jadis dans le fauteuil à bascule. J'avais les yeux fermés, mais je me suis mis à voir des choses comme au Canada durant les trois jours que j'avais passés sur cette fameuse colline. Mon esprit a engendré la vision des ours aux grandes ailes dont la vieille femme m'avait parlé quand j'étais dans cette barque avec Flower. La face de l'un d'eux ressemblait vaguement à mon visage. Je me suis demandé comment on pouvait voir des choses les yeux fermés. [Donald désire une réponse immédiate à cette question, mais il faudra que je demande au neurologue. Cynthia.] Bien sûr, quand tôt ou tard je mourrai, sans doute pas très tard, et que mes yeux cesseront de fonctionner, je me demande combien de temps mon esprit continuera de voir des choses, et quelles choses ? Cette question me semble parfaitement naturelle. Si nous avons un esprit, comment et que voit-il ? Des corbeaux entouraient les ours de toutes parts, car ils suivent toujours les ours pour partager leur nourriture. Ils suivent aussi les loups ici. J'ai passé un long moment là-bas et, lorsque j'ai enfin ouvert les yeux, j'ai découvert K adossé à un arbre, qui fumait une cigarette.

« Comment m'as-tu retrouvé ? fis-je.

— Il y a eu une averse hier soir et tu laisses derrière toi des traces impressionnantes, surtout quand tu rampes. »

K m'a aidé à gravir la pente et je n'ai pas eu trop de mal à retourner jusqu'au lac. Je savais que je n'aurais plus jamais la force de faire cette promenade.

Assez de moi. Retour au premier Clarence. Il travailla, dit-on, pour le paysan pendant environ cinq ans, puis ce paysan mourut par suite de problèmes cardiaques ; sa femme et son fils, qui aimaient l'argent, mirent la ferme en vente. Ils désiraient s'installer à Minneapolis et mener un train de vie plus luxueux. Leur avocat refusa de payer à Clarence les cinq mois de salaire qu'on lui devait toujours, mais ce sont des choses qui arrivent, et Clarence se dirigea vers Duluth où, apprit-il alors, il y avait du travail à revendre. Le voilà donc de nouveau sur le dos de Sally, âgé de dix-sept ans seulement. Il avait désormais besoin de la compagnie des femmes et elles n'étaient guère difficiles à trouver à ce moment-là, car nous étions en 1876 et il y avait dans les villes et à la campagne beaucoup de veuves de la guerre de Sécession. Ces femmes aussi avaient besoin d'affection. Près de Crookston, il passa un an dans une ferme avec une veuve et ses trois enfants, mais la veuve eut alors l'occasion d'épouser un homme cent pour cent blanc, qui plus est propriétaire d'une quincaillerie, et c'en fut fini de Clarence. Désespéré il s'enivra et, quand il se réveilla à son campement, un Indien essayait de voler Sally ; il frappa le voleur un peu trop fort et dut s'occuper de lui pendant une semaine jusqu'à ce que le coquin fût de nouveau sur pied. C'était le début du mois de mai ; pourtant, une nuit il tomba trente centimètres de neige et dès le lendemain une pluie commença qui dura sept jours, de sorte que Clarence et son Indien blessé se retrouvèrent coincés entre deux rivières en crue. Heureusement pour eux, Clarence attrapa alors un jeune chevreuil, si bien qu'ils eurent largement de quoi manger et beaucoup de bois pour entretenir un grand feu. Certes, c'était toujours la vie à la dure, mais quand on est au chaud, qu'on a assez à manger et qu'une bonne bâche vous tient au sec, presque tous vos besoins vitaux sont satisfaits. Le voleur de cheval se révéla être un homme agréable et lorsqu'ils se séparèrent, après que les côtes de l'Indien eurent guéri de la violence du coup de poing, ils se dirent qu'ils se reverraient sûrement, un événement qui eut lieu trente ans plus tard à Marquette.

Clarence eut un coup de chance en atteignant Bemidji, car il rencontra un bûcheron qui admira à la fois la taille de Sally et celle de Clarence, donnant à ce dernier un boulot qui consistait à faire glisser de grosses billes de bois, ensuite utilisées pour construire des quais de minéraliers à Superior et à Duluth. Mais il eut moins de chance en amour. Il tomba fou amoureux d'une jeune Indienne, dont le père opposait un non catégorique parce que le soupirant n'était pas un Indien pur sang. Il avait commencé par perdre la veuve parce qu'il n'était pas cent pour cent blanc, et voilà qu'il perdait maintenant cette fille parce qu'il n'était pas pur anishinabe et que le père de sa bien-aimée était un Mede-wi-win. Clarence n'arrivait pas à y croire et il s'obstina pendant deux années à Bemidji, mais la fille épousa alors quelqu'un d'autre et Clarence poursuivit vers l'est et Duluth. Il n'avait toujours pas vu « les eaux immenses », c'est-à-dire le lac Supérieur. Eh bien, il fut comblé par le spectacle du lac Supérieur, il campa un peu plus vers l'est, tout près d'Odanah, pendant un mois et pour le seul plaisir de regarder cette mer sans fin. Curieusement, Sally aimait se baigner dans les grosses vagues ; Clarence s'installait sur le large dos de la jument et la guidait loin du rivage, même quand les vagues étaient impressionnantes. C'était le mois de juin et ces baignades lui permettaient d'échapper aux taons, lesquels rendent fous tant l'homme que la bête. Mon père m'a raconté qu'au cours de sa jeunesse, alors qu'il coupait du bois près de Seney, un jour il est devenu littéralement cinglé, il a lâché sa tronçonneuse, pris ses jambes à son cou et sauté dans le lac en effrayant les chevreuils qui y barbotaient déjà, et dont seuls les naseaux dépassaient au-dessus de l'eau.

Avant de trouver du travail à Superior, Clarence chevaucha encore plus loin vers l'est pour voir quelques vestiges des grandes forêts et il n'apprit que plus tard qu'il n'était pas allé assez loin. Comme il évitait les camps de bûcherons, où l'on essayait sans arrêt de lui prendre son cheval, il n'avait pas beaucoup d'informations. Il trouva une gorge de rivière, non loin de Nisula ou de Pelkie, me semble-t-il, et sur un terrain plat se dressaient les plus grands pins blancs de toute la création. C'était l'Éden, raconta-t-il à son fils, qui le répéta à son propre fils, lequel était mon père, tué il y a des années quand un bateau glissa de sa cale. En tout cas, la faim le chassa de l'Éden, car on ne peut pas manger tout le temps de la viande fraîche, on a aussi besoin de pommes de terre et de farine pour le pain. Comme je l'ai dit, Clarence était un vrai colosse, mais pour mesurer la circonférence d'un de ces pins blancs il dut étendre quatre fois les bras autour du tronc. Je regrette de n'avoir jamais vu un tel arbre. Mon beau-frère David a trouvé quelques énormes souches au sud-est de Grand Marais, mais ce n'est pas pareil. Lui et moi nous sommes réfugiés sous une de ces souches pendant un violent orage d'août, et l'on imaginait presque l'arbre qui avait vécu à cet endroit. Une seule de ses racines était plus grosse que la plupart des arbres que l'on voit de nos jours. J'y suis retourné à plusieurs occasions, dont une fois seul pour y passer une nuit de pleine lune. Lorsqu'un petit ours a regardé entre les racines, je lui ai dit « Salut, *mugwa* », ce qui signifie « ours » en anishinabe, mais ce mot implique beaucoup plus de choses que notre simple « ours ». Soudain, alors qu'allongé je parle à Cynthia, je me sens éclater en mille morceaux.

[Donald traverse une période vraiment difficile. Le neurologue a un mot compliqué pour décrire son état, *dysarthrie*, ce qui veut dire que Donald n'est plus capable de parler. Il croit parfois parler, mais ses paroles sont incompréhensibles. Une fois que je l'ai convaincu de se lancer, il désire finir à tout prix de raconter l'histoire de sa famille pour ses enfants. Ces gens sont d'excellents conteurs, mais ils n'écrivent jamais rien. Quand j'étais une fillette, son père Clarence me racontait des histoires pendant qu'il travaillait dans le jardin afin de créer des parterres floraux compliqués pour ma cinglée de mère, l'art des jardins étant la seule partie saine de son existence (les problèmes de ma mère : les médicaments, l'alcool, ses rapports avec mon père qui se montrait parfois capable de faire pleurer à chaudes larmes tout un auditorium rempli de femmes). Clarence et Donald racontent leurs histoires d'une voix lente et posée, comme s'ils recréaient visuellement les scènes de leur récit avant de les traduire en mots. Jamais ils n'envisageraient de les coucher par écrit. Clarence a plaqué l'école à la fin du CM2 et il a commencé à travailler à plein temps dès l'âge de onze ans. Donald est l'individu le plus physique que j'aie jamais rencontré. Après une épuisante journée estivale passée à travailler sur un chantier de construction, il emmenait volontiers Herald et Clare pêcher jusqu'à la tombée de la nuit. Il dormait cinq heures et se levait à six heures pour préparer le petit déjeuner, car le matin je suis plutôt lente et puis il aime bien préparer le petit déjeuner, une habitude prise quand sa mère a été internée et que Clarence passait ses nuits à s'occuper de ses collets et à retaper des bateaux, en plus de son travail pour ma famille. En ce moment, j'essaie de reconnaître mon épuisement. Nos enfants, Clare et Herald, ont voulu quitter Los Angeles pour s'installer chez nous et nous aider, mais Donald s'y est catégoriquement opposé. David a proposé de rentrer plus tôt du Mexique, mais je lui ai répondu avec franchise qu'ici il serait davantage une gêne qu'une aide. Mon principal espoir, c'est que K, le fils de Polly, doit arriver d'Ann Arbor dans trois jours. Il va occuper l'appartement situé derrière le garage, et puis Donald l'aime beaucoup et il lui fait confiance. En dehors de K, il n'y a que moi. Il se pétrifie devant le neurologue et les infirmières. À l'évidence, Donald est profondément gêné par sa maladie et selon moi ce n'est pas près de changer. Lorsque je dors dans un petit lit à côté du sien dans le bureau, je repense à Clare enfant quand elle était malade et que j'entendais chacune de ses respirations, même lorsque je croyais dormir. Nous sommes amants depuis que j'ai quatorze ans et lui quinze, presque seize. Et dès que nous avons atteint la quarantaine, nos enfants ont été adultes. Nous étions très fiers d'eux et puis ils sont partis. J'ai suffisamment d'argent de mes parents, surtout du côté de ma mère, mais il était impensable pour Donald de ne pas continuer de travailler. Malgré notre fortune relative, quand nous partions en voyage, d'habitude vers l'Ouest avec les enfants, nous ne descendions pas dans des auberges ou des motels, préférant camper. Donald n'était pas pingre, il préférait simplement camper. Et pas dans des camping officiels, mais en forêt ou au bord d'une rivière. Un jour que nous campions dans le Wyoming au bord de la Green River, un vieux gentleman rancher s'est approché à cheval pour nous dire que nous étions sur sa propriété, mais Donald et lui se sont mis à parler et nous sommes restés quatre jours à cet endroit, pendant que Donald et Herald, qui à quatorze ans abattait déjà un travail d'homme, hissaient un bungalow sur des vérins pour installer en dessous des blocs de ciment destinés à en stabiliser les fondations. Comme son père, Donald aimait se montrer utile. Je me suis souvent demandé si je suis tombée amoureuse de lui parce qu'il était le contraire de mon propre père, lequel affichait une oisiveté agressive et mettait des gants en cuir de veau pour gréer un voilier qui ne quittait presque jamais le port. Un jour, Laurie et moi avons surpris mon père sur son bateau en compagnie d'une de nos copines de la classe de seconde, et je n'en ai pas parlé à ma mère, car je ne voulais pas la blesser. Je sais que K s'est entiché de moi, mais à quarante-quatre ans j'ai presque deux fois son âge. Je sais aussi que je ne suis pas tout à fait laide. J'aime bien le neurologue, un divorcé, mais il dégage une odeur de bureaux et de médicaments, qui me dégoûte. Pour me taquiner, Donald m'a dit que je devrais me mettre à la recherche d'un petit ami ; c'était déjà il y a presque un an. Il y a deux semaines, quand Polly est venue dîner, elle m'a confié que ma maigreur et mes traits tirés l'inquiétaient, car je passais tout mon temps avec Donald ; je lui ai répondu que j'aimais mon mari et que mon attitude était parfaitement normale. Polly a très bien fait de ne pas épouser une seconde fois mon frère David, qui est très gentil mais fondamentalement timbré depuis sa prime jeunesse. Il n'a jamais pu se résigner au fait que papa a toujours été une cause perdue. J'ai longtemps pensé que les individus de sexe masculin et féminin se ressemblaient davantage qu'on n'aurait pu le croire. Curieusement, malgré leur grande différence d'âge, Donald et K se comportent comme des copains à l'adolescence. Quand au début de l'automne dernier ils ont chargé le 4 × 4 pour leur voyage à destination du fameux glacier, on aurait dit qu'ils partaient pour une partie de pêche, même si Donald a trébuché deux fois dans la cour. K est mince mais très musclé et il a empêché Donald de tomber. K partait autrefois de Marquette à vélo pour rejoindre Sault Ste. Marie et plus tard Bay Mills afin de rendre visite à Clare, dont il était amoureux, ainsi qu'à moi-même pour tout dire. Polly se fait toujours un sang d'encre à cause de K, sans doute en partie parce qu'elle a baissé les bras au sujet des éternels problèmes de drogue de sa fille Rachel qui vit à New York. Avant la maladie de Donald, j'ai accompagné Polly à New York pour procéder à une éventuelle « intervention » auprès de sa fille. David a voulu se joindre à nous pour nous aider, mais Polly lui a rétorqué qu'il se lancerait probablement dans une conférence sur l'histoire des usages de la drogue en Amérique. Nous avons passé un long moment à New York, car il s'est avéré que la fille de Polly était plutôt en forme. Elle travaillait comme réceptionniste et régisseuse pour un petit label de disques dans le Lower East Side. Elle arborait des cheveux orange, des tatouages, des anneaux dans les narines et le nombril. Nous avons assisté à un étrange concert avec elle et tous ses amis, qui semblaient former une espèce de tribu. Elle vivait avec un minuscule et jeune chanteur doté d'une voix tonitruante et discordante. Nous étions donc soulagées. Je vais arrêter d'interrompre Donald, ou bien m'en tenir aux commentaires les plus brefs. Je crois qu'une bonne part de mon épuisement vient de mes tentatives pour donner du sens à toutes ces épreuves. J'envie à Donald sa religion presque silencieuse, bien qu'elle soit d'un stoïcisme affolant. Cette religion s'ancre dans les récits de sa vie et de son enfance, sans oublier le jeûne traditionnel de trois jours. Cynthia.]

L'autre coup de chance de Clarence près de Duluth fut lui aussi causé par sa jument Sally. On construisait des quais pour les minéraliers près de Superior et Clarence décrocha un emploi de meneur d'équipages pour traîner les billes de bois, avant de devenir, à moins de vingt ans, le contremaître d'un nombreux groupe d'ouvriers qui travaillaient à ces quais. J'ai passé pas mal de temps à m'inquiéter pour cet homme mort depuis belle lurette. Voici pourquoi. Les horaires étaient si longs que votre vie se résumait au travail. La semaine de Clarence comprenait six journées, de douze heures chacune. Les seules vacances envisageables étaient consécutives à une blessure, et dans ce cas vous n'étiez bien sûr pas payé. Les nantis imposaient aisément ces conditions infernales, car il y avait un gros volant de main-d'œuvre, surtout des immigrés – finnois, suédois, allemands, norvégiens, bohémiens et ainsi de suite. Le minerai de fer ne cessait d'arriver de la Mesabi Range, à côté de Hibbing et de Grand Rapids dans le Minnesota. C'était une exploitation à ciel ouvert, alors que dans la Péninsule Nord il fallait creuser des galeries très profondes pour en tirer à la fois le fer et le cuivre. Mon père disait qu'au moins Clarence pouvait travailler au-dessus de la surface de la terre. Le plus souvent, les Indiens refusent d'être mineurs de fond. Ils appréhendent le fait de descendre loin sous terre, convaincus qu'ils s'approcheraient ainsi du monde vivant des esprits. Pour ce que j'en sais, c'est peut-être vrai.

Bref, cette conception du travail m'a troublé. Il m'est arrivé de travailler quatorze heures par jour pour poser des parpaings ou couler du ciment, et je peux vous dire qu'on devient tout bonnement le ciment qu'on coule, le parpaing qu'on pose. La vie se réduit à cela. Même chose avec les mineurs ou les bûcherons qui dans leur campement avaient une journée de repos par semaine et gagnaient trente dollars par mois. Il y a bien vingt ans que David m'a rapporté qu'entre 1890 et 1910 dans trois mines proches de Republic, à l'ouest d'Ishpeming, deux mille mineurs sont morts par accident. Comme on ne peut pas croire tout ce que dit David, j'ai demandé à Cynthia de vérifier ces chiffres à la bibliothèque de Soo et c'était bel et bien la vérité. Autant dire que les propriétaires envoyaient ces hommes faire la guerre sous terre. L'entreprise donnait aux mineurs une maison et une vache à lait ; si le mineur mourait, sa famille pouvait continuer d'occuper la maison pendant un mois, après quoi elle devait décamper. Telle est l'histoire de notre vie ici. Cynthia m'a aidé à me calmer un peu en me faisant lire deux livres qui montraient que la même chose était arrivée dans d'autres pays. L'un avait pour cadre les régions minières anglaises et pour auteur A.J. Cronin ; l'autre se situait en France et s'intitulait *Les Misérables*, sans doute par euphémisme. Je ne peux pas vous dire le bien que ça m'a fait de lire ces deux romans, mais je crois qu'il vaut mieux comprendre pareilles horreurs plutôt que de laisser la colère vous étouffer. Quand on oblige un homme à travailler douze heures par jour, il est bientôt à bout de forces, imprudent, et les accidents graves se produisent ainsi. Les hommes et les femmes tombent amoureux, s'accouplent, ont des enfants, qu'il faut nourrir.

Je sais en partie ce que Clarence a dû affronter pour construire ces gigantesques quais pour minéraliers. J'ai de modestes connaissances, mais j'étais plutôt bon en géométrie et en algèbre au lycée. C'étaient les seules matières où j'avais des A. J'ai bien failli échouer complètement en éducation civique et en histoire, car ces matières n'abordaient jamais les injustices subies par les Indiens, lesquelles me plongeaient dans une colère noire. Je connaissais l'histoire du grand-père de Flower qui avait perdu toute une section de terres, soit six cent quarante arpents. Quoi qu'il en soit, mon fils Herald a effectué quelques recherches sur son ordinateur et en bibliothèque avant de réunir tous les détails de la construction de ces gigantesques quais destinés aux minéraliers. Ils devaient faire cinquante mètres de haut pour que la pesanteur dirige directement le minerai à partir des wagons de train jusqu'à la cale de ces énormes cargos, qui acheminaient ensuite le minerai vers Cleveland et Chicago, où on le transformait en fer et en acier.

Ce fut un matin de mars, après une tempête glacée, que Clarence perdit Sally. Il hissait un chargement de planches vers l'extrémité du quai minéralier. Un homme aurait dû répandre du gros sel sur le caillebotis qui longeait la voie de chemin de fer, mais l'ouvrier s'était trouvé à court de sel. Le wagon se mit à glisser ; d'un bond, Clarence réussit à s'écarter et il vit tout le chargement basculer sur le côté en entraînant avec lui une Sally entièrement harnachée. Clarence descendit en rappel le long d'une grande corde, mais Sally avait percuté la glace, qui souvent ne fond pas avant fin avril ou début mai. Sally avait fait une chute d'une cinquantaine de mètres et elle allait avoir vingt ans. Clarence emprunta un équipage de chevaux et une luge à billes de bois pour emmener Sally à une quinzaine de kilomètres vers l'est le long du rivage, puis dans la forêt, jusqu'à un endroit où ils avaient autrefois campé ensemble. Le sol était gelé en profondeur, car il y avait eu une vague de froid pendant presque tout le mois de février, comme à Ishpeming quelques années plus tôt quand les canalisations de la ville gelèrent à près de trois mètres sous terre. À en croire le récit de mon père, Clarence creusa durant trois jours et trois nuits pour enfouir assez profond la carcasse de Sally à l'abri des loups et des ours qui sortiraient bientôt de leur hibernation. Clarence fit un énorme feu de bois flotté et s'activa sans interruption durant ces trois jours et ces trois nuits jusqu'à ce que sa jument bien-aimée ait sa propre tombe.

Clarence démissionna de son poste convoité, acheta un baril de whisky et but pendant un bon mois. Tout courage l'abandonna. Je viens de penser que je comprends très bien sa réaction, car j'ai perdu l'usage de ce corps, qui a été le mien pendant quarante-cinq ans. [Donald arrête de parler et me regarde parce que je pleure. Quand il reprend la parole, je ne comprends rien de ce qu'il dit, sinon qu'il évoque un corbeau apprivoisé qu'enfant il a eu. Donald émet des croassements. Un peu plus tard, vers minuit, le Rilutek, son nouveau médicament, semble avoir un effet positif, car Donald souhaite parler. Comme j'ai baissé les lumières, je parviens à peine à écrire sous sa dictée, mais nous regardons tous deux le clair de lune sur le lilas derrière la moustiquaire. L'odeur de ces fleurs est presque suffocante, comme si nous nous abandonnions tous deux à ce souvenir vivant de la terre. Longtemps c'est le lilas. C.]

Clarence avait un certain humour. Il raconta à son fils, mon grand-père, qu'il se serait volontiers enterré auprès de Sally, mais qu'il ne voyait pas comment s'y prendre.

Il y a certaines choses qu'un homme ne peut accomplir. Quand il eut fini son baril de whisky, il s'arrêta de boire durant des années, jusqu'à la Foire mondiale de Chicago ou de St. Louis en 1903. Pendant tout ce temps, il utilisa le baril vide comme garde-manger, car les mouches détestent l'odeur du whisky. Il le hissa sur une branche d'arbre avec une corde et une poulie, car il vivait désormais au fond des bois et les ours à l'affût de ses provisions lui posaient problème. Il éleva un ourson minuscule, une femelle, après qu'un chasseur eut tué la mère. Cette petite ourse dormit avec lui jusqu'à l'âge de trois ans, sauf en hiver – Clarence lui parlait alors par le trou aménagé dans la neige et qui aboutissait sous le bois mort à l'endroit où elle hibernait. Le souffle brûlant et ralenti de la jeune ourse faisait fondre les bords du trou, mais elle dormait si profondément qu'elle n'entendait pas l'homme. Un vieil Indien blagueur de la région demanda alors à Clarence s'il faisait parfois l'amour avec cette ourse, et Clarence lui répondit que comme de nombreuses femmes elle s'y refusait. Elle fit alors l'amour avec un ours, mais resta dans la région, rendit souvent visite à Clarence et s'assit avec ses deux oursons devant le feu. Il vivait à moins de deux kilomètres du lac Supérieur et ils partageaient volontiers un seau de truites de lac qu'il pêchait. Il appela tout naturellement cette ourse Sally. Durant le restant de sa vie, il appela Sally toutes les chiennes et toutes les juments avec qui il vécut. Puis, à cinquante ans, il épousa une sang-mêlé franco-canadienne nommée Lucretia, qu'il appela aussi Sally. Pour Clarence, les esprits vivaient, ils entraient dans les créatures et ils en sortaient. Même les oiseaux pouvaient véhiculer des esprits humains, et vice versa. Je n'en ai aucune preuve, mais c'est tout à fait possible. Il ne nous incombe pas d'affirmer le contraire.

Une nuit d'hiver, Clarence rêva de chevaux. Dans son rêve il y avait une pâture verte où paissaient de nombreux chevaux de trait parents de Sally. Il y avait aussi un marais tout proche, plein de corbeaux à ailes rouges dont le chant plaisait à Clarence, si bien qu'en avril il partit vers le sud-est et travailla un an dans une scierie de Ladysmith, Wisconsin, pour mettre un peu d'argent de côté. Lorsque Clarence sortit des bois, il était las de manger simplement du poisson et du gibier, ainsi que les rutabagas, les choux, les carottes et les pommes de terre qu'il cultivait dans son jardin potager. Il mourait d'envie de goûter aux tomates, lesquelles sont presque impossibles à faire pousser aussi loin dans le Nord. La fois où les tomates de Cynthia ont gelé à la mi-juin sur Sugar Island, près de Soo, elle a fulminé tout l'été et puis en août elle a fait trois cents kilomètres de route pour acheter cinq boisseaux de la bonne espèce de tomates, à la fois pour les mettre en conserve et préparer des sauces destinées au congélateur. Quand on veut de la tomate, il n'y a que ça à faire. Contrairement à beaucoup d'habitants du Grand Nord, Clarence refusait de manger de la viande d'ours.

Il se lassa de Ladysmith et descendit vers le sud pour trouver l'origine de son rêve de chevaux. Il resta environ un mois dans la région de Marshfield et gagna cinquante dollars à la foire du comté en soulevant une enclume plus haut et plus longtemps que les autres concurrents, et c'était une belle somme à cette époque. Clarence connaissait ses limites, car dans le Nord il avait rencontré le gros Chippewa qui, sur cent cinquante kilomètres, avait transporté une charge de deux cents kilos, mais ce type en pesait plus de cent soixante-quinze. Si certains Indiens étaient énormes, c'était parce que depuis des siècles ils mangeaient tout le poisson des Grands Lacs qu'ils voulaient ; de la même manière, m'assure Cynthia, les Indiens Crow sont si grands parce qu'ils ont passé des siècles à manger du bison. Voilà pourquoi, ajoute-t-elle, les Indiens du désert ou les Pueblos sont plus petits. Car la nourriture y est plus difficile à trouver.

Le coup de chance à la foire de comté de Marshfield, ce fut que Clarence rencontra le contremaître d'une grande ferme située à l'intérieur des terres, près de Milwaukee. Cette ferme appartenait à un Allemand qui possédait aussi une grosse brasserie de Milwaukee. On y élevait des centaines de chevaux de trait pour tirer les chariots de bière et autres véhicules, mais aussi pour les épreuves sportives comme les concours de trait. Lorsque Clarence arriva à l'aube après avoir fait quinze kilomètres à pied au clair de lune, il découvrit le marais rempli de corbeaux aux ailes rouges et la pâture couverte de chevaux, comme dans son rêve.

Je viens de repenser aux promenades au clair de lune que je faisais avec Clare près de Bay Mills. Herald avait beau dire le contraire, il a toujours eu un peu peur du noir. Clare et moi remontions la colline jusqu'au cimetière, elle aimait faire semblant d'avoir peur des esprits, mais je savais bien qu'elle bluffait. Toute petite, c'était une vraie dure à cuire. Un jour, près de Rudyard, toute la famille avait ramassé des airelles par une journée caniculaire, puis nous étions partis nous baigner dans une rivière et, quand nous avons voulu récupérer nos seaux pleins d'airelles, il y avait un ourson qui les mangeait. Eh bien, la petite Clare a couru vers l'ourson en criant à tue-tête, tandis que Herald et nos chiens se cachaient derrière Cynthia et moi. La plupart des chiens ne s'amusent pas à aller taquiner un ours. Un jour, en forêt, j'ai aidé un chasseur d'ours à pratiquer environ deux cents points de suture sur un chien qui venait de se bagarrer avec un ours de trente kilos. Voilà, Clare adorait marcher au clair de lune. Au lycée elle mesurait un mètre quatre-vingts et c'était la locomotive de l'équipe de basket féminine.

Clarence prospéra dans cet élevage de chevaux et il gravit quelques échelons parmi les employés, si bien qu'en moins de deux ans il emménagea dans une cabane individuelle plutôt que de continuer à partager le bungalow commun. Il se rendit à la Foire mondiale de 1903 et mena un attelage de douze paires, soit vingt-quatre chevaux, pour tracter une grosse moissonneuse McCormick le jour du défilé. Je possède toujours la médaille qu'il reçut à cette Foire mondiale. Elle n'est pas en or, mais c'est une belle médaille, un peu semblable à celle qu'on m'a donnée lorsque j'ai remporté l'épreuve du lancer de poids au stade de Lansing lors des rencontres d'athlétisme organisées par l'État.

Clarence n'aima guère Chicago. Il redoutait que cette ville ne s'embrase de nouveau comme en 1871, quand il partit pour la première fois vers l'est sur le dos de Sally et que le monde était empli de fumée. Et puis il était furieux, car son patron venait de vendre l'attelage de douze paires de chevaux à un autre patron de brasserie installé à St. Louis. Voilà deux années qu'il travaillait avec ces chevaux très particuliers, et maintenant on les vendait. Il était descendu à Chicago et à Milwaukee en wagon de chemin de fer avec les chevaux, mais il effectua le voyage de retour dans le wagon privé de son employeur et il se mit alors à boire quelques verres. Il se prit une sérieuse cuite et rencontra quelques problèmes en voulant faire sortir d'un bordel une jeune Franco-Canadienne qui s'y était fait maltraiter. Dehors dans la rue, les videurs du claque, qui avaient suivi Clarence, commirent l'erreur de l'attaquer car ils voulaient récupérer leur pensionnaire. Ils avaient beau posséder des matraques, Clarence se débarrassa très vite des trois loustics. La police tenta alors d'arrêter Clarence, mais l'un des spectateurs de la bagarre, qui travaillait pour le magnat de la bière, s'interposa. Clarence ramena donc cette fille chez lui, après quoi ils vécurent ensemble pendant trente années, jusqu'à ce qu'elle meure dans leur petite ferme proche d'Ishpeming. Elle ne fut jamais contre le surnom de Sally.

[Donald semble dormir les yeux ouverts. Je pense que je dois laisser Herald et Clare nous rendre visite, malgré la gêne qu'en éprouve Donald. Son déclin est vertigineux. Le neurologue, originaire de Cleveland, ne comprend pas très bien pourquoi Donald a dissimulé les premiers symptômes de sa maladie pendant Dieu sait combien de temps. Je lui ai répondu que certaines personnes âgées de la Péninsule Nord sont ainsi. La vie est dure et l'on n'a pas l'habitude de se plaindre. Quand on se bousille une main en abattant un arbre, on en rit. Un nombre incroyable de ces hommes sont brisés et infirmes beaucoup trop tôt, comme les cow-boys âgés d'une quarantaine ou d'une cinquantaine d'années que j'ai vus dans le Wyoming. Mais j'ai une autre raison de faire venir Herald et Clare à la maison : je suis soucieuse depuis le jour où j'ai surpris une conversation téléphonique entre Donald et K à Ann Arbor. J'ai cru entendre Donald dire qu'il ne désirait pas vivre s'il ne pouvait plus descendre la rue jusqu'au plan d'eau, près de l'ancienne station des gardes-côtes et du musée. Une sueur glacée m'a aussitôt couvert la peau. K apporte d'Ann Arbor du saumon fumé irlandais. Donald, qui a toujours fumé la truite de lac et le poisson à chair blanche, ne comprend pas pourquoi les Irlandais fabriquent un meilleur produit que le sien. Pour lui, à cause de sa maladie, le saumon est plus facile à manger que la plupart des autres aliments.

Plus tard : j'ai dormi deux heures et c'est l'aube, des oiseaux bruyants et un vent frais qui souffle du lac Supérieur. Donald est réveillé, je sens qu'il a envie de faire l'amour, mais la semaine dernière nous avons essayé en vain. J'ai bien vu qu'il enrageait, comme au début de l'automne dernier, avant son voyage au glacier, quand il désirait toujours tuer cet homme, près de Bagara. C.]

J'aime regarder cette photo de Clarence et Sally quand ils se sont mariés à Presque Isle en 1906. La mère de la mariée et quelques parents qui étaient des métis cree et français sont descendus du Manitoba et ont passé deux mois sur place. L'un de ces parents était chaman. C'était un tout petit bonhomme qui aimait faire des blagues aux gens et qui avait le don de disparaître à sa guise. Parfois il faisait peur, mais le plus souvent c'était un type parfaitement ordinaire. Il communiait, paraît-il, avec certains animaux que Dieu n'avait jamais inventés. Il campait dans une petite tente dressée au cœur d'un fourré, derrière la maison de Clarence. Un matin de bonne heure, Sally vit par la fenêtre de la cuisine que la tente du chaman et le fourré tout entier remuaient violemment et soudain elle aperçut l'homme tout en haut d'un sapin. Sally fut effrayée, car elle était déjà enceinte avant de se marier et elle ne voulait surtout pas que l'esprit de cet homme entre dans son bébé. Les non-initiés ne comprennent pas que personne n'a la moindre envie d'être un *medicine man*. C'est une vocation et les prétendus esprits amènent cet homme en communication directe avec ce que nous ne pouvons pas voir, mais que nous soupçonnons être là. En aucun cas je ne révélerai le nom de cet homme, même si je ne suis sûr de rien, même si mon propre père ne voulait même pas en entendre parler. Chez les Anishinabe il y a le *jessahked* et le *wabeno*, qui sont des hommes de l'aube. Je n'en dirai pas plus, car j'entre dans le domaine de ma religion intime, et ce ne sont pas vos oignons comme nous disions dans notre enfance. Le Cree partit néanmoins assez vite, car il se croyait poursuivi par les esprits locaux appelés *manitous*. Il ressentit le besoin de rentrer chez lui près de Hollow Water, dans le Manitoba, où les esprits locaux le connaissaient.

Clarence éleva des chevaux de trait, mais c'était son activité de pêcheur professionnel qui faisait bouillir la marmite. Ils vivaient assez bien, même si Sally fut toute retournée en apprenant qu'elle ne pourrait avoir qu'un seul enfant.

Non content de pêcher la truite de lac et le poisson à chair blanche, et d'élever des chevaux de trait, Clarence construisit aussi un fumoir pour les poissons. À cette époque, la réfrigération se limitait bien sûr à de simples caisses de glace ; ainsi, les aliments qu'on pouvait conserver, comme le poisson ou la viande fumés, étaient très prisés. Mon propre père apprit durant la guerre de Corée, par des types du Sud, comment fumer des viandes comme les jambons, la poitrine de bœuf et l'épaule de porc, qui est mon morceau préféré, bien que Cynthia prétende qu'il est trop gras.

Le mariage et l'éducation de nos enfants ont constitué le plus clair de ma vie ; quand notre progéniture s'est envolée il y a quelques années, je me suis senti laissé sur le carreau. Les parties de pêche avec Clare me manquaient. Lorsque Herald nous accompagnait, il restait au campement pour lire un manuel de sciences ou se promener en identifiant les plantes et les fleurs grâce à l'un de ses livres de botanique. La forêt effrayait un peu Herald, mais nous emmenions toujours notre vieux husky Jeff, dont la présence rassurait Herald. Toute sa vie durant, Jeff a chassé les écureuils terrestres, mais à notre connaissance il n'en a jamais attrapé un seul. Cynthia aimait bien nous voir partir pour ces expéditions de pêche, car elles lui donnaient l'occasion d'être seule. Nous allions jusqu'à la région de Nipigon, au Canada, parce que Clare aimait pêcher les grosses truites de rivière. Son oncle David lui a offert quelques belles cannes de lancer qui, j'en suis certain, coûtaient la peau des fesses. Clare m'a toujours taquiné, car je suis un pêcheur à l'appât, soit au ver soit au vairon. Elle espère entrer dans le milieu des costumières de cinéma à Toronto plutôt qu'à Hollywood, car Toronto est plus proche des truites de rivière. Un jour que nous campions entre Wawa et Chapleau, elle a attrapé une truite de cinq livres. Herald était inquiet parce que la nuit nous entendions des loups. Même le chien Jeff est entré dans la tente avec Herald lorsque les loups se sont mis à hurler. Herald avait toujours sa tente individuelle, car il restait éveillé la moitié de la nuit pour lire à la lueur d'une lanterne. C'était un bon cuistot de camping, mais Clare se moquait volontiers de lui sous prétexte qu'il suivait à la lettre toutes les recettes de son livre de cuisine comme s'il s'agissait d'un manuel scientifique.

Ainsi, quand les enfants sont partis pour l'université, je me suis senti un peu seul, même si j'avais Cynthia et quelques bons amis. Cynthia et K m'ont trouvé quelques livres à lire le soir, mais je ne dirais pas que ces bouquins m'ont procuré beaucoup de joie. Je lis lentement car je souffre de dyslexie, et peut-être que je passais trop de temps sur chaque page. Il y a deux ou trois ans, K m'a envoyé *Rites of Conquest*, un livre qui traite de l'histoire et de la culture des premiers habitants américains du Michigan. Je regrette que mon père n'ait pas été là pour discuter du contenu de ce livre. K m'a emmené à Mackinaw City, où l'auteur, Charles Cleland, faisait des fouilles archéologiques, mais j'ai été trop timide pour lui poser de nombreuses questions. Bien que professeur, ce type était aussi direct qu'un coup de poing bien senti. Malgré cette rencontre avec l'auteur, pendant deux mois j'ai été dans le trente-sixième dessous. Cynthia et K m'ont mis en garde contre tout apitoiement excessif, en me racontant les épisodes les plus scabreux de l'histoire des Juifs, des Noirs et des Arabes. Sur la 3e Rue, près d'un grand magasin I.G.A., j'ai vu un homme très blanc et sa femme tout aussi blanche monter dans une luxueuse voiture qui était également blanche, et je me suis demandé si ce type se doutait de ce que son peuple avait fait subir au mien au cours des derniers siècles. J'avais insisté pour aller au I.G.A. à pied dans la matinée, car j'allais pêcher avec K et nous avions besoin d'acheter quelque chose à manger pour notre déjeuner le long de la Dead Stream. C'était au début de l'an dernier, mais j'ai souffert d'un brusque vertige provoqué par ma maladie et j'ai dû m'asseoir sur le trottoir. Quelques minutes plus tard, une voiture de flics s'est arrêtée près de moi et j'ai décidé de continuer à regarder mes pieds.

« T'es soûl, mon gars ? » m'a crié un flic par la fenêtre de la voiture de patrouille. Mais il a aussitôt ajouté : « Nom de Dieu, Donny, c'est toi ? Est-ce que ça va ? »

C'était Ray Nurmi, qui jouait ailier défensif au lycée. Ray m'a raccompagné à la maison dans sa voiture de patrouille et je ne lui ai pas demandé s'il appelait tous les Indiens « mon gars ». En revanche, je lui ai demandé s'il savait où vivait Floyd, et Ray m'a répondu qu'il avait entendu dire que Floyd habitait près de Baraga, avant d'ajouter :

« T'as toujours une dent contre lui ? »

Je n'ai rien dit. Floyd était le type que je voulais tuer depuis des années.

[Donald s'endort à cause de l'ibuprofène que je lui ai donné il y a une demi-heure. Ce médicament très banal soulage temporairement les symptômes, surtout les crampes les plus violentes. Donald n'a jamais voulu reconnaître devant moi certaines particularités de son tempérament qu'il considère comme autant de faiblesses. Cette histoire avec Floyd appartient pour l'essentiel au passé, mais je constate qu'elle refait parfois surface comme une tare mineure. Sur certains chapitres de sa vie, Donald reste très secret, sauf avec K. Je sais que l'an dernier Donald et K sont partis en voiture à Baraga pour y chercher Floyd, avant de se rendre en Colombie-Britannique afin de voir ce fameux glacier. Je ne connais pas les détails de cette histoire, car ni Donald ni K n'acceptent d'en parler. Le problème entre Donald et Floyd a commencé quand ils étaient gosses. Ils se sont détestés dès le début et ils se bagarraient sans arrêt. Floyd était fils de bûcheron, aussi costaud que Donald, mais gauche et mauvais en sport. Bref, je crois que Donald était en classe de cinquième quand sa chienne bâtarde a mis bas et qu'il a essayé de vendre les chiots au porte-à-porte, quand l'un d'eux s'est échappé sur le trottoir, Floyd a alors flanqué un grand coup de pied au chiot et l'a tué. D'après ce que j'ai appris, les flics sont arrivés, car ils avaient beau avoir seulement douze ans, c'étaient des costauds et les adultes n'arrivaient pas à les séparer. Les flics ont empêché Donald de traîner Floyd jusqu'au lac Supérieur, où il comptait bien le noyer. À cette époque les garçons comme les hommes n'arrêtaient pas de se bagarrer dans la région, mais c'est aujourd'hui une pratique passée de mode, même si l'on entend encore parler de violentes disputes dans les communautés les plus arriérées et parmi les jeunes qui prennent du crack, un vrai problème ici. Un peu plus tard, en classe de troisième, Floyd a frappé l'un de ses profs, il s'est fait virer du lycée et toute sa famille a déménagé dans l'ouest de la Péninsule Nord, mais pas avant un certain match de hockey où Donald a expédié Floyd à l'hôpital, dans un sale état. Pourtant, la rancune due à la mort du chiot a duré.

K est arrivé l'autre jour et sa mère, Polly, est furieuse, parce que K arbore une coupe mohawk, c'est-à-dire une bande de cheveux dressés au milieu d'un crâne rasé. Moi, en revanche, je suis ravie car j'ai pu dormir toute une nuit. Dans une semaine environ, nos enfants seront à la maison et David arrivera du Mexique, où son ancienne amante Vernice l'a rejoint. Maintenant que K est ici avec son air extravagant de faux Indien, et que j'ai eu droit à une nuit entière de sommeil, je me suis dit que ce repos allait faire un miracle. Au lieu de quoi il a aiguisé ma conscience et j'ai trouvé inimaginable que mon amant depuis trente ans puisse mourir. Assise à la table de la cuisine, j'ai regardé fixement mon café et mon bol de céréales comme s'ils abritaient une réponse acceptable pour mon cerveau, lequel était soudain pris de tournis face à l'inévitable.

Je venais d'avoir quatorze ans et Donald en avait quinze et demi quand nous avons soudain été très proches, même si à maints égards nous faisions plus vieux que notre âge réel. Je l'avais bien sûr déjà croisé plusieurs fois, car son père Clarence travaillait pour mes parents, mais je le connaissais à peine, parce que mes parents étaient assez stricts et il eût été impensable pour Clarence de laisser son fils traîner sur la propriété. Trente ans ont passé, j'en ai quarante-quatre, et ma fille Clare me conseille de ne pas me voiler la face, car je vais sans doute vivre longtemps sans l'amour de ma vie. Un matin si lointain, Clarence demanda à Donald de l'aider à creuser un fossé dans la terre dure située derrière le garage, car cet abri et l'appartement de Jesse situé au-dessus penchaient un peu. Mon père, debout dans l'un de ses costumes d'été ridiculement chers, attendait que Jesse fît reculer la voiture pour le conduire à trois rues de là vers le centre-ville. Comme d'habitude mon père reluquait mon amie Laurie, qui prenait un bain de soleil avec moi sur la pelouse dans son bikini certes minuscule. Je commençais à peine de soupçonner le pouvoir que le corps d'une fille exerçait sur les hommes et les garçons. Quand mon frère David a salué Laurie en bikini, on aurait dit qu'il allait s'étrangler. Bref, mon père et Jesse sont partis, puis j'ai préparé de la limonade pour Clarence et Donald, car le vent soufflait du sud et c'était une matinée de juin torride. Donald était dans le trou quand je me suis accroupie pour lui tendre son verre de limonade, sa tête m'arrivait au genou.

« Merci, dit-il en gardant les yeux baissés.

— Pourquoi ne me regardes-tu pas pour me remercier ?

— Je préfère pas », répondit-il.

Son père a éclaté de rire. À l'époque je n'avais jamais rencontré un homme comme Clarence, qui vivait tellement au cœur de la réalité. Donald a bu sa limonade et m'a redonné le verre en me tournant presque le dos. Il avait les cheveux et le corps luisants de sueur. Il avait ôté sa chemise, son dos ruisselait ; alors il s'est retourné et il a levé les yeux vers mon corps, et non vers mon visage, puis il a répété :

« Merci. »

Son corps dégageait une odeur aussi agréable que la terre qu'il creusait. J'ai senti une espèce de vibration envahir tout mon corps. Il avait le visage brun et lisse, des pommettes à la fois finnoises et indiennes.

K arrive dans la cuisine, il m'annonce que Donald est réveillé et qu'il désire parler. K pose la main sur mon épaule, car je pleure en rassemblant mon calepin et mes stylos. Il me tend quelques mouchoirs en papier. Donald est gêné de me voir pleurer, comme s'il constituait un fardeau. C.]

Bon, Clarence et son épouse Sally étaient très heureux dans leur petite ferme située au sud-ouest de Negaunee. Leur jeune fils, Clarence, qui était mon grand-père, naquit avec du poil au cul – je veux dire par là que c'était un vrai petit sauvage. On raconte qu'il tua son premier chevreuil à l'âge de sept ans, avec une carabine de calibre 22. Il existait alors des lois strictes régissant la chasse et il se fit prendre, mais les autorités ne pouvaient tout de même pas jeter en prison un gamin de sept ans. La famille connut des hauts et des bas, surtout quand Sally souffrit d'une grave infection ; alors comme aujourd'hui pour beaucoup de gens, il n'y avait pas de Sécurité sociale. Sally passa un mois à l'hôpital de Marquette, Clarence put faire un emprunt, mais il mit des années à le rembourser. Ce fut le pressant besoin d'argent qui poussa alors Clarence à commettre une erreur, du moins à ce qu'on dit. Ainsi que la colère. Sur cinq cochons de lait qui venaient de naître à la ferme, un ours en dévora trois, ce qui représentait une perte considérable pour sa famille, en plus des frais d'hôpital. N'oubliez pas que Clarence avait désormais plus de cinquante ans et qu'il n'avait guère l'habitude d'être responsable d'une épouse et d'un fils. C'est en tout cas mon point de vue, car j'ai remarqué que les hommes qui ont des enfants sur le tard paraissent toujours épuisés.

Voici ce qui arriva : le fils du brasseur de Milwaukee pour lequel Clarence avait élevé des chevaux envoya un télégramme où il se disait prêt à payer cinq cents dollars, l'équivalent d'un salaire annuel de l'époque, si Clarence acceptait de le guider jusqu'à un gros ours qu'il pourrait alors tuer, afin de se faire photographier avec cet ours mort pour une publicité de bière. Il semblerait que cet homme était un don Juan doublé d'un poivrot, et qu'il désirait accomplir un acte viril à la manière du grand héros américain Teddy Roosevelt. Clarence savait que c'était une mauvaise idée, mais il accepta malgré tout. L'homme arriva donc en wagon de chemin de fer privé, puis Clarence l'emmena sur le million d'arpents que possédaient les Longyear au nord des terres de McCormick dans les monts Huron. Clarence y chassait à l'automne, il y posait des pièges en hiver et il connaissait le territoire d'une ourse particulièrement énorme. Ce n'était pas vraiment un camp de chasse, car l'homme était venu avec des amis aussi gigolos que lui-même, plus un photographe et quelques domestiques pour dresser un hameau de tentes équipées de tapis, sans oublier un cuisinier accompagné d'alcools et de vins fins. Dégoûté, Clarence campait à un kilomètre de là. Il abattit un chevreuil afin d'appâter l'ourse, puis il construisit un affût pour que l'homme pût s'y dissimuler. Alors ce dernier se blessa à la cheville et Clarence dut le porter jusqu'à l'affût. L'ourse fut ensuite abattue, et Clarence tira en même temps pour s'assurer qu'il toucherait bien son argent.

Clarence savait que c'était la pire chose qu'il eût jamais faite de sa vie. Plus tard, il considéra tout cet épisode comme une malédiction, car il aimait les ours. Il y eut des images dans les journaux de Marquette et de Milwaukee ainsi que dans une revue de chasse. « Le roi de la brasserie tue l'ours monstrueux », titrait l'article. Et même s'il remboursa ses dettes et put acheter d'autres cochons, Clarence ne se remit jamais complètement de son forfait. À la vieille question de savoir ce qu'un homme est prêt à faire pour de l'argent, la réponse est : n'importe quoi. Clarence se mit à boire pendant un mois et il retrouva tous ses cauchemars d'ours. Quand il reprit ses esprits, il comprit que l'ourse morte avait peut-être un petit qu'il pourrait sauver ; mais lorsqu'il trouva la tanière de l'ourse, l'ourson était déjà mort de faim. C'était une histoire lamentable, Clarence ne chassa plus jamais et il ne posa plus jamais le moindre piège, car ses rêves lui dirent que telle était sa pénitence.

Entre-temps, tout le monde appelait Petit Clarence le fils de Clarence. Il était moins grand, mais doté d'une carrure formidable. À douze ans seulement, il tenta de s'engager dans la Première Guerre mondiale, mais quelqu'un le reconnut au centre de recrutement. Petit Clarence ne manquait jamais d'argent, car il était le plus jeune boxeur à mains nues et puis il abattait des chevreuils pour de riches chasseurs au tarif de cinq dollars par tête. Petit Clarence faisait le désespoir de ses parents, car il était toujours en bisbille avec la loi. Rien ni personne ne pouvait mater ce jeune homme, mais quand il eut seize ans il tomba follement amoureux d'une ravissante Finnoise. C'était la fille d'un pêcheur professionnel, ami de Clarence. Cet homme ne s'opposait pas à ce que sa fille s'éprît d'un garçon presque entièrement indien, mais il ne supportait pas le comportement de Petit Clarence. Cette famille finnoise était très religieuse et d'obédience luthérienne. Petit Clarence commença à comprendre sa douleur lorsqu'il passa trente jours en prison pour avoir assommé un policier en plein centre de Marquette et qu'il regretta affreusement l'absence de son amie finnoise, qui devint ma grand-mère Nelmi.

Tout se passa bien pendant environ cinq ans. On pourrait

parler de cette période comme d'une sorte d'âge d'or, mais ensuite tout s'effondra de la pire manière. D'abord, Sally retomba malade et fut clouée au lit. Petit Clarence et son épouse Nelmi eurent un fils qui devait devenir mon père. Par une journée venteuse de la fin octobre, Petit Clarence et son beau-père sombrèrent dans la tempête au large de Standard Rock, un destin tristement fréquent pour les pêcheurs professionnels. Sur le rivage, les survivants avaient le cœur brisé. La maladie de Sally s'aggrava et un an après le naufrage Nelmi se remaria avec un mineur de Republic. Parce que cet homme n'aimait pas les Indiens, Clarence et Sally voyaient rarement leur petit-fils, mon père. Sally mourut en 1925 et Clarence réussit à transporter son cercueil jusqu'à Hollow Water, dans le Manitoba, jusqu'à l'endroit où sa famille avait vécu et où elle désirait être enterrée. Clarence ne revint jamais aux États-Unis. On le vit pour la dernière fois en 1933, au début de la Grande Dépression, au nord de Flin Flon, c'est-à-dire très loin au nord. Il habitait un chalet sur une île située au milieu d'un lac isolé. Un trappeur local déclara à la police que Clarence vivait avec deux ours et l'on supposa qu'après son décès ces ours dévorèrent sa dépouille. Personne ne le sait avec certitude, mais on ne retrouva aucun corps. Clarence avait alors plus de soixante-dix ans et après une existence en dents de scie ce n'était certes pas une mauvaise manière de tirer sa révérence. J'ai mangé du ragoût d'ours quand j'avais une douzaine d'années et j'ai ensuite fait des mauvais rêves. Quand j'ai interrogé mon père à ce sujet, il m'a répondu qu'il ne valait mieux pas que je mange de cette viande à moins de désirer faire des rêves d'ours.

Un soir, j'avais quinze ans, j'étais avec une bande de copains et nous nous baladions en voiture près de Skandia en buvant des bières, quand j'ai ramassé un ourson au bord de la route. J'étais à moitié penché en dehors de la voiture, un ami me retenait par la ceinture. Cet ourson pleurait comme un bébé, je l'ai donc bercé et soudain il a cessé de pleurer pour me dévisager sous la lampe allumée à l'intérieur de la voiture. Je me suis senti très bizarre et puis j'ai eu honte. La mère rugissait parmi les buissons, et quand j'ai reposé l'ourson sur le bas-côté de la route, il a filé droit vers sa maman. K dit que les ours sont des cousins lointains des cochons. Je le crois volontiers, car avant l'internement de ma mère, quand nous habitions au-delà des faubourgs de la ville, nous élevions quelques cochons. Avoir un cochon de lait dans les bras, c'est comme avoir un ourson dans les bras. On leur gratte le ventre et ils se calment, ils vous regardent comme si vous étiez de la même espèce qu'eux. Quand notre fille Clare était bébé et qu'elle avait la colique et que je la berçais, je ressentais la même chose. Il y a des ours dans toute la Péninsule Nord et les gens ne sont jamais certains de leurs sentiments à leur égard. Néanmoins, les Chippewa traditionnels sont très précis sur le chapitre des ours. Mais je ne vais pas entrer dans les détails, car tout ça relève de la religion. J'ai vu cet évangéliste à la télévision et j'ai été gêné d'entendre cet homme parler de Dieu comme s'il s'agissait de son copain d'à côté. Avant qu'on n'emmène ma mère à l'hôpital d'État de Newberry, elle m'a déclaré qu'il valait mieux s'adresser à Dieu en chuchotant ou par le biais de paroles silencieuses. Elle avait des problèmes avec les bruits. Elle croyait que les bruits étaient vivants. Par exemple, elle supportait le claquement d'une porte grillagée ou le bourdonnement du séparateur de crème à manivelle. Car nous avions une vache dans ma jeunesse. Par contre, un camion passant sur la Route 28 ou un avion rendaient ses yeux brillants d'effroi. Nous possédions une télévision noir et blanc, mais privée de son. Malgré son manque d'éducation, elle aimait la musique classique, tout comme Cynthia. J'avoue aimer moi-même Mozart, car lorsque j'ai un problème, la musique m'entraîne loin de mes soucis. Ma mère stupéfiait mes amis, car elle était capable d'imiter de manière parfaite une vache en train de meugler, ou un chien qui aboyait. Impossible de voir la différence. Quand son état s'aggravait, elle meuglait ou aboyait au beau milieu de la nuit, ou bien elle coassait comme une grenouille. Selon papa, sa maladie la court-circuitait et elle perdait tout contrôle de son comportement. Sa propre mère mourut quand ma mère était une petite fille qui vivait près de Bark River. Ma maman prit l'habitude d'errer dans le marais en croyant pouvoir retrouver sa mère. Durant leur lune de miel, mes parents partirent en voiture jusqu'à Detroit pour voir les Tigers jouer au base-ball. Au dîner, ils mangèrent du rosbif dans un restaurant en compagnie d'un couple de Noirs qu'ils avaient rencontré lors du match. Ils restèrent en contact, mais le mari fut tué par une balle perdue durant les émeutes raciales de Detroit dans les années soixante. Quelle absurdité de mourir à cause d'une balle perdue !

Mon père regretta toujours de ne pas avoir très bien connu son grand-père Clarence, simplement à cause des préjugés de son beau-père à l'encontre des Indiens, d'autant qu'il est de notoriété publique que les Finnois sont eux-mêmes une sorte d'Indiens. Cynthia cite ce poète qui a dit que jadis nous avons tous été indiens, ce qui veut dire il y a très longtemps. À l'école primaire on nous a appris que l'Amérique était un *melting pot*, un grand faitout, ce qui est bien difficile à comprendre quand on est gamin, car dans notre cabane nous avions une énorme marmite utilisée pour ébouillanter les cochons de manière à leur enlever les poils.

Après le départ de ma mère pour Newberry, mon père a traversé une sale passe. Il a pris tous les vêtements et toutes les affaires de ma mère pour les donner aux cousins de cette dernière près de Munising. Il s'est mis à vivre au rythme des horloges et à travailler pour les Burkett, à réparer les bateaux dans la soirée et à poser des pièges en hiver.

Il économisait pour m'envoyer à l'université, ce qui n'est jamais arrivé car nous nous sommes mariés de bonne heure, même si Cynthia a ensuite obtenu sa licence et sa maîtrise parce qu'elle désirait enseigner. J'aimais beaucoup travailler d'arrache-pied, mais je regrette aujourd'hui de ne pas en avoir appris davantage sur le fonctionnement du monde. Il y a beaucoup trop de choses que je ne comprends pas.

Par exemple, une chose qui m'obsède, c'est que personne ne semble en mesure de comprendre le passage du temps. Quand mon fils Herald était à la maison pour Noël, nous avons évoqué ce problème et il m'a répondu :

« Personne n'est capable de comprendre ce genre de chose, papa. »

Herald dit que son amour des mathématiques est en partie dû au fait que cette discipline n'a aucun contenu émotionnel. La petite amie de Herald l'a plaqué quand il était en terminale au lycée, et il ne s'en est jamais remis. Elle désirait se marier après le lycée, alors que lui voulait aller à la fac. Clare a confié à Cynthia qu'à Los Angeles Herald fréquente maintenant une jeune Mexicaine qui bosse comme strip-teaseuse dans une boîte de nuit. Cette nouvelle nous a fait l'effet d'un coup de tonnerre. Clare a ajouté que Herald avait même pris l'avion pour Hermosillo afin de rencontrer les parents de sa chérie. J'ai adoré entendre tout ça, car il m'a longtemps semblé que mon fils aimait réellement la solitude. Il me paraissait que Herald ressemblait à toute une tapée de poivrots que j'ai connus, qui disaient apprécier la solitude et l'incompréhension du monde. En réalité, ils entretiennent une rancune secrète contre le monde entier, que seul l'alcool réussit à dissiper. Les souffrances de Herald provoquées par cette fille, Sonia, pouvaient seulement être guéries par les mathématiques. Les poivrots désirent en apparence se couper des autres. Je ne suis pas une autorité en la matière, car je n'ai jamais été poivrot. Selon Cynthia, c'est peut-être à cause de ma corpulence : il faudrait trop d'alcool pour m'enivrer. De son côté, elle se méfie de l'alcool à cause de ses parents. Sa mère, que j'ai appris à aimer, s'est trouvée beaucoup mieux quand elle a quitté son mari, lequel était vraiment un type si détestable que le simple fait de penser à lui vous mettait l'esprit à l'envers. Il a été jusqu'à vendre le chalet de son fils David sans l'en avertir, quand David étudiait la religion à Chicago où il vivait avec Polly.

Je commence à tout mélanger. L'alcool n'est pas très présent dans ma famille. Mon père a reconnu qu'il avait eu des problèmes à son retour de la guerre de Corée. Il arrêta de boire parce qu'il savait que sinon il perdrait ma mère. Il avait essayé de se noyer, mais changé d'idée après avoir sauté du quai et touché le fond du lac. Une chose qui le hantait, c'était d'ouvrir le ventre d'un soldat ennemi pour y glisser ses propres pieds afin de les empêcher de geler. Il suffit de chercher la Corée sur une mappemonde pour découvrir que ce pays se trouve très au nord, et ils connaissent là-bas un hiver aussi terrible que le nôtre dans la Péninsule Nord. Les hommes sont toujours prêts à partir pour la guerre ; si elle ne les tue pas, elle leur flanque une terreur mémorable. Certains s'en remettent, d'autres pas, impossible de savoir pourquoi. Je connais bien un type qui a eu la vie dure au Viêtnam ; un jour, il a lancé sa moto à cent cinquante à l'heure vers l'extrémité d'un pont à demi construit. Il avait prévenu ses amis qu'il allait le faire, certains étaient là pour le regarder. Ils ont fait un feu, mangé des hot dogs et bu de la bière pour son dernier repas, et puis il y est allé.

Après avoir évité de penser à son père durant de nombreuses années, Cynthia s'est renseignée sur ses états de service, puis elle est descendue au Mexique pour parler avec le vieux copain et employé de son père, Jesse, qui avait pris sa retraite là-bas dans sa famille. Cynthia découvrit qu'au début de la guerre, sur une île du Pacifique Sud dont j'ai oublié le nom, son père avait été officier et après une bataille, sur les cent hommes placés sous ses ordres, il y en avait quatre-vingt-treize de morts. Je connaissais Vera, la fille de Jesse, une vraie beauté ; sa visite a scellé la fin de cette famille.

Ce fut une période très dure, et aujourd'hui encore, après tant d'années, je sais que Cynthia a du mal à écouter, mais je tiens à ce que Clare et Herald connaissent mes propres sentiments à ce sujet. L'une des choses les plus vraies que j'aie jamais entendues, c'est que les hommes diaboliques façonnent autour d'eux les existences à leur image. David senior était le point de mire de toutes les rumeurs en ville, car le comportement des riches stupéfie souvent les travailleurs. Il avait ce que certains appellent « un problème d'alcool », mais en réalité c'était simplement un poivrot à l'esprit mesquin, attiré par des filles beaucoup trop jeunes pour avoir des rapports sexuels. Jesse, son employé, que tout le monde appréciait en ville, fit venir du Mexique sa fille Vera, âgée de douze ans, pour lui faire apprendre l'anglais. Elle était belle, le frère de Cynthia et elle sont aussitôt tombés amoureux, mais il savait qu'il aurait été mal de la toucher, contrairement au père de David qui viola la pauvre Vera tandis qu'il était ivre. Alors la famille a explosé. Cynthia et moi nous sommes enfuis. Marjorie, la mère de Cynthia, est partie vivre à Chicago. Le père, qui n'a même pas été arrêté, s'est installé à Duluth et personne ne l'a jamais revu pendant des années. David est resté chez lui dans la grande maison avec Mme Plunkett qui s'occupait de lui. Jesse a ramené Vera au Mexique le lendemain du viol, et elle a eu un bébé, un garçon qui n'a jamais vraiment eu les yeux en face des trous, mais ses ennuis s'expliquaient peut-être par un accident : il faisait du vélo quand il a été percuté par une voiture. C'est l'éternel problème de l'œuf et de la poule :

lequel vient en premier ? En tout cas, des années plus tard, juste après le décès de la mère de Cynthia, le jeune David a commis l'erreur de descendre au Mexique avec son père, où les deux vieillards possédaient en commun une plantation de café. Jesse et le père ont eu une dispute d'ivrognes, puis le fils de Vera est arrivé avec une machette. David et son père se sont retrouvés à bord d'une barque dans le golfe du Mexique et, puisque le vieillard était presque mort, David l'a fait basculer par-dessus bord. C'est étrange à dire, mais à l'enterrement de son ancienne femme, quand cet homme a refusé de me reconnaître et de me serrer la main, j'ai plutôt été content. Et voilà que je suis le père de ses petits-enfants. [Ce récit ne me touche plus. Il est aussi mort que mon père. Je remercie simplement des dieux hypothétiques, car ma mère a été beaucoup mieux dès qu'elle a quitté son mari. C.]

Ainsi, la solution trouvée par mon père pour affronter les coups durs de la vie fut de travailler d'arrache-pied et c'est aussi le grand défaut de mon existence. L'été, je faisais tourner Cynthia en bourrique quand j'avais deux équipes qui travaillaient l'une après l'autre avec moi et que j'accomplissais parfois des journées de seize heures. Cynthia s'occupait de ma comptabilité. Elle était généreuse, elle s'assurait que mes gars soient toujours bien payés et qu'ils bénéficient de la Sécurité sociale. Le pire aspect de notre mariage, c'est peut-être que je n'ai jamais voulu qu'on vive sur l'argent laissé à Cynthia par la famille de sa mère et plus tard l'argent provenant de la vente des terres de son père. Notre compromis a consisté en une multitude de voyages en camping, mais alors je pêchais parfois de l'aube au crépuscule, ce qui en été faisait seize bonnes heures. Une fois, j'ai emmené Clare à trois cents kilomètres vers l'ouest pour pêcher dans le cours moyen de l'Ontonagon, près de Bruce Crossing. Nous avons déposé Herald à Marquette, où il comptait descendre chez son oncle David, pour assister à une importante conférence d'un mathématicien à l'université. Nous avons été ralentis près de Sidnaw quand deux vieilles dames en Chrysler ont percuté et éventré une biche. Clare, seulement âgée de dix-sept ans, avait une réelle influence apaisante sur les gens, exactement comme sa mère. Pendant qu'elle calmait les deux vieilles dames bouleversées, j'ai découpé deux filets et les rognons de l'animal, que j'ai mis dans la glace pour les manger le lendemain. Exactement comme pour le bœuf ou le porc, mieux vaut attendre un peu avant de manger du gibier. Nous avons dressé le camp juste avant la fin du jour et grâce à la pleine lune nous avons pêché de nuit en sachant que le lendemain risquait d'être une journée sans, car les poissons pouvaient se nourrir pendant toute la nuit. Il faisait chaud, il y avait beaucoup d'insectes : Clare a mieux pêché à la mouche que moi avec mes appâts. J'ai fait un feu vers trois heures du matin et, lorsque les braises ont été à point, j'ai frit une jolie fricassée de truites de rivière dans un peu de graisse de bacon mêlée de beurre, après avoir chauffé au rouge la poêle en fer. Nous avons savouré nos poissons avec du pain et du sel, puis nous avons mangé chacun une part de la tarte aux myrtilles que Cynthia nous avait donnée. Nous avons pris un bain rapide et déroulé nos sacs de couchage en décidant d'un commun accord de ne pas monter la tente, à cause de la pleine lune. La baignade nous avait rafraîchis, nous avons parlé de choses et d'autres, en nous demandant comment aider Herald à surmonter son chagrin dû à la perte de sa petite amie Sonia. Nous avons bu une ou deux gorgées de la petite bouteille de schnaps, puis j'ai demandé à Clare pourquoi elle avait déjà eu autant de petits amis.

« J'adore l'affection d'autrui », répondit-elle.

Ce qui voulait dire qu'elle ressemblait à sa mère, puis elle a ajouté que Cynthia et moi avions beaucoup de chance de partager ce grand amour romantique qui nous permettait d'aller de l'avant, alors que la plupart des gens passaient à côté de cette passion, ce qui expliquait tous ces divorces. L'amour permet de surmonter les épreuves les plus dures. Alors chacun s'est plongé dans ses pensées, en regardant les petits rapides de la rivière, où le reflet de la lune tantôt vacillait tantôt bondissait. Nous sommes restés longtemps hypnotisés par cette lune liquide.

J'ai raconté à Clare, qui les connaissait déjà, deux ou trois histoires de femmes qui volaient à travers la nuit, puis une histoire rigolote sur deux de mes amis qui essayaient d'hypnotiser les filles quand j'avais treize ans. Ces garçons étaient à la fois laids et petits, le proviseur les appelait les gnomes. L'un d'eux, Melvin, était bon pêcheur et semblait manger sans arrêt des beignets. L'autre, Carl, était le fils d'un prof d'université et après la tombée de la nuit il rôdait d'une fenêtre à l'autre avec Melvin sur ses talons pour essayer de mater une femme ou une fille nue. Carl était un malin légèrement loufoque, propriétaire d'un calepin où il notait les meilleurs endroits où voir « de la fesse » comme il disait. Les flics l'avaient déjà surpris deux fois en pleine action, une fois perché sur la branche d'un sapin, face à la fenêtre d'une pom pom girl au deuxième étage d'une maison. Bref, ces deux loustics ont commandé un livre sur l'hypnotisme dans une revue pour hommes. Leurs manigances ne m'intéressaient pas, car j'étais un athlète et j'avais toutes les copines que je voulais. Ils se sont entraînés à l'hypnotisme grâce à ce bouquin, puis par une journée bien fraîche d'octobre ils m'ont choisi comme cobaye, j'ai fait semblant d'être hypnotisé et je suis entré dans les eaux glacées du lac Supérieur où j'ai marché jusqu'à ce que l'eau m'arrive au cou. Excités comme des poux, ils se sont mis à décrire des cercles en marchant dans la cour de l'école, tout de noir vêtus, comme s'ils possédaient des pouvoirs secrets. À cet âge, les filles sont souvent plus grosses que les garçons et les deux « gnomes » ont jeté leur dévolu sur une jeune Finnoise à la poitrine monstrueuse. En général malheureuse, elle flanquait des dérouillées à ses camarades, qu'elle jetait souvent à terre. Carl s'est mis en tête d'en faire sa cobaye avant de réaliser son désir le plus cher : voir nue notre ravissante professeur d'histoire. Carl et Melvin ont donné cinq dollars à la jeune Finnoise pour qu'elle rejoigne un fourré de Presque Isle et participe à une expérience. Elle a fait semblant d'être hypnotisée et Melvin, le plus audacieux des deux garçons, a tendu la main pour toucher la fabuleuse poitrine, même s'il faisait un froid de canard et si elle portait un manteau. Elle leur a alors flanqué une raclée mémorable, en faisant même à Carl le cadeau d'un splendide œil au beurre noir.

Clare a bien apprécié mon histoire, puis elle a parlé de la manière dont le sexe rend les jeunes complètement cinglés. La lune de la rivière a de nouveau absorbé nos pensées et puis soudain le ciel s'est peu à peu éclairci et la rivière a exhalé un parfum encore plus doux. Clare ne se séparait jamais de ses jumelles, dont elle se servait pour observer les oiseaux, et assez loin vers l'aval, dans la brume, elle a repéré un lynx qui chassait les grenouilles dans un marécage. Le lynx a attrapé une grosse grenouille, puis d'une démarche orgueilleuse il l'a emportée au sec avant de se laisser tomber à terre, de jouer une minute avec sa proie et de l'engloutir enfin.

Maintenant, dans le bureau où je raconte ces histoires à Cynthia, je repense à un ancien documentaire animalier que j'ai vu à la télévision. Sur le petit écran, la nature est presque toujours présentée comme une menace pour nous autres, les humains. J'imagine que c'est pour nous tenir en éveil. Dans ce vieux documentaire en noir et blanc, un jaguar et un énorme serpent appelé anaconda se battent sur la berge d'un fleuve quelque part en Amérique du Sud. J'étais certain qu'il s'agissait d'un combat à mort, mais chacun a fini par s'éloigner épuisé en tournant le dos à l'autre. J'avais cru à tort que le temps allait s'arrêter pour l'un d'eux ; mais ensuite, au dîner, j'ai compris que c'était un vieux film et que ces deux animaux étaient sans doute morts depuis belle lurette. J'ai repensé au jour où deux jeunes gars de mon équipe de maçons se sont mis à se disputer à cause du tournoi de bowling de la veille au soir, puis, à l'heure du déjeuner ils en sont venus aux mains. Tous deux étaient bons boxeurs, mais c'était une froide journée de mars, ils avaient les mains engourdies et j'ai tout de suite compris qu'ils allaient se faire mal. Je n'ai pas interrompu leur rixe d'entrée de jeu, car ils devaient lâcher un peu de vapeur, mais je sentais bien qu'ils n'avaient pas le cœur à ça. Ce n'était pas comme moi et Floyd à cause du chiot mort. Évidemment, ils se sont brisé quelques os des mains. Je les ai envoyés chez le médecin en déclarant qu'il s'agissait d'un accident du travail et non du résultat d'une bagarre, pour qu'ils puissent bénéficier de leur assurance.

[Donald a fait une pause de deux jours pour se promener dans la campagne avec K. J'avais commandé un 4 × 4 neuf équipé d'un fauteuil spécial pour que Donald puisse voyager à l'aise. Le prix de ce véhicule lui a déplu et je n'ai eu d'autre choix que de ne pas tenir compte de sa colère, expliquant seulement que cet argent venait de ma mère et qu'elle-même aurait veillé au confort de mon mari. Comment aurait-il pu discuter avec une morte ? Le vrai problème, c'est qu'il arrive à un moment de son histoire où il se croit tenu d'avouer certains faits peu glorieux le concernant. Donald est un homme foncièrement bon, mais il n'est jamais accablé par des soucis d'ordre éthique ou moral, au sens religieux du terme. Je crois que certains aspects fondamentaux, et étonnants, de sa personnalité viennent des deux mois qu'il a passés avec Flower, la cousine de son père, laquelle croyait que les gens doivent être attentifs à vivre en complète harmonie avec leur environnement naturel. Il y a aussi cette conviction passablement stupéfiante, que les gens sont entièrement reliés les uns aux autres et que l'isolement équivaut à un arrêt de mort. Par exemple, Donald s'est toujours inquiété de la manière dont mon frère David s'est volontairement isolé. Je crois que, du point de vue de Donald, les seuls individus, hommes ou femmes, qui ont le droit de s'isoler, sont les *medicine men* comme ce chaman qu'il connaît au Canada. Il paraît que ces gens se placent en marge de la communauté afin d'entrer en contact avec les esprits, etc. Je me suis souvent demandé si les sentiments tribaux de Donald sont de nature génétique, car dans notre culture on ne rencontre pas de tels sentiments. En tout cas, Donald a toujours insisté sur le fait qu'il est « un simple Américain ». À l'époque lointaine où j'ai commencé d'enseigner à l'école primaire, il a suggéré que je ne devrais peut-être pas évoquer cette vieille notion du *melting pot*, car elle risquait d'effrayer les enfants. Pour le taquiner, je lui ai répondu que tous les gamins n'ont pas une marmite à ébouillanter le cochon dans la cabane au fond du jardin, ni l'imagination débridée qui l'accompagne. Je crois que le principal problème qu'il décelait chez mon frère David, c'est que David paraissait toujours en guerre contre lui-même. Une partie amusante de notre mariage consiste à parler de nos rêves au petit déjeuner quand nous faisons des rêves intéressants. J'enviais autrefois les rêves d'animaux de Donald, mais il connaît très bien les animaux sauvages. Quand quelque chose l'irritait dans son travail, il se débarrassait de son mécontentement en marchant et quand on marche longtemps dans les environs de la maison, on rencontre tôt ou tard des animaux, car une grande partie de la campagne est au moins à demi sauvage. Par exemple, juste avant que Donald ne tombe malade, son jeune maçon préféré a été condamné à trois ans de prison parce qu'il vendait la marijuana qu'il cultivait derrière les champs de ses parents, près de Rudyard. Donald en a été très affecté, en partie selon moi parce qu'il est claustrophobe et qu'il ne pouvait s'imaginer passer trois ans dans une cellule de prison, et puis aussi parce que ce jeune homme avait une personnalité semblable à celle de K, c'est-à-dire impétueuse au point de paraître légèrement cinglé. Eh bien, après le procès du vendredi, Donald a pris sa gourde, quelques biscuits, une boîte de sardines, et il a appelé le lendemain après-midi pour annoncer qu'il avait mal aux pieds. Il avait effectué plus de soixante kilomètres à pied pendant la nuit, entre Paradise et le lac de Muskallonge, jusqu'au rivage désert du lac Supérieur. Voilà ce que je veux dire par « se débarrasser de quelque chose en marchant ». C.]

J'arrive à la fin de mon histoire, mais je dois relater un certain nombre d'actes mauvais que j'ai commis et qui me stupéfient toujours. Ces actes me tarabustent, comme lorsqu'on vous arrache une dent et que vous ne pouvez pas empêcher votre langue d'en explorer le trou. Mon père disait que ce n'était pas parce qu'on avait commis quelques actes mauvais qu'on était foncièrement mauvais. Et puis certaines choses ne sont ni blanches ni noires, elles se situent au milieu. Ainsi, il détestait savoir que Jesse, après le viol de sa fille, volait de l'argent à M. Burkett. Mon père ne savait pas comment réagir à ce délit de vol, si bien qu'il n'a rien fait. Il disait aussi qu'en Corée il avait fait l'amour à des filles affamées en échange de barres chocolatées, imitant ainsi les mœurs de presque tous les soldats, mais malgré tout ce n'était pas bien de profiter ainsi de la faim d'autrui. C'est étonnant tout ce qu'on est prêt à faire pour soulager ses besoins sexuels. Je connaissais un type d'Iron River qui faisait l'amour avec la femme d'un flic, tout en sachant très bien qu'il se ferait sans doute buter si jamais le flic l'apprenait. Quand le flic a découvert le pot aux roses, ce type s'est fait éclater la rotule pour une histoire de fesses.

Le premier acte mauvais que j'ai accompli se situe en quelque sorte à mi-chemin. Melvin, Carl et moi pêchions la truite à quelques kilomètres au sud de la ville. Nous étions sur la propriété privée d'un richard et nous restions très discrets, sans parler, car ce type avait pour chien de garde un berger allemand. Melvin avait pris le pistolet de son père, mais comme l'arme n'était pas chargée, je ne voyais pas vraiment l'intérêt de la chose. Les garçons sont parfois de parfaits crétins. Bref, Carl a poussé un grand cri quand il a attrapé une grosse truite de rivière, longue d'une trentaine de centimètres, et le chien de garde a déboulé à fond de train. Il n'y a pas de justice : le berger allemand a refermé ses mâchoires sur la jambe de Melvin qui essayait de monter dans un pin blanc. Je me suis approché du clebs et je l'ai agacé avec mon bras gauche. Il a mordu mon manteau, mais je me suis alors emparé de son collier et j'ai balancé l'animal en tous sens avant de le projeter contre un tronc d'arbre. Je n'ai pas bien mesuré ma force, le chien est resté allongé par terre, de la peur plein les yeux, si bien que je l'ai caressé et puis son regard s'est figé alors qu'il gardait les yeux ouverts. Melvin a eu droit à plusieurs points de suture à la cheville, à l'endroit où le chien l'avait mordu, mais aujourd'hui encore je me demande si j'étais vraiment obligé de tuer ce chien pour régler le problème. Carl ne comprenait pas ce que le richard pouvait bien posséder pour avoir un chien dressé à mordre les intrus. Melvin a dû payer ses frais médicaux avec l'argent qu'il gagnait en distribuant les journaux au porte-à-porte.

Ses parents formaient un couple étrange : son père buvait et sa mère était une vraie grenouille de bénitier. Par ailleurs, elle cuisinait très bien toutes sortes de desserts ; si nous désirions une part de tarte ou des petits gâteaux au beurre de cacahuètes, nous devions d'abord nous agenouiller dans la cuisine pour prier avec elle. Le marché paraissait correct, mais Carl faisait toujours d'affreuses grimaces pendant ces prières. La maman de Melvin m'a dit que j'étais un païen en route vers l'enfer. Cette nouvelle m'a effrayé sur le moment, mais quand j'en ai parlé à mon père, il m'a rétorqué en blaguant que, puisque j'étais seulement une moitié de païen indien, peut-être que la moitié seulement de moi-même irait en enfer. Il n'était pas très impressionné par les chrétiens, car les catholiques, les luthériens et les baptistes se comportaient apparemment tous pareil. Il était quand même gêné lorsque Jesse était en vacances au Mexique et qu'il devait conduire les Burkett à l'église épiscopalienne dans la grosse Packard. Il se demandait vraiment pourquoi ils ne pouvaient pas s'y rendre à pied, car l'église était à deux rues de chez eux. M. Burkett avait écopé de tant de procès-verbaux pour conduite en état d'ivresse que les autorités lui avaient retiré son permis de conduire.

Selon mon père, les gens qui se croient parfaits sont responsables d'horribles forfaits. Il savait que la Bible avait beau mettre en garde contre la vanité bien-pensante, les gens se vautraient néanmoins dans cette ornière. Quand Cynthia et moi avons été surpris en train de faire l'amour sur la moquette du salon des Burkett et que mon père s'est fait virer à cause de nous, toute raison m'a abandonné durant une vingtaine d'heures, puis les choses sont soudain redevenues normales, mais pas avant que je ne commette quelques bêtises. D'abord j'ai bu trop de bière à Skandia pendant une partie de poker et j'ai perdu la jeune jument de trait que mon père m'avait offerte pour mon anniversaire. Lui-même possédait une jument pour tirer les billes de bois, qu'il avait accouplée à un étalon, propriété d'un Mennonite de Germfask. J'avais un full, mais ce type de Trenary avait une quinte flush, et voilà comment ma petite jument s'est envolée. Cette expérience m'a radicalement dégoûté du jeu et c'est la raison principale pour laquelle j'ai quitté Sugar Island et la région de Soo. Je sais que l'énorme casino indien a bien aidé la tribu, mais le jeu me mettait les nerfs en pelote. C'est l'espoir stupide d'obtenir quelque chose pour rien qui corrompt les gens, mais après notre déménagement à Bay Mills un petit casino a aussi ouvert ses portes dans cette ville, avec le projet d'un établissement plus important. Cynthia m'a dit de descendre de mes grands chevaux, car ce casino a contribué au financement de projets éducatifs et à l'installation de sanitaires dans les foyers indiens. Quand on est vieux, qu'il fait moins quarante dehors et qu'il y a plein de congères, ce n'est pas facile de rejoindre la cabane des toilettes.

Bon, une fois ma jeune jument perdue, j'ai cherché des ennuis et Melvin m'a proposé d'aller à Escanaba en voiture. Melvin venait d'avoir seize ans, il était toujours puceau et ça le travaillait. Carl lui avait conseillé d'arrêter de dire des saletés en présence des filles et de porter des vêtements propres, mais la mère de Melvin était partie dans le Missouri pour rejoindre une secte religieuse et leur maison était dans un état lamentable.

« Non, dit Melvin, c'est simplement que je suis moche. »

Melvin avait fini par entendre parler d'une femme qui bossait dans un club de strip-tease d'Escanaba et qui acceptait de baiser pour vingt-cinq dollars. Carl, qui ne buvait pas parce que deux bières le faisaient vomir à cause de problèmes d'estomac, conduisait. Le père de Carl occupait un poste important à l'université et nous roulions dans une Chevrolet dernier modèle. Nous avions mis la bière dans le coffre pour freiner notre descente et nous nous garions sur un chemin de bûcherons dès que l'envie d'en boire une nous prenait.

Nous sommes arrivés à Escanaba et comme de juste

Melvin ignorait dans lequel des trois clubs de strip-tease locaux travaillait la fameuse professionnelle. De toute façon, on s'est fait refouler de tous les clubs, car nous n'avions pas de pièce d'identité et étions trop jeunes. Après le troisième club, Melvin s'est mis en colère et a commencé à prétendre qu'il était grand et musclé plutôt que petit et maigrichon. Voilà comment la bière transforme un homme. Carl a commencé à faire le malin et les videurs l'ont écarté de la porte sans ménagement, et puis le petit Melvin a balancé un coup de poing qui a raté sa cible de trente bons centimètres, après quoi le videur lui a tordu le bras derrière le dos pour le faire monter dans une voiture garée de l'autre côté de la rue. Il m'a donc fallu intervenir, même si j'estimais que ce videur pesait cent quarante kilos alors que j'en affichais seulement cent quinze. Mais parce qu'il avait beaucoup de graisse autour de la taille, je me suis dit qu'il s'essoufflerait très vite. Les boxeurs savent qu'il faut bosser sur les chantiers routiers afin de se donner du coffre et d'accorder du jus à ses coups. Pour ma part, je faisais partie de l'équipe de course à pied, le souffle n'était donc pas mon problème. Nous avons échangé quelques coups de poing, puis je l'ai contraint à lutter pour le fatiguer. J'ai encaissé un uppercut magistral à l'oreille, qui m'a donné l'impression d'avoir une cloche d'église sous le crâne. Une foule s'est bientôt réunie autour de nous et les gens ont commencé à parier. Le videur m'a talonné et forcé à grimper à moitié sur le capot d'une voiture, mais je lui ai alors pris le buste en ciseaux entre mes jambes et j'ai serré pour lui ôter le peu de souffle qu'il lui restait. Le videur s'appuyait contre la voiture quand je me suis mis à lui marteler le corps, car ainsi on ne se fait pas mal aux mains et ça retire à votre adversaire toute velléité de poursuivre le combat. J'ai hésité avant de décocher mon dernier coup de poing, car le regard du videur ressemblait à celui du berger allemand quelques années plus tôt. En tout cas je l'ai frappé une dernière fois et c'est mon grand regret. Je n'aurais jamais dû me permettre cet ultime coup de poing, mais j'étais en rogne à cause de ma petite jument et puis parce que mon père venait de se faire virer par les Burkett par suite de mon comportement avec Cynthia. Bon, nous avons soudain entendu une sirène, si bien que Melvin, Carl et moi avons filé dans une ruelle pour rester assis sur un terrain vague obscur pendant une heure, après quoi Carl a fait une sortie pour aller chercher la voiture. Nous ne sommes pas retournés en ville avant le lendemain matin. Papa préparait le petit déjeuner et il m'a dit que M. Burkett lui avait téléphoné la veille au soir pour le réembaucher. Il a préparé une compresse de glace pour le côté de mon visage qui était tout enflé. Il m'a dit que mon corps s'était développé beaucoup plus vite que mon cerveau. Mille fois j'ai regretté ce dernier coup de poing. De nos jours, les hommes se bagarrent beaucoup moins et c'est tant mieux. Les parents de Cynthia lui ont annoncé qu'elle ne pourrait plus jamais me revoir, mais l'après-midi même nous nous sommes retrouvés chez Flower, près de Au Train. Cynthia possédait seulement un permis de conduite accompagnée, mais elle a emprunté la voiture de sa mère pour me revoir. Elle n'a sans doute pas été une fille facile à élever. [Je suppose que c'est la vérité. C.] J'ai constaté avec plaisir que Flower et Cynthia s'entendaient bien. Quand Cynthia a émis une remarque désobligeante sur ses parents, Flower a dit :

« Les Blancs aimeraient que leurs enfants ne grandissent jamais. Mais tu es une adulte. Tu peux choisir ton indépendance. »

Elle ne prêchait pas. Elle a dit ça sans passion, aussi froidement que : « Essaie donc mon ketchup maison avec tes patates. » J'ai toujours été fier que notre fils Herald ne soit jamais mêlé à des bagarres, sauf pendant les matches de hockey quand c'est plus ou moins prévisible. Herald n'a jamais aimé l'hiver, sauf pour les matches de hockey sur glace. Quand il a décroché sa licence à l'université du Michigan avec mention très bien, il s'est inscrit en troisième cycle à Caltech. Chaque fois que nous nous téléphonons, je commence toujours par :

« Tu es bien au chaud, Herald ? »

Et il me répond régulièrement :

« Mais oui, papa. »

L'autre jour, K m'a emmené en voiture jusqu'à Big Bay, mais la balade n'a pas été aussi agréable que prévu. Big Bay m'a remis en mémoire mes idées de meurtre et je n'ai pas pu avaler le hamburger que K m'a acheté au bar et qui sentait pourtant très bon. « Regarde-toi, ai-je pensé. Tu ne peux même pas manger un hamburger alors que tu en dévorais parfois cinq au déjeuner quand tu bossais. » J'ai de nouveau eu des idées de meurtre à Big Bay parce que je me suis rappelé avoir vu un film célèbre tourné dans cette région il y a maintes années. [Il parle du film intitulé *Anatomie d'un meurtre*, avec James Stewart, Ben Gazzara et Lee Remick, dont une partie fut en effet tournée dans la région de Big Bay. C.] Je crois que j'avais dix ans à l'époque et je l'ai vu avec mon père, qui me traitait déjà en adulte, car j'étais capable d'accomplir le travail d'un homme. Deux années étaient passées depuis le départ de ma mère et il avait à peu près retrouvé son sens de l'humour, qui était parfois très caustique. Par exemple, à l'école beaucoup de gamins me surnommaient Donny l'Indien, et certains avec mépris. Tout ce que mon père a trouvé à dire, c'était :

« Va falloir t'y faire. »

Un jour, il est venu à l'école pour rencontrer le proviseur parce que je m'étais bagarré deux ou trois fois à cause de cette histoire de « Donny l'Indien ». Il m'a remonté les bretelles en disant :

« Tu ne peux pas te battre sous prétexte qu'on t'appelle ci ou ça. Seulement si on te flanque un coup de poing. »

J'étais bouleversé, car convaincu qu'il ne me comprenait pas : étant seulement un peu plus qu'un quart indien, lui-même passait pour un Blanc ordinaire. Ma peau plus sombre, mon nez plus gros et mes pommettes saillantes venaient de ma mère aux trois quarts indienne. Et puis je traversais une période difficile, à cause de ce Floyd qui d'un coup de pied avait tué mon chiot.

Bref, assis dans la luxueuse voiture achetée par Cynthia, j'attendais K sur le parking du bar et je repensais à ce film sur le meurtre. La femme qui y figurait était une vraie beauté, mais bientôt mes pensées m'ont ramené vers Floyd : parfois on ne peut pas contrôler ses propres pensées. Tout à coup une fillette est arrivée face à la fenêtre ouverte de la voiture, pour me demander :

« Est-ce que t'es un vrai Indien ?

— À moitié, lui ai-je répondu.

— Comment on peut être quelque chose à moitié ? » fit-elle alors.

Et puis son père, un touriste qui discutait avec quelqu'un devant le bar pour lui demander son chemin, est arrivé en trottinant, il s'est emparé de sa fille et il m'a hurlé :

« Ne parlez pas à ma fille ! »

À croire que j'étais un fichu pervers. Aujourd'hui les gens sont prêts à flanquer une trouille bleue à leurs enfants pour un rien.

K est arrivé à la voiture avec un sac de hamburgers ; de sa main libre, il a tordu l'oreille du type en lui disant :

« Dégage en vitesse. »

Le type, terrifié par K et par sa coupe de cheveux originale, a pris la tangente avec sa gamine. Une rencontre plutôt désagréable.

Je suis bien lent à aborder le pire. L'an dernier, avant

que la maladie ne me vole presque toutes mes forces, j'ai demandé à K de me conduire à Baraga, car je voulais tuer Floyd. Je pensais depuis des années que, si je devais succomber à une saleté de maladie, j'emmènerais Floyd avec moi dans la tombe. Il fallait que je meure, car je ne supportais pas l'idée d'être enfermé dans une prison. Je n'arrive même pas à dormir sous des couvertures bien bordées ou dans un sac de couchage à la fermeture Éclair remontée jusqu'en haut. Quand j'étais tout petit et que je devenais incontrôlable, ma mère m'enfermait dans un placard à balais, mais pas pour longtemps. Elle disait que, si je ne me calmais pas, un fantôme qui était à moitié ours viendrait me dévorer dans ce placard. Ensuite, en classe de CE1, la maîtresse m'a mis du ruban adhésif sur la bouche avant de m'enfermer dans un placard du gardien. En effet, à la récréation précédente Melvin avait harcelé des filles plus âgées, qui lui étaient tombées dessus pour lui voler son pantalon et le lancer dans l'étang. Comme Melvin était tout petit, il m'avait fallu patauger dans l'eau de cet étang pour récupérer son vêtement ; et j'ai donc été puni, car on nous interdisait formellement de nous baigner dans ce plan d'eau, entouré d'une clôture, car des années plus tôt un gamin s'y était noyé en tombant à travers la glace pendant la récréation.

L'institutrice a oublié de me faire sortir du placard du gardien et quand papa est rentré à la maison après sa journée de travail chez les Burkett, il s'est aperçu de mon absence et il est allé à l'école. Le directeur, qui était encore dans son bureau, m'a découvert dans le placard du gardien, il s'est mis en colère contre l'institutrice, mais il n'en est rien sorti, sinon qu'elle a été plus gentille avec moi après cet incident. J'étais honteux, car après cinq heures passées dans le noir j'avais pissé dans mon froc.

Ensuite, Melvin a joué un tour de Halloween démodé à cette instit : on pose sur la véranda un sac en papier plein de merde de chien, on y met le feu, on sonne la cloche et on prend ses jambes à son cou. L'instit est donc sortie sur sa véranda, elle a éteint le modeste incendie en le piétinant avec vigueur, enduisant ainsi copieusement ses chaussures de merde de chien. J'imagine que ce n'est pas très malin, mais Melvin avait besoin de se venger de cette instit. Melvin a connu une fin dramatique sur la ligne droite de Seney, environ quatre-vingts kilomètres de route parfaitement rectiligne entre Seney et Shingleton. Melvin a plaqué le lycée quand je me suis enfui avec Cynthia. Il est devenu un excellent mécanicien et il conduisait souvent une voiture dans les courses de stock-cars où une trentaine de vieilles guindes se foncent les unes sur les autres pour voir laquelle tiendra le coup le plus longtemps. Ces folies automobiles attiraient un monde incroyable, mais je n'aimais pas le boucan qu'elles faisaient. Un jour qu'il avait bu un coup de trop, Melvin a propulsé sa Pontiac Trans Am trafiquée à cent soixante à l'heure sur la ligne droite de Seney, tandis que la police de l'État le prenait en chasse. Il paraît que Melvin a soudain donné un coup de volant pour éviter un chevreuil et la voiture s'est alors lancée dans une longue série de tonneaux et de sauts périlleux, près de la bifurcation de Driggs River.

En août dernier, K m'a donc emmené en voiture jusqu'à Baraga pour que je puisse dérouiller Floyd à coups de pied jusqu'à ce que mort s'ensuive, comme il l'avait fait à mon chiot. Mais ce jour-là, rien ne s'est passé comme prévu. D'abord, le vent soufflait du sud et il faisait une chaleur caniculaire, alors que je m'étais imaginé tuer Floyd par une journée froide. Nous avons fait halte à une station-service épicerie de la banlieue de Baraga pour demander notre chemin, et K a acheté un pack de douze bières en disant que Floyd en aurait peut-être envie pour son dernier repas sur terre. Nous avons roulé sur une route gravillonnée, ma colère croissant au fil des kilomètres, au point que les lisières de mon champ visuel se brouillaient.

La maison de Floyd était construite en briques typiques de la Dépression, cette fausse brique constituée de toile goudronnée, et tout le modeste édifice penchait un peu vers le sud à cause de fondations défectueuses et du vent du nord. Il y avait ce que nous appelons un jardin de voitures : une demi-douzaine de vieilles bagnoles et de pick-up déglingués garés parmi les framboisiers sauvages. Floyd était assis sur la véranda de devant, à côté d'un gros ventilateur électrique, branché grâce à une longue rallonge orange qui passait par la fenêtre. Trois chiens vieux et gras se sont levés et ont aboyé une seule fois quand on s'est garé, puis ils se sont recouchés près du fauteuil roulant de Floyd.

« Donny l'Indien ! » a hurlé l'infirme en se mettant à rigoler comme s'il s'agissait d'une visite de courtoisie.

La véranda ne comportait pas de marches ; à la place, il y avait une planche de contreplaqué pour qu'il puisse y faire monter et descendre son fauteuil roulant motorisé. K s'est assis sur la balancelle peu stable de la véranda pour caresser les vieux chiens. Il a posé le pack de bières sur la table, où trônaient déjà un gros paquet de pains au lait et les flacons des médicaments de Floyd. On ne pouvait pas imaginer un type de mon âge dans un pire état physique que Floyd. Il souffrait d'obésité aiguë, selon moi il pesait plus de cent cinquante kilos. Il avait tellement de graisse autour du cou que personne n'aurait pu l'étrangler. Je me tenais appuyé contre un poteau de la véranda, car j'étais pris de vertiges.

Un cousin de Marquette, commença-t-il, lui avait rapporté que j'étais malade, et il en était désolé. Je sentais ma colère refluer, mais j'ai annoncé sans plus attendre que j'étais venu pour le tuer. Il a alors éclaté de rire et m'a répondu :

« Pourquoi te donner ce mal ? »

J'ai dû me déplacer, car le ventilateur soufflait vers moi

et Floyd puait. Il a descendu trois de nos bières en un rien de temps. Il parlait aux chiens comme à des bébés et il nous a montré qu'ils se roulaient tous par terre selon le même rythme, après quoi il leur a donné à chacun une moitié de pain au lait. Floyd s'est penché pour éteindre la radio qui diffusait jusque-là une station de musique country, afin que nous puissions entendre un groupe de grues des sables qui poussaient des cris rauques dans un champ couvert de grosses souches, à l'ouest de la maison. Je n'arrivais plus à réfléchir. Floyd a ouvert sa quatrième bière en disant qu'il était vraiment désolé pour le chiot et que les chiens étaient ce qu'il préférait dans l'existence. Les services sociaux du comté voulaient l'installer dans l'hôpital des vétérans à Iron Mountain, mais il ne pouvait pas vivre sans ses *femmes*. Car tous ces chiens étaient en fait des chiennes. L'une a posé la tête près du moignon de sa jambe droite absente et à une autre il a donné une autre moitié de pain au lait, après quoi par esprit démocratique il lui a fallu donner une autre moitié de pain au lait à toutes les autres chiennes. Il m'a demandé si j'avais un pistolet, car il avait toujours pensé que quelqu'un viendrait l'abattre. Je lui ai répondu que non, ajoutant que j'allais le rouer de coups de pied jusqu'à ce que mort s'ensuive, comme il avait fait jadis à mon chiot. Il a fermé les yeux, il a répété qu'il était désolé pour le chiot, puis il a ajouté :

« Tout le monde avait peur de toi, Donny. »

J'ai soudain été gêné. K, qui ne supportait plus cette situation, a sauté au-dessus de la balustrade de la véranda pour aller faire un petit tour. Les chiennes l'ont accompagné. Les chiens en général aiment bien K. Nous sommes restés assis un moment pour parler de Melvin et puis de Carl, qui était médecin généraliste dans la banlieue de Chicago. Je mourais d'envie de décamper, mais j'avais trop chaud et la tête me tournait trop pour que je puisse bouger.

Floyd a dit qu'en juin une bande de jeunes grues des sables était arrivée dans la cour et avait flanqué une trouille terrible aux chiennes. K est enfin revenu avec les chiennes et nous sommes partis après avoir proposé à Floyd de lui faire quelques courses à l'épicerie. Il a refusé, expliquant qu'il mangeait seulement des boîtes de conserve, car il ne lui restait que deux dents pour mastiquer. Il paraissait inquiet à l'idée que K pût reprendre le restant de la bière. Il avait de petites croûtes à la jonction des paupières, ses chiennes se sont levées pour nous dire au revoir.

[Une semaine plus tard, ce voyage entrepris pour assassiner Floyd tracassait encore Donald. Alors il a subi sa crise la plus grave jusqu'à maintenant. Il m'a dit que tout son corps lui semblait aussi douloureux que son pied le jour où il avait fait tomber un parpaing dessus, une mésaventure qui lui était arrivée deux fois quand il travaillait. Il est devenu si apathique que j'ai paniqué et suggéré qu'il devrait se grouiller s'il voulait vraiment voir un glacier. C'était la mi-août, K devait partir un mois plus tard pour rentrer à Ann Arbor. Aujourd'hui, ce que je me rappelle surtout, ce sont mes larmes quand ils sont partis. Je n'étais pas tout à fait sûre de revoir Donald. Quand on est mariée depuis longtemps, on devine parfaitement la nature des pensées de son amant, et je savais qu'il réfléchissait au suicide. Par chance, il y a eu une rémission et il a tenu le coup durant tout l'hiver, une saison passablement somnolente dans le Grand Nord, où les habitants ont alors seulement envie de parler du dernier blizzard ou de demander jusqu'où le lac Supérieur sera pris dans les glaces, et si ce ne sera pas tout du long jusqu'au Canada. C.]

Je me suis effondré après notre visite à Floyd, surtout parce que je m'étonnais qu'on puisse devenir une telle loque avant de passer l'arme à gauche. Floyd n'était rien d'autre qu'un personnage dans un de ces films d'horreur que je regardais souvent à la télévision avec Herald et Clare. Cette semaine, au cabinet du médecin, quand j'ai demandé à Cynthia de retourner dans la salle d'attente, j'ai essayé de convaincre le toubib de me donner quelques cachets pour le jour où j'aurais envie de tirer ma révérence. Le médecin a refusé en expliquant que c'était illégal. Je lui ai rétorqué que je ne voulais pas tout saloper avec un pistolet ou un fusil de chasse.

« Laissez-moi réfléchir », a conclu le médecin.

Je n'ai nullement l'intention de devenir un fardeau excessif pour ma famille. Et puis, c'est ma vie : j'ai le droit d'y mettre un terme à ma guise.

Le moment semblait venu de voir un glacier, si jamais je devais en voir un. Ce voyage a tourné à la farce, car je n'ai jamais révélé à K mes intentions réelles et nous avons passé presque deux fichues semaines sur la route pour finir par nous tromper de glacier. Quand j'étais en classe de quatrième, un type est venu à l'école pour projeter aux élèves un film sur l'Arctique. C'est peut-être le meilleur film que j'aie jamais vu. Ce type se baladait en bateau dans une région où il y avait plus d'un million d'oiseaux – je crois qu'on les appelle des macareux – qui vivaient dans des falaises et plongeaient dans l'océan pour trouver des poissons. Sur le rivage il y avait un glacier qui semblait haut comme une montagne, ce glacier avançait si lentement qu'on ne le voyait pas bouger, mais d'énormes blocs en basculaient parfois vers la mer dans un fracas de tonnerre. Eh bien, quand je suis tombé malade, j'ai souvent rêvé qu'une bonne manière de mourir serait de camper en haut de ce glacier et de rester sur un bloc de glace gros comme une maison quand il chuterait d'une hauteur de trois cents mètres vers la mer.

Je n'ai jamais parlé de ce rêve à K, qui voulait rejoindre la Colombie-Britannique au nord-ouest du Michigan, car il avait lu un livre sur des Indiens qui vivaient là-bas et qui s'appelaient les Koyukon. Finalement, K s'est gouré de plusieurs centaines de kilomètres sur l'endroit où vivaient ces Indiens. J'avais un vieux pick-up bâché et nous avons installé un matelas sur le plateau pour que je puisse voyager allongé quand je le désirerais. Nous avons pris une glacière, des sacs de couchage, une tente pour nous protéger de la pluie, et du matériel de pêche, même si K n'a jamais vraiment aimé la pêche. Il a trouvé une filière universitaire spécialisée dans les fleuves et les rivières, il consacre le plus clair de son temps à marcher et à étudier la forme des fleuves et autres cours d'eau. Il adore la Peshekee dans les monts Huron, car elle a un énorme dénivelé. Et puis j'ai creusé une alvéole dans un livre de la bibliothèque de David. Le livre s'intitule *Les Indiens du lac Supérieur* et l'alvéole contient surtout des pilules vétérinaires contre la douleur, prescrites quand notre dernière chienne, une bâtarde à demi husky, nommée Sally, est morte de vieillesse. Il y a une bonne trentaine de ces pilules, et je me suis dit que dans mon cas elles feraient sûrement l'affaire. J'ai seulement posé la question au médecin car je savais qu'il possédait un moyen plus radical de m'envoyer sur la route fantôme.

Nous avons donc entamé notre voyage grotesque après que Cynthia nous a préparé une fricassée d'œufs et de viande de porc. Dans mon état, on ne s'inquiète plus du cholestérol. Vous devez savoir que K n'est pas un individu normal. Il s'est construit pour acquérir une personnalité différente de son ancien moi. Par exemple, il peut rester éveillé pendant quelques jours et autant de nuits, puis dormir et lire durant un jour et une nuit. Je pensais autrefois qu'il gobait sans doute des amphétamines, mais Clare m'assure que non, il ne prend même pas d'aspirine. Bref, nous avons rejoint le Minnesota, avant de filer au nord vers Winnipeg, où nous avons pris la principale voie de circulation vers l'ouest, la Route 16. Je voulais faire un crochet par Hollow Water, dans le Manitoba, pour voir d'où Sally, la femme du premier Clarence, était originaire, mais c'était trop éloigné de notre itinéraire. Beaucoup de gens ignorent que la plupart des villes canadiennes sont comme les nôtres, mais que les vastes espaces vides entre ces villes sont plus grands là-bas. K a une résistance incroyable et nous avons roulé quarante-huit heures d'affilée, avant de camper au bord d'une belle rivière proche de Hinton, dans l'Alberta. Pendant que K dormait, j'ai pêché un joli pêle-mêle de truites pour le dîner. Un garde forestier s'est arrêté pour vérifier que j'avais bien mon permis de pêche, mais après m'avoir dévisagé quelques secondes, il a déclaré que c'était sans importance, car bien qu'américain j'étais un Premier Citoyen. Je me suis alors mis à tomber, mais cet homme costaud m'a rattrapé à temps. Je lui ai révélé avec gêne que je souffrais de la maladie de Lou Gehrig. Il m'a répondu qu'un de ses cousins germains à Calgary avait le même problème. *Premier Citoyen* est l'appellation officielle des Indiens au Canada.

Bon, quand nous avons enfin atteint Smithers en Colombie-Britannique, je ne me sentais pas vraiment dans mon assiette. K avait téléphoné à l'avance et, lorsque nous sommes arrivés à l'aéroport, un hélicoptère nous attendait pour nous emmener jusqu'à ce fameux glacier. Il devait nous y déposer et nous reprendre le lendemain après-midi. K m'avait donné un cachet pour me calmer les nerfs et j'ai ressenti un peu la même chose que le jour où j'ai fumé de l'herbe pour la première fois au collège. Le vol en hélicoptère a été très excitant. Je repensais sans arrêt à un passage d'un livre que Cynthia m'avait lu, où figurait un Indien Cheyenne nommé Celui Qui Voit Comme Un Oiseau, un homme qui avait réellement vécu. Je ne crois absolument pas à ce qu'on appelle la réincarnation, mais si je devais revenir sur terre sous la forme d'une autre créature, j'aimerais que ce soit un oiseau, un corbeau pour être exact.

Une fois que je pêchais de nuit à l'automne avec mon père dans l'Escanaba, près d'Arnold, il m'a montré dans l'obscurité la grosse lune où l'on voyait des oiseaux voler vers le sud, semblables à de minuscules confettis noirs.

Quand l'hélicoptère nous a déposés sur le glacier, je me suis mis à rire en me roulant par terre. Ces crises de rire ou de larmes constituent souvent un symptôme de ma maladie, mais cette fois c'était différent. Il n'y avait pas d'océan à proximité de ce glacier. Pour dissiper la perplexité de K, je lui ai expliqué mon rêve de suicide et il a seulement dit « Cool », un mot qu'il prononce quand une chose lui plaît vraiment. Nous avons passé un moment merveilleux à camper là sur ce glacier, dans la lueur d'un quartier de lune qui brillait sur la glace. J'ai toujours adoré la neige et la glace ; j'ai passé un certain temps allongé dessus, nu comme un ver, convaincu que l'existence était parfois merveilleuse. Dans notre jeunesse, Cynthia et moi faisions souvent l'amour en plein air, surtout parce que nous n'avions aucun endroit à nous, mais nous avons fini par aimer beaucoup ça. Nous avons même fait l'amour dans une barque, sur un lac, et elle m'a demandé de ramer dans le sillage liquide de la lune. Ces instants sont incomparables.

Lorsque nous sommes rentrés en septembre, je n'étais pas en très bonne forme, mais un laboratoire pharmaceutique venait de commercialiser un nouveau médicament, le Rilutek, qui m'a fait du bien. En parlant avec Cynthia, j'ai découvert que j'avais un souvenir cuisant qui était resté enfoui dans mon subconscient. Un an environ après l'internement de ma mère et mon séjour chez Flower, ma mère me manquait énormément et je n'arrivais pas à croire mon père quand il déclarait que nous ne pouvions pas la voir. Un matin d'été, sachant que mon père allait travailler à l'aube, vers cinq heures du matin je suis monté sur mon vélo et me voilà parti pour l'hôpital psychiatrique de Newberry, à deux cents kilomètres de notre maison. Je pensais arriver là-bas pour la tombée de la nuit, dormir dans le jardin de l'hôpital et voir ma maman le lendemain matin. Ma chaîne de vélo s'est cassée deux fois et j'ai seulement atteint Newberry à minuit, dix-neuf heures après mon départ. Un veilleur de nuit m'a surpris dans le jardin de l'hôpital et a appelé la police. Entre-temps, un médecin qui travaillait de nuit m'a fait servir un dîner. Ce médecin m'a expliqué que l'état de ma mère avait empiré et qu'on l'avait envoyée à Ypsilanti, dans le sud de l'État, à six cents kilomètres de là. Il a ajouté qu'elle ne reconnaissait personne, hormis les gens qu'elle avait fréquentés dans son enfance près de Bark River. Je me suis endormi dans le bureau, mon père est venu me chercher après trois heures du matin, et sur la route du retour nous avons fait halte près de Seney pour pêcher dans la Fox River. J'ai alors pris la plus grosse truite de rivière de toute ma vie, qui pesait environ un kilo, et en cette période difficile mon exploit m'a remonté le moral. Nous nous sommes arrêtés pour voir Flower à Au Train ; j'ai mangé du poulet grillé et deux parts de tarte aux mûres avec de la crème. Flower m'a dit qu'elle était désormais ma mère et qu'elle m'aiderait dès que je ferais appel à elle.

Malgré mon désir de meurtre, j'étais presque fier de ne pas avoir tué Floyd. Ou plutôt soulagé. Nous vivions tous deux dans la prison de notre corps et mon voyage sur le glacier m'a en grande partie débarrassé de mon angoisse. Tout l'hiver j'ai regardé les cassettes vidéo que Cynthia me donnait. Comme je l'ai dit, je souffre d'une dyslexie aiguë, je lis lentement, mais ces vidéos m'ont vraiment appris beaucoup de choses. Elles évoquaient différents types de sociétés indiennes dans le monde entier, y compris l'Indonésie, l'Amérique du Sud, la Sibérie et l'Afrique. Je possède toujours le livre que Fred, l'oncle de Cynthia, m'a prêté à Grand Marais il y a tant d'années. Ce livre traite des Indiens noirs qui vivaient dans le sud des États-Unis. Partout sur la planète ces gens ont été maltraités. Certaines tribus ont complètement disparu. Pendant l'hiver j'aimais bien rester assis à la fenêtre pour regarder la neige tomber. Quand je me sentais assez vaillant, Cynthia m'entourait de couvertures, je m'installais sur une chaise dans le jardin derrière la maison et je me laissais ensevelir par la neige.

Ce soir, Herald et Clare sont arrivés de Los Angeles, *via* Chicago. Polly est allée les chercher à l'aéroport. Elle a dit que David arriverait demain du Mexique, où il aide les miséreux à migrer vers le nord. Bizarrement, Polly et lui sont divorcés, ils vivent dans des maisons différentes, mais ils continuent à se voir souvent dès qu'il est dans les parages. Cynthia dit que son frère est seulement supportable à petites doses, mais K affirme qu'il en va de même pour sa mère Polly. Dès qu'il m'a vu, Herald a fondu en larmes, sans doute parce que je suis très amaigri. Ma fille Clare est restée toute la nuit à mon chevet et nous avons passé un bon moment à évoquer le passé, lequel n'est guère si éloigné. À l'aube, elle m'a dit :

« Papa, je sais ce que tu as l'intention de faire et je ne peux pas te le reprocher. »

Puis elle s'est endormie dans son fauteuil.

Pendant environ une demi-heure j'ai vu des choses sous mes paupières, tout en haut et sur les côtés de mon champ visuel. J'ai commencé à me demander où les rêves étaient enregistrés, car ces choses que je voyais étaient certes brouillées, mais il s'agissait sans l'ombre d'un doute de combinaisons d'anatomies animales. L'ourse qui s'était attardée près de moi sur la colline arborait désormais de grandes ailes de corbeau, et puis il y avait une loutre dotée du visage de Clare.

Quand j'ai appelé, Cynthia est descendue dans le bureau et elle a envoyé Clare au lit. Je lui ai dit que j'étais désolé de la déranger, mais mon esprit me jouait des tours. Pour me taquiner, elle m'a répété ce que je lui avais dit des années plus tôt :

« Qui sait ce que nous sommes vraiment ? »

Nous étions alors sur la véranda de notre maison obscure, près de Bay Mills ; bien emmitouflés, nous regardions les étoiles par une nuit froide de la fin de l'automne, et j'avais prononcé ces mots.

J'ai maintenant décidé de parler un peu des trois jours et des trois nuits que j'ai passés sur cette colline. Je ne dois pas dissimuler à ma famille toutes mes convictions religieuses. Il me faut malgré tout garder certaines choses, peu partageables, pour moi. Elles sont trop étranges pour que je les comprenne et elles risquent d'être un fardeau pour les membres de ma famille qui vont lire ce texte. J'en ai parlé à mon professeur là-bas, mais ces choses font partie de sa vocation. Il m'a confié que, plusieurs nuits chaque année, il « vole » jusqu'à Sisseton, dans le Dakota du Sud, afin de ridiculiser pendant quelques minutes une femme qui des années plus tôt a refusé ses avances. Il a reconnu qu'il ne devrait pas le faire, mais personne n'est parfait.

Rien de plus banal que de rester assis dans un fourré à flanc de colline pendant trois jours. Tout est ordinaire, mais plus que d'habitude, comme si ce fourré était un fourré à la puissance mille. Votre vie s'arrête et au cours de la troisième nuit certains instants duraient des heures.

Aussi près du solstice d'été, les nuits sont très courtes et vraiment obscures seulement entre onze heures du soir et cinq heures du matin. Je n'ai bien sûr pas emporté ma montre. Mon père, Clarence, disait en riant qu'on ne peut rien dire au temps, car il n'a jamais voulu entendre parler de nous, il se contente de filer à toute vitesse et de nous laisser sur le carreau. Les nuits étaient très claires, hormis un bref et violent orage la deuxième nuit, et j'ai eu de la chance que mes enfants m'aient initié à la configuration des étoiles. Durant cet orage et ensuite, cette familiarité avec les constellations célestes m'a beaucoup aidé. J'ai remarqué combien les frissons vous réchauffent. Je reconnais avoir été terrifié quand derrière moi la foudre est tombée sur un affleurement granitique situé à une centaine de mètres en amont. J'ai respiré son odeur. J'avais vu l'orage arriver du sud-ouest sur le lac Supérieur, mais aucune préparation n'aurait pu me prémunir contre sa violence.

Une ourse, pas très grosse mais pesant à peu près mon poids, s'est approchée le deuxième soir. Je somnolais, mais mon odorat a perçu la proximité de l'animal et j'ai ouvert les yeux. Les ours dégagent parfois une odeur très forte, qui dépend de leur régime alimentaire. Elle a émis quelques grondements de menace et je me suis demandé si elle avait l'intention de me tuer. C'est rare, mais seuls les crétins croient que ça n'arrive jamais. Elle s'est éloignée, puis elle est revenue à l'aube, et j'ai alors eu le sentiment qu'elle me faisait la cour. Elle tournait sur elle-même devant le fourré, à une dizaine de mètres de moi. Peut-être venait-elle de perdre un ourson et en désirait-elle un autre. Au bout de quelques minutes, elle a renoncé et elle s'est éloignée, sans doute pour chercher un faon à dévorer, son repas préféré.

Vers le milieu de la deuxième journée, une bande de corbeaux sont venus m'examiner. Il m'a semblé que ces corbeaux traînaient dans les parages parce qu'ils avaient du temps à tuer et qu'ils se demandaient ce que je fichais là sur leur territoire, où je faisais figure d'intrus. Les animaux passent beaucoup de temps immobiles ; quand à notre tour nous adoptons cette posture, ils perdent leur méfiance logique envers nous. Le troisième jour, en milieu de matinée, trois gros corbeaux se sont campés à la lisière du fourré en me regardant. Les corbeaux ne restent pas à terre, à moins de se sentir en sécurité. Une seule fois j'en ai vu un mort au bord de la route, et il était assez jeune. Les chevreuils ainsi que de nombreux animaux n'ont toujours pas intégré le danger que représentent les voitures ; les corbeaux si. Bref, je comprenais parfaitement que ces trois corbeaux désiraient savoir ce que je faisais assis là. Moi-même je n'en étais pas très certain, mais je leur ai dit que le premier jour j'avais eu une vision très brève, où j'allais tomber malade et mourir. Cela se passait plus de deux ans avant que n'arrive le diagnostic de ma maladie. Je leur ai dit que mon décès imminent ne me dérangeait pas trop, car c'est tôt ou tard le sort de tous les êtres vivants. Mieux valait mourir le plus tard possible, mais ce n'était pas à moi d'en décider. J'ai aussi parlé à ces corbeaux du rituel funèbre accompli par leurs congénères, auquel j'avais assisté quelques années auparavant à plusieurs kilomètres de Whitefish Point, vers l'intérieur des terres. Un très vieux corbeau était lentement tombé à travers les branches d'un sapin du Canada ; deux heures durant il s'était accroché à ces branches en faisant appel à ses dernières forces, tandis que voletaient tout autour de lui une bonne trentaine de membres de sa famille. J'ai entendu le bruit très doux de son corps percutant enfin le sol. Dans mon fourré, j'ai eu l'impression que l'un de ces trois corbeaux avait assisté à cette cérémonie qui s'était déroulée à moins de deux cents kilomètres de là. Comme ils ne manifestaient aucun signe de vouloir partir, je leur ai aussi parlé de ma vision où ma mère et mon père étaient assis au bord d'une rivière, de part et d'autre d'un ours endormi, comme s'il s'était agi d'un chien domestique. Ma mère et mon père semblaient en pleine forme et ils me disaient :

« N'aie pas peur de revenir à la maison, fils. »

Au cours de ces trois jours, j'ai pu comprendre comment les animaux, insectes compris, me regardaient, plutôt que comment moi je les regardais. Je suis devenu le serpent noir qui humait l'air à côté de mon genou gauche, puis les deux mésanges à tête noire qui se sont posées sur mon crâne. J'ai eu la chance de laisser mon corps voler au-dessus des contrées terrestres et aussi de marcher au fond des océans, un paysage qui m'a toujours fasciné. À un certain moment j'ai eu peur quand je suis descendu dans la terre, et quand je suis remonté je n'étais plus là.

J'ai rejoint le bas de la colline, je suis retourné en voiture vers Soo avec mon professeur, et j'ai revu l'un des trois corbeaux un peu au nord de la ville. Je doute que mon expérience ait été très différente de celle de quiconque a passé trois jours et trois nuits là-haut. C'était bon de savoir enfin que l'esprit est partout plutôt qu'une chose séparée. J'ai eu la chance de passer ma vie tout près de la terre, ici dans le Nord. J'ai appris pendant ces trois jours que la terre est tellement plus que ce que je croyais qu'elle était. C'était vraiment un grand cadeau que de voir simultanément toutes les facettes de toutes choses. Cette découverte rend les adieux plus difficiles. Les membres de ma famille m'accompagneront comme ce vieux corbeau tombant lentement à travers les branches du sapin.

DEUXIÈME PARTIE

K

14 JUIN 1995

Bon Dieu. Des moustiques. Je campe au bord d'un étang à moitié secret, à une vingtaine de kilomètres au nord-ouest de la ville. Il doit être minuit, mais je ne sais plus où j'ai mis ma montre et je viens de finir de lire le récit de Donald à la lueur de ma lampe à gaz. Cynthia m'en a donné les pages ce matin. Je crois que ce texte serait meilleur sans les commentaires de Cynthia qui l'accompagnent, mais si vous avez envie de la critiquer, vous avez intérêt à préparer vos munitions. Ce n'est pas qu'elle soit colérique, mais elle a toujours en réserve une douzaine d'arguments imparables pour vous expliquer qu'elle a raison, alors que vous pouvez seulement suggérer une ou deux petites choses tendant à montrer qu'elle a tort. C'est sans importance, car la lecture du récit de Donald est limitée au cercle familial.

D'habitude j'occupe une chambre située sur l'arrière de la maison de ma mère Polly, mais l'autre soir au Verling j'ai dragué une fille que je connaissais vaguement et elle a vomi sur le trottoir. Le lendemain matin j'ai oublié de passer ce trottoir au jet d'eau et Polly s'est transformée en sorcière. Dès qu'elle est en rogne, le timbre de sa voix change. Elle devient brusque, cassante. Je me rappelle très bien sa seconde voix avant le décès de mon père, quand ils se disputaient à cause de ses motos. Il prétendait avoir besoin de la moto pour « faire baisser la pression ». J'avais une dizaine d'années à l'époque, je ne comprenais pas cette expression ; et quand je l'ai comprise, j'ai pensé que mon père n'avait jamais subi la moindre pression. C'était un homme qui avait gardé bien serré le couvercle de la Cocotte-Minute pendant si longtemps qu'il ne restait plus rien à l'intérieur. Il ne m'a jamais emmené faire un tour sur sa moto, car selon lui c'était trop dangereux, et ça a fini par être le cas pour lui. Tous les samedis matin, quand le temps n'était pas trop exécrable, il partait dans un rugissement de tonnerre avec quatre ou cinq amis. Comme ma mère, il était instituteur dans une école primaire du South Side de Chicago. Ses copains motards et lui étaient tous des vétérans du Viêtnam, marqués de manière indélébile par ce conflit.

Hier dans le jardin, je lisais à Donald le *Narrative Journal* de Schoolcraft. Cet écrivain a visité la région au cours des années 1820 et Donald apprécie ce qu'il appelle l'atmosphère « vieillotte » du livre. Au bout d'un quart d'heure, Donald s'est endormi sur le vieux canapé que j'avais hissé dans le jardin par la porte de la cave. Le petit husky ramené de Los Angeles par Clare était couché en boule près du cou de Donald. Cette chienne s'appelle Betty, elle n'est pas très avenante. À son arrivée avec Clare, il y a quelques jours, elle nous a tous examinés et a semblé décider que nous étions tous détestables, sauf Donald. Nous ne connaissons pas son pedigree mais Betty est une créature irritable. L'autre jour, elle a attrapé un très jeune rouge-gorge sous un buisson et elle l'a dévoré avant que Clare n'ait pu lui arracher sa proie. J'ai dit à Clare qu'elle était très séduisante avec son short bleu, quand elle rampait sous les buissons pour essayer de mettre la main sur sa chienne, laquelle avait un demi-rouge-gorge qui dépassait de la gueule.

« Je t'emmerde ! » a crié Clare.

Ce que Donald a trouvé très drôle.

Je pense désormais à Donald comme à un remorqueur. L'an dernier, durant les vacances de février, j'ai gardé un appartement new-yorkais, propriété de la vieille tante d'une ancienne petite amie. Cette femme, âgée de plus de soixante-dix ans, se faisait un sang d'encre pour sa collection d'œuvres d'art. Nous étions descendus chez elle à l'occasion d'un bref séjour à New York et elle s'était prise pour moi d'une amitié qui avait survécu à ma rupture avec sa nièce. Cette femme, juive, me rappelait néanmoins Marlene Dietrich dans ces vieux films dont je raffolais. Je suis toujours convaincu que la cuisse gauche de Dietrich dans *L'Ange bleu* est plus sexy que n'importe quelle photo émoustillante de *Penthouse* ou de *Playboy*. Bien sûr, ce film avait l'avantage de la voix de Marlene. En tout cas, cette merveilleuse vieille dame a la même voix que Jeanne Moreau. J'ai passé dix jours sans sortir de son appartement, tandis qu'elle assistait à un procès à Francfort où elle essayait de récupérer certains tableaux de sa famille, « déplacés » par les nazis au cours de la Seconde Guerre mondiale. Le plupart de ces œuvres étaient désormais la propriété d'un roi de la saucisse alsacienne qui refusait de s'en séparer. J'ai reçu cinq mille dollars pour deux semaines passées dans ce spacieux appartement en compagnie de quelques Kandinsky, Tchelitchev et plusieurs dessins de Bakst pour le théâtre, sans oublier un Mary Cassatt très réussi. J'avais entièrement accès à une diversité improbable de menus de plats préparés, sur lesquels la propriétaire avait ajouté ses propres commentaires ; tous les jours à cinq heures j'étais remplacé pour trois heures par le frère baraqué du portier et j'en profitais pour marcher, car ma santé mentale dépend de la marche et de mon vélo (un vieux Schwinn à gros pneus), que je n'avais pas apporté à New York, de peur de me le faire voler. Dans cet immense appartement, je passais donc le plus clair de mon temps assis, à feuilleter des milliers de livres d'art, quitte à laisser tomber une dissertation semestrielle sur Wittgenstein comme source possible des adeptes de la déconstruction. J'ai aussi passé quelques heures derrière un vieux télescope braqué, derrière la baie vitrée du salon, sur l'East River et les bateaux, grands et petits, qui y naviguaient, les voiliers et autres embarcations. Ce qui me ramène au remorqueur, à sa forme trapue et à son immense puissance : il est lent à accélérer mais il manifeste alors une énergie irrésistible. S'occuper de Donald dans son état présent revient à comprendre enfin qu'il n'y a pas de miracle, hormis celui de notre existence. Comme son ancêtre, le premier Clarence, nous chevauchons un gros cheval vers l'est, et puis c'est terminé.

Réveillé à l'aube par le vrombissement des moustiques. En juin, la Péninsule Nord du Michigan est un élevage semi-tropical d'insectes. Je m'enduis la peau de lotion anti-moustiques avant de partir en balade, tout en essayant de comprendre une phrase entendue en rêve : « Avant ma naissance, j'étais de l'eau. » J'ai décidé que c'était sans doute une image neuronale née du livre que je lisais, *Processus fluviaux en géomorphologie*. Je suis une sorte d'étudiant professionnel et on me laisse suivre de nombreux cours hétéroclites car je suis aussi l'homme à tout faire d'un doyen d'université très influent. Cette licence s'explique entre autres par le don que j'ai pour réparer les robinets.

Je rejoins la maison hantée avant l'heure du petit déjeuner. J'avais onze ans quand nous nous sommes installés à Marquette, mes nouveaux amis parlaient toujours de la maison de famille de Cynthia comme de « la maison hantée » et maintenant encore cette atmosphère de film d'horreur colle littéralement aux murs de cette vaste demeure. Quand j'y entre, Clare est déjà revenue de l'aéroport où elle est allée chercher son oncle David, arrivé très tôt de Chicago. David et moi prenons notre petit déjeuner dans le bureau avec Donald, qui réussit seulement à avaler un café, puis un egg-flip avec une paille. Quand David raconte qu'il est tombé amoureux d'une serveuse au Red Garter Club du Hilton de l'aéroport O'Hare, Donald éclate de rire. Cynthia dit alors qu'avec les femmes David est une version adoucie de leur père. Chaque femme nouvelle est une contrée inconnue à découvrir, mais David n'a rien appris de tous les autres pays qu'il a déjà visités. Il ajoute qu'il leur prête toujours de l'argent pour entamer une nouvelle existence. Je connais déjà tout ça par cœur, bien sûr. Au petit déjeuner, David dit que plusieurs années d'enseignement au Mexique lui ont appris « la banalité d'Éros ». Que dire d'un homme qui multiplie ce genre de remarques ? Donald désire une explication claire. David tergiverse, puis s'en tire en déclarant que les problèmes des pauvres sont tellement énormes qu'ils ne s'intéressent plus à la sexualité.

« Conneries ! » proteste Donald.

Car tous les ouvriers de ses diverses équipes baignaient jusqu'au cou dans l'amour et le sexe, au point que ça lui rappelait la pire musique country. David explique qu'en fait il s'est plus ou moins désintéressé du sexe quand il enseignait aux pauvres.

« Alors tu ne tombes jamais amoureux au Mexique ? s'est étonné Donald.

— Si, de temps en temps », a fait David.

Nous avons tous éclaté de rire.

Lorsque Clare entre dans le bureau pour desservir notre table, elle fait remarquer que les deux chaussures de David ont beau être de la même marque et du même modèle, l'une est gris sale et l'autre beige.

« Comment est-ce possible ? » demande-t-il, vaguement agacé par le rire de Clare, qui ajoute alors :

« Finis tes œufs. »

Il s'exécute d'un air renfrogné, car de toute évidence il n'a pas très envie de terminer son assiette. Quand elle l'embrasse sur le front, il rougit. Elle m'a rapporté que, lorsqu'il vient ici, environ deux fois l'an, il se rend au magasin de vêtements Gertz's et achète une demi-douzaine de chemises identiques pour éviter de décider comment s'habiller. Elle prend son oncle pour un « original », mais elle l'aime beaucoup. Sa chienne Betty entre dans le bureau, saute sur le lit près de Donald et gronde en regardant David.

« Jolie chienne », dit-il.

On discerne chez David l'inévitable mélancolie due au mélange d'une grande intelligence et d'une existence de rentier. Ce ne doit pas être très drôle de se sentir toujours vaguement coupable de son argent. Clare a remarqué un détail presque incroyable, mais vrai : son oncle a quelque chose du sans-abri. Elle trouve qu'il ne semble jamais complètement à l'aise, sauf quand il est assis sur la véranda branlante de son chalet isolé, près de Grand Marais. Un jour, je lui ai proposé de réparer cette véranda et il s'est décomposé comme si j'avais l'intention de moderniser une cathédrale.

Clare et moi emmenons Donald à Presque Isle, mais il s'endort dans le fauteuil pliant que j'ai emporté. Donald aime bien s'asseoir sous un arbre, près des tombes de chef Kawbawgam et de sa fille. La vie de cet homme a couvert trois siècles, entre 1798 et 1901. Donald reste assis là et regarde le lac Supérieur comme s'il s'agissait d'un immense puzzle, puis sa perplexité l'endort. C'est une journée venteuse, le fracas des vagues qui s'écrasent contre le promontoire rocheux est répétitif, assourdissant. Clare est contrariée, car pendant notre petit pique-nique elle découvre que le milk-shake qu'elle a acheté à son père a tourné. Donald ne peut absorber que des liquides. L'autre jour, il m'a demandé de faire griller du porc au barbecue, simplement pour en humer l'odeur. Clare a dit qu'il est étrange de penser que le corps de Donald est en guerre avec lui-même. Ce matin, après le petit déjeuner, elle s'est installée près d'un massif de lilas à proximité du garage pour lire le récit de Donald. J'étais assis sur le banc du garage et je la voyais par la fenêtre. Elle levait parfois les yeux pour regarder le lilas, puis elle reprenait sa lecture. Maintenant, elle essuie avec un mouchoir la bave sur le menton de son père, qui sourit dans son sommeil.

« Tu as gardé tes salopettes ? » demandai-je.

Jusqu'à l'adolescence Clare tenait à s'habiller comme son père.

« Oui, bien sûr. J'en ai quatre, mais elles sont trop petites. Et puis j'ai toujours ma Osh Kosh préférée.

— Je sais ce qu'il va faire, dis-je en désignant Donald du menton et en prenant une bouchée de mon sandwich au corned-beef comme si la mort était une fiction.

— Moi aussi. J'ai passé une nuit entière à son chevet et il me l'a dit. Je n'ai rien trouvé à répondre. Ça le regarde. On ne peut pas lui donner le moindre espoir. Les gens parlent sans arrêt de la guerre contre le cancer, mais dans le cas de cette maladie la métaphore militaire ne marche pas : le diagnostic équivaut à une condamnation à mort. L'an dernier, le soir où maman m'a appelée, j'ai contacté un ami à la fac de médecine de l'U.C.L.A. et j'ai eu l'information que je désirais. Herald et moi, on est restés à parler jusqu'à l'aube. Comme tu sais, quand Herald est préoccupé, il prépare quelque chose à manger s'il a une cuisine sous la main. Mais c'est un très mauvais cuisinier. En tout cas le voilà au milieu de la nuit en train de préparer un chili. Il pèse les steaks hachés, car la recette indique un kilo. Il laisse cent grammes de côté, et pour une fois je ne me suis pas moquée de lui. Et puis il dit : “Il n’y a plus beaucoup d’hommes comme mon père”, et nous avons tous deux fondu en larmes. C’est à ça que je pensais ce matin en lisant les aventures des trois Clarence : ce genre de type n’existe plus.

— Oui, moi aussi je croyais la même chose, mais je me suis dit qu’il suffisait de s’éloigner suffisamment des autoroutes pour trouver des gens à peu près semblables aux trois Clarence. Et puis je pense aux habitants d’autres parties du monde, ce que les gens cultivés appellent sans réfléchir le tiers-monde avant de passer de Bach à Springsteen et de boire leur bouteille de flotte à deux dollars, le budget alimentaire quotidien de la famille tout entière pour quatre-vingt-dix pour cent de la population mondiale, de même qu’une bagnole américaine coûte cinquante fois le revenu annuel de quatre-vingts pour cent de…

— Oh, arrête, espèce de sale con ! » Clare a levé les yeux au ciel au point de les rendre presque blancs, ce qu’elle faisait aussi quand nous étions amants et qu’elle jouissait. Notre histoire s’est arrêtée il y a environ cinq ans, j’avais dix-neuf ans et elle dix-huit, car elle a senti que je désirais davantage sa mère Cynthia qu’elle-même. J’ai d’abord cru qu’elle avait rompu parce que nous sommes cousins, mais elle m’a annoncé :

« Tu aimes ma mère plus que moi. »

Et ç’a été fini. Clare ne tergiverse jamais. Lorsqu’on est avec elle, on a l’impression de marcher en équilibre sur la corniche d’un immeuble élevé. Quand elle dit quelque chose de glaçant, on est vraiment glacé.

« L’eau est si belle que j’ai du mal à croire que mon arrière-grand-père est mort là-bas. Le tien a trouvé la mort sous terre, le mien dans l’eau. »

Donald a fait un geste et Clare lui a tendu son milk-shake tiède. Il parlait en fait de mon grand-père, le père de Polly, blessé dans une mine de fer alors qu'il avait une trentaine d'années. Il n'est pas mort sur le coup, mais ensuite il a toujours rampé comme un crabe quand il essayait de marcher tout seul. J'étais un garçon difficile ; début juin, lorsque l'école fermait ses portes, ma grand-mère venait me chercher à Chicago et elle m'emmenait passer un mois à Iron Mountain. Nous prenions un car Greyhound, car l'avion dépassait son entendement. Je ne voulais pas y aller, mais dès que j'arrivais à Iron Mountain tout allait très bien et je crois que ces étés constituent la partie la plus agréable de mon enfance. Enfin, mon père m'emmenait parfois voir les matches des Chicago Cubs, mais son manque d'intérêt pour le base-ball était contagieux. Il gardait certes les yeux fixés sur le terrain, mais on sentait bien qu'il avait la tête ailleurs. Ce que je préférais, c'étaient nos visites à l'un de ses amis rencontré dans les marines, un mécanicien automobile italien doté d'une grande famille. Tous ces gens mangeaient, criaient et riaient. Ils avaient une fille de mon âge, Gaspara, mais elle était beaucoup plus musclée que moi. Elle me jetait sur un canapé et m'embrassait ; parfois, elle me faisait une clé au cou et m'étranglait à moitié tout en lisant une bande dessinée. Un jour, elle a exigé de voir mon pénis et, quand je le lui ai montré, elle a hurlé de rire avant de fondre en larmes. Malgré tout, j'étais très amoureux d'elle. Quand elle aidait ma mère à servir le dîner, elle me donnait une boulette de viande supplémentaire et si son frère la taquinait, elle lui tapait dessus, elle lui flanquait de vrais coups de poing, que ses parents faisaient semblant de ne pas remarquer. C'était à l'opposé de ce qui se passait chez nous, où mes propres parents corrigeaient souvent des copies pendant le dîner. Ma rebelle de sœur m'a dit :

« Ils déjeunaient toujours en dehors de la maison. »

Ce n'était pas exact, car Polly est une bosseuse acharnée, d'une méticulosité incroyable. Mon père, au contraire, dans ses vaines tentatives pour créer ce qu'il pensait être une vie normale après le Viêtnam, a tout simplement exclu ce que la plupart d'entre nous considérons comme la réalité. Des années plus tard, alors que j'étais adolescent, Polly a jugé que j'avais assez de maturité pour qu'elle me confie qu'elle s'était sentie « broyée » par mon père, qu'après son mariage avec David elle avait désiré un homme ordinaire, le moins névrosé possible, et qu'elle avait compris peu à peu que mon père avait passé tout son temps à « maquiller la réalité ». C'était un homme très intelligent qui a rejeté en bloc son intelligence pour essayer de ressembler à un type normal. Son père enseignait l'économie à l'université de Chicago, sa mère était traductrice des langues d'Europe centrale. C'étaient d'austères érudits claquemurés parmi leurs livres, et enfant je les ai seulement vus quelques rares fois. Je trouvais qu'ils dégageaient une odeur bizarre, et j'ai découvert par la suite que cette odeur était celle du sherry. Ils se sont installés à Londres avant que mon père ne se tue dans cet accident de moto, et ils ne sont pas revenus pour l'enterrement. Quand j'ai séjourné à Londres à l'occasion d'un voyage d'étudiants, Polly m'a demandé de leur rendre visite : ils se sont montrés polis et avenants. La femme âgée, que j'ai trouvée merveilleuse, c'était la mère de David, Marjorie. Polly et elle étaient restées amies, malgré le divorce d'avec David. Pour ma sœur et pour moi-même, elle a ouvert un compte chez Kroch & Brentano afin que nous puissions avoir tous les livres que nous désirerions. Elle nous invitait dans le salon Cape Cod du restaurant Drake, où nous mangions de la langouste. Naturellement, mon père n'aimait pas cette femme ; ils n'étaient pas sur la même longueur d'onde, mon père tenait mordicus à la discrétion.

Quand Clare et moi avons commencé à passer du temps

ensemble, j'avais douze ans et elle onze. Elle était plus grande que moi, elle portait une salopette à rayures bleues et blanches. Au bout de quelques minutes d'une promenade silencieuse jusqu'à la rivière St. Marys avec ses chiens, elle m'a dit :

« Tu es un drôle de numéro. »

Polly nous avait emmenés, ma sœur et moi, à Sugar Island, près de Soo, en visite chez Donald et Cynthia, Herald et Clare, et aussi pour participer à un pow-wow chippewa le lendemain. Nous sortions rarement de Chicago et ce pow-wow était ce que les jeunes d'aujourd'hui appellent « une superteuf ». Sans vouloir tout expliquer par ma petite taille, ces Indiens m'ont semblé vraiment balaises, parce qu'ils étaient vraiment balaises. Certains arrivaient en Harley, ils rejoignaient le vestiaire de l'école avec un sac, et ils en ressortaient en tenue d'apparat. Il y avait des groupes de percussions et plusieurs centaines d'Indiens qui dansaient en formant un cercle où la poussière s'élevait dans l'air chaud. Je ne savais pas quoi penser. Ma sœur, âgée de dix ans, s'est mise à pleurer et Polly l'a ramenée à la voiture pour lui expliquer ce qui se passait. Certaines personnes, dont Donald et Clare, dansaient dans leurs vêtements de tous les jours. Herald bossait sur un stand où l'on vendait des hamburgers et des hot dogs, qui n'avaient pas aussi bon goût que ceux de Chicago. Cynthia s'occupait de plusieurs bébés et de jeunes enfants pour que leurs mères puissent danser. Ma sœur s'est calmée, puis Cynthia nous a demandé de l'aider. J'avais un bébé sur chaque bras, des petits bébés tout bruns. J'ai trouvé Cynthia très belle. Elle avait mis au monde Herald et Clare avant d'avoir vingt ans, et à cette époque elle n'en avait pas plus de trente-cinq. En fin d'après-midi, alors qu'il faisait encore très chaud, je suis descendu vers la rivière avec Herald, Clare et quelques autres enfants, puis tous les gens présents se sont baignés nus. Tous se sont moqués de moi, car j'ai refusé d'enlever mon slip. Je vivais dans un autre univers. Tout le monde semblait pauvre, mais beaucoup plus vivant que dans mon univers de Chicago, à l'exception des amis italiens de mon père. Je me suis alors demandé pour de bon si les Indiens et les Italiens n'étaient pas apparentés.

Clare a donné nos derniers sandwiches à un chien errant, qui n'avait pas pour habitude de mastiquer trente-deux fois chaque bouchée comme jadis on nous avait bien recommandé de le faire. J'ai à moitié porté Donald dans la voiture, où il s'est promptement rendormi. Clare m'a dit que j'avais l'air plus musclé ; je lui ai répondu qu'à Ann Arbor j'avais fait de la gym cinq jours par semaine pour être capable de porter Donald.

« Tu es un type bien, conclut-elle.

— Tu m'as dit que j'étais un drôle de numéro.

— Oh, pour l'amour du ciel, c'était il y a si longtemps !

— J'aurais pu te dire que tu as les seins pointus.

— Évidemment, j'avais onze ans. Toi, tu n'as même pas retiré ton slip.

— J'avais peur de bander.

— De nos jours, les hommes ont toujours peur de ne pas bander.

— Toi tu m'as toujours fait bander.

— Je crois que je m'en souviens. Mais ma mère aussi te faisait bander.

— Je m'en suis jamais approché.

— Bien sûr que non. Tu as essayé ?

— Jamais de la vie !

— Mais tu débordais de lubricité, drôle de numéro. »

Elle m'a étroitement serré contre elle pour la première fois depuis cinq ans. Son corps m'a paru un peu plus potelé et j'ai senti mon cœur s'emballer. J'ai laissé ma main descendre jusqu'à ses fesses.

« Pas de câlin devant papa », dit-elle en s'écartant soudain, laissant ma main caresser le vide.

De retour à la maison hantée, j'installe Donald dans son lit, puis David me fait signe de le rejoindre dans la cuisine déserte où il prépare ce que je devine être une très médiocre sauce de spaghettis. Comme Herald, il ne sait pas y faire. Il me montre un livre qu'il a pris dans les étagères du bureau, il l'ouvre et en tire un flacon de pilules vétérinaires portant l'étiquette : « Gretchen. 2 par jour avec les repas. » Gretchen était une chienne bâtarde qui souffrait d'une arthrose carabinée et dont le seul talent consistait à attraper des poissons que les deux autres chiens lui volaient aussitôt. Elle s'en fichait. Faisant la fine bouche pour la nourriture, elle avait seulement envie de les attraper. Le husky nommé Bob dévorait une poiscaille de cinq livres en deux grandes bouchées convulsives.

« Je crois que Donald a des intentions douteuses, dit David en tenant dans une main le mystère limpide des comprimés et dans l'autre le livre aux pages évidées.

— Ça ne regarde que lui. »

J'ai éteint le gaz sous sa sauce, qui sentait le jus de tomate brûlé, puis je l'ai entraîné vers la porte de derrière pour une promenade.

On a du mal à croire que David et Cynthia, avec leurs personnalités radicalement différentes, puissent être frère et sœur, mais c'est aussi vrai, bien que dans une moindre mesure, de Clare et de Herald, ou encore de ma sœur et de moi-même. La notion de la personnalité est un concentré de points d'interrogation. Dans l'arrière-cour, en marchant vers l'allée, David s'est mis à marmonner que l'inquiétude née de la découverte de ces comprimés lui avait fait rater son somme de fin de matinée. Il fait trois siestes par jour afin de « repartir d'un nouveau pied » ; pour le taquiner, Cynthia lui objecte qu'il est toujours le même homme et que le monde n'a pas changé entre le début et la fin de son somme. David est capable de marcher toute la journée dans les bois qui entourent son chalet, mais à Marquette il vacille un peu comme s'il essayait d'accorder son corps et son esprit. Près du garage il pénètre dans le bosquet de lilas, puis il s'immobilise en son centre et me confie pour la vingtième fois que c'était une de ses cachettes préférées quand il était enfant et jeune homme. Il ajoute en blaguant que c'était aussi une planque formidable pour reluquer Laurie, l'amie de Cynthia, qui faisait souvent des exercices de gymnastique en bikini.

J'adore cet homme que je considère comme un de mes pères et que j'ai observé avec soin. Au début, je n'arrivais pas à le comprendre. Juste après notre départ de Chicago pour nous installer à Marquette, il m'a acheté un luxueux vélo de course, pour le prix absurde, selon moi, de sept cents dollars. Je l'ai revendu à un gosse de riches à la fac, puis dans un vide-grenier j'ai acheté un Schwinn à gros pneus en excellent état pour trente dollars, dissimulant mes bénéfices au cas où je désirerais m'enfuir à Iron Mountain pour y retrouver mon grand-père. J'avais besoin d'un vélo afin de rouler dans les bois, sur les chemins de terre et les petites routes gravillonnées, et à cette époque on ne voyait pas beaucoup de vélos tout-terrain. J'étais très inquiet à l'idée que David juge cette transaction ridicule, mais il n'a jamais rien remarqué. Il me voyait distribuer les journaux en ville et il était ravi que ce vélo me plaise.

Je n'arrêtais pas d'enquiquiner Polly à cause de toutes les rumeurs malveillantes colportées par mes camarades d'école sur la famille de David. Le monde n'est vraiment pas fait pour les écoliers de onze ou douze ans. Il inclut d'immenses vides concernant le sexe et la mort, l'alcool et le divorce, la guerre et le grand bazar de la politique mondiale. Les enfants surprennent des bribes de conversations entre leurs parents et à partir de là ils tentent de construire une réalité aussi gauche que difforme. Enfin, alors que je devais avoir quatorze ans, Polly m'a un jour demandé de m'asseoir et elle m'a parlé de la famille Burkett, tout en restant assez évasive sur les perversions sexuelles du père de David. Elle a insisté sur l'héroïsme de David et de Cynthia, qui avaient échappé à l'influence néfaste de leur père, même si je remarquais déjà que le succès de David dans cette entreprise était loin d'être total. Les enfants ont souvent des intuitions assez justes, mais leur point de vue est limité et fréquemment partial. J'avais aussi beaucoup appris de mon grand-père à Iron Mountain, un homme qui avait été grièvement blessé dans une mine appartenant à la famille Burkett. Au cours du procès intenté ultérieurement par la caisse de compensation des mineurs, il fut établi que l'équipement minier qui lui avait écrasé les jambes était défectueux et mal réparé. Moyennant quoi, les opinions de grand-papa sur les Burkett ne concernaient pas les perversions sexuelles, l'alcool ni les délits financiers, qu'il qualifiait de « pipi de chat », mais la malfaisance ancestrale des Burkett dans le domaine des industries minières et forestières.

David et moi sommes descendus à pied jusqu'au port pour regarder les bateaux durant environ une heure, sans vraiment les voir. David était plongé dans une de ses méditations « d'un côté…, et puis de l'autre… » sur le suicide. Cet homme est un expert affolant de l'alternative pas vraiment constructive. Mon principal argument était que, dans le cas de Donald, on ne pouvait pas réellement parler de suicide : il était condamné à mort, il ne faisait qu'avancer la date fatidique.

« Je préférerais que ce soit moi, plutôt que Donald, conclut-il en contemplant une mouette comme s'il s'agissait d'un oiseau rarissime.

— Mais c'est pas toi, bon Dieu ! »

Cette absurdité m'a soudain plongé dans une colère noire, puis Herald est arrivé en annonçant qu'il venait de nous repérer à la jumelle du sommet de la colline, par la fenêtre de la chambre du haut. Nous avons fait une pause pour observer une jolie fille se pencher sur le pont d'un voilier afin d'enrouler avec soin un cordage. Du suicide à la sexualité en un clin d'œil. David a posé la main sur l'épaule de Herald avant de lui dire :

« Nous sommes à peu près certains que ton père envisage de se suicider. »

Herald, qui regardait toujours la fille, a fondu en larmes. J'ai été stupéfait, car je ne l'avais jamais vu pleurer. Il s'est retourné et a levé le visage vers le ciel :

« Après votre départ à tous les deux, je suis resté un moment à son chevet. Tout son corps était saisi de crampes. J'ai pensé l'étouffer. »

Puis Herald s'est éloigné à grands pas et nous l'avons suivi en toute hâte, mais David traînait un peu la patte derrière moi à cause de sa mauvaise cheville.

Nous avons fini par boire un verre au Verling. J'ai avoué que, sur la demande de Donald, j'avais apporté quelques comprimés d'Ann Arbor. Chacun, face à Herald, était en proie à ses propres dilemmes intimes et s'efforçait en vain de s'accrocher à une froide logique. Notre silence en forme d'impasse émotionnelle a été brisé quand une jeune femme est venue nous saluer. C'était la fille qui avait vomi sur le trottoir derrière chez Polly. Elle était très séduisante, mais paraissait légèrement ivre. Incroyable, le nombre de jeunes femmes qui picolent de nos jours, alors qu'autrefois elles se contentaient d'un joint de marijuana. David lui a proposé de s'asseoir avec nous. Malgré sa résistance acharnée, il manifeste envers les femmes la même politesse agressive que son père, mais sans s'intéresser à celles que notre culture considère comme étant trop jeunes. Quand Cynthia se moque de son frère et de son rapport aux femmes, je proteste en lui rétorquant que je n'ai jamais rencontré un homme qui s'intéresse davantage « à toutes les femmes en général ». Il y a quelques années, je l'ai vu à Presque Isle étreindre une bibliothécaire assez potelée qui frisait sans doute la soixantaine. Il m'a aperçu au loin et adressé un signe de la main, puis il m'a ensuite raconté qu'adolescent il avait eu le béguin pour cette femme et qu'il la trouvait toujours aussi séduisante. Il a ajouté que l'intelligence de cette femme était son principal atout érotique.

Néanmoins, ce penchant avéré n'expliquait pas tout à fait ses attentions fascinées envers la jeune femme, selon moi une jolie petite cruche équipée d'un estomac défectueux. Elle possédait un sens de la réalité parfaitement étranger à tout ce que j'avais pu vivre jusque-là. Herald s'est levé avant de partir en manifestant un mélange de dégoût et de perplexité. Je l'ai suivi dans la rue.

« Nous ne devons pas empêcher papa de faire ce qu'il croit bon de faire », dit Herald en tournant à gauche plutôt qu'à droite, vers la maison.

Il se dirigeait vers la grande église catholique pour s'y asseoir un moment. La Mexicaine qu'il fréquentait à Los Angeles lui avait demandé de se convertir au catholicisme. Quand j'ai pris un air effaré, Herald a souri, puis déclaré qu'il n'avait absolument pas la moindre fibre religieuse, seulement quelques soucis d'ordre éthique. Nous avons traversé ensemble deux ou trois rues en direction de l'église et je me sentais très mal à l'aise. C'est une belle église, énorme et majestueuse, mais j'y avais vécu une expérience qui avait radicalement modifié le cours de mon existence.

C'était au début du printemps, j'étais en classe de première. Mon meilleur ami et moi faisions partie de l'équipe d'athlétisme, nous courions tous deux le huit cents mètres. L'entraîneur s'énervait quand nous finissions une course ex æquo. Nous étions des célébrités à l'époque : j'étais délégué de ma classe et lui l'arrière vedette de l'équipe de football, pas seulement à cause de sa rapidité, mais parce qu'il multipliait les feintes latérales avec tant d'adresse que les joueurs défensifs de l'équipe adverse ressemblaient à de parfaits crétins. Comme il était très beau, il y avait toujours une bande de filles qui roucoulaient autour de son vestiaire entre les cours. Les filles de première sortaient volontiers avec des garçons de terminale, et des garçons de première sortaient souvent avec des filles de troisième ou de seconde, même si un code non écrit stipulait qu'avec ces filles plus jeunes on n'allait pas « jusqu'au bout », on se contentait de câlins et de caresses appuyées. Eh bien, mon meilleur ami a fait l'amour à une fille de troisième dans le pick-up de son père, tout en buvant du schnaps à la menthe. Il m'a juré qu'il ne comptait pas la pénétrer, mais qu'elle s'était assise sur son outil. La fille est alors tombée enceinte. Ses parents étaient de droite et très croyants : avec l'aide d'un jeune avocat désireux d'en découdre, ils ont accusé mon ami de détournement de mineure. Il a cru qu'on le virerait de l'école et que sa vie était foutue. Il a volé le pick-up de son père et pris la fuite. Toute l'école était sous le choc : le héros avait mal tourné. Quelques-uns d'entre nous ont été bêtement excités par sa disparition. Deux soirs après son départ, il m'a téléphoné de Duluth pour me dire qu'il avait trouvé un boulot de saute-ruisseau et qu'il logeait dans un motel bon marché fréquenté par des marins, de l'autre côté du port, à Superior, dans le Wisconsin. Je ne devais en parler à personne et j'ai tenu ma langue. Une semaine plus tard, on a repêché son corps dans le port de Duluth. Un vieillard l'avait vu sauter d'un pont, mais il n'appela pas la police durant plusieurs jours, car il n'en croyait pas ses yeux. Un pêcheur déclara qu'il y avait du sang sur une plaque de glace à la dérive dans le port, un détail insupportable publié dans le journal local.

La messe funèbre avait eu lieu dans cette église et, lorsque j'ai regardé Herald y entrer, toute cette journée vieille de neuf années m'est revenue en mémoire. La fille enceinte et ses parents sont venus assister à cette messe et je me suis mis à les injurier dans la nef, devant des centaines de personnes. Plusieurs hommes m'ont fait sortir de force. J'ai pris mon vélo et j'ai roulé jusqu'à Sault Ste. Marie et Sugar Island sous la pluie glacée. Je suis resté chez Donald et Cynthia, j'ai refusé de terminer mon année scolaire malgré les appels téléphoniques quotidiens de ma mère, Polly : mais vers la fin de l'été, j'ai accepté de passer des examens de rattrapage. Polly avait trouvé cette solution parce qu'elle était prof dans le système scolaire. J'avais la ferme intention de ne plus jamais remettre les pieds à l'école, mais je n'étais pas couillon au point de vouloir briser à nouveau le cœur de ma mère, après le décès de papa quand j'avais dix ans. Lorsque David et Polly sont venus me voir en voiture, j'ai aussitôt filé par la porte de derrière pour aller me cacher. Clare savait que j'étais planqué dans les buissons, à l'endroit où l'on se baignait nu, mais elle ne l'a dit à personne. Un soir, très tard, Cynthia nous a surpris Clare et moi en train de nous caresser en sous-vêtements. Elle n'a rien dit, elle s'est contentée de lever les yeux au ciel. Pendant trois mois j'ai travaillé jusqu'à douze heures par jour avec l'équipe de chantier de Donald, ce qui a contribué à brûler ma fureur, mais ensuite je n'ai jamais réussi à redevenir ce qu'on appelle couramment un jeune homme normal. Donald est alors devenu à moitié mon père, à moitié mon ami.

Je ne suis pas rentré à la maison avant la fin de l'après-midi. J'avais rencontré deux vieux poivrots finnois de ma connaissance et l'un avait déclaré, en touchant ma coiffure mohawk :

« Je parie que les filles adorent frotter leurs fesses là-dessus. »

Ces deux septuagénaires buvaient force whisky pendant la semaine qui suivait l'encaissement de leur chèque de la Sécurité sociale, après quoi ils bossaient dans les jardins pour assurer la bière. Ils snobaient obstinément toute aide des services sociaux.

La maisonnée était en émoi, car Donald venait de refuser une tente à oxygène apportée par des infirmiers. À force de pleurer, Cynthia avait les yeux tout rouges. Clare et elle étaient assises en silence près de Donald, qui dormait en serrant contre lui la chienne Betty, laquelle a grondé quand du seuil de la pièce j'ai fait un signe de la main. Dans la cuisine, David était légèrement vexé, car Herald avait mis à la poubelle sa sauce pour les pâtes, avant d'en commencer une autre. Mais on sentait encore l'odeur âcre des tomates carbonisées. En les regardant tous les deux, j'ai pensé que nous avons tous du mal à admettre que la vie est différente pour chacun d'entre nous. Si je comprends bien sa maladie, l'esprit de Donald demeure parfaitement clair tandis que son corps se transforme en la carcasse desséchée d'un animal mort au bord de la route.

En dehors des universitaires, Herald et David sont sans doute les deux seuls êtres humains capables de se disputer à cause du génome humain tout en faisant la cuisine. David est tombé amoureux de cette idée : la nature essentielle de la puce est presque aussi complexe que la nôtre.

« Je trouve tes généralités répugnantes », lui oppose Herald.

Puis David s'en prend à la peur qu'ont les scientifiques de « l'image globale » :

« Pour Einstein, les chercheurs qui percent des dizaines de trous dans une mince planche de bois n'ont rien d'admirable. »

Clare entre dans la cuisine, goûte la sauce, mais sans se prononcer.

« Il manque quelque chose », dit-elle en m'enlaçant les épaules.

Cynthia entre à son tour, goûte la sauce et répète :

« Il manque quelque chose. »

Elle hache très vite et très fin quelques gousses d'ail, trouve un peu de basilic, jette le tout dans la casserole et remue. Herald ne supporterait pas que l'un d'entre nous touche à sa sauce, mais il ne peut s'opposer à sa mère. Personne ne résiste à Cynthia, pour autant que je le sache. L'autre jour, quand le médecin est passé, elle l'a bombardé d'un flot incessant de questions.

Clare chuchote qu'elle a envie d'aller faire un tour.

Dans mon pick-up déglingué Clare tripote les cassettes, passe très vite des Grateful Dead à Los Lobos, pour finir par mettre une bande des Pink Floyd que nous écoutions autrefois ensemble.

« Je vais t'offrir un pick-up neuf pour Noël.

— J'en ai pas besoin. »

Cette conversation durait depuis des années.

« J'arrête de bosser comme costumière. J'ai pas envie d'habiller des gens pour un film que j'aimerais pas.

— Et que comptes-tu faire ?

— Si Herald se marie, je m'inscrirai en doctorat à Berkeley à l'automne. Il y a des années, oncle David m'a fait découvrir la géographie humaine. J'ai envie de savoir pourquoi dans le monde entier les gens vivent à l'endroit où ils vivent. Et puis Herald ne peut pas se débrouiller tout seul.

— Alors, fini le cinéma ?

— Tu l'as plaqué avant moi. »

Je pense à ma vieille passion pour les films, que Clare a partagée avec moi dans notre adolescence, après le suicide de mon ami, autrement dit durant une période de grande instabilité. Tout a commencé avec ma mère, Polly. Dans ma jeunesse, elle pouvait à tout moment m'expliquer les faits et gestes de mon père. Je lui enviais cette lucidité. Bizarrement, lorsqu'à la fin de cet été-là je suis rentré à la maison après avoir vécu avec Donald et Cynthia, il me semblait avoir seulement l'esprit clair quand je regardais un film, dans une salle de cinéma ou à la télévision. Et puis aucun film n'était trop complexe pour moi. Je regardais Roy Rogers chanter pour des Indiens couverts de peintures de guerre, puis j'enchaînais avec *La Source* ou *Le Magicien* de Bergman, qui me mettaient vraiment la tête à l'envers. Pour moi, des acteurs aussi divers que Gary Cooper, Robert Ryan, Jack Nicholson et Robert De Niro avaient toujours l'air de très bien savoir ce qu'ils faisaient, même dans les pires circonstances. Moi qui après la mort de mon ami étais bourrelé de points d'interrogation, le cinéma me soulageait. J'avais toujours été curieux de tout ce qui existait sous le soleil, et le cinéma a beaucoup élargi le champ de ma curiosité. Clare et moi échangions des lettres plusieurs fois par semaine, où nous parlions surtout de cinéma ; quand je n'avais plus d'argent pour louer des cassettes, elle m'en envoyait. Après lecture du testament de leur grand-mère Marjorie, Herald et Clare ont reçu une bourse mensuelle « à des fins éducatives », et comme Cynthia ne leur a jamais réclamé le moindre compte sur l'usage qu'ils faisaient de cet argent, ils s'en sentaient responsables. Souvent, Clare et moi n'étions pas d'accord sur les films ; je me rappelle nos querelles à propos d'*Arizona Junior* de Joël Coen, du *Dernier Empereur* de Bertolucci. J'aimais beaucoup *Gens de Dublin* de John Huston, *L'Insoutenable Légèreté de l'être* de Kaufman, mais Clare détestait ces deux films. Elle avait un faible pour les films aux costumes somptueux, par exemple *Les Liaisons dangereuses*.

Pendant ce temps, Polly et David, qui formaient un couple en pointillé, s'inquiétaient de mon obsession. À cette époque, je trouvais chez eux très enfantin de refuser d'accepter l'absurdité chaotique de la vie. La vie est lente et je regardais des films pour savoir sans plus attendre ce qui arrivait ensuite. Je prenais même des notes pour savoir ce que les personnages pouvaient bien faire dans certains moments de leur vie réelle qu'on ne voyait pas sur l'écran. Souvent, les parents voient seulement ce qu'ils ont envie de voir. Polly n'a jamais appris que ma sœur Rachel et une amie à elle avaient vendu des polaroids d'elles deux nues pour acheter de la marijuana. Clare m'a alors envoyé de l'argent et j'ai réussi à racheter ces photos compromettantes à une demi-douzaine de garçons surexcités. Avec deux de ces derniers, j'ai dû ajouter les menaces physiques à l'argent. Ma sœur se considérait comme un esprit libre et elle s'en fichait royalement.

« Pourquoi, me demanda-t-elle un jour, les garçons sont-ils toujours gênés quand on leur donne ce qu'ils demandent ? »

Une bonne question, selon moi.

Je suis alors devenu un peu bizarre, et je le suis sans doute resté. Quand j'étais en deuxième année à l'université du Michigan, j'avais un prof, un étudiant qui terminait son doctorat en anthropologie et qui figure parmi le

Top 10 des personnes les plus malsaines que j'aie jamais connues. Il avait de nombreux « problèmes de substances », un euphémisme par lequel on désigne l'addiction aux drogues ou à l'alcool. C'était un type très brillant, à peine âgé d'une trentaine d'années, que les étudiants surnommaient « la tache ». Il sentait toujours la réglisse, car il buvait une bouteille de Ricard par jour. Il ne mangeait que des beignets et des cheeseburgers. Il pouvait parler pendant des heures du mystère de la personnalité, disserter sur le fait que parmi les milliards d'habitants de cette planète aucun n'avait le même aspect physique ou la même empreinte vocale que les autres. Un Hitler et une sainte Thérèse d'Ávila pouvaient partager le même patrimoine génétique. Un jour que nous prenions un verre ensemble au Flood's, je lui ai fait part de mon obsession pour le cinéma, ajoutant que désormais j'étais seulement capable de regarder des films espagnols, français et mexicains non doublés et sans sous-titres. Il a déclaré que dans la vie les visuels étaient parfois merveilleux, mais que la bande-son était inacceptable.

Alors que Clare et moi suivions un sentier vers mon camp, nous sommes tombés nez à nez avec une demi-douzaine de pingouins, un mélange d'écolos ramollos et de nazis bodybuildés, en tenues moulantes, sacs à dos bariolés et gourdes fluo. Les deux premiers, furieux et épuisés, semblaient ignorer l'esthétique de la nature. Quand nous nous sommes effacés pour leur laisser le passage, Clare a éclaté de rire et tous se sont renfrognés comme si elle était d'une insupportable grossièreté. Nous avons enfin atteint mon camp, avant de nous baigner dans l'étang où Clare a attrapé un gros serpent d'eau avant de le brandir vers moi comme un bâton. Le serpent en colère s'est enroulé autour du bras de la jeune fille, mais elle a réussi à l'apaiser avant de le laisser partir à la surface de l'eau.

Nous avons mis de la lotion antimoustiques, puis nous

avons fait l'amour dans la tente surchauffée, pour la première fois depuis cinq ans. Elle a longtemps pleuré à cause de son père, puis nous avons refait l'amour, après quoi nous avons parlé de la sexualité et de la mort, avant de très vite laisser tomber ces sujets. Un ami interne à la faculté de médecine de l'université du Michigan m'avait dit que les infirmières de chirurgie étaient très portées sur la chose, mais sans en tirer la moindre conclusion. Clare était devenue beaucoup plus agressive et je me suis demandé en passant qui avaient été ses amants.

« Tu te rappelles quand tu supportais seulement de voir les bandes-annonces des films ? »

J'avais pris un emploi de balayeur dans un cinéma de Marquette, simplement afin de voir les bandes-annonces. Le patron me prenait pour un cinglé complet. Je portais une vieille veste de l'armée, qui datait du service militaire de mon père, et je fumais des cigarettes sans filtre. J'étais en terminale au lycée ; j'avais beau avoir des A partout et bénéficier d'une bourse du mérite, Polly me houspillait sans arrêt. J'avais décidé de m'inscrire à l'université du Michigan parce qu'elle se trouvait tout près de Detroit et que j'étais accro à la fois à la musique mexicaine et au blues, et que la scène musicale de Detroit était formidable pour ces deux genres de musique.

« Pourquoi ne viens-tu pas vivre avec moi à Berkeley ? Tu serais pas obligé de bosser comme un malade pour gagner ta vie. »

J'y réfléchissais quand elle s'est endormie, en ronflant bientôt doucement à cause de ses allergies. Elle n'avait jamais bien compris que tous mes boulots successifs m'avaient permis de garder les pieds sur terre, alors que je devenais instable dès que je restais dans ma piaule avec mes chères études. Et puis, je ne bossais pas aussi dur qu'elle le croyait. Par exemple, j'emmenais un quinquagénaire confiné dans son fauteuil roulant à tous les matches de football et de basket locaux des Wolferine. Je prenais des sandwiches chez Zingerman et nous partions en virée. Il gagnait beaucoup de fric en Bourse et j'avais droit à cent dollars par match. Sur le trajet du retour vers sa maison luxueuse, dans le véhicule spécialement équipé pour lui, il m'interrogeait sur mes dernières aventures sexuelles. Pour éviter le côté scabreux de la chose, je lui racontais des histoires inventées de toutes pièces, dont l'une, centrée sur l'épouse d'un professeur, s'est étendue sur presque un an, comme un feuilleton. J'avais l'impression de décrire un film que j'avais inventé, plutôt qu'une nouvelle ou un roman. Il aimait les descriptions visuelles :

« Elle était rousse et boitait un peu. »

L'histoire de Donald n'avait guère besoin de fioritures, car elle possédait un contenu réel. Elle constituait ce que William Faulkner appelait « la viande crue sur le plancher ».

En regardant Clare, j'ai repensé à nos contacts depuis la fin de l'enfance et je me suis dit que j'avais peut-être eu trop d'influence sur elle. Je lui ai déclaré un jour que son oncle David, mon demi-beau-père, était toujours dépendant de son père décédé ; un soir où nous étions tous ensemble au restaurant, Clare s'est mise en rogne contre David et elle lui a sorti devant tout le monde qu'il était toujours dépendant de son père décédé.

« Clare, fit Polly, c'est dégueulasse.

— Clare, fit Cynthia, ne te comporte pas comme moi. »

David s'est pris le visage entre les mains et il est longtemps resté ainsi. Donald a réussi à détendre l'atmosphère en déclarant qu'à son avis la pomme était tombée très loin de l'arbre. David, de toute évidence, lui en a été reconnaissant.

Quand mon obsession du cinéma s'est calmée, je me suis dit que mon principal boulot dans la vie consistait à tout vérifier pour m'assurer que la réalité était bien conforme à l'idée que je m'en faisais. Curieusement, j'aimais rectifier mes préjugés. J'ai compris que le paysage change selon la direction dans laquelle on roule sur la route. Je devais simplement accepter le fait que de mauvaises choses arrivent à de braves gens et que de bonnes choses arrivent à de mauvaises gens. Mais j'étais toujours un enfant. J'ai blessé Polly en refusant de me rendre à la cérémonie de remise des diplômes du lycée. Ce matin-là, j'étais dans une épicerie pour acheter des provisions en vue d'une randonnée en solo dans les monts Huron, et soudain je suis tombé sur la fille engrossée par mon meilleur copain, avec un adorable bébé âgé, me dit-elle, d'un an et demi. Ce bébé a tendu les bras vers moi et je l'ai tenu dans l'allée de l'épicerie. Ce bébé avait les yeux verts de mon ami et je me sentais au bord des larmes. La fille a dit que sa famille avait déménagé à Newberry après la messe funèbre. Ses parents, poursuivit-elle, ne pouvaient pas entendre parler d'un avortement et ils se refusaient à faire adopter le bébé, car il risquait alors d'aller dans une famille non chrétienne. Elle a ajouté que tous les jours elle était désolée.

« Maintenant, avec ma p'tite Sandra, j'ai tout ce qui reste de lui. »

Je l'ai regardée, puis j'ai baissé les yeux vers le bébé dans mes bras, qui tripotait mon prétentieux collier de prière tibétain.

« J'savais que vous étiez des meilleurs amis. »

Sa grammaire déficiente rendait la situation encore plus insupportable. Sous le coup d'une impulsion subite, je lui ai dit que, si jamais elle voulait échapper à sa famille, je m'occuperais financièrement d'elle et du bébé. Elle ne m'a jamais téléphoné.

En revenant des monts Huron, j'ai pris mon vélo Schwinn afin de rejoindre Sugar Island et de bosser pour Donald pendant l'été. David m'avait offert une voiture pour mon bac, une Vega rouge, mais je n'étais pas tout à fait prêt à conduire une voiture. Ma santé mentale dépendait de l'épuisement physique dû au vélo. Cet été-là, un jour qu'elles avaient fumé trop de joints et bu trop de bières, ma sœur et ses copines ont « emprunté » cette voiture et l'ont bousillée près de Champion. David l'a remplacée, mais j'ai échangé cette nouvelle voiture contre un pick-up Honda avant de quitter Ann Arbor. Quand David a découvert ce pick-up, il a été surpris mais n'a rien dit.

Cet été-là, peu après que j'ai commencé à travailler pour Donald, Clare et moi sommes devenus amants. Cynthia m'avait préparé une jolie chambrette dans la cabane à outils de Donald, derrière la maison. Il y avait un poêle à bois pour les nuits et les matins frais. À cette latitude, les jardiniers ont bien du mal à cultiver des tomates présentables. Une fois où je rendais visite à David près de Grand Marais, j'ai remarqué la présence de quelques flocons de neige dans l'air au milieu des feux d'artifice du 4 Juillet. Dès que Clare croyait ses parents endormis, elle se glissait furtivement jusqu'à ma cabane. J'avais dix-huit ans et elle dix-sept, mais la variété de nos ébats amoureux témoignait de notre précocité. Clare avait le côté pragmatique, terre à terre, de sa mère et elle s'est renseignée sur ce sujet comme pour une dissertation trimestrielle. Pas très bien cachés sous mon matelas, on trouvait des volumes comme *La Joie du sexe* et d'autres manuels pédagogiques inspirés des pratiques indiennes ou orientales. Par malheur, Clare s'est endormie une nuit, elle n'est pas rentrée à la maison et Donald nous a découverts en me réveillant à l'aube, vers cinq heures du matin, pour travailler.

« Je n'y crois pas ! s'est-il crié. Vous êtes cousins ! »

J'avoue que j'ai eu un peu peur. Clare s'est alors caché la tête sous le drap, sans piper mot. Donald est sorti de la chambre, puis il est parti dans son pick-up. Clare est allée parler à Cynthia, puis Herald m'a apporté une tasse de café.

« T'es dans la merde jusqu'au cou, mon pote », a-t-il dit en riant.

Clare et moi sommes partis pour Grand Marais dans la voiture de Clare et descendus dans un chalet pour touristes. Clare a passé beaucoup de temps à la cabine téléphonique proche de la station-service. Nous avons rendu visite à son oncle David dans son chalet isolé parmi les bois, au bord de la rivière. Une de ses petites amies était là, une poétesse maigrichonne prénommée Vernice, qui avait longtemps vécu en Europe. Malgré sa langue de vipère encore plus acérée que celle de Cynthia, elle m'a beaucoup plu. Je me suis rendu utile en réparant deux fuites sur le toit de David et en graissant la poignée de sa pompe, qui émettait un horrible grincement. Vernice était le premier cordon-bleu que je rencontrais de ma vie. Je crois que sa minceur s'expliquait par une sorte de maladie, mais elle ne s'est pas étendue sur le sujet. David a senti que ma présence ici avec Clare avait quelque chose de bizarre, mais il n'a pas posé la moindre question. Parfois, les gens ne lui pardonnent pas ses excentricités, mais c'est un homme fascinant. Ma mère a tout fait pour chasser les idées noires de David. Il y a quelques années, pendant ses congés de printemps, elle lui a demandé de l'emmener à Hawaii, mais il a détesté cet endroit.

« Les gens qui ont un travail absurde prennent des vacances absurdes », me confia-t-il.

Enfin, après trois jours de suspense, Cynthia est arrivée pour nous annoncer que Donald s'était calmé. Elle nous a demandé de garder secrète la nature sexuelle de notre relation, car Donald était considéré comme un aîné de la communauté et, même si nous n'étions pas cousins par le sang, certains y verraient un inceste. À notre retour, Donald avait décidé de faire comme si rien ne s'était passé.

Nous avons donc gardé notre secret, allant jusqu'à éviter de nous tenir par la main en public.

Quand nous sommes revenus de mon camp, Herald était furieux parce que nous avions raté le dîner. Clare a réchauffé deux portions et nous avons écouté l'analyse que David a faite de la sauce. Bien que cuisinant très mal, il adore relire à voix haute des passages du livre de McGee sur la science culinaire. Tout le monde semblait de bonne humeur, car Donald jouait avec la chienne, son rire transformé en croassement par un rétrécissement de la gorge. Herald annonça que leur oncle Fred venait d'appeler de son zendo d'Hawaii et qu'il désirait venir en visite avant le décès de Donald, mais Cynthia lui avait rétorqué « S'il te plaît, ne fais pas ça », peu désireuse d'ajouter au chaos général. Tout en mangeant, Clare grattait ses nombreuses piqûres de moustiques. Cynthia a apporté une lotion à la calamine, en disant pour nous taquiner que nous avions dû « faire la bête à deux dos parmi les fougères comme au bon vieux temps ». Vexée, Clare s'est écriée :

« Mère ! »

Cynthia a toujours fait fi des conventions. Je veux dire, elle se comporte en dame de haute naissance, comme sa propre mère, mais au restaurant elle est capable de repousser son assiette et d'annoncer à la serveuse que son plat avait toute la saveur d'une crotte de chien. Cynthia me tire à part et me dit que nous devons parler. Aussitôt mon ventre se crispe. L'odeur de la lotion antimoustiques de Clare me rappelle ma grand-mère à Iron Mountain qui m'enduisait la peau de ce truc.

Nous descendons la colline jusqu'au poste des gardes-côtes proche du brise-lames du port. Nous nous asseyons sur un banc et fumons une cigarette. Cynthia en fume seulement trois par jour, une après chaque repas. J'ai la gorge un peu serrée quand je suis seul avec elle, je ne réussis pas à trouver ma voix normale. Il en va ainsi depuis l'enterrement de mon père quand j'avais dix ans et qu'elle m'a longtemps serré contre elle. J'ai alors décidé que je l'aimais, avec le romantisme absolu et irrationnel d'un garçon de dix ans.

Nous parlons de ce qu'elle appelle « le projet », dont l'échéance se rapproche douloureusement. Elle passe presque toute la nuit auprès de Donald, il parle plus aisément dans l'obscurité. Il est presque prêt. Donald croit que Dieu se trouve dans tous les êtres vivants, les humains, les insectes, les oiseaux, les animaux, les microbes, et que la terre et ses montagnes, les plaines, les lacs et les rivières font partie de Son corps. Les fleuves et les cours d'eau sont des vaisseaux sanguins. Un jour, il m'a demandé si j'avais remarqué que les éclairs ont la même forme que les systèmes fluviaux. Je l'avais en effet remarqué. Ainsi, Donald veut être enterré nu et sans cercueil. C'est bien sûr illégal, mais on s'en fiche. L'autre petit problème, c'est qu'il souhaite être enterré au Canada, au nord de Soo, là où il a passé trois jours et trois nuits sous le ciel, sans boire ni manger. J'étais avec lui quand il a choisi l'emplacement de sa tombe, à environ huit cents mètres de l'endroit de sa « veillée ». Il refuse de prononcer le mot « Anishinabe ». Il m'a proposé de l'essayer un jour, mais je lui ai rétorqué que j'étais blanc. « Tu es humain », dit-il alors en éclatant de rire.

Cynthia parle de logistique et j'essaie de la calmer de mon mieux. Herald et moi irons là-bas un jour plus tôt pour creuser la tombe, après quoi elle arrivera avec David, Clare et Donald. Polly croit qu'elle ferait mieux de ne pas y aller, même si elle a toujours été très proche de Donald et de Cynthia depuis qu'elle est revenue vivre dans le Nord avec nous.

À onze heures du soir environ, il fait presque nuit, car nous sommes tout proches du solstice. Le lac Supérieur est d'huile, de rares voiliers rentrent au port à moteur. Nous n'avons pas parlé depuis longtemps et elle me tient la main, ce qui fait grincer mes pauvres neurones. Je suis si gêné par le caractère inapproprié de mes émotions que mon visage se met à transpirer. Elle devine mes pensées et ôte sa main.

« Pourquoi m'aimes-tu ? me demande-t-elle d'une voix dure. Je trouve cela irritant. Pourquoi ne pas te contenter d'aimer Clare ? »

Je ne peux rien répondre. Elle traverse la rue, gravit la colline, disparaît dans l'énorme tunnel obscur des frondaisons. Épuisé, je somnole sur le banc, mais suis soudain réveillé par le souvenir de ma sœur qui montait sur la moto avec mon père. Chez nous elle se mettait souvent à hurler et elle ne s'arrêtait pas avant qu'il ne l'emmène faire le tour du pâté de maisons, prouvant ainsi l'efficacité des cris. Elle a toujours été comme ça avec nos parents : elle visait tout de suite la gorge.

J'ai marché au bord de l'eau vers la maison de Polly, mais la voiture de David était garée devant. Je n'ai pas voulu interrompre ce qu'il leur tenait à cœur de faire. Dans le rectangle de lumière jaune de la salle à manger, je les ai vus attablés devant un verre. Voilà ce qu'il me fallait. J'ai remonté la colline, mais la grande maison était entièrement obscure, hormis une faible lueur dans le bureau, où j'ai aperçu Cynthia assise au chevet de Donald. J'ai traversé la cour jusqu'à l'allée où mon pick-up était garé dans un massif de lilas. Il y avait un mot coincé sous mon essuie-glace et j'ai rejoint l'atelier sombre, où Clare dormait sur le très vieux canapé en cuir. Mes yeux se sont peu à peu habitués à l'obscurité, il y avait une faible lumière qui entrait par une fenêtre et venait de la lampe qu'un voisin avait laissée allumée dans sa cour. J'ai décidé de laisser Clare dormir un moment. Il y a un joli petit appartement à l'étage, mais il n'a jamais été occupé depuis le départ définitif de Jesse, le bras droit de M. Burkett, un Mexicain. Clare m'a raconté une partie de l'histoire : son grand-père a violé la fille adolescente de Jesse. Il y a des années, chez Cynthia, j'ai vu une photo de cette femme ravissante, Vera. Clare m'a raconté que, lorsque Herald et elle avaient un peu plus d'une dizaine d'années, ils ont profité des vacances de printemps pour partir à Veracruz avec Cynthia afin de rendre visite à Vera. Clare m'a dit qu'elle avait eu une légère grippe, mais que Herald avait adoré cet endroit et que ce voyage expliquait sans doute la prédilection de Herald pour les jeunes Mexicaines. Malgré la chaleur de Veracruz, me raconta Clare, elle avait des frissons de fièvre et ce qu'elle préférait, c'était de rester assise sur le balcon de l'hôtel et de regarder les énormes navires qui entraient dans le port et en sortaient.

Assis dans l'obscurité, je suis très troublé à l'idée que j'aime davantage Cynthia que Clare. Dieu, comme le destin affectionne les blagues ! disait-on autrefois. Ce serait mieux autrement. Mais les hasards de l'amour ont souvent de quoi provoquer la colère. Je l'ai bien vu chez ma mère quand elle m'a parlé en détail de son mariage avec David. Comment peut-on continuer d'aimer quelqu'un qui vous rend aussi malheureux ? L'an dernier, David m'a confié que, du temps où il était marié avec Polly, elle lui avait dit que c'était comme d'être mariée à cinq personnes en même temps.

Il m'a semblé avoir eu quatre pères. Mon premier père, mort dans cet accident de moto, puis mon grand-père, qui à quatre-vingt-cinq ans réside dans une maison de retraite d'Iron Mountain et ne me reconnaît plus, puis Donald, qui va bientôt disparaître de la surface de la terre. Le dernier étant David, qui a été là avant Donald, mais sans avoir la moindre influence notable, avant que je ne craque en deuxième année de fac. Il se considérait comme un spécialiste de la dépression, et je crois que c'en est un. J'étais un étudiant tout à fait sérieux, mais j'avais remarqué avec stupéfaction que tous mes cours traitaient de minuscules parcelles de grands sujets dont mes émotions désiraient avoir une image complète. À quoi bon étudier la littérature anglaise du XVIIe siècle alors que la poésie chinoise de la dynastie T'ang était tellement plus belle ? Ce genre de chose. Ma vision du monde était un puzzle de dix mille pièces, uniformément beige.

David a considéré mon tourment d'un point de vue radicalement différent. Il est arrivé à Ann Arbor, où je venais de passer deux semaines sans quitter ma petite chambre située à l'écart du campus. Il a frappé à la porte et dit :

« Cette piaule est un trou merdique. »

Puis il est parti. Une heure plus tard, il m'avait trouvé une grande pièce qui faisait face au sud, chez une vieille dame. C'était la veuve d'un professeur, le loyer était assez élevé, même si le contrat de location stipulait que je devais m'occuper d'une partie de l'entretien de la maison. Nous avons déménagé mes quelques affaires, avant de rejoindre l'aéroport de Detroit et de nous envoler pour Tucson. Voilà, nous avons marché dans le Cabeza Prieta, une vaste région du désert de Sonora, près d'Ajo, puis dans les montagnes boisées situées plus loin vers l'est, le long de la frontière mexicaine, pendant un total de dix jours. Au début j'avais l'impression de voir le monde comme s'il se trouvait au bout d'un tunnel noir, un phénomène typique de la dépression, et à la fin j'ai retrouvé une vision à peu près stéréoscopique. Nous avons même visité un petit village nommé Portal, où à en croire David l'écrivain Vladimir Nabokov passait ses étés à chasser les papillons. Nabokov constituait pour David une passion littéraire que lui avait inculquée sa petite amie Vernice. Je ne comprenais rien à son engouement pour cet écrivain qui me semblait incompatible avec David, mais il me disait qu'il aimait lire Nabokov parce qu'il appartenait à un autre monde, et quand le sien menaçait de l'étouffer, Nabokov, comme James Joyce, lui offrait une évasion.

David ne m'a pas dit grand-chose sur la dépression. Pour lui, l'une des maladies les plus graves de notre culture c'était que trop peu de gens avaient accès à un travail plein de sens. Il m'a dit que, de toute évidence, je ne croyais pas que mes études universitaires étaient un travail plein de sens, mais il y avait certainement moyen de leur donner du sens : je devais suivre ma propre curiosité plutôt que les prescriptions des programmes universitaires destinées à me transformer en fourrage humain pour l'économie. Il croyait aussi que je devais marcher deux heures par jour, car le rythme primitif de la marche avait tendance à *ravir* l'esprit. Bizarrement, quand j'ai enfin émergé de cette torpeur, je n'ai pas compris comment j'avais failli m'y noyer. Néanmoins, j'ai négligé un indice prémonitoire d'autres dépressions mineures qui devaient suivre, quand dans l'avion qui nous ramenait de Tucson à Detroit David m'a conseillé d'éviter autant que possible la *camelote clinquante* de notre culture. Il a dit que c'était déjà assez difficile de vivre avec ce que nous savons, sans se perdre dans cette camelote. Un an plus tard, quand j'ai rendu visite à un ami à Los Angeles, j'ai commencé de comprendre les paroles de David. Pour défendre L.A., je dirais que cette ville n'est pas fondamentalement plus clinquante que nos autres métropoles, simplement elle est plus visible, elle occupe davantage de surface. À New York, les successions grandioses d'énormes gratte-ciel nous disent : Je suis une ville sérieuse, dans mes immeubles des gens sérieux font des choses sérieuses, même si dans une grande bâtisse cinq mille personnes s'amusent tout bonnement à titiller le marché boursier. À L.A. on a jeté aux orties toute illusion de sérieux. À l'université, lors d'un séminaire d'économie plutôt gauchiste, nous avons collectivement décidé que quatre-vingt-dix-neuf pour cent des produits de notre culture étaient de la camelote, y compris des livres, des films, la télévision, l'art, les nouveaux produits culinaires, les discours politiques. Pareille conclusion fut momentanément bouleversante, car les douze étudiants sans exception étaient immergés jusqu'au cou dans cette camelote, et puis nous étions sans doute condamnés à gagner notre vie en achetant et en vendant cette camelote. Notre jeune professeur, un génie gay frais émoulu de Harvard, a trouvé nos conclusions très drôles, puis il a disparu en Europe après avoir passé un an à l'université du Michigan.

Au mois de juin suivant, quand je suis monté dans le Nord pour passer l'été à bosser avec Donald, un travail physique dont ma santé mentale dépendait, l'épuisement a chassé mes idées noires, mais pas cette impression tenace que tout relevait d'une erreur originelle. L'année suivante, lorsque j'ai passé ma licence et qu'en guise de cadeau David m'a envoyé en France et en Espagne, j'ai plaint tous les jeunes intellectuels que j'y ai rencontrés, car pour les gens cultivés il était là-bas hors de question de travailler manuellement. Pour le meilleur ou pour le pire, j'étais le seul à savoir bâtir une maison. Cet été-là j'ai réparé un certain nombre de robinets, de toilettes et de plomberies d'évier pour des étudiants de la Sorbonne.

Je suis resté assis plus d'une heure en regardant Clare dormir et en égrenant mes pensées stériles. Je me suis senti sexuellement excité, impatient. J'ai rejoint le lit sur la pointe des pieds, je me suis agenouillé et j'ai remonté sa jupe. Je me suis mis à chanter *Moon River*, une chanson qu'elle détestait ; elle s'est alors réveillée avec un éclat de rire et, du pied, m'a poussé en arrière.

« Pas ici. Allons dans un motel. Et je n'ai plus envie de subir les moustiques de ton putain de campement. »

Elle a allumé le plafonnier et nous avons regardé l'assortiment des outils immaculés de Clarence, depuis longtemps défunt, accrochés aux murs et derrière le banc de travail, lequel était tout taché d'huile. Le tranchant affûté d'une binette brillait toujours. Donald accordait le même soin à ses outils que son père, Clarence. Quand il est tombé malade, il a donné ses outils et son affaire à son employé préféré, Clyde, un Finnois grincheux qui refusait d'arrêter de travailler durant la pause-café du milieu de matinée.

Après avoir éteint la lumière et quitté l'atelier, nous nous sommes agrippés l'un à l'autre pour ne pas trébucher dans la nuit, puis caressés. Je l'ai prise en levrette dans l'herbe et Clare n'a pas cessé de rire. Je n'ai pas tenu très longtemps : elle a dit qu'elle espérait mieux de ma part au motel. Clare reconnaît volontiers avoir de la chance, car elle jouit chaque fois qu'elle fait l'amour. Ensuite, elle dort souvent quelques minutes, puis elle se réveille pleine d'entrain et d'espièglerie.

Les spaghettis réchauffés par Herald ne nous ont pas suffi et sur le chemin du motel nous avons fait halte dans un bar pour manger un hamburger et boire une bière. Le barman nettoyait le gril et il a hésité d'un air irrité, mais Clare lui a proposé vingt dollars de pourboire en disant qu'elle mourait de faim.

« Tous les petits branleurs de votre espèce, ça s'éclate la tête et puis faut que ça bouffe un hamburger, dit le barman en refusant le billet de vingt dollars de Clare. Offrez-moi plutôt un verre. » Il a rempli de bourbon la moitié d'un verre à eau, avant de le vider d'un trait. « Les Tigers et les Braves font chier. Tout fait chier, sauf ma copine. »

J'ai pensé que ce barman avait eu deux ans de plus que moi au lycée, ce qui lui en faisait aujourd'hui vingt-six.

C'était un excellent défenseur au basket, mais le voici gros et plein de fiel.

Au motel, Clare a regardé sur ses genoux les taches d'herbe consécutives à notre récent rodéo. Elle s'est mise à parler de mon grand-père à Iron Mountain, ce qui repoussait d'autant nos ébats programmés. Quand j'ai emmené Clare pour qu'elle fasse la connaissance de mes grands-parents, l'affection de Ted, le père de Polly, envers Clare m'a étonné. Après l'accident minier qui l'avait rendu infirme, Ted était devenu l'homme le plus têtu que j'aie jamais rencontré ; mais sa femme Nelmi affirmait qu'avant l'accident c'était déjà un âne rouge. Il s'est montré courtois avec Clare, à l'exception d'une seule colère dirigée contre l'article de David publié dans le journal, sur sa famille ainsi que l'histoire des industries minières et forestières. Ted se demandait comment David pouvait bien connaître quoi que ce soit, puisqu'il n'était jamais descendu au fond de la moindre mine, ni n'avait coupé un seul arbre de sa vie ! De toute évidence, David avait toujours été « à côté de la plaque ». Le vieux Ted continuait de parler de Polly comme de sa « petite fille ». Clare a passé des heures avec lui à regarder sa collection de pierres et de minerais divers. Elle avait bien aimé ses cours de géologie à l'université du Michigan d'Ann Arbor, où Herald et elle avaient passé leur licence.

Maintenant, au motel, nue hormis un slip et un soutien-gorge séduisants, elle grattait ses genoux tachés d'herbe en disant qu'elle désirait rendre visite à Ted à la maison de retraite. Je lui ai objecté qu'il ne la reconnaîtrait pas. Elle n'a guère été convaincue.

« J'espère tomber enceinte, dit-elle en détournant le regard pour s'intéresser à la gravure accrochée au mur : un âne aux yeux tristes, au cou entouré d'une guirlande de fleurs.

— De moi ? fis-je d'une voix presque haletante.

— De qui d'autre ? » Elle a souri.

« Tu aurais pu me demander mon avis. » J'essayais en vain de trouver l'attitude adéquate.

« Pourquoi ? C'est pas toi l'essentiel. J'en ai parlé à papa cet après-midi, ça l'a rendu si heureux qu'il en a pleuré. Je veux dire, je sais pas si je suis enceinte, mais je lui ai annoncé que je l'étais. Il a toujours désiré des petits-enfants. J'ai dit que, si c'est un garçon, je l'appellerai Clarence, à cause du père de papa, et que si c'est une fille, il y aura une autre Cynthia sur cette terre.

— Bon Dieu, il ne verra même pas ce bébé.

— Mais si. Dans sa religion on reste environ un an sur la route fantôme, après quoi il faut organiser une cérémonie, jeter du tabac dans le feu et laisser son esprit partir pour l'autre monde. Il a dit que nous pouvions toujours l'aimer, mais que nous devions le laisser partir.

— Je sais pas quoi répondre. » Mon esprit venait de se transformer en un seau de boue. Clare était la femme la moins maternelle que je connaissais.

« Je ne te demande pas de m'épouser. J'honore simplement les désirs de mon père. »

Je me suis assis au bord du lit, en proie à un vide absolu. Je croyais la connaître parfaitement, mais maintenant je voyais bien que la surface ne montrait pas tout, et je me suis demandé ce que je risquais encore de découvrir.

« Cynthia est au courant ?

— Ça la regarde absolument pas. C'est entre nous ; mais à t'écouter, peut-être que toi non plus ça te regarde pas. J'ai de l'argent à moi. Je peux me débrouiller toute seule. Peut-être que tu devrais aller aux urgences de l'hôpital le plus proche et te faire soigner : t'as l'air sous le choc. »

Elle m'a écarté puis s'est mise au lit. J'ai éteint la lumière et pris sa place dans le fauteuil, nu, remarquant la manière dont la lumière de la lampe à vapeur de mercure sur le parking du motel traversait les lames des stores vénitiens et rayait le corps de Clare. Il faisait chaud, elle avait retiré son slip et son soutien-gorge, un rai de lumière tombait sur un de ses mamelons et sur sa toison pubienne qui, en temps ordinaire, auraient constitué un spectacle évocateur. Mais j'étais comme paralysé.

« J'essaie de tomber enceinte. Tu ne viens pas au lit ? me lança-t-elle en guise de plaisanterie.

— Tout de suite, chérie, dès que j'aurai pris la décision la plus importante de ma vie ! »

Deux souvenirs me plongeaient dans la confusion, un bon et un mauvais, ce dernier me revenant souvent en mémoire aux pires moments.

J'étais un garçon maigrichon de douze ans. C'était le mois d'août à Iron Mountain, mon grand-père et moi avions pris la voiture pour rejoindre un lac mitoyen du parc municipal de Crystal Falls, où il avait une barque en bois qui ressemblait fort à une épave. Il aimait pêcher là pour se faire une bonne poêlée de poissons, pendant que je ramais. Une fois le pick-up garé, je prenais son déambulateur sur le plateau du véhicule, puis je portais les cannes à pêche, la boîte de vers, un petit récipient en plastique contenant des accessoires, et il me suivait lentement avec le déambulateur. Les services sociaux du comté ont essayé de donner à Ted un de ces fauteuils roulants motorisés, mais Ted n'en a jamais voulu. Il affirmait « ne pas être vraiment un infirme », alors que c'était le cas. Il avait eu les deux jambes écrasées entre des wagons chargés de minerai de fer. Ce jour-là, il a trébuché en essayant de monter dans le bateau, son front a heurté le plat-bord, puis Ted a basculé en arrière dans l'eau. Il avait un peu de sang sur le sourcil gauche et il s'est mis à hurler :

« Merde, mes cigarettes sont mouillées ! Mes cigarettes sont mouillées ! Va m'en acheter, putain ! »

J'ai donc traversé le parc au pas de course pour rejoindre le centre-ville et une petite épicerie, mais la jeune caissière a refusé de me vendre un paquet de cigarettes parce que j'étais trop jeune. Naturellement, j'ai fondu en larmes. Un vieil homme m'a alors demandé ce qui n'allait pas. Il venait d'acheter un paquet de tabac à chiquer. Quand je lui ai expliqué la situation, il m'a dit :

« Alors comme ça, tu es le petit-fils de Teddy ? »

Il m'a acheté un paquet de cigarettes ainsi qu'un briquet en plastique, en sortant les pièces d'un de ces petits porte-monnaie en caoutchouc qui ressemblent à une vulve.

« C'est illégal », a protesté la caissière.

Alors le vieux a croassé :

« Je t'emmerde ainsi que le train qui t'a amenée jusqu'ici ! »

Je suis retourné en courant vers la barque et Ted m'a dit :

« Qu'est-ce qui t'a pris si longtemps ? »

Il descendait toujours un pack de bières en pêchant, mais cette fois-ci il m'a tendu une canette de Goebel. J'ai bientôt eu le tournis. Ted avait l'œil gauche presque fermé. Nous avons seulement pris cinq petits poissons, que Nelmi a frits dès notre retour à Iron Mountain. Pendant que nous pêchions ce jour-là, Ted a évoqué le grand pique-nique syndical, le jour de la fête du Travail, au bord de ce même lac. Chaque fois qu'un poisson mordait et qu'il n'arrivait pas à le ferrer, il hurlait « Nom de Dieu ! » et son juron résonnait d'une rive à l'autre du lac silencieux.

Le bon souvenir est aisé. Quand j'avais une quinzaine d'années, un Noël, Polly et moi sommes allés passer quelques jours à Bay Mills. Ma sœur ne nous a pas accompagnés, car elle séjournait pour deux mois dans un centre d'accueil pour adolescents ayant des « problèmes de substances ». Elle serait volontiers rentrée à la maison pour Noël, mais elle était fâchée avec maman. Lors de notre deuxième jour à Bay Mills, le blizzard s'est levé, accompagné d'une tempête en provenance du nord-ouest qui traversait le lac Supérieur. J'aidais Donald à refaire l'électricité d'une maison minuscule pour une vieille Indienne qui parlait surtout anishinabe. C'était très exotique. Donald parlait un peu cette langue. Très intelligente, elle désirait connaître la nature exacte de l'électricité. Clare est passée nous dire qu'on avait besoin de nous à la crèche parentale fondée par Cynthia quelques années plus tôt. De nombreuses mères qui travaillaient à Soo arriveraient en retard à cause de la tempête de neige. Les deux femmes employées à la crèche avaient peur de la tempête et voulaient rentrer chez elles au plus tôt pour retrouver leur famille. À notre arrivée, Herald avait commencé un feu de bois dans le poêle, en cas de panne électrique, ce qui a fini par arriver. Donald est sorti dans la neige pour aller chercher des lanternes Coleman chez lui, quelques sachets de bonbons, des hamburgers et du gibier congelé. Polly a haché menu les morceaux de viande, qu'elle a ensuite fait griller sur le poêle. Nous avions une vingtaine de bambins, âgés de deux à cinq ans, c'est-à-dire une sacrée marmaille. Quand Donald s'est allongé par terre, une demi-douzaine de gosses se sont mis à lui grimper dessus et à descendre de son corps. C'était un mélange bigarré d'Indiens pur sang, de métis et de quelques gamins blancs. Clare et Cynthia leur ont fait chanter des chants de Noël et j'ai trouvé intéressant de les entendre chanter à tue-tête sans avoir la moindre idée du sens des paroles. Vers minuit il ne nous restait plus que deux petits garçons, que nous avons ramenés à la maison, où ils voulaient dormir avec Clare. Nous nous sommes installés autour de la table de la cuisine dans la lueur d'une lanterne, et chacun a eu droit à un petit verre de schnaps à la menthe. Le lendemain matin, le vent était tombé et il y avait soixante-dix centimètres de neige fraîche.

Quand je me suis mis au lit, Clare a fondu en larmes. J'ai d'abord attribué ses pleurs au fait que pour la première fois j'étais physiquement incapable de lui faire l'amour. L'idée de devenir père me glaçait d'effroi. J'ai somnolé tandis qu'elle continuait de pleurer. C'était une fille qui ne pleurait jamais. Je l'ai même entendue chuchoter « papa », alors qu'elle n'appelait jamais Donald ainsi. C'était toujours « père ». Je l'ai prise dans mes bras, mais c'était comme si je n'étais pas là. Son oreiller était trempé de larmes. Mon inutilité me désespérait. J'ai soudain perçu l'odeur des fleurs à l'enterrement de mon père. Ma sœur avait insisté pour s'asseoir sur mes genoux et elle avait mis le parfum de Polly. Juste avant l'aube, quand les premiers oiseaux se sont mis à chanter, Clare pleurait toujours et je lui ai proposé de rejoindre mon camp et de faire une promenade, par exemple. Elle a allumé la lumière, elle est sortie du lit et elle m'a toisé, entièrement nue. Quand j'ai tendu la main vers elle, Clare l'a repoussée. Elle a préparé un café léger en se servant de la petite machine, puis apparemment sans s'en apercevoir elle a répandu presque tout le sien par terre.

Après cette nuit étrange, c'était aussi une aube étrange ; une très faible brise soufflait du sud dans la tiédeur de l'air. On entendait un tonnerre lointain, mais les nuages étaient si denses qu'on n'aurait su dire d'où venaient ces grondements. J'ai mis la radio pour écouter la météo, mais Clare l'a aussitôt éteinte.

« J'ai rêvé que j'étais enceinte.

— Je croyais que tu n'avais pas fermé l'œil de la nuit.

— J'ai lu qu'on peut rêver en quelques secondes, tu sais, de petites images neuronales. J'étais grosse comme une vache à ton campement.

— Je figurais dans ton rêve ?

— J'en sais rien. C'était trop rapide. Tu vas venir à Berkeley ?

— J'y ferais quoi ?

— Tu t'inscris à quelques cours, tu t'occupes du bébé.

Tu prépares le dîner. Tu te contentes d'*être*, comme tout le monde. »

Je me suis dit qu'elle était le portrait craché de sa mère tandis que nous nous garions à l'entrée du chemin menant au camp et qu'elle laissait la portière du pick-up ouverte. Donald refermait toujours les portes derrière Cynthia. Clare a levé la tête vers les frondaisons touffues des arbres, vers les chants bruyants des oiseaux. J'ai alors dit que les nuages étaient si bas que tous ces gazouillis redescendaient vers le sol, mais Clare était déjà partie sur le chemin. À un moment elle a pris une mauvaise direction et je l'ai laissée se fourvoyer sur une centaine de mètres avant de l'appeler pour qu'elle fasse demi-tour. J'essayais de contenir mon irritation, car je savais que son hystérie était due au décès imminent de son père.

En approchant du camp, j'ai vu en une seconde que quelque chose clochait. On m'avait volé mon poêle et ma trousse à pharmacie qui contenait la lotion antimoustiques. Il ne manquait rien d'autre, sinon un sachet de cacahuètes et deux barres chocolatées. Comme les moustiques nous assaillaient en nuages épais, j'ai aussitôt fait un feu bien fumant près de l'entrée de la tente, y ajoutant des feuilles vertes, des fougères et puis des branches de cèdre à cause de l'odeur délicieuse qu'elles dégagent en brûlant. Clare s'est glissée dans le sac de couchage, d'où dépassait seulement sa tête. Sous un arbre j'ai rejoint ma cachette, qui abritait une bouteille d'eau et une autre de calvados, un alcool que j'ai découvert et beaucoup apprécié lors de mon voyage de jeune diplômé en France. Je ne bois presque jamais d'alcool fort, mais le calvados dégage l'odeur d'un verger de pommiers en octobre. Je me suis glissé à mon tour dans le sac de couchage, nous avons toussé en chœur à cause de la fumée, puis partagé l'alcool. Nous avons commencé à faire l'amour en entendant de violents grondements de tonnerre en provenance du sud et le rugissement du vent qui accompagnait l'orage. Quand la dépression nous a atteints, un véritable déluge hurlant nous a assaillis, des ruisselets d'eau sont entrés dans la tente en provenance de plusieurs directions et ont commencé à tremper le sac de couchage. Ce n'était pas très grave, car l'air était encore chaud et nous faisions l'amour avec une belle énergie, comme si Clare s'attendait à ce que mon corps absorbe sa douleur.

Avant de nous endormir, nous avons observé une mésange à tête noire qui avait franchi l'entrée de la tente afin d'échapper aux trombes d'eau. Cet oiseau minuscule, dressé sur ses pattes à une trentaine de centimètres seulement de nos visages, nous considérait avec curiosité. J'ai eu un flash presque imperceptible en m'apercevant que je n'avais jamais vraiment compris les oiseaux. Peut-être qu'un soir au fin fond de la préhistoire les neuf mille espèces d'oiseaux au grand complet étaient arrivées du ciel sur un nuage.

Une heure plus tard, à mon réveil, Clare souriait dans son sommeil, mais elle tremblait aussi contre moi. Le vent violent avait tourné au nord et j'entendais le rugissement lointain du lac Supérieur qui, dissipant la tiédeur de l'aube, avait fait chuter la température sous la barre des dix degrés Celsius. Un peu plus d'un mois auparavant, ce lac avait été couvert d'une épaisse couche de glace. Maintenant, l'air était limpide et lumineux ; les mères oiseaux criaient à cause des oisillons malmenés par la tempête et tombés du nid. Clare s'est soudain levée, elle a enfilé ses vêtements humides, puis elle a couru sur le sentier vers la chaleur du pick-up. J'ai levé le camp en traînant derrière moi la tente mouillée.

La voiture du médecin, un signe de mauvais augure, était garée devant la maison. J'ai déposé Clare, puis rejoint la maison de ma mère pour étendre la tente et le sac de couchage sur une corde à linge. Maman est arrivée par la porte de derrière, puis nous avons descendu la rue jusqu'à l'ancien poste des gardes-côtes pour regarder les énormes déferlantes exploser contre le brise-lames. Nous avons toujours aimé les tempêtes et effectué cette promenade même au cœur de l'hiver pour admirer le lac en furie, mais par une nuit paisible où il fait moins trente degrés Celsius le lac Supérieur se met à geler et il faut attendre le printemps pour revoir ces vagues gigantesques. Le vent, qui soufflait peut-être à cinquante nœuds, était trop violent pour qu'on puisse parler et je me suis mis à trembler dans mes vêtements mouillés.

Polly s'est occupée du petit déjeuner et, pendant que je prenais une douche bouillante, je me suis préparé à ce qui allait suivre. D'habitude, elle limite ses sermons désapprobateurs à deux par an. Pendant notre promenade dans le vent glacé, j'ai bien vu à ses lèvres pincées qu'il y avait anguille sous roche. Clare et elle étaient amies, mais j'espérais que Clare n'avait pas parlé de son intention d'avoir un enfant, ce qui aurait provoqué un interrogatoire majeur. J'ai toujours eu des A au lycée et à l'université du Michigan, j'ai toujours rangé ma chambre, décroché des bourses et gagné mon argent de poche, sauf quand David me faisait une fleur. Un jour, par une froide matinée en Arizona, nous marchions et David a trouvé dans sa poche quatre billets de cent dollars. Il a considéré cet argent d'un air perplexe, comme si ces billets venaient de pousser dans la poche de son parka. Sans réfléchir davantage, il m'a donné deux de ces billets.

Au petit déjeuner, alors qu'au bout de ma fourchette des œufs et des frites s'approchaient de ma bouche, le marteau est tombé.

« Ce que vous avez l'intention de faire est illégal, proféra-t-elle.

— Je sais. » J'aurais voulu répondre : « Tu l'as dit, bouffi. »

« Vous risquez d'avoir de sérieux problèmes. Vous tous.

— Pour moi, la mort a rien à voir avec de minables problèmes juridiques. Donald a le droit de mourir comme il l'entend. J'en ai rien à faire de ce qui arrive après. »

L'hypothétique intervention d'autorités civiles me donnait des crampes d'estomac et j'ai repoussé mon assiette. Je comprenais très bien le milieu d'où venait Polly. Sa famille était relativement pauvre, c'était le genre de personnes qu'on voit faire la queue un peu partout devant les centres de la Sécurité sociale, aux urgences à l'hôpital, et ainsi de suite. Elle m'avait dit que, si le chèque de handicapé de son père avait un seul jour de retard, ses parents se rongeaient les sangs d'inquiétude. Ces gens-là ont une sainte terreur des lois, des règlements qui à tout moment risquent de détruire la fragile existence qu'ils ont réussi à mettre sur pied. Sa mère Nelmi a fait tous les boulots possibles et imaginables, employée d'épicerie, femme de ménage, aide-soignante, etc., et à notre réveil le lendemain de Noël elle déblayait déjà la neige avant l'aube sur les trottoirs.

« Je n'ai pas envie de vous voir en prison. » Elle en voulait au monde entier maintenant. « Ils trouveront toujours une bonne raison pour arrêter quelqu'un. Les autorités canadiennes pourraient très bien vous prendre sur le fait. Rappelle-toi, on ne peut pas passer la frontière canadienne avec un pistolet.

— Bon Dieu, on n'a même pas de pistolet ! On va là où Donald souhaite mourir. Quand il sera mort, on l'enterrera. Point final. D'accord, c'est illégal, mais on s'en fout, putain.

— Ne prononce pas ce mot devant ta mère.

— Désolé. Bref, David a parlé à l'avocat de la famille, qui les a bien sûr mis en garde. Ici comme au Canada il faut déclarer un décès, on n'a pas le droit d'enterrer les gens n'importe où, mais vu qu'ici Donald est un membre actif de la tribu, au Canada il porte le titre de Premier Citoyen et le Code civil devient sacrément flou. Les Premiers Citoyens ont des droits différents.

— Mais aucun de vous autres n'est indien. Il faut avoir au moins une moitié de sang indien. » La voix de Polly commençait à trembler.

« Rien à foutre ! m'écriai-je.

— Chut. David dort sur le canapé. »

Mais David est alors entré dans la cuisine pour se servir une tasse de café, le regard plus écarquillé qu'à l'ordinaire. David fait partie de ces rares individus qui, en se réveillant après une nuit de sommeil ou au sortir d'une de ses nombreuses siestes quotidiennes, doit reconstituer le monde. L'an dernier, il m'a confié avoir des problèmes d'ordre cognitif : lorsqu'il se réveille, il n'est pas certain que le monde existe vraiment. Il n'en est pas sûr avant d'avoir consciemment interrogé ses sens. Un jour où nous pêchions tous les trois dans la Deadstream, Donald s'est déclaré jaloux des rêves de David, qui incluent des ours, des loups, le début ou la fin du monde, tout un paysage de derrières féminins, et ainsi de suite. Quand David a découvert les photos galactiques et violemment colorées de Hubble, il a dit :

« Je le savais. Je les ai déjà vues en rêve. »

Il s'est assis à côté de Polly, il l'a serrée contre lui, puis il s'est mis à manger mon assiette d'œufs et de frites, après les avoir généreusement arrosés de Tabasco.

« J'ai entendu une partie de votre conversation. Ne vous en faites pas. En cas de pépin, je porterai le chapeau. Les autorités civiles ne vont jamais accuser cinq personnes quand elles peuvent en accuser une seule. Polly déteste ce mot, mais c'est un des rares cas où l'on peut dire au gouvernement d'aller se faire foutre. »

Elle lui a pincé la peau du ventre. Il a grimacé et éclaté de rire. Ils étaient toujours amants, ça sautait aux yeux. Après la mort de mon père, certains de ses amis passaient à la maison alors que nous emballions nos affaires pour quitter Chicago, j'étais furieux de la manière dont ces types regardaient Polly. Elle avait une façon d'écouter les hommes se plaindre qui leur faisait croire qu'elle avait un faible pour eux. Certains membres de ce groupe de motards étaient des durs à cuire qui roulaient sans arrêt des mécaniques comme les anciens soldats. Mais quand nous avons été installés dans le Nord, les regards concupiscents que David a adressés à Polly ne m'ont pas vraiment dérangé. Je savais bien sûr qu'ils avaient été mariés autrefois, et j'ai surtout constaté la gentillesse et la générosité de David. Comme nous n'avions pas d'argent, il a convaincu ma mère d'accepter qu'il paie un premier versement pour une maison. À onze ans, je n'y comprenais goutte, car David ressemblait un peu à un vagabond, alors qu'à Chicago les gens qui avaient de l'argent donnaient vraiment l'impression d'en avoir.

On a tapoté à la porte de derrière, puis Cynthia est entrée, l'air hagard, les cheveux en bataille, les paupières rougies. Elle venait de passer une nuit blanche avec Donald, qui souffrait maintenant d'une pleurésie : ses poumons se remplissaient de fluide. Le médecin était venu deux fois et elle avait enfin convaincu Donald d'accepter un inhalateur portable. Il a bien voulu, à condition que ce vendredi soit son dernier jour sur terre. Herald s'est soumis à ce choix, mais pas Clare qui, de retour à la maison après la nuit qu'elle venait de passer avec moi, est devenue complètement hystérique. Cynthia désirait maintenant passer au moins une journée complète avec Donald et leurs deux enfants. Nous étions mardi, il y aurait donc tout le temps de se préparer en vue du voyage de jeudi. Elle voulait aussi voir le brancard pliant que j'avais acheté à Detroit, pour s'assurer de sa solidité. Je suis allé le chercher dans ma chambre, j'en ai posé un bout sur un fauteuil et David s'est allongé dessus. J'en ai fait jouer les charnières et il m'a semblé très costaud. David pèse quatre-vingt-quinze kilos, Donald quinze de plus, mais il a beaucoup maigri depuis l'époque où il en pesait cent quarante. Je comprenais parfaitement que Cynthia se rattache à des détails, car l'image globale était insupportable. Quand elle s'est levée pour partir, David et elle se sont embrassés, j'ai pensé aux frères et aux sœurs, en souhaitant de toutes mes forces que ma propre sœur ne reste pas aussi éloignée de moi. J'ai soudain décidé qu'après la disparition de Donald je rendrais visite à Rachel à New York. Elle a récemment consenti à parler à Polly une fois par semaine au téléphone, un changement que Polly a interprété comme un immense pas en avant.

Après le départ de Cynthia, il y a eu un silence presque interminable comme si chacun de nous trois était volontairement perdu dans son propre univers.

« Saleté de vie, chuchota enfin David.

— Ne dis pas ça », siffla Polly en se prenant le visage entre les mains.

Depuis un an et après avoir renoncé à cette habitude vers la fin de l'adolescence, elle retourne régulièrement à la messe.

David et moi sommes descendus à pied jusqu'au brise-lames, puis nous avons décidé de partir en voiture pour Grand Marais afin de voir une tanière de loups qu'il a découverte à la fin du mois d'octobre dernier, avant d'aller au Mexique. Il m'a dit que cette tanière était peut-être toujours occupée et que nous pourrions passer la nuit dans son chalet, qu'un ami avait récemment ouvert pour lui. Nous sommes rentrés à la maison et avons rapidement fait nos bagages. David a invité Polly, qui lui a rétorqué qu'elle préférait rester seule. En quittant la ville, nous l'avons déposée à l'église. Je me demandais en quels termes elle avait recommencé à parler à Dieu. Elle incarnait un étrange mélange. Sa mère finnoise était devenue catholique en épousant Ted, sur l'insistance des parents italiens et irlandais de ce dernier. La famille luthérienne de ma grand-mère Nelmi a mis des années à le lui pardonner. En conséquence, Nelmi ne ratait jamais une messe alors que Ted n'aurait pas mis les pieds à l'église sous la menace d'un fusil, arguant que l'Église catholique avait toujours pris le parti des « puissants » et jamais celui des prolétaires. Autrefois, les gens prenaient très au sérieux les appartenances religieuses. Peut-être est-ce toujours le cas. Ce n'est pas une chose qui m'a frappé à l'université du Michigan.

En sortant de la ville, David s'est arrêté devant une boucherie pour acheter deux énormes entrecôtes et du bacon en disant que les deux choses qui lui avaient vraiment manqué au Mexique, c'étaient les steaks bien épais et le bacon bien gras.

« Autre chose ? m'enquis-je pour le taquiner.

— Non. Je crois aimer mon pays, mais je ne regrette ni les Blancs, ni la bouffe blanche, ni les voitures blanches, ce genre de choses. Et puis je ne vois pas à quoi je servirais ici, en dehors d'enseigner au cœur des grandes villes, mais je trouve les métropoles trop déboussolantes. Là-bas, je suis très demandé et j'ai l'impression d'être un minimum utile aux autres. »

David avait rédigé un tract, en espagnol bien sûr, sur les trente-trois choses à savoir absolument quand on voulait aller aux États-Unis. Comme la plupart des émigrants potentiels étaient très pauvres et complètement illettrés, il voyageait beaucoup pour des organisations caritatives, prenant la parole dans les églises et sur les places publiques.

« Que penses-tu aujourd'hui de ce texte que tu as écrit il y a sept ans ? »

David avait fait publier à ses frais et dans une douzaine de journaux régionaux un long essai sur les liens historiques entre sa famille et les prédations économiques dans la Péninsule Nord.

« Je n'y pense plus. Les critiques de Donald m'ont suffi.

J'ai fait le lien entre cette région et les activités forestières et minières de ma famille, mais j'ai laissé peu de place aux gens. D'où un déséquilibre certain. Il faut que je te pose cette question, car personne ne m'a vraiment expliqué ça : pourquoi Donald désire-t-il être enterré à cet endroit précis du Canada ?

— C'est tout proche du lieu où il a passé trois jours sans aliments ni eau ni abri. Il s'agit d'un truc anishinabe et je n'en sais pas beaucoup plus que ça. Il a eu une espèce de vision sur la vraie nature de l'existence et c'est l'endroit où il désire quitter cette terre.

— Ce serait pourtant bien de connaître tout ce qu'il a vu. Il n'a pas été très clair !

— On peut toujours attendre. Tu es censé avoir ta propre vision, et pour ça il faut d'abord être au bon endroit. Donald a fait plusieurs tentatives avant de réussir à tenir pendant trois jours. Il m'a dit qu'il avait eu trop la trouille. »

Nous avons déposé nos courses au chalet, avant de repartir sur un chemin étroit jusqu'à un ou deux kilomètres de la tanière des loups, avant de nous mettre à marcher. Plusieurs heures se sont écoulées avant notre retour au chalet et sans la voiture. Selon un euphémisme de la Péninsule Nord, on n'est pas perdu, simplement on n'arrive pas à retrouver son véhicule. Tout le temps de cette promenade incroyablement difficile et inconfortable, mon cerveau a émis vers ma conscience quelques bribes d'un cours d'histoire du théâtre que j'avais suivi, depuis le Seigneur Incompétent, le soulagement comique, Puck le cinglé, la chute heureuse, jusqu'à l'ultime coup de théâtre. Tant David que moi avons une grande expérience de la forêt, mais nous avons enfreint toutes les règles élémentaires car nous avions l'esprit ailleurs. Pour David, nos marches d'approche de la tanière et de retour vers le chalet devaient durer environ une heure et demie tout au plus, si bien que nous n'avons pas pensé à prendre une boussole, des allumettes, des tasses pliables en fer-blanc, de l'eau, des comprimés de stérilisation d'eau, de la pommade antimoustiques, toutes choses pourtant de rigueur dans cette région, où les habitations les plus proches se trouvent à une vingtaine de kilomètres au moins.

Notre première erreur a consisté à ne pas tenir compte d'un chemin de bûcherons relativement récent, qui effaçait un vieux sentier familier. Ce nouveau chemin de bûcherons, en forme de fer à cheval, aboutissait à une clairière déboisée d'environ quatre-vingts arpents, tout près de notre point de départ. Comme le vent glacé du nord soufflait toujours, nous avons dû décrire un grand demi-cercle afin d'approcher la tanière des loups en restant sous le vent, pour que les animaux, s'ils étaient là, ne repèrent pas notre odeur. Mais au lieu de décrire ce demi-cercle en terrain découvert, parmi les cornouillers et les cerisiers sauvages, nous avons opté pour la forêt touffue. À cause des nuages très denses qui masquaient entièrement le soleil, nous sommes arrivés beaucoup trop loin à l'est sur la rive d'un des lacs Barfield. Nous avions donc dévié de près de trois kilomètres. Pendant que David reposait sa mauvaise cheville, blessée durant l'adolescence, j'ai discerné au-dessus du bruit du vent un faible rugissement inégal. J'ai tendu le bras vers l'ouest et David a tourné la tête pour se protéger contre le sifflement du vent. Il m'a dit que ce bruit venait sans doute de deux ours mâles qui se querellaient à cause de leur territoire, ou d'une femelle qui défendait ses oursons contre un prédateur mâle. Comme ces ours se trouvaient dans la direction de notre raccourci prévu pour atteindre notre objectif, nous avons décidé qu'il serait plus prudent de faire demi-tour et de reprendre l'approche à partir de notre point de départ initial. Quand nous avons atteint la clairière, nous marchions depuis trois heures et nous avons constaté avec dépit que le ciel se dégageait tant à l'ouest qu'au nord. Cela impliquait que le vent froid qui nous prémunissait contre les insectes allait tomber et que l'air se réchaufferait. Nous aurions donc de plus en plus soif. Assis sous un cornouiller et sur un lit de pétales de fleurs séchés, nous avons envisagé de tout laisser tomber. Quand on se trouve dans cette région à la fin mai, il y a au moins mille arpents d'arbres en fleurs. Tout en se frottant la cheville, David a dit que nous ne devions pas renoncer, car dans ce cas nous allions rentrer au chalet pour parler de Donald et penser à lui, ou bien rejoindre le Dunes Saloon pour nous beurrer et éviter de penser à Donald.

Nous sommes donc repartis vers le sud en suivant un demi-cercle, tandis que le soleil nous faisait transpirer ; des essaims de taons agressifs nous ont assaillis quand nous avons longé une rivière vers l'ouest. Je marchais derrière David pour éviter de lui imposer un rythme trop rapide. Lui-même marchait en traînant la patte et en inclinant violemment le buste afin de trouver la trajectoire la moins douloureuse pour sa cheville sur ce terrain inégal. De temps à autre, il examinait une énorme souche de pin blanc comme s'il s'agissait d'un site religieux. Enfin, à huit cents mètres, nous avons aperçu sur une butte l'arbre paratonnerre d'où, selon David, nous pourrions voir la tanière des loups dans un bosquet d'arbres situé au fond d'une longue vallée. Les autochtones croient volontiers que les arbres paratonnerres signalent l'approche des dieux, un lieu où leur pouvoir entre en contact direct avec la terre. Quand j'ai examiné ce pin blanc carbonisé et explosé, je me suis félicité de ne pas avoir été présent lorsque l'arbre a été foudroyé. Assis sur cette butte, nous n'avons pas vu grand-chose, car les jumelles avaient été oubliées sur le tableau de bord de la voiture. Nous avons scruté l'extrémité du goulet jusqu'à avoir mal aux yeux, puis nous nous sommes lentement approchés de la tanière. Elle était abandonnée, mais il y avait quelques os de chevreuil dans l'herbe et une légère odeur douceâtre de putréfaction imprégnait l'air désormais immobile. Tous deux assis, nous avons éclaté de rire en constatant le piteux dénouement de notre quête. Nous avons examiné la terre, dépourvue de toute trace, à l'entrée de la tanière, puis David a déclaré que cet abri avait sans doute été abandonné en novembre dernier, quand des chasseurs de chevreuil s'en étaient approchés de trop près.

Nous marchions maintenant depuis cinq bonnes heures et, le soleil étant à peu près visible, nous pouvions nous servir de la montre de David comme d'une boussole approximative. Nous avons atteint un chemin de bûcherons inutilisé depuis longtemps et David a déclaré que la voiture n'était pas à l'endroit où elle aurait dû être. Ce constat m'a semblé drôle, car il n'y avait pas de voleurs de voitures dans cette région ondoyante et sauvage. Il a ajouté que nous reviendrions chercher la voiture le lendemain matin et il s'est élancé à travers bois en direction de la rivière et du chalet, ravi d'atteindre l'extrémité est du goulet qui abritait sa mère-de-toutes-les-souches, qu'il m'avait déjà montrée au début de mon adolescence. J'ai jeté un coup d'œil à travers les racines vers l'intérieur spacieux et, quand j'ai levé les yeux, David embrassait la souche.

Une demi-heure plus tard nous avons pénétré d'un pas chancelant dans la clairière du chalet et j'ai couru vers la pompe. Nous avons bu de l'eau jusqu'à avoir le ventre tout ballonné. Au crépuscule nous sommes restés vautrés sur la balancelle de la véranda. Il était dix heures du soir passées de quelques minutes, mais il faisait toujours chaud ; j'ai retiré mes vêtements raidis de transpiration et j'ai piqué une tête dans la rivière froide, en me laissant flotter vers le sud avant de nager à contre-courant. David a commencé un feu dans le barbecue avec du petit bois de chêne, la meilleure essence pour cuire de la viande à cause de la chaleur intense dégagée par ses braises. Il a marmonné que la laitue et le pain étaient restés dans la voiture. Puis il a retrouvé une bouteille d'un whisky opaque, laissée derrière lui par son ami Mike, le propriétaire du saloon. Nous avions emporté deux bouteilles de vin, mais elles aussi étaient dans la voiture, tout comme le sachet de glace resté dans la glacière. De retour au chalet, j'ai mis une casserole d'eau à chauffer sur la cuisinière à propane, pour que David puisse faire tremper sa cheville douloureuse, puis j'ai préparé l'apéritif avec le whisky et l'eau du puits, saturée de tanin à cause d'un marais situé en amont et du minerai de fer qui abondait dans le sous-sol. David a descendu son whisky en trois gorgées et je lui en ai servi un autre. Je suis allé chercher du bois et des branches de cèdre, qui chasse l'odeur de renfermé d'un chalet inhabité depuis un moment, et j'ai fait un feu dans la cheminée, car la nuit allait sans doute être froide. David somnolait dans un fauteuil, entouré de piles de livres. Il avait donné à l'université du Nord-Michigan tous les ouvrages ayant trait à ses recherches, mais bientôt regretté ses livres et constitué une nouvelle collection de livres d'histoire relatifs à la Péninsule Nord grâce à une librairie locale justement baptisée *Snowbound Books* (« Livres reliés de neige »). David était un vrai toqué des livres, qui allait jusqu'à expédier au Mexique des cartons entiers contenant une réplique à l'identique de sa propre bibliothèque.

J'ai réchauffé une conserve de haricots à la date de péremption peu claire, vaguement sur mes gardes à cause d'un serpent noir qui l'an dernier, dans le froid soudain de juin, avait installé ses pénates autour de la lampe témoin. Les serpents noirs sont inoffensifs mais surprenants lorsqu'ils sortent de la cuisinière alors que vous préparez votre café matinal. J'ai réveillé David avant de mettre la viande en route.

« Pourquoi est-ce que je quitte cet endroit ? » Une question à laquelle la plupart des gens trouveraient aisément une réponse, mais qui me plaisait beaucoup.

Nous ignorions combien nous avions faim avant de nous mettre à table. Je n'ai jamais dévoré aussi vite une grosse entrecôte et grâce à la sauce brûlante qui les imprégnait les haricots ont été mangeables. David brandissait un os de steak tout en parlant de l'histoire des autochtones de la région, expliquant comment au XVIIIe siècle et à l'est du chalet les Ojibways avaient repoussé l'invasion des Iroquois. Je l'écoutais d'une oreille distraite en me demandant comment une tribu ayant vécu sur Grand Island, au large de l'actuelle ville de Munising, avait bien pu se laisser convaincre d'entrer en guerre contre les Sioux. Cette tribu insulaire était parfaitement inexpérimentée dans l'art de la guerre et tous ses membres masculins ont été massacrés, sonnant ainsi le glas d'une petite culture qui existait depuis des siècles. David, désormais sérieusement éméché, a lu un passage de Charles Cleland que je connaissais déjà :

« Les Indiens du Michigan, comme d'autres peuples autochtones de la région des Grands Lacs, ont résisté et survécu à des violences biologiques et culturelles qui durent maintenant depuis huit générations. La malédiction de la variole, d'interminables guerres meurtrières, le complet démantèlement des communautés, l'alcool, la pauvreté, la perte de leurs terres, de nombreuses traditions culturelles imposées à eux et malgré eux. Il est presque incroyable qu'ils aient pu résister à tout cela… »

Quelques commentaires sur le miracle de la survie ont suivi.

« Tu te rappelles le jour où Donald m'a porté ? »

Il a laissé choir le livre à terre, son menton reposait sur sa poitrine. Il faisait allusion à un certain soir où nous avions repéré des truites de rivière bloquées dans un étang de castors au sud, non loin de la tanière désertée des loups. David, qui pataugeait avec ses bottes, a mis le pied dans un sentier de castors submergé, il est tombé en avant et s'est tordu sa cheville abîmée, coincée dans des racines en remontant sur la berge. Donald l'a alors installé sur son dos pour le porter à travers bois sur près de deux kilomètres jusqu'à la voiture.

« Oui, nous avons pris de jolis poissons », dis-je.

Il dormait maintenant à poings fermés et je l'ai traîné jusqu'à son lit spartiate à une place, situé dans l'angle. Sur une table basse, j'ai avisé de petites photos encadrées de son amie la poétesse Vernice, et une photo plus récente de la jeune Mexicaine, Vera. Je me suis préparé un dernier verre, que j'ai descendu sans en regarder le contenu, car l'eau donnait au whisky une couleur marron fécale. Je suis sorti pour éteindre le générateur Yamaha, en laissant mes yeux s'habituer à l'obscurité absolue afin de ne pas trébucher en retournant vers le chalet. Comme nous étions très loin des lumières de la moindre ville, le ciel constellé d'étoiles était presque crémeux. J'ai cru entendre un loup au loin, mais je n'en suis pas certain. J'en avais déjà entendu ici.

J'ai été réveillé juste avant l'aube par les premiers oiseaux et les ronflements sonores de David, ainsi que par un rêve qui frisait le cauchemar. Mon grand-père Ted racontait des histoires terribles sur sa famille pendant que nous feuilletions des albums de photos. Dans mon rêve l'une de ces photos parlait une langue que je ne comprenais pas. C'était le grand-oncle de Ted, prénommé Alberto, noyé au fond d'une mine quand la rivière Michigamme s'est déversée dans le puits Mansfield, tout près de Crystal Falls. L'accident a eu lieu fin septembre, il y a des dizaines d'années de cela, et Alberto, qui détestait le froid, avait eu l'intention de rentrer chez lui avec ses économies, en Émilie-Romagne, en Italie, pour y ouvrir une trattoria. Ted adorait achever ses récits par une morale souvent inappropriée :

« L'histoire d'Alberto montre que, lorsqu'on désire faire quelque chose, on a intérêt à se magner le cul. »

Ce rêve m'a poussé à me demander quelle langue parlent les morts. Un politicien local, qui refusait que l'enseignement des langues étrangères soit inscrit dans le budget d'une école, a déclaré :

« Si l'anglais a suffi à Jésus-Christ, il devrait suffire à nos gosses. »

J'ai parcouru au petit trot les trois kilomètres de chemin de bûcherons qui me séparaient de la voiture, en m'arrêtant seulement pour regarder un bébé mouffette qui est sorti des fougères devant moi. Il s'est arrêté. Je me suis arrêté. Il s'est assis. Je me suis assis. J'étais sans doute son premier être humain. Je lui ai décrit ma vie récente et il a paru somnoler, puis il est reparti sous le manteau des fougères.

Quand j'ai atteint la voiture de David, je me suis aperçu que j'avais oublié de lui faire les poches pour y prendre les clés, mais par chance elles étaient restées sur le tableau de bord. J'ai mangé une croûte de pain et, l'espace d'un instant magique, j'ai compris très clairement ce qui arrivait à tous ceux que j'aimais.

Nous avons pris un petit déjeuner morose à Grand Marais et David a décidé de rejoindre Munising par l'intérieur des terres, quatre-vingts kilomètres de route pleine de nids-de-poule. Quand nous avons longé le lac Au Sable, il m'a montré un banc de sable lointain, où il avait « perdu » sa virginité avec Laurie, une amie de Cynthia qui était morte d'un cancer du sein « à l'âge inacceptable de vingt-cinq ans », ajouta-t-il. J'ai accompagné David pour sa sieste obligatoire du milieu de matinée, cette fois sur un quai tout proche de

Munising, d'où les bateaux partaient à destination de Grand Island, l'endroit où avaient vécu les membres de cette tribu disparue, laminée par la guerre.

Quand nous avons atteint la maison en milieu d'après-midi, Cynthia et Clare ouvraient un grand emballage de FedEx sur la véranda de devant. Il contenait une glacière en plastique blanc, remplie de maïs doux, de petits pois et de tomates, expédiés du Mississippi. Cynthia et Clare font attention à leurs dépenses, mais elles se permettent quelques fantaisies.

« Vous avez l'air complètement lessivés, les gars, dit Clare avec un grand sourire. Venez donc égrener le maïs. Nous nous occuperons des petits pois à l'intérieur.

— Nous avons égaré la voiture. » David a pris un épi de maïs et observé son mystère. « Il y a toujours un nombre impair de rangées de grains, jamais un nombre pair. »

Cynthia s'est levée et nous a regardés en bas des marches. De toute évidence, elle cherchait le mot juste, le regard perdu vers le chêne qui se dressait au bord de l'allée.

« Ce matin, Donald a dit que c'était vraiment bon que nous l'aimions, mais que le moment était venu de le laisser partir. »

Elle a aussitôt tourné les talons pour entrer dans la maison, puis elle s'est arrêtée afin de jeter un coup d'œil par la fenêtre de la salle à manger où Donald, assis dans un fauteuil, nous regardait sans la moindre expression. Debout à côté de lui, Herald avait la main posée sur l'épaule de son père pour empêcher le buste de tomber en avant.

Et voilà tout.

Polly est venue dîner, après quoi elle partait en voiture pour Iron Mountain afin de voir ses parents. Au mois de juin nous avons savouré un repas de la mi-août : rôti, maïs, petits pois et tranches de tomates. Herald avait installé le lit électrique d'hôpital de Donald au bout de la salle à manger pour qu'il puisse être avec nous. Cynthia m'a confié que le prix élevé de ce lit avait provoqué leur dernière petite querelle deux mois plus tôt. Elle l'avait rassuré en déclarant qu'on pourrait ensuite donner ce lit à l'un des centaines d'infirmes locaux qui ne bénéficiaient pas de la Sécurité sociale. Donald s'intéressait toujours à la valeur des choses, plutôt qu'à leur simple coût. L'été il refusait de boire des sodas, dont – disait-il – le prix avait augmenté de cinq cents pour cent depuis son enfance, leur préférant le café glacé qu'il emportait dans une Thermos. Quand le prix des hamburgers a augmenté de vingt-cinq cents dans une gargote de Soo, il s'est renseigné et le patron, qui était un ami, a montré ses livres de comptes à Donald pour lui expliquer cette augmentation, mais l'économie n'était pas son point fort. J'ai un jour tenté de lui expliquer le mécanisme de l'inflation, mais il a trouvé mes arguments aussi absurdes que le passage à l'heure d'été.

Tout au fond du placard Cynthia avait retrouvé son plateau de bébé, au bord duquel son nom était gravé. Ce plateau possédait plusieurs compartiments et Cynthia a nourri Donald en lui donnant quelques cuillerées de maïs, de petits pois et de tomate écrasée en purée. Il a fermé les yeux et ces souvenirs de la terre l'ont fait sourire. Clare a mis la musique préférée de Donald, un morceau de Jim Pepper où l'on entend les noms de douzaines de tribus indiennes, puis plusieurs merveilleux morceaux de jazz.

Herald et moi sommes restés tard à la table de la cuisine pour dresser des listes et faire des plans. Le mathématicien chez Herald s'est alors réveillé et la précision de ses listes m'a stupéfié : pioches, pelles, matériel de camping, eau, crème antimoustiques, équipement de pêche, rien ne manquait. D'habitude les douaniers canadiens ne faisaient pas trop de zèle, mais pour que notre projet soit certain de réussir à cent pour cent, nous devions faire comme si les deux voitures contenaient des fanatiques de la pêche en route pour une expédition dans l'Ontario, près de Hawk Junction, au nord de Wawa. Nous n'irions certes pas aussi loin, mais nous tenions à ce que les douaniers n'y voient que du feu. Parce que mon pick-up Toyota n'était pas équipé de quatre roues motrices, nous avons pris le vieux Subaru de David. Herald l'emmènerait chez le garagiste le lendemain matin de bonne heure pour une révision générale et des pneus neufs. Par la fenêtre de la cuisine j'avais regardé David nettoyer son matériel avant de le recouvrir d'une bâche. Il avait mis plus d'une heure, à cause de fréquentes interruptions destinées à lire des passages de dizaines de livres enfermés dans des sacs à l'arrière du véhicule.

Il m'a fallu rejoindre l'atelier du garage pour prendre les deux seringues que j'y avais cachées. Juste avant mon départ d'Ann Arbor, Cynthia avait appelé pour me dire que Donald ne pourrait très certainement pas avaler une poignée de comprimés et elle avait protesté avec vigueur quand il avait suggéré le plus sérieusement du monde que nous lui tirions une balle dans la tête comme on le fait avec un chien malade. Paniqué, j'ai expliqué la situation au richissime et infirme courtier en Bourse que je conduisais aux grands événements sportifs de l'université du Michigan. Il était plutôt d'extrême droite mais c'était aussi un farouche avocat du droit de chacun à choisir sa propre mort. Il s'est procuré les deux seringues remplies de Nembutal et de Dieu sait quoi d'autre, dans un élevage de chevaux proche de Metamora. On utilisait ce mélange létal pour « abattre » les chevaux malades ou grièvement blessés. Il m'a dit que c'était ce que lui-même utiliserait, le cas échéant.

Herald a proposé de dissimuler une seringue dans chaque voiture. De l'œil morne du candidat au suicide, il a examiné les potions mortelles destinées à son père. Nous envisagions de partir vendredi avant l'aube. Cynthia, Donald, Clare et David nous suivraient à midi, ce qui nous laisserait le temps de creuser une tombe appropriée. J'avais déjà creusé des puits en une seule journée et, avec l'aide de Herald, je pensais que nous pourrions creuser une tombe en quatre ou cinq heures.

Avant de nous coucher, nous avons bu un whisky chacun et l'alcool a légèrement détendu Herald. Il a été chercher dans sa chambre une casquette de base-ball des Detroit Tigers et il me l'a mise sur la tête afin de dissimuler ma « stupide » crête mohawk qui, il en était certain, attirerait aussitôt l'attention des douaniers canadiens. J'avais tendance à éviter les miroirs et je me rappelais seulement ma coupe de cheveux quand les vieux de Marquette me dévisageaient avec des yeux ronds. Les jeunes, s'ils m'adressaient spontanément la parole, disaient : « Cool. » Herald a ajouté que son père aimait bien l'idée de mourir le jour du solstice d'été.

Quand Donald et elle s'étaient enfuis, Cynthia avait emporté le luxueux télescope de son père, un Questar, volé dans le grand placard bourré de matériel inutilisé du bonhomme. Cynthia adorait le ciel nocturne et Donald a bientôt partagé l'obsession de sa compagne. À certains moments de la journée, en plein travail, je le voyais lever le visage vers le ciel en plissant les yeux comme s'il croyait rater quelque chose. Quand Herald est parti à Caltech, il a envoyé à ses parents de grands agrandissements des photos de galaxies lointaines prises par le télescope Hubble, et Donald les a punaisés sur les murs de son atelier.

Il était presque minuit quand je me suis servi un second

whisky, plus modeste que le premier, en me disant que je renoncerais à ces fantaisies alcoolisées quand tout serait terminé. En temps ordinaire je n'aime pas sentir mon esprit émoussé ou ramolli. Je consacre en effet le plus clair de mon temps à vérifier la réalité, à m'assurer qu'elle est bien ce que je crois qu'elle est, et d'habitude j'apprécie les extrémités auxquelles mon esprit me convie.

Herald expliquait d'une voix traînante la théorie du chaos dans la physique moderne quand nous avons entendu Donald gémir et se débattre, en proie à de violentes crampes. Cynthia, qui dormait près de lui dans un petit lit, s'est mise à lui chanter doucement des berceuses, qui semblaient avoir sur lui un effet apaisant. Herald a fondu en larmes lorsque les paroles de *Il était un petit navire* sont arrivées jusqu'à nos oreilles. J'ai serré Herald contre moi, puis j'ai quitté la maison.

Quelle nuit ! Réveillé à quatre heures du matin, j'ai pensé : « Plus que vingt-quatre heures. » Je venais de rêver de mon père réparant sa moto dans notre cour minuscule à Chicago. Cette vision m'avait tiré de mon sommeil et je me suis mis à réfléchir aux pères, à Donald qui m'avait aidé à comprendre mes frasques sauvages au lycée, alors que David, qui faisait pour moi office de beau-père (même si Polly refusait de l'épouser une seconde fois), était perdu dans son propre espace désolé après avoir fini son grand projet de vingt-cinq ans. Je me suis rappelé certain soir où Herald, Clare et moi étions allés dans la Soo canadienne pour rendre visite à des amis québécois qui avaient aussi du sang ojibway. Nous sommes entrés dans un dancing de la lointaine banlieue, où la plupart des gens parlaient au mieux un anglais très approximatif. Nous avons dansé toute la nuit devant un orchestre franco-indien, descendu de Montréal. Jamais, ni avant ni ensuite, je n'ai pris autant de plaisir à danser.

Durant l'entracte j'ai parlé avec un vieil homme qui avait jadis coupé du bois près d'Iron Mountain et qui m'a dit avoir connu mon grand-père Ted et sa famille, dans les années quarante. Il m'a aussi raconté que les Québécois refusaient de descendre au fond des mines, car c'étaient des pièges mortels. Je lui ai demandé s'il avait lu les romans d'Émile Zola, car au lycée nous avions travaillé sur *Germinal*. Il m'a répondu en éclatant de rire qu'il ne savait ni lire ni écrire. Ce presque octogénaire continuait de s'affairer dans les bois. Il m'a dit être le père de neuf enfants, qui tous s'en tiraient plutôt bien dans la vie.

À l'aube je suis sorti me promener et, après avoir parcouru un kilomètre sur la plage, j'ai rencontré Clare. Curieusement, elle traçait une immense version de son prénom sur le sable lisse laissé par la tempête de l'avant-veille. Il n'y a pas beaucoup de gens sur cette plage en juin, quand l'eau du lac Supérieur est encore trop froide pour qu'on s'y baigne. Clare a été vaguement gênée d'être ainsi surprise à écrire son prénom sur le sable. La nuit avait été vraiment difficile, Herald était maintenant auprès de Donald pour que Cynthia dorme un peu. J'ai demandé à Clare si elle avait besoin de revoir l'itinéraire sur des cartes topographiques du nord de la Soo canadienne. Elle m'a répondu que non, qu'elle se rappelait très bien la station-service située près de la bifurcation, à cause de notre expédition de pêche, des années plus tôt, quand nous avions acheté d'excellents filets de poisson blanc fumé.

« Je ne dis pas que tu devrais m'épouser si je suis enceinte. » Elle s'est assise dans le sable au milieu de la première lettre de son prénom.

« Suffit que tu me le demandes.

— J'ai vraiment pas envie d'avoir deux gosses en même temps.

— Je croirais entendre ta mère. Il paraît que je suis le jeune homme le plus adulte de tous les États-Unis. »

Je me suis assis près d'elle et je lui ai embrassé le genou. Elle a ri, puis annoncé qu'ils allaient faire une répétition générale avec Donald en le conduisant près de Au Train pour qu'il puisse dire au revoir à sa tante Flower. Je lui ai rappelé d'emporter plusieurs bocaux de harengs aux condiments juifs particuliers que Cynthia avait commandés à Chicago. Flower souffrait de glaucome et on lui avait retiré son permis de conduire après qu'elle eut fait une queue-de-poisson à une voiture de patrouille à Munising. Elle ne voulait pas avoir plus de deux bocaux de ces harengs à la fois, de peur de gâcher son plaisir. Cynthia entretenait Flower depuis un moment déjà, mais un anthropologue du Kalamazoo College s'arrêtait parfois chez elle avec des sacs remplis de provisions et une bouteille d'alcool de mûres dont elle buvait un petit verre tous les jours. J'étais moi-même passé la voir en venant d'Ann Arbor, elle était triste d'apprendre que son « petit garçon Donald » était malade et triste aussi d'avoir dit à Donald qu'ils feraient ensemble de nombreuses promenades aux quatre coins de la terre quand tous deux seraient entrés dans le monde des esprits. Elle s'intéressait surtout aux peuples yacoutes et samis de l'extrême nord de la Scandinavie et de la Russie. L'anthropologue lui avait parlé de ces peuples et elle était certaine dc bien s'entendre avec eux. Bizarrement, je n'ai pas douté une seconde que Flower fasse ce voyage. Je ne connaissais pas grand-chose à la religion anishinabe, mais pour reprendre une expression contemporaine on ne faisait pas plus barjo que Flower. S'il existait une vraie femme qui vole la nuit, c'était bien Flower.

« Où es-tu ? » Clare m'a pincé la peau du ventre.

« Je pensais à Flower. Tu te rappelles quand nous étions là-bas et qu'elle a parlé à cet ours pendant qu'on cueillait des baies sauvages ? »

L'ours s'était frotté contre Flower avant de partir, sans s'intéresser une seconde à nous autres.

« C'est pas le genre de chose qu'on oublie. » Clare m'a donné un baiser chaste, elle s'est levée, puis elle est rentrée à pied à la maison.

La journée a été consacrée à des tâches réconfortantes car abrutissantes : les courses, les listes, le magasin de sport et la quincaillerie, le choix des pneus neufs pour la voiture de David, manger un sandwich au poisson blanc frit avec Herald au Verling, où nous avons évoqué l'obsession de David pour le Mexique. Herald a insisté sur le fait que le Mexique était plus vivant, plus coloré. La vie y était réduite à ses composantes essentielles, le bien comme le mal y étaient plus clairement visibles qu'aux États-Unis. J'ai pensé à voix haute que David avait passé toute son existence presque étouffé par une foule d'ambiguïtés, et que le Mexique lui offrait certainement le dynamisme dont il avait maintenant besoin. Par ailleurs, il se sentait utile là-bas. Herald et moi étions tous deux estomaqués par notre énorme serveuse finnoise, qui refusait catégoriquement de flirter. Ces vieux réflexes ne vous laissent jamais en paix. Nelmi dit que malgré sa démence grand-papa Ted continue de faire du gringue aux infirmières.

Pour dîner, j'ai fait griller des côtes de porc au barbecue afin d'accompagner les derniers légumes du Mississippi. Comme Donald avait envie de respirer l'odeur de la viande, j'ai installé le barbecue sous la fenêtre du bureau. Un grand nombre de blagues circulent dans la famille sur l'incapacité de Donald à se servir d'un barbecue. Il est toujours trop pressé de manger. Un jour où nous faisions du camping, je l'ai vu dévorer une côte de porc crue, assaisonnée de sauce pimentée, et il m'a déclaré qu'il n'y avait pas eu un seul cas de ver solitaire dans le Michigan depuis la Seconde Guerre mondiale. Cynthia a tenté de lui faire manger un peu de porc coupé très fin avec de la sauce, mais il n'a pas réussi à l'avaler. Il a souri lorsqu'elle lui a essuyé le menton avec un torchon. De toute évidence, sa visite à Flower l'avait mis de bonne humeur malgré son inconfort. Flower lui avait offert le collier à griffe d'ours ayant appartenu à son grand-père, que Donald portait autour du cou et qu'il touchait de temps à autre.

Après le repas, nous nous sommes installés dans le jardin, Donald allongé sur le canapé que j'avais sorti dans cette intention. David a raconté quelques anecdotes relatives à des promenades où il s'était perdu en forêt, dont une fois pendant un blizzard, près de Sagola, quand marchant à l'aveuglette sur une route de gravillon il avait quasiment buté contre son pick-up. Herald et Clare ont ensuite poussé une chansonnette absurde en souvenir d'un numéro de duettistes accompli pour un concours de talents à l'école primaire. Puis Cynthia a chanté *Yellow Submarine* des Beatles. Je me suis alors trouvé incapable de chanter une chanson ou de raconter une histoire, car je pleurais depuis un moment déjà et je ne parvenais pas à retenir suffisamment mes larmes pour me servir de ma voix. Je commençais à croire que c'était bon de savoir qu'on vivait sa dernière soirée sur terre, plutôt que de se faire écraser par une voiture ou quelque malheur de ce genre.

J'ai dormi dans le jardin, au fond d'un sac de couchage, pour être sûr de me réveiller et de partir avec Herald à quatre heures du matin. Clare m'a rejoint un moment, mais nous n'avons pas fait l'amour. Nous avons regardé les étoiles, sans parler.

J'avais le ventre vide et je souffrais de l'humidité due à une légère averse, quand Herald m'a réveillé dans l'obscurité précédant l'aube. Nous avons bu le café d'une bouteille Thermos et une forte lumière envahissait le ciel à l'est quand nous avons traversé Shingleton en roulant dans cette direction. Les nuages s'étaient dissipés et, comme souvent, le soleil a paru trop gros à son lever. Nous avons mangé les sandwiches au rôti préparés par Herald en écoutant deux ou trois cassettes mexicaines de David. Herald a traduit quelques couplets d'un *corrido* de la frontière, qui parlaient uniquement d'amour, de mort et de trafic de drogue. J'ai remplacé cette cassette par de la musique mariachi pour éviter de m'enfoncer encore plus profond dans mon siège. Depuis que Clare m'avait laissé seul au milieu de la nuit, je voyais la réalité comme un gamin cinglé en pleine panique, mon cerveau créant, recréant et montant la vie comme un film. C'était très troublant, car je croyais m'être débarrassé de cette habitude. Lorsque nous avons franchi sans encombre la douane canadienne, le policier nous lançant un joyeux « Bonne chance pour la pêche ! », mon esprit a encore fait des siennes et je me suis mis à voir le monde en noir et blanc malgré l'eau bleu-vert de l'est du lac Supérieur sur ma gauche et les hautes collines boisées et vertes sur ma droite, le vert plus soutenu des conifères, les arbres feuillus aux frondaisons pas complètement épanouies à cette latitude, leur vert tendre étant d'habitude ma couleur préférée.

À sept heures et demie nous creusions vigoureusement sous un escarpement granitique, à cinq kilomètres environ du lac, lequel était visible au-dessus de la cime des arbres. Nous étions dans une petite clairière où, après le passage des glaciers, les eaux de ruissellement avaient déposé leur limon au cours des millénaires. D'abord, nous avons dû surmonter l'obstacle de nombreux et gros rochers, chacun pesant plus de cinquante kilos et délogé par nos pioches, puis nous avons eu de la chance car en dessous nos pelles ont rencontré de la terre meuble. À dix heures du matin nous avons atteint la profondeur requise : du fond de la fosse, j'avais les yeux au ras des herbes, des fougères et des fleurs sauvages qui recouvraient la terre. Nous avions certainement creusé assez, mais sans échanger une parole nous sommes tombés d'accord pour continuer, car il nous restait deux heures avant leur arrivée, la terre était vraiment meuble, et puis nous n'avions aucune envie de rester là inactifs, à gamberger, si bien que nous avons creusé jusqu'à ce que le trou soit vraiment énorme, profond de près de trois mètres. Nous n'avions pas de gants, Herald avait les mains couvertes d'ampoules et de petites cloques remplies de sang. Je lui ai proposé de finir seul le travail, mais il a fait la sourde oreille, puis il a juré en disant qu'il avait oublié d'acheter une échelle pliable. Je lui ai rétorqué que nous trouverions facilement un petit sapin mort qu'on pourrait équarrir.

Quelques secondes après avoir aidé Herald à sortir du trou, j'ai eu la peur de ma vie en entendant une autre voix et je me suis hissé à l'extérieur. J'ai alors entendu Herald dire d'une voix tremblante :

« Ne nous dérangez pas. Je creuse la tombe de mon père. »

C'était le maître, ou le *medicine man* de Donald. Je n'utiliserai pas l'autre terme vulgarisé par la culture populaire. Je l'avais rencontré deux ou trois fois avec Donald au fil des années. Nous avons échangé un signe de tête et j'ai présenté Herald.

« Ainsi, Donald est sur le départ ? » dit-il.

Il s'est éloigné vers la lisière de la clairière et a ramassé des branches de cèdre pour le fond de la tombe. Il en a apporté plusieurs brassées au bord du trou, puis il a annoncé qu'il allait rejoindre l'embranchement de la route pour s'assurer que personne ne viendrait une fois que Cynthia serait passée. Après son départ, nous avons bu de l'eau à une bouteille et Herald a dit :

« Il a l'air parfaitement ordinaire. »

Je lui ai expliqué que cet homme travaillait comme géomètre dans une exploitation forestière, en plus de ses fonctions tribales, même s'il vivait à l'écart des autres membres de sa tribu.

Nous avons terminé vers midi et j'appliquais des pansements sur les mains de Herald quand nous avons entendu la voiture de Cynthia approcher au loin. Herald a posé un mouchoir trempé de sueur sur la seringue, laquelle était pleine de phénobarbital et de dilantin pour faciliter l'euthanasie. J'ai levé les yeux vers l'escarpement rocheux et imaginé Donald assis là pendant trois jours et trois nuits, cherchant des encouragements dans le silence guère rassurant de la terre.

Nous sommes allés aider Cynthia quand elle a arrêté la voiture. Donald voulait tenter de parcourir à pied la vingtaine de mètres de terrain accidenté avec l'aide de son déambulateur, Clare et David l'entourant de part et d'autre. Il souriait et j'ai dû détourner les yeux pour refouler un sanglot, puis j'ai renoncé et laissé libre cours à mes pleurs. Cynthia et David l'ont aidé à s'asseoir au bord du trou, puis Cynthia s'est assise près de Donald et lui a enlacé les épaules. Donald a adressé un signe de tête à Herald, qui a aussitôt enfoncé l'aiguille de la seringue dans le bras de son père. Clare et moi sommes descendus au fond de la tombe pour aider Donald à s'allonger sur le lit de branches de cèdre. Cynthia s'est glissée au fond, puis allongée près de Donald en lui adressant des paroles douces. Quelques minutes plus tard, Donald était mort et nous nous sommes tous entraidés pour sortir de la tombe. Cynthia y a lancé une poignée de terre en chuchotant quelque chose que je n'ai pas entendu. Puis Cynthia et David se sont assis dans l'herbe à l'écart, pendant que Herald et moi remplissions la tombe de terre. Clare, qui était partie cueillir des fleurs sauvages, les a jetées en pluie sur le monticule de terre. Puis nous sommes tous rentrés à la maison.

TROISIÈME PARTIE

DAVID

Carol a quitté mon chalet à l'aube après avoir lancé à travers la pièce sa brosse à cheveux qui a heurté le comptoir de la cuisine. Son petit chien Sammy a récupéré la brosse, mais ensuite refusé de la lui rendre. Elle était furieuse, car je ne compte pas l'emmener avec moi au Mexique la semaine prochaine. Je lui ai expliqué que là-bas je travaille et que je n'aurais pas le temps de jouer au guide touristique, mais j'ai ajouté que je lui achèterais un billet pour qu'elle vienne me rendre visite à Noël. Ça n'a pas suffi.

« Pourquoi est-ce que tu travailles, si tu n'as pas besoin de le faire ? » dit-elle alors.

Une question logique chez une femme qui est serveuse et barmaid depuis vingt ans.

Presque quatre mois se sont écoulés depuis le départ de Donald vers une destination inconnue. Le sol du chalet est vraiment froid après l'été et le début d'automne les plus chauds que j'aie jamais connus. Mon pied nu marche sur la brosse abandonnée. Personne n'a bien sûr le moindre tuyau sur une éventuelle vie après la mort. Je mets la cafetière en marche, puis j'allume une lampe à pétrole sur ma table de travail, car je n'ai aucune envie de sortir sous la pluie glacée pour mettre en route le générateur dans la cabane. Donald est absent depuis le solstice d'été jusqu'à l'équinoxe d'automne. Cynthia s'est occupée de Flower qui, fin août, s'est blessée au pied. Flower, qui travaille dans son jardin pieds nus, s'est coupée et a contracté un empoisonnement du sang. Par chance, Cynthia est passée chez elle pour lui acheter deux tartes aux myrtilles, et elle a trouvé Flower en proie à la fièvre, le pied tout gonflé. La vraie raison du déplacement de Cynthia à Au Train, c'était de faire sortir Clare de la maison. Depuis le décès de son père Clare souffre d'une grave dépression et il est presque impossible de lui faire quitter sa chambre. K m'a confié que cet état s'expliquait en partie parce que Clare désirait tomber enceinte et qu'elle ne l'était pas. Elle était censée retourner à Berkeley cet automne et K devait rentrer lui-même à Ann Arbor, mais maintenant ils vont rester dans cette maison de Marquette, à défaut de trouver mieux à faire. Cynthia est bouleversée, car elle sait que Clare dort dans la salopette de son père. Herald est parti au milieu de l'été pour faire sa rentrée à Caltech et retrouver sa petite amie. Il est venu en septembre afin de nous aider durant quelques jours, mais il a renoncé en déclarant que sa sœur devrait sans doute se faire soigner quelque part. J'ai parlé à Clare à travers la porte de sa chambre, mais tout ce qu'elle m'a dit c'était qu'elle ne comprenait rien à la vie ni à la mort. Elle n'est certainement pas un cas unique.

Bref, le fait d'accompagner Cynthia chez Flower fin août a fait du bien à Clare. Elles ont emmené Flower aux urgences de l'hôpital de Munising, où il a fallu la mettre sous perfusion. À l'hôpital, Cynthia a appris que Flower avait soixante-dix-huit ans, et non soixante-huit comme elle le prétendait. Au bout de trois jours, Flower s'est échappée de l'hôpital au beau milieu de la nuit et elle est rentrée chez elle à pied en suivant ce qu'elle m'a décrit par la suite comme « le vieux sentier indien qui mène en ville », un sentier qu'elle connaissait depuis l'enfance. Elle n'avait eu aucun mal, a-t-elle ajouté, car il y avait une grosse lune dans le ciel. Elle devait rentrer chez elle pour cette raison très simple qu'elle se trouvait dans l'obligation de préparer trois douzaines de tartes aux baies sauvages pour divers commanditaires qui viendraient dans la région passer le week-end de la fête du Travail. Ce qui a donc aidé Clare, c'est de devoir aider Cynthia à préparer toutes ces tartes tandis que Flower, reléguée dans son vieux fauteuil en cuir, donnait ses instructions. Je ne peux pas dire qu'un mois et demi après Clare est entièrement sortie d'affaire, mais il y a un mieux. Je ne suggère pas davantage que le fait de participer à la préparation de trois douzaines de tartes aux baies sauvages soit une panacée contre la dépression. Il y a autre chose en jeu. Le parfum des myrtilles, des mûres, des framboises, des airelles sauvages. L'odeur de la pâte à tarte pour laquelle Flower fait fondre son propre lard issu des cochons d'un élevage voisin. L'activité banale consistant à préparer des tartes, mais aussi l'étrange sérénité qui se dégage de la petite maison nue de Flower, moitié papier goudronné moitié briques typiques de la Dépression ; mais sur la face intérieure des murs deux couches de planches de pin prennent en sandwich plusieurs feuilles de papier goudronné pour l'isolation, et puis des morceaux de toile de jute sont enfoncés autour des fenêtres. Le poêle à bois trône au centre de la pièce, la cuisinière aussi fonctionne avec du bois de chauffe, elle est installée à côté de la seule porte et le lit à une place de Flower se trouve dans un angle. Il y a un certain nombre de tables pour travailler, une pour sculpter des cannes et tisser des paniers en piquants de porc-épic, une autre recouverte des objets qu'elle a ramassés lors de ses pérégrinations dans les bois et sur les rives de Grand Island : des plumes, des pierres, deux crânes d'ours, des crânes de castor avec leurs dents si particulières, un crâne de coyote peint, un crâne de loup réellement effrayant, des pointes de flèches et de lances, un calumet de la paix en stéatite et sculpté en forme de huard, l'oiseau préféré de Flower. Il est difficile d'imaginer une maison aussi solidement *rivée au sol.*

Certains problèmes récents essaient de transformer quelques fragments de l'histoire américaine et mondiale en constructions logiques. C'est tout à fait improbable avec l'histoire du Mexique, mais peut-être seulement parce que mes souvenirs sont plus frais. Je veux dire par là que j'accepte plus volontiers le chaos de l'histoire américaine simplement parce que je le connais depuis très longtemps. Peut-être devrait-on enseigner à l'école la nature du chaos historique. Quoi qu'il en soit, la pression, le fardeau, l'*hubris* consistant à essayer d'imposer de force et pour la seconde fois ma logique frelatée à l'immensité informe de l'histoire me met de nouveau la tête à l'envers. À la moindre occasion, ma vie émotionnelle ridiculise mes efforts ; ainsi, lorsque j'émerge de mes bouquins et de mes notes, je suis écœuré. Je sors sur la véranda du chalet et soudain un simple moustique, le dernier rescapé de l'automne, me paraît beaucoup plus intéressant que la plus prétentieuse de mes cogitations, et puis la présence de la rivière est si forte que mes sens laissent mes pensées en plan, loin derrière moi, là où je commence à croire que se situe leur vraie place. Jamais personne n'a vu en moi l'héritier de Toynbee.

Le soleil pénètre soudain par la fenêtre qui donne à l'est, je sors sur la véranda et descends la colline jusqu'à mon petit quai branlant, où je mets un pied nu dans l'eau rapide et froide. Héraclite avait tort de dire qu'on ne se baigne jamais deux fois dans le même fleuve. On ne peut même pas se baigner une seule fois dans le même fleuve, sauf pendant une microseconde. La vie est ainsi faite, disait Vernice confrontée à un mystère. Mon esprit vagabond a alors évoqué le ravissant postérieur nu de Carol, quand à l'aube elle s'est penchée en avant pour tenter de reprendre sa brosse à son chien, lequel ignorait qu'on n'est pas censé jouer à l'aube.

Je me demande pourquoi je retourne sans cesse à cette dialectique de l'épuisement. Mon travail social au Mexique m'a permis de surmonter presque entièrement cette maladie, mais lorsque je rentre chez moi pour l'été, je vais d'abord très bien pendant deux mois dans la lassitude de cette saison septentrionale, puis la maladie de l'histoire me reprend. Une fois encore, comment réussissons-nous à vivre avec ce que nous savons ? Il est évident que les gouvernements n'apprennent rien de la génération qui les précède, encore moins du passé lointain. Je pense à Donald et me demande si j'ai bien fait d'employer le mot de *maladie*, mais à force d'évoquer la manière dont ses neurones moteurs se sont mis à mourir en détruisant du même coup sa musculature, mon esprit retourne vers son obsession hésitante pour le caractère destructeur de l'histoire.

Après avoir marché un quart d'heure sur le sentier de la rivière, je me rappelle que j'ai oublié de prendre mon petit déjeuner et je rentre manger un morceau au chalet. Ce genre d'oubli ne m'arriverait jamais au Mexique, quand je vis pour ainsi dire au ras du réel, quand je me lève à l'aube comme tout le monde pour manger des tortillas ou un petit pain, avec du café et quelques fruits, sans oublier quelques cuillerées d'un yaourt infect. Carla, ma chienne bien-aimée, me rappelait invariablement le petit déjeuner, car après son réveil matinal elle n'attendait que cela, et elle avait un faible pour une répugnante combinaison de cheddar et de flocons d'avoine. Mes chiens mexicains, à demi adoptés, viennent réclamer leur pitance à l'heure du dîner, avant de s'endormir dans le patio. Ils arrivent dès qu'ils entendent ma vieille Volkswagen brinquebaler sur la route en terre.

En rebroussant chemin vers le sud sur le sentier de la rivière, je me rappelle une anecdote concernant mon père malfaisant, que j'avais oubliée depuis des années. Un matin d'été au club, je devais avoir neuf ans et Cynthia sept, mon père s'occupait de nous pendant que ma mère participait à un petit déjeuner entre joueuses de bridge. Notre nounou s'était fait virer la veille, car elle fumait et elle buvait, des activités que mes parents pratiquaient abondamment, mais certains riches n'ont pas grand-chose à faire en dehors de harceler leurs employés. Bref, Cynthia voulait aller se promener, alors que mon père aurait préféré jouer au rami et lire le journal. Nous sommes donc partis vers un petit lac situé à peut-être deux kilomètres de notre bungalow. Le sentier était clairement indiqué, mais Cynthia, en proie à son humeur « indienne secrète », a insisté pour marcher à travers la campagne. Il m'a fallu la suivre, car mon père vêtu d'un costume en lin nous appelait de temps à autre du sentier. Parfois Cynthia se mettait à courir, puis elle avançait les lèvres pour m'adresser un « Chut » sans réplique et nous ne répondions pas aux cris de mon père, des appels vibrants où l'on sentait poindre la colère. Quand nous avons atteint le lac, nous avons aperçu mon père un peu plus loin sur le rivage, debout sur la jetée, criant à pleins poumons pour que nous lui répondions. Lorsque à mon tour j'ai crié vers lui, Cynthia m'a assené une claque, car elle désirait le taquiner encore ; puis elle s'est déshabillée avant de nager dans le lac. J'ai rassemblé ses vêtements, puis pataugé le long du rivage en direction de mon père qui, pour la millième fois, sifflait :

« Ta sœur est impossible ! »

Seul Clarence le jardinier avait droit à tout le respect de Cynthia. Elle a nagé lentement dans notre direction, puis, à une dizaine de mètres de nous, elle a fait semblant de se débattre avant de couler à pic. Ces simagrées ne m'inquiétaient guère, car je savais très bien qu'elle allait nager sous l'eau pour refaire surface sous la jetée, mais mon père a sauté dans le lac afin de la sauver. L'eau était saturée de fer et de tanins des marais, le fond était vaseux et il n'y avait qu'un mètre d'eau à l'endroit où mon père a sauté. Il a perdu l'un de ses mocassins, mais un employé du club l'a ensuite retrouvé. Cynthia est sortie de l'eau, puis elle s'est mise à courir sur le sentier, nue comme un ver et riant aux éclats. Réaction très étonnante de sa part, mon père s'est mis à rire à son tour, il a allumé une cigarette à moitié trempée, puis il m'a envoyé à la poursuite de Cynthia pour la convaincre de s'habiller. Ce jour-là au déjeuner, je l'ai entendu dire à ma mère :

« J'ai déjà beaucoup de sympathie pour son futur mari. »

J'ai failli me tromper de chemin, non parce que je pense à mon père, mais parce que mes neurones viennent de retrouver la vision de Carol, mon amie barmaid, penchée pour maîtriser son chien il y a environ une heure. C'est arrivé une fraction de seconde après que l'évocation de Donald m'a mis les larmes aux yeux. Sans cesse et jusque dans le sommeil, nous essayons de nous habituer aux caprices de notre esprit. Je me serais bien sûr aperçu que je me suis trompé de chemin, en atteignant le marais et l'étang de castors où l'été dernier j'ai pêché la truite de rivière avec Donald, quand il pouvait encore marcher d'un pas chancelant. Hier soir, Cynthia m'a téléphoné à la taverne pour m'annoncer que Clare commençait à préparer des repas, même si elle retournait dans sa chambre dès qu'ils étaient prêts. En buvant des verres, Cynthia et moi avons parlé avec Polly de la dépression de Clare, et Polly m'a soudain regardé d'un air amusé.

« Tu as donc oublié ? » m'a-t-elle alors demandé, car j'avais bien sûr fait un certain nombre de dépressions, puis elle a continué sur un mode très brillant, selon Cynthia, pour expliquer le facteur temps.

Aujourd'hui on parle beaucoup de « guérison », alors même que le sang est encore frais sur le trottoir. Voilà presque deux mois que Polly me laisse sexuellement sur le carreau. Je soupçonne qu'elle est tombée amoureuse d'un homme plus jeune, également professeur, car je l'ai vue rougir deux fois en présence de cet homme lors d'un pique-nique de son école. À une certaine époque j'aurais trouvé cette situation impensable, car chaque homme se prend volontiers pour le seul chien du quartier, malgré la présence flagrante des autres.

Je suis surpris en émergeant dans une clairière située à l'ouest des lacs Barfield. Au loin, à quatre ou cinq cents mètres, un ours me regarde, puis s'en va en s'écartant de mon odeur. Je pense tout à trac que je suis très préoccupé de choses qui n'existent plus et que cette brusque vision d'un ours en chair et en os est pour moi un vrai coup de fouet. L'histoire rapetisse toujours face à un corbeau qui croasse vers moi dans le mélèze qui pousse à côté de la cabane de la pompe.

Cynthia m'a dit au téléphone que Clare a pris l'habitude de conduire dans les Yellow Dog Plains en portant la tenue de camouflage que je lui ai envoyée quand elle était en terminale au lycée. Elle se promène toute la journée avec une boîte de sardines, des biscuits salés et une gourde d'eau, en communiant, selon ses propres termes, avec le fantôme de son père, auquel elle ne veut pas renoncer, même si ce dernier lui a expressément demandé de le faire. Comme Cynthia n'a pas réussi à convaincre Clare de recourir à ce qu'elle nomme par euphémisme une « aide professionnelle », elle compte sur un Souper de Fantômes qui doit avoir lieu près de Brimley la première semaine de novembre (il s'agit d'un dîner assez ritualisé, après lequel tous les convives jettent du tabac dans le feu de joie afin de libérer leurs morts bien-aimés en même temps que la fumée qui monte vers le ciel). Cynthia espère que la présence de très nombreux amis de Donald aidera Clare à accepter la mort de son père. Cynthia a ajouté que tout le processus était compréhensible pour elle-même, parce qu'elle est tout le temps restée avec Donald, depuis le début de sa maladie et durant les deux années qui se sont écoulées jusqu'à son décès.

J'ai parlé avec Herald au téléphone il y a deux semaines et il m'a paru en forme jusqu'au moment où il m'a dit qu'il était certain d'avoir aperçu son père dans la foule dense du marché en plein air d'Hermosillo. Pour la première fois de sa vie il avait failli s'évanouir et sa petite amie l'avait aussitôt emmené dans un bar pour boire deux ou trois tequilas, car elle croit dur comme fer que l'alcool chasse les fantômes. Herald m'a demandé de ne pas rapporter cette expérience désagréable à Cynthia, mais il tenait à savoir ce que moi, « l'intellectuel » (quel mot vieillot !), j'avais à en dire. J'ai été incapable de lui répondre et je ne sais toujours pas quoi dire. Je ne suis tout bonnement pas apte à parler de ce genre de chose.

En ce moment je cherche ma souche fauteuil, une souche de pin blanc, creusée de telle manière par le temps qu'elle ressemble désormais au fauteuil rembourré d'un salon cossu. Elle se trouve dans un petit bosquet de cerisiers sauvages et de cornouillers, mais chaque année la végétation se développe et le paysage change peu à peu. Au lieu de trouver mon fauteuil à force de recherches, je tombe quasiment dessus après avoir renoncé à le localiser. Il était au moins à cinq cents mètres de l'endroit où j'avais été certain de le trouver. Cette erreur m'a troublé, comme si un vent glacé me traversait tout à coup le cerveau. Je me suis rappelé un vers particulièrement prisé de Vernice : « Les jours s'accumulent contre ce que nous croyons être. »

Mon esprit a fait machine arrière jusqu'à mon retour au début du mois de juin, quand j'ai lu le récit de Donald entre trois et quatre heures du matin durant une nuit d'insomnie. Ce fut une expérience violente, enchâssée entre deux périodes de cauchemars. Pas plus tard qu'hier j'ai essayé de relire ce récit, mais sans succès. J'ai pensé avec étonnement qu'une simple saute d'humeur suffisait à modifier du tout au tout une lecture, et que le contenu d'un livre devenait parfois partie intégrante de votre vie onirique, même si vous ne l'aviez pas entièrement digéré. Moyennant quoi je conserve cette image du premier Clarence juché sur le dos de Sally, le cheval de trait, par une froide matinée fuligineuse d'octobre, chevauchant vers l'est où le soleil rougeoie à cause des immenses incendies de forêt et de l'incendie de Chicago plus au sud. Cette image se mêle en moi à une histoire d'enfance sur des orphelins pris dans la tempête. Et puis l'image suivante montre l'énorme jument tombant depuis le quai minéralier avant de se tuer en percutant la glace lointaine. Dans mon esprit, la jument met un temps très long à tomber et parfois même elle s'arrête quelques instants entre ciel et terre. À cause des circonstances dans lesquelles je l'ai lu, le récit de Donald est devenu pour moi plus réel que la plupart des événements de ma propre vie. Je vois le diabétique monstrueusement gras qui sur sa véranda miteuse boit de la bière tiède et donne des petits pains à son chien. Ma propre chienne Carla se pâme presque de plaisir quand je lui sers du poisson blanc frit ou la peau d'une truite de lac.

J'ai dit à mon oncle Fred, lors de son bref séjour ici durant l'été, que nous avons tendance à vivre à l'intérieur d'un œuf gris, dont nous brisons rarement la coquille pour voir la vie telle qu'elle est, et il m'a répondu ceci :

« Non, c'est faux, nous croyons seulement vivre à l'intérieur de cet œuf, mais nous sommes à l'extérieur. Nous avons l'impression d'être davantage en sécurité ainsi. »

J'ai bien sûr été agacé, mais sans savoir quoi lui répondre. Il y avait eu une vague de chaleur exceptionnelle et après une nuit passée à transpirer nous avons plongé dans la rivière à l'aube. Un groupe de corbeaux bruyants nous observait et il y avait, en provenance du sud, des roulements de tonnerre lointains. Debout dans la rivière, j'ai dit :

« Maintenant, je suis en dehors de l'œuf gris. »

Fred et un corbeau perché dans un sapin se regardaient comme si l'oiseau venait d'hypnotiser l'homme. Ces corbeaux prudents ont mis plusieurs années à décider si, oui ou non, ils pouvaient traîner dans la cour en toute sécurité quand je m'y trouvais.

J'étais assis dans ma souche fauteuil depuis une heure quand j'ai senti une odeur forte et nauséabonde. J'ai d'abord pensé que le vent avait tourné et qu'il portait jusqu'à mes narines l'odeur d'un chevreuil ou d'un coyote mort, une carcasse animale en train de pourrir. Mais il n'y avait pas de vent et j'ai commencé d'avoir la chair de poule en pensant qu'il y avait quelque chose derrière moi. Je n'avais certes rien entendu approcher, mais j'étais perdu dans mes pensées, selon une habitude ancrée en moi depuis belle lurette et qui m'a plusieurs fois causé de sérieux ennuis. À moitié enfoui dans ma souche, j'ai pivoté avec maladresse pour regarder derrière moi. L'ours aperçu précédemment était assis dans une clairière ensoleillée, à moins de vingt mètres.

En quelques secondes mon corps a été couvert de sueur, mon souffle s'est accéléré, tandis que j'essayais de réfléchir à ce que je devais faire. Durant mes vingt années de crapahutages divers et de rencontres locales, je n'avais jamais vu un ours se comporter ainsi. Avec les ours on interrompt la rencontre le plus vite possible, et d'habitude c'est l'animal qui prend la poudre d'escampette à toute vitesse. Aucun être humain ne court plus vite qu'un ours et je distinguais seulement un reflet sur la carrosserie de ma voiture garée à environ deux cents mètres au sud, tout près d'un chemin de bûcherons. Renonçant à réfléchir, je me suis levé, retourné, puis j'ai bêtement murmuré :

« Salut. »

Je me suis mis en marche vers ma voiture en serrant les fesses et en sentant mes boyaux se liquéfier, et comme on s'en doute ces deux cents mètres ont été les plus longs de toute mon existence. Seulement quand j'ai ouvert la portière de ma voiture, je me suis un peu détendu en pensant : « Peut-être que c'est Donald. »

J'ai roulé plus vite que d'habitude pour parcourir la quinzaine de kilomètres jusqu'à l'orée de la forêt, le cerveau en proie à une démangeaison inédite et agaçante que j'étais convaincu de pouvoir seulement dissiper par la vision du port du lac Supérieur ou, plus précisément, par un cheeseburger et une bonne bière au Dunes Saloon. Il s'agissait en réalité d'un banal cas de lâcheté face à une expérience nouvelle. J'avais toujours adhéré à cette idée, énoncée pour la première fois par mon prof de sciences nat en classe de seconde, que tous les phénomènes dûment constatés ont une explication naturelle ou scientifique et, alors que je sortais de la forêt, ma foi en ce dogme était, je l'avoue, un peu vacillante. Je suis arrivé trop vite dans une grande flaque d'eau, j'ai dérapé puis ralenti jusqu'à m'enliser presque dans la vase, après quoi je me suis mis en position quatre roues motrices tandis que mon pare-brise était couvert de boue. J'ai été soulagé d'atteindre enfin la route goudronnée qui menait au village. Je me suis souvenu que ma grande question fondamentale « Comment vivons-nous avec ce que nous savons ? » ne couvrait pas tout et que je pouvais désormais lui ajouter non sans humour celle-ci : « Comment vivons-nous avec ce que nous ignorons ? »

Au bar, Carol, ma maîtresse épisodique de la nuit dernière, a d'abord fait comme si je n'existais pas, bien qu'il y eût seulement deux autres clients, de vieux Finnois qui liquéfiaient consciencieusement leur chèque de chômage en buvant des whiskies. Alors Carol m'a lancé d'une voix sifflante :

« T'es rien qu'un sale con. »

Ce que les Finnois ont trouvé très drôle.

À midi trente, notre heure habituelle, j'ai appelé Cynthia du téléphone à pièces ; elle ne répond pas toujours, car elle travaille parfois comme institutrice remplaçante jusqu'à ce que Polly puisse lui trouver un poste définitif. Ce jour-là, elle a une voix limpide et musicale, ce qui veut dire qu'elle est de bonne humeur. Elle m'annonce que Clare autorise K à l'accompagner dans la direction de mon chalet afin de nettoyer une centaine de maisons d'oiseaux bleus sur les Kingston Plains. Elle m'envoie aussi un rôti pour notre dîner, ce qui me ravit.

Quand mon cheeseburger volontairement trop cuit arrive devant moi, j'ai un souvenir troublant de Cynthia au début de notre adolescence. C'était une matinée du début juin, pendant la dernière semaine d'école. Je prenais mon petit déjeuner seul et, pour des raisons touchant à la concupiscence, je feuilletais quelques livres d'art appartenant à ma mère. Une femme de Courbet aux seins nus et une série de danseuses de Degas me flanquaient toujours au tapis.

Bandant comme un âne, je suis monté chercher mes manuels scolaires quand par la porte ouverte j'ai aperçu Cynthia qui se séchait avec une serviette après sa douche, en me proposant ainsi une analogie saisissante avec les dessins de Degas que je venais de contempler avec lubricité. J'ai détourné le regard du corps tabou de Cynthia, qui chantait une mélodie des Beach Boys, et je me suis demandé comment mes affreux et répugnants parents avaient bien pu engendrer une fille aux formes aussi harmonieuses. À cette époque elle lisait les sœurs Brontë, Jane Austen et George Eliot ; elle me surnommait Maître Sinistrose.

En retournant au chalet après cette charmante rebuffade à la taverne, je repensais bien sûr à Donald et à l'ours, si bien que lorsque j'ai franchi la limite du village mon inconfort était de nouveau palpable. Je suis redevenu le petit garçon qui s'aventure dans l'obscurité au-delà du cimetière. Donald adorait les ours. L'un d'eux lui avait rendu visite pendant les trois nuits qu'il avait passées sans eau, sans nourriture et sans abri. Les ours pillaient parfois la mangeoire des oiseaux installée au chalet, à cause de leur goût pour les graines de tournesol, mais ils s'en allaient dès que je frappais à la vitre. Voilà des années, un ourson m'a suivi lors d'une longue promenade à pied dans les dunes de sable, à une distance prudente de deux cents mètres environ, et jusqu'à ce matin je n'en ai jamais approché un d'aussi près. Ma perplexité ne me menait nulle part. J'avais lu une bonne douzaine de livres sur les ours noirs, mais aucune des informations ainsi acquises ne me servait vraiment, car ces livres étaient de nature scientifique. Il y a une dizaine d'années, j'ai prêté à Donald mon exemplaire de *Giving Voice to Bear*, de Rockwell, qui à son tour l'a prêté à un ami, lequel l'a ensuite perdu en déménageant pour s'installer à Thunder Bay, sur la rive nord du lac Supérieur. Donald était embêté par la perte de ce livre, qui décrivait les diverses attitudes

des tribus indiennes d'Amérique du Nord envers l'ours. J'ai assuré à Donald que je pourrais retrouver un autre exemplaire du livre, mais je ne l'ai jamais fait, surtout parce que je me sentais plus à l'aise avec les approches purement scientifiques de ce mammifère. Donald m'a taquiné à ce sujet un jour où nous pêchions la truite de rivière, quand lors de notre longue marche le long de l'étang de castors il s'est arrêté pour examiner un grand chêne fendu en deux par la foudre. Ce sont des endroits importants pour les Indiens Anishinabe, des lieux où les dieux ont touché directement la terre. Remarquant mon manque d'intérêt, Donald avait ajouté :

« Tu crois peut-être qu'un ours est seulement un ours ? »

Au chalet je me suis installé sur la balancelle grinçante de la véranda en regrettant que Clare et K ne soient pas déjà là pour m'éviter toutes ces cogitations échevelées sur les ours, la mort et les arbres foudroyés. Ce chêne avait été immense, la partie supérieure du tronc était réduite à de grandes échardes calcinées, le bois vert trop humide pour brûler longtemps. J'ai essayé de déterminer si j'aurais eu plaisir à assister à l'événement, tel un Moïse laïc pour qui un buisson ardent n'est rien de plus qu'un buisson en flammes.

Je suis rentré dans le chalet pour me servir un exceptionnel whisky en milieu de journée, en me disant que cet alcool me permettrait peut-être de faire une sieste après laquelle mon esprit trouverait d'autres occupations. Quelques jours plus tôt, sur la véranda arrière de notre maison de Marquette, je buvais un verre avec Cynthia et Polly quand la confiance très prosaïque qu'elles mettaient en toutes les pensées qui leur traversaient l'esprit m'avait fortement agacé. C'est Cynthia qui a donné le signal de ma désintégration finale :

« Ce matin en me levant, je me suis dit que la mort ne

pouvait pas être mauvaise, puisqu'elle arrive à tous les êtres vivants et à toutes les plantes depuis le commencement du monde. J'ai fait part de ma réflexion à la porte de la chambre de Clare, mais on n'a pas daigné me répondre. À la place, Clare a augmenté le volume d'un disque de Schumann. En descendant l'escalier, je me suis rappelé avoir lu quelque part que Schumann est mort à l'asile à quarante-deux ans. »

Tout en parlant, Cynthia observait d'un œil amusé la fébrilité avec laquelle je buvais mon whisky.

« Je vois très bien ce que tu veux dire, renchérit Polly. La semaine dernière, j'étais à Iron Mountain et j'ai aidé une infirmière à donner un bain à mon père. Durant toute ma croissance, il a pris grand soin de ne jamais me montrer ses jambes infirmes. Bon, quand je lui ai frotté les jambes avec un gant tiède, j'ai pensé : “On ne peut vraiment pas appeler ça des jambes.” Ensuite, je me suis demandé si, comme on dit, sa vie avait vraiment valu le coup. Ça fait presque quarante ans que ses jambes ont été broyées dans cet accident terrible au fond de la mine. Oui, je me demandais si sa vie avait valu le coup.

— Lui as-tu posé la question ? m'enquis-je bêtement.

— Ce n'est pas le genre de chose qu'on demande à son père. Quand j'étais au lycée, un ami l'a ramené à la maison en voiture après une réunion syndicale et les deux hommes étaient vraiment ivres. Papa est tombé dans la cour, il ne bougeait plus, et son copain s'était endormi dans la voiture. Papa était vraiment costaud à l'époque ; maman et moi on n'a pas réussi à le porter. C'était une nuit frisquette de mai, maman craignait qu'il pleuve. Elle a pris la toile cirée sur la table de la cuisine, elle l'a étendue dans l'herbe, puis nous avons fait rouler papa dessus pour qu'il ne soit pas mouillé par la terre. Nous l'avons recouvert de quelques couvertures et d'une bonne bâche en toile. À l'aube, maman est partie travailler et par la fenêtre je l'ai vue debout là dans la bruine avec sa gamelle du déjeuner, le visage baissé vers son mari endormi par terre. Un peu plus tard j'ai entendu papa réclamer son café à cor et à cri, si bien que je suis sortie avec une bouteille Thermos et une tasse. Les yeux levés vers le pommier rempli d'oiseaux, il m'a dit : "Ces fichus oiseaux m'ont réveillé", mais je voyais bien qu'il était très heureux. Ensuite, il s'est mis à dormir parfois à la belle étoile.

— Ça ne paraît pas très convaincant pour justifier une vie, dis-je en suçotant mon glaçon et en comptabilisant les avantages et les inconvénients de l'existence sur mon ardoise mentale.

— Oh, pour l'amour du ciel, David ! Va écouter ton bulletin météo des gardes-côtes et peut-être que tu nous diras quelque chose de sensé, comme "Y a du vent" ou "Il fait froid", enfin un truc qui tienne debout. Où as-tu la tête aujourd'hui ? Bon Dieu, tu n'as donc jamais appris à apprécier les petites choses de la vie de tous les jours ? Un infirme affligé d'une bonne gueule de bois se réveille sous un pommier et sourit aux oiseaux. Va donc pioncer sous un pommier ! » Cynthia était furieuse.

Elle avait bien sûr en partie raison. J'avais quasiment passé vingt ans à réfléchir pour aboutir à un médiocre essai de quinze pages. Maintenant, en somnolant sur la balancelle de la véranda dont l'horrible grincement irrite un pic-vert duveteux, je suis obsédé par la fragilité de l'art, de la littérature, de l'amour et de la musique, voire du monde naturel, face à la maladie et à la mort inévitable. Quatre mois après la disparition de Donald, j'ai toujours le regard tourné vers le lointain, même lorsque je me trouve devant un mur situé à un mètre de moi. Il y a cinq ans, la découverte du cadavre d'un homme sous un massif de manzanita m'a sauvé la vie, et la semaine suivante la photo d'une jeune fille morte au visage couvert de grosses ampoules dues au soleil. Même si je ne les connaissais pas, je les aime.

À mon réveil, Clare et K sont debout devant moi dans leur ridicule tenue de camouflage. Clare semble amaigrie mais elle sourit et K boit une bière. C'est mon dernier jour au chalet et le temps passe très vite, d'autant qu'à la mi-octobre à cette latitude le soleil ne réchauffe guère.

« Je t'ai trouvé une voiture. C'est un 4 × 4 Subaru d'occasion, vieux de cinq ans, mais avec seulement soixante-dix mille kilomètres au compteur. Elle est moche, elle a besoin d'un bon coup de peinture, mais je sais que tu t'en fiches. Un copain mécanicien l'a regardée et il a conclu que c'était un vrai bijou. »

Ma vieille Volkswagen a pâti d'un vol de ses organes mécaniques dans la banlieue de Torreón juste avant mon départ du Mexique en juin dernier, et plutôt que de redescendre là-bas en avion, je comptais faire le trajet en voiture. Dans mon secteur d'activité mieux vaut ne pas rouler dans une rutilante voiture neuve.

« Merci. Je suis content que vous soyez ici, en partie parce que je meurs de faim. Cynthia m'a dit que vous apportiez de quoi manger.

— Il est seulement quatre heures et demie et on a marché comme des malades. J'ai envie d'une douche et d'une bonne margarita au bar. »

Clare s'est mise à se déshabiller en entrant dans le chalet. K semblait un peu hagard, peut-être parce qu'il s'efforçait d'apporter un minimum d'équilibre à Clare. Je l'ai regardé tandis qu'il essayait de trouver quelque chose d'utile à dire en l'absence de Clare, mais il a soudain disparu derrière le souvenir d'un rêve que j'avais fait sur la balancelle de la véranda. Ce rêve était chaotique, mais commençait avec des vaches à lait et des nombres. Vers le tournant du siècle, disons entre 1890 et 1910, quand les catastrophes minières étaient à leur comble en termes de morts et de blessés, les familles des victimes pouvaient continuer d'habiter les logements de la compagnie, mais durant un mois seulement. Pendant ce temps, ces familles continuaient d'avoir l'usage d'une vache à lait. J'avais vu de vieilles photos de ces vaches souvent étiques dans des pâtures rocailleuses proches des rangées de maisons de la compagnie, et puis des femmes assises sur un tabouret en train de traire la vache tandis que des enfants les observaient souvent. Dans mon rêve j'ai cru voir, l'espace d'un instant, Cynthia installée sur un tel tabouret, mais cette femme ressemblait davantage à ma mère. Puis des nombres se sont mis à apparaître dans le paysage. Des nombres gâchaient souvent l'intérêt de mes rêves, mais dans ce cas précis Donald était le numéro un, même si le nombre était flou. C'était une région où, dans trois grandes mines, près de deux mille hommes avaient trouvé la mort en vingt ans. Dans ce rêve, je comprenais enfin que la mort et les nombres sont incompatibles. Tout le monde porte le numéro « un ». Un rapport d'accident peut bien annoncer que neuf personnes sont mortes, dont quatre âgées de moins de vingt ans, mais chaque mort est « un ». Chacun des six millions de Juifs était le numéro « un ». Avec la mort, il y a seulement une succession de « un ».

J'ai repris conscience du monde extérieur quand K a sauté sur la véranda, un bond en l'air de plus de un mètre, qui dépassait tout à fait ma compréhension. Il m'a montré une lettre que Clare et lui venaient de recevoir, une lettre de Fred dans son zendo d'Hawaii, qui décrivait surtout les difficultés rencontrées par Fred pour faire pousser des fruits exotiques comme les grenades ou bien les figues. J'ai aussitôt eu envie de retourner au Mexique où, à un étal situé à un carrefour dans la province de Veracruz, Vernice et moi avions acheté trente-deux espèces de fruits différentes. Fred concluait sa lettre en écrivant ceci à propos de Donald : « Je n'ai jamais connu quelqu'un qui était aussi entièrement ce qu'il était. »

K et moi avons tenté de traduire cette affirmation en termes raisonnables, mais Clare qui venait de prendre sa douche est arrivée sur la véranda. Quand je suis avec K, c'est souvent lui qui conduit tandis que je m'installe sur la banquette arrière et chaque fois cette position engendre des perceptions et des émotions différentes. D'après Cynthia, c'est parce que je connais si peu de gens que j'ai rarement l'occasion de m'asseoir sur une banquette arrière de voiture. Le résultat a été plus convaincant il y a quelques années, lorsque j'ai été chercher Vernice à l'aéroport de Guadalajara. Après une nuit merveilleuse dans un hôtel de luxe où l'on nous a servi à dîner sur un balcon d'où nous entendions une guitare acoustique dans un club situé en contrebas, nous sommes partis de bonne heure le lendemain matin vers Zihuatanejo, et tout en conduisant je repensais aux nuits consacrées à la musique, à l'amour et au rire.

« Si nous roulons vers le sud-ouest et la côte, pourquoi le soleil est-il droit devant nous ? » demanda alors Vernice avec agacement.

Elle mourait d'envie de voir l'océan Pacifique pour la première fois.

Je me suis arrêté sur le bas-côté de la chaussée, et la carte m'a bientôt appris qu'une heure plus tôt je m'étais trompé de route, ce qui a eu pour vertu de rendre Vernice encore plus irritée. Après une brève dispute, je me suis installé sur la banquette arrière de notre fringante voiture de location et promptement endormi, une vieille habitude adoptée très tôt lorsque mes parents se disputaient violemment ; je rejoignais alors ma chambre pour y faire la sieste, tandis que Cynthia sortait par la porte de derrière. Bref, je ne me suis réveillé que quatre heures plus tard, vers midi, et Vernice m'a annoncé que j'avais raté quelques magnifiques paysages montagneux.

« Tu es douée pour l'anglais. Décris-les-moi, lui dis-je.

— Va te faire foutre. »

Notre escapade tournait en eau de boudin, en partie parce que j'avais mal apprécié la nature des routes et donc le temps du trajet. Nous sommes donc arrivés à Zihuatanejo avec un jour de retard et notre somptueux hôtel sur la plage avait déjà loué notre chambre (j'avais oublié de téléphoner). Nous en avons donc trouvé un autre, dix fois moins cher que le premier, et que Vernice a bien sûr préféré. C'était une simple chambre donnant sur le toit d'un immeuble, au cinquième étage, en surplomb du port, dans les quartiers populaires du centre-ville. Il s'agissait en fait d'une pièce minuscule au milieu d'un immense patio constitué du toit tout entier, avec des chaises et une table, des transatlantiques et des plantes vertes. Il faisait très chaud en cette fin mai, la climatisation fonctionnait mal, si bien qu'après avoir mangé un délicieux poisson grillé entier pour dîner nous avons sorti le matelas sur le toit. Vernice n'était toujours pas d'humeur à faire l'amour, mais quand je me suis réveillé au milieu de la nuit, elle se tenait nue au bord du toit, les yeux tournés vers le port et l'océan situé au-delà de l'entrée du port, contemplant l'approche d'un gigantesque orage qui arrivait du sud-ouest. Je l'ai rejointe en me sentant un peu patraque à cause des deux bouteilles de vin que j'avais bues pour « émousser » mon appréhension.

« Je vois l'océan Pacifique », dit-elle.

Je suis allé chercher deux chaises et nous sommes restés là pour regarder les lumières des minuscules bateaux qui très loin dans le port pêchaient de nuit la perche de mer. À mesure que l'orage approchait, ces bateaux revenaient vers la côte et j'ai alors signalé que je ferais bien de rentrer le matelas dans la chambre.

« Non, je t'en prie. »

Il y avait sur la corniche et dans les palmiers tout proches des oiseaux noirs où j'ai plus tard reconnu des étourneaux à grande queue. Ils émettaient des sons à la fois horribles et merveilleux. Vernice a quitté sa chaise pour s'asseoir sur mes genoux et agiter les mains dans le liquide caniculaire qui nous tenait lieu d'air. L'orage était désormais à quelques kilomètres seulement de l'entrée du port, les éclairs nimbaient d'une violente lueur bleutée les énormes rochers volcaniques couverts d'oiseaux de mer, surtout des *gaviotas*. Ces coups de tonnerre assourdissants, qu'une minute environ séparait les uns des autres, provoquaient chez les étourneaux des cris et des hurlements stridents.

« Depuis combien de millions d'années font-ils ce raffut ? Comme nous, ils se disputent avec le tonnerre », dit Vernice en faisant pivoter le bas de son corps pour que je la pénètre, puis elle a regardé l'orage et nous avons entendu la bourrasque et les rideaux de pluie qui fonçaient vers nous. Lorsque l'orage nous a atteints, nous avons été littéralement submergés, nous avons couru jusqu'au matelas pour nous glisser dans les draps trempés et finir de faire l'amour. Quand j'étais en dessous je distinguais les éclairs bleuâtres, blancs et blafards à travers le drap. Je n'avais jamais senti une pluie aussi chaude ni un vent aussi tiède, et je me suis demandé comment les étourneaux pouvaient supporter toute cette violence et continuer ainsi à criailler. Nous avons enfin tiré le matelas dans la petite chambre, nous l'avons retourné et installé au milieu, là où il y avait encore un emplacement sec sur le sol, et nous avons achevé de faire l'amour. Vernice s'est mise à rire en chantant le cantique de Noël intitulé *Ô sainte nuit*.

Soudain tiré de ma rêverie, j'ai vu Clare agiter la main derrière la vitrine de la taverne. J'ai essayé de me souvenir si c'était bien Albert Camus qui avait écrit : « Il pleuvait si fort que même la mer était mouillée. » Je suis entré et j'ai commandé un double whisky, que ma soi-disant petite amie la barmaid m'a chichement servi. Elle connaissait déjà K, mais quand je lui ai présenté Clare en lui annonçant qu'il s'agissait de ma nièce, elle m'a rétorqué :

« Tu parles. Je t'ai déjà vu avec tellement de nièces…

— Je suis la nièce de ce couillon, dit Clare.

— Un temps, on nous a surnommés *les pauvres types*, mais voilà qu'on est redevenus les couillons », dis-je à K qui s'activait à la table de billard pour une partie rapide avec un bûcheron qui empestait l'huile de tronçonneuse et la résine de pin. Comme les mineurs et les pêcheurs professionnels, les bûcherons font toujours plus vieux que leur âge. Un soir qu'il était ivre et fou de rage, celui-ci, prénommé Tom, m'a demandé pourquoi le prix d'une boîte de céréales pour le petit déjeuner atteignait maintenant le prix faramineux de cinq dollars. Il avait quatre gosses à nourrir et une épouse si massive que leur petite voiture toute rouillée penchait côté passager.

Clare regardait de nouveau le port glacé par la vitrine. Le vent du nord avait forci, on aurait juré qu'une bonne tempête de neige de la mi-octobre était sur le point de s'abattre sur nous.

« Maman m'a dit que Vera a téléphoné de Jalapa et que son fils avait fait une grosse bêtise, je ne sais pas exactement quoi, mais maintenant il est enfermé avec les criminels qui ont perdu l'esprit. Mais peut-être que tu te fiches de ton demi-frère ?

— Je savais qu'il filait un mauvais coton. Selon Vera, il allait bien jusqu'au jour où cette voiture l'a renversé alors qu'il faisait du vélo. Je ne sais vraiment pas. Quand je l'ai rencontré, il était *muy malo* comme disent les Mexicains. Cette expression désigne les hommes et quelques femmes, qui sont vraiment mauvais.

— En tout cas, maman aide Vera à lui trouver une institution qui ne soit pas complètement pourrie. La semaine dernière, alors que je me promenais près de la Yellow Dog, j'ai trouvé un endroit, tout proche d'une petite cascade, où j'ai senti la présence de papa dans la rivière. C'était bien sûr le dernier endroit où nous avons pêché ensemble. Je me demandais si une partie de notre esprit peut rester dans un endroit. Qu'en penses-tu ? »

Je n'en revenais pas. C'était le genre de réflexion qui ne lui ressemblait pas du tout. Clare était aussi terre à terre que son frère Herald, même si à la place des mathématiques elle préférait la botanique et l'histoire du vêtement. Je n'allais certainement pas lui parler de mon expérience matinale avec l'ours, dont le souvenir me donnait toujours des crampes d'estomac. J'ai lancé un bref coup d'œil à Clare, qui de toute évidence attendait de ma part une réponse, si piteuse fût-clle. Un jour que nous pêchions ensemble, Clarence m'a dit qu'au téléphone il parlait à sa femme enfermée à l'asile. Elle était incapable de parler, mais il m'a assuré comprendre « ce qu'elle disait ».

« Je suppose que la mort, surtout la mort d'un être aimé, ébranle toutes nos certitudes concernant notre vie sur terre, je parle du train-train quotidien, de nos habitudes de pensée, de tout ce que nous avons appris sur ce que cette vie est censée être et que nous acceptons les yeux fermés. La mort nous propulse dans un paysage différent. »

L'absence d'intérêt pour mes propres paroles ou peut-être une légère appréhension m'ont contraint au silence.

Clare m'a serré contre elle et nous avons regardé un remorqueur indien monter et descendre sur les grosses vagues derrière le brise-lames. Le vent du nord-ouest forcissait pour de bon et ce remorqueur avait de la chance. Clare m'a agacé en commandant un autre verre et en invitant à dîner mon amie la barmaid, mais mon irritation s'est dissipée au bout de quelques minutes et j'ai pris ma voiture pour aller sur le quai acheter deux poissons à chair blanche que je comptais faire griller au barbecue pour accompagner le rôti envoyé par Cynthia. Comment pouvais-je me sentir irrité par Clare dans son état présent, qui de toute évidence relevait de la pathologie ? En atteignant le quai, j'ai été frappé par la ressemblance du capitaine, un Chippewa nommé Francis, avec Donald jeune : deux hommes très grands, d'environ cent cinquante kilos, dotés d'un buste en forme de barrique de vin.

La soirée a été aux antipodes de ce que sont d'ordinaire mes dernières soirées au chalet, c'est-à-dire quelques heures lugubres passées devant la cheminée, à écouter le vent, en proie à un état mental qu'on qualifiera au mieux de vaseux. Histoire de me taquiner, Vernice m'a dit que j'étais un poète romantique et solitaire, alors que je ne suis même pas poète. J'ai simplement essayé de trouver ma place dans le monde en évitant ce dernier, ce qui signifie limiter ma fréquentation du monde aux forêts et aux cours d'eau de la Péninsule Nord et, depuis environ six mois, à certaines régions très reculées du Mexique, où j'ai trouvé une sorte de but à ma vie.

Au chalet nous avons « lâché la bride » et fait la fête. Nous avons bu, mangé et dansé, puis nous avons encore bu, mangé et dansé. Je ne sais pas très bien ce que nous avions en tête, sûrement rien de particulier, sinon ces banales impulsions qui poussent les enfants à jouer. Par exemple, il pleut au mois de juillet et un minuscule ruisseau commence à se former sur un terrain vague, si bien que quatre gamins se défoncent le cul pour construire un barrage jusqu'à ce qu'ils soient épuisés, crasseux et trempés, mais aussi ravis. Ce genre de chose, en dépit de l'incomparable icône de la mort qui planait au-dessus de nous, et de tous les autres habitants de cette planète.

Nous avons commencé doucement, K a coupé quelques bûches de chêne pour faire griller les poissons. Quand le feu a pris, nous sommes restés sous le vent de la cabane de la pompe pour regarder les flammes comme le font volontiers nos semblables, ainsi que les flammes vues à travers le whisky ambré de nos verres. J'ai retenu l'idée de K, qui a proposé d'ajouter ce qu'on appelle une « couverture spatiale » aux kits de survie que j'assemble et distribue aux Mexicains désireux de migrer vers le nord. Cette couverture spatiale est une grande feuille d'un matériau d'aspect métallisé, utilisée par les campeurs pour se protéger du froid et de l'humidité, mais qui selon moi peut aussi protéger un individu contre la chaleur du sol en été, laquelle atteint parfois soixante-cinq degrés Celsius. Pliée, cette couverture spatiale tient dans une pochette plus petite qu'un portefeuille. Selon qu'on était en hiver ou qu'on subissait la chaleur caniculaire de certaines régions désertiques de la frontière, le kit de survie que j'ai conçu inclut un gilet isolant, mince mais efficace, une petite boussole, deux gourdes – une remplie d'eau, l'autre de Gatorade –, de la crème solaire, un sachet de fruits secs et de graines de tournesol, une carte accompagnée d'itinéraires relative à la région concernée, des comprimés d'halazone destinés à rendre l'eau potable. La pochette se trouve dans un sac fermé par un Velcro, qu'on peut attacher à une ceinture, et elle pèse un peu moins de cinq livres. Je les ai distribuées gratuitement à des groupes d'ouvriers, par le biais de prêtres catholiques aux idées de gauche. Beaucoup de gens, des deux côtés de la frontière, se sont opposés à moi pour des raisons politiques, ce qui ne m'a pas dérangé, à l'exception des avocats que j'ai dû payer pour éviter des poursuites judiciaires de la part du gouvernement des États-Unis. Mes raisons étaient très simples, du moins en apparence. Tout au long des trois mille kilomètres de frontière avec le Mexique, le nombre des décès de candidats à l'immigration montait jusqu'à deux mille par an. Face à mes adversaires, plutôt qu'argumenter logiquement j'avais appris à jouer au crétin. Je leur demandais :

« Si chaque année vous pouviez empêcher vingt catastrophes aériennes majeures, vous ne le feriez pas ? »

Ce projet m'a jusqu'ici coûté sept mois de mon temps et environ les trois quarts de mes revenus annuels, un argent que je ne gagne pas mais qui vient de ma défunte mère, et puis des terres qui appartenaient à la famille grotesque de mon père et que j'ai vendues.

Je suis un individu extrêmement imparfait, mais ce projet est la chose qui me rapproche le plus du christianisme naïf de mon adolescence. Je n'ai pas touché une bible depuis presque trente ans, sauf pour la lecture du modeste mais incisif *Évangile selon Jésus* de Stephen Mitchell. Je n'éprouve aucun intérêt envers le christianisme organisé, sinon pour l'art que Vernice m'a fait connaître lors de notre voyage à Parme, Reggio, Modène et Florence. Vernice, soit dit en passant, trouve mon projet « très donquichottesque ». Cynthia et Polly me soutiennent complètement, tout comme Clare et K. Herald, comme de juste, émet quelques doutes. Donald l'adorait. J'ai tendance à minimiser l'étendue de mon engagement. Ce n'est pas grand-chose, mais voilà ce que je peux faire. Tout a commencé le jour où j'ai découvert le cadavre d'un homme dans un fourré sauvage, à quelques kilomètres de la frontière, au sud de Sonoita, en Arizona. Cet homme dégageait la même puanteur qu'une carcasse de chevreuil. Le surlendemain, dans une taverne locale, un ancien pilote d'avion spécialisé dans le trafic de drogue m'a dit qu'à trois cents kilomètres à l'ouest, dans l'énorme Cabeza Prieta, les nuits de pleine lune il pouvait guider son avion grâce aux squelettes humains en volant en rase-mottes pour échapper aux radars. Trois jours plus tard, en m'intéressant à ce qu'on appelle par euphémisme « le problème », j'ai vu la photo d'une jeune fille de dix-neuf ans, originaire de Veracruz et morte de soif sur la réserve indienne de Tohono O'odham, tout près de la frontière et de notre côté. J'ai bien sûr pensé à Vera. Et ça a suffi. Mon projet a plutôt mal commencé, mais j'y reviendrai.

Nous avons fait griller les poissons comme Vernice me l'avait appris : avec du vermouth sec, du beurre et du citron. Il restait trois bouteilles de vin, qui dataient du séjour de Vernice en août. Une étiquette annonçait *Sang des Cailloux*, un nom qui selon Vernice était dû aux versants abrupts et rocailleux de la vallée du Rhône où poussaient les ceps de vigne. J'aimais bien sûr l'idée de boire le sang des pierres, même si K a fait observer que ce vin avait un effet à peu près semblable à celui de n'importe quel autre alcool. Pour K tout est particulier, depuis le coup de main nécessaire pour retourner adroitement le poisson, jusqu'à la description des pouvoirs d'observation de Donald, que lui avaient enseignés ses amis de la tribu. K en avait parlé à des anthropologues, qui à leur tour l'avaient renvoyé à une monographie écrite dans les années vingt par Hallowell, qui affirmait que le *gibwa* a trente manières de décrire un lac et qu'il possède donc une redoutable précision linguistique. En disposant les poissons sur un plat chaud, K a ajouté qu'il avait lu que les Inuits possédaient deux cents termes différents pour décrire la neige.

Nous avons dansé un moment tout en mangeant le poisson et le rôti. Les piles de ma radio étaient presque mortes (le générateur produisait seulement du courant direct), si bien que K a garé son pick-up près de la fenêtre nord avant de mettre Los Lobos sur la stéréo de son véhicule. Comme un vent froid entrait par la fenêtre, j'ai allumé le chauffage à propane et mis dans la cheminée de grosses bûches d'érable. Nous sautions et bondissions tous les quatre aux accents de cette musique chicano, mais je devais faire attention à ma cheville blessée. C'était merveilleux de voir Clare complètement partie. Selon un accord tacite, nous n'abordions aucun sujet plus sérieux que la musique ou la nourriture, lesquels sont devenus de plus en plus sérieux à mesure que je vieillis.

Nous étions tout à fait ivres quand nous nous sommes écroulés avant minuit, sauf K qui a eu la présence d'esprit de sortir éteindre le générateur. Clare avait dansé tout du long, s'interrompant seulement pour manger deux ou trois bouchées de poisson. K a refermé la fenêtre nord, mais nous avons oublié de baisser le chauffage et parce qu'il y avait aussi un feu d'enfer dans la cheminée, nous nous sommes réveillés au milieu de la nuit dans un chalet où il faisait plus de trente degrés Celsius, et nous avons tous bu de l'eau froide en titubant sur place.

Le vieux Finnois qui s'occupait du chalet en mon absence est arrivé à sept heures du matin afin de m'aider à le fermer pour l'année. J'avais la pire gueule de bois depuis l'université vingt-cinq ans plus tôt, car la crainte indéracinable de ressembler à mon père m'avait toujours dissuadé de boire plus que de raison. Le vieux Finnois, qui frisait les quatre-vingts ans, a pris une tasse de café avec le dernier doigt de whisky tout en lorgnant d'un œil appréciateur Clare et Carol, qui se levaient en petite tenue. En juillet dernier, il avait rampé sous le chalet et retiré beaucoup de terre, renforcé l'angle sud-ouest qui avait tendance à s'affaisser et posé plusieurs rangées de parpaings destinées à remettre le chalet d'aplomb. Il me rappelait un peu Clarence, dont le sang indien était mêlé de finnois. C'étaient des gens dépourvus d'ironie. En octobre dernier, alors qu'il harponnait illégalement des saumons devant le chalet, il a évoqué un voyage à Los Angeles pour rendre visite à des parents, en prenant « la bagnole à culbutes » selon son expression pour désigner l'avion. Là-bas, un cousin l'emmena faire un tour en ville, d'où il conclut que le drainage était sans doute mauvais, car presque toute la terre était bitumée. Il avait aussi déclaré :

« Faites gaffe, monsieur Burkett, le monde se remplit à ras bord. »

Et il ajouta :

« Je parie que Clark Gable voit plus de chattes qu'un siège de toilettes. »

Pour le petit déjeuner K a préparé une purée à partir du reste de rôti et des pommes de terre. Carol a vomi dans l'arrière-cour. Clare a pris un bain rapide dans la rivière, comme l'aurait sans doute fait son père, même si l'eau était à peine à quelques degrés au-dessus de zéro. Je me suis endormi à la table du petit déjeuner, après avoir entendu le vieux Finnois dire à propos de Clare :

« Cette fille manque pas de couilles. »

À mon réveil tout le monde était parti et j'ai frissonné en regardant le feu presque mort dans la cheminée.

Sur le trajet du retour vers Marquette j'ai fait une halte chez Flower, près de Au Train. Clare et K aussi comptaient s'y arrêter, mais il n'y avait personne chez elle. La porte était ouverte et j'ai trouvé un mot de K disant que Clare et lui étaient partis aider Flower à rapporter un chevreuil qu'elle avait abattu en début de matinée, bien que la chasse fût fermée en cette saison. En cette huitième décennie de sa vie, Flower abattait deux ou trois chevreuils chaque mois d'octobre. « Essaie la tourte », ajoutait K. Je me suis donc servi une part de tourte à l'émincé de gibier. Flower avait coupé la viande en tranches très fines, ensuite mises à mariner avec des fruits secs dans un alcool bon marché, puis cuites avec une pâte au lard. C'était délicieux. Par ailleurs, elle conservait en saumure des cœurs et des langues de chevreuils, une recette que je trouvais intéressante. J'ai regardé un collier assez spécial, décoré de griffes d'ours, accroché au-dessus de son lit, mais je n'ai pas eu envie de le toucher. Donald m'avait dit que Flower avait de bonnes raisons, d'ordre religieux, pour ne pas manger de viande d'ours.

Quand je suis arrivé à Marquette, l'école avait fermé ses portes et je suis donc passé au bungalow que Cynthia avait acheté, quelques portes à l'ouest de la maison de Polly. C'était un endroit frugal et guère meublé, dont l'austérité s'expliquait sans doute par un refus instinctif du luxueux mobilier choisi par mes parents, et peut-être que cette maison était simplement un geste d'affirmation de soi. Cynthia n'était pas encore rentrée de son travail d'institutrice remplaçante, si bien que j'ai pris dans la voiture mon manteau le plus chaud et ma grosse casquette pour m'installer sur une chaise longue et regarder le lac Supérieur déchaîné, dans un vent qui soufflait du nord-ouest à peut-être trente nœuds et dans le rugissement assourdi des eaux, un bruit blanc qui envahissait l'air tout entier. Mon sentiment de bien-être m'étonnait un peu, comme si tout l'alcool bu la veille, et peut-être la danse, m'avaient fait l'effet d'un électrochoc. Les nuages froids et rapides dessinaient de grandes taches lumineuses sur l'eau, et dans le jardin voisin un drapeau américain en loques claquait et vibrait sur la hampe. J'étais à la veille du début de mon long voyage de retour au Mexique, pour ma modeste mission consistant à réduire les souffrances là-bas. Cela faisait maintenant cinq ans et je me suis rappelé m'être alors demandé ce qui pourrait bien m'arriver après que mon père avait sombré sous la surface de la mer, au large d'Alvarado. Comment guérir, inventer une nouvelle vie ? Ce qui restait de moi a soulevé la question de ce que j'étais avant. J'avais manqué de lest pour garder les pieds sur terre, l'éternel problème du fantôme ordinaire. Je constituais moi-même le problème, car à notre époque chacun s'efforce de poser les questions les plus graves, et j'étais devenu un expert en la matière.

J'ai réussi à somnoler là, dans cette cour venteuse, puis j'ai été réveillé par le rire de Cynthia qui, du bout de sa chaussure, me titillait l'entrejambe. J'avais une spectaculaire érection.

« Alors, grand frère, on rêvait à qui ?

— À une femme que je n'ai jamais rencontrée. Il y a un médecin anglais qui croit dur comme fer que les gens que nous ne connaissons pas dans nos rêves existent bel et bien. Tout simplement, nous ne les avons pas rencontrés et nous ne les rencontrerons peut-être jamais. »

Cette idée me semblait stupéfiante.

« Exactement ce que j'appelle une hypothèse parfaitement stérile. Clare t'a dit que notre demi-frère est en prison, peut-être à vie ?

— Qu'a-t-il donc fait cette fois-ci ?

— Dérouillé deux chasseurs sur ses terres. L'un était un politicien de Jalapa. Il a perdu un œil et quelques dents.

— Que peut faire Vera ?

— Pas grand-chose. J'aide son fils à améliorer ses conditions de logement. Cinquante dollars par mois et il a droit à un canapé, une télé dans sa cellule, et à des repas moins infects. Ce qui a bien aidé, c'est que l'avocat lui a fait faire un scan du cerveau à la fac de médecine, qui a montré la blessure due à l'accident de vélo il y a des années. Maintenant, Vera n'a plus personne. »

De fait, Jesse était mort l'année précédente et il était le seul individu à avoir la moindre autorité sur le fils de Vera. J'ai essayé d'imaginer Vera assise à la table de la cuisine d'une petite plantation de café, dont mes souvenirs étaient brouillés par la violence des événements. Rétrospectivement, je voyais surtout les fleurs sauvages sur les collines.

« Devrais-je lui rendre visite ?

— Je ne sais pas. Elle a dit qu'elle aimerait bien te voir, mais j'ai été incapable de lui préciser ta destination.

— Sans doute Zacatecas ou San Luis Potosí. Peut-être même Durango, car j'ai appris qu'une mine risquait de fermer là-bas, ce qui veut dire que de nombreux hommes vont essayer de partir vers le nord. Durango m'a toujours fait peur. Derrière le motel où je descends d'habitude, il y a un long mur criblé de balles, où des centaines d'hommes ont été exécutés pendant la révolution. »

Nous sommes entrés, nous avons bu un café et j'ai examiné les piles de romans russes et européens entassées sur la table du salon. Jeune fille, Cynthia avait été une grande dévoreuse de littérature et, maintenant que Donald n'était plus là, elle reprenait son ancienne habitude. Il lui semblait que les romans constituaient des sources d'information plus « fiables » que tous les essais que je lisais, en partie parce qu'ils étaient moins menaçants.

Je ne comprenais vraiment pas pourquoi Cynthia restait à Marquette, mais il s'agissait d'un sujet délicat et tout ce qu'elle acceptait de dire, c'était que sa décision se fondait sur le fait que Marquette était le décor à la fois de ses meilleurs et de ses pires souvenirs. J'allais remettre ce sujet sur le tapis, mais elle s'est brusquement mise à lire, ce qui signifiait que notre conversation était terminée. Elle avait le regard brumeux, je lui ai embrassé le sommet du crâne.

J'ai tout de suite bien aimé les taches de rouille et la fente qui zébrait une vitre arrière de ma nouvelle voiture, de sorte qu'elle n'éveillerait aucune envie au Mexique. Parmi toutes les affaires de mon ancienne voiture, que je transporte dans la nouvelle, je découvre le collier de Panza coincé sous la banquette arrière. Une boule prévisible m'emplit alors la gorge lorsque j'imagine Carla trottinant fièrement devant moi sur un chemin de bûcherons qui traverse la forêt. Panza était une grosse chienne errante que j'ai adoptée durant les quelques mois que j'ai passés à Caborca. Elle était au moins en partie catahoula et à moitié berger australien : ce n'était pas une dame particulièrement avenante. Un voisin m'a appris qu'elle avait fait office de chien de garde pour des trafiquants de drogue qui avaient filé à l'anglaise au beau milieu de la nuit. Elle dormait dans un trou qu'elle avait creusé sous une cabane située derrière ma petite bicoque. L'amitié est née grâce à l'intermédiaire guère original de la nourriture, en particulier une casserole de tripes bouillies que je hachais menu et mélangeais à des croquettes pour chien. En quelques jours elle est devenue ma compagne et ma gardienne, refusant d'entrer dans la maison mais se pelotonnant sur la véranda à proximité de la porte d'entrée. J'avais installé une table de travail et une chaise sur cette véranda ; Panza considérait mes livres et mes travaux d'écriture avec un étonnement mêlé de tristesse. Si le moindre moineau se posait dans la cour, elle émettait un grondement rauque.

Je ne dirais pas que Caborca a été une partie de plaisir, même si j'ai eu la chance de rencontrer un flic local qui avait travaillé deux ans à l'usine Oldsmobile de Lansing, Michigan. Comme j'avais fréquenté l'université du Michigan à East Lansing, ce lien ténu devint une coïncidence cruciale, et il passait souvent boire une bière en fin d'après-midi. La dimension altruiste de mes kits de survie l'a d'abord dérouté et mon choix de Caborca plutôt que de n'importe quelle autre ville de la planète comme lieu de résidence le laissait pantois. Il m'a prévenu que certains « coyotes » locaux ne comprenaient pas le but de mes kits de survie. Ces « coyotes » sont des hommes qui se font payer très cher pour guider les migrants jusqu'aux États-Unis, d'habitude à travers les montagnes qui entourent Nogales ou Douglas, ou encore dans le désert situé à l'ouest, entre Nogales et Yuma. Parfois, ces deux itinéraires sont vraiment infernaux et il arrive aux coyotes d'abandonner leur groupe quand ils sentent qu'une patrouille de frontière approche, ou pour nulle autre raison que la malhonnêteté ou la paresse. L'un d'eux a ainsi abandonné un groupe de neuf personnes, qui sont toutes mortes de soif, dont une femme qui, dans le désespoir dû à l'imminence de la mort, a tenté de manger la bible qu'elle avait dans son sac.

J'avais donc été prévenu par mon ami le flic, mais je n'arrivais pas à croire que les coyotes locaux ne comprenaient pas la pureté de mes motifs dans cette distribution de kits de survie. Le flic m'a néanmoins expliqué que mes kits pousseraient peut-être de jeunes « clandestins » à croire qu'ils peuvent tenter l'aventure tout seuls plutôt que d'économiser pendant des années. Bref, un soir où j'étais allé dîner à pied au centre-ville, l'un de ces coyotes a criblé de chevrotine ma maison et ma voiture et, beaucoup plus grave, il a blessé une patte gauche de Panza. Par chance, seul le cal a été touché, mais j'ai posé un tourniquet, passé un coup de téléphone et filé vers Tucson, à quelques heures au nord. Ma décision s'est révélée idiote et j'ai bien failli me retrouver en taule, car les douaniers américains ont refusé de me laisser entrer dans le pays sous prétexte que je n'avais pas les certificats de vaccination de ma chienne Panza, laquelle était en train de mourir. Il leur a fallu me maîtriser quand j'ai passé un bon quart d'heure à hurler, sangloter et jurer ; puis l'un des douaniers a appelé un vétérinaire, qui s'est levé au milieu de la nuit et a sauvé Panza. Elle a vécu trois autres années, beaucoup plus loin au sud. Chaque mois de mai, quand je partais pour le nord, je trouvais un vieil homme qui acceptait de s'occuper d'elle contre rétribution, je livrais deux cent cinquante kilos de croquettes et en guise d'au revoir j'embrassais sa vaste gueule immonde.

J'ai quitté Caborca le surlendemain. Comme Panza était très excitée par mes préparatifs de départ, je l'ai fait monter à l'arrière de la voiture avec son bol de tripes puantes. Mon ami le flic est passé et nous avons évoqué mon évident besoin de vengeance. Je ne pouvais en aucune manière filer la queue entre les jambes. Même dans la Péninsule Nord, quand quelqu'un tire au fusil sur votre chien, c'est très grave. Le flic m'a conseillé de ne rien faire moi-même si je ne voulais pas me faire expulser du Mexique, ce qui aurait signifié la fin de ma mission. À la place je lui ai donné un bon paquet d'argent liquide pour que ses collègues et lui-même rendent la vie infernale au coyote. Je suis resté en contact téléphonique avec lui : moins de deux mois plus tard, le coyote était contraint de quitter sa ville natale et il a fini en prison à Mexicali.

Panza, à cause des circonstances de la vie, n'est jamais devenue pour moi une compagne comme Carla, mais l'an dernier quand un camion l'a écrasée à Durango, j'ai été désespéré.

Notre dernière soirée a été plutôt calme. Cynthia et Polly s'amusaient de la fatigue ressentie par Clare, K et moi à la suite de nos frasques de la veille au soir. J'ai essayé d'aider K à faire griller les steaks dans l'arrière-cour, mais il soufflait un vent froid et violent que mon manteau le plus chaud ne parvenait pas à arrêter, et K m'a dit de rentrer. Cynthia a qualifié de « répugnant » mon assaisonnement de salade et elle en a préparé un autre. De l'avis général, je suis un très mauvais cuisinier, bien que j'adore manger. Ce n'est que lorsque je fréquente les restaurants les plus pauvres et les plus minables, et trouve leurs plats supérieurs aux miens, que je comprends être loin, très loin d'un cordon-bleu. Cynthia prétend que c'est parce que je suis toujours « en route pour ailleurs ». À l'en croire, pour bien cuisiner il faut arrêter le temps et se concentrer intensément sur les ingrédients avant de commencer.

Nous sommes assis à la table, mes mains tiennent celles de Cynthia et de Polly. Nous regardons dans le salon où K et Clare somnolent à demi devant un documentaire sur les tigres du Bengale. Je sens Polly et Cynthia partager ma question muette : que vont devenir ces deux jeunes gens qui, peut-être comme moi-même, attendent très évidemment bien davantage de la vie que ce qu'elle veut bien leur offrir ? Je me demande aussi si leur rapport n'est pas condamné d'avance parce qu'ils l'ont entamé trop jeunes, et qu'ils n'ont jamais cessé d'être demi-frère et demi-sœur, si cette familiarité précoce n'interdit pas le mystère de l'amour, mais je regarde alors Polly et je m'interroge : l'amour relève-t-il du mystère ou de la simple confusion ? Le hasard ne brouille-t-il pas toutes les cartes ? Je parle du hasard des rencontres : Polly au stand de hamburgers à Iron Mountain, Vernice vendant des allumettes près de la bibliothèque Newberry à Chicago, ou encore Vera arrivant de Veracruz dans le nord du Michigan. L'union de Clare et de K ressemble peut-être trop à celle qui nous a réunis, Laurie et moi, même si Clare et K sont beaucoup plus sophistiqués que nous.

Chacun d'eux est-il capable de ravir l'autre ? La pensée du crâne nu de Laurie juste avant sa mort étreint mon cœur dans sa cage fragile.

Cynthia et moi raccompagnons Polly chez elle. Les deux femmes évoquent les problèmes de la fille de Polly, là-bas à New York, car elle souffre d'un violent herpès qui lui fait problème pour trouver des « partenaires sexuels », selon l'expression de Polly. Je trouve stupéfiante la crudité de leur approche : l'idée d'être un éventuel partenaire doté d'une bite me paraît froidement clinique. Devant sa porte, Cynthia m'embrasse sur la joue pour me dire au revoir et elle me demande de ne pas essayer de voir Vera sans d'abord téléphoner à la maison. Je sens une légère colère monter en moi, mais j'obtempère. Je continue mon chemin avec Polly et quelques minutes plus tard nous arrivons devant chez elle. Je m'étais dit qu'elle m'inviterait peut-être à entrer, car c'est vendredi soir et elle n'enseigne pas demain. Mais non. Devant sa porte j'ai droit à un simple baiser déposé sur ma joue et à un « Prends soin de toi » chuchoté à l'oreille. Je suis à peu près certain qu'elle a un autre ami ou un « intérêt amoureux » comme elle dit. Quand elle m'a rendu visite au chalet en août dernier et qu'elle a parlé avec la « vérité du martini » comme elle dit encore, elle s'est demandé pourquoi je m'obstinais à m'accrocher à elle alors que je n'ai jamais vraiment eu envie d'avoir une femme ou des enfants et que je n'avais pas l'intention de vivre dans la région plus de la moitié de l'année, et le plus clair de tout ce temps dans mon chalet « déprimant ». Au fil des ans, Polly est la seule personne à qualifier ouvertement mon chalet de déprimant. Elle croit qu'il faudrait en agrandir les fenêtres. Je reste quelques instants planté là sur le trottoir et dans le carré de lumière jaune je la vois téléphoner dans la cuisine, sans doute à sa fille ou à son petit ami. Vaille que vaille, je tâche de me rappeler l'époque où nous vivions ensemble.

En remontant la longue pente de la colline vers la maison, je remarque que le vent s'est calmé et que la tempête de trois jours venue du nord-ouest semble terminée ; cette mer intérieure qu'est le lac Supérieur est peu à peu devenue un murmure plutôt qu'un rugissement ininterrompu. Les dernières feuilles des arbres qui bordent la chaussée sont tombées, la pluie les a collées contre le trottoir, leurs jaunes vifs et leurs rouges flamboyants s'éteignent peu à peu. Le moment est venu de partir vers le sud.

J'ai le sentiment d'être un homme prématurément vieilli, en perpétuelle querelle avec lui-même à cause de la valeur qu'il faudrait accorder à sa vie, une notion désespérément conne. Je m'arrête sous un lampadaire pour penser à Donald, à l'étrange manière dont le décès d'un homme tellement aimé semble épuiser tous ses proches, comme si chacun se débattait dans un vide et qu'il n'y avait plus assez d'air pour leur survie. Aucun de mes précieux petits paquets n'est de la moindre utilité pour traverser cette frontière.

Sur les cinquante derniers mètres qui me séparent de la maison, je remarque que toutes les lumières sont éteintes, sauf dans la chambre de Clare, et puis une lampe de la véranda reste allumée et m'attend. Je suis soulagé, mais je me demande aussitôt à quoi ont bien pu me servir mes vingt et quelques années passées dans la forêt. Notre culture prétend admirer la solitude (mais pas l'excès de solitude, qui risque de nuire à la productivité), je suis néanmoins emporté par les westerns du samedi soir qu'enfants Cynthia et moi regardions à la télévision, et où le prospecteur maboul renonce toujours à son existence solitaire dans les montagnes pour jacasser à tort et à travers dès qu'il met les pieds au village. Après quelques jours et autant de nuits passés au chalet et dans les bois sans voir personne, quand j'entrais dans une épicerie ou une taverne, ma voix me semblait métallique et étrangère, comme si contrairement à ce que je pensais jusqu'alors la parole n'était pas une activité humaine naturelle. J'avais bien sûr lu les témoignages des explorateurs, des dévots religieux et des aventuriers qui s'étaient perdus en mer ou sur terre, ou qui s'étaient simplement retirés de la communauté humaine pour de longues périodes de temps. Leurs comptes rendus vous apprennent vite que ce que nous considérons comme la réalité ordinaire a besoin du contact des autres et de leurs confirmations. Même lorsqu'un homme et un chien restent seuls pendant un mois, chacun devient l'autre selon des modalités qu'on pense normalement impossibles. J'ai refusé de réfléchir au séjour de Donald sur le versant de la fameuse colline.

Je me suis servi un grand whisky pour m'aider à dormir, puis j'ai monté l'escalier sur la pointe des pieds jusqu'à ma chambre. Dans le couloir il y avait de la lumière sous la porte de Clare et je l'ai entendue pleurer ou bien faire l'amour avec K. J'ai vivement rejoint ma chambre et j'ai joué de la musique mexicaine très doucement afin de ne plus entendre ces geignements d'angoisse ou de plaisir. Mes bagages étaient fin prêts, mais il me restait à lire un certain nombre de lettres de mon avocat local, dont plusieurs n'étaient même pas ouvertes. Je n'emportais jamais ce genre de courrier au chalet, convaincu du caractère blasphématoire du monde des affaires dans la forêt. Au bout de plusieurs années, cet avocat était devenu un ami, mais au chalet je ne voulais entendre parler d'aucun de ces problèmes. Et c'était particulièrement vrai durant les quatre mois qui venaient de suivre la disparition de Donald.

J'ai encore tenté de repousser à plus tard la lecture de ce courrier, en appelant Vernice à Iowa City, mais il y avait des gens chez elle et elle ne pouvait pas me parler. Quand je lui ai demandé si je pouvais la rappeler un peu plus tard, elle m'a répondu que c'était inutile, car je devais m'arrêter pour la voir le surlendemain. Après le refus de Polly, sa réaction était un peu déprimante. J'ai bu une bonne gorgée de whisky et lu mon courrier pendant un quart d'heure : je ne me suis pas senti effondré, mais j'ai reçu la morne confirmation de mes soupçons. Je perdais peu à peu le contrôle de mon projet donquichottesque de kits de survie, au profit de mon assistante Jan qui à Tucson avait toujours aimé se prendre pour un « facilitateur », l'un de ces mots contemporains au sens parfaitement flou. Il y a cinq ans, elle m'avait aidé à assembler les kits de survie dans une chambre de motel, après quoi nous les entreposions dans un local loué à cette fin. Elle était alors en licence à l'université de Tucson et elle est peu à peu devenue une ardente activiste de la frontière, même si elle travaillait seulement pour moi à mi-temps. Je pourvoyais à ses besoins, en partie parce qu'elle avait un réseau d'amis, dont certains un peu louches, qui faisaient facilement transférer mes kits jusqu'à Cananea, de l'autre côté de la frontière mexicaine, puis à Magdalena, où je les réceptionnais par paquets de cinq cents avant de rejoindre le lieu de leur distribution. J'ai commencé à perdre le contrôle il y a deux ans, quand elle a ressenti le besoin d'avoir des preuves écrites de son activité afin de trouver un emploi quand je me serais retiré de ce projet, que je finançais entièrement, je l'ai déjà dit. Un avocat activiste de ses amis s'est occupé de rédiger tous les papiers pour constituer une entreprise à but non lucratif, dont Jan serait présidente. Je n'ai assisté à aucune réunion de ces activistes de la frontière, tout en admirant la grande diversité de leurs interventions, qui incluaient la distribution de containers d'eau fraîche le long de la frontière. Tout ce que je désirais, c'était d'être directement impliqué dans le soulagement d'évidentes souffrances. Par tempérament, je ne suis pas fait pour m'impliquer davantage dans un « mouvement » plus vaste, si estimable soit-il. J'étais arrivé tout seul à cette conclusion, avant même que mon ami et analyste Coughlin ne me donne le conseil suivant : mon obsession liée à mon père m'avait déjà causé suffisamment de tort et je devais avancer lentement, dans des activités concrètes, en évitant de gâcher encore ma vie en cogitations et en travaux d'écriture.

L'ensemble du problème est devenu criant à l'automne passé, quand je suis arrivé à Tucson : Jan et deux de ses amies m'ont clairement fait comprendre que j'étais un simple livreur, tandis que nous passions plusieurs jours ensemble pour assembler les kits de survie. Le dernier jour, elles m'ont donné des cartes et les numéros de téléphone de contacts à qui je devais apporter les kits, et je leur ai dit que j'avais déjà pris des engagements auprès de certains groupes catholiques et de syndicats au centre du Mexique. Nous avons abouti à un compromis, mais l'atmosphère est restée désagréablement tendue. J'avais l'impression d'être un soldat envoyé au feu par trois jeunes femmes qui n'avaient ni connaissance ni expérience des combats. Elles s'opposaient farouchement à l'Église catholique en tant qu'outil capitaliste et elles ignoraient presque tout des théologiens de la libération ou du mouvement religieux que j'avais étudié durant mon année de séminaire, vingt-cinq ans plus tôt.

Ce que me disait mon avocat, c'était que j'avais bel et bien perdu le contrôle légal de mon projet, mais que je devais essayer de m'accrocher car Jan avait entière jouissance de soixante mille dollars à moi, afin de réunir les éléments des kits de survie pour l'année en cours. J'avais investi soixante-quinze mille dollars, mais Jan et une de ses amies s'étaient rendues à deux conférences sur la pauvreté dans le tiers-monde, une à Maui et l'autre à San Francisco. Quand mon avocat avait réclamé des justificatifs de leurs dépenses, Jan avait esquivé cette demande en déclarant qu'elle les enverrait peut-être mais qu'elle n'était pas obligée de le faire.

Lorsque j'ai fini de lire mon courrier, j'avais le cerveau

tout irrité, presque en feu. J'ai envisagé de descendre me servir un autre whisky, mais il était minuit et j'avais l'intention de partir à l'aube. J'ai soudain compris que je n'avais aucune raison de partir aussi tôt et cette pensée m'a distrait. Les Américains aiment dire « Partons de bonne heure », ce qu'ils font d'ailleurs. Cette constatation « a débouché » (comme dit K) sur un sentiment de gâchis général, à la fois réel et émotionnel. Tout l'été j'avais réfléchi à la mort et à la religion, sans accorder la moindre attention à mes problèmes concrets, ainsi que le soulignaient les lettres de mon avocat ; mais de fait, jusque-là je ne m'étais jamais beaucoup intéressé à ces sujets. En partie parce que je n'avais pas gagné cet argent, mais surtout parce que le monde des affaires et des chiffres me rebutait. J'étais resté cet étudiant qui lit la phrase de Dostoïevski « Deux plus deux font quatre c'est le commencement de la mort » et ne s'en remet jamais.

L'irritation et le feu qui venaient de s'emparer de mon cerveau m'ont suivi au lit et ont encore grandi quand j'ai éteint la lumière. J'ai pensé que les agissements de Jan relevaient du mode de fonctionnement ordinaire du monde. Rien ne peut rester tel qu'il est, tout doit grandir et grossir, tels sont l'alpha et l'oméga du discours des hommes d'affaires. Je ne pouvais pas lui reprocher d'être une enfant de son temps, surtout quand j'avais refusé de voir les signes d'avertissement ou de tenir compte de la quasi-mutinerie de l'an dernier. Jan refusait d'admettre qu'il n'y aurait pas de problème d'immigration si les entreprises américaines étaient légalement contraintes de déclarer leurs employés, mais ces entreprises prospéraient en payant au plancher, ou moins encore, leurs travailleurs non déclarés. Ces sommes paraissaient néanmoins très attirantes pour des Mexicains qui touchaient entre trois et cinq dollars par jour. Quand vous gagnez cinq dollars par jour dans une usine de *maquiladora*, propriété américaine, à Nogales dans la province de Sonora, debout sur une colline devant votre hutte en carton vous apercevez un Pizza Hut dans la partie américaine de Nogales, où vous pourriez gagner plus de cinq dollars par heure. Un simple d'esprit comprendrait pourquoi ces gens traversent la frontière.

J'ai somnolé un moment, avant d'être réveillé en sursaut par le rêve d'un ours que j'avais vu tout près de la mangeoire des oiseaux au chalet. C'était un vieux mâle à la fourrure clairsemée. Je me suis réveillé quand cet ours s'est mis à parler dans mon rêve et que j'ai refusé d'entendre ce qu'il avait à dire. Juste avant mon réveil, l'ours avait disparu dans un petit trou de l'univers semblable à une caverne. Incapable de rien y comprendre, j'ai ressenti le besoin d'appeler Coughlin pour une interprétation psychanalytique, mais il était toujours dans le Montana, sans doute en train de faire ses valises pour rentrer à Chicago à la fin de l'automne. De la mi-mai à la fin octobre il pêchait et se baladait aux alentours de Twin Bridges, puis il rentrait à Chicago où il travaillait à mi-temps dans une clinique pour alcooliques et drogués. Il avait besoin du Montana, mais il avait aussi besoin de Chicago, des musées, des bibliothèques, des cinémas, des librairies et surtout de la musique classique, qu'il préférait entendre *live*.

Je me suis encore réveillé avant l'aube, en proie à un curieux état proche du rire. J'ai franchement été très étonné, puis je me suis expliqué ma réaction en pensant que Jan constituait un vrai problème concret, qui me changeait de mes obsessions successives : la sexualité, la religion, le chaos de l'histoire, ou la mort. Puis j'ai renoncé. J'ai dit à haute et intelligible voix :

« Je m'en fiche. »

Dans l'immédiat, je ne pouvais rien faire pour résoudre le problème incarné par Jan. Recommencer de zéro était peut-être une solution. Mais en attendant, il était absurde de me ronger les sangs.

Je suis descendu me préparer un café et ébouillanter ma bouteille Thermos. Tout en buvant mon café, je me suis demandé si « Je m'en fiche » était le trou où l'ours de mon rêve avait disparu. Je me suis senti merveilleusement léger en regardant l'obscurité extérieure par la fenêtre de la cuisine. J'ai bien sûr douté que ce sentiment agréable perdure, mais comme dit Vernice : « Embrasse la joie qui s'envole. »

Tout en frissonnant dans ma voiture chargée, je me suis rappelé une chose que Cynthia avait dite en passant : elle savait très bien que Vera n'avait besoin d'aucune aide financière pour son fils, mais elle avait envie de sentir une sorte de contact entre nous et notre demi-frère. Son fils n'était évidemment pas responsable de la façon dont il était venu au monde. Cynthia avait ajouté que, souvent, quelqu'un qui a eu une blessure non ouverte à la tête comme notre frère finit par manifester un comportement violent. J'ignore la structure du cerveau humain, mais je me suis rappelé avoir lu quelque part que des broutilles comme la connaissance du bien et du mal sont situées dans les lobes frontaux et que toute lésion de cette zone risque de perturber gravement celui qui en est victime.

« Que fais-tu ? » K s'est soudain matérialisé de l'autre côté de ma fenêtre, prêt à aller se promener.

« Je réfléchis, dis-je en faisant descendre ma vitre.

— Si tu démarrais le moteur et que tu mettais le chauffage, tu arrêterais de trembler, suggéra-t-il.

— Excellente idée. » Cinq hivers passés au Mexique avaient réduit à néant ma tolérance au froid. « Clare va bien ?

— Tu parles d'une question ! Elle croit que son père est vivant sous une forme quelconque, mais elle refuse d'en parler.

— Peut-être que le Souper des Fantômes l'aidera. »

Je faisais allusion à la cérémonie à laquelle Cynthia allait emmener Clare, quand on lance du tabac dans un feu pour libérer les esprits des défunts auxquels on s'accroche. Cet événement devait avoir lieu dans deux semaines près de Bay Mills.

Quand je suis parti au volant de ma nouvelle voiture, K semblait crouler sous le poids du monde, mais j'ai alors réfléchi à ma propre tendance en ce sens, insupportable, dont Coughlin avait dit qu'elle était une forme de mégalomanie, d'*hubris*, où je croyais pouvoir accomplir un acte bénéfique situé bien au-delà des capacités de n'importe quel être humain. Au moins, K affrontait la réalité d'une amante à l'esprit passablement dérangé. En juillet j'avais passé un après-midi en compagnie d'un brillant professeur des eaux et forêts de Michigan Tech, à Houghton, pour évoquer l'histoire de l'exploitation forestière dans la Péninsule Nord. Au chalet, en buvant un verre de vin, il m'avait lancé un regard en biais et dit :

« Presque tous les effets néfastes que vous attribuez à votre famille ont eu lieu il y a un siècle ou plus. Vous en parlez comme s'il s'agissait d'hier, comme si ces méfaits se poursuivaient encore aujourd'hui même, et que vous pouviez faire quelque chose pour améliorer la situation. Vous me faites penser à certains de mes étudiants écologistes qui veulent sauver lc monde. J'ai beaucoup de sympathie pour leur sincérité, mais une telle pureté de cœur risque d'aboutir à une redoutable autosuggestion. Il faut apprendre à ignorer l'image globale désastreuse pour s'intéresser au marais délimité ou au morceau de forêt précis que vous aurez peut-être envie de sauver. Vous devez bien sûr comprendre la science, mais les détails de l'image globale définissent votre rôle comme étant celui d'un tournevis plutôt que d'un tank. »

J'ai ressenti un grand vide dans le ventre, puis une idée m'a vaguement amusé : si grâce à un miraculeux voyage à travers le temps j'avais pu assassiner mon arrière-grand-père ou mon grand-père, leurs rivaux auraient été prêts à accomplir le même boulot de cupidité et de destruction, et je n'aurais rien pu faire pour les en empêcher.

Je me suis arrêté près de Witch Lake pour examiner deux cents arpents que j'envisageais de vendre, mais je n'ai abouti à aucune conclusion. Des années plus tôt, j'avais découvert un loup mort dans un dense fourré proche d'un marais, puis observé de près la charogne puante, à la recherche de blessures par arme à feu. Il n'y en avait pas. Ce loup était plus grand que le plus gros berger allemand, mais très mince, doté d'un museau gris et d'une mauvaise denture. J'ai fait demi-tour dès qu'au loin j'ai repéré cet endroit sur une colline escarpée.

Dans un motel d'Iowa City j'ai relu le journal de mon premier jour et demi de voyage. J'ai appris à y noter certaines choses que j'ai vues, plutôt que les pensées banales qui ne supportent pas la relecture – lorsqu'on les relit, l'âme bâille d'ennui dans l'air confiné :

Ai remarqué qu'au sud de Witch Lake ma vision périphérique s'est élargie, sans doute à cause du rêve. Toutes les feuilles des bouleaux, des arbres à feuilles caduques et des trembles sont tombées au cours des trois jours de tempête venue du nord-ouest et il y a des plaques de neige dans l'ombre des gigantesques affleurements rocheux. La rivière Michigamme est très basse à cause de la sécheresse automnale, elle se souvient à peine qu'il y a longtemps elle a noyé tant de mineurs.

Ai frôlé le désastre à l'ouest d'Iron Mountain, où j'aurais dû me diriger vers le sud, mais je pensais à Polly voilà tant d'années, quand nous étions en terminale au lycée et que par une aube hivernale j'habitais une chambre au premier étage d'un Best Western. Elle est passée me voir sur le chemin de l'école. Ses genoux étaient froids, mais la cuisse qui me recouvrait le visage était chaude et moite : je lui léchais la chatte pour la première fois. Cette transe sexuelle me fait brusquement quitter la route près de Florence, dans le Wisconsin. Par chance, le fossé n'est guère profond, mais un peuplier m'arrache le rétroviseur droit. Je passe en position quatre roues motrices et je m'extirpe hors du fossé. Derrière moi un camionneur s'arrête pour voir si tout va bien et il m'offre une tasse de café de sa Thermos, convaincu que je viens de m'endormir au volant. Je ne lui rétorque pas « Non, j'avais le visage plongé dans le souvenir divin d'une chatte ». Quelques kilomètres plus loin, je m'arrête sur une aire de pique-nique et dors une heure, en tremblant toujours après avoir frôlé l'accident ou pire encore. Le soleil est trop faible pour me réchauffer à travers les vitres de la voiture, je me réveille en frissonnant et me rappelle la fois où en patinant avec Glenn j'ai soudain traversé la glace de l'étang : l'eau m'est seulement arrivée à mi-buste.

Au motel, juste au nord de Davenport, je reste dehors en pensant au mince cimeterre de la nouvelle lune, ainsi qu'à Jésus et à tous les semi-remorques qui passent en rugissant sur l'Interstate 80, moins de deux kilomètres au nord. À propos de Jésus, je n'ai pas réussi à me rappeler ses paroles exactes relatives aux soins à apporter aux pauvres, car il y a une éternité que je n'ai pas ouvert le Nouveau Testament. Je ne faisais certes pas un boulot tout à fait convaincant, mais c'était mieux que rien. J'ai pensé à l'étrange énergie jubilatoire des enfants mexicains qui jouent avec leurs jouets de pacotille, un enthousiasme que je remarque moins aux États-

Unis chez nos enfants dont les jeux hautement organisés ont été conçus pour eux par des adultes assommés d'ennui.

K collecte des balles et des gants de base-ball usagés pour que je les transporte vers le sud et les distribue là-bas. Il est incroyablement athlétique. Lorsqu'il m'a rendu visite à Zacatecas, il a joué dans un match de base-ball local et il a sauté au-dessus de la tête d'un bloqueur accroupi. La lune bouge. Je le vois. Un vent tiède souffle du sud, qui ne souffle jamais dans la Péninsule Nord. Ce qui est terrible, c'est de voir ces enfants mexicains devenir des adultes usés qui gagnent trois dollars par jour. Il y a deux heures, j'ai mangé une énorme côte de porc appelée *porkerhouse*. À Torreón, quand j'ai financé un *barbacoa*, j'ai été stupéfié par la quantité de viande qu'ingurgitent les gens, une douzaine de *cabritos* (jeunes chèvres) grillées et deux quartiers de bœuf, le tout organisé par l'intermédiaire d'une église catholique dans un *barrio* très pauvre. Les filles qui dansaient m'ont douloureusement rappelé la manière dont Vera et Cynthia dansaient. Après mon accident de ce matin, je n'arrête pas de réfléchir au pouvoir absurde de la sexualité. Un écrivain s'est interrogé sur notre nature d'animaux en habits humains. Lors d'un déjeuner médiocre, en regardant par la vitrine le Mississippi près de La Crosse, dans le Wisconsin, j'ai malgré tout réussi à trouver sexy la serveuse bougonne au teint cireux. Elle était extrêmement occupée car elle avait trop de tables à servir, mais quand elle s'est approchée de moi j'ai senti la chaleur de son corps. J'ai fait trois siestes dans ma voiture et chaque fois je me suis réveillé ravi de vivre sur cette terre malgré la nature désespérément faussée de notre existence.

Vernice m'a rejoint à mon motel d'Iowa City peu de temps après mon arrivée en milieu d'après-midi. Pour la première fois depuis plus d'une décennie, elle semblait réellement en bonne santé. Elle avait été au plus bas un an et demi plus tôt, quand je l'ai retrouvée à Florence, en Italie, où elle désirait voir un médecin retraité qui s'était spécialisé dans la médecine tropicale. Boursière, elle venait de passer un an à Glasgow, en Écosse, où elle avait eu froid, où elle s'était sentie très affaiblie et parfaitement malheureuse. C'était la mi-mars et à ce moment-là j'étais à Zacateras, mais sa voix m'a semblé si ténue et lointaine que j'ai décidé d'aller la rejoindre. J'ai pris l'avion de Mexico jusqu'à Rome, en me rappelant avec une grimace un précédent voyage en France à la recherche de Vernice. La plupart des gens savent que la médecine n'est pas tout à fait une science exacte, mais Vernice avait eu la chance de rencontrer à Glasgow un médecin qui avait été le collègue du médecin italien quand tous deux avaient travaillé pour les Nations unies à Arusha, en Tanzanie. Ce médecin italien était un fringant vieillard qui ressemblait à Sigmund Freud. Nous avons passé les premiers jours dans une *pensione* bon marché où, en me penchant par la fenêtre au péril de ma vie, j'apercevais un demi-centimètre du fleuve Arno.

Lorsque le médecin a envoyé Vernice à l'hôpital pour qu'elle y subisse des examens, je me suis installé dans un bel hôtel où l'on servait les repas dans les chambres. Vernice avait déjà été soignée par le passé pour des douves du foie, attrapées lors d'un voyage improvisé au Maroc, à l'époque où elle vivait dans le sud de la France avec son amie lesbienne. Le médecin italien a déterminé qu'elle hébergeait par ailleurs deux parasites supplémentaires, dont un contracté alors qu'elle marchait pieds nus sur une plage de la Jamaïque ; le troisième était un parasite tropical de nature indéterminée et le médecin m'a expliqué que n'importe qui peut attraper ces parasites, mais en particulier les gens qui voyagent sans argent. Après Florence, Vernice a retrouvé le chemin de la guérison et poursuivi son traitement avec un spécialiste de la faculté de médecine d'Ames, Iowa. Gauchiste intraitable, elle a tenu à ce que je voyage en classe touriste jusqu'à Rome, mais au bout de dix jours à Florence et d'une nuit à Rome, dès qu'elle a embarqué dans son avion à destination de Glasgow, j'ai changé mon billet pour voler en classe affaires, prouvant ainsi, j'imagine, que mes parents ont laissé quelques traces chez moi. À Florence, nos seuls contacts physiques se sont bien sûr limités à nous tenir la main et c'était comme si je tenais la main d'un spectre.

Maintenant, à Iowa City, elle a siroté deux ou trois centilitres du bon vin que je venais d'acheter, après quoi nous sommes partis pour une marche difficile parmi les collines situées au nord de la ville, quelques centaines d'arpents très boisés qui n'avaient strictement rien à voir avec mon idée de l'Iowa. Nous nous sommes assis à côté d'un magnifique étang, tout près d'un préservatif usagé, et plutôt que de jouer à la maîtresse d'école me disant quoi lire, Vernice a évoqué les problèmes de stationnement autour de l'université et la question pour elle brûlante de savoir si elle était sur la piste d'une titularisation de son poste d'enseignante, autrement dit d'une sinécure à vie. Cette jeune quadragénaire était lasse de voyager entre des « universités médiocres » en qualité de poétesse passant d'une résidence temporaire à la suivante.

Je me sentais toujours euphorique et vaguement ivre, même si j'avais lu assez de choses sur les phéromones pour savoir qu'il n'y en avait aucune dans les environs de cet étang. La situation n'était pas tout à fait similaire à l'au revoir cassant de Polly, mais j'avais du mal à comprendre la nature de l'étrange lien qui m'attachait à Vernice et qui n'avait jamais retrouvé son intensité sexuelle première. Comme Cynthia m'avait récemment et plusieurs fois reproché mon « apparence négligée », j'avais mis une chemise propre (certes vieille) et je m'étais coiffé avant l'arrivée de Vernice au motel. La seule nuit qu'elle avait passée au chalet en juillet dernier, alors qu'elle venait de quitter l'Iowa en voiture pour se rendre à une école d'été dans un endroit du Vermont appelé Bread Loaf, avait été particulièrement chaste malgré mes cajoleries. Lorsque nous nous sommes levés près de l'étang, elle m'a laissé la serrer contre moi, mais dès que ma main a glissé vers ses fesses, elle l'a écartée sans dire un seul mot.

En retournant à pied vers la voiture, je me suis rappelé l'époque, six ans plus tôt, où je vivais près de Patagonia, en Arizona, non loin de la frontière, et où je m'étais un jour trompé de direction lors d'une promenade à pied avant d'aboutir dans la cour d'un ranch où un chien enchaîné aboyait au loin mais en me tournant le dos. Le rancher est alors sorti de la maison, il m'a indiqué le chemin de ma voiture, après quoi je l'ai interrogé sur ce chien. Il m'a répondu que les autres chiens de berger étaient partis rassembler quelques génisses, que ce chien-ci était parfaitement inutile et qu'il restait toujours au ranch. J'ai alors perçu un étrange accent de nostalgie dans la voix de l'animal, mais bien sûr c'était après les explications du rancher.

Lorsque nous sommes arrivés à l'agréable bungalow de location de Vernice, elle m'a prié de faire ma sieste comme d'habitude, car un petit groupe d'amis poètes et étudiants de troisième cycle passaient toujours la voir le dimanche en fin d'après-midi ; ils restaient environ une heure. En attendant, elle mettrait un gros chapon à cuire au four, mon plat préféré, et je pourrais emporter les restes du festin pour les manger le lendemain sur la route. Dans son bureau je me suis allongé sur le canapé avec un verre de vin rouge et j'ai regardé les photos au-dessus de sa table de travail en pensant que je n'avais pas vraiment décidé de partir le lendemain, mais lorsque nous sommes ensemble c'est toujours Vernice qui organise tout. Après un simple coup d'œil, j'ai évité de regarder trop longtemps une photo de Carla et moi au chalet, puis mes yeux se sont arrêtés dessus : ai-je vraiment un jour été aussi jeune ?

J'ai trouvé très agréable de voir l'un des derniers rayons de soleil de l'après-midi entrer en collision avec mon verre de vin à moitié plein. J'ai fermé les yeux et vu Vera descendre de voiture de l'autre côté de la rue, en face de l'hôtel Emporio à Veracruz. Elle n'a pas dit grand-chose, sinon de m'en aller. Elle a porté l'enfant de mon père. Qui sont les enfants des mères violées ? Deux semaines après le décès de Donald, Cynthia et moi avons marché pendant la moitié de la nuit à Marquette dans la lueur de la pleine lune. Il y avait une trace de folie dans ses paroles. À côté du quai minéralier, tout près de la centrale électrique, nous avons regardé ce que la lune faisait à l'eau. Elle disait que Clarence et Jesse avaient été la meilleure part de notre enfance, les seuls adultes que nous aimions réellement. Clarence lui a donné son fils Donald et ils ont vécu heureux ensemble. Notre père a détruit la vie de la fille de Jesse. Sa vie est devenue prédéterminée par l'acte de notre père. Cynthia est entrée dans l'eau, jusqu'aux genoux, en faisant frétiller la lune autour d'elle. Elle réduisait nos vies à des fractions. Elle s'est tournée vers moi, le visage plongé dans l'ombre de la lune derrière sa tête, puis elle a dit qu'elle était certaine que j'avais passé tout ce temps au Mexique au cours des cinq dernières années parce que le Mexique était Vera, même si je ne la voyais jamais. En essayant d'aider les gens à survivre, je sauvais sans doute Vera encore et encore. Je suis à mon tour entré dans l'eau, j'ai enlacé les épaules de Cynthia et répondu :

« Je n'en sais rien. »

Et maintenant, dans le bureau de Vernice, j'ai trouvé comique la perspective probable de passer toute l'année au chalet, sauf que l'hiver apportait plus de quatre mètres de neige et de nombreuses nuits où il faisait moins trente. Je reste à un endroit parce qu'il s'empare de moi. Je vais dans un endroit parce qu'il s'empare de moi. Contrairement à ce que nous croyons, je doute qu'il y ait dans nos vies beaucoup de virages brusques, de carrefours ou de croisées des chemins.

« Où es-tu ? » Vernice se tient dans l'encadrement de la porte, comme si elle était invisible. Elle rit et je ris à mon tour. « Viens. Je ne me rappelle pas le poème que tu m'as donné. »

Ils étaient assis tous les sept autour de la table de la salle à manger, mais ce n'était certes pas pour parler affaires. Sur les trois jeunes femmes, l'une, prénommée Dora, était terriblement séduisante, une chose que je ressens toujours dans le bas-ventre. Aucun des poètes dont ils parlaient n'était l'auteur d'un des livres extraordinaires que Vera m'avait offerts (elle était ravie de ma fascination pour Wallace Stevens, dont les poèmes, comme les bons tableaux, me donnaient envie de vivre à l'intérieur d'eux). Non, à la place, ils discutaient, avec un mépris non dissimulé, de collègues impliqués dans d'autres mastères à travers le pays. J'ai commis l'erreur de déclarer qu'alors que Vernice se faisait soigner à Florence le dernier jour elle s'était sentie assez vaillante pour visiter les Offices durant deux heures et elle avait alors déclaré :

« Nous avons quand même un sacré culot en Amérique de décerner des diplômes de peinture et de sculpture. »

Six d'entre eux ont paru atterrés par mon anecdote, mais un jeune gay maigrichon qui semblait le plus brillant de la bande l'a applaudie. Vernice a promptement changé de sujet en me demandant de citer un poète mexicain, très connu là-bas mais presque inconnu aux États-Unis, le seul auteur que j'aie jamais suggéré de lire à Vernice, laquelle malgré sa sévérité l'a décrété fréquentable. Il s'appelle Francisco Hernandez, il a écrit sur la folie de Schumann, de Hölderlin et de Trakl.

Estoy harto de todo, Robert Schumann,
de esta urbe pesarosa de torrentes plomizos
de este bello país de pordiorseros y ladrones
donte el amor es mierda de perros policías
y la piedad un tiro en parietal de niño.

C'était le seul fragment d'un très long poème que je pouvais citer, puis j'ai traduit :

Je suis las de tout, Robert Schumann,
de cette lugubre ville aux pluies plombées
de ce beau pays de mendiants et de voleurs
où l'amour est la merde des chiens policiers
et la pitié un gosse au cerveau troué d'une balle.

Cette traduction a mis fin à leur petite réunion et j'ai été très content quand Dora m'a serré contre elle de façon pas tout à fait chaste. J'ai presque mangé tout seul le chapon et les légumes grillés, car Vernice insistait sans arrêt sur le fait que la volaille était trop cuite, une broutille pour un citoyen du nord du Middle West, région où le poulet est invariablement trop cuit. En revanche, elle a bu beaucoup de vin, ce qui ne lui ressemblait pas, jusqu'au moment où sa voix s'est empâtée comme celle de Judy Garland pendant les entretiens télévisés. Mes parents ne supportaient absolument pas d'entendre Cynthia imiter leurs voix ralenties par l'alcool et, dans le cas de ma mère, les médicaments. Pour des raisons qui m'échappent, Vernice a repris toute l'histoire de ce qu'elle appelait « notre amitié », encore un signe indiquant sans ambiguïté que nous ne ferions pas l'amour. Elle a préparé du café mais sans presque toucher au sien, puis elle n'a pas pu s'empêcher de pérorer sur sa carrière et les chances qu'elle avait de décrocher ce poste de titulaire. Elle ne m'a pas posé une seule question sur ma famille ou sur moi-même, alors que d'habitude elle tient à savoir comment va Cynthia. J'ai attribué à l'alcool et à ses soucis professionnels l'étroitesse de ses préoccupations, car Vernice a enseigné dans sept universités en dix ans. Elle redoutait maintenant que la publication de son petit roman quasi pornographique chez un éditeur confidentiel et il y avait des années, afin d'essayer de gagner un peu d'argent, ne compromette ses efforts. Elle répétait sans arrêt que nous vivions à l'ère du politiquement correct dans les universités américaines, un sujet qui m'était quasiment inconnu, car j'en avais seulement entendu parler dans les journaux. J'ai été soulagé quand, vers dix heures, elle m'a accompagné dans sa modeste chambre d'amis qui contenait deux petits lits. Ayant bu plus que de raison, je ne désirais pas traverser la ville au volant de ma voiture pour rejoindre mon motel. Il faisait une chaleur infernale dans cette chambre ; Vernice est revenue en soutien-gorge et slip pour m'aider à débloquer une fenêtre coincée. Pour la première fois depuis une décennie, son corps avait des formes généreuses, mais son attitude me poussait à la considérer seulement comme une photo sexy dans un magazine, le genre d'image que mon ami Glenn collait sur les murs de sa chambre en sachant très bien qu'à aucun moment de sa vie il n'aurait l'occasion de toucher une femme comparable.

Quand elle s'est laissée tomber sur l'autre lit, j'ai essayé d'éteindre la lampe de chevet dernier cri, qui de toute évidence était défectueuse, car elle restait obstinément allumée. J'ai renoncé à quatre heures du matin, tandis que Vernice émettait des ronflements plutôt agréables et que le vent froid qui entrait par la fenêtre soulevait les rideaux. Je suis descendu boire un verre d'eau, après quoi j'ai pris un pilon de chapon dans le réfrigérateur. Assis sur le lit, j'ai mangé mon pilon en sentant ma bite durcir au spectacle du corps offert de Vernice, laquelle a brusquement ouvert les yeux.

« Tu fais quoi ? aboya-t-elle en s'asseyant et en couvrant son corps.

— Je mange un pilon de chapon. »

Elle est sortie en trombe de la chambre, je me suis habillé et je suis parti avant de parcourir trop de kilomètres au volant de ma voiture sans faire la moindre sieste jusqu'à Dalhart dans le nord du Texas, où je suis arrivé dans un crépuscule blafard. J'ai mangé un médiocre dîner mexicain avec l'impression de me restaurer dans un bistrot français du Missouri. Quand on passe beaucoup de temps au Mexique, on devient un critique gastronomique partout ailleurs. Comme j'avais les nerfs à vif à cause du long trajet et de mes cogitations centrées sur Vera, j'ai acheté une pinte de whisky en prévision d'une longue soirée. J'ai ressenti le désir sauvage et stupide de bifurquer vers le sud et Brownsville, puis de longer la côte du Mexique jusqu'à Veracruz. Ce qui m'a arrêté, c'est bien sûr la terreur que je ressentais par intermittence à l'idée de ce que j'allais devoir affronter à Tucson afin d'assurer l'existence de mon projet de kits de survie. Je suis cet oiseau rare qui trouve fascinants le Nebraska et le Kansas, si bien que la plupart du temps le paysage chassait mes soucis et je sifflotais en écoutant à la radio de mornes airs de *country music*, où les paroles de ces chansons lugubres évoquent neuf fois sur dix l'amour mort-né.

Ils sont terribles, ces longs voyages en voiture où l'on s'endort peu après sept heures du soir pour se réveiller à deux heures du matin, toujours habillé et en train de se tourner les pouces. Il y avait au mur la même image d'un âne au regard triste et au cou orné d'une guirlande de fleurs, que j'avais vue dans une bonne demi-douzaine d'autres chambres de motel. Sur le mur opposé, j'ai avisé une image nouvelle que je n'avais pas remarquée en entrant : un taureau à longues cornes, effilé et vigoureux, perché sur un promontoire turquoise, tourné bien sûr vers le soleil couchant et une vallée grouillante de vaches.

Malgré la fraîcheur de la chambre je transpirais à cause de rêves confus qui avaient pour décor les fourrés situés derrière le chalet. Une grosse mère ourse s'y cachait, mais je voyais seulement son bébé qui arrivait vivement dans la cour près de ma mangeoire des oiseaux. Une telle chose était arrivée trois fois en vingt ans, et une seule fois j'ai vu la mère qui, dissimulée derrière la cabane de la pompe, jetait un coup d'œil furtif. Dans mon rêve la lune était le visage de ma mère et malgré l'obscurité je voyais l'ourson pleurer, car il n'arrivait pas à localiser sa mère. En fait, un ourson qui pleure émet les mêmes bruits qu'un bébé humain. Dans mon rêve l'ourson était Vera et la mère ourse invisible était Donald.

Complètement désorienté, je me suis servi un verre de whisky et j'ai allumé la télévision pour échapper à mon rêve. Le hasard a voulu que le seul film diffusé à cette heure tardive était l'un des préférés de mon père, avec Bing Crosby et Bob Hope quelque part sous les tropiques. Il possédait une copie de ce film et je me souviens de plusieurs chaudes soirées d'été où il le projetait dans l'arrière-cour grâce à un projecteur de location. Il y avait toujours des adultes qui picolaient, mais Cynthia et moi adorions ces soirées, car ce film provoquait chez notre père des éclats de rire sonores qui montaient de son ventre et étaient dépourvus de la moindre ironie.

J'ai arrêté la télévision, je me suis assis au bord du lit,

puis j'ai rejoint le bureau, où il n'y avait pas de place pour mes jambes. J'ai sorti mon journal et j'ai réglé le radio-réveil sur une station mexicaine qui diffusait des *corridos*, les chansons folkloriques des paysans vivant aujourd'hui sur la frontière, et qui parlaient surtout d'amour, de mort et de trafic de drogue. Cette musique s'opposait violemment à un souvenir obsédant où à Florence j'étais avec Vernice devant la maison où Dante avait vécu. C'était l'avant-dernier jour de notre séjour là-bas, et j'ai fêté la bonne nouvelle de son diagnostic médical en buvant quatre verres de *prosecco* au déjeuner. Elle chancelait un peu à cause de son état de santé, mais elle était heureuse, et moi je chancelais à cause du vin. Vernice a toujours aimé discuter des aspects les plus grotesques et secrets de la sexualité et je n'ai jamais hésité à l'amuser de mes propres anecdotes. Bref, à la fac j'avais suivi un cours avancé sur la littérature mondiale et rédigé ma dissertation semestrielle sur Dante. Debout là devant sa maison, je parlais à tort et à travers de Dante et de sa Béatrice bien-aimée, expliquant qu'à l'époque où j'avais écrit cette dissertation je vivais avec Polly dans un appartement de l'université du Michigan réservé aux étudiants mariés. C'était le milieu de l'hiver, je traversais ma période de dépression coutumière et, même si je faisais l'amour à Polly deux fois par jour, j'avais du mal à jouir. Mais il me suffisait d'imaginer que Polly était Vera pour réussir à éjaculer. Bien sûr j'avais honte de moi et puis j'étais aussi très perplexe. Vernice, ravie de cette confidence légèrement avinée, a éclaté de rire dans cette antique ruelle ombragée. Elle était parfaitement au courant de mon obsession pour Vera, mais jusque-là elle avait ignoré cette anecdote et, lorsqu'elle a fini de rire, elle m'a soumis à un questionnaire assez stupide :

« Crois-tu que Béatrice se soit jamais dressée en bikini sur la plage au-dessus de la tête de Dante ?

— Non, madame.

— Béatrice a-t-elle jamais montré à Dante son cul nu au grenier de la maison de ses parents ?

— J'en doute.

— Dante aurait-il écrit *La Divine Comédie* si son père avait violé Béatrice alors qu'elle avait douze ans ? »

Cette dernière question a fait voler notre intimité en éclats et j'ai fondu en larmes dans la ruelle de Dante, alors que Vernice me serrait dans ses bras pour me réconforter.

Dans ma chambre du motel, j'ai pensé comiquement que l'âne et le taureau accrochés aux murs assistaient à un déballage de souvenirs peu communs. Il était absurde de penser que mon père avait assassiné ma Béatrice alors qu'elle vivait toujours. La vie était scandaleuse dans son absence de symétrie. Donald n'était pas un ours. Donald était Donald. Pourquoi donc mon esprit concoctait-il une mythologie inédite ? Bien sûr, dans la tribu de Donald des hommes s'étaient transformés en ours, mais c'était la tribu de Donald, pas la mienne. Et Vera était une jeune Mexicaine originaire de Veracruz. Jesse, son père, l'avait fait venir dans le Nord pour qu'elle y apprenne l'anglais, et elle a fait la connaissance de ma merveilleuse famille, qu'elle a aimée. Presque trente ans plus tard, il m'a soudain semblé impensable de permettre au fantôme de mon père de m'empêcher d'aller à Veracruz pour voir Vera. Il n'y a pas de produit endommagé quand tout le monde est un produit endommagé.

Malgré la nature étrange de cette nuit, mon curieux sentiment de bien-être a persisté. Coughlin avait toujours été déçu par mon absence apparente de toute vie onirique, ou par une vie onirique si repoussante que mon cerveau conscient en niait l'existence. Je ne pouvais quand même pas lui téléphoner dans le Montana ou à Chicago à trois heures du matin, ni même appeler Vera pour lui annoncer mon arrivée imminente. Je me suis rappelé avec amusement une citation d'un cours de littérature anglaise en deuxième année. Je détestais à la fois ce cours et cette citation : « Dans la vie tragique, Dieu sait que les méchants sont superflus ! Les passions tissent l'intrigue, et nous sommes trahis par ce qui en nous est faux. »

Je trouvais ces phrases aussi banales que le slogan « Volez avec United et le ciel sera votre ami ! ». Dans ma chambre de motel, j'ai soudain pensé que nos passions sont tellement chaotiques qu'elles n'ont même pas besoin d'un méchant pour bousiller notre vie. J'ai aussitôt renoncé à me demander ce que ma vie aurait bien pu être sans mon incarnation très personnelle du méchant. En première année de fac, un copain un peu cinglé adorait dire :

« Il n'existe pas d'autre Dieu que la réalité. »

J'ai essayé de dormir un moment, mais mon cerveau produisait des images saisissantes, depuis le derrière nu de Vera jusqu'à l'énorme tas de charbon sur lequel, enfant, je montais, tout près du quai minéralier. À l'école primaire j'aimais rentrer à la maison en suivant l'itinéraire le plus long : serait-ce toujours vrai aujourd'hui ? Cynthia a fait la même chose à sa manière. Mon père me faisait suivre par Jesse, puis il me montrait mon itinéraire zigzagant sur une carte. Comme Cynthia, j'effectuais des douzaines de haltes pour caresser des chiens, car à la maison on m'interdisait d'en avoir un. Les enfants sont parfaitement conscients de ce que d'autres adultes pensent tout bas de leurs parents ; pour ma part, je voyais très bien que les gens tentaient d'éviter le cynisme et l'esprit corrosif de mon père. Un jour, alors que j'avais sept ans, il m'a emmené pêcher sur l'un des lacs proches du club et il s'est promptement endormi à cause de sa gueule de bois, pelotonné sur le banc arrière de notre barque. Je ramais avec maladresse en traînant dans l'eau derrière moi l'appât d'une canne à pêche. Coup de chance, une perche a mordu et j'ai crié. Mon père a roulé au fond de la barque et, à genoux, il s'est alors battu contre le poisson. Comme nous n'avions pas d'épuisette, j'ai ramé jusqu'au rivage, où il a échoué le poisson, qui a été conservé durant le restant de la journée et la soirée dans une glacière sur la véranda de devant de notre bungalow. C'était la plus grosse perche de tout l'été et de nombreux hommes sont venus examiner ce poisson, même des types qui détestaient mon père. Il n'a bien sûr pas révélé que ce poisson avait été ferré par moi tandis que lui-même roupillait. Malgré tout, j'ai été fier de l'admiration qu'on lui prodiguait.

J'ai dormi tard, puis, aussitôt après mon réveil, j'ai appelé les trois numéros que Cynthia m'avait donnés pour contacter Vera, réussissant à la joindre à la troisième tentative.

« Je viens te rendre visite dans une semaine, annonçai-je.

— Je me réjouis de ta venue », dit-elle lentement, après quoi nous avons été coupés.

Le troisième numéro était celui de la petite plantation de café, où les contacts téléphoniques étaient en permanence menacés par les orchidées sauvages qui poussaient sur les fils.

Et voilà.

Comme je m'y attendais, Tucson a été un vrai bain de boue. Il restait seulement deux cents kits de survie. Jan et ses deux amies avaient organisé une fête destinée à recueillir des fonds (groupes de rock, etc., plus quinze mille dollars de mon argent) et acheté une camionnette neuve. En septembre elles étaient parties avec un chargement de kits de survie pour Cananea, où elles avaient été *manipulées* par quelques coyotes. Puis elles commirent l'erreur de descendre dans le sud, à partir d'Agua Prieta vers Nacozari de García, puis plus loin encore vers le sud en direction de Bacanora, où elles n'avaient pas prévu que la mauvaise route s'arrêterait tout à trac. De toute évidence, quelques coyotes les avaient suivies, car lorsqu'elles s'arrêtèrent pour se laver dans un torrent de montagne, on leur vola la camionnette, en les laissant en plan. J'ai appris toutes ces informations un matin de bonne heure, à l'hôtel Congress, que Jan considérait comme le « quartier général » de notre mission. Maintenant que j'étais en ville, elles avaient organisé un déjeuner du conseil d'administration au Congress pour voir si nous ne pouvions pas « faire redémarrer » notre projet. Je ne savais même pas que nous avions un conseil d'administration, mais Jan soutenait mordicus qu'elle avait écrit à mon avocat pour qu'il m'en avertisse. Nous nous sommes embrassés sur la joue et j'ai dit que je la retrouverais à midi pour le déjeuner. Je suis retourné à mon motel, j'ai plié bagage et je suis parti vers l'est sur la Route 10, en direction d'El Paso, où je comptais bifurquer vers le sud et Veracruz. J'avais calculé que ce trajet me prendrait quatre jours, une broutille selon les critères de ma vie présente, mais dans ce cas précis le temps se dilatait à chaque kilomètre parcouru et à chaque modification, même imperceptible, du paysage.

D'habitude je ne roule pas de nuit au Mexique, à moins d'être sur une route fréquentée et la Route 45-49 vers le sud remplissait cette condition ; néanmoins, durant ce voyage j'ai surestimé mon attention. Toutes les idées que je pouvais bien me faire sur ma prochaine rencontre avec Vera se révéleraient sans doute erronées, mais cette conviction n'empêchait guère mon imagination de créer une réalité qui avait sans doute aussi peu de substance que les films hollywoodiens sur les Indiens d'Amérique. Sous leur forme la plus idéalisée, ces fantasmes étaient parfaitement idiots. J'arriverais à la petite *finca* de café, je m'arrêterais un moment pour regarder les orchidées sauvages, ces « épiphytes » accrochés aux fils téléphoniques et qui se nourrissaient d'air et d'eau. Quant à la maison en terre, elle avait la couleur d'une rose fanée et elle se fondait merveilleusement dans le versant de colline vert foncé où elle se dressait. Pour une raison mystérieuse, je n'avais aucun mal à effacer le souvenir de mon précédent passage dans cette ferme, qui constituait pourtant l'événement le plus physiquement violent de toute mon existence. L'endroit où l'on avait enterré les mains de mon père ne m'intéressait nullement. Je crois que l'absence de l'extrémité de mon pouce était depuis longtemps un *memento* si quotidien que cet événement en lui-même avait perdu tout impact.

Ce jour-là, Vera avait heureusement été absente de la ferme et elle constituait désormais la seule créature pertinente qui apparaissait dans le palimpseste que mon esprit construisait avec le paysage. L'aspect le plus positif d'un voyage, c'est que face au décor d'un paysage nouveau il est difficile de se laisser engloutir par le passé. Il y a tant de questions à moitié idiotes dont on n'a pas le temps de chercher la moindre réponse. Où donc commence ce fleuve que je suis en train de traverser ? Qu'y a-t-il au bout de ce magnifique canyon ? Quand cette église a-t-elle été construite ? Comment les gens d'ici gagnent-ils leur vie ? Ce chien qui traverse un champ en friche porte bien un nom ? Pourquoi la serveuse de ce café semble-t-elle si heureuse ?

J'ai atteint la ville côtière de Tuxpan au soir du troisième jour, moyennant quoi je verrais sans doute Vera le lendemain midi. Dès que je l'ai appelée, mon fantasme bucolique a volé en éclats. Elle serait à Jalapa où elle venait d'ouvrir un magasin de vêtements au printemps dernier. J'aurais été informé de l'existence de ce magasin si j'avais lu n'importe laquelle des lettres que Cynthia et elle avaient échangées depuis son départ soudain, près de trente ans plus tôt. Cynthia m'a toujours taquiné à cause de ma « réalité sélective ». Par exemple, j'avais demandé à Vernice de laisser de côté toutes les informations sur les hommes qu'elle pouvait fréquenter, lorsqu'elle m'écrirait. Dans le cas de Vera, j'avais été assez masochiste pour lire quelques-unes des lettres du genre mère adolescente et bourrées de toutes les âneries qu'on adresse à sa correspondante lointaine, et un soir très tard alors que je logeais chez Cynthia, elle m'avait donné une lettre éplorée de Vera où elle disait qu'elle ne trouverait jamais un bon mari, car les gentlemen de Veracruz ne veulent pas entendre parler d'une fille violée avec un enfant sur les bras. D'ordinaire, l'image globale me dépasse totalement. Quand je suis au chalet et que j'appelle Cynthia depuis la taverne de Grand Marais, elle se moque de moi en me demandant :

« Alors, mon petit chéri, combien d'oiseaux et de bêtes as-tu comptés aujourd'hui ? »

Elle fait allusion à une visite qu'elle m'a faite au chalet il y a bien longtemps, quand elle a lu en douce une page de mon journal ouvert sur le comptoir de la cuisine, et où j'avais écrit : « 12 fauvettes, 5 grives, 3 corbeaux, 2 chevreuils, égalent 22. » Mais la plupart du temps, je n'ai pas le cuir assez épais pour encaisser toutes les angoisses inhérentes à la vie quotidienne d'un grand nombre de citoyens du monde. Soit je distribue mes kits de survie comme un crétin, soit je me planque dans ma tanière en rondins au fin fond des bois où le bruit de la rivière domine le fracas du monde.

À Tuxpan, alors que le soleil se couchait dans mon dos, la légèreté est revenue quand j'ai regardé la mer et sa neutralité toute-puissante. J'ai profité de l'ultime lueur du jour pour observer le cœur d'une grande fleur tropicale pleine d'insectes affairés. Je me suis rappelé avoir lu quelque part que l'existence de l'espèce humaine dépendait de quelques centimètres de sol fertile et de la pluie. On pourrait aussi ajouter la mer improbable. Plusieurs personnes faisaient encore leur promenade du soir dans l'obscurité grandissante quand tout à coup les lampadaires se sont allumés. Un vieil homme menait un corniaud au bout d'une laisse verte, le chien a reniflé ma chaussure en m'adressant un regard perplexe.

« Bonsoir, dis-je, chien magnifique. »

Comme l'animal paraissait surpris, j'ai ajouté :

« *Buenas tardes, pero magnifico* », dans mon espagnol approximatif.

Le chien s'est soudain senti mieux et le vieil homme a éclaté de rire.

Je me suis assis pour regarder les lumières des bateaux très loin sur l'eau, jusqu'à sombrer moi-même dans le sommeil malgré ma faim. Je me suis demandé si mes espérances relatives à Vera devaient être d'air, de terre et d'eau, au lieu de me complaire dans mes habituels fandangos légèrement névrosés, où mon esprit absorbé par ses dérapages incessants bâtit sans cesse l'avenir pour s'amuser. Sur la commode de Cynthia trônait une photo de Vera à cheval, en tenue beige de cavalière, devant un versant de colline abrupt couvert de caféiers. Elle sourit simplement, sans la moindre arrière-pensée. Je me suis soudain demandé s'il y avait du poisson dans la rivière située à quinze kilomètres au nord de sa ferme. J'avais traversé cette rivière tant d'années plus tôt, en route vers le destin funeste de mon père.

Je me suis levé et j'ai longé une rue brillamment éclairée, à la recherche d'un endroit convenable où manger du poisson grillé, en me souvenant que lorsque à l'aube nous partions pêcher la truite de rivière, Donald emportait toujours une salière, une petite poêle en fer, un petit pot de graisse de bacon et une miche du pain fait maison par Cynthia.

Nous mangions nos premières truites sur un feu de camp bien fumant, en écoutant l'inévitable vrombissement des moustiques et le bruyant concert des oiseaux matinaux, certainement trop nombreux pour qu'on pût les compter. Je suis passé devant un musicien de rue qui jouait d'un harmonieux marimba en bois avec des gestes très sophistiqués, comme s'il dansait sur place.

Au point du jour, j'ai vu le soleil se lever par la fenêtre de l'hôtel, mandarine tachée dans la brume marine, beaucoup trop ovoïde.

« Ciel rouge du matin, inquiétude du marin », disions-nous sur le lac Supérieur. Sauf que le golfe du Mexique est parfaitement calme et l'air presque chaud sur le petit balcon de ma chambre. Un vieil homme dans une barque ramait à l'intérieur du port, son chien assis à l'arrière comme pour aider son maître.

Malgré la trouille que je ressentais à l'idée de me rendre là-bas, la perspective de voir Vera me remplissait d'excitation, même si je m'étais convaincu que rien ne se passerait comme je l'avais prévu. Après le repas et avant d'appeler Vera, j'ai téléphoné à Cynthia à Marquette, qui a tenté de dissiper ma perplexité en me disant :

« Tu crois vraiment que, presque trente ans plus tard, elle va te tomber dans les bras en sanglotant de bonheur ? Bon Dieu, elle avait seulement douze ans quand elle s'est entichée de toi ! »

J'ai raccroché en décidant de ne pas me laisser décourager par cette vérité indiscutable. J'ai ensuite appelé Vera, qui m'a fait noter l'adresse de l'hôtel où elle m'avait réservé une chambre, ce qui signifiait de toute évidence que je n'habiterais pas chez elle. Elle serait très occupée à son magasin jusqu'à huit heures du soir, mais nous pourrions dîner ensemble et le lendemain matin faire un tour à la ferme, qui se trouvait seulement à une vingtaine de kilomètres de la ville. Le magasin était à trois rues de mon hôtel : quand j'arriverais, je pourrais passer lui dire bonjour.

J'ai lambiné pour sortir de Tuxpan vers le sud et me suis même comporté en touriste, m'arrêtant brièvement aux pyramides de Zempoalao, mais je sentais d'absurdes grenouilles s'agiter dans mon estomac comme avant un match de football interlycées contre Escanaba où tout le monde nous donnait perdants. Dans les faubourgs de Jalapa, la vieille maxime « Il ne faut jamais mettre tous ses œufs dans le même panier » m'a soudain fait éclater de rire, car pour ma part j'ai toujours mis tous mes œufs dans le même panier. Il est impossible d'imaginer des parents plus étrangers à toute sagesse populaire que les miens. Cynthia avait puisé ses propres convictions chez Donald et chez le père de celui-ci, Clarence.

Je me suis présenté à la réception de l'hôtel de Jalapa et j'ai regardé un très jeune employé récupérer des pièces de monnaie dans la fontaine de l'entrée, puis je lui ai demandé en espagnol s'il s'enrichissait. Il a pouffé de rire et déclaré qu'un jour il comptait s'acheter une Mustang, signifiant ainsi la voiture et non le cheval. Cet hôtel était décoré dans le style révolu des années vingt, les portes des chambres ainsi que les bois de lit étaient sculptés à la main. J'ai essayé de me laver le visage sans me regarder dans le miroir, mais j'ai alors hasardé un coup d'œil et dit à voix haute :

« Espèce de connard, que vas-tu faire maintenant ? »

Comme aucune réponse ne venait, je me suis mis à fredonner *Moon River* à travers la serviette, bien que j'aie toujours détesté cette chanson.

Le magasin de vêtements de Vera était réellement stupéfiant. Situé à une rue seulement de la cathédrale sinistre, il était rempli de vêtements de marque et d'imitations moins luxueuses : Lauren, Hilfiger, chemises Izod, et un vaste choix d'ensembles sport. Je me suis aussitôt douté que sa clientèle était constituée des fils et des filles des propriétaires des grandes plantations de café, ainsi que des étudiants les plus friqués de l'université et de la fac de médecine locales. Deux vendeuses très élégantes m'ont abordé et je leur ai dit simplement :

« Vera. »

Elles m'ont fait franchir une porte au fond du magasin avant de me guider jusqu'à un bureau.

Vera était bien la fille de son père. Assise derrière un très grand bureau, elle examinait des factures et des reçus, comme Jesse l'avait fait à Marquette dans le bureau de mon propre père. C'était une très séduisante femme d'affaires de quarante et un ans, qui portait un tailleur en lin beige et des lunettes sans monture apparente. Elle a bondi sur ses pieds et m'a embrassé, mais a aussitôt répondu au téléphone. J'ai compris qu'elle parlait avec un grossiste de Mexico, et dès qu'elle a raccroché elle m'a dit :

« Alors ? »

Puis le téléphone a encore sonné et elle a parlé en anglais avec un grossiste de Chicago. Après avoir raccroché, elle a dit :

« Bon Dieu ! »

Ensuite, je l'ai suivie par la porte de derrière jusqu'à une ruelle, où elle a allumé une cigarette. Je fumais rarement, mais j'en ai accepté une, qui m'a procuré un léger vertige. Quand un homme très bien habillé a franchi la porte du bureau, elle lui a dit :

« Pas maintenant. »

J'ai deviné que c'était un soupirant.

« Ton ami ? demandai-je.

— Bien sûr. Je devrais te vendre quelques vêtements. »

Elle a éclaté de rire lorsque j'ai baissé les yeux vers

ma tenue guère élégante. Elle m'a pris une main entre les siennes et m'a regardé dans les yeux jusqu'à ce que je me détourne. Puis elle a encore ri. Elle avait les mains fraîches et sèches alors que les miennes étaient moites. Ma manche de chemise était tout éraillée au poignet.

« Combien de temps restes-tu ? »

Mon regard se perdait au bout de la ruelle comme s'il y discernait une chose passionnante. J'ai haussé les épaules et répondu :

« Indéfiniment.

— Cynthia m'a parlé de tes kits de survie. Tu as l'intention de m'en donner un ? » Puis elle a ri encore.

« Nous en emporterons deux pour nous promener demain dans les montagnes », annonçai-je d'une voix qui manquait de force.

Elle s'est tournée vers le téléphone qui sonnait de nouveau dans son bureau.

« Fais une balade. Dors un peu. Va au musée. Je te retrouve à huit heures. »

Je l'ai suivie dans le bureau et elle m'a embrassé sur la joue. Un autre homme très élégant, âgé d'environ trente-cinq ans, attendait de toute évidence pour l'emmener déjeuner. Il ne m'était bien sûr jamais venu à l'esprit qu'il y aurait sans doute d'autres hommes dans sa vie. En retournant à pied vers l'hôtel, je me suis demandé si j'avais cultivé cet aveuglement pour me protéger du monde ou bien s'il m'était tout bonnement tombé dessus comme une averse ou une crotte de pigeon. Je n'avais apparemment pas la maîtrise des processus vitaux manifestée par les hommes qui ont une femme, des enfants et un emploi régulier. J'étais un vagabond capable de passer une heure dans un fourré pour observer un oiseau nommé grive brune dévorer des taons. Le fait d'avoir passé la moitié de mon existence dans les bois, malgré tous les livres qui s'empilaient au chalet, m'a mal préparé en vue de l'accouplement.

J'ai mangé deux bols d'une délicieuse soupe *albóndigas* (aux boulettes de viande) avant de dériver d'un pas somnolent à travers le musée conçu par Edward Durrell Stone, sans être vraiment rassuré par les têtes olmèques de vingt tonnes ni par les figurines de femmes en train de se transformer en jaguars. J'ai seulement réussi à méditer sur la nature de l'amour et de la sexualité en regardant ces immenses têtes de pierre sculptée dont la signification était aussi mystérieuse que l'amour. J'ai tenté de me rappeler ce que j'avais écrit à la fac sur Dante et Béatrice, mais mes arguments n'avaient sans doute pas été assez poignants pour résister au passage du temps.

J'ai pris un taxi pour rentrer à l'hôtel, je me suis entièrement déshabillé, puis j'ai fait un somme après avoir relu quelques pages du *Labyrinthe de la solitude* d'Octavio Paz, un long essai d'une autorité plus que biblique sur le Mexique. En fermant les yeux, j'ai revu Cynthia et Vera qui dansaient dans notre salon il y avait si longtemps, et mon père en costume d'été Brooks Brothers qui les reluquait tel un ogre délirant. Comment durant ces six semaines ai-je réagi à la présence de Vera ? Lubricité et angoisse, et puis la naissance d'une autre chose que nous ne comprenons jamais tout à fait, cet élément infime mais incroyablement puissant du génome humain, aussi crucial que le sol et la pluie.

Vera semblait très fatiguée lorsque nous avons pris un verre ensemble au bar de l'hôtel, mais un rhum Coca l'a requinquée. Elle portait une robe bleu pâle, qui rendait ses cheveux encore plus noirs. Quand je lui ai demandé pourquoi elle travaillait autant, ma question l'a d'abord déroutée.

« Mon père a-t-il seulement servi le tien pour que je

puisse dépenser son argent ? Je ne sais pas. Comme lui, je m'occupe de tous les membres de la famille ; mais contrairement à lui, je ne les traite pas comme des enfants. Il était parfois très mesquin.

— Jamais avec nous, protestai-je.

— Non, son boulot consistait justement à ne jamais se montrer mesquin envers vous. Il se faisait toujours du souci pour toi, mais il n'a jamais eu à s'inquiéter pour Cynthia. Il a été très content lorsqu'elle est partie avec Donald. Il trouvait que Clarence était l'homme le plus formidable qu'il connaissait en Amérique. Il pensait que la guerre avait fait de ton père un ivrogne et un animal.

— Je ne comprends pas pourquoi il est resté avec lui.

— Il n'aurait jamais trouvé aussi bien. Cynthia et moi savions toutes les deux qu'il volait ta famille. Je suis sûre que tu es au courant.

— Je m'en fiche. Je m'en suis toujours fichu. Jesse et Clarence ont été mes vrais pères.

— Et ton père vous a volés, Cynthia et toi. Nos parents étaient des voleurs, sauf ta mère. »

Nous en étions à notre deuxième verre et nous avons pris un repas léger à l'hôtel. Elle s'est mise à pleurer quand nous avons parlé de Donald, puis de son « malheureux » fils. Elle était d'une beauté impitoyable lorsqu'elle pleurait. J'ai commandé un troisième verre, mais décidé de ne pas y toucher. Je l'ai raccompagnée jusque chez elle ; à trois rues de là elle habitait un petit immeuble assez élégant. Un gardien massif se tenait près de la porte. Ce gardien m'a adressé un regard plein de haine, comme si j'étais responsable des larmes de Vera, mais il a souri quand elle m'a embrassé.

« Pourquoi es-tu ici ?

— Je me demandais si je t'aimais encore. Je voulais le découvrir. »

Et c'est tout ce que j'ai réussi à dire.

« Peut-être est-ce une bonne chose que nous n'ayons pas d'avenir », fit-elle avant de se diriger vers la porte.

Assez tôt le lendemain matin, j'ai suivi non sans mal sa propre voiture sur la route. Quand elle est passée me prendre à l'hôtel, elle portait un jean et un blouson en laine pour se protéger de la fraîcheur. Elle souriait comme si notre soirée douloureuse n'était jamais arrivée.

À la ferme, je m'attendais à ce que l'horreur qui s'y était produite dix ans plus tôt s'empare à nouveau de mon esprit. Mais non. Je l'avais épuisée et il n'en restait plus rien. Mon père mort était tellement moins que l'ordinaire père mort que d'autres avaient bel et bien aimé.

La ferme était en sommeil. Vera m'a expliqué que, sept ans plus tôt, le prix du café s'était effondré, provoquant beaucoup de souffrances dans les environs. Maintenant que les cours commençaient à remonter, elle allait peut-être remettre la ferme en activité.

« Cette ferme appartient en partie à toi et à Cynthia », me dit-elle alors que nous entrions dans la maison.

Une vieille femme préparait à manger dans la cuisine, elles se sont embrassées avec chaleur.

« Je ne veux rien posséder d'autre que mon chalet, répondis-je piteusement.

— Cynthia trouve que tu es un type bizarre. Tu étais déjà un étrange garçon et maintenant tu es un type bizarre. Tu aimais les livres et les femmes. »

Elle a éclaté de rire, puis m'a guidé vers ce que, m'a-t-il semblé, elle a appelé « notre » chambre, mais elle faisait d'incessants allers et retours entre l'anglais et l'espagnol. Avant d'entrer dans cette chambre, j'ai eu le temps de jeter un coup d'œil au plancher du salon où mon père était tombé, les mains tranchées. Pas la moindre tache visible. Vera m'a montré une grande étagère et des dizaines de livres sur le vêtement, envoyés par Clare. Deux autres cartons de livres venaient d'arriver, car Clare « avait perdu tout intérêt pour ce sujet ».

Nous avons fait une promenade d'une heure parmi les collines, Vera portait une machette dans un fourreau fixé à sa ceinture. Quand je l'ai taquinée à ce sujet, elle m'a rétorqué qu'un voisin avait récemment été mordu par un chien errant et enragé. Au fond de la modeste propriété se trouvait une *casita* aux murs blanchis à la chaux où, m'apprit-elle, vivaient un ornithologue américain et son épouse mexicaine. Elle ne leur faisait payer aucun loyer, en échange de quoi ils gardaient un œil sur tout, car la vieille femme dans la cuisine était presque sourde. Elle m'a dit que cet ornithologue et son épouse partaient tous les jours à l'aube afin d'observer les oiseaux, et qu'ils déjeuneraient avec nous. Sur le chemin du retour, nous avons croisé un petit serpent venimeux dont je n'ai pas saisi le nom. Elle a expliqué qu'elle ne le tuait pas, car il s'agissait seulement d'un « bébé ». Puis elle m'a pris de court en déclarant tout de go que, la semaine suivante, elle devait se rendre à Chicago pour un salon du vêtement de luxe et peut-être désirerais-je l'y accompagner ? Elle pensait que Cynthia quitterait sans doute Marquette pour l'y rejoindre.

De retour dans la maison, je me suis assis sur le canapé du salon pour boire un verre d'eau froide en sentant dans mon cœur une tension presque insupportable, comme si je nageais dans un rêve douteux.

« Que fais-tu donc là-bas ? » m'a-t-elle lancé de la chambre.

Alors j'ai rejoint la chambre comme si mes pieds ne savaient pas très bien ce qu'ils faisaient. J'avais les larmes aux yeux et j'étais incapable de les retenir. Debout en soutien-gorge et petite culotte, elle tenait devant elle deux ensembles sur des cintres.

« Que devrais-je mettre ? demanda-t-elle.

— Pourquoi fais-tu ça ?

— J'ai essayé de le faire avant mon heure. Maintenant, j'essaie de nouveau. »

J'ai espéré ne pas mourir avant de la rejoindre.

QUATRIÈME PARTIE

CYNTHIA

Je suis entrée au Drake quelques heures après l'arrivée prévue de David et Vera. J'ai appelé leur chambre et laissé un message, puis je suis sortie faire un tour sur Michigan Avenue, en décidant que pour l'instant je n'avais nullement besoin d'aller admirer le lac Michigan, après avoir passé tant d'années de ma vie face au lac Supérieur. L'air était étrangement chaud et calme pour un 15 novembre, je regardais les gens bien habillés plutôt que les vitrines de magasin, quand à cent cinquante mètres environ devant moi je les ai vus arriver. Je me suis aussitôt cachée dans l'entrée d'une boutique en me demandant si j'étais vraiment prête à les voir ensemble. Cette soudaine dérobade va complètement à l'encontre de ma manière habituelle, que mes enfants qualifient de *confrontationnelle*, un mot que je croisais rarement sinon jamais dans ma jeunesse.

J'étais donc dans ce renfoncement aux parois vitrées, entourée de luxueuses chaussures pour hommes, et j'ai pensé avec amusement à ce que Donald aurait dit à propos de chaussures à cinq cents dollars. Quelques instants plus tard, j'ai vu Vera et David approcher derrière deux grands panneaux de verre, qui les déformaient légèrement. Vera examinait le contenu des vitrines d'un œil critique, et David levait les yeux comme s'il se passait une chose passionnante à mi-hauteur des gratte-ciel. Il a toujours été convaincu que la réalité fondamentale se situe à l'intérieur de son esprit plutôt qu'en dehors de lui. Comme je n'étais pas encore tout à fait prête, j'ai franchi la porte du magasin et les ai laissés passer. J'ai fait signe de s'éloigner à un jeune vendeur à la beauté fade, attendu quelques minutes, puis je suis ressortie en m'engageant dans une rue latérale qui aboutissait au lac Michigan. Une fois arrivée à proximité du lac, j'ai eu une impression de déjà-vu devant l'entrée impeccable d'un immeuble en pierre de taille et je me suis soudain rappelé que j'y étais entrée avec mes parents près de quatre décennies plus tôt et que les timbrés qui y habitaient alors possédaient une énorme collection de verres Lalique.

J'ai bifurqué vers l'ouest et marché un moment, puis j'ai traversé un passage couvert qui sentait la pisse, avant de continuer vers l'ouest le long de la plage. Je me suis assise sur un banc de parc pour rassembler mes pensées, mais j'ai bientôt été distraite par l'histoire d'une des amies de ma mère, dont le corgi nommé Ralph avait découvert sur la plage une chaussure contenant un pied humain. Les détectives de Chicago appellent ça un *fragment*. J'ai enfin été apaisée par la surface luisante du lac Michigan ; même s'il n'avait pas la limpidité du lac Supérieur, il était assez impressionnant pour oblitérer la pensée d'un pied amputé.

Cinq mois après la mort de Donald, je ressens toujours aussi fortement le vide incessant qui jadis était son corps. Parfois ce vide tente de reprendre la forme physique qui était la sienne, mais ce qui surtout est réel c'est la présence de sa voix, l'odeur éphémère du bois vert et du ciment, et parfois le parfum du soleil sur sa peau. Je l'entends maintenant articuler ces mots qu'il a prononcés un peu plus loin sur la plage, sur un banc, près de la maison de ma mère à Evanston :

« Je me demande s'il y a des poissons juste là, devant nous. »

Après quoi il s'est tourné vers le vaste front de mer de Chicago et il a ajouté :

« Il doit y avoir là-dessous plusieurs kilomètres de socle rocheux, sinon ils n'auraient jamais pu bâtir tous ces gratte-ciel. Il y avait sans doute tout un paquet de types qui connaissaient vraiment bien leur affaire. »

Lors de nos rares séjours ici, Donald, Herald et Clare dévoraient trois ou quatre de ces infects hot dogs de Chicago en se moquant de ma pusillanimité.

Oncle Fred m'a envoyé une belle lettre d'Hawaii la semaine dernière. Elle contenait un paragraphe fascinant sur toutes les désillusions que le décès d'un être aimé peut engendrer chez ses proches. Il citait un philosophe japonais dont le nom m'échappe maintenant : « Ne pas changer la réalité pour plaire au soi. » J'ai montré cette lettre à Clare, qui s'est mise en colère avant de s'en aller. Elle a fini par m'avouer qu'à son avis son père défunt est devenu un ours. Je considère cette conviction comme une folie, même si je sais qu'elle appartient aux croyances chippewas. Il me semble qu'elle a passé beaucoup de temps sur la plaine de la Yellow Dog à chercher Donald sous la forme d'un ours. Tous deux pêchaient souvent dans la Yellow Dog quand nous rendions visite à Clarence à Marquette. Je ne l'ai pas dit à Clare, mais j'ai été très soulagée quand est arrivée la saison de l'hibernation des ours.

Assise là sur mon banc, j'ai brusquement pensé que « Ne pas changer la réalité pour plaire au soi » est trop austère pour l'humaine condition. Mes rêves doivent faire partie de la réalité, et ils ne sont soumis à aucune règle. J'ai les idées assez claires et je comprends que, malgré toutes les diversions que notre culture nous propose, on ne peut pas échapper à la souffrance consécutive à un décès. Il n'y a pas de palliatif, ou du moins aucun qui soit efficace dans mon cas. Je me souviens d'un professeur d'anthropologie qui disait à la fac :

« Les êtres primitifs croient que, lorsqu'ils parlent à Dieu, Il les écoute, et qu'il faut donc s'attendre à recevoir une réponse. »

Mais comme Herald le disait volontiers :

« J'arrive pas à concevoir ça. »

Par une coïncidence absurde, j'aperçois Vera et David approcher au loin. En fait, c'est tout à fait logique, car l'hôtel est très proche et mon frère souffre d'une grave claustrophobie. Quand nous étions à Zihuatanejo, nous sommes partis vers le sud à bord d'une petite voiture pour nous promener sur sa plage préférée, longue de quatre-vingts kilomètres. Nous avons aperçu les ailerons dorsaux effilés de nombreux poissons qui, nous a-t-il appris, se nomment poissons-coqs. Je m'obstine bêtement à croire qu'il aurait pu boucler en deux années au lieu de vingt toutes ses recherches sur les industries minières et forestières, mais il avait la tête farcie de nœuds qu'aucune main humaine ne pouvait défaire. Mon père devait d'abord mourir, avant que ces nœuds ne commencent à se desserrer. On s'étonne de voir la vie aussi stupidement déterminée, mais c'est bel et bien le cas. Par exemple, au début de mon adolescence j'avais déjà vu Donald à l'école, mais seulement comme un meneur parmi les athlètes. À cette époque, j'étais très occupée par mes frasques diverses et par la lecture de romans anglais, qui me permettaient d'oublier mon quotidien. Et puis il y a eu cette matinée d'été caniculaire où Clarence et son fils sont venus creuser derrière le garage pour assainir des fondations branlantes. Laurie et moi leur avons préparé de la limonade. J'ai dit à Donald :

« Pourquoi ne me regardes-tu pas ? »

Alors il l'a fait. Et j'ai aussitôt été convaincue qu'il était l'homme parmi tous les hommes qui ressemblait le moins à mon père.

Ils sont encore à une centaine de mètres de distance, mais Vera agite le bras vers moi. L'idée qu'ils soient ensemble est si atterrante qu'elle en devient acceptable, un peu comme les peuples de l'Antiquité pouvaient accepter la mythologie grecque ou romaine. Cette dernière idée me fait éclater de rire. Ton père Zeus viole la jeune fille que tu aimes sans te l'avouer vraiment. Tu erres pendant trente années, mais après avoir tué ton père, tu reviens vers elle. Quelque chose comme ça. Quelle est la fin de cette histoire ? Personne ne le sait. Je sais seulement comment ma propre histoire d'amour s'est terminée. J'essaie d'avoir assez de courage pour recommencer.

Vera s'approche ; David est loin derrière elle, il réfléchit sans doute à la théorie et à la pratique du lac Michigan.

« Je t'ai vue quand tu te cachais dans le magasin de chaussures. Je n'ai rien dit à David. Tu n'étais pas encore prête pour le carnaval ? » Et elle a éclaté de rire.

« Pas tout à fait. » Nous nous sommes embrassées puis tournées vers David, qui ramassait un demi-Frisbee mangé par un chien, avant de le mettre dans une poubelle. Mes pensées sont retournées vers cet amour atterrant. « Tu sais, je lui ai dit qu'il devrait passer te voir. Mais je n'avais pas pensé que vous finiriez dans le même lit.

— Pourquoi pas ? Je l'ai toujours considéré comme mon premier petit ami. Ce livre que tu m'as envoyé disait qu'il est difficile de vivre en compagnie d'une vie non vécue. » La gravité lui seyait.

« Oui, notre prêtre épiscopal, qui était un sinistre crétin, parlait souvent des péchés par omission et des péchés par délégation, comme si la vie était un morceau de viande ficelé chez le boucher. »

Quand elle m'a pris la main, l'un de ses doigts a effleuré mon alliance. Je pensais confusément à Thomas Hardy en me demandant si les dizaines de romans anglais que j'avais lus si jeune ne m'avaient pas dérangé l'esprit. Je confondais les pasteurs fictifs et ce prêtre épiscopalien, dont la priorité des priorités était son dîner. Mon père lui faisait parfois livrer des rôtis de bœuf premier choix de Pfaelzer's à Chicago. Quand j'ai emmené en Angleterre Herald et Clare alors adolescents, je constatais tous les jours avec étonnement combien la lecture de ces romans m'avait bien préparée à ce voyage. Donald refusait de prendre l'avion. Il disait toujours en guise d'excuse : « Je vais garder la forteresse et nourrir les chiens. »

« Quelle belle manière de mourir a choisie ton mari, dit Vera en me serrant la main.

— Oui, c'est vrai. »

Pour chasser la boule que je sentais se former dans ma gorge, je me suis levée et j'ai marché vers l'eau, où David était accroupi comme un enfant et agitait la main parmi les vagues.

« Elle fait sans doute cinq degrés de plus que le lac Michigan.

— Cinq ? » le taquinai-je.

Il cite toujours des chiffres à l'exactitude absurde. Il ne fait jamais environ vingt-cinq degrés, mais vingt-quatre ou vingt-six. L'heure est toujours 8 h 47 ou 7 h 33, ou alors « la première lueur de l'aube est arrivée à 6 h 08 ».

« Comment allait Clare quand tu es partie ce matin ?

— Elle m'a emmenée à l'aéroport, puis elle est allée à Snowbound Books pour récupérer sa commande d'ouvrages sur les ours. Elle doit en avoir une bonne centaine maintenant. K se moque d'elle, mais il est furieux car elle a décidé de ne pas se rendre à ce repas fantôme. Elle refuse de dire au revoir à son père.

— Peut-être parlera-t-elle à Coughlin. Elle l'aimait bien.

— Rien à faire. Elle se confie un peu à moi. Elle parle à K, mais surtout elle va en voiture jusqu'à Au Train pour rendre visite à Flower et écouter ses histoires d'ours. J'en ai parlé à Coughlin et il m'a dit qu'il n'y avait rien à faire, sinon lui laisser le temps de débrouiller tout ça. »

Nous sommes retournés vers le banc, pour nous asseoir de part et d'autre de Vera. Elle avait le regard embué, mais elle souriait. Elle avait mis au monde l'enfant de notre père et j'ai supposé que cela faisait d'elle notre belle-mère, mais j'en ai aussitôt douté. Elle s'appuyait contre l'épaule de David. Nous restions assis en silence et je me suis sentie somnoler à demi dans la faible lumière du soleil. Je ne suis plus certaine de savoir ce qu'est le sommeil. Je dors au mieux par intermittence, en gardant toujours une douzaine de romans à portée de main sur la table de chevet. La mort est d'une insupportable grossièreté. Quelle part suis-je supposée en comprendre ? Un jeune homme au teint foncé est passé très vite devant nous en tenue de jogging, presque aussi massif que Donald avant sa maladie, et j'ai ressenti un léger frisson de désir, pour la première fois depuis très longtemps.

J'ai passé à Chicago trois journées presque toujours agréables malgré le temps, qui est devenu humide et venteux, mais pas aussi froid qu'il l'aurait été à Marquette où, selon la télévision, il y avait eu une terrible tempête de neige qui avait piégé des milliers de chasseurs de chevreuil dans leurs tentes et leurs campements. Vera consacrait le plus clair de son temps à cette convention des grossistes en vêtements où l'on découvrait les tendances vestimentaires du printemps à venir. Quant à David et moi, bien emmitouflés, nous avons beaucoup marché et nous avons eu une conversation légèrement embarrassée sur les rejetons des milieux privilégiés. Sa question explicite a été la suivante :

« Que comptes-tu faire maintenant ?

— Continuer l'enseignement », répondis-je.

Mais je me plaisais moins à Marquette qu'à Soo, à Brimley ou à Bay Mills, où j'avais enseigné à des gosses d'Indiens, de sang-mêlé et de Blancs pauvres. La prospérité engendre rarement le meilleur chez les enfants. David était à la recherche d'une version internationale du Peace Corps, qui avait son quartier général en Suisse et qui proposait un poste à Veracruz pour quelqu'un acceptant d'être très peu payé, ou bien ayant une prédilection marquée pour ce genre de travail. L'essentiel de la mission consistait à assurer l'approvisionnement en eau potable à des villages, car énormément de maladies se transmettaient par l'eau. Cet objectif semblait étrangement limité, mais David m'a répondu sur un ton sans réplique :

« L'idée de l'eau m'a toujours plu », comme si l'eau était une idée !

Cette conversation a eu lieu devant la bibliothèque Newberry, où il me montrait l'endroit exact du trottoir où il avait rencontré Vernice. J'ai gravement baissé les yeux vers ce lieu historique, puis j'ai été incapable de me contenir davantage et j'ai éclaté de rire en pensant à la banalité de la première rencontre des amoureux. Donald creusait un trou. David a connu Polly à un stand de hamburgers à Iron Mountain. Et voilà où David avait rencontré Vernice, la petite vendeuse d'allumettes, qui l'avait aidé plus que personne d'autre, hormis Coughlin. Quand Vernice était affreusement malade à cause de ses parasites tropicaux, je lui avais envoyé un chèque et en retour elle m'avait donné un volume double de la poétesse russe Anna Akhmatova. J'avoue lire rarement de la poésie, mais bizarrement aucun écrivain ne m'a davantage aidée qu'Akhmatova durant la maladie de Donald, sans doute parce qu'elle possédait l'un des esprits les plus larges de toute l'histoire humaine. J'étais restée en contact avec Vernice depuis notre rencontre à Chicago, voilà si longtemps, en partie pour avoir son avis sur la fragilité mentale de David, que Donald décrivait succinctement ainsi :

« On dirait bien que David n'a pas ses deux rames dans l'eau. »

L'image d'un homme ramant avec une seule rame est très saisissante, tout comme celle d'un corbeau essayant de voler avec une seule aile. L'aura psychologique qui entoure le terme *dépression* empêche d'en imaginer les innombrables variétés, mais en tout état de cause il s'agit toujours d'une infirmité circulaire.

Chacun de ces trois soirs, nous avons dîné avec Coughlin. La première soirée a été légèrement chaotique, car nous sommes allés dans la salle Cape Cod de l'hôtel Drake et au milieu du dîner David nous a soudain quittés pour se rendre au bar du rez-de-chaussée, où nous l'avons découvert en train de manger un cheeseburger. Il nous a alors expliqué que la salle Cape Cod était l'endroit où il avait dîné avec notre père le soir précédant leur voyage fatal au Mexique. Les choses se sont encore gâtées au bar quand le sujet de la guerre est arrivé sur le tapis et que j'ai évoqué, sans y penser, les petites recherches que j'avais effectuées sur les batailles de la Seconde Guerre mondiale dans les Philippines, auxquelles mon père ainsi que Jesse, le père de Vera, avaient pris part. Un unique martini avait suffi à me faire perdre la tête et j'ai péroré sur la bataille du cap Engano, sans oublier d'atroces batailles terrestres comme celle où mon père avait perdu la plupart des hommes qu'il commandait. Coughlin dit qu'en pêchant dans le Montana il avait fait la connaissance d'un ancien infirmier des bérets verts qui, avec du ruban adhésif, avait tenté de recoller les morceaux de plusieurs dizaines d'enfants qui avaient été pulvérisés quand notre personnel militaire avait fait une erreur de calcul avant de déclencher un tir de mortier. Je n'écoutais pas vraiment Coughlin lorsqu'il a cité ce vers d'un poète :

« Il existe un point où le cœur exposé ne peut plus guérir. »

Je regardais le visage de plus en plus pâle de mon frère, puis David s'est levé brusquement et il est sorti. Vera, qui semblait aussi bouleversée que lui, l'a suivi. J'étais bien sûr très ennuyée, mais en même temps amusée de voir Coughlin continuer de boire avec son imperturbable plaisir. J'ai haussé un sourcil.

« En trente-cinq ans de pratique, j'ai tout entendu. Les vrais monstres n'existent pas, il y a seulement des gens comme ton père qui avec régularité se comportent en monstres. C'est épisodique.

— Ce qui veut dire ? » J'ai bu très vite un grand verre de vin.

« Eh bien, David a réussi à passer la moitié de sa vie à dénicher tous les torts causés par sa famille au monde entier. Il y a longtemps, je lui ai conseillé de s'intéresser à ce qui était arrivé à son père pendant la guerre. Tu as réussi à le faire. Mais ça ne marche jamais si on laisse dans l'ombre ne serait-ce qu'une infime partie de l'image. C'est un peu comme le médecin qui ne réussit pas à diagnostiquer l'origine d'une douleur d'estomac chez une femme, laquelle ne veut surtout pas lui dire que son mari lui a flanqué un grand coup de poing dans le ventre. La guerre fait parfois subir des choses horribles aux hommes. La plupart se rétablissent suffisamment pour ensuite se tenir à carreau, d'autres non. Et puis certains n'en ont pas la moindre envie, comme si ces horreurs s'étaient enkystées dans leur cerveau, pour qu'ils les examinent encore et encore, presque comme si elles méritaient de l'affection ou du moins une attention aimante, car qu'y aurait-il là si on leur retirait ces horreurs ? En langage paysan de base, les cochons aiment leur propre merde.

— Tout petit déjà, David ne semblait jamais avoir le cuir assez épais. Contrairement à moi.

— Précisément. Un jour où nous allions pêcher, nous nous sommes arrêtés en chemin pour regarder une grosse tortue qui avançait lentement sur la route et j'ai dit à David qu'il ferait bien de prendre cette créature pour modèle, tu vois, se faire une bonne carapace. »

Il a marqué une pause, car David revenait l'air penaud avec Vera, comme si elle venait de lui révéler un important secret. Le serveur âgé s'est arrêté à notre table, en secouant la tête d'un air navré devant le hamburger froid, puis David a dit qu'il se contenterait d'une douzaine d'huîtres. Vera a commandé de la langouste, « juste au cas où » elle devrait de nouveau s'absenter. Elle a éclaté de rire et, sous la table, a chatouillé David à un endroit sensible.

« Pour mettre un terme à cette conversation et passer à un sujet plus intéressant, par exemple le périnée d'une reine de beauté, c'est vrai que je n'ai jamais laissé le moindre instant de répit à mon père. Ma mère m'a confié qu'elle se souvenait de lui avant la guerre, si bien qu'elle s'accrochait avec l'aide de la gnôle et des cachets. Mais aujourd'hui laissons les morts en paix. »

David a levé son verre et nous l'avons tous imité. J'avais la gorge serrée et Coughlin m'a adressé un regard bizarre, le même que m'adressent parfois K et jadis les jeunes ouvriers des équipes de David. Je reconnais avoir été flattée.

Grâce à une ancienne amie de ma mère, membre du conseil d'administration de l'Art Institute de Chicago, j'ai réussi à avoir deux passes pour visiter la grande exposition Gauguin à sept heures du matin, deux heures avant l'ouverture habituelle du musée. David et moi étions époustouflés quand nous avons quitté le musée dans une pluie et un vent glacés. J'ai pensé que l'art était vraiment antidémocratique : une poignée de gens accomplissent tout et le reste du monde les regarde. Lorsque j'ai emmené Herald et Clare adolescents à la Tate de Londres durant notre voyage anglais, Clare était tombée en arrêt devant les Turner et elle m'avait demandé :

« Comment un artiste peut-il être tellement meilleur que les autres ? »

Gauguin ne vous apportait pas le bonheur, mais la conscience.

J'ai passé une nuit d'insomnie curieusement plaisante, à dériver entre le sommeil et l'état de veille, puis je me suis réveillée en essayant de définir ce qu'est la réalité et ce qu'est le rêve. J'ai appelé Clare à trois heures du matin en croyant qu'elle venait de me téléphoner.

« Mère, je dors ! » protesta-t-elle alors.

J'avais en fait rêvé qu'elle m'avait téléphoné de l'université, bouleversée par l'amour qu'elle éprouvait pour l'un de ses professeurs (un amour finalement consommé). La plupart de mes cogitations et de mes rêves tournaient autour de Donald et de ce qu'il m'avait répété une semaine seulement avant de mourir :

« Il va falloir que tu te trouves un petit ami. »

Le dernier soir, avant le dîner, j'ai fait une promenade avec Coughlin et il m'a pris la main quand nous avons traversé Wabash. Quand je lui ai dit que sa main semblait forte, il m'a rétorqué en riant que c'était parce qu'il venait de ramer et de pêcher à la mouche au moins dix heures par jour pendant plusieurs mois, mais maintenant qu'il reprenait ses activités de thérapeute toute force allait de nouveau abandonner ses mains. Il m'a alors parlé d'un homme qu'il aidait depuis trente ans, dont le père avait trouvé la mort dans un incendie à Chicago. Cet homme avait dix ans à l'époque, il était enfant unique, et il avait passé quasiment toute sa vie de célibataire en compagnie de sa mère dans leur appartement du West Side transformé en sanctuaire dédié à la mémoire du défunt père.

« Nous faisons simplement les choses que nous avons besoin de faire, sans y penser consciemment. Mais au bout du compte ces choses risquent de nous piéger, si nous n'y réfléchissons pas une bonne fois. On ne peut pas nier les bienfaits de la vieille coutume européenne qui consiste à s'habiller en noir pendant une seule année. Tu as bien sûr passé un long moment en compagnie de la condamnation à mort de Donald. Nous sommes si incapables et négligents avec la mort, en Amérique, que nous en payons de lourdes conséquences. Surprise, on meurt ! Ce genre de chose.

— Je pense que nous sommes un peu plus efficaces dans le nord du pays. Je ne parle pas des grandes villes du Nord, mais des villages. Là-bas sur la réserve indienne, la mort est un livre ouvert sur lequel nous jetons au moins un bref coup d'œil tous les jours.

— Oui, sans doute, parce que la vie est plus lente et plus répétitive. Les gamins de la ferme mangent les animaux, les cochons et les vaches, qu'ils aimaient. Un jour en Italie, je suis entré dans une basilique par une porte latérale et au-dessus de ma tête des crânes étaient incrustés dans le linteau comme autant de rappels, de *memento mori*, et puis il y a tous ces tableaux et ces fresques qui montrent clairement le processus de la fin de la vie. J'ai sans doute assisté un bon millier de patients sur ce sujet et j'ai toujours constaté chez eux une aspiration presque muette mais forcenée pour qu'on les rassure, pour qu'on leur dise que leurs bien-aimés auront droit à mieux.

— Et que leur dis-tu ? »

Il a marqué une longue pause tandis qu'immobiles nous regardions les eaux tumultueuses du lac Michigan malmenées par le vent, un spectacle dépourvu de tout caractère rassurant.

« Je leur réponds que je ne sais pas. » Il a ri en se moquant de lui-même. « Je leur réponds que je n'en ai aucune idée. Je leur réponds que personne ne le sait. À l'université de Dublin, nous étions de jeunes cyniques pleins de certitudes, qui se moquaient volontiers des dévots catholiques, et nous leur demandions où, au juste, dans le corps humain se situait cette fameuse âme. Nous étions des petits malins et des sales gosses, les enfants des Lumières, et dans l'époque lugubre de l'après-guerre, peu de temps après le milieu du siècle, nous avons remarqué que deux guerres avaient fait quatre-vingt-dix millions de morts, tous passés de vie à trépas sous l'œil soi-disant compatissant de Dieu. L'an dernier, j'ai discuté avec ce vieux biologiste adorable de l'université de Chicago qui était en train de mourir d'une tumeur au rein. Officiellement c'était un épiscopalien, mais il appréciait surtout leur musique d'église. Il n'était ni pour ni contre l'idée d'une vie après la mort, convaincu que la science interdisait de prendre position. Il m'a néanmoins fait remarquer que, grâce à l'A.D.N., chacune de nos cellules contient trente-deux mille indicateurs de ce que nous sommes, et qu'il y a donc toute la place qu'on veut pour une âme. "Elle n'a pas besoin d'être très grosse. Quel mal y aurait-il à une microâme ?" »

Ses explications m'ont tétanisée. Je me suis rappelé une promenade le long d'un fleuve proche de Au Train avec Flower, qui m'a dit que notre esprit en partance entrait dans le corps de notre animal préféré. Donald était donc un ours, mais j'ai alors pensé avec une angoisse absurde que de tout temps mon animal préféré avait été le plus banal des chiens. Cela signifiait-il que je n'avais pas la moindre chance de retrouver Donald ? Immobile face aux eaux agitées du lac, dans le vent glacé du nord qui me fouettait le visage, j'ai ressenti une violente migraine. Les chiens et les ours ne s'aiment pas. L'évidente bêtise de toutes ces supputations a réussi à me faire rire. Coughlin m'a regardée, son visage était un point d'interrogation ; incapable d'expliquer mon rire, je suis restée muette.

« Oui, malgré toute ton éducation et tes lectures, il est naturel de te laisser contaminer par le point de vue entièrement irrationnel de ta fille. Elle aussi a fait des études, elle aussi a beaucoup lu. Tu m'as dit hier soir que tu aimerais que je vienne à Marquette pour lui parler, mais pourquoi devrais-je la dissuader de penser comme les parents de son père ? Retour à l'éducation et à la lecture. Que nous proposent-elles lorsqu'un être cher meurt ? Nous n'arrêtons pas de dire que Clare "perd les pédales", surtout David qui en est en quelque sorte le spécialiste.

— Mais quelle réaction appropriée avoir face à la mort ? l'interrompis-je.

— Il n'y a pas de réaction miracle. On continue à se bouger, comme disait Crumb, le dessinateur de bandes dessinées. On a sans doute mille réactions valables par jour, car le cerveau ne peut tout bonnement pas renoncer à tenter de comprendre ce qui t'arrive. C'est le plus gros point d'interrogation auquel nous sommes confrontés dans la vie et aucune attitude ne parviendra à l'effacer. Nous envions le dévot qui fait l'expérience de la souffrance, mais qui a une explication à toute épreuve. Je suis curieux de savoir si Donald t'a donné le moindre conseil avant de disparaître.

— Il m'a dit : "Tu peux te souvenir de moi, mais laisse-moi partir." Il a aussi dit : "Trouve-toi un ami."»

Je me suis alors effondrée comme si tous les os de mon corps se dissolvaient en même temps. Je me suis écroulée en sanglotant pour la première fois depuis que nous avions mis Donald en terre. À force de sangloter, j'ai eu l'impression que ma poitrine allait exploser. Coughlin s'est agenouillé sur le trottoir et m'a serrée dans ses bras. Un joggeur qui passait par là s'est arrêté, le visage blême.

« S'agit-il d'une urgence médicale ?

— Non. Son mari vient de mourir, dit Coughlin.

— Oh mon Dieu, quelle horreur ! » s'est écrié le joggeur avant de reprendre sa course.

Mon dernier soir à Chicago a été merveilleusement agréable. J'avais l'impression très enivrante que je ne contrôlais plus rien du tout et que, par exemple, les problèmes fondamentaux de Clare, de David et de Vera m'échappaient entièrement. Ils étaient très heureux d'être dans un restaurant mexicain au nom bizarre, Topolobampo, et de savourer la cuisine du Yucatán. Aucun doute, ils étaient fous amoureux l'un de l'autre et ils entamaient une grande histoire parfaitement stupéfiante quand comme moi on connaissait leur passé. Il y a eu un moment délicat et amer alors que nous évoquions la relative sécurité des déplacements dans certains pays, et Caughlin a déclaré qu'il était difficile d'éviter ce problème, car l'être humain tout entier aspire à la sécurité. J'ai senti que brusquement nous pensions tous à la même chose pendant quelques secondes, à savoir que la mort détruit toute illusion de sécurité. Nous avons laissé cet ange-là passer, en sirotant nos margaritas un peu bêtement à l'unisson, en cherchant dans l'alcool un tranquillisant.

David pensait que, puisque je n'étais pas certaine de vouloir enseigner à des enfants de la bourgeoisie à Marquette, je devrais le rejoindre au Mexique, suivre un cours intensif d'espagnol pendant trois mois et enseigner là-bas. Je lui ai rétorqué que je ne pouvais pas abandonner Clare avant qu'elle n'acquière un minimum de stabilité. Ensuite, j'envisageais de partir vers l'ouest dans le Minnesota, ou encore plus loin, et d'enseigner à l'école de la réserve indienne. Je ne pouvais vraiment pas retourner enseigner à Soo ou encore à Bay Mills, où la présence de Donald dans le paysage serait aussi écrasante que celle du climat. Et puis je connaissais déjà très bien les problèmes et les marottes des jeunes Indiens, mais je devais peut-être rester avec les Chippewas. J'avais parlé à une institutrice en retraite à Sault Ste. Marie, qui avait enseigné aux enfants zunis et hopis ; elle m'avait assuré qu'il s'agit de cultures radicalement différentes de celle des Anishinabe. Je pouvais certes m'initier à ces différences, mais pourquoi ne pas tirer profit de ce que je savais déjà ?

« Tu ne peux pas laisser Clare aux bons soins de K ? s'étonna David.

— Non, je ne crois pas, en tout cas pas pour l'instant. Ils sont bien sûr amants, mais certains jours on dirait davantage des cousins querelleurs. Je veux dire, ils se connaissent depuis l'âge de dix ans. L'autre jour, avant mon départ, ils se sont disputés, chacun accusant l'autre d'avoir oublié un livre sur la plage lors d'un pique-nique qui remontait à une quinzaine d'années.

— Quand on a des enfants, c'est pour longtemps, dit David, expert en solipsisme.

— C'est plus facile quand ils sont en prison, ajouta Vera. Tous les jours je m'attendais à apprendre qu'il avait encore tabassé quelqu'un.

— Il faudrait les envelopper dans une feuille de banane comme ce porc, fit David en regardant son assiette.

— Les cochons sont faciles comparés aux enfants adultes, intervint Coughlin. C'est ma profession, et je n'ai pas le contrôle absolu de mon esprit ni de mon comportement. J'ai soixante-cinq ans et cet été dans le Montana j'ai soudain eu le béguin pour une serveuse dans une gargote. Je lui ai même envoyé des fleurs. Un cow-boy local plutôt baraqué, le mari de la serveuse en fait, a dû m'expliquer qu'elle était déjà prise. J'ai cru qu'à mon âge j'étais au-delà de ce genre de chose, mais non. Voilà pourquoi j'adore la théorie du chaos. »

Coughlin a éclaté d'un rire si violent qu'il a bien failli tomber à la renverse.

Tous ensemble, nous sommes retournés à pied au Drake. J'ai embrassé David et Vera, car je partais le lendemain matin. Ils désiraient apparemment être seuls. Je les ai presque enviés en me rappelant ce délicieux vague à l'âme qui s'emparait de moi avant de faire l'amour, une sorte d'abandon de tout l'être, comme lorsqu'on plonge d'une barque dans un lac.

Parce qu'il était seulement dix heures, j'ai invité Coughlin à boire un verre. Nous n'avons guère pu nous empêcher d'aborder à nouveau le sujet de Clare, mais il s'est montré laconique et direct en déclarant que d'habitude, lorsque le père meurt, les enfants se laissent guider par la mère dans le processus du deuil. Notre cas constituait donc une exception : Clare prenait la tangente sur une trajectoire très personnelle. Il n'avait aucune idée de ce qu'elle allait rencontrer au cours de ses recherches, mais il pensait que la conviction de Clare – l'âme de son père était entrée dans un ours – préludait peut-être à ce qu'il a appelé une « issue honorable ». Et pour l'instant, il ne lui était rien arrivé de désagréable. Il ne s'agissait nullement d'une de ces pathologies dont la littérature psychanalytique abonde. Il connaissait un anthropologue culturel qui avait passé beaucoup de temps dans la collection indienne de la bibliothèque Newberry, et cet homme serait peut-être de bon conseil dans le cas qui nous préoccupait. En attendant, je devais réfléchir aux millions d'individus qui croient dur comme fer qu'au moment de la mort leur âme montera au ciel pour retrouver à jamais Jésus.

« Voilà en fait leur perception de la réalité et il est hors de question de la remettre en cause. Clare est attirée par ce qu'elle pense être la perception de la réalité de son père. On se fiche de savoir si cela fait partie du système de croyances chippewa. C'est ce que Clare croit que son père croit. »

Je me suis surprise à considérer ce cher homme en regrettant qu'il n'ait pas quarante-cinq ans au lieu de soixante-cinq, après quoi j'ai rougi intérieurement. Malgré toutes mes lectures, j'ai soudain eu l'impression de ne rien savoir. En cette soirée de novembre à Chicago, tandis que la pluie tambourinait contre la vitre, j'étais perdue.

« Deux fois sept plus trois. » Coughlin a éclaté de rire comme s'il lisait dans mes pensées.

« C'est quoi ?

— Une maxime de la sagesse populaire française concernant les hommes et les femmes. Un homme est bien téméraire d'entamer une liaison avec une femme, s'il est son aîné de plus de dix-sept ans. Je crois que, dans notre cas, il y a quatre années de trop. »

Je suis restée là, pétrifiée, à ruminer cette désolante maxime, en essayant vainement de comprendre la signification des années qui passent. Je me suis rappelé Polly disant que, des années plus tôt, elle avait eu « le béguin » pour cet homme. Le moment était mal choisi pour s'interroger sur les raisons de sa séduction. Il s'est levé comme s'il était gêné, il m'a embrassée sur le front, puis il est parti.

K est venu me chercher à l'aéroport de Marquette, plutôt renfrogné car Clare avait suggéré qu'il retourne à Ann Arbor pendant qu'elle « tirait les choses au clair ». Comme nous attendions mes bagages, il a reconnu n'être guère optimiste, car elle passait presque tout son temps dans sa chambre avec sa centaine de livres sur les ours, et puis la nuit dernière elle avait dormi dans son sac de couchage sur la véranda de derrière bien qu'il fît presque zéro. Et puis elle rendait des visites presque quotidiennes à Flower pour entendre d'autres histoires d'ours, et Flower l'aidait à construire une sorte de petite hutte dans les bois où elle avait l'intention de passer beaucoup de temps cet hiver. Malgré la fraîcheur qui régnait dans la zone de réception des bagages, j'ai senti la sueur perler à mon front en apprenant cette nouvelle, qui a aussitôt suscité l'image de ma fille mourant de froid par une nuit de janvier quand la température descend en dessous de moins trente.

Une fois dehors, mon moral est remonté en flèche. Les gens du Nord trouvent une douceur indicible dans l'après-coup du premier blizzard annuel. Pendant tout le voyage, nous avions survolé une mer de nuages, mais le soleil se montrait maintenant et il brillait sur soixante-dix centimètres de neige fraîche. Pour blaguer, K a dit que toute la police de l'État et tous les gardes-chasse étaient sur les dents pour retrouver des chasseurs de chevreuil bloqués par la neige. Je me suis rappelé non sans mélancolie combien nous avions tous les quatre apprécié notre premier repas de gibier, Donald aux fourneaux faisant griller la viande avec maladresse, Clare bondissant de la table parce que la sauce de Donald devenait grumeleuse dès qu'il ajoutait la farine et le lait froid au jus de viande, puis Clare criant :

« Papa, il faut te servir d'un fouet ! »

Quand nous sommes arrivés à la maison, nous avons trouvé un bref mot de Clare nous informant qu'elle était chez Flower. Les bagages de K encombraient l'entrée. Il comptait partir après avoir préparé des sandwiches en vue de son voyage jusqu'à Ann Arbor, et j'ai soudain compris que j'allais rester seule dans cette maison où j'avais vécu une enfance tout sauf splendide. Malgré la chaleur qui régnait ici, j'ai frissonné.

« Je peux rester jusqu'à demain matin, si tu veux, proposa alors K en m'adressant un regard pas tout à fait sincère.

— Non, ça ira. »

Je regardais la quantité invraisemblable de moutarde qu'il mettait dans ses sandwiches, en pensant que ce garçon avait un corps vraiment souple et musclé. Clare, alors qu'elle était sous l'influence du vin, s'était plainte à moi de ce que K lui faisait l'amour avec une « énergie excessive ».

K a mis ses sandwiches dans un sac, il a rempli sa Thermos de café, puis je l'ai aidé à charger ses affaires dans son pick-up. Pour me dire au revoir il m'a embrassée sur les lèvres, car je n'ai pas détourné la tête assez vite. Je l'ai regardé partir, puis j'ai marché avec précaution sur l'allée verglacée en me disant que tomber sur le cul me ferait peut-être le plus grand bien. Je me suis allongée sur le canapé et j'ai pleuré pendant moins d'une minute, j'ai dit « Et merde ! », je me suis levée et j'ai passé plusieurs heures à nettoyer la maison de fond en comble, allant jusqu'à laver le sol de la cuisine à quatre pattes, même si une femme de ménage devait venir le lendemain. J'ai pensé avec paresse qu'il n'y avait sans doute pas de réaction appropriée à la mort. La seule qui me semblait valable était une modeste astuce gastronomique, dont m'avait parlé une jeune Italienne à l'université. On fait cuire trois œufs dans une grande quantité d'huile d'olive préalablement chauffée au point de fumer. Puis on les mange avec un bon pain de campagne. Comme je n'en avais pas sous la main, j'ai mis un muffin anglais au grille-pain. La mort s'est éloignée pendant dix minutes, après quoi j'ai décidé de relire *L'Amour au temps du choléra* de García Márquez, un livre que Clare m'avait envoyé sept ans plus tôt, quand elle était en première année à l'université. Puisque je ne pouvais pas échapper à l'amour et à la nostalgie, pourquoi ne pas m'immerger dedans jusqu'à m'y noyer ?

Après avoir lu un nombre ridiculement faible de pages de García Márquez et avant d'aller me coucher, j'ai jeté un coup d'œil dans la chambre de Clare ; elle était étonnamment bien rangée, hormis les piles de livres sur les ours qui s'entassaient sur une table de bridge sous son étagère bourrée de guides de nature et de grands livres luxueux sur l'histoire du vêtement. J'ai remarqué un certain nombre de volumes nouveaux sur les coutumes ojibway, puis je suis ressortie de la chambre. Les couples mariés sont idiots et sans doute destructeurs, quand chacun ne permet pas à l'autre quelques zones d'intimité exclusive. J'ai toujours évité de poser des questions sur les pratiques religieuses de Donald. Quand Clare avait une dizaine d'années, Donald et elle ont construit une plate-forme en bois dans une clairière de la forêt, loin derrière notre maison, afin de donner à manger aux corbeaux et aux corneilles les animaux tués sur la route et les poissons que nous avions en trop. Quand je l'ai interrogé à ce sujet, Donald m'a répondu :

« Les corbeaux et les corneilles ne sont pas simplement des corbeaux et des corneilles. »

Un petit vieux, un ancien de la tribu, y a un jour traîné un chevreuil écrasé par un semi-remorque. Comme ce chevreuil était aussi gros que lui, je l'ai aidé, car Donald, Clare et Herald étaient partis à Soo pour assister à un match de basket. Nous avons fait des pieds et des mains pour hisser ce chevreuil sur la plate-forme tandis que les corbeaux se rassemblaient dans les arbres à l'orée de la forêt et que le vieil homme les appelait en poussant des cris qui ressemblaient étrangement à ceux de ces oiseaux. Ensuite, je lui ai fait du café et un sandwich, puis il s'est endormi assis à notre table de la cuisine. J'étais dans la buanderie quand j'ai entendu avec stupéfaction un long meuglement. Je suis retournée dans la cuisine et il m'a expliqué qu'il venait de rêver d'une vache qui dans son enfance était sa meilleure amie. Cet homme a passé trente années de sa vie comme mécanicien dans l'armée de l'air, mais quand il est rentré chez lui, il a repris les anciennes coutumes. Il ne possédait plus de voiture, il ne mangeait guère et ne buvait pas d'alcool, il passait beaucoup de temps à réparer des vélos pour les gamins du coin et à courtiser les vieilles dames, qui, selon Donald, se plaignaient de son ardeur.

Au moment de m'endormir, je me suis posé cette question : si les corbeaux ne sont pas simplement des corbeaux, que sont-ils donc ? J'ai brièvement rêvé d'un petit ours que Clare avait jadis chassé alors que nous cueillions des myrtilles et je me suis réveillée désespérée à trois heures du matin. Je me suis promenée dans toutes les chambres de notre maison hantée, allumant et éteignant la lumière au gré de mes déambulations. J'ai essayé de prier dans le bureau où Donald était resté si longtemps allongé, mais la prière ne fait pas partie de mes habitudes et je n'arrivais pas à me rappeler toutes les paroles du Notre Père, si bien que je me suis contentée de :

« Maintenant je m'allonge pour dormir et je prie le Seigneur de tenir mon âme en Sa sainte garde. »

Voilà ce que nous récitions le soir, ma mère, David et moi, avant de nous coucher, la voix de ma mère souvent brouillée par l'alcool et les tranquillisants.

Après un fatras de rêves décousus, j'ai allumé ma lampe de chevet à quatre heures du matin et j'ai regardé une photo de Laurie en jupe de tennis, Laurie qui à vingt-cinq ans était morte d'un cancer du sein. Elle était très instinctive et impulsive alors que moi je lisais sans arrêt et j'essayais de comprendre mes parents. Les siens étaient simples comme le jour, ils désiraient à tout prix qu'elle devienne une célèbre joueuse de tennis. Nos frasques nous procuraient un plaisir fou et malgré nos différences nous étions vraiment amies. Ses parents lui accordaient la somme dérisoire de cinq dollars par semaine, car, disaient-ils, elle apprendrait ainsi la valeur de l'argent. Elle enviait les vêtements que ma mère commandait pour moi à Chicago, mais j'étais plus charpentée qu'elle et Laurie ne pouvait donc pas les porter.

Voici pourquoi j'ai frappé mon père avec un tuteur de jardin. Un jour, il a proposé cent dollars à Laurie pour qu'elle lui montre sa chatte et ses fesses dans le bureau pendant que j'étais derrière la maison dans le jardin, et elle l'a fait. Quand elle me l'a raconté, j'ai fondu en larmes et elle a alors ajouté :

« Qu'y a-t-il de si grave à ça ? C'est cinq mois de mon argent de poche. Je vais me payer un truc vraiment extra. »

Le lendemain matin, je crois que c'était un dimanche, mon père a dit quelque chose de si grossier que je l'ai frappé en étant convaincue de défendre l'honneur de mon amie. Ce n'est que récemment, en m'informant sur la guerre dans les Philippines, que je me suis demandé si l'obsession de mon père pour les jeunes filles ne résultait pas des milliers de cadavres qu'il avait vus là-bas. Mais c'était trop désagréable pour que j'approfondisse la chose, exactement comme la fois où j'ai essayé de lire *Lolita* de Nabokov. Je me suis arrêtée à la page 3, alors que j'avais pris beaucoup de plaisir à lire ses autres livres.

À un certain moment de leur croissance, les filles sont godiches et ignorées de tous, puis elles se mettent à bourgeonner et certains hommes les remarquent tandis que les garçons désirent qu'elles aient des seins. Oncle Fred, lorsqu'il lisait sur le canapé, avait l'habitude de se laisser glisser afin de mieux voir ce qui se passait sous nos jupes d'écolière ou à l'intérieur de nos shorts larges. J'ai essayé de convaincre Laurie d'être plus gentille avec David, en pensant que cette affection aiderait mon frère, mais elle l'aimait sans bien comprendre pourquoi, car il était terriblement niais. La sexualité est très variée, étrange et puissante, en comparaison de la manière dont la culture la présente. Les adolescents arpentent les couloirs de leur école en criant, en se frappant, en pouffant de rire, car ils sont complètement ahuris par ce qui leur arrive. À quatorze ans j'étais très précoce et dès notre troisième rendez-vous j'ai convaincu Donald d'aller *jusqu'au bout*, selon l'expression consacrée de l'époque. Ensuite, c'était simplement une chose que nous faisions sans y penser vraiment, comme de boire un verre d'eau quand il fait très chaud. Nous faisions donc l'amour et puis j'aidais Donald à rédiger son devoir de géométrie. Ce genre de chose. Parfois, nous refaisions l'amour après avoir fini nos devoirs. Mon frère David s'en est rendu compte et il a été horrifié, mais il utilisait la religion comme un garde-fou. Un soir où il nous avait jugés avec mépris, j'ai convaincu Laurie d'ouvrir la porte de sa chambre et de lui montrer son cul, en sachant très bien qu'il en serait malade de désir.

Il était environ cinq heures du matin quand j'ai sombré dans un profond sommeil, mais Polly a appelé à six heures en tâchant de maîtriser l'hystérie de sa voix. Sa fille Rachel venait de se faire arrêter à New York en flagrant délit de vente de drogue à un flic en civil, et Polly comptait prendre l'avion de huit heures *via* Detroit. Je me suis aussitôt habillée et j'ai descendu la colline en voiture jusqu'à chez elle. Polly m'a servi un café en se demandant si je ne pourrais pas la remplacer à l'école pour la journée, mais je lui ai dit que non, que j'étais épuisée par mes problèmes avec Clare, que je devais renoncer à faire des remplacements tant que je n'aurais pas réglé ces problèmes. Polly m'a alors dévisagée et nous avons éclaté d'un rire lugubre, deux femmes dont la vie était hypothéquée par les lubies de leurs filles, puis elle a ajouté que K, par le biais d'un ami d'Ann Arbor qu'il avait contacté après avoir appris la nouvelle, venait de trouver un avocat new-yorkais spécialisé dans les affaires de drogue. Mais il fallait faire tout de suite un premier versement de dix mille dollars et Polly a poussé vers moi sur la table un chèque signé ainsi que l'adresse de cet avocat. Elle devait prendre son avion avant l'ouverture de la banque : pouvais-je lui télégraphier cet argent à New York ? J'ai déchiré le chèque et empoché l'adresse de l'avocat ainsi que le numéro de compte bancaire. J'ai dit à Polly que nous appartenions à la même famille et que je faisais seulement pour elle ce que ma propre mère aurait fait pour moi, en ajoutant que j'avais l'impression que Clare se préparait à hiberner dans les bois cet hiver, si bien que les problèmes de ma fille étaient une bagatelle en comparaison de ceux de Rachel.

Sur la route de l'aéroport dans les premières lueurs du jour, j'ai d'abord été furieuse de ne pas pouvoir habiter la petite maison que j'avais achetée, parce que je devais m'occuper de Clare. J'avais appris par K que Clare comptait installer un lit de camp dans le bureau où son père avait passé ses derniers jours. Mais ces informations étaient antérieures à son projet d'hibernation.

Polly était toujours gênée par ma proposition financière, tandis que nous attendions son avion à l'aéroport. Je lui ai expliqué que nos parents nous avaient appris par inadvertance à mépriser l'argent. David se contentait de dépenser le sien pour des projets humanitaires délirants et, dans mon cas, l'argent de mon héritage avait seulement servi à mettre Donald mal à l'aise.

« Garde-le pour les gosses », disait-il volontiers.

Je m'occupais de sa comptabilité, son entreprise dans le bâtiment marchait très bien et puis j'avais mon salaire d'institutrice. Il a même payé les dettes de Clarence, alors qu'il n'était nullement obligé de le faire.

« J'aime bien penser que je peux mettre trois gros billets sur la table et garder un toit au-dessus de nos têtes. »

Les enfants avaient des A à l'école et puis ils décrochaient des bourses, mais Donald n'a jamais su qu'ils ne pouvaient pas accepter cette aide financière à cause de l'argent laissé à moi par ma mère et de la vente occasionnelle de quelques terres ayant appartenu à mon père. J'ai même dû lui promettre de vendre le gros et luxueux 4 × 4 qui nous avait emmenés au Canada.

« Ce que je te dis, c'est que je ne supporte pas de te voir donner tes économies à un avocat à cause des conneries de ta fille, alors que cette somme n'a aucune importance pour moi. »

Et voilà tout. Je n'ai pas eu le sentiment d'être un modèle de vertu.

J'avais les nerfs en pelote quand j'ai quitté l'aéroport et, au lieu de faire une chose raisonnable comme d'aller me recoucher, j'ai pris la direction de Au Train avec la ferme intention de rappeler Clare à l'ordre, mais de quel ordre parlais-je donc ? J'étais déboussolée et affamée au point de m'arrêter à Harvey pour prendre un petit déjeuner au restaurant où mon père avait l'habitude de nous emmener, David et moi, pour manger les sandwiches à la dinde que nous adorions. Il y avait plusieurs tables occupées par des chasseurs de chevreuil, qui tous portaient une tenue orange pour éviter de se tirer dessus. Ils montraient et parlaient d'un grand cerf couché sur l'aile d'un pick-up garé devant la gargote, et j'ai soudain eu l'image de Donald en train de faire griller du gibier sur le poêle de la cuisine. J'en ai même humé l'odeur. À une autre table il y avait un groupe d'hommes où j'ai reconnu des maçons et des poseurs de parpaings, aux taches de ciment sec sur leurs Carharts molletonnés et leurs lourds sweat-shirts à capuche. Le plus vieux, sans doute le contremaître, mangeait une assiette de pommes de terre frites et de ketchup comme si sa vie en dépendait. Il m'a regardée, puis il a détourné les yeux, avant de se lever et de s'approcher.

« J'ai été désolé d'apprendre la nouvelle pour Donald. Voilà un homme qui savait ce qu'est une vraie journée de boulot. » Je lui ai serré la main tandis qu'il m'adressait cette formule bien sentie, typique du Grand Nord. Sa main évoquait un gant de base-ball à demi pétrifié. « Peut-être que vous vous souvenez pas de moi. Donny et moi on jouait au football dans le temps, avant de bosser ensemble. Mon nom, c'est Teddy. » Il s'est penché en avant, le visage tout rouge, puis il s'est éloigné.

« Vous étiez plaqueur gauche ! » lui lançai-je alors.

Il s'est retourné et il a souri.

Près de Au Train j'ai bifurqué sur la petite route et je n'avais pas fait cent mètres en direction de la maison de Flower quand j'ai avisé un type allongé sur le dos, en tenue orange, un fusil en travers de la poitrine. Je suis descendue de voiture, j'ai appelé, mais il n'a pas répondu. Je me suis approchée, j'ai vu ses traces de pas dans la neige qui partaient d'un marécage et allaient jusqu'à l'endroit où il gisait. J'ai crié « Salut ! » très fort en pensant qu'il était malade. Je me suis rappelé Donald disant qu'à peu près le même nombre de chasseurs meurent de crise cardiaque que de balles perdues. Mais celui-ci a bientôt ouvert les yeux comme si j'étais un rêve.

« J'avais la gueule de bois et puis cette putain de neige est trop profonde, alors j'ai piqué un roupillon. »

Les vapeurs du whisky sont montées vers mes narines et je me suis éloignée d'un bon pas.

Il n'y avait personne chez Flower, mais j'ai remarqué dans la neige des traces de pas qui s'éloignaient de la porte de derrière et, sans doute à quelques centaines de mètres en direction de la forêt, j'ai entendu les stridences d'une tronçonneuse : c'était peut-être Clare ou Flower qui travaillait sur l'abri. Il faisait très chaud dans cette maison, l'eau coulait du bord des toits. Dehors, la température était remontée au-dessus de zéro et le soleil du milieu de matinée brillait sur la neige. Je me suis allongée sur un petit lit d'angle dans cette pièce où voilà si longtemps, quand j'avais quatorze ans et lui seize, j'avais dormi avec Donald. Comme nous nous aimions ! Il y avait cinq peaux d'ours fixées au mur, qui dataient de l'époque du papa de Flower, lequel, disait-elle, était si raide qu'il se brisait comme un bâton. Flower s'était mise en colère en découvrant que Donald avait installé une peau d'ours par terre pour que nous y fassions l'amour. Cette initiative transgressait une sorte de tabou. Alors comme aujourd'hui, j'étais entièrement une femme blanche et je n'ai rien voulu savoir. Cette pensée m'a poussée à me demander à quel point Clare avait absorbé les croyances de son père, mais en ce domaine il est impossible de quantifier quoi que ce soit. Avec ma tournure d'esprit d'épiscopalienne blanche, je pouvais à peu près comprendre le bouddhisme zen d'oncle Fred, mais quand dans *Harper's Magazine* j'ai essayé de lire une étude sur le bouddhisme tibétain, j'ai eu l'impression d'être en terrain radicalement étranger. Je me suis rappelé la brusque colère des Finnois locaux au lycée, parce qu'un anthropologue de l'université venait de déclarer que les Finnois étaient pour l'essentiel des Indiens de l'Europe du Nord. Clarence et Donald trouvaient plutôt amusant tout cet émoi, d'autant que Donald était à moitié l'un et à moitié l'autre.

« Moi, disait Clarence, je suis juste un Américain même si je sais pas ce que c'est. »

Lorsque Clare était en première année de fac, pour les vacances de Pâques elle a ramené à la maison sa copine sicilienne, qui avait d'épais cheveux noirs frisés absolument magnifiques. Au dîner, Donald lui a demandé s'il pouvait toucher ses cheveux et, quand il l'a fait, nous avons tous éclaté de rire. Elle nous a dit que, durant des milliers d'années, la Sicile avait été très vulnérable et régulièrement envahie par les musulmans, les Africains et les Grecs.

« J'approuve le résultat », dit alors Donald avant de piquer un fard.

Maintenant il y avait des corbeaux tout autour de la maison de Flower et j'ai vu un grand mâle au menton poilu regarder soudain par la fenêtre, où le soleil jetait un carré de lumière jaune en travers de mon buste. Les filles qui regrettent leur père m'ont arraché quelques reniflements. Le mien ne m'a jamais manqué.

J'ai dormi jusque tard dans l'après-midi, quand la lumière froide de novembre a commencé de décliner. Je ne crois pas avoir jamais dormi plus profondément et j'ai même goûté à cette agréable illusion de faire partie intégrante du lit. Je me suis retournée et j'ai vu Clare et Flower qui pliaient les cinq peaux d'ours et les enveloppaient dans une grande bâche en toile.

« Mère, ça va ? » fit Clare avec un sourire brûlé par le vent.

Durant les quelques jours que je venais de passer à Chicago, sa peau avait rougi, abîmée par le froid.

« Ce n'est pas à moi qu'il faut poser cette question », chuchotai-je.

Elle a fait la sourde oreille.

Clare et Flower ont traîné leur lourd fardeau par la porte, en laissant cette dernière ouverte. Je me suis levée et je les ai regardées par la fenêtre tirer ce gros paquet vers une pente qui descendait jusqu'à une dépression dans la forêt qui s'obscurcissait, un endroit où j'avais autrefois découvert un verger sauvage. Quelle étrange paire elles font, ai-je alors pensé. La seule chose que ma mère avait en commun avec Flower, c'était une fascination partagée pour les fleurs sauvages. Un jour où Flower est arrivée dans l'allée située derrière le garage au volant de sa vieille Plymouth déglinguée pour parler à Clarence, ma mère et moi étions dans le jardin et elle s'est comportée comme si Flower lui flanquait une trouille bleue.

J'ai rejoint le poêle à bois de la cuisine et soulevé le couvercle d'une cocotte pour sentir l'odeur d'une soupe de gibier préparée avec du maïs séché et des poireaux sauvages séchés. Herald s'est toujours méfié de Flower, mais il lui envoyait des paquets d'aliments du sud-ouest du pays, qui incluaient des piments et toute une variété de maïs et de haricots séchés. Quand Herald était encore un petit garçon, Flower lui a envoyé un couteau de chasse qu'elle avait fabriqué avec un manche en corne de chevreuil. Il ne s'est jamais servi de ce couteau, mais c'était pour lui un objet précieux.

Je me suis installée à la table et j'ai goûté une sauce au chili qui m'a agréablement brûlé le palais. Soudain il a fait nuit et j'ai entendu leurs chaussures écraser la neige tandis qu'elles revenaient toutes les deux vers la maison. J'ai essayé de trouver quelque chose à dire à Clare, ce qui m'a donné envie de boire un verre. Je ressentais de la jalousie à l'idée qu'en cette période difficile Flower était devenue la mère de ma fille. Qu'avais-je à lui proposer ? Devais-je dire à Clare que son père était bel et bien mort et qu'elle devait reprendre le cours de son existence ? J'ai revu Donald et Clare préparant leurs affaires en vue d'une de leurs innombrables expéditions de pêche ; Clare, âgée de sept ans, les cheveux avec des couettes, assise à la table de la cuisine, passait en revue sa liste de fournitures et disait :

« Papa mange tellement de bacon que je n'en crois pas mes yeux. »

Pendant que Flower servait la soupe, Clare s'est assise près de moi et m'a serrée contre elle comme si c'était moi qui avais des problèmes.

« Ne te fais pas de souci pour moi, Mère, il faut que je fasse tout ça. »

Qu'aurais-je pu répondre ? Rien, même pas un :

« Habille-toi chaudement. »

Nous avons mangé notre délicieux repas et fini par rire aux larmes à cause d'une blague idiote où une vieille femme unijambiste faisait l'amour avec un ours. Malgré mon rire, j'ai trouvé un peu étrange que Flower raconte cette blague comme s'il s'agissait d'une histoire absolument vraie. Quand je me suis levée pour partir, j'avais décidé de ne pas informer Clare des problèmes de la fille de Polly à New York. Bien que Rachel soit plus jeune, Clare lui avait patiemment appris ses pas de danse ainsi que la natation. La pensée de cette fille en prison m'a remis en mémoire l'expression de Dickens « une sombre consternation ».

Quand je suis rentrée à la maison, j'ai trouvé dans le garde-manger le shaker à martini de mon crétin de père, et je me suis préparé un gigantesque cocktail. Au point où j'en étais, pourquoi pas ? Il y avait deux messages sur le répondeur et j'ai choisi de joindre d'abord David à Jalapa, avant K à New York.

« Comment vas-tu ?

— Je ne sais pas. Et toi ?

— Je ne sais pas. »

Il s'agit là d'une transcription exacte. Nous avons repris depuis le début et j'ai repoussé le moment de lui annoncer la mauvaise nouvelle concernant son ancienne femme Polly, et il m'a donc parlé de sa première journée intéressante passée à se balader en voiture, de village en village, pour prélever des échantillons dans l'eau des puits et des systèmes hydrauliques. La menace du choléra m'a fait penser au roman que je relisais. Les ours et le choléra. J'étais vraiment loin de Chicago. J'ai bu une bonne gorgée de mon cocktail, puis j'ai annoncé à David la raison de la présence de Polly à New York. Il m'a demandé s'il devait prendre l'avion pour aider la mère de Rachel.

« À quoi bon ? » lui ai-je répondu.

Il s'est vexé. Je lui ai dit que j'appellerais le lendemain quand j'en saurais un peu plus. J'ai ensuite laissé un message à l'hôtel new-yorkais où Polly et K étaient descendus ; K a rappelé moins d'une heure plus tard alors que je suffoquais presque en lisant un passage du roman de García Márquez où il était écrit :

« Dieu seul sait combien je t'ai aimé. »

J'ai failli ne pas décrocher le combiné. K m'a dit qu'il venait de donner un calmant à Polly et qu'elle dormait. La lecture de l'acte d'accusation était toute récente et sans appel. Le seul point en leur faveur, c'était l'existence de centaines de cas similaires en attente de jugement, et puis la quantité d'héroïne vendue au flic en civil ne tombait pas dans la catégorie la plus grave de trafic. L'avocat avait payé la caution avec l'argent que je lui avais télégraphié et il en réclamait encore pour couvrir ses propres frais. J'ai dit que je lui en ferais parvenir dans le courant de la matinée, puis j'ai entendu des pleurs à l'autre bout du fil. K m'a expliqué que sa sœur sanglotait dans la salle de bains, parce qu'il refusait de lui laisser voir son petit ami ou même de l'appeler. Dès la fin de notre conversation téléphonique, il l'emmènerait dans un centre de désintoxication, bien qu'elle prétendît se droguer seulement de temps à autre. Quand il m'a demandé des nouvelles de Clare, je suis restée évasive, puis j'ai eu peur, car la nuit venait de tomber voilà un quart d'heure et un violent vent du nord s'était levé.

« Je crois qu'elle a l'intention d'hiberner pour s'approcher de l'esprit de son père, lui dis-je d'une voix qui tremblait un peu.

— Nom de Dieu, je me doutais qu'elle préparait un truc comme ça. Je sais vraiment pas ce qu'on peut faire.

— Moi non plus », répondis-je en raccrochant le combiné, car j'étais incapable de continuer de parler.

Je suis allée à la cuisine, je me suis servi un autre verre, puis je suis sortie sur la véranda de derrière et j'ai siroté mon martini dans l'air glacé et tumultueux. J'ai levé les yeux et vu les nuages du front froid masquer peu à peu les étoiles. Toutes ont soudain été effacées.

À un moment de la nuit la chaudière s'est éteinte et quand je me suis réveillée à l'aube, juste avant sept heures, la maison était affreusement glacée. J'ai enfilé le long manteau en peau de mouton que Donald m'avait offert pour Noël, j'ai préparé du café et j'ai attendu l'arrivée du chauffagiste à qui j'avais aussitôt téléphoné. Ce type était au lycée dans la classe qui me suivait immédiatement, mais je ne me souvenais pas de lui. Quand il a remplacé ce qu'il appelait *l'allumage*, je lui ai servi une tasse de café et il m'a montré l'élément défectueux de la pièce qu'il tenait entre ses mains couvertes de graisse. La chaleur envahissait la cuisine et j'ai retiré mon manteau. L'espace d'un instant, mon sein gauche est sorti de ma chemise de nuit et nous avons tous deux rougi tandis que je remettais de l'ordre dans mes vêtements.

Il est parti quelques minutes plus tard et, tout en le regardant rejoindre sa camionnette à pied, je me suis dit que s'il m'avait fait la moindre avance je ne lui aurais sans doute pas résisté. Qu'ont donc d'érotique des mains couvertes de graisse et l'odeur du fioul ? Je m'étais sentie très nue sous mon peignoir et ma chemise de nuit.

Je me suis habillée aussi chaudement que possible, puis j'ai rejoint la cabane à outils de Clarence pour y prendre mes skis de fond et mes bâtons. J'avais encore en bouche le goût de la vodka de la veille au soir et l'esprit à l'envers. J'avais envie de rejoindre une région sauvage proche de Champion, mais je me suis rappelé que la saison de chasse au chevreuil était ouverte et je ne voulais pas qu'on me prenne pour une biche. Presque Isle serait trop venteux, je me suis donc rabattue sur Trowbridge Park et j'ai skié durant presque deux heures, jusqu'à être trempée de sueur, mais sans réussir à chasser tout à fait l'image des grandes mains sales du chauffagiste. Mon cœur a fait un bond quand je me suis rappelé le virement que je devais envoyer à K et à Polly ; je me suis donc arrêtée à la banque, puis j'ai acheté un steak au magasin I.G.A. en me souvenant de la facilité avec laquelle Donald pouvait engloutir une entrecôte d'un kilo ou un poulet entier.

À mon retour à la maison, il y avait un message de Coughlin sur le répondeur, disant qu'il avait obtenu des informations très intéressantes à la fois du professeur d'anthropologie et d'un chercheur à la bibliothèque Newberry. Il mettait toutes ces informations noir sur blanc, puis il me les enverrait par FedEx dans le Nord. Quand je l'ai appelé, il a senti de l'inquiétude dans ma voix et nous avons fini par parler pendant une heure. De ma main libre, j'ai mis du sel et du poivre sur le steak, puis j'ai considéré avec un extrême dégoût la pile de manuels scolaires au bout du comptoir. Il m'a dit qu'à tous égards la principale raison de vivre, c'est parce qu'on vit déjà. Quand j'ai tenté de blaguer sur ma non-expérience avec « mains sales », il a éclaté de rire et m'a rétorqué :

« Le plus authentique désir nous prend souvent par surprise. »

Puis il m'a rappelé que mon mari m'avait poussée à trouver un ami, ajoutant que certaines personnes étaient certes capables de transcender les lois de la biologie humaine, mais que je ne faisais sans doute pas partie de ces exceptions. J'ai alors reconnu m'être demandé si j'avais besoin d'un autre homme dans ma vie, mais sans aboutir à la moindre conclusion. Il m'a aussitôt rappelé les limites de la réflexion. Je lui ai ensuite proposé de venir passer le week-end ici pour faire du ski de fond et il s'est montré surpris, disant qu'on était déjà vendredi midi, mais qu'il pourrait venir le week-end suivant pour Thanksgiving, si j'étais toujours d'accord pour l'inviter. La partie la plus pénible de notre conversation a eu trait à Clare. Il m'a dit que ce serait formidable pour toutes les personnes impliquées si j'arrêtais de dire « mon enfant » ou « ma fille ». À vingt-trois ans, Clare n'était plus la propriété de personne et je ne l'aidais certes pas en la harcelant.

Malgré le réconfort de cette conversation, j'ai paniqué en mangeant mon steak, car j'avais mis les nouvelles à la radio. La météo disait que le front froid en provenance de l'Alberta (le présentateur parlait d'un *clipper*) allait passer très vite, mais que l'air serait bientôt immobile et très froid, la température descendant en dessous de zéro. J'étais sous le choc, mais j'ai aussitôt mis un manteau et roulé jusqu'à Au Train. Je ne pouvais tout bonnement pas laisser ma fille dormir dans une putain de hutte en bois quand il gelait à pierre fendre.

Flower n'a guère été impressionnée. Elle préparait trois tourtes à l'émincé de gibier et elle m'a appris que Clare était partie en voiture pour la partie canadienne de Soo (Sault Ste. Marie) afin de passer quelques jours en compagnie du maître spirituel de son père. Parce que c'était complètement inattendu, je suis restée assise comme une bûche, à deux doigts de verser des larmes de soulagement. J'ai dit à Flower que je désirais voir l'abri de Clare, mais elle m'a répondu que c'était hors de question. Elle s'est assise et nous a servi deux verres de son vin fait maison, à partir de fraises sauvages et de rhubarbe. Elle m'a longuement regardée et je me suis rappelé une fois encore que les autochtones ne remplissent pas de bavardage tout l'espace disponible. Ils ne croient pas que parler c'est penser. Ce silence m'a décontenancée et je me suis absurdement remémoré une dissertation de fac que j'avais rédigée sur le poète gallois Dylan Thomas. J'avais lu le livre de sa veuve Caitlin, intitulé *Ce qu'il reste de vie à tuer*, lequel m'avait scandalisée. Comment ces deux individus avaient-ils pu vivre heureux ensemble, quand tous les jours ils semblaient ivres ? Mon professeur m'a dit que j'étais vraiment trop bourgeoise… Assise là avec Flower qui me regardait dans le blanc des yeux, j'ai eu l'impression d'être une mère hystérique lors d'une réunion des parents d'élèves, le genre de femme qui me houspillait au lycée sous prétexte que je ne m'occupais pas assez de son fils dont la seule activité en classe consistait à se curer le nez et à regarder par la fenêtre comme s'il s'agissait d'un écran de télé.

« Comment pourrais-tu l'aider à surmonter son deuil ? demanda enfin Flower.

— Je ne sais pas, dis-je en répétant cette phrase qui ressemblait désormais à ma devise.

— Que fais-tu pour surmonter le tien ?

— Je me lève de bonne heure chaque matin, je lis, je mange, je me couche tôt. C'est à peu près tout, mais je fais aussi du ski de fond.

— La neige est une bonne chose. Je ne sais pas s'il existe

des livres pour cela. Simplement, ne te mets pas à la colle avec un homme mouillé.

— Je ne comprends pas ce que tu veux dire. »

Puis j'ai attendu une bonne minute qu'elle m'explique ce qu'elle entendait par « un homme mouillé ».

« Un homme mouillé ressemble à une grenouille du fin fond des marais qui se prend pour l'univers tout entier, qui croit que le monde se réduit à lui. Je remarque qu'aujourd'hui la plupart des hommes sont ainsi. Donald n'était pas comme ça.

— Je suis simplement inquiète à l'idée que Clare risque de mourir de froid, dis-je piteusement.

— Les gens intelligents ont toujours su procurer à leur corps toute la chaleur dont il avait besoin. » Elle s'est alors mise à rire si fort que des larmes se sont formées au coin de ses yeux. « Je ne savais pas que c'était ça qui t'inquiétait tant, dit-elle en s'étouffant presque. Je croyais que tu avais peur que ta fille se transforme en ourse et que tu la perdes. » Elle a contourné la table. « Dans l'ancien temps, quelques hommes devenaient des ours de leur vivant, mais c'était vraiment rare que des femmes se transforment, sauf si elles faisaient l'amour avec un ours. »

Flower m'a renvoyée chez moi avec une tourte à l'émincé de gibier, que j'ai mangée au déjeuner accompagnée d'une salade. Cette tourte était meilleure que toutes celles que j'avais pu préparer pour ma famille, car Flower mettait du lard dans la pâte ainsi que ses propres fruits séchés au goût inégalable, sans oublier des pommes sauvages. Un rayon de soleil est entré par la fenêtre de la cuisine et je me suis sentie heureuse, la seule fausse note étant la pile des manuels scolaires posés sur le plan de travail, près du grille-pain. J'ai pris tous ces manuels entre mes bras, j'ai ouvert la porte de l'entresol, puis j'ai lancé tous ces livres dans l'obscurité inférieure. Il en montait encore une légère odeur de fioul et un souvenir m'est alors revenu en mémoire, atténué par tout le vin que nous avions alors bu. C'était le mois de juin, mes parents s'étaient installés au club. Mme Plunkett, notre gouvernante, avait pris son jour de congé et David pêchait avec son ami Glenn, qui sentait toujours la bière. J'avais quatorze ans et Donald seize, nous dansions dans le salon en écoutant les Rolling Stones. Laurie était avec son petit ami et, après avoir cherché un moment dans le bureau de mon père, nous avons trouvé la clé de la cave à vins. Assis à la table de cette cave à vins, nous avons fumé un joint et bu deux bouteilles de vin français. Laurie et son petit ami sont allés dans un coin, derrière un rocher, mais nous l'avons entendue tailler une pipe au garçon. Je n'avais jamais fait une chose pareille, mais Laurie soutenait qu'en ramollissant ainsi les garçons elle évitait de tomber enceinte. Donald riait, nous avons quitté la cave à vins pour rejoindre une pièce bourrée de meubles et de bagages entassés là, nous avons échangé quelques caresses contre le mur et j'ai taché mon corsage bleu pâle en m'appuyant contre le tuyau de cuivre graissé qui reliait le réservoir enterré dehors à la chaudière. Donald frottait sa bite contre ma chatte à travers mon slip jusqu'à ce que je jouisse et que son sperme m'éclabousse alors les cuisses.

Je n'en revenais pas d'avoir jeté tous ces manuels dans l'escalier de l'entresol, mais ensuite ma part de tourte et ma salade ont eu un goût incomparable. J'ai ouvert *L'Amour au temps du choléra* à l'endroit de mon marque-page, soit à la page 47. « Il ne lui fut guère aisé de retrouver son équilibre après qu'elle eut entendu le cri de Digna Pardo dans le patio et découvert, en train de mourir dans la boue, le vieillard qui avait été l'homme de sa vie. » La même chose arrive partout et à tout moment, ai-je pensé, mais c'est seulement lorsque le drame a lieu près de nous que nous en mesurons toute la portée.

Il était donc parfaitement évident que je n'avais plus la moindre envie d'enseigner à Marquette. Pour m'en convaincre définitivement, il me suffisait d'allumer la lumière de l'entresol et de baisser les yeux dans l'escalier pour voir les manuels scolaires éparpillés sur les marches comme des cadavres de papier qui venaient de perdre la vie lors de ma récente guerre intime. Les manuels de littérature ressemblent à des anthologies où tous les plus beaux textes seraient laissés de côté pour aboutir à un produit inoffensif. Je ne désirais plus faire partie d'un système dont le but véritable consistait à produire des employés de toute confiance. Il y avait là quelque chose de la garderie, et puis les parents comptaient sur vous pour instiller à leurs rejetons un sens de la discipline parfaitement absent du foyer. Une minuscule lumière électrique s'est éteinte dans ma tête quand je me suis souvenue qu'à la fin septembre un jeune homme, qui enseignait la géographie humaine à l'université, m'avait suggéré de m'occuper de quelques étudiants autochtones qui, par timidité, perdraient bientôt les pédales dans leurs études. Cette perspective paraissait meilleure que celle de m'incruster dans le système scolaire de Marquette. Selon ce même jeune professeur, la moitié des étudiants autochtones étaient des Indiens récemment politisés et très actifs en cours, tandis que l'autre moitié restait dans son coin. Il m'avait présenté un frère et une sœur, originaires de Baraga, plutôt brillants mais qui s'exprimaient en murmures et chuchotis, qui souffraient d'un affreux mal du pays et qui, pour couronner le tout, étaient trop pauvres pour manger correctement. Quelques-uns étaient très férus de leurs traditions et l'on invoquait le fatalisme lorsqu'ils rentraient prématurément de villes étrangères comme Sault Ste. Marie ou Marquette, retrouvant ainsi des régions où le taux de chômage avoisinait les cinquante pour cent et où l'alcoolisme faisait des ravages.

Il neigeait désormais beaucoup et j'ai laissé mon buste s'incliner vers la table de la cuisine ; somnolant à demi, j'ai regardé la neige s'accumuler dans les buissons de baies sauvages de l'autre côté de la fenêtre. Je n'avais pas prêté assez d'attention au vert de l'été, et voilà que les couleurs du paysage étaient le gris, le blanc et le noir. David et Vera étaient dans la verte Veracruz qui donnait sur la mer bleue des Caraïbes, mais je devais prendre soin de Clare. Au téléphone Coughlin m'a dit que je ne peux pas la guider sans l'accepter. Si je m'oppose violemment à ce qu'elle fait, elle s'opposera à moi. Pourquoi la fille ressemble-t-elle tant au père, alors que le fils est davantage comme moi, donnant l'illusion de contrôler parfaitement le chaos de la vie ? J'ai terminé ma maîtrise universitaire avec deux enfants en bas âge et en m'occupant de la maison.

« Tu devrais avoir une aide », me disait ma mère au téléphone.

Non merci. Je préférais être épuisée.

Presque allongée, j'ai ouvert le roman de García Márquez sur la table et sauté quelques pages : « Au cours des deux semaines suivantes il n'a pas dormi une seule nuit. » J'ai lu tellement de romans que je pensais volontiers que mes perceptions de la vie relevaient de la simple fiction que j'écrivais, surtout après que les enfants sont partis à l'université, quand le soir il y avait si peu de bruit à la maison. Un soir, Donald regardait l'émission *Le Football du lundi soir* quand le téléphone a sonné : c'était la police qui nous demandait de participer à des recherches, car on était sans nouvelles de deux chasseurs venus du sud de l'État, à Flint. Donald faisait partie d'un groupe de secouristes pour les comtés de Luce et de Chippewa, les gens portés disparus étaient d'habitude des chasseurs, mais parfois en été des campeurs équipés de mauvaises boussoles ou sans boussole, ou encore des enfants qui s'étaient aventurés à l'écart de leur campement où leur mère éplorée criait que sa chère tête blonde allait être dévorée par les loups ou par les ours, bien que ce genre de chose soit seulement arrivé une fois, près de Brimley, quand d'après ce qu'on m'a dit un ours a tué une jeune fille.

Bref, les deux chasseurs de Flint étaient perdus pas très loin, dans la forêt nationale de Hiawatha (mauvais poème). Le marais où l'on pensait qu'ils se trouvaient était trop dense pour les scooters des neiges, si bien que Donald et un ami pêcheur professionnel sont partis en raquettes à leur recherche. Je me suis inquiétée toute la nuit et à l'aube la voiture de patrouille était garée dans notre cour, quand Donald et son ami sont revenus en portant les deux hommes sur leurs épaules. Les deux chasseurs perdus n'étaient pas des colosses, mais ils pesaient néanmoins leur poids. J'ai préparé le petit déjeuner le plus consistant que j'ai pu, les hommes sentaient la fumée d'aiguilles de pin et la neige. Dans le marais, Donald avait fait un grand feu de mélèze et de pin, et leur situation était assez confortable. L'un des rescapés, d'origine italienne, nous a envoyé par FedEx cinquante livres de saucisses italiennes, de fromages italiens et de salamis, que nous avons adorés.

Je me suis endormie à la table, mes yeux s'ouvrant par intermittence pour voir la neige former de gros bulbes floconneux et immaculés sur le buisson de baies sauvages. Dans un catalogue de matériel de sport apporté par K, j'avais vu un sac de couchage destiné aux alpinistes chevronnés dans l'Himalaya et qui permettait de supporter des températures allant jusqu'à moins quarante. Je vais en commander un pour Clare. Un hiver, Donald et elle ont campé près d'un lac isolé pour pêcher à travers la glace, et à leur retour ils m'ont dit qu'ils n'avaient jamais eu froid.

J'ai rejoint le salon d'un pas chancelant et je me suis écroulée sur le canapé en regrettant d'avoir lu *Rites de conquête* par Cleland, mais Donald m'avait demandé de le faire, car il avait besoin d'aide pour comprendre comment le peuple qu'il aimait s'était ainsi retrouvé sous le joug. Que reste-t-il de nous tous, balayés par le vent de l'histoire, y compris mon père, le jeune et sémillant gentleman de Chicago, en route vers les Philippines dans son uniforme d'officier coupé sur mesure, pour y voir quatre-vingt-dix pour cent de ses hommes broyés dans le hachoir à viande de la guerre ? Dans mes rêves tout le monde devenait aveugle et sourd au paradis, et puis j'ai retrouvé mes rêves terrestres où les gens n'y voyaient pas grand-chose, et puis j'étais une petite fille dans un chenil au bout de la rue, où je pouvais me cacher avec ce gros chien noir qui semblait m'aimer beaucoup. À mon réveil, j'ai bu une tasse de café en mangeant une nouvelle part de tourte à l'émincé de viande en pensant que la hutte de Clare dans les bois situés derrière chez Flower, avec ses cinq peaux d'ours, ressemblait au chenil de mon enfance, alors que seul David connaissait ma cachette. Je m'asseyais au fond de la niche et le monde se réduisait au rectangle de pelouse et au massif de forsythias que je voyais par l'ouverture. Dès qu'un rouge-gorge se posait ou qu'un écureuil sautillait à proximité, le chien grondait.

La maison s'est remplie pour la fête de Thanksgiving. Coughlin est arrivé dans le Nord le mercredi à midi et parce qu'il y avait toujours des chasseurs de chevreuil en maraude dans la forêt, nous avons skié sur la plage jusqu'à Presque Isle, avant de contourner le village, d'atteindre un banc de parc, d'en ôter la neige épaisse qui le recouvrait et de nous y asseoir au soleil pour regarder le lac Supérieur, qu'une brise de nord-est ourlait légèrement. Dès son arrivée, Coughlin m'avait donné son enveloppe contenant les informations sur les ours, mais je l'avais mise de côté pour en examiner plus tard le contenu. Quand il m'en a demandé la raison, je lui ai répondu que Clare arrivait le lendemain avec Flower et que je ne voulais pas passer ma journée à penser à elle. Tandis que nous étions assis sur notre banc, des nuages ont masqué le soleil, assombrissant du même coup notre humeur.

« Après tout, dit-il, le fait de la mort est la chose la plus brutale que nous autres humains sommes contraints d'accepter. »

Mais le soleil est soudain revenu et j'ai répété pour Coughlin les paroles prononcées par Herald au lendemain de l'enterrement :

« Maman, la mort ne peut pas être si terrible puisque tous les êtres vivants passent par là. »

Pendant que Coughlin faisait rôtir deux beaux poulets qu'il avait apportés de Chicago, en suivant une recette qu'il tenait de David, lequel l'avait apprise grâce à Vernice – on enduit le poulet de citron, d'ail, de beurre et d'estragon –, j'ai pris la voiture pour aller à l'aéroport chercher Herald, qui arrivait avec Sylvia, son amie mexicaine. J'aurais mieux fait d'appeler l'aéroport avant de partir, car l'avion avait presque une heure de retard, un problème fréquent pour les voyageurs en provenance de Detroit ou de Chicago. Polly, K et Rachel, la révoltée, venaient de New York ; mais le vol de Detroit étant complet, ils allaient effectuer en voiture la dernière partie du trajet, longue de huit cents kilomètres, à partir de Detroit, dans l'espoir d'être rendus en fin de matinée. Comme Rachel refusait d'habiter chez sa mère, elle allait s'installer dans mon petit bungalow, non loin de chez Polly, et K veillerait sur elle jusqu'à ce qu'elle se soit *calmée*, comme disait Polly. J'ai vraiment été soulagée lorsque David a annoncé que Vera et lui avaient décidé de ne pas quitter Jalapa, ajoutant qu'ils viendraient peut-être à Marquette pour Noël.

Assise dans l'aéroport en regrettant de ne pas avoir emporté mon García Márquez, j'ai fait semblant de me plonger dans le journal local, le *Mining Journal*, afin de ne pas être dérangée par l'une ou l'autre de mes connaissances venue là pour les mêmes raisons que moi. J'étais un peu inquiète à l'idée de rencontrer l'amie de Herald. L'autre jour, quand Herald m'a expliqué au téléphone que, les membres de sa famille étant très *vieux jeu*, il espérait que nous nous tiendrions à carreau pour que sa fiancée ne prenne pas la poudre d'escampette, j'ai vu rouge. J'étais sur le point de lui demander sèchement ce qu'il voulait dire au juste par vieux jeu, quand j'ai soudain pensé que les projets d'hibernation de Clare entraient peut-être dans cette catégorie. En tout cas, ils restaient seulement jusqu'à vendredi après-midi, car Sylvia désirait rendre visite à une cousine à Ypsilanti, près de Detroit. Après s'être fait plaquer par son amoureuse au lycée, Herald, dégoûté des Américaines, s'était limité aux nationalités étrangères, et jusqu'à Sylvia ses petites amies avaient été de jeunes Japonaises ou Chinoises étudiant les sciences. Quand je me suis étonnée de sa présence assidue dans la boîte de striptease huppée où bossait sa copine, il m'a répondu que plusieurs de ces strip-teaseuses étudiaient à l'université du Sud de la Californie et que, comme tous les autres hommes, les mathématiciens fréquentaient à l'occasion les boîtes de strip-tease.

Lorsqu'ils sont enfin descendus de leur avion, la séduction que chacun dégageait séparément et qu'ils manifestaient ensemble m'a impressionnée. Elle mesurait presque un mètre quatre-vingts, alors que je m'attendais à découvrir une fille plus petite, un peu comme Vera. Dans la voiture, elle s'est aussitôt lancée dans un petit topo sur ses antécédents afin de désamorcer tout de suite ma curiosité. Sylvia avait vingt-deux ans, son père dirigeait un magasin de voitures à Hermosillo et il n'était guère heureux, car il serait toujours un directeur certes bien payé, mais jamais le propriétaire d'un tel magasin. Elle était l'aînée de quatre enfants, elle s'était *enfuie* à Los Angeles à dix-neuf ans, car sa mère, très autoritaire, insistait pour qu'elle épouse le fils de sa meilleure amie. Elle dansait quatre soirs par semaine dans un club de strip-tease et pendant la journée elle suivait des cours de marketing dans une faculté de Pasadena, car depuis sa plus tendre enfance elle désirait diriger un hôtel proche de l'océan Pacifique. Elle n'avait plus aucun contact avec sa famille depuis deux ans et ses parents ne répondaient pas à ses lettres. Sa sœur et ses deux frères lui manquaient terriblement ; ainsi, l'année passée, elle avait pris l'avion pour Hermosillo avec Herald. Lequel avait mis son plus beau costume pour entrer dans le magasin d'automobiles juste avant l'heure du déjeuner, se présenter au père de Sylvia et la demander en mariage lorsqu'il aurait fini son doctorat en mathématiques, au mois de juin suivant. Le père de Sylvia avait alors téléphoné à son épouse et ils avaient déjeuné tous les quatre. Elle nageait dans le bonheur, car elle pouvait enfin revoir ses deux frères et sa sœur.

Herald m'avait raconté au téléphone quelques bribes de cette histoire, mais je n'en revenais pas. Sylvia était de toute évidence ce qu'on appelait une *dure à cuire*, mais certainement pas plus que je ne l'avais moi-même été. Nous approchions de la maison quand Herald m'a prise par surprise :

« Maman, tu n'as vraiment pas l'air en forme. Tu as beaucoup maigri. Il faut que tu prennes soin de toi.

— Je m'inquiète beaucoup pour Clare, répondis-je faiblement.

— Clare a toujours été à moitié dingo, peut-être à cause du sang indien de papa, ou d'autre chose. Soit elle avait envie de vivre dans les bois, soit elle voulait partir pour

San Francisco ou New York. Tu ne trouves pas ça un peu schizophrénique ? Clare va survivre en tant que Clare. Il faut que tu consacres davantage de temps à toi-même. »

C'était sans aucun doute le plus long discours jamais prononcé par Herald, mais il m'a laissée sans réaction, hormis cette légère crispation muette qui vous étreint quand quelqu'un vous annonce que vous n'avez pas l'air en très grande forme.

Le dîner a été vraiment agréable, mais Herald n'a pas cessé de m'observer pour s'assurer que je mangeais suffisamment. J'ai souvent faim, mais mon appétit s'envole au bout de quelques bouchées et je me perds bientôt dans mes pensées. Tout le monde ressentait une légère fatigue, qui résultait du voyage en avion, sauf moi car j'avais passé la moitié de l'après-midi à dormir sur la table. Quand nous avons évoqué la religion, le rire de Sylvia a contribué à la bonne humeur générale. Coughlin m'a vue jeter un coup d'œil à son enveloppe d'informations sur les ours, posée contre le mur sur la desserte. Selon lui, il était bien difficile d'imaginer les sentiments des Indiens quand les premiers missionnaires jésuites ou franciscains les avaient initiés aux mystères de la communion chrétienne, en leur demandant de boire le sang du Christ et de manger son corps sous les formes du vin et de l'hostie. Sylvia a raconté que sa mère avait un cousin qui était un *penitente* et qui à chaque défilé d'avant Pâques se flagellait avec des branches d'épineux jusqu'à avoir le corps couvert de sang. Cette évocation n'a, semble-t-il, dérangé personne, mais pour ma part je n'ai pas réussi à manger la tarte aux framboises sauvages que j'avais préparée pour le dessert.

Sylvia et Herald sont montés se coucher à dix heures et peu de temps après Coughlin a rejoint son hôtel. Je me suis sentie abandonnée et j'ai bu ce qu'il restait de la seconde bouteille de vin, presque intacte, de notre dîner, ce qui ne m'a guère aidée à lire García Márquez ou les textes sur les ours. « Non, pas riche, écrit-il. Je suis un pauvre qui a de l'argent, ce qui n'est pas la même chose. » Cette remarque m'a aussitôt remis en mémoire mon crétin de frère, David, qui sans son héritage aurait peut-être été un clochard. L'organisation délirante de son oisiveté affreusement affairée nécessite des moyens financiers extérieurs, même si autrefois il semblait tout à fait heureux de ratisser des jardins avec sa modeste équipe de paysagistes. Les informations relatives aux ours étaient tout bonnement effrayantes et je n'ai pas poursuivi très loin ma lecture. Selon l'ancienne tradition des Ojibways, une jeune fille au début de ses premières règles était appelée *wemukowe*, ce qui signifie *celle qui va devenir une ourse*. Elle se couvrait le corps de suie jusqu'à la fin de ses règles, mais tout le monde l'appelait alors *mukowe*, soit *celle qui est devenue une ourse.* Ensuite, toujours d'après les mêmes sources, elle reprenait sa vie normale. Mais quel rapport avec ma fille de vingt-trois ans ?

Cela suffisait pour la soirée et j'ai allumé la télévision pour regarder une émission sur la nature des chiens. Le sale petit clebs que Clare avait rapporté de Californie avait disparu, mais K m'a confié un peu plus tard qu'un voisin lui avait donné son collier sans un mot d'explication. Peut-être avais-je besoin d'un chien ? Nous avons toujours eu des chiens, jusqu'à la mort du dernier, au début de la maladie de Donald. Je me suis endormie sur le canapé, mais Herald m'a réveillée à trois heures du matin pour me guider jusqu'à ma chambre, en fait la chambre à coucher de mes parents, mais je n'avais plus vraiment envie de dormir. J'ai regardé le téléphone posé sur la table de chevet et j'ai eu envie d'appeler Coughlin pour voir si je pouvais le rejoindre à son hôtel, avant de renoncer à cette idée.

Thanksgiving s'est bien passé, mais pas comme je l'avais prévu. J'ai cuit un jambon pour accompagner la dinde, car depuis son enfance Herald refuse de manger de la dinde : nous avions tenté d'élever quelques dindes, mais un coyote était entré dans la basse-cour et les avait toutes volées. Il y restait seulement une unique patte de dinde, que Herald a enterrée lors d'un service funèbre organisé avec Clare, qui elle a continué à manger de la dinde. La surprise a été constituée par Clare, que j'avais très peu vue depuis mon voyage à Chicago. Elle était mince et absente, mais en même temps chaleureuse et naturelle avec moi. Elle s'est montrée très fière des trois tartes aux fruits secs préparées le matin même par Flower et elle-même et elle a participé activement aux préparatifs du dîner, faisant un roux pour que la sauce de la dinde soit d'un marron appétissant. Et puis elle a emmené Rachel à l'étage quand elle est arrivée avec K et Polly, tous deux hagards et épuisés après leur voyage en avion depuis New York et leur nuit passée à rouler en voiture à partir de Detroit.

Après le dîner, Polly s'est endormie dans son fauteuil. Les jeunes, Herald, Clare, Sylvia, K et Rachel, sont partis se promener, même si Rachel semblait triste et lente à réagir. Soudain, la maison a été tranquille, hormis les légers ronflements de Polly dans son fauteuil confortable. Flower a regardé Coughlin et elle en a conclu à juste titre qu'on pouvait lui faire confiance.

« Clare est allée du côté québécois de Soo pour rencontrer le maître de Donald. Je le connaissais autrefois, quand il n'était pas très sûr de lui, mais il avait déjà un vrai don pour voir des choses que personne d'autre ne voit. Une fois, il m'a raconté qu'il avait été vraiment surpris le jour de sa naissance et qu'il serait sans doute tout aussi surpris le jour de sa mort. Comme son esprit bat beaucoup la campagne, il est devenu géomètre afin de toujours savoir où il se trouve. Je connaissais son professeur là-bas sur Manitoulin Island, il flanquait les chocottes à tout le monde. Je suis juste une vieille dame qui reste à l'écart de la plupart de ces trucs-là. Je vis dans les bois, alors je connais quelques petites choses. Bref, cet homme a passé du temps avec Clare, pendant trois jours. Il l'a emmenée près d'un trou à souffle, pas loin de la tombe de son père à elle. Un trou à souffle, c'est là que l'haleine d'un ours endormi entre et sort par un trou gelé qui vient de l'humidité du souffle de l'ours. Je suis pas certaine de tout ce que Clare avait en tête, mais cet homme lui a dit que la chose à faire, c'était de laisser partir l'esprit de son père. L'esprit de Donald restera peut-être un an dans les parages, ce qui nous amène à juin, mais elle ne devrait pas s'agripper à lui. Elle pourrait passer une nuit par semaine tout au plus dans sa hutte pour lui parler un peu, mais il faut pas qu'elle s'y accroche. Ce serait mal faire. Il lui a aussi dit que traiter tout ça à la légère risquerait de la rendre vraiment cinglée. Après tout, Donald a mis quinze ans avant de pouvoir rester là trois jours et trois nuits. Il a dit qu'elle ne savait pas précisément où elle se tenait dans le monde, et que c'était dangereux. Voilà à peu près tout ce qu'il lui a dit, d'après elle. » Flower a marqué une pause comme si elle cherchait une conclusion, puis elle m'a regardée sans beaucoup d'aménité. « Donald et toi auriez dû la laisser revenir à la maison quelques mois plus tôt. Ç'aurait été mieux. »

Je me suis mise à pleurer, car je savais qu'elle avait raison. Donald ne voulait pas être un fardeau pour ses enfants, ce qui était peut-être une bonne chose pour Herald, mais pas pour Clare.

Le lendemain matin, j'ai marché longtemps jusqu'à Presque Isle avec Clare et Herald. Sylvia a décliné notre invitation, car elle n'arrivait pas à s'habituer au froid aussi vite. Nous n'avons pas beaucoup parlé, notre promenade en a été d'autant plus agréable. La veille au soir, au moment de nous séparer, j'ai demandé à Coughlin s'il souhaitait que je lui rende visite et il m'a répondu en riant :

« Bien sûr que non, tu es devenue une patiente.

— Non, c'est faux », répondis-je.

Mais il avait sans doute raison.

Alors que nous étions quasiment arrivés à Presque Isle après avoir marché d'un bon pas sur la glace du rivage, Clare a dit que malgré tous les efforts de K dans son rôle de gardien, elle était sûre que Rachel se ferait la malle à la première occasion. Herald était d'accord avec elle. J'ai eu de la peine pour Polly et je les ai interrogés. Clare a expliqué que Rachel était follement amoureuse de son musicien, même si ce type était un connard de drogué. Herald a poursuivi avec quelques considérations sur la nature de l'amour, puis il est redescendu sur terre en disant que Rachel connaît l'univers de Polly et qu'elle ne l'apprécie guère. Polly, en revanche, ne connaît pas le monde de Rachel, mais elle ne l'aime pourtant pas. Le langage de Rachel est la musique et les dizaines de milliers d'heures de musique fruste qu'elle a absorbée ont façonné son mode de pensée, si primitif soit-il. Les drogues qui la tueront sans doute sont un adjuvant approprié à cette musique. Clare et moi sommes restées pétrifiées sur place, tandis que Herald gravissait une congère de neige et tout en haut saluait le monde. D'habitude Herald ne jugeait pas les gens, comme son père. Donald disait volontiers sur le comportement des gens :

« Ils ont sans doute leurs raisons pour agir ainsi. Simplement, nous ne connaissons pas leurs raisons. »

Cet après-midi-là, après mon retour de l'aéroport où j'avais emmené Herald et Sylvia qui partaient pour la Californie *via* Detroit, Rachel était assise les yeux fermés sur un canapé ; ses écouteurs la reliaient à une musique si forte que je l'entendais clairement. Je suis allée à la cuisine et au-dessus de moi, en provenance de la chambre de Clare, j'ai entendu K et elle faire l'amour. J'ai eu l'impression d'avoir un bloc de glace à la place de l'estomac, j'ai quitté la maison et j'ai pris ma voiture pour rejoindre l'hôtel de Coughlin, lequel m'a dit qu'il était occupé au téléphone avec un patient pour une longue séance qui durerait jusqu'à deux heures. Dans l'ascenseur qui montait, un garçon d'étage m'a adressé un grand sourire, qui m'a ravie et convaincue du fait que j'étais toujours à peu près séduisante. Ce garçon d'étage était en route vers la chambre de Coughlin avec un sandwich et une bouteille de bière. Coughlin semblait épuisé après trois heures passées au téléphone avec un ancien joueur de football professionnel, qui avait perdu sa femme et leurs deux enfants au cours d'un récent divorce et qui menaçait de se suicider. Le motif avancé pour ce suicide était qu'il avait vainement tenté de brutaliser son ancienne femme. Coughlin avait parlé à cette dernière, laquelle avait déclaré qu'elle s'en fichait complètement, sauf pour leurs deux petits garçons, qui seraient émotionnellement détruits si leur père mettait ses menaces à exécution. J'ai aussitôt été saisie d'une migraine, que Coughlin partageait de toute évidence. Il a englouti son sandwich et sa bière, puis il a sorti une cassette vidéo de sa valise. C'était un film brésilien, *Orphée noir*, que, dit-il, il regardait une ou deux fois par an, quand un patient lui en faisait voir de toutes les couleurs. Assis sur le canapé, nous avons regardé ce film merveilleux en nous tenant la main, un point c'est tout.

Le lundi après-midi, une fois tout le monde parti, j'ai commencé mes entretiens. À cause d'un léger dégel, Clare avait rejoint la maison de Flower en pensant qu'il serait judicieux de passer sa première nuit dans sa hutte.

Mon premier étudiant, Vincent, était un sacré cas. Âgé d'environ vingt-cinq ans, il était seulement en première année dans le département universitaire des eaux et forêts. Je connaissais son nom de famille, car il était né à Sugar Island d'un père chippewa et d'une mère franco-canadienne presque sourde. Le père s'était volatilisé dans les forces armées et la mère s'était ensuite installée à Pickford, où elle vivait avec le contremaître d'une ferme agricole. Vincent avait travaillé comme coupeur de bois dès l'âge précoce de quatorze ans, puis il était monté en grade pour devenir « marqueur d'arbres » (l'homme qui signale les arbres dignes d'être abattus) pour une grosse entreprise forestière. Il était très brillant, sauf en cours d'anglais, où il se montrait d'une nullité crasse. J'avais parlé avec son professeur d'anglais, qui croyait que nous pourrions l'amener à un niveau minimum dans cette langue. Une partie du problème, c'était que Vincent occupait une petite chambre dans une maison en compagnie de sept étudiants plus jeunes qui faisaient la bringue toute la nuit.

Notre première heure passée ensemble a été si élémentaire d'un point de vue grammatical que j'ai eu l'impression d'être chez le dentiste. D'un autre côté, il était d'une rusticité très séduisante et j'avoue avoir senti mes fesses devenir plus chaudes que le restant de mon corps. J'ai aussitôt décidé de lui proposer d'occuper l'ancien appartement de Jesse au-dessus du garage, tout en étant trop timide pour lui faire cette offre. Il avait retiré un sweater parce qu'il faisait chaud dans la maison et il arborait les muscles déliés d'un travailleur manuel, si différents de ceux des adeptes du bodybuilding. Il sentait le savon *Ivoire* et le tabac. Comme ses mauvais résultats le rendaient très nerveux, je lui ai dit de fumer s'il en avait envie. Mais c'est moi qui ai alors eu envie d'une cigarette, même si je ne fumais plus depuis des années. Quand je suis revenue dans le bureau après avoir été lui chercher un cendrier, sa manière de se pencher sur la table pour étudier son livre de grammaire m'a fait penser à Donald. À la fin de notre première séance de deux heures, il s'est incliné sur le seuil de la pièce, sans me regarder. Alors qu'il ouvrait la portière de son vieux pick-up noir, j'ai été à deux doigts de lui lancer une apostrophe aussi intelligente que celle-ci :

« Vincent, reviens ici me faire l'amour ! »

Mardi en milieu de matinée, K a appelé pour dire que Rachel avait disparu alors qu'elle était supposée déblayer la neige dans l'allée. Il avait entendu une voiture s'arrêter devant la maison, mais sans rien en conclure. Il y avait un petit mot dans la chambre de Rachel, sous l'oreiller : « Chère Maman, cher K, désolée. Bisous, Rachel. » Polly est passée durant sa pause-déjeuner à l'école, elle a fondu en larmes et m'a ouvert son cœur. Elle avait alerté la police, qui avait d'autres chats à fouetter. Une fille de vingt-deux ans était libre de ses mouvements, car l'accusation de trafic d'héroïne à New York avait été abandonnée. Vincent est alors arrivé pour son cours, il a fait la connaissance d'une Polly éplorée et déclaré presque aussitôt qu'il s'en allait, ce qui était la dernière chose que je désirais. Je l'ai alors saisi par le coude en lui disant « Non ».

Depuis son départ de la veille, je méditais mon piège. La femme de ménage s'était activée toute la matinée dans l'ancien appartement de Jesse ; je portais un corsage d'été sans manches et une jupe bleue assez courte, pas exactement une tenue d'hiver. J'ai mis la malheureuse Polly à la porte après l'avoir néanmoins invitée à dîner. Je m'étais beaucoup tracassée durant la matinée après m'être observée dans le miroir et avoir compris que par inadvertance j'avais perdu beaucoup trop de poids depuis le décès de Donald. Et je m'inquiétais, car peut-être à cause de la rudesse du climat les hommes de la Péninsule Nord ont en général un faible pour les silhouettes rebondies. Donald avait un jour regardé le *Vogue* de Clare et demandé :

« Comment se fait-il que toutes ces femmes sont si maigres ? »

Avant de plonger dans l'étude infernale de la grammaire, j'ai emmené Vincent dans l'appartement de Jesse. Je portais des chaussures plates et j'avançais avec précaution sur le sentier glacé ; quand, au bas des marches, j'ai atteint une flaque de neige fondue, par suite du récent dégel, Vincent m'a saisie à la taille pour me soulever au-dessus de la flaque jusqu'à la première marche. J'avais un peu le tournis en montant l'escalier, mais je me demandais malgré tout si mon cul valait le coup d'œil. Nous nous sommes figés côte à côte dans l'appartement, Vincent a regardé un moment autour de lui, puis il a dit :

« J'en crois pas ma chance. »

Il m'a prise dans ses bras, sans doute pour me remercier. Comprenant que je ne le lâcherais pas, il m'a regardée bizarrement comme s'il ne savait pas vraiment sur quel pied danser. Notre première étreinte n'a pas duré très longtemps, mais nous avons roulé sur le lit en cédant à tous nos caprices, et la deuxième fois je me suis vraiment laissée aller à fond. Sur le chemin de la maison je lui ai confié que j'étais seule depuis un moment et il m'a répondu :

« Moi aussi. »

Nous avons beaucoup ri pendant nos leçons.

Clare est arrivée alors que je préparais à dîner pour Polly. Elle était de bonne humeur, mais elle est devenue soucieuse en me dévisageant dans la cuisine.

« Aujourd'hui, on dirait que tu as repris des couleurs », conclut-elle.

Le pick-up de Vincent s'est garé dans l'allée, puis Clare

l'a regardé commencer à décharger ses affaires. Je lui ai expliqué pourquoi je louais l'ancien appartement de Jesse. Vincent a fait un geste de la main vers nos deux visages encadrés par la fenêtre de la cuisine, puis Clare m'a regardée et a dit :

« Tout le monde a besoin d'affection. »

Le dîner avec Polly et K n'a pas été aussi lugubre que je m'y attendais. Notre cher K et elle avaient de toute évidence parlé un moment, et il l'avait convaincue qu'elle avait fait tout ce qu'il était en son pouvoir de faire. Clare est intervenue pour nous apprendre que Rachel et son petit ami désiraient partir pour Los Angeles afin de percer sur la scène musicale de la côte Ouest. J'ai hasardé que Herald pourrait peut-être s'occuper un peu d'elle, mais Polly a aussitôt protesté :

« Ça servirait à quoi ? »

Tant Polly que K se sentaient humiliés par l'argent que j'avais dépensé et je leur ai dit :

« Réfléchissez une seconde. Un séjour en prison aurait été la pire chose pour elle. Et puis je n'ai pas gagné cet argent. Remerciez plutôt mes parents. Bien sûr, eux non plus ne l'ont pas gagné. »

Le lendemain matin, Clare est partie pour Ann Arbor avec K, ce qui m'a fait plaisir, car j'étais ainsi dispensée de m'inquiéter à l'idée qu'elle risquait de mourir de froid dans sa hutte. J'ai fait l'amour avec Vincent tous les jours pendant une semaine et je me suis avoué mon soulagement à l'approche des congés universitaires de Noël, quand il est rentré chez lui à Pickford pour retrouver sa mère sourde. Il m'a dit que la plus grande angoisse de sa mère était de se trouver à court de bois de chauffe pendant l'hiver, moyennant quoi il avait l'intention d'en couper une douzaine de stères supplémentaires. En plus de tous les plaisirs qu'il m'offrait, il commençait à utiliser correctement les auxiliaires *être* et *avoir*.

Quelques jours après le départ de Vincent, je me suis effondrée dans l'allée alors que je pelletais une trentaine de centimètres de neige fraîche. C'était une journée sans vent, j'entendais les accents de la musique de Noël qui montaient de la ville vers le haut de la colline. Je toussais depuis un moment déjà, mais j'attribuais mes quintes aux quelques cigarettes que j'avais fumées avec Vincent. Plusieurs fois par jour je me sentais fiévreuse et j'étais sujette à des vertiges, mais je faisais comme si de rien n'était. J'avais mis de côté mon roman de García Márquez, qui me bouleversait beaucoup trop, et puis, tout à trac, je m'étais replongée dans *Love Medicine* de Louise Erdrich ; mais au petit déjeuner les lettres imprimées s'étaient brouillées et j'avais pensé que je devais prendre rendez-vous avec l'ophtalmologiste. Et puis je devenais rêveuse, je perdais parfois le contact avec la réalité, sans me rendre compte que c'était à cause des fluides qui s'accumulaient dans mes poumons. La bêtise dont nous faisons parfois preuve est incroyable. Bref, je me suis effondrée, le visage enfoui dans la neige. Par chance, un voisin qui passait dans la rue m'a vue tomber et il a aussitôt appelé une ambulance.

Je ne me rappelle pas grand-chose des deux jours suivants, mais quand j'ai vaguement émergé à l'hôpital, on m'a appris que je souffrais d'une double pneumonie aggravée ! Clare était debout au pied du lit, K et Polly me regardaient du couloir.

Au cours des deux semaines que j'ai passées à l'hôpital, Noël compris, je me suis sentie affreusement gênée. Car je m'étais attendue à ce que Clare atterrisse à l'hôpital, pas moi. En fait, à quarante-quatre ans, je n'avais jamais fait le moindre séjour à l'hôpital, sauf pour mettre mes enfants au monde ; je ne parle même pas des visites que j'avais rendues à des amis malades. Depuis l'enfance, j'ai rarement eu de rhume ; lorsque ma mère, mon père ou David avaient la grippe, je passais régulièrement au travers. En CE1, j'avais une amie pauvre, dont la famille était très croyante ; quand mon père avait la gueule de bois et qu'il vomissait tripes et boyaux aux toilettes, nous restions devant la porte fermée pour chanter à tue-tête :

« Jésus m'aime, je le sais, c'est la Bible qui le dit. »

Mon amie a fondu en larmes quand mon père s'est soudain mis à beugler :

« Nom de Dieu, vous pouvez pas la fermer un peu ! »

Je ne me suis jamais intéressée à mes rêves, sauf quand ils étaient amusants, mais j'avais assez de jugeote pour m'inquiéter quand mon amie Laurie a déclaré qu'elle ne rêvait jamais. J'avais la conviction à demi acquise que les rêves aidaient à résoudre les problèmes mentaux, mais dès que Coughlin et David parlaient de la théorie et de la pratique du rêve, je me mettais à bâiller. Pourtant, au début de mon séjour à l'hôpital, je suis restée trois jours dans un semi-coma, à cause d'une allergie médicamenteuse ou d'une incompatibilité entre deux médicaments, et dans cet état semi-comateux je n'ai pas tant rêvé que contemplé l'intérieur de mon cerveau en Technicolor criard, comme s'il s'agissait des plans mélangés d'un film. J'étais trop malade pour avoir peur, mais ce cinéma mental était infiniment plus *réel* que toute réalité éveillée de ma connaissance. Apparemment, au plus profond de ma maladie, l'idée de la mort n'avait rien d'effrayant. Comme dans les films, il y avait souvent une musique d'accompagnement.

Un jour, alors que nous campions en famille près de Crisp Point, Donald et Clare pêchaient sur la Big Two-Hearted River, tandis que Herald et moi sommes partis à pied vers une clairière que nous avions repérée à proximité d'un chemin de bûcherons, afin d'y chercher des fleurs sauvages. Quand on est plongé dans un guide des fleurs sauvages, on perd aisément toute notion de l'endroit où l'on est. Au bout d'environ deux heures, il s'est mis à faire chaud, nous avions soif, les taons nous harcelaient sans pitié et nous avons découvert que nous étions perdus. Herald est monté dans un arbre, mais de là-haut il a seulement vu des kilomètres d'arbres. Toutes les directions que nous choisissions étaient de mauvaises directions. Nous avons décidé de rester au même endroit, nous nous sommes donc assis au milieu d'une clairière, et Herald a fait un feu de bois humide pour que la fumée chasse les insectes volants. En fin d'après-midi, nous avons entendu Donald qui nous appelait et tout à coup Clare est apparue avec ses bottes de pêche et elle nous a quasiment hurlé :

« Espèces de connards, vous n'auriez jamais dû quitter le camp ! »

Par chance, elle avait une gourde pleine d'eau.

Bref, dans mon état fiévreux je nous ai tous vus à travers une caméra qui n'a pas encore été inventée. Insectes, scarabées, araignées, un serpent noir aux yeux roses, ces oiseaux appelés jaseurs des cèdres, l'ombre des fougères, les bûches en putréfaction, des crottes de chevreuil, Herald marchant derrière moi, ou moi derrière Herald. L'herbe qui me chatouillait les fesses quand je faisais pipi, l'odeur de la transpiration, un nuage semblable à un éléphant, tout apparaissait plus clairement que je ne l'avais jamais vu auparavant. On pouvait même voir l'émotion liée à la situation où l'on est perdu.

Ce genre de chose a semblé s'éterniser, mais en segments de plus en plus courts : Laurie dans la cuisine regarde en pouffant de rire le pénis tout gonflé de mon père qui saille entre les pans de sa robe de chambre, la vitesse avec laquelle j'ai dégringolé la berge de la Deadstream River, la peur du livre intitulé *Les Hauts de Hurle-Vent* quand j'avais douze ans, car certains aspects de Heathcliff me rappelaient mon père, la grosse femme cinglée qui sautait sur place près du poste des gardes-côtes, moi en train de préparer un sandwich aux œufs pour le petit livreur de journaux qui par un après-midi d'hiver portait une seule chaussette. Pourquoi ? lui ai-je demandé. Son pantalon était trop court et tout élimé. J'ai pas réussi à trouver mon autre chaussette, m'a-t-il répondu. Il ne voulait pas entrer dans la maison. Il a mangé le sandwich aux œufs sur la véranda de devant et, quand il en a fait tomber un bout dans la neige, il a ramassé le jaune d'œuf et l'a mangé. Mon cerveau n'arrivait pas à évoquer une image juste de Donald. Souvent il était trop poilu aux abords d'un feu de camp proche du lac Muskallonge, alors que nous entendions pleurer un bébé ours. Une autre fois il était dans notre chambre d'hôtel quand j'ai emmené les enfants à New York, mais il n'a jamais mis les pieds à New York. Plusieurs fois c'était un guerrier peint, comme pendant une fête de Halloween avec ses amis, près d'Eckerman, la fois où ils sont arrivés en courant et en hurlant, ils ont flanqué une trouille bleue à tout le monde et les gosses ont fondu en larmes.

Quand j'ai vraiment repris conscience, j'ai constaté avec soulagement que ces visions ne revenaient plus avec autant de force. Assise à mon chevet, Clare a dit :

« C'est vrai, tu as émis des bruits étranges. »

Lorsque je m'éveillais d'un sommeil moite, elle lisait un

manuel de botanique, puis elle m'aidait à retirer ma chemise de nuit trempée de sueur pour en mettre une autre. Parfois dans la nuit K était assis dans un coin de la chambre sous une petite lampe, il lisait le philosophe français Michel Foucault, je me réveillais et lui demandais :

« De quoi parle ton livre ?

— Je te le dirai quand tu te sentiras mieux.

— Je dois être très laide.

— Pas à mes yeux », dit-il.

Vincent est venu plusieurs fois, en m'apportant des arrangements floraux parfaitement ineptes qui m'ont plu malgré tout. Mes deux principaux médecins se réduisaient pour moi à des visages, mais le neurologue de Donald est venu plusieurs fois me dire bonjour. Il m'a confié que ses collègues l'avaient interrogé sur ce qui était arrivé à Donald, et qu'il s'était contenté de répondre que Donald était parti au Canada.

Ma dernière vision marquante, la meilleure et la plus heureuse de toutes, était centrée sur notre voyage vers l'Ouest, quand les enfants étaient adolescents. En chemin, nous avions fait une halte pour rendre visite à ma mère à Evanston, et Donald avait détesté la circulation à Chicago. Comme il n'avait aucune expérience des embouteillages, j'ai pris le volant tandis que, vautré à côté de moi sur le siège, il marmonnait sans arrêt. Il a même rencontré quelques problèmes dans le parc de Yellowstone, où nous nous arrêtions souvent pour qu'il puisse aller se promener un peu dans la forêt. Nous sommes rentrés à la maison par le nord, car il désirait voir le champ de bataille de Custer à cause de la cassette d'Evan Connell, *Son of the Morning Star*, que nous avions écoutée en roulant vers l'Ouest.

Au début de mon rêve, nous quittions à l'aube le Best Western de Buffalo, dans le Wyoming, pour rouler vers le nord et Crow Agency, dans le Montana. C'était une de ces aubes fraîches et limpides qui suivent une vague de chaleur, il y avait des flaques d'eau sur le parking, mais dans mon rêve ces flaques n'étaient pas remplies d'une eau sale et brune, mais d'un bleu pâle immaculé. Ç'avait été la journée la plus merveilleuse de tout notre voyage, et mon rêve suivait le cours de cet enchantement. Un vent frais soufflait sur le champ de bataille de Custer, nous portions nos blousons et il était si tôt qu'il y avait peu de gens. Donald s'est ému de découvrir un vieux poivrot endormi dans un fossé, il est allé chercher une couverture dans la malle de la voiture pour l'étendre sur ce malheureux. Sur le champ de bataille Donald a éclaté de rire, car il entendait des cris et les hennissements de petits chevaux, des bruits que dans mon rêve j'entendais aussi. Herald, notre navigateur, avait trop de cartes sous les yeux, si bien que nous avons continué sur la Route 212, en direction de Belle Fourche, dans le Dakota du Sud. Dans ma version des événements, la réalité a commencé à disparaître quand nous avons atteint Lame Deer, sur la Réserve cheyenne du Nord. Donald attendait devant l'école, vêtu de sa tenue de travail verte toute maculée de résine de pin odorante comme s'il était un bûcheron, et les enfants étaient très jeunes, assis dans un pick-up et plongés dans la lecture de bandes dessinées. Je suis sortie de l'école avec une brassée de livres, puis nous sommes rentrés chez nous, dans un chalet gris en rondins usés qui dominait un ravin, et nous avons préparé le dîner. Dans la réalité, Donald a beaucoup aimé Lame Deer et il a parlé à une femme bien en chair, devant la poste, qui lui a dit :

« Tu es un gros fils de pute ! »

Nous avons continué vers le sud-est et bifurqué à Alzada pour que Herald puisse voir la Tour du Diable, qui apparaissait dans son film préféré, *Rencontres du troisième type*. Clare et moi n'avions guère aimé ce film, nous sommes donc retournées vers le nord jusqu'à la 212, avant de traverser

Belle Fourche vers Bear Butte, au nord de Sturgis, où nous avons vu dans un enclos le plus gros bison du monde.

Je me suis réveillée de ce rêve dans un étrange état d'esprit, en pensant à l'histoire de Donald et en me souvenant que son arrière-grand-père avait rêvé de cette ferme de chevaux de trait où il avait fini par travailler et connaître le bonheur. Devais-je en conclure qu'il me fallait écrire à Lame Deer et voir si là-bas on avait besoin d'une professeure pour l'automne prochain ? Peut-être. Pourquoi pas ? Je suis restée allongée là, tandis que Clare ronflait doucement dans un fauteuil tout proche de mon lit d'hôpital, en regrettant de ne pas avoir mieux connu cette partie de Donald intimement liée à sa religion, mais par nature il était réticent à en parler. Pas vraiment secret, mais de lui-même il ne livrait rien. Il semblait plus ouvert avec Clare, et puis mon travail à l'école m'occupait sans arrêt, et Herald s'intéressait uniquement aux sciences.

Je suis rentrée chez moi pour la Saint-Sylvestre, en me sentant à peu près d'aplomb, mais affreusement maigre dans le miroir de la salle de bains. Je mesurais un mètre soixante-quinze et mon poids était passé de soixante-dix kilos à cinquante-sept. J'ai demandé à Clare de me préparer un cheeseburger que j'ai presque entièrement mangé. Ce soir-là, de ma chambre, j'ai entendu Clare et K se disputer en bas à travers le conduit de l'insert. Il avait l'intention de retourner à Ann Arbor dès que possible, mais elle envisageait de s'inscrire en botanique et en horticulture à l'université d'État du Michigan d'East Lansing, à cent vingt kilomètres d'Ann Arbor. Ils se verraient le week-end. Ils s'envoyaient des piques comme des cousins furibards. J'ai sombré dans le sommeil, pour me réveiller à minuit et entendre à la télévision les réjouissances new-yorkaises du réveillon, ainsi que Clare et K en train de faire l'amour. Clare est vraiment bruyante.

Quelques jours plus tard j'ai pris une décision et j'ai contacté Mme Plunkett, notre ancienne gouvernante et cuisinière durant les périodes où nos parents résidaient au club. Elle approchait maintenant les quatre-vingt-dix ans, mais elle a réussi à trouver une petite-nièce, une immigrée venue récemment d'Italie, à Kenosha, dans le Wisconsin, qui acceptait de venir dans le Nord pour s'occuper de moi. J'ai annoncé avec plaisir à Clare et à K qu'ils étaient libres de reprendre leur vie normale. Ils ont protesté, mais je sentais bien que leurs arguments étaient de pure forme et qu'ils désiraient s'envoler. Ils sont partis dès le lendemain, après avoir été chercher Benedetta à l'aéroport. Elle était potelée, mais vive et gracieuse, et puis vraiment gaie. Au dîner elle m'a servi des lasagnes à la sauce béchamel, avant de m'interroger sur les hommes de Marquette. Je lui ai dit qu'elle aurait beaucoup de succès si elle ne se montrait pas trop regardante. Elle m'a répondu qu'elle n'avait pas l'habitude de faire la fine bouche, avant de me servir une côte de veau aux épinards. Elle tenait à ce que je mange bien pour retrouver la santé.

J'ai bien sûr vécu l'hiver le plus étrange de ma vie. Mon état de convalescente et les progrès douloureusement lents de ma guérison m'emplissaient d'impatience. Je me suis rappelé l'époque où Herald, enfant, notait les scores des Detroit Tigers sur un graphique. Nous devions l'écouter de toutes nos oreilles quand il nous expliquait que les joueurs amélioraient lentement leur moyenne de coups réussis après la mi-saison. Parfois, une longue période de réussite faisait seulement passer la moyenne d'un joueur de .271 à .276.

David est monté de Jalapa jusqu'à Chicago pour voir Coughlin, qui a décidé de le suivre après qu'ils eurent concocté un projet de marche en raquettes sur huit kilomètres, depuis la route dégagée par les chasse-neige jusqu'à son chalet proche de Grand Marais. Au dîner, les deux hommes jetaient des coups d'œil discrets en direction du cul de Benedetta qui s'activait aux fourneaux dans la cuisine ; comme des gamins, ils peaufinaient leur aventure, jusqu'à ce que je leur dise qu'ils ne partaient tout de même pas pour le pôle Nord, une remarque à laquelle ils n'ont pas daigné répondre. Leurs coups d'œil adressés à Benedetta m'ont fait penser à l'aura d'idiotie qui entoure notre sexualité. La veille au soir j'avais ressenti une légère pointe de jalousie en entendant un bruit dehors qui m'avait poussée à rejoindre la fenêtre de ma chambre, pour voir Vincent guider une femme dans l'escalier du garage appartement. Et voilà David et Coughlin qui, pour les beaux yeux de Benedetta, vantaient leurs exploits dans le Grand Nord et insistaient lourdement sur les risques inhérents à leur marche de huit kilomètres jusqu'au chalet ! J'ai été tentée de leur dire que par une froide journée de février Donald et un biologiste spécialiste des animaux sauvages avaient traqué des loups en parcourant quarante-cinq kilomètres, depuis le Canada jusqu'à l'ouest de Paradise Point. Quand David a enfin renoncé à ses vantardises viriles pendant le dessert (*zabaglione*), il a avoué que Vera désirait avoir un bébé. J'en suis restée pantoise et Coughlin a lâché sa fourchette. À quarante et un ans, Vera était certes capable d'avoir un bébé, et j'ai essayé d'empêcher mon esprit de s'emballer sur certains aspects de ce que j'avais pris jusque-là pour une simple histoire d'amour.

À leur retour, deux jours plus tard, ils ont dû passer

presque tout leur temps auprès de Polly, qui avait sombré dans une telle dépression à cause de sa fille qu'elle ne pouvait presque plus parler. Je l'ai invitée à passer me voir à sa convenance, mais j'étais encore malade et incapable de la moindre attention soutenue durant plus d'une heure. Nous restions parfois assises sur le canapé devant un film, main dans la main. Pour des raisons peu claires, Polly adorait les westerns, mais quand je lui ai dit que j'envisageais de partir vers l'Ouest jusqu'à Lame Deer, dans le Montana, elle est tombée des nues :

« Tu ne peux quand même partir là-bas toute seule, s'effraya-t-elle.

— Mais bien sûr que si », rétorquai-je.

À mesure que ma maladie refluait et que je retrouvais peu à peu mes forces, je me suis convaincue qu'à quarante-quatre ans je n'étais pas encore morte. Comme il m'était difficile de mettre une croix sur l'enseignement après vingt années de pratique, il me faudrait donc continuer à exercer le métier d'institutrice, jusqu'à ce que mon esprit m'entraîne ailleurs. Une vie sans travail aurait pour moi été absurde, même si je n'avais pas besoin de travailler pour assurer ma subsistance, mais je ressentais maintenant le vertige de la liberté et je me suis rappelé en grimaçant un cours de philosophie pour débutants à l'université, où le professeur nourrissait une véritable obsession pour l'idée de la *liberté terrible* défendue par Albert Camus. Mon vertige venait de l'examen prolongé d'une tasse de café à moitié pleine et de ma conviction nouvelle d'être libre d'aller et venir à ma guise. Je m'étais occupée d'un mari puis de deux enfants depuis le jour où, à seize ans, je m'étais enfuie de chez mes parents pour épouser Donald. Maintenant, toute cette vie avait presque disparu et j'ai compris qu'une partie de ma fixation sur la douleur de Clare venait de ce que je ne voulais pas laisser partir ma fille. Même la maison n'abritait plus guère de fantôme. Je ne pouvais m'imaginer quittant Marquette définitivement, mais je n'avais pas besoin de le faire. Ma passade avec Vincent m'avait comblée, mais à cet instant précis je ne me voyais pas revivre avec un homme.

Clare est montée une seule fois dans le Nord avant mars, mais plusieurs fois par semaine nous parlions ensemble au téléphone. Flower venait deux fois par semaine, conduite à Marquette par un vieil ami, Joe, qui avait été pêcheur professionnel à Naubinway. Joe dormait assis dans son vieux pick-up déglingué et, quand j'ai demandé à Flower pourquoi il ne voulait pas entrer dans la maison, elle m'a seulement répondu :

« Ce que Joe préfère dans la vie, c'est dormir. »

Elle ne venait jamais sans apporter une tarte aux fruits secs. Après avoir beaucoup apprécié le goût de ces tartes, Benedetta a voulu en connaître la recette, et Flower lui a expliqué que pour la pâte il fallait faire fondre le lard de cochons de lait.

Cet hiver-là je suis restée attentive au rallongement des jours. Je notais les heures du lever et du coucher du soleil dans un journal, à la manière dont Herald avait jadis tenu le compte des moyennes réalisées par les joueurs de base-ball. Le point le plus bas de mon graphique signalait le jour du solstice d'hiver, le 21 décembre, à l'hôpital juste après que j'étais sortie du coma. Je m'étais réveillée à l'aube, Clare avait dit :

« Mère, à partir de maintenant, nous allons avoir droit quotidiennement à une minute de jour en plus. »

Mais je m'étais alors rendormie, pour me réveiller seulement après la tombée de la nuit, peu de temps après quatre heures. C'était plus que je n'en pouvais supporter, cette mise à la trappe d'une journée entière de ma vie.

À la mi-janvier j'ai pris l'habitude de marcher cinq minutes par jour et le 1er mars je faisais chaque jour deux heures de marche ou de ski de fond. Par ailleurs, j'avais repris six kilos. Benedetta mettait un filet de bonne huile d'olive sur mon steak grillé. La seule nouvelle digne de ce nom que j'ai apprise en dehors de la ville, c'était que Herald et Sylvia avaient causé un problème pour tout le monde sauf pour eux-mêmes en filant se marier à San Francisco. Il s'agit là d'une des rares occasions où Herald m'a rappelé son père, qui aurait détesté la perspective d'un énorme mariage en juin à Hermosillo. Sylvia m'a confié au téléphone qu'elle figurait de nouveau sur la *liste de merde* de sa mère, et je lui ai répondu qu'elle s'en remettrait.

J'ai découvert l'Étoile de Bronze de mon père, qui datait de son service militaire dans les Philippines, cachée derrière quelques livres sur l'étagère supérieure du bureau. Je l'ai promenée à travers la maison dans son petit écrin de cuir en me demandant quoi en faire, puis je l'ai remise derrière les mêmes livres. J'ai aussi trouvé une photo de lui et de Jesse portant un collier de fleurs, entre les pages d'un exemplaire du livre de James Jones intitulé *D'ici à l'éternité*. Les deux hommes semblaient amaigris et ivres. Dans un petit livre de cuisine, *Canapé*, j'ai découvert une photo de ma mère en costume de rayon de lune, pour une soirée au club, ce déguisement qui avait littéralement terrifié David. Notre baby-sitter Gretel essayait de masquer l'odeur de whisky de son haleine en mastiquant des paquets entiers de chewing-gum.

Début mars, Polly et moi sommes allées en voiture jusqu'à chez Flower en lui apportant une pinte de son schnaps à la menthe préféré (Dr McGillicuddy's). Polly a dit que Rachel avait écrit de Burbank pour annoncer que son petit ami l'avait plaquée et était rentré à New York, mais qu'elle restait à Los Angeles pour s'occuper d'un groupe de rock dans la panade. Nous avons fait halte sur la plage et écouté les plaques de glace à la dérive, poussées par le vent d'est, s'entasser contre une île granitique avec d'énormes grincements. Polly a dit que c'était bizarre, mais qu'en dépit des horreurs flagrantes vécues là-bas son mari croyait que ses deux années passées au Viêtnam avaient été les meilleures de sa vie.

« Ça m'avance à quoi ? » s'était demandé Polly à l'époque.

Je lui ai répondu qu'un jour où David et moi étions tout petits, notre père nous avait emmenés nous promener dans la forêt toute proche du club, car ma mère souffrait d'une sérieuse gueule de bois. Nous avons alors vu un gros serpent qui prenait un bain de soleil sur une bûche et mon père a déclaré que pendant la guerre dans les Philippines ses hommes et lui-même mangeaient volontiers du serpent. David et moi avons ensuite attrapé un serpent, que nous avons ramené dans la cuisine pour le cuire, mais David a alors suggéré que nous mangions du thon en faisant comme s'il s'agissait d'un serpent. J'avais découvert que mon père avait été avec le général Jonathan Wainwright à Corregidor. Mon père, Jesse et plusieurs centaines d'autres hommes avaient rejoint les collines plutôt que de se rendre, une sage décision car le taux de mortalité parmi ceux qui avaient été fait prisonniers était très élevé. Un père met très longtemps à éradiquer tout amour chez un enfant.

Près de chez Flower, nous sommes allées nous promener sur la neige croûteuse, mais Polly a fait demi-tour car elle ne voulait pas voir la hutte de Clare, que Flower s'était enfin décidée à me montrer. Cette hutte était presque entièrement enfouie sous la neige, mais j'en ai dégagé l'entrée pour jeter un coup d'œil à l'intérieur. Il faisait très clair au-dehors et l'intérieur de la hutte, en fait une caverne, était noir, si bien que je n'y voyais goutte. Quand j'ai tendu la main vers l'obscurité, Flower a grondé derrière moi. J'ai bondi sur mes pieds en poussant un hurlement terrifié et Flower a éclaté de rire. Nous avons continué de marcher dans le marais pendant environ une demi-heure jusqu'à un endroit où, sous les racines d'un énorme arbre coupé, Flower m'a montré un trou de souffle, par où un ours en hibernation peut continuer de respirer. Je me suis allongée par terre pour humer l'odeur âcre de la respiration, puis, plaquant l'oreille contre le trou, j'ai entendu le grondement du souffle qui se produisait environ une fois par minute.

« Ce n'est pas Donald, c'est une vieille ourse », précisa alors Flower.

Puis elle a exécuté une petite danse étrange tout en chantonnant pendant que je m'éloignais. De retour chez elle, Flower a fait cuire une queue de castor, à laquelle Polly n'a pas goûté, mais que j'ai trouvée plutôt bonne.

Ce soir-là, j'ai regardé rapidement les pages d'informations sur les ours que Coughlin avait apportées pour Thanksgiving. Elles m'ont mise mal à l'aise sans vraiment me donner la chair de poule, mais j'ai eu le sentiment, à demi religieux, que tout ça ne me regardait pas. Une note en bas de page m'a appris qu'au IXe siècle de notre ère on croyait que les hommes qui gardaient le roi viking suédois étaient à moitié ours. Dans de nombreuses tribus autochtones, l'ours possédait un caractère rédempteur, car à chaque printemps il ressuscitait presque en sortant de la terre. Un certain mois de mai, Donald a dit que les ours étaient gros et chanceux, car un hiver rigoureux avait tué de nombreux chevreuils qu'ils pouvaient dévorer.

J'ai passé une nuit d'insomnie à m'émerveiller de la persistance de certaines croyances. J'ai fini par me lever à trois heures du matin, j'ai essayé en vain de lire *Harper's Magazine*, je me suis servi un verre, puis j'ai regardé un film sur la Seconde Guerre mondiale, qui se situait en France vers l'époque du débarquement en Normandie. Des jeunes gens bondissaient hors des barges, ils couraient vers la plage et se faisaient faucher par les mitrailleuses allemandes. Leurs cadavres flottaient parmi les vagues, le visage tourné vers le fond de l'eau. Le monde semblait trop éphémère pour être acceptable, y compris l'amour. J'ai éteint la télévision et écouté la *Missa solemnis* de Beethoven qui, malgré tout l'amour que j'ai pour cette musique, n'a pas réussi à chasser les ours ni la guerre.

À la mi-avril, quand les glaces du lac Supérieur ont commencé à se rompre, j'ai pris l'avion jusqu'à Billings, dans le Montana, puis j'ai rejoint Lame Deer en voiture pour mon entretien d'embauche. Le paysage était sinistre et affreusement venteux, mais je me sentais heureuse. L'école de la réserve m'a semblé familière et le directeur était content de mon curriculum vitæ, disant que d'habitude les « âmes charitables » ne tenaient pas le coup plus d'un an. Tout en parlant, nous regardions parfois dans la cour de l'école où, sous un portique de balançoires, deux fillettes flanquaient une correction à un petit garçon. Nous avons ri. Quand je suis partie, j'étais certaine d'avoir besoin de ce nouveau paysage, qui ne générait aucune claustrophobie, contrairement aux denses forêts de la Péninsule Nord. La première année, il me faudrait loger dans un mobile home, mais si l'endroit me plaisait, je construirais ensuite un chalet semblable à celui que j'avais vu en rêve.

J'avais pensé faire une halte de quelques jours à Chicago sur le chemin du retour, mais soudain je n'ai plus eu envie de voir Coughlin et de lui parler de moi. À mon motel de

Billings j'ai passé plusieurs coups de fil, mangé un dîner infect, et le lendemain matin j'ai pris l'avion de New York, *via* Denver. Je suis descendue dans ce luxueux hôtel de l'Upper East Side qu'affectionnaient jadis mes parents. Lors d'un lointain séjour, David et moi avions partagé la même chambre, j'avais lancé ses chaussures par la fenêtre, et ma mère avait demandé à un garçon d'étage d'aller les récupérer. Je suis allée au musée et dans les librairies, sans oublier le zoo du Bronx, où j'ai pris soin de ne pas m'arrêter trop longtemps devant les cages des ours. Je me suis ensuite rendue chez un traiteur italien, d'où j'ai fait envoyer une grande caisse d'aliments à Benedetta, qui habitait toujours sous mon toit mais qui travaillait désormais pour l'université. Je lui avais téléphoné afin de lui rappeler de donner à manger à une petite femelle terrier qui tous les matins se présentait sur notre véranda de derrière pour réclamer sa pitance. Elle ne portait pas de collier et elle refusait d'entrer dans la maison en me regardant d'un œil noir comme si je lui tendais un piège. Elle avait un faible pour le cheddar et je l'avais vue ramper sous la porte du garage. J'espérais qu'elle resterait. Elle était aussi vagabonde que moi. Lors d'une promenade matinale je m'étais arrêtée aux abords d'un chantier de construction où les ouvriers étaient habillés comme Donald. Un ouvrier à l'air mexicain m'avait alors crié :

« Hé, sexy ! »

J'ai été flattée.

En juin, vers le solstice d'été et le premier anniversaire du décès de Donald, je suis allée avec Clare au chalet de David. K venait d'y passer un mois entier et je n'avais jamais vu cet endroit aussi bien rangé. K, qui avait étudié les sources des cours d'eau voisins, désirait nous emmener jusqu'à une grosse colline où se croisaient les lignes de partage des eaux de trois rivières, mais il y avait trop d'insectes et j'ai préféré l'idée d'une promenade dans les dunes, où le sable n'est pas favorable à leur prolifération. David ne pourrait pas quitter Veracruz avant début juillet, quand il aurait fini la première partie de son projet d'équipement en eau potable. Vera avait finalement décidé de ne pas faire un enfant avec lui, et ils avaient entamé la paperasse préalable à l'adoption d'une petite fille. David avait alors émis un commentaire vaguement inapproprié, disant qu'il valait mieux adopter un chiot abandonné en fourrière.

Clare et moi avons gravi le premier versant abrupt des dunes et regardé K qui ramait sur le lac Au Sable, très loin en contrebas. Elle m'a ensuite guidée sur près de deux kilomètres jusqu'à un bosquet de peupliers et de bouleaux, où K l'avait emmenée en lui disant qu'il y avait auparavant accompagné Donald. Nous étions assises là sur une énorme branche basse de bouleau qui oscillait dans la brise, quand Clare a aperçu un vol de corbeaux près d'une autre crête de dunes, en direction du lac Supérieur. Clare a dit que ces corbeaux suivaient sans doute un ours, elle s'est laissée glisser de la branche, puis elle s'est mise à marcher dans leur direction. Je n'étais pas très excitée à l'idée de voir cet ours, mais j'ai décidé de faire confiance au jugement de Clare. Lorsque nous avons presque atteint la crête et que nous entendions les corbeaux de l'autre côté, Clare a repéré les traces de l'ours, qui vers l'ouest sortaient d'une rangée d'arbres. Elle était déjà venue ici avec K, me dit-elle, quelques jours plus tôt, afin de pister les ours qui fréquentaient les dunes pour manger les pois de mer et les fraises sauvages. Dans l'ombre de la dune nous avons repéré un massif de fraises sauvages et nous en avons mangé quelques-unes malgré les grains de sable qui y restaient collés. À quatre pattes nous avons escaladé la pente raide où le sable glissant entravait notre progression, et nous avons enfin jeté un coup d'œil de l'autre côté. À une centaine de mètres en contrebas, un gros ours agitait la tête entre un buisson de pois de mer et un massif de fraises sauvages, où il piochait très vite, comme s'il désirait frénétiquement se nourrir. Alors les corbeaux qui volaient au-dessus de lui l'ont sans doute averti, car il s'est dressé sur ses pattes arrière et il a émis un grondement sourd. Je sais que Clare et moi avons pensé la même chose : *Est-ce lui ? Est-ce lui ? Est-ce Donald qui nous salue, qui nous adresse son ultime adieu ?* L'ours nous a regardées et Clare a serré ma main. Puis il a franchi la colline en trottinant, ainsi que nous devons tous le faire.

REMERCIEMENTS

Je souhaite remercier le professeur Richard Eathorne de la Northern Michigan University et le professeur Kurt S. Pregitzer du Michigan Tech pour leur aide, ainsi que Ray Nurmi de Snowbound Books à Marquette, Michigan. Je tiens aussi à remercier le professeur Charles Cleland, dont le livre essentiel intitulé *The Rites of Conquest* m'a donné un amer encouragement.

J. H.

TABLE DES MATIÈRES

Imprimé en Espagne par
Liberdúplex
à Sant Llorenç d'Hortons (Barcelone)
en octobre 2021